Marie Lacrosse

MONTMARTRE

Licht und Schatten

GOLDMANN

Marie Lacrosse

MONTMARTRE

Licht und Schatten

Roman

GOLDMANN

MIX
Papier | Fördert gute Waldnutzung
FSC® C014496
FSC www.fsc.org

Penguin Random House Verlagsgruppe FSC® N001967

1. Auflage
Originalausgabe April 2025

Neumarkter Str. 28, 81673 München
produktsicherheit@penguinrandomhouse.de
(Vorstehende Angaben sind zugleich
Pflichtinformationen nach GPSR)

Dieses Werk wurde vermittelt durch die
Montasser Medienagentur, München
Umschlaggestaltung: Johannes Wiebel | punchdesign
Umschlagmotive: © Richard Jenkins – rjenkins.co.uk;
© angkhan, Inga Av, francodelgrando, seesulaijular/stock.adobe.com;
© Digimanselector/shutterstock.com
Redaktion: Marion Voigt
Karte: © Peter Palm
BH · Herstellung: ik
Satz: Uhl + Massopust, Aalen
Druck und Bindung: GGP Media GmbH, Pößneck
Printed in Germany
ISBN: 978-3-442-20654-4

www.goldmann-verlag.de

Für meine Familie
zum Dank für ihre fortdauernde Unterstützung

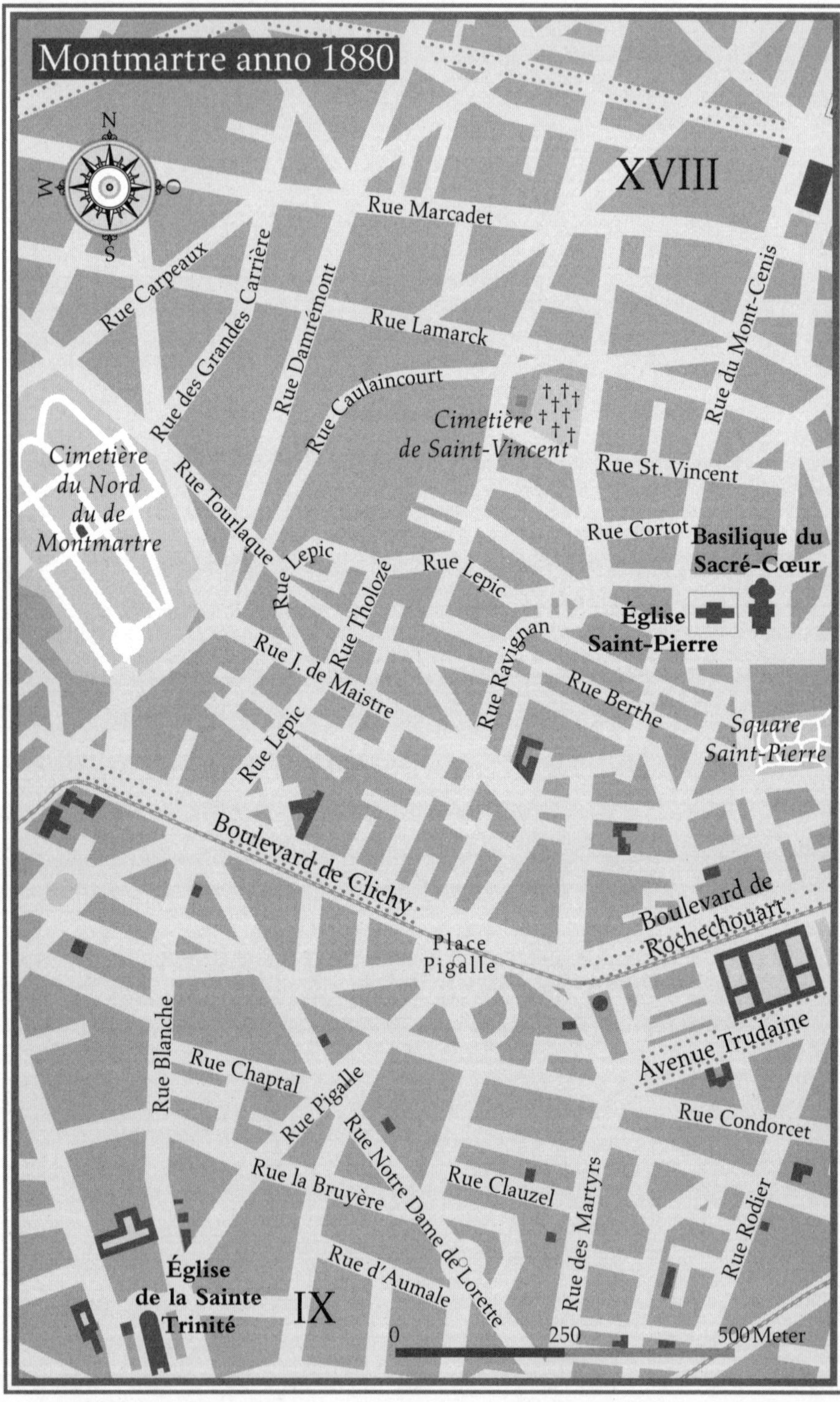

Montmartre anno 1880
N
W
O
S
XVIII
Rue Marcadet
Rue Carpeaux
Rue des Grandes Carrière
Rue Damrémont
Rue Lamarck
Rue Caulaincourt
Rue du Mont-Cenis
Cimetière de Saint-Vincent
Cimetière du Nord du de Montmartre
Rue St. Vincent
Rue Tourlaque
Rue Cortot
Basilique du Sacré-Cœur
Rue Lepic
Rue Tholozé
Rue Lepic
Église Saint-Pierre
Rue Ravignan
Rue J. de Maistre
Rue Berthe
Rue Lepic
Square Saint-Pierre
Boulevard de Clichy
Boulevard de Rochechouart
Place Pigalle
Rue Blanche
Rue Chaptal
Avenue Trudaine
Rue Pigalle
Rue Condorcet
Rue Notre Dame de Lorette
Rue Clauzel
Rue la Bruyère
Rue des Martyrs
Rue Rodier
Rue d'Aumale
Église de la Sainte Trinité
IX
0
250
500 Meter

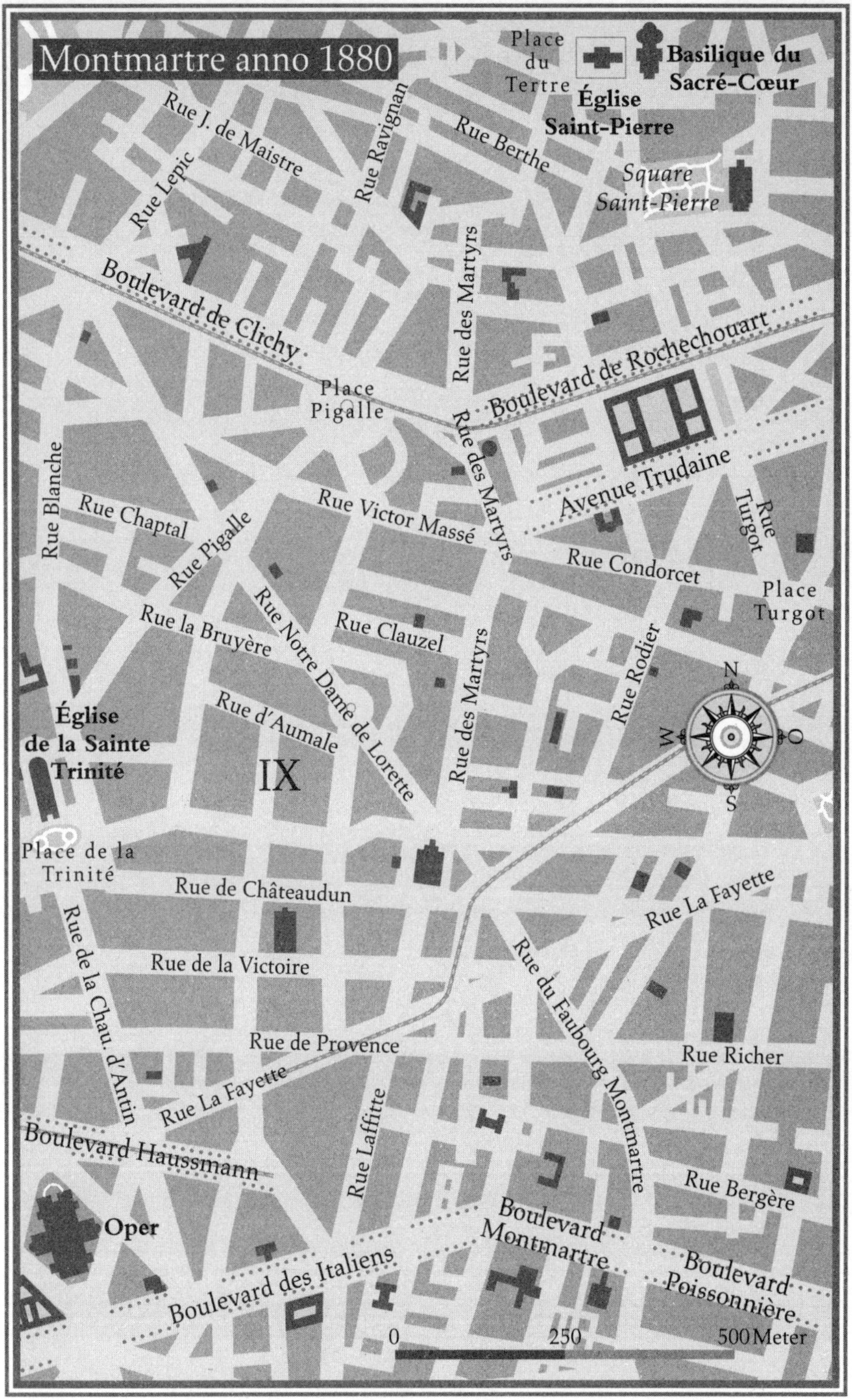
Montmartre anno 1880
Place du Tertre
Basilique du Sacré-Cœur
Église Saint-Pierre
Square Saint-Pierre
Rue J. de Maistre
Rue Lepic
Rue Ravignan
Rue Berthe
Rue des Martyrs
Boulevard de Clichy
Boulevard de Rochechouart
Place Pigalle
Avenue Trudaine
Rue Turgot
Rue Blanche
Rue Chaptal
Rue Pigalle
Rue Victor Massé
Rue Condorcet
Place Turgot
Rue la Bruyère
Rue Notre Dame de Lorette
Rue Clauzel
Rue Rodier
Rue d'Aumale
Église de la Sainte Trinité
IX
N
W
O
S
Place de la Trinité
Rue de Châteaudun
Rue La Fayette
Rue de la Victoire
Rue du Faubourg Montmartre
Rue de la Chau. d'Antin
Rue de Provence
Rue Richer
Rue Laffitte
Boulevard Haussmann
Rue Bergère
Oper
Boulevard Montmartre
Boulevard Poissonnière
Boulevard des Italiens
0
250
500 Meter

Betrachtet man Fotos des Montmartre vom Ende des 19. Jahrhunderts, so glaubt man, ein Dorf irgendwo weit vom Pariser Zentrum vorzufinden und keinesfalls einen Stadtteil in Sichtweite von Seine und Eiffelturm.

ESPRIT MONTMARTRE

Montmartre – kein anderer Ort wies um 1900 eine solche Dichte an hochkarätigen Künstlerpersönlichkeiten auf wie dieses besondere Pariser Viertel.

ESPRIT MONTMARTRE

»Er hat noch kein Bild gegen Geld verkauft, sondern tauscht seine Arbeit gegen andere Bilder.«
»Es ist schade, dass ihm sein Charakter dermaßen im Wege steht.«

THEO VAN GOGH ÜBER SEINEN BRUDER VINCENT WÄHREND SEINES AUFENTHALTS IN MONTMARTRE 1886–1888, KATALOG DES KRÖLLER-MÜLLER MUSEUMS

In Toulouse-Lautrec hat der Montmartre seinen eigentlichen Maler gefunden.

PARIS MONTMARTRE

»Sie hat ein Vertrauen in sich, das niemand sonst besitzt, mal lächelnd, mal schüchtern, kühn oder katzenhaft, geschmeidig wie ein Handschuh.«

HENRI TOULOUSE-LAUTREC ÜBER LA GOULUE, THE MOULIN ROUGE

Dramatis Personae

*Es werden nur die für die Handlung bedeutsamen Figuren aufgeführt. Historische Persönlichkeiten sind mit einem * gekennzeichnet.*

ELISE LAMBERTS FAMILIE

Elise Lambert, älteste Tochter
André Renard, ihr Verlobter
Jeanne Lambert, ihre Mutter
Jacques Morin, ihr Vater
Simone Lambert, ihre jüngere Schwester
Marianne, Jeannes Ziehmutter

VALÉRIE DUMAS' FAMILIE UND HAUSPERSONAL

Valérie Dumas, einzige Tochter
Alphonse Dumas, ihr Vater, Inhaber einer Kunstgalerie
Amélie Dumas, ihre Mutter
Victoria und **Gérôme Dumas**,
Valéries Großeltern väterlicherseits
Cecile und **Bernard Valbert**,
Valéries Großeltern mütterlicherseits
Simon, Hausdiener
Marie, Hausmädchen

(HISTORISCHE) PERSÖNLICHKEITEN AUS DER CANCAN-SZENE

Louise Weber*, genannt **La Goulue**, Tänzerin
Valentin*, genannt **der Knochenlose,**
Tanzpartner von La Goulue
Charles Tazzini*, Geliebter von La Goulue
Marquis de Biron*, Geliebter von La Goulue
Lucienne Beuze*, genannt Grille d'Égout, Tänzerin
Joseph Oller*, Besitzer des Moulin Rouge
Marcel Hebert, Direktor des Élysée Montmartre
Bernard Miller, Direktor des Élysée Montmartre,
sein Nachfolger
Charles Desteuque*, Journalist

(HISTORISCHE) PERSÖNLICHKEITEN AUS DER KUNSTMALERSZENE

Pascal Didier, Kunstmaler und Valéries Geliebter
(Figur in Anlehnung an den Maler **Émile Bernard***)
Baptiste Germain, Kunstmaler
(Figur in Anlehnung an den Maler **Jean-Léon Gérome**)
Henri de Toulouse-Lautrec*, Kunstmaler,
Mitglied des Hochadels
Vincent van Gogh*, niederländischer Kunstmaler
Suzanne Valadon*, Aktmodell und spätere Kunstmalerin
Henri Gervex*, Kunstmaler
Pierre-Auguste Renoir*, Kunstmaler
Edgar Degas*, Kunstmaler
Paul Gauguin*, Kunstmaler

Camille Pissarro*, Kunstmaler
Theo van Gogh*, Kunsthändler und Vincents jüngerer Bruder
Père Tanguy*, Farbenhändler, Förderer avantgardistischer Malerei
Paul Durand-Ruel*, Kunsthändler
Fernand Cormon*, Kunstmaler und Leiter der gleichnamigen Kunstakademie
Agostina Segatori*, ehemaliges Malermodell und Inhaberin des Café Tambourin
Carmen Gaudin*, genannt **Red Rosa**, Modell von Henri de Toulouse-Lautrec

WEITERE HISTORISCHE PERSÖNLICHKEITEN MIT BEDEUTUNG FÜR DEN ROMAN

(in alphabetischer Reihenfolge)

Aristide Bruant*, Chansonnier und Inhaber des Cabarets Le Mirliton
Robert Coutelas*, Sittenwächter
Gustave Eiffel*, Erbauer des Eiffelturms
Ferdinand de Lesseps*, Erbauer des Suez- und des Panamakanals
Louise Michel*, Pariser Kommunardin und Anarchistin
Maxime Lisbonne*, Besitzer der Taverne du Bagne und Anarchist
Rodolphe Salis*, Inhaber des Cabarets Chat Noir
Madeleine Weber*, La Goulues Mutter

WEITERE FIKTIVE PERSONEN MIT BEDEUTUNG FÜR DEN ROMAN

Père Zacharie, Amélie Dumas' Beichtvater
und Priester in Sacré-Coeur
Pierre Lombard, sein Neffe
Luc Colbert, Zuhälter

IM ROMAN GENANNTE HISTORISCHE PERSÖNLICHKEITEN OHNE AKTIVE ROLLE

(in alphabetischer Reihenfolge)

Georges Ernest Jean Marie Boulanger*,
französischer General und Aufrührer
Alexandre Cabanel*, Kunstmaler
Georges Clemenceau*, Politiker und Staatsmann,
späterer Ministerpräsident
Camille Corot*, Kunstmaler
Georges-Eugène Haussmann*, bis 1870 Präfekt des
Departements Seine; Stadtplaner und Umgestalter von Paris
Édouard Manet*, Kunstmaler
Eric Satie*, Pianist und Komponist
Paul Signac*, Kunstmaler
Charles Frederick Worth*, Modedesigner, Begründer
der Haute Couture
Émile Zola*, Romancier

Prolog

AUF DEM MAQUIS VON MONTMARTRE

20. JUNI 1866

Jeanne spürte das erste Ziehen im Unterleib, als sie den schweren Wassereimer aus dem Brunnen zog. Erstaunt setzte sie das Gefäß ab und befühlte ihren hochschwangeren Bauch. Die Hebamme Marianne hatte ihr doch vor wenigen Tagen gesagt, es sei frühestens in zwei Wochen so weit. Hatte sich die erfahrene Alte etwa geirrt?

Ach was, beruhigte sich Jeanne, das Kleine hat mich wahrscheinlich inwendig getreten. Sie hängte die schweren Eimer zu beiden Seiten an das Tragegestell und bückte sich, um es sich auf die Schultern zu heben. Als sie sich aufrichtete, zog es erneut. Diesmal deutlich heftiger als zuvor.

Mit sorgenvoll gekrauster Stirn schleppte Jeanne ihre Last die steile unbefestigte Gasse empor, die zu ihrer Hütte mitten im Maquis von Montmartre führte. Der Maquis hoch oben auf der Butte, wie man die höchste Erhebung von Montmartre nannte, war eine von Trampelpfaden durchzogene Freifläche. Zum Teil war sie unbebautes, mit Unkraut überwuchertes Ödland, zum Teil standen einfache Bretterbuden in unregelmäßigen Abständen nebeneinander.

In diesen Elendsquartieren hausten Bewohner aus der ärmsten Bevölkerungsschicht von Paris. Sie waren im Sommer der Hitze, im Winter der Eiseskälte in den zugigen Hütten schutzlos ausgeliefert. Es gab keine Abtritte, man verrichtete seine Notdurft hinter den Büschen in der Nähe der Hütten. Der nächste Brunnen war meist mehrere Hundert Meter entfernt.

Jacques Morin, mit dem die achtzehnjährige Jeanne Lambert seit einem Jahr zusammenlebte und von dem sie ihr erstes Kind erwartete, hatte ihre Behausung, die nur aus einem einzigen Raum bestand, selbst gezimmert. Je näher Jeanne ihrem ärmlichen Obdach kam, desto stärker machte sich der Gestank der benachbarten Abdeckerei bemerkbar. Dort wurden jeden Tag mindestens ein Dutzend Pferdekadaver gehäutet, und in den dadurch entstehenden Blutseen züchtete der Besitzer Würmer, die er als Köder an Angler verkaufte.

Wie üblich summten dichte Fliegenschwärme über dem Gelände.

Als Jeanne sich ihrer Hütte näherte, entdeckte sie zu ihrem Ärger, dass der verschlissene Vorhang, der im Sommer tagsüber den Eingang verschloss, ein Stück zur Seite gezogen war. Sie seufzte vernehmlich. Wahrscheinlich hatte Jacques in ihrer Abwesenheit die Hütte aufgesucht und den Vorhang nicht ordentlich zugezogen. Einen Teil der Fliegen würde sie nun auch in der Hütte vorfinden, wo sie sich an Jeannes wenigen Essensvorräten gütlich taten.

Jeanne setzte die schweren Wassereimer ab und betrat die Hütte. Tatsächlich erhob sich eine schwarze Wolke der Insekten von der Brotdose und dem Kochtopf. Beide Gefäße standen offen. Der Kochtopf auf dem winzigen Öfchen, das gleichzeitig als Herd und im Winter als Heizung diente, war leer, ohne Jeannes Mittagessen. Jacques hatte offenbar den Rest Erbsensuppe verzehrt, anstatt seiner Arbeit als Zimmermann nachzugehen.

In den letzten Monaten schwänzte Jacques seine Arbeitsstelle immer wieder und trieb sich stattdessen in den Kneipen herum, die es in reichlicher Anzahl auf dem Hügel von Montmartre gab. Erst als Jeanne sich nach ihren Waschgeräten bückte, fiel ihr das Stroh auf, das vor ihrer Lagerstatt auf dem hart gestampften Lehmboden verstreut war. Ein eisiger Schrecken durchfuhr sie. Schwerfällig drehte sie sich zu dem Strohsack hin, der als Matratze diente. In seinem Innern bewahrte Jeanne den geringen Lohn auf, den sie mit ihrer Arbeit als Wäscherin verdiente.

Als sie den Strohsack wendete, bestätigten sich ihre schlimmsten Befürchtungen. Der Schlitz in dem harten Leinen, den sie sorgfältig mit Nadeln zugesteckt hatte, war aufgerissen. Im Stoff klaffte ein breites Loch. Als sie mit der Hand hineinfuhr und panisch herumtastete, fand sie den Beutel mit den wenigen Münzen nicht mehr. Es waren kaum fünf Francs gewesen, die sie dort vor Jacques versteckt hatte, um sie nach der Geburt zur Verfügung zu haben. Vom Munde abgespart, damit sie die Hebamme bezahlen und beim Trödler etwas zum Anziehen für das Kind kaufen konnte.

Denn die Hemdchen, Mützchen und Schühchen, die sie abends nach einem harten Tag am Waschfass beim schlechten Licht einer einzigen Kerze gestrickt, gehäkelt und genäht hatte, waren schon vor Wochen Jacques' Trunksucht zum Opfer gefallen. Er hatte sie ins Pfandhaus getragen und die wenigen Sous, die er dafür erhielt, noch am gleichen Abend versoffen.

»Dieser Mistkerl!«, schrie Jeanne nun in ihrer hilflosen Wut laut auf. Im selben Augenblick durchzuckte sie ein stechender Schmerz. Eine warme Flüssigkeit rieselte ihre Schenkel hinab. Sie konnte sich gerade noch auf den beschädigten Strohsack schleppen, bevor die nächste Wehe sie übermannte.

Zwei Stunden später drängte sich das schwarz behaarte Köpfchen ihres Töchterchens aus ihrem Leib.

»Was für ein Glück, dass ich zufällig vorbeikam, um dir etwas Ziegenmilch zu bringen.«

Die alte Hebamme Marianne, bei der Jeanne auf der Butte gewohnt hatte, bevor sie mit Jacques in die eigene Bretterbude gezogen war, tätschelte ihr die schweißbedeckte Stirn.

Zuvor hatte sie Jeanne tatkräftig bei der Entbindung geholfen, die Nabelschnur durchtrennt und das kleine Mädchen in ein sauberes Tuch gewickelt. Dann legte sie es Jeanne an die Brust.

»Wie soll sie denn heißen?«, fragte sie nun.

»Ich will sie Elise nennen, nach meiner verstorbenen Mutter.«

Marianne nickte beifällig. »Ein schöner Name.«

»Aber diesen Schuft solltest du noch heute rauswerfen«, fügte sie mit grimmigem Gesichtsausdruck hinzu. »Er hat dir nichts als Unglück gebracht. Wie ich es dir von Anfang an …« Marianne stockte und biss sich auf die Lippen.

»Sprich es nur aus!«, entgegnete Jeanne resigniert. »Es ist wahr, du hast mich vor dem Taugenichts von Anfang an gewarnt.«

»Er neigte schon als Junge zur Trunksucht«, bestätigte Marianne. »Wie seine beiden Eltern, die mehr Branntwein als Wasser tranken, wann immer sie es sich leisten konnten.«

Jeanne wich dem Blick der Hebamme aus.

»Doch heute ist es die *Grüne Fee*«, sagte die alte Frau erbittert. »Nicht nur teurer, sondern auch viel teuflischer als Schnaps.«

Grüne Fee nannte man im Volksmund den Absinth, ein alkoholisches Getränk, das seinen typischen Geschmack den darin enthaltenen Gewürzen Wermut, Anis und Fenchel verdankte. Die grüne Farbe stammte von zugesetzten Kräutern wie Minze oder Melisse. Man verdünnte es in den Schenken zwar mit Wasser, Absinth war aber trotzdem ungleich stärker als Bier oder Wein und sogar viele Sorten Schnaps.

»Leider ist der Kerl mit seinen schwarzen Locken und blauen

Augen anscheinend unwiderstehlich für die Weiber«, fuhr die Alte in ihrer Tirade fort, als Jeanne noch immer schwieg.

Seufzend stand die Hebamme auf. »Wenigstens das hat er der Kleinen vererbt. Die wird mal eine richtige Schönheit, wirst sehen.«

Als Jeanne ebenfalls Anstalten machte, sich zu erheben, drückte Marianne sie sanft, aber bestimmt auf das Lager zurück. »Untersteh dich!« Sie hob warnend den Zeigefinger. »Du bleibst jetzt den ganzen Tag liegen und ruhst dich aus. Heute Abend seh ich noch mal nach dir.«

»Aber … die Wäsche«, protestierte Jeanne schwach. »Ich hab's Madame George versprochen, sie heute zu schrubben.«

»Da wusste ja noch niemand, dass das Kleine es so eilig hat, auf die Welt zu kommen. Mach dir keine Sorgen! Ich geh bei der George vorbei und sag ihr Bescheid.«

»Aber … Jacques hat doch meinen ganzen Lohn gestohlen«, protestierte Jeanne noch einmal. »Ich muss doch was verdienen, um das Kind zu ernähren. Und dich will ich auch bezahlen.«

Marianne schürzte die Lippen. »Um mich mach dir mal keine Sorgen, Jeanine!« Sie wies auf Jeannes volle Brust, aus der ein Tropfen Milch sickerte. »Das Kleine ist auch gut versorgt. Und du hast die Ziegenmilch, die ich dir mitgebracht habe. Ein wenig Brot hat der Schuft dir auch noch gelassen. Das sollte erst mal reichen. Nach der Geburt soll man ohnehin nicht gleich zu viel essen. Heute Abend bring ich dir eine kräftige Brühe mit«, versprach sie, bevor sie sich unter die niedrige Türöffnung bückte und Jeanne zum Abschied zuwinkte.

Die blieb noch eine halbe Stunde liegen. Dann stand sie mühsam auf und legte ihr Töchterchen auf dem Strohsack ab. Hinter dem Vorhang verborgen, lugte sie rechts und links den Trampelpfad entlang, konnte Marianne jedoch nirgends entdecken.

Erst dann schlüpfte sie hinaus, klaubte einen Arm voll Reisig zusammen, der auf einem Haufen neben der Bretterbude lag, und entzündete damit hinter der Hütte ein Feuer. Darüber hängte sie einen großen Topf an einen Dreifuß und erwärmte nach und nach das Wasser, das sie morgens vom Brunnen geholt hatte. Topf für Topf füllte sie ins Waschfass in einer Ecke der Hütte.

Als das Fass voll war, griff sie nach einem Laken, das sie schon am frühen Morgen in einer Bütte eingeweicht hatte, und begann, es mit Kernseife einzureiben und über dem Waschbrett zu schrubben.

Schließlich muss das Leben ja weitergehen, dachte sie, während sie wegen ihrer Schmerzen im Unterleib die Zähne zusammenbiss. Auch wenn es die alte Marianne noch so gut mit mir meint.

EINE VORNEHME WOHNUNG AM BOULEVARD DE CLICHY

20. JUNI 1866, AM GLEICHEN TAG

Alphonse Dumas zuckte zusammen, als ein weiterer schriller Schrei der Gebärenden aus dem Schlafzimmer drang. Seit vielen Stunden ging das schon so. Am liebsten hätte er sich die Ohren zugehalten. Er scheute nur davor zurück, weil ständig Dienstboten wie aufgescheuchte Hühner mit Tüchern, Wasserschüsseln und nutzlosen Stärkungsmitteln ins Zimmer eilten und wieder herauskamen. Sie hätten ihn durch die offene Tür des großen

Salons, in dem er auf die Geburt seines ersten Sohnes wartete, sehen können.

Schließlich hielt er es nicht mehr aus, ging mit großen Schritten in den Flur und packte eines der Dienstmädchen, das gerade aus dem Gebärzimmer kam, am Arm. »Hol mir Doktor Vernon heraus!«, befahl er barsch. Das Mädchen nickte schüchtern und lief ohne ein Wort zurück. Nur wenig später erschien der Arzt. Er hatte seinen Gehrock abgelegt und die Krawatte gelockert. Die Manschetten seines weißen Oberhemds waren mit feinen Blutströpfchen gesprenkelt.

»Warum geht es nicht endlich vorwärts?«, fragte Dumas ohne jegliche Höflichkeitsfloskel. »Sie hatten mir doch versprochen, dass es keine Komplikationen geben würde. Doch nun liegt Amélie bereits seit« – er warf einen Blick auf die große Standuhr –, »seit sage und schreibe sechsundzwanzig Stunden in den Wehen.«

Doktor Vernon hob die Achseln. Flüchtig streifte sein Blick den Servierwagen, auf dem eine große Karaffe Cognac stand. Es war zwar erst zwei Uhr nachmittags, aber Dumas deutete die Geste richtig. Wortlos stand er auf und goss sich und dem Arzt ein großes Glas ein.

Dann wies er auf den Fauteuil gegenüber seinem eigenen Platz. Gewaltsam bezwang er sich. »Also, mit welchen Schwierigkeiten haben wir es zu tun?« Alphonse bemühte sich, seine Stimme ruhig zu halten.

Vernon trank erst einen großen Schluck, bevor er antwortete. »Das Becken Ihrer verehrten Frau Gemahlin ist schmaler, als es zunächst den Anschein hatte«, erklärte er dann. »Das Kind hat sich im Mutterleib leider nicht ausreichend gedreht. Das Köpfchen liegt immer noch nicht in Richtung des Geburtskanals.«

»Aber Sie hatten mir doch versprochen, dass sich alles zur

rechten Zeit fügen wird!« Jetzt schwang mühsam unterdrückter Zorn in Dumas' Stimme mit. »Die Hebamme, die ich auf Ihren Rat hin schon vor vier Wochen entlassen habe, hat genau das prophezeit. Sie jedoch haben behauptet, die Frau sei ein ungebildetes Weib aus dem Volk. Der Säugling werde sich schon noch richtig lagern.« Auch er nahm einen Schluck aus seinem Glas. »Doch wie es nun aussieht, haben Sie sich geirrt.«

Wieder hob Doktor Vernon die Schultern. »Gottes Wege sind unergründ…«, begann er bereits mit salbungsvollem Ton, als Alphonse ihm rüde das Wort abschnitt.

»Die alte Marianne hat gesagt, man müsse das Kind notfalls selbst im Mutterleib drehen. Warum tun Sie das nicht?«

Jetzt schürzte der Arzt empört die Lippen. »Aber ich bitte Sie, sehr verehrter Monsieur Dumas. Das natürliche Schamgefühl Ihrer jungen Frau« – er geriet ins Stottern – »berührt an so intimer Stelle von einem Mann, das …«

»Wollen Sie Amélie und meinen Sohn eher sterben lassen?«, schnitt Alphonse dem Mediziner erneut das Wort ab. Dann fasste er einen Entschluss und sprang auf. Er zog heftig an der Klingelschnur, bis der Hausdiener herbeistürzte.

»Simon! Eilen Sie sofort auf die Butte und holen Sie die alte Marianne herbei!«

»Was für ein denkwürdiger Tag«, murmelte Marianne vor sich hin, während sie hinter dem Mädchen die Dienstbotentreppe in dem vornehmen Haus am Boulevard de Clichy bis ins zweite Stockwerk hinaufeilte. »Zwei Geburten so kurz hintereinander.«

Das Haus war eines der prächtigen Gebäude, wie sie in der nun schon über ein Jahrzehnt währenden Ära des Barons Haussmann, der das Zentrum von Paris modernisierte, auch am Fuß des Montmartre-Hügels entstanden waren. Es wies reiche Stuckverzierungen an der cremefarbenen Außenfassade auf. Bis auf einige Einzelheiten der Dekoration glich es seinen Nachbarn wie ein Ei dem anderen. Baron Haussmann legte allergrößten Wert darauf, dass alle Neubauten einer Straßenzeile bis hin zu den Fensterläden und den kunstvoll gedrechselten Balkongittern einander ähnelten.

Die komfortabelste Wohnung lag jeweils im zweiten Stockwerk dieser Gebäude. Sie bestand wie diejenige des wohlhabenden Kunsthändlers Alphonse Dumas aus zwölf Zimmern zu beiden Seiten eines lang gestreckten Flurs. Das großzügige, mit weißem Marmor verkleidete Badezimmer war bei den rückwärtigen Räumen eingerichtet, die als Schlaf- und Gästezimmer dienten.

Als die Hebamme die Zimmerflucht vom Dienstboteneingang her betrat, der sich in einem kurzen Flur vor der geräumigen Küche befand, verglich sie die Pracht dieser Behausung unwillkürlich mit der elenden Hütte, in der sie vor wenigen Stunden der kleinen Elise auf die Welt geholfen hatte. Selbst die Dienstbotenkammern gleich unter dem Dach des Neubaus waren bequemer als die Bretterbuden des Maquis. Obwohl auch sie den jahreszeitlichen Temperaturen ungeschützt ausgesetzt waren, wie Marianne wusste. Aber es stank wenigstens nicht so infernalisch darin wie droben auf der Butte, und das Ungeziefer beschränkte sich auf ein paar Bettwanzen und Stechmücken im Sommer.

Aus der Küche drang ein verführerischer Duft. Mariannes Magen begann zu knurren. Ihre Morgenmahlzeit war schon etliche Stunden her. Aber mit dem Geld, das sie hoffentlich heute verdienen konnte, würde auch sie sich ein Stück fettes Schweinefleisch leisten können und Jeanne am Abend etwas davon vorbeibringen.

Doch nun galt es, sich auf die Aufgabe zu konzentrieren, die vor ihr lag. Es war äußerst ungewöhnlich, dass eine einfache

Hebamme vom Hügel des Montmartre überhaupt mit einer so vornehmen Schwangeren wie Amélie Dumas in Kontakt kam. Vor einigen Monaten war sie Amélie zufällig auf dem Boulevard de Clichy begegnet, als diese von heftiger Übelkeit geplagt wurde. Da die feine Dame ohnmächtig zu werden drohte und das sie begleitende Dienstmädchen völlig überfordert schien, hatte Marianne sich ein Herz gefasst, die Schwangere angesprochen und sie nach Hause begleitet. Noch am gleichen Tag hatte sie Amélie die bewährte Kräutertinktur vorbeigebracht, mit der sie solche Leiden seit Jahren erfolgreich behandelte. Das Mittel hatte auch bei Amélie Dumas angeschlagen.

Während der nächsten Monate hatte Marianne dann regelmäßig in der Wohnung des Kunsthändlers vorgesprochen. Amélie hatte darauf bestanden, weiter von ihr betreut zu werden. Bis Marianne vor ungefähr vier Wochen gemerkt hatte, dass sich der Säugling im Mutterleib nicht so drehte, wie es vor einer Geburt normalerweise der Fall war. Ihre behutsamen Untersuchungen, vor denen die Schwangere schon längst nicht mehr zurückschreckte, hatten ergeben, dass das Kind verkehrt herum mit dem Steiß nach vorn in der Gebärmutter lag.

Doch sobald Amélie dies ihrem Mann mitgeteilt hatte, hatte der sich an jenen Kurpfuscher gewandt, der Marianne nun mit einem Glas Cognac in der Hand verächtlich musterte, als sie vorbeieilte. Dumas hatte sie selbst damals auf Anraten des Mediziners mit Dank für ihre bisherigen Dienste entlassen, ungeachtet des heftigen Protests der werdenden Mutter.

Schon auf der Treppe hatte Marianne die lauten Schreie vernommen, die aus dem Schlafzimmer drangen, in das sie nun eintrat. Mit einem Blick erfasste sie die kritische Situation. Das Gesicht der Gebärenden war rot gefleckt und von Schweiß bedeckt, die Wangen eingefallen, die Hände zu Fäusten geballt. Das Bettlaken, auf dem Amélie aufgrund der sommerlichen Hitze ohne Decke lag, war mit Blut getränkt.

»Wie lange geht das schon so?«, raunte Marianne einem der Dienstmädchen zu, die hilflos um das Bett standen.

»Die Gnädige liegt seit dem vorigen Morgen in den Wehen«, antwortete das Mädchen zu Mariannes Entsetzen im gleichen Flüsterton.

Einen Moment fühlte sie sich völlig mutlos. Man würde es ihr anlasten, wenn die Gebärende im Kindbett stürbe. Nicht diesem Scharlatan, der bislang offenbar nicht das Geringste ausgerichtet hatte, um der jungen Frau des Kunsthändlers zu helfen. Dann riss Marianne sich zusammen und straffte den Rücken.

»Ich brauche frisches heißes Wasser und gute Seife!«, herrschte sie eines der Dienstmädchen an, das sofort hinauseilte. Sobald es mit den gewünschten Dingen zurückgekehrt war, wusch Marianne sich gründlich die Hände und näherte sich der halb ohnmächtigen Amélie.

»Erkennen Sie mich noch, gnädige Frau?«

Amélie öffnete mühsam die verquollenen Augen und nickte. Dabei huschte für einen Moment ein Lächeln um ihre Lippen, ehe sich ihr Mund wieder vor Schmerz verzog. »Bitte, bitte, Marianne«, flehte sie tonlos. »Hilf du mir! Ich halte es nicht mehr aus.«

Marianne nestelte ein Fläschchen aus ihrer Tragetasche. Es enthielt eine schmerzstillende Mischung aus Zwiebelextrakt und Pfefferminzöl, der Marianne Laudanum beigemischt hatte. Sie füllte zwei Teelöffel in ein Glas und goss es mit Wasser aus der Karaffe neben dem Bett auf.

»Trinken Sie das!« Sie führte Amélie das Glas sanft an die Lippen und hob mit der anderen ihren Kopf an. Dabei entrang sich der Geplagten ein lautes Stöhnen.

Als das Mittel nach einigen Minuten zu wirken begann und sich Amélies Augen schläfrig schlossen, tastete Marianne vorsichtig ihren Körper ab.

»Jetzt musst du sehr tapfer sein, meine Liebe«, murmelte sie vor sich hin, bevor sie ihre Hand mit reinem Gänsefett einrieb und sanft in den Unterleib einführte. Mit der anderen Hand drückte sie vorsichtig Amélies Bauch. Zum Glück gelang ihr rasch, was der hochgelehrte Arzt erst gar nicht versucht hatte. Mit geübten Griffen drehte sie den Säugling im Leib der nun vor Schmerz Wimmernden in die richtige Lage.

Doch danach waren die Wehen zu schwach, um das Kind endgültig auszutreiben. Seufzend griff Marianne nach einem weiteren Mittel und flößte es Amélie ein. Mit markerschütternden Schreien brachte diese eine halbe Stunde später endlich ein kleines Mädchen zur Welt.

»Wie? Es ist überhaupt kein Sohn?«

Fassungslos starrte Alphonse Dumas die Hebamme an. Die schüttelte den Kopf.

»Nein, Ihre werte Frau Gattin hat ein entzückendes Töchterchen zur Welt gebracht.«

»Doch nun ist es Zeit für dich zu gehen«, mischte sich Doktor Vernon ein. »Es bedarf eines erfahrenen Wundarztes, um der Kindsmutter eine angemessene Nachbehandlung angedeihen zu lassen.«

Wie betäubt fügte sich der Kunsthändler der energischen Anweisung des Arztes. Er nestelte zwei Fünf-Francs-Stücke aus seiner Westentasche und reichte sie Marianne. Noch bevor sie ihren Dank aussprechen konnte, trat er ans Fenster und drehte ihr den Rücken zu. Die Hebamme knickste kurz und verabschiedete sich.

»Ein Mädchen!« Der Kunsthändler konnte es immer noch nicht fassen. »Nach zwei männlichen Fehlgeburten jetzt nur ein Mädchen.«

»Es tut mir sehr leid für Sie«, täuschte Doktor Vernon Mitgefühl vor. Dann begab er sich wieder selbst ins Krankenzimmer.

»Ihre Frau hat einen guten Schutzengel gehabt, dass sie diese Geburt überlebt hat«, konstatierte er selbstzufrieden, als er nach einiger Zeit in den Salon zurückkehrte. Dann holte er hörbar Luft.

»Doch lassen Sie mich Ihnen einen guten Rat geben, mein lieber Dumas«, fuhr er salbungsvoll fort. »Sie sollten Ihrer jungen Frau keine weitere Schwangerschaft zumuten. Es ist nicht davon auszugehen, dass sie noch einmal ein lebendes Kind zur Welt bringen kann. Stattdessen wird sie das nächste Mal mit hoher Wahrscheinlichkeit im Kindbett sterben.«

Wie von der Natter gebissen, fuhr Dumas herum. »Aber … Aber … Wie soll ich das denn verhindern?«

Erst als der Arzt ihn abschätzig musterte, wurde Alphonse klar, was er gemeint hatte.

»Monsieur, ich bin ein Mann in den besten Jahren«, protestierte er heftig. »Gerade einmal vierunddreißig Jahre alt. Und Amélie wird erst dreiundzwanzig! Sie können doch nicht von mir erwarten, dass ich bis zu meinem Lebensende auf jeden ehelichen Verkehr verzichte!«

»Na, na.« Vernon klopfte Dumas mit einer Mischung aus Geringschätzung und Wohlwollen auf die Schulter. »In Paris wimmelt es nur so von hübschen Frauen jeden Alters, jeder Figur und jeder Haarfarbe. Man nennt Paris nicht umsonst die Stadt der Liebe. Da sollte es einem Herrn wie Ihnen, strotzend vor Manneskraft, begütert dazu und mit den allerbesten Manieren, doch nicht schwerfallen, ausreichend Ersatz zu finden.«

TEIL 1

Späte Kindheit

Kapitel 1

IN EINER WÄSCHEREI IN MONTMARTRE

12. JULI 1878

»Maman«, maulte Louise Weber zum wiederholten Mal. »Wie lange muss ich denn diese blöde Arbeit noch machen? Heut ist doch mein Geburtstag.«

Ihre Mutter Madeleine blickte kurz von dem Plätteisen hoch, mit dem sie gerade ein Herrenhemd bügelte.

»Ich hab dir schon mal gesagt, dass ich das nicht entscheiden kann«, antwortete sie. »Die Vorarbeiterin teilt uns ein. Geh und frag Jeanne, wenn du was von ihr willst.«

»Warum fragst du sie denn nicht?«, unternahm Louise einen weiteren Versuch. »Auf dich hört sie doch viel eher!«

»Weil du selbst schuld bist, wenn du heute die Plätteisen schrubben musst«, entgegnete ihre Mutter kurz angebunden. »Schließlich bist du fast eine halbe Stunde zu spät aus der Schule gekommen.«

»Aber dafür kann ich doch nix!«, begehrte Louise auf. »Das war doch die doofe Nonne, die mir diese Strafarbeit aufgebrummt hat.«

»Du wirst schon wissen, warum du die verdient hast. Und jetzt will ich kein Wort mehr darüber hören!«, beendete Madeleine Weber die Diskussion.

Mürrisch griff Louise wieder zu der Bürste und fuhr fort, die braun eingebrannten Stärkeflecke auf der Unterseite des Bügeleisens zu scheuern. Dies war in der Tat eine der unbeliebtesten Arbeiten für die Lehrmädchen in der Büglerei. Immer wieder passierte es, dass die auf dem Ofen erhitzten Plätteisen noch zu heiß waren, wenn gestärkte Wäschestücke damit bearbeitet wurden. Dann brannte sich die Stärke ins Eisen ein, das damit zunächst unbrauchbar wurde. Denn verwendete man es weiter, übertrugen sich die Flecke unweigerlich auf die Wäschestücke und ließen sich kaum mehr entfernen.

Elise, die die ganze Szene von ihrem eigenen Arbeitsplatz aus beobachtet hatte, stand plötzlich auf. Sie hatte wie die fast gleichaltrige Louise Weber vor einigen Wochen Geburtstag gehabt und an diesem Tag sogar von ihrer Mutter Jeanne den halben Nachmittag frei bekommen.

Einerseits wusste sie gut, warum Louise dieser Vorzug trotz ihres heutigen zwölften Geburtstags verwehrt wurde. Denn Louise kam häufig zu spät, auch wenn sie nicht in der Klosterschule nachsitzen musste, die die Mädchen am Vormittag besuchten. Sie trieb sich an anderen Tagen nach der Schule noch in den Gassen von Montmartre herum, stibitzte hier einen Apfel von einem Marktkarren und schwatzte da, frühreif, wie sie war, mit einem der jungen Burschen, die überall herumlungerten.

Bei der Arbeit in der Büglerei trödelte sie meistens herum und war sogar langsamer als Simone, Elises ungefähr ein Jahr jüngere Schwester. Vor unangenehmen Arbeiten, wie dem Reinigen der Bügeleisen, aber auch dem Vorsortieren der schmutzigen Wäsche, die meistens erbärmlich stank, pflegte Louise sich zu drücken, sooft sie konnte.

Trotzdem tat Louise Elise heute leid. In der Wäscherei hatte bislang niemand Notiz von ihrem Geburtstag genommen, geschweige denn ihr dazu gratuliert. Ihre Mutter Madeleine hatte daheim auch keinen Kuchen für sie gebacken, wie Jeanne vor einigen Wochen für Elise. Das hatte ihr Louise in der Schule erzählt.

Meistens bewunderte Elise ihre Freundin, die sich viel mehr traute als sie selbst. An manchen Tagen musste Louise ihr vorlautes Wesen und ihre Streiche aber auch büßen. Doch ausgerechnet am Geburtstag, neben Weihnachten und Ostern der wichtigste Feiertag im Jahr, sollte man es gut haben, fand Elise.

Jetzt streckte sie die Hand nach dem Plätteisen aus. »Komm, ich tausche mit dir«, bot sie an. »Du kannst derweil die Taschentücher bügeln, die Simone dann zusammenlegt. Nimm es als mein Geburtstagsgeschenk!«

Das ließ sich Louise nicht zweimal sagen. Denn diese Arbeit machte jedes der Mädchen gern.

Elise ignorierte die gerunzelte Stirn ihrer Mutter, die gerade aus dem hinteren Raum der Wäscherei kam, wo die schmutzige Wäsche gelagert wurde. Jeanne Lambert hatte sich im Lauf der Jahre systematisch hochgearbeitet. Den trunksüchtigen und zunehmend gewalttätigen Jacques Morin hatte sie schon kurz nach der Geburt ihrer zweiten Tochter Simone verlassen. Mithilfe der alten Hebamme Marianne, die tagsüber auf die Mädchen aufpasste, hatte sie zunächst in dieser Wäscherei als einfache Waschfrau angefangen.

Die Tätigkeit am eigenen Waschfass hatte sie nur zu gern gegen die harte Arbeit im städtischen *Lavoir* eingetauscht. Denn im Waschhaus gab es immerhin fließendes Wasser, sowohl heiß als auch kalt, das nicht mühsam vom Brunnen in die eigene Hütte geschleppt werden musste. Ihr Lohn betrug zwar nur zwei Francs pro Tag und damit weniger als an einem guten Tag am eigenen Fass. Dafür wurde er jeden Abend ausgezahlt.

Schnell war Jeanne aufgrund ihres Fleißes zur Waschmeisterin aufgestiegen, wie man die Vorarbeiterin der Wäscherinnen nannte. Dann bot ihr Madame Claude, die Besitzerin der Wäscherei, die anspruchsvollere Arbeit als Büglerin an. Sie war zwar ebenfalls anstrengend, aber nicht ganz so hart. Schließlich war Jeanne auch hier zur Vorarbeiterin aufgestiegen. Sie nahm die schmutzige Wäsche der Kundinnen an, verteilte sie an die Waschfrauen, sorgte dafür, dass sie rechtzeitig getrocknet wurde, und gab die Wäschestücke schließlich den vier Plätterinnen, je nachdem wie kunstfertig sie beim Bügeln waren.

Die schwierigsten Arbeiten übernahm Jeanne immer noch selbst. Dazu gehörten die oft mit Rüschen und Spitzen besetzten Hauben, die, perfekt gebügelt, immerhin sechs Sous pro Stück als Bezahlung einbrachten.

Jeanne selbst verdiente inzwischen mit vier Francs pro Tag das Doppelte ihres ursprünglichen Lohns. Doch auch in Montmartre wurde das Leben immer teurer. Mariannes schäbiges Holzhaus im Maquis, wohin sie sich mit ihren Töchtern zunächst geflüchtet hatte, hatten alle schon vor Jahren verlassen und waren in eine kleine Mansarde in der Rue Tourlaque gezogen.

Inzwischen lebten die vier sogar im Erdgeschoss des Hauses in einer geräumigen Wohnung mit drei Zimmern und dem Abtritt auf dem Flur. Ein Luxus, der Jeanne jedoch eine erkleckliche Miete kostete. Den Franc, den ihre beiden Töchter zusätzlich mit ihrer Mithilfe in der Plätterei am Nachmittag verdienten, konnte sie daher gut gebrauchen.

Wenn Elise in einem Jahr die Klosterschule beendet hätte, würde auch sie in der Plätterei weiterarbeiten dürfen, ohne sich zuvor als Waschfrau halb tot schuften zu müssen. Das hatte Jeanne mit Madame Claude schon vor einiger Zeit vereinbart.

Zwei Stunden später näherte sich der Arbeitstag seinem Ende. Zu diesem Zeitpunkt wurde die gebügelte Wäsche an die Kundinnen ausgeliefert, die sie nicht selbst abholen wollten. Dafür waren in erster Linie die vier Büglerinnen zuständig, die sich die schweren Weidenkörbe mit der Wäsche an einen Ellenbogen hängten, bevor sie damit losstapften. Gab es viel auszuliefern, halfen die Waschfrauen mit.

Der Anblick dieser Frauen mit ihrer schweren Last war für Montmartre mittlerweile genauso typisch wie die vielen Maler, die jede Ecke des Stadtteils im Freien auf ihre Leinwand bannten. Es blieb nicht aus, dass fast alle Künstler irgendwann auch einmal ein Bild einer solchen Wäscheausträgerin zeichneten oder malten.

Heute Abend hatte Jeanne mit der Auslieferung der Wäsche allerdings ein Problem. Corinne, eine der Büglerinnen, hatte sich die rechte Hand an einem Plätteisen verbrannt. Die Stelle war mittlerweile rot angeschwollen und mit Brandblasen übersät. Jeanne konnte froh sein, wenn Corinne morgen überhaupt zur Arbeit erschien. Auf keinen Fall wollte sie ihr zumuten, heute Abend noch Wäsche auszutragen. Die Waschfrauen, die ihren Arbeitstag früher als die Büglerinnen begannen, waren längst zu Hause.

Die Mädchen hatten den Unfall und die nachfolgenden Maßnahmen und Diskussionen natürlich mitbekommen. »Ich laufe dann eben zweimal«, bot Madeleine Weber an. Doch Jeanne schüttelte resigniert den Kopf.

»Ausgerechnet heute liegen die Wohnorte der Kundinnen, die auf die fertige Wäsche warten, sehr weit auseinander. Wir haben eine Lieferung an die Place du Tertre, gleich neben der neuen Basilika, die sie da bauen. Eine andere ist für die Wirtin der Moulin de la Galette, der Weg dorthin ist ebenfalls steil. Die beiden letzten müssen in den Boulevard de Clichy und den Boulevard de Rochechouart. Aber wieder an den entgegengesetzten Enden der Straßen.«

Sie seufzte. »Es wird mir nichts anderes übrig bleiben, als selbst zu gehen. Dabei habe ich gleich ein Treffen mit Madame Claude vereinbart. Ich wollte sie davon überzeugen, einen neuen Plättofen zu kaufen. Den brauchen wir dringend, der alte ist mittlerweile viel zu klein. Aber ihr wisst ja, dass sie jeden Centime dreimal umdreht, bevor sie ihn ausgibt.«

Auf dem Plättofen wurden auf eigens dazu eingerichteten Flächen die Bügeleisen erhitzt. Der Ofen sorgte außerdem für die zum Trocknen der Wäsche nötige Hitze.

»Außerdem ist dann niemand hier, um die Kasse zu machen. Das wird Madame Claude nicht gefallen.«

Die Besitzerin der Wäscherei bestand darauf, dass die Austrägerinnen den eingenommenen Lohn noch am gleichen Abend ablieferten. So konnten auch etwaige Reklamationen der Kundinnen über fehlende oder beschädigte Wäschestücke sofort registriert werden. Das kam zwar nur noch selten vor, seit Jeanne Vorarbeiterin war. Aber auszuschließen war es nicht.

Schließlich fasste Jeanne einen Entschluss. »Corinne, bleib bitte hier und sag Madame Claude Bescheid, dass ich mich verspäten werde. Vielleicht wartet sie ja auf mich. Und ihr anderen liefert euren Lohn bei Corinne ab, wenn Madame Claude doch schon fort ist.«

Sie griff nach einem der Wäschekörbe, als Louise plötzlich die Hand hob. »Ich hab 'ne Idee, Madame Lambert.« Die Lehrmädchen mussten die Vorarbeiterin siezen. »Wenn Elise und ich den Korb an zwei Seiten tragen, bringen wir ihn wenigstens den Berg hinab. Das schaffen wir doch, oder?« Sie zwinkerte Elise zu.

Die war zwar überrascht, hatte aber keine Einwände. Nach kurzer Überlegung stimmte auch Jeanne dem Plan zu. »Ich gebe euch die Wäsche für Madame Lefèbre mit. Ihre Wohnung liegt unten am Boulevard de Clichy, am nächsten von hier aus. Kassieren müsst ihr den Waschlohn nicht. Madame Lefèbre ist eine unserer ältesten Kundinnen und wird die Rechnung beim nächsten Mal mit bezahlen.«

Gesagt, getan. Wenige Minuten später schleppten die beiden Mädchen den schweren Korb zwischen sich die Rue Lepic hinab, die auf den Boulevard de Clichy mündete. Plötzlich bog Louise ab und zog Elise samt dem Korb in einen engen Hof, der von der Straße aus nicht einsehbar war. Elise glaubte, dass Louises Blase voll war und sie sich erleichtern wollte. Doch zu ihrem Entsetzen begann die Freundin, die Wäsche im Korb zu durchsuchen, nachdem sie ihn abgestellt hatte. Ihre Augen blitzten, ihre Zungenspitze schob sich zwischen die Lippen.

Schließlich zog sie ein blau-gelb gestreiftes Kleid aus glänzendem Stoff hervor, das an Ärmeln und Saum mit Rüschen garniert war, und hielt es sich vor den Leib. Es schien ungefähr ihre Größe zu sein.

»Das Kleid hat mir schon so gut gefallen, als Corinne es heute gebügelt hat«, erklärte sie der ratlosen und verwirrten Elise. »Vor allem wegen dem weiten Rock.«

Elise kam plötzlich ein furchtbarer Verdacht. »Willst du es etwa stehlen?« Sie schnappte nach Luft. »Schlag dir das aus dem Kopf! Du weißt doch, dass meine Maman jedes Wäschestück aufschreibt, das abgegeben wird. Wenn was fehlt, erst recht so ein schönes Kleid, merkt sie es doch sofort. Du wirst dir höchstens eine mächtige Tracht Prügel einhandeln.«

»Ach was!«, wiegelte Louise mit einem verschmitzten Grinsen ab. »Man muss nur wissen, wie man so was richtig anstellt.« Vor den Augen der weiterhin fassungslosen Elise faltete sie das Kleid und steckte es in eine Tragetasche aus Baumwollstoff, die sie unter ihrem Rock hervorgezogen hatte. Dann hängte sie sich die Tasche über die Schulter, nicht ohne sie vorher sorgfältig zuzubinden.

Elises Verdacht verstärkte sich. »Du hast das schon vorher geplant!«, wurde ihr klar. »Du wusstest, dass dieses Kleid hier in unserem Wäschekorb ist.«

Louises Grinsen vertiefte sich. »Nicht genau, aber ich hab's gehofft.«

Angesichts von Elises Gesichtsausdruck fügte sie rasch hinzu: »Nun hab dich nicht so! Ich will es mir doch nur ausleihen, nicht stehlen. Madame Lefèbre sagen wir einfach, es ist in der Wäscherei vergessen worden, und bringen es morgen vorbei.«

»Wofür willst du dir das Kleid denn *ausleihen*?«

»Was glaubst du wohl? Heute Abend gibt's 'nen Ball in der Moulin de la Galette. Wenn ich schon sonst keine Geburtstagsfeier hab, will ich wenigstens da hingehen.«

»Und deine Mutter erlaubt dir das?«

Louise schürzte verächtlich die Lippen. »Natürlich nicht. Die glaubt, dass ich längst schlafe, wenn ich mich aus dem Fenster davonschleiche. Der Ball geht bis Mitternacht. Ein wenig davon krieg ich auf jeden Fall noch mit. Und du weißt doch, ich tanz so gern.« Einen Augenblick lang verdunkelten sich ihre graublauen Augen. »Mein Papa hat mir schon den Chahut beigebracht, als ich erst vier war.«

Elise nickte. Louise erzählte manchmal von ihrem bei einem Unfall früh verstorbenen Vater. Er war Dachdecker von Beruf gewesen und eines Tages infolge eines Sturzes in die Tiefe gestorben.

Der Chahut wiederum war ein Tanz, der viele Jahre lang sogar als unanständig verboten gewesen war, weil die Tänzerinnen dabei ihre Beine unter den Röcken in die Luft warfen.

»Heute tanzt man allerdings den Cancan«, erklärte Louise.

»Da hebt man die Röcke sogar richtig hoch, damit man die Beine auch sehn kann.«

»Du willst also mit diesem gestohlenen Kleid heut Nacht den Cancan in der Moulin de la Galette tanzen?« Elise konnte es noch immer nicht fassen. »Das Kleid wird dabei doch ganz zerknittert. Vielleicht muss es sogar noch mal gewaschen werden.«

»Ich pass schon gut drauf auf!«, versicherte Louise. »Und wenn trotzdem was passiert, lass ich mir irgendwas einfallen. Aber du merk dir eins: Wer nix wagt, der gewinnt auch nix.«

Kapitel 2

KUNSTGALERIE VON ALPHONSE DUMAS

JULI 1878

Valérie wischte sich unwillkürlich eine Strähne ihres rötlich braunen Haars aus der Stirn, die sich aus ihrer Zopffrisur gelöst hatte. Dabei merkte sie nicht, dass sich Spuren von Farbe von ihrer Hand auf die Haut übertrugen.

Obwohl die Kunstgalerie ihres Vaters in einem schattigen Teil der Rue Laffitte lag, hatte sich die drückende Hitze der vergangenen Tage inzwischen auch in den weitläufigen Räumen ausgebreitet. Es nutzte nichts, die mit einem kunstvollen schmiedeeisernen Gitter gesicherte Glastür zu öffnen, da draußen kein Lüftchen wehte.

Valérie lehnte sich auf ihrem hölzernen Hocker ein wenig zurück und betrachtete ihr Gemälde. Es war ein Stillleben mit einer Vase, in der ein bunter Blumenstrauß aus verschiedenfarbigen Dahlien steckte. Valérie kaufte täglich eine dieser Blumen von ihrem Taschengeld an einem Stand auf dem Boulevard de Clichy und nahm die Blüten als Modell, um sie naturgetreu nachzumalen.

Das Bild sollte ein Geburtstagsgeschenk für ihre Mutter Amélie sein. Sie würde in wenigen Wochen fünfunddreißig Jahre alt werden. Nach den Begriffen ihrer Zeit war sie damit eine Frau in mittleren Jahren, die die Blüte ihrer Jugend längst hinter sich hatte. Dahlien gehörten zu ihren Lieblingsblumen.

Valérie setzte noch einige Farbtupfen auf eine weiße und eine rosafarbene Blüte. Zuletzt malte sie die vorgezeichneten Blätter grün aus und überprüfte nochmals ihr Werk.

Mit leisem Bedauern konstatierte sie, dass der Blumenstrauß nach einigen Nachmittagen Arbeit daran jetzt fertig war. Sie hatte die Blüten so regelmäßig angeordnet, wie es Amélie tat, wenn sie einen Strauß arrangierte.

»Irgendwie … sieht es langweilig aus«, murmelte sie vor sich hin.

»Warum malst du dann nicht eine Blüte, die ein wenig über den Vasenrand hinaushängt?«, ertönte plötzlich eine sonore Stimme in ihrem Rücken.

Valérie fuhr erschrocken herum. Der Herr, der unbemerkt hinter sie getreten war, war noch jung und ihr flüchtig vom Sehen bekannt. Es war einer der Maler, die ihre Werke über die Galerie ihres Vaters verkauften.

Der Mann bemerkte Valéries Unsicherheit, legte die rechte Hand auf die Brust und verneigte sich leicht. »Entschuldige bitte, wenn ich dich erschreckt habe. Mein Name ist Henri Gervex. Und wer bist du?«

Ehe Valérie antworten konnte, schlug er sich mit zwei Fingern an die Stirn und fuhr fort: »Du bist Valérie Dumas! Hab ich recht? Die Tochter von Alphonse.«

Valérie nickte und errötete dabei leicht. Wieder sprach Gervex schon weiter, bevor sie antworten konnte. »Ich muss deinem Vater wirklich zustimmen. Du hast ein außerordentliches Talent zum Malen.«

Nun spürte Valérie ihr Gesicht glühend heiß werden. Zwar lobte auch ihr Vater sie immer wieder für ihre Zeichen- und Malkünste. Aber solch ein Kompliment hatte er ihr noch nie gemacht.

»Danke, danke, Monsieur«, stammelte sie.

Gervex neigte den Kopf und lächelte. »Dein Vater kann wahrlich stolz auf dich sein.«

»Das bin ich auch, Henri. Aber setzen Sie dem Kind doch nicht solche Flausen in den Kopf!« Jetzt hatte auch Valéries Vater den Nebenraum der Galerie betreten, in dem sie malte.

Gervex drehte sich zu ihm um. »Ich meine das völlig ernst, Alphonse. Sie sollten diese Begabung Ihrer Tochter fördern.«

»Das tue ich bereits nach Kräften«, versicherte Dumas. »Soweit es sich für ein so junges Mädchen schickt. Doch nun folgen Sie …«

Valérie fasste sich ein Herz und merkte dabei gar nicht, dass sie ihren Vater unterbrach. »Monsieur Gervex, meinen Sie wirklich, ich soll noch eine oder zwei Blüten hinzufügen, die ein wenig aus der Vase heraushängen?«

Der Maler nickte nachdrücklich. »Wenn du nicht nur ein schönes, aber gewöhnliches, sondern ein *außergewöhnlich schönes* Stillleben malen willst, würde ich dir dazu raten.«

»Henri!«, mahnte ihr Vater. »Nun kommen Sie doch endlich! Valérie wird schon wissen, was zu tun ist. Ich habe außergewöhnlich günstige Neuigkeiten für Sie.«

An der Tür drehte Alphonse sich noch einmal um. »Und wisch dir die Farbe von der Stirn, Valérie!«

Gervex folgte ihrem Vater aus dem Nebenraum in die Kunstgalerie. Valérie reinigte ihre Stirn mithilfe eines Taschenspiegels und einiger Tropfen Parfüm aus dem Flakon in ihrer Handtasche.

Maman würde das Bild besser gefallen, wie es jetzt ist, überlegte sie dabei. Aber mir nicht!, entschied sie dann. Außerdem bliebe mir heute nichts anderes mehr zu malen als die Vase und der Hintergrund. Dazu hab ich viel weniger Lust als zu den Blüten.

Sie begann, eine solch überhängende Blüte mit einem feinen Kohlestift an jeder Seite der Vase vorzuzeichnen. Dabei entschied sie, beide Blumen in Rot zu malen. Auch das würde das Bild interessanter machen. Bislang gab es zwischen all den weißen und rosa Dahlien nur eine einzige rote Blüte im Zentrum des Straußes.

Die Vase male ich dann in Blau, beschloss sie plötzlich. Nicht in Silbergrau! Blau macht einen viel besseren Kontrast.

Sie ignorierte dabei das leise Ziehen in der Magengrube, dass ihrer Mutter auch die ursprünglich vorgesehene Farbe der Vase wahrscheinlich besser gefallen würde. Überhaupt war Amélie von Valéries Zeichenbegabung keineswegs so angetan wie ihr Vater Alphonse.

Seit sie denken konnte, hatte Valérie ihre Mutter nur als kränklich erlebt. Außer zur Messe, die sie täglich besuchte, ging Maman kaum aus dem Haus. Sie empfing auch nur selten Besuch. Wenn Valérie in ihrer stürmischen Art, die sie von ihrem Vater geerbt hatte, ins Zimmer der Mutter stürzte, fand sie sie häufig auf ihrem Betschemel kniend vor, mit einem Rosenkranz zwischen den schmalen Fingern.

Jedes Mal handelte sie sich dann einen Tadel ein. »Valérie! Ein wohlerzogenes junges Mädchen bewegt sich gesittet. Es rennt nicht einfach durch eine Tür, bevor man es hineingebeten hat. Wie oft muss ich dir das noch sagen?«

Dann senkte Valérie den Kopf. »Entschuldige bitte, Maman! Es kommt nicht wieder vor.« Doch ihre guten Vorsätze reichten kaum bis zum nächsten Tag.

»Das Kind hat einfach zu viel Temperament!«, hatte sich Amélie einmal bei Alphonse beklagt, als sie glaubte, Valérie sei nicht in Hörweite. »Man könnte meinen, sie sei ein Junge. Ich weiß gar nicht, warum wir das teure Pensionat für Höhere Töchter bezahlen, wenn Madame Claire ihr dort nicht einmal Manieren beibringen kann.«

»Aber, aber, meine Teuerste«, hatte ihr Vater ihre Mutter beschwichtigt. »Madame Claire ist von Valérie begeistert. Sie ist eine der besten Schülerinnen, besonders in den Naturwissenschaften und der Mathematik.«

»Da siehst du es«, entgegnete ihre Mutter. »Genau das sind die Begabungen eines Knaben, nicht die eines jungen Mädchens. Im Religionsunterricht tut sie sich jedenfalls nicht besonders hervor«, hatte sie spitz ergänzt.

Madame Claires Pensionat lag nur eine kurze Wegstrecke von der Wohnung der Dumas entfernt in einem feudalen Gebäude am Boulevard Haussmann, sodass Valérie dort nicht übernachtete und auch die Wochenenden zu Hause verbrachte. Obwohl ihre Mitschülerinnen sie deswegen beneideten, wünschte sich Valérie oft, sie könnte auch im Pensionat wohnen.

Trotzdem bemühte sie sich, ihrer Mutter die Tochter zu sein, die sie sich wünschte. Valérie begleitete sie in den Ferien morgens zur Messe und verbrachte viele Nachmittage am Stickrahmen, obwohl sie viel lieber gezeichnet hätte. Sie übte eifrig auf dem verhassten Klavier, da ihre Mutter der Ansicht war, Musik sei die Kunst, die einer jungen Dame wohl anstünde.

Zum Glück sah ihr Vater Alphonse das anders. Als Kunsthändler war ihm Valéries Talent schon aufgefallen, als sie ein kleines Mädchen war. Jetzt stand er auf dem Zenit seines Erfolgs. Viele der bekannten Salonmaler, zu denen auch Henri Gervex gehörte, verkauften ihre Gemälde über seine Galerie.

Im jährlich stattfindenden Pariser Salon auszustellen, galt als Grundvoraussetzung für den Erfolg als Kunstmaler. Wenn man dann noch zu den von einer Jury ausgewählten Preisträgern gehörte, war man in der Regel ein gemachter Mann.

Ein gemachter *Mann.* Valérie hatte in der Tat noch nie von einer Frau gehört, der die Ehre zuteilgeworden wäre, im Salon auszustellen. Die bekannteste Kunstakademie in Paris, die *École des Beaux-Arts*, nahm Frauen erst gar nicht als Schülerinnen auf.

Mädchen mit malerischer Begabung wurden im besten Fall zu Hause von einem Privatlehrer unterrichtet. Zwar galt auch Zeichnen durchaus als weibliche Beschäftigung, aber nur im Stillen und nicht im Lichte der Öffentlichkeit.

Trotzdem war Valérie nicht entgangen, dass ihr Vater ihre Begabung wertschätzte. Von ihm stammte auch der Vorschlag, Valérie solle ihre Mutter zum diesjährigen Geburtstag mit einem gemalten anstatt einem echten Blumenstrauß überraschen. Natürlich im Stil des »Akademischen Realismus«, das heißt, so naturgetreu, als ob man die echten Blumen vor sich sähe.

Die sonst für Valérie überaus zähe Zeit in den großen Sommerferien war daher bisher wie im Fluge vergangen und voll kurzweiliger Erlebnisse gewesen. Um ihre Mutter überraschen zu können, durfte sie nicht zu Hause malen. Deshalb begleitete sie ihren Vater seit nunmehr vierzehn Tagen nachmittags in die Galerie und beobachtete neugierig das Kommen und Gehen von Künstlern und Kunden.

Ein besonderes Erlebnis war gleich, nachdem sie die Skizze der Vase und des Blumenstraußes vollendet hatte, der gemeinsame Einkauf von Farben bei einem Händler namens Père Tanguy gewesen. Dort durfte sie sich einige Ölfarben aussuchen.

Sehr interessant fand sie auch die Bilder, die Père Tanguy in seinem Laden ausgestellt hatte. Sie glichen zwar überhaupt nicht den Gemälden, die ihr Vater in der Kunstgalerie verkaufte, übten aber dennoch einen gewissen Reiz auf Valérie aus.

Die Farben waren nicht klar und kräftig, sondern pastell,

und sie wirkten verwaschen. Trotzdem erkannte Valérie, was die Bilder darstellen sollten. Es gab Ansichten verschiedener Gärten und Landschaften. Der Künstler hieß *Pissarro,* entzifferte sie die Signatur, während ihr Vater noch mit dem Händler schwatzte.

Doch als sie ihren Vater auf dem Rückweg zur Galerie nach den Gemälden fragte, äußerte der sich verächtlich. »Das sind Schmierereien von einer Gruppe, die sich Impressionisten nennt. Kein einziges dieser Bilder wird jemals einen Käufer finden. Mir kommt so ein Schund jedenfalls nicht in die Galerie.«

Valérie lag es schon auf der Zunge zu widersprechen. Dann unterließ sie es wegen des angewiderten Gesichtsausdrucks ihres Vaters. Seither betrachtete sie die vielen Gemälde im großen Verkaufsraum, die in drei Reihen über- und dicht nebeneinander an den Wänden aufgehängt waren, intensiver als zuvor.

Da gab es eine grausame Szene aus einem römischen Amphitheater, auf der ein behelmter Gladiator gerade vom Publikum mit nach unten gesenkten Daumen den Befehl empfing, seinen unterlegenen Gegner zu töten. Da gab es Gemälde, die Schlachten zeigten, und solche mit Themen aus dem Alten Testament. Und vor allem unzählige Gemälde mit nackten Körpern, insbesondere von Frauen.

Eigentlich war es einer Dame sogar verboten, ihren Fußknöchel in der Öffentlichkeit sehen zu lassen. Valérie war einmal streng von ihrer Mutter zurechtgewiesen worden, als sie sich während eines Spaziergangs in einem Park die Schnürsenkel binden wollte.

Bislang hatte Valérie diese Art von Kunstwerken nicht infrage gestellt. Doch seit dem Besuch bei Père Tanguy grübelte sie darüber nach, warum nicht nur die griechische Liebesgöttin Venus immer wieder nackt dargestellt wurde. Aktuell bot ihr Vater gleich zwei Gemälde an, wo die Göttin, angeblich bei ihrer Geburt, aus den Wellen stieg. Allerdings als erwachsene, mit allen weiblichen Formen ausgestattete Frau.

Aber auch Tugenden wie die *Hoffnung*, die *Wahrheit* oder die *Treue* wurden als nackte Frauen abgebildet. Selbst die Frau des griechischen Heerführers Agamemnon war nackt, als ihr Sohn Orestes sie aus Rache für den Mord an seinem Vater tötete. Sie wirkte zudem ungefähr gleichaltrig wie ihr Sohn.

Instinktiv vermied es Valérie, ihren Vater nach den Gründen für diese Art der Darstellung zu fragen. Sie bekam allerdings rasch mit, dass sich solche Gemälde besonders gut verkauften und hohe Preise damit erzielt werden konnten. Deshalb vermutete sie, ihr Vater würde ärgerlich werden, wenn sie ihn darauf ansprach, und ihr womöglich sogar die Besuche in der Galerie verbieten.

Ein weiterer Aspekt störte sie zunehmend. Wenn sie zufällig ein Verkaufsgespräch mithörte, pries ihr Vater diese Figuren oft als der Natur getreu nachgestellt. Verglich Valérie die gemalten Personen jedoch mit Menschen aus ihrer Umgebung, kam sie jedes Mal zu dem Schluss, die Malereien würden die Natur eher verklären, als sie realistisch abzubilden.

Heute dachte sie jedoch nicht über diese Widersprüche nach. Sie war noch ganz hingerissen über das große Lob dieses bekannten und berühmten Pariser Malers. Nach ungefähr einer Stunde und einigen Korrekturen hatte sie die überhängenden Blüten skizziert und stand auf, um nachzusehen, ob sich Henri Gervex noch in der Galerie aufhielt. Zu gern hätte sie ihm ihren Entwurf gezeigt.

»Nun, ich muss tatsächlich gestehen, dass der Ratschlag, den Ihnen dieser Edgar Degas gegeben hat, nicht von schlechten Eltern war. Das hätte ich diesem Menschen gar nicht zugetraut. Seine Ballettmädchen, die er gewöhnlich malt, wirken längst nicht so erotisch. Wenn man sie überhaupt deutlich erkennen kann.«

»Tja, ganz kurz dachte ich sogar, Degas hätte mich absichtlich in eine Falle gelockt. Schließlich hat die Jury des diesjährigen Pariser Salons dieses Bild wegen Anstößigkeit abgelehnt.«

Valérie, die gerade an die Tür zu dem kleinen Raum klopfen wollte, in dem ihr Vater ganz besondere Werke verwahrte, hielt mitten in der Bewegung inne.

Rolla hieß Gervex' Bild, das ihr Vater gestern zu einem exorbitant hohen Preis an einen belgischen Sammler verkauft hatte. Angesichts der Freude ihres Vaters neugierig geworden, war Valérie in einem unbewachten Moment in den bis dahin verschlossenen Raum geschlüpft und hatte es sich angesehen. Doch ihr Vater scheuchte sie rasch hinaus, als er es bemerkte.

Was ist denn anstößig an diesem Bild?, überlegte sie nun. Die nackte Frau, die dort auf dem Bett liegt, sieht nicht anders aus als viele andere nackte Frauen auf den Gemälden.

Gervex selbst gab ihr die Antwort auf diese Frage. »Die prüde Jury nahm Anstoß daran, dass diese Frau ihre Kleider in einem Haufen neben das Bett geworfen hat, bevor sie sich ihrem Geliebten hingab. Weil dadurch eben deutlich wird, dass man nackt miteinander schläft und zuvor bekleidet war.«

Ganz verstand Valérie den Sinn dieser Ausführungen nicht. Hatte die Jury Anstoß daran genommen, dass die Frau ohne Nachtgewand schlief? Dass man sich vor dem Zubettgehen auszog, war doch ganz normal.

Oder hatte die Jury kritisiert, dass der Mann bekleidet war, während die Frau keinen Faden am Leib trug? Nein, das kann auch nicht sein, verwarf sie diesen Gedanken. Sie erinnerte sich nämlich an einige Bilder, wo splitternackte Frauen vor einer ganzen Gruppe von bekleideten Männern standen.

»Jedenfalls ist Rolla zu beneiden«, hörte Valérie jetzt ihren Vater sagen. »Sich nach einer Nacht mit einer solchen Frau die Kugel zu geben, weil man zuvor sein ganzes Vermögen für Vergnügungen durchgebracht hat, ist ein schöner Tod nach einem schönen Leben.«

Valérie hörte aufmerksam zu. Rolla war offenbar der Name des Mannes neben dem Bett. Sie nahm sich vor, bei Gelegenheit herauszufinden, um wen es sich dabei handelte. Vielleicht verstand sie dann besser, was an dem Gemälde so unanständig sein sollte.

Als sich die Schritte der beiden Männer der halb offenen Tür näherten, schlüpfte sie rasch in ihr kleines Gemach zurück. Von dort aus belauschte sie das Gespräch weiter, wenn auch mit einem Anflug von schlechtem Gewissen.

»Jedenfalls hat sich dieser Monsieur aus Brüssel das Skandalbild einhunderttausend Francs kosten lassen. Wer hätte das gedacht?«, sagte ihr Vater.

Gervex lachte. »Ich sehe den Leiter der Jury des diesjährigen Salons regelrecht blass vor Neid werden, wenn er das erfährt. Meines Wissens hat er für keines seiner Bilder je mehr als zehntausend Francs erhalten.«

Valérie wusste, dass alle Mitglieder der mächtigen Jury, die die Gemälde für die renommierte Ausstellung auswählten, ebenfalls Kunstmaler sein mussten.

»Ein Drittel der Summe, die Sie jetzt als Provision verdient haben, mein lieber Alphonse«, fügte Henri mit leicht spöttischem Unterton hinzu.

»Mein Preis für das Risiko, das ich auf mich genommen habe«, hörte Valérie ihren Vater erwidern. »Die Sache hätte auch ins Auge gehen und mich sogar seriöse Käufer kosten können. Denken Sie doch nur ans *Frühstück im Grünen* von Édouard Manet. Der blieb damals auf seinem Skandalgemälde sitzen. Dabei hat er die Kleider der nackten Gespielin viel dezenter gemalt als Sie!«

Gervex prustete. »Heutzutage sind wir weiter als vor fünfzehn Jahren. Deshalb hielt ich Ihr Risiko von vornherein für gering. Und habe recht behalten, wie man jetzt sieht.« Damit verabschiedete sich Henri Gervex und verließ die Galerie.

Valérie blieb mit einer Mischung aus Ratlosigkeit und Neugier und einer ganzen Reihe offener Fragen zurück.

Kapitel 3

MOULIN DE LA GALETTE

EIN SONNTAGNACHMITTAG IM AUGUST 1879, EIN JAHR SPÄTER

Je weiter Elise die steile Rue Lepic an der Seite von Louise Weber emporstieg, desto schneller klopfte ihr Herz. Das hatte nicht nur mit dem anstrengenden Weg zum Eingang der Mühle zu tun, sondern auch mit der Mischung aus Vorfreude und Angst. Beide Gefühle lagen beständig im Widerstreit miteinander.

Heute würde Elise, natürlich ohne Wissen ihrer Mutter Jeanne, an ihrem ersten Ball teilnehmen. Er fand wie jeden Sonntagnachmittag auf der großen, im Freien gelegenen Tanzfläche der Moulin de la Galette statt. Die Mühle thronte hoch oben auf dem Hügel von Montmartre und war seit vielen Jahren ein beliebtes Ausflugsziel der Pariser, hatte Louise ihr erzählt.

»Da ist der Wein viel billiger als in Paris. Weil Montmartre ja noch nicht lang dazugehört.«

Der Stadtteil war erst im Jahr 1860 als 18. Arrondissement von Paris eingemeindet worden, wusste Elise. Der Zusammenhang mit billigem Wein war ihr trotzdem nicht klar gewesen. »Was hat das eine denn mit dem andern zu tun?«

Louise hatte die Achseln gezuckt. »Irgendwas mit Zoll oder so. Corinne aus der Wäscherei hat mal gesagt, in Montmartre konnte sich früher jeder für kleines Geld besaufen. Auch jetzt wär es bei uns noch viel billiger wie in der Stadt. Genau verstanden hab ich's nicht. Aber es ist mir auch wurscht.«

Ihre Augen blitzten, als sie Elise verschwörerisch zulächelte. »Wir bezahlen sowieso nix, wirst sehn. Die Kerle reißen sich drum, uns einzuladen.«

Das hoffe ich sehr, erinnerte sich Elise jetzt an Louises Worte, als sie keuchend hinter ihr herstapfte. Je höher sie kamen, desto steiler wurde die Rue Lepic. Elise hatte keinen Centime bei sich, mit dem sie sich selbst etwas zu trinken kaufen konnte. Und verspürte bereits jetzt an diesem warmen, sonnigen Augustnachmittag heftigen Durst.

Endlich kam das große ovale Tor in Sicht, hinter dem eine Treppe zum Garten der Mühle hinaufführte. Doch zu Elises Enttäuschung ging Louise daran vorbei.

»He«, rief Elise ihr nach und blieb stehen, da sie jetzt auch noch Seitenstechen vom schnellen Gehen bekam. »Wo willst du denn hin?«

Louise fuhr herum und legte sich mit wütendem Gesichtsausdruck den Zeigefinger auf den Mund. Dann wartete sie, bis Elise herangekommen war.

»Du dämliche Trine!«, zischte sie. »Willst du alle auf uns aufmerksam machen?«

»Was wär denn dabei?« Elise verstand ihre Freundin nicht.

»Na, der Torwächter da lässt uns sicher nicht rein«, erklärte Louise. »Der fragt uns, wo unsere Mütter sind. Und dann war's das mit dem Tanz.«

»Außerdem kostet es Eintritt«, fügte sie hinzu. »Fünfundzwanzig Centime. Hast du etwa so viel dabei?«

Elise sank der Mut. »Davon hast du mir gar nichts gesagt. Wie willst du denn sonst reinkommen?«

»Ach, das ist nicht schwer.« Louises Zorn verrauchte so schnell, wie er gekommen war. Jetzt grinste sie wieder. »Wir kommen einfach vom Maquis aus zur Mühle und schlagen uns dann durchs

Gebüsch. Da gibt's 'ne Lücke im Zaun, gleich hinter der Blaskapelle. Wir schlüpfen durch, und schon sind wir drin.«

Elise stockte der Atem. »Und … das Kleid?«, stammelte sie. »Das kriegt doch sicher Flecke dabei! Oder sogar einen Riss!«

Jetzt bedauerte sie heftig, dass sie sich von Louise hatte überreden lassen, sich aus der Wäsche, die sie gestern Abend am Boulevard de Clichy ausliefern sollten, zum ersten Mal ebenfalls ein Kleid »auszuleihen«. Ein kostbares noch dazu. Aus weißer Seide mit rosa Rüschen.

Louise hatte ihr vorher erklärt, dass sie so etwas schon ein paarmal gemacht hätte, ohne je erwischt worden zu sein.

»Komm schon«, hatte Louise sie überredet. »Du willst bei den Burschen doch Eindruck schinden! Wer soll denn mit dir tanzen, wenn du in so 'nem Baumwollfetzen daherkommst wie dem, den du jetzt anhast.«

Eigentlich war Elise bis dahin auf ihr neues Kleid mit dem Blümchendruck stolz gewesen. Ihre Mutter Jeanne hatte es ihr in ihrer spärlichen Freizeit genäht. Doch auf ihr Zögern hin setzte Louise noch eins drauf. »Bild dir ja nicht ein, dass ich dich damit mitnehm! Da blamier ich mich ja bis auf die Knochen mit dir.«

Und so überwand sich Elise, das weiße Kleid zu nehmen. Denn die Freundin schwärmte ihr schon den ganzen Sommer lang von den wunderbaren Tanzveranstaltungen in der Moulin de la Galette vor. Seit Wochen schlich sie sich ohne Wissen ihrer Mutter dorthin. Zu gerne wollte Elise auch einmal dabei sein.

Louise hatte sich aus einer anderen Wäschelieferung ebenfalls ein teures Kleid ausgesucht. Es war hellblau und betonte die Farbe ihrer graublauen Augen. Dazu hatte sie gleich einen mit Volants besetzten Unterrock einbehalten. Als sich herausstellte, dass er für ihr Kleid viel zu lang war, schlug Louise den Bund an der Taille um und steckte ihn mit Stecknadeln fest.

Jetzt bauschte sich der Rock des Kleides. Entzückt drehte sich Louise um die eigene Achse. »Das richtige Kleid für einen Cancan«, schwärmte sie.

Das war vor zwei Stunden geschehen, nachdem sich die Mädchen zu Hause jeweils mit der Ausrede verabschiedet hatten, sich nachmittags bei der Freundin treffen zu wollen. Stattdessen schlichen sie sich in einen Garten, in dem sich eine kleine Hütte befand. Diesen Schlupfwinkel hatte Louise schon vor einiger Zeit entdeckt, hier pflegte sie sich für den Tanz herzurichten und umzuziehen.

»Die Besitzerin ist unsre Nachbarin. Die liegt schon seit Wochen im Spital. Da stört uns niemand«, hatte sie Elise mitgeteilt, als die beiden gestern Abend ihre ausgeliehenen Kleider dort versteckt hatten.

Louise hatte ihrer Mutter auch das Salatöl stibitzt, das sie verwendete, um sich künstliche Locken in ihre rotblonden glatten Haare zu drehen. Darauf konnte Elise mit ihren schwarzen Locken verzichten, zudem fürchtete sie, Fettflecke auf dem Kleid zu hinterlassen. Und nun sollte sie damit sogar durch Gebüsch und einen Zaun kriechen. Ihr schwante Böses. Doch für eine Umkehr war es zu spät.

Eine halbe Stunde später hatten sich ihre Bedenken aufgelöst. Tatsächlich war sie, ohne das Kleid zu beschädigen, auf die Gartenterrasse der Mühle gelangt und stand nun am Rand, um das Geschehen erst einmal zu beobachten.

Cancan wurde jedenfalls nicht getanzt, stellte sie fest. Die Tanzpaare drehten sich stattdessen immer wieder um die eigene Achse. Man tanzte »Walzer«, wie sie später erfuhr.

Während Elise abwartete, umrundete Louise bereits den von großen Kastanien beschatteten Platz, auf dem es nach der Sommerhitze auf dem kahlen Maquis angenehm kühl war. Louise winkte mehreren stutzerhaft gekleideten jungen Männern zu, die ihren Gruß lebhaft erwiderten. Sie trugen flache Strohhüte und gestreifte Anzüge. Die Kragen ihrer weißen Hemden standen offen. Zwischen den Lippen steckte bei fast jedem eine Zigarette.

Elise fiel auf, dass Louise mehrmals von ihnen angesprochen wurde und nur den Kopf schüttelte. Sie ließ sich allerdings ein Glas Wein von einem der Burschen spendieren. Als die Blaskapelle nach einer kurzen Pause zu einem neuen Stück ansetzte, trat ein Soldat in Uniform auf Louise zu. Zu Elises Erstaunen, die den Soldaten weniger gut aussehend fand als die Männer mit den Strohhüten, drehte ihre Freundin sich kurz danach mit ihm auf der Tanzfläche.

»Junges Fräulein, ganz allein hier?«, hörte Elise plötzlich eine Stimme an ihrer Seite. Als sie den Kopf wandte, erblickte sie einen der jungen Stutzer, der auf sie zugetreten war. »Darf ich dir ein Getränk spendieren?«

Auf einmal spürte Elise wieder, wie durstig sie war. »Was gibt es denn?«, fragte sie schüchtern.

»Na, dann komm mal mit!«, forderte der Mann sie auf. Elise schätzte sein Alter auf ungefähr zwanzig Jahre. Er führte sie zu einer Getränketheke an der Seite der Tanzfläche. »Willst du Wein oder lieber 'ne Pfirsichbowle?«

Elise schüttelte den Kopf. Alkohol hatte sie noch nie getrunken.

Stattdessen wies sie auf eine irdene Kanne. »Gibt es auch Milch?« Sie erinnerte sich an Louises Worte, dass die Mühle ihren Namen einem Gebäck namens Galette verdankte, zu dem man früher ein Glas Milch serviert hatte. »Die haben das heute immer noch«, hatte sie mit einer wegwerfenden Handbewegung gesagt. »Ich trink aber lieber Wein. Ein bisschen mit Wasser vermischt, damit er nicht so zu Kopf steigt. Milch ist was für Säuglinge.«

Tatsächlich musterte der junge Mann Elise spöttisch. »Wie alt bist du denn?«

»Dreizehn«, entfuhr es Elise unwillkürlich. Dann schlug sie sich erschrocken auf die Lippen. Hatte Louise ihr nicht eingeschärft zu behaupten, sie sei sechzehn, wenn jemand sie danach fragen würde? »Sonst schmeißen die dich gleich raus, wenn du ohne deine Maman da bist.«

In diesem Augenblick trat eine Frau in mittleren Jahren auf Elise und ihren Begleiter zu. Sie trug ein hochgeschlossenes dunkles Kleid mit einem weißen Brusteinsatz und dazu passender Haube. Offenbar hatte sie den letzten Teil der Unterhaltung mit angehört.

»Bist du wirklich erst dreizehn Jahre alt?«, fragte sie und warf dem jungen Mann einen durchdringenden Blick zu. Der tippte sich an den Hut und entfernte sich wortlos.

»Wo ist deine Mutter?«, insistierte die Frau. Instinktiv behalf sich Elise mit einer Notlüge. »Sie hat eben den Abtritt aufgesucht.« Zu ihrer Erleichterung kam Louise gerade mit ihrem Begleiter auf sie zu.

»Was hast du schon wieder angestellt?«, herrschte sie Elise mit gespieltem Zorn an. »Maman hat doch verboten, dass du mit fremden Männern sprichst.«

Die Matrone wandte sich an Louise. »Sind Sie die ältere Schwester?« Elise fiel sofort auf, dass die Frau Louise siezte.

Die nickte und wies auf ihren Begleiter. »Das ist unser Cousin«, log sie dreist. Dann wandte sie der Frau demonstrativ den Rücken zu. »Ich glaub, Elise hat Hunger und Durst. Spendier ihr doch 'ne Galette und ein Glas Milch! Maman gibt dir das Geld später zurück.«

Der Soldat grinste. »Das braucht sie nicht.« Dann hakte er Elise unter und ging mit ihr zurück an die Theke. Wenig später saß sie mit den beiden an einem der einfachen Holztische, trank in durstigen Zügen von der kühlen Milch und biss in die köstlich schmeckende Galette. Das war eine Art braunes Kuchenbrot.

Nach einem Blick über die Schulter zischte Louise Elise ärgerlich zu. »Dich kann man nicht mal 'nen Augenblick allein lassen. Das war ein Pimp, weißt du das nicht?«

Elise hatte das Wort noch nie gehört. »Was ist denn ein Pimp?«

»Na, ein Zuhälter«, erklärte Louise deutlich genervt.

Auch dieses Wort kannte Elise nicht.

Schulterzuckend wandte sich Louise an den Soldaten. »Hast du jemand, der mal auf dieses Wickelkind aufpassen kann, Raymond?«

Elise spürte ihr Gesicht heiß werden. Doch der Soldat sah sie nicht spöttisch, sondern eher mitleidig an. Dann blickte er sich um.

»Da drüben ist André. Den kenn ich schon lang, er wohnt in der Nachbarschaft meiner Eltern. Der ist harmlos.«

Er spitzte die Lippen, pfiff und winkte den jungen Mann, der aufblickte, heran. Dieser André war längst nicht so elegant gekleidet wie die Stutzer, die Louise »Pimp« genannt hatte. Er trug eine einfache Leinenhose mit Hemd und dazu passender Weste und eine Schirmmütze auf dem Kopf. Als er näher kam, bemerkte Elise, dass seine Schuhe nicht so blank geputzt waren wie die des »Zuhälters«, sondern staubig aussahen. Aber er wirkte nett.

»Tust du mir 'nen Gefallen, André?«, bat ihn der Soldat. »Ich will noch ein bisschen mit der Louise tanzen. Kümmerst du dich um ihre jüngere Schwester? Elise ist erst dreizehn.«

Er zückte seine Börse und zog ein Zwei-Francs-Stück heraus. »Kauft euch davon, was ihr wollt. Und tanz mal mit ihr, André!

Sieh vor allem zu, dass sie nicht in die Nähe der Fleischhändler kommt. Einer hat sie schon angequatscht.«

Auch diese Bezeichnung für die elegant gekleideten Männer verstand Elise nicht. Aber sie beschloss, den Mund zu halten. Offenbar hatte sie sich schon genug blamiert.

Eine weitere Stunde später war das Eis zwischen ihr und André gebrochen. Er hatte ihr erzählt, dass er mit Nachnamen Renard hieß, achtzehn Jahre alt war und bei einem Tischler in die Lehre ging. »Das ist mein Onkel. Ich wohn auch bei ihm. Der hat keine Kinder. Er sagt immer, wenn ich tüchtig genug bin, vererbt er mir mal die Werkstatt.«

Als Elise nachfragte, erfuhr sie, dass André Waise war. Eltern und Geschwister waren seit Jahren tot.

Da sie weiterhin durstig war, holte er ihr noch zwei Becher Milch von der Theke. Sie erzählte ihm, dass sie gerade die Nonnenschule abgeschlossen hatte und nun bei ihrer Mutter in die Lehre als Büglerin ging.

»Die Wäscherei kenn ich«, sagte André. »Da lässt meine Nachbarin waschen. Sie bringt auch das Zeug von Onkel Georges und mir hin.«

»Oh!« Einen Moment lang war Elise erschrocken. Hoffentlich erzählte André der Nachbarin nichts von ihrem kostbaren Kleid. Nicht auszudenken, wenn Jeanne davon erführe. Doch falls André ahnte, dass Elises Seidenkleid ihr gar nicht gehörte, ließ er sich das nicht anmerken.

»Ist Louise wirklich deine ältere Schwester?«, fragte er stattdessen.

Elise errötete. Kurz war sie versucht, ihn anzulügen. Doch er blickte sie so treuherzig mit seinen dunkelbraunen Augen an, dass sie es nicht übers Herz brachte.

Zögernd schüttelte sie den Kopf. »Nein, sie ist eine Freundin und arbeitet mit mir in der Büglerei. Sie ist so alt wie ich, auch erst dreizehn.« Dabei warf sie einen raschen Blick über die Schulter. Louise und Raymond tanzten weiterhin eng umschlungen. »Aber verrat ihr bitte nicht, dass ich dir das gesagt hab! Sonst ist sie furchtbar sauer auf mich.«

André legte die rechte Hand auf sein Herz. »Dein Geheimnis ist gut bei mir aufgehoben«, versprach er.

Eine Weile schwiegen sie verlegen. Dann holte André sichtlich Luft. »Willst du auch mal tanzen?«

Spontan zuckte Elise zurück. »Ich kann das doch gar nicht«, gestand sie.

André lächelte nur. »Dann bring ich's dir bei. Schwer ist es nämlich nicht.«

Wenig später führte er sie behutsam über die Tanzfläche und zeigte ihr dabei die einzelnen Walzerschritte. Elise stellte sich geschickt an und begriff schnell, wie sie sich bewegen sollte. Schon nach zwei Stücken der Blaskapelle drehten sich die beiden harmonisch im Kreis.

André war einen Kopf größer als Elise und führte sie fest und bestimmt, ohne ihr dabei zu nahe zu treten. In seinen Armen fühlte sie sich auf eine angenehme Weise geborgen.

Beim Tanzen begegneten sie immer wieder Louise und Raymond. Louise feixte. »Sieh mal einer an!«, sagte sie so laut zu Raymond, dass Elise es hörte. »Dein André kann Wunder bewirken. Aus dem Wickelkind wird ja 'ne junge Dame.«

»Hör nicht auf sie«, flüsterte André Elise ins Ohr. »Deine Freundin scheint ein rechtes Schandmaul zu sein.«

Trotz ihres eigenen Ärgers über Louise fühlte Elise sich berufen, sie zu verteidigen. »Sie kann auch sehr nett sein. Und ohne sie wär ich heut gar nicht hier.«

André warf ihr einen Blick zu, bei dem ihr Herz schneller zu schlagen begann. »Das wär ja wirklich außerordentlich schade.«

Erst jetzt fiel Elise auf, dass André trotz seiner schäbigeren Kleidung viel attraktiver war als die sogenannten Pimps. Er war schlank, hatte starke Arme von der Tischlerarbeit. Die braunen Haare, die unter der Schirmmütze hervorlugten, reichten ihm bis zu den Ohren. Seine Gesichtszüge waren regelmäßig, die Nase gerade. Und wenn er lachte, blitzten zwischen den schmalen Lippen erstaunlich weiße Zähne auf. Das war im ärmlichen Teil von Montmartre auch bei einem jungen Menschen eine Seltenheit, wusste Elise.

Sie hätte noch ewig mit ihm weitertanzen können, doch der Zeiger der großen Uhr über der Theke näherte sich der Sieben. Um sieben Uhr hatten die Mädchen ihren Müttern versprochen, wieder zu Hause zu sein. Als Louise keine Anstalten machte, die Tanzfläche zu verlassen, stupste Elise sie beim Vorbeitanzen an.

»Wir müssen nach Hause«, flüsterte sie. Doch Louise tat so, als hätte sie Elise nicht gehört, und tanzte weiter.

Nachdem Elise es zwei weitere Male vergeblich versucht hatte, blickte sie André zunehmend verzweifelt an. »Ich muss heim«, erklärte sie. Dann fasste sie sich ein Herz. »Meine Mutter weiß nämlich nicht, dass ich hier bin.« Ängstlich wich sie seinem Blick aus.

Doch André machte ihr keinen Vorwurf, sondern nickte verständnisvoll. »Soll ich mit dir gehn?«, bot er an. Als Elise zögerte, wurde seine Stimme drängend. »Es ist zwar noch hell. Aber die Gegend rund um die Mühle ist abends trotzdem gefährlich. Erst recht für ein junges Mädchen, das allein unterwegs ist.«

Elise war bestürzt. Diese Gegend war gefährlich? Warum hatte Louise ihr das nicht gesagt?

»Und was ist mit ihr?«, fragte sie mit einer Kopfbewegung zu Louise hin.

André winkte ab. »Wenn Raymond sie später heimbringt, passiert ihr nichts. An einen Soldaten traun die sich nicht ran.«

Elise spürte instinktiv, dass André die jungen Männer meinte, denen Louise so merkwürdige Namen gegeben hatte. Aber sie wollte lieber nicht wissen, was die wirklich im Schilde führten. Gutes konnte es jedenfalls nicht sein.

Der Zeiger der Uhr rückte unerbittlich vor. Jetzt war es bereits Viertel vor sieben. Auf keinen Fall wollte Elise riskieren, dass Jeanne bei Louises Mutter Madeleine, die nur ein paar Straßen weiter wohnte, vorbeiging, um sie abzuholen.

»Dann bring mich bitte jetzt heim, André«, bat sie. »Ich muss in die Rue Tourlaque.«

»Das trifft sich ja gut«, strahlte er. »Wir sind beinahe Nachbarn! Ich wohn nämlich in der Rue Caulaincourt.«

Als sich die beiden durch die Menge rund um die Tanzfläche drängten, bemerkte Elise, dass sich viel mehr Menschen eingefunden hatten als am Nachmittag. Sie erinnerte sich vage, dass Louise ihr gesagt hatte, der Tanz gehe bis Mitternacht.

André fasste sie an der Hand und bahnte sich eine Gasse zwischen den Leuten. Plötzlich spürte Elise etwas Feuchtes am unteren Rücken. Mitten im Gedränge blieb sie stehen und zog an ihrem Rock. Auf der rückwärtigen Seite breitete sich ein dunkelroter Fleck aus.

Als sie aufblickte, sah sie gerade noch, wie ein Mann mit Strohhut und Anzug in die entgegengesetzte Richtung strebte, in der Hand ein leeres Glas. Sie hätte schwören können, dass es jener Pimp war, der wortlos die Flucht ergriffen hatte, als die Matrone auf sie zugekommen war.

»Das ist Rotwein!«, erkannte sie entsetzt und brach in Tränen aus. »Aus Seide geht das vielleicht nie wieder raus.«

Kapitel 4

WOHNUNG DES KUNSTHÄNDLERS ALPHONSE DUMAS AM BOULEVARD DE CLICHY

AUGUST 1879, AM NÄCHSTEN TAG

»Es ist mir eine außerordentliche Freude, dass Sie uns heute mit Ihrem Besuch beehren, verehrter Vicomte de Lesseps.«

Valérie warf ihrem Vater einen prüfenden Blick zu und erkannte, dass er es wirklich ernst meinte. Denn mit dieser Floskel pflegte Alphonse Dumas auch viele Kunden in seiner Kunsthandlung zu begrüßen.

»Die Ehre ist ganz meinerseits, Monsieur Dumas«, erwiderte der Gast.

Er war zum Nachmittagstee in die Wohnung der Dumas am Boulevard de Clichy mitgekommen und hatte offenbar zuvor in der Galerie vorgesprochen. In der Regel pflegte ihr Vater vor dem Souper nicht nach Hause zu kommen. Meistens waren Valérie und ihre Mutter nachmittags allein.

»Ich habe einen Gast mitgebracht«, hatte Alphonse seiner verblüfften Gattin mitgeteilt, kurz bevor der Tee serviert werden sollte. »Bitte Simon, zwei weitere Gedecke aufzulegen! Ich hoffe, du hast genügend Gebäck auf Vorrat.«

»Vielleicht sollte ich mich der Dame des Hauses zuerst vorstellen, mein lieber Dumas«, zügelte sein Begleiter ihn sanft, aber bestimmt.

Dann drehte der Herr sich zu Amélie um, ergriff ihre Hand

und deutete einen Handkuss an. »Vicomte Ferdinand de Lesseps, habe die außerordentliche Ehre, Madame Dumas. Entschuldigen Sie bitte, dass ich so unvermittelt hier hereinbreche. Aber Ihr Gatte bestand darauf.«

Valéries Puls beschleunigte sich. »Sie sind Monsieur de Lesseps?«, mischte sie sich aufgeregt ein. »Der Erbauer des Suezkanals?«

Diesmal wirkte nicht nur Maman, sondern auch ihr Vater indigniert. »Ich muss mich für die vorlaute Frage meiner Tochter entschuldigen, Vicomte«, ergriff Alphonse das Wort.

Doch der weißhaarige Herr mit dem imposanten grauen Schnauzbart, der an den Enden kunstvoll gezwirbelt war, lächelte nur. »Ich freue mich sehr, dass ich auch Ihre überaus reizende Tochter kennenlernen darf, Madame und Monsieur Dumas.«

Dann verbeugte er sich auch vor Valérie, die spürte, dass sie ob des Tadels blutrot im Gesicht geworden war. »Darf ich nach dem Namen der Demoiselle fragen?«

»Das ist unsere dreizehnjährige Tochter Valérie«, kam Alphonse ihrer Antwort zuvor. Dann wandte er sich dem Mädchen zu. »Es ist vielleicht besser, wenn du dein Zimmer aufsuchst«, beschied er der entsetzten Valérie. »Ich habe sehr wichtige Dinge mit Vicomte de Lesseps zu besprechen.«

Der hob nun beide Hände. »Aber ich bitte Sie, verehrter Dumas! Dieses aufgeweckte junge Mädchen hat sofort gewusst, um wen es sich bei mir handelt. Das ist sehr ungewöhnlich. Was glauben Sie, wie viele junge Damen in ihrem Alter schon einmal etwas vom Suezkanal gehört haben?«

Er zwinkerte Valérie zu. »Deshalb bestehe ich sogar darauf, dass Ihr Fräulein Tochter am Nachmittagstee teilnimmt. Ich möchte zu gern in Erfahrung bringen, was sie über das Bauwerk weiß.«

Während ihr Vater nicht nur getröstet, sondern sogar geschmeichelt aussah, machte ihre Mutter offenbar gute Miene zum bösen Spiel. Wahrscheinlich hat sie selbst noch nie etwas von diesem Kanal gehört, dachte Valérie. Und findet es wieder undamenhaft, dass ich ihn kenne.

Wenig später waren Tee und Kuchen serviert. Ferdinand de Lesseps nahm einen Schluck und richtete das Wort dann an Valérie. »Also, Mademoiselle Dumas. Was wissen Sie über den Suezkanal?«

Valérie errötete wieder, diesmal jedoch vor Freude. Das war das erste Mal, dass sie von einem Erwachsenen gesiezt wurde.

»Der Suezkanal verbindet das Mittelmeer mit dem Roten Meer und erspart damit der Schifffahrt zwischen dem Nordatlantik und dem Indischen Ozean den beschwerlichen Weg rund um Afrika. Der Kanal verdankt seinen Namen der Stadt Suez, die an der Landenge in Ägypten liegt, durch die Sie diesen Kanal erbauen ließen.«

Jetzt strahlte Valéries Vater regelrecht vor Stolz, und selbst ihre Mutter lächelte mit einer Spur Bewunderung für das Wissen ihrer Tochter.

Das Kompliment, das Monsieur de Lesseps ihr jetzt machte, verstärkte diese Gefühle der Eltern noch. »Sie dürfen sich glücklich schätzen über eine so kluge Tochter in solch jungen Jahren«, wandte er sich zunächst an die beiden.

»Das ist völlig korrekt, Mademoiselle«, bestätigte er Valéries Angaben danach mit einem breiten Lächeln. »Darf ich fragen, woher Sie Ihre Kenntnisse haben?«

»Ich besuche eine Schule für Höhere Töchter, in der auch das Fach Geografie unterrichtet wird. Die meisten meiner Mitschülerinnen fanden das Thema Suezkanal langweilig. Mich hingegen hat es sehr interessiert.«

Lesseps nickte ihr begeistert zu. »Dann wird es Sie sicherlich freuen, dass ich nun ein ähnlich großartiges Projekt plane. Das ist der Grund, warum ich Ihren Vater heute aufgesucht habe.«

Über das neue Projekt hatte Valérie noch nichts gehört. Ihre Mutter duldete nicht, dass sie die Tageszeitungen las, die ihr Vater abonniert hatte. Doch Alphonse Dumas zeigte sich informiert.

»Diesmal soll es um die Landenge zwischen Nord- und Südamerika in einer Region namens Panama gehen, die zu Kolumbien gehört. Der Kanal, den Sie planen, soll den Atlantischen mit dem Pazifischen Ozean verbinden.«

»Und ist damit eine mindestens so große Erleichterung für den Handel zur See wie der Suezkanal«, bestätigte der Vicomte. »Deshalb habe ich eine Gesellschaft zur Finanzierung des Baus gegründet und fungiere als Hauptunternehmer. Nun bin ich auf der Suche nach solventen Anlegern, die ihr Vermögen durch eine Zeichnung von Anteilen an dieser Gesellschaft beträchtlich vergrößern möchten.«

Alphonse Dumas wiegte den Kopf. »Das klingt vielversprechend, Vicomte. Doch welche Risiken sind mit einer solchen Anlage verbunden?«

De Lesseps lächelte spöttisch. »Weit weniger Risiken als damals beim Bau des Suezkanals. Das versichere ich Ihnen, mein lieber Dumas. Diesmal sind nur achtzig Kilometer Landenge zu durchstechen. Beim Suezkanal waren es mit einhundertvierundsechzig Kilometern mehr als doppelt so viel. Zudem handelt es sich nicht um unfruchtbares Wüstenland, in dem gearbeitet werden muss. Ganz im Gegenteil! Die Gegend in Panama ist sehr wasserreich und strotzt nur so vor Vegetation. Die Bauzeit soll daher auch nur acht anstatt zehn Jahre betragen. Zu guter Letzt darf ich auf meine Erfahrung hinweisen, die ich mit dem Bau des Suezkanals erworben habe.«

Er nahm einen Schluck Tee und verzehrte danach genießerisch ein Stück seiner Apfeltarte. »Ich muss auch Ihnen ein großes Kompliment machen, gnädige Madame Dumas. Dieser Kuchen ist ausgezeichnet.«

Während Amélie vor Freude strahlte, ahnte Valérie, dass diese Pause im Gespräch mit ihrem Vater beabsichtigt war, um die Spannung zu erhöhen. Schon einige Male hatte sie ihren Vater in der Kunsthandlung bei einer ähnlichen Taktik gegenüber einem noch unentschlossenen Kunden beobachtet. Anstatt den Preis für das Gemälde zu nennen, über das verhandelt wurde, pries er zuerst dessen Vorzüge und wandte sich dann einem nebensächlichen Thema zu.

Tatsächlich war es ihr Vater, der Ferdinand de Lesseps die nächste Frage stellte. »Wie lautet der Name der Gesellschaft, wenn ich fragen darf?«

»Ich habe sie als Interozeanische Panamakanalbaugesellschaft gegründet.«

»Sie sagten soeben, Sie seien der Hauptunternehmer. Wer ist denn außer Ihnen noch federführend an der Gesellschaft beteiligt?«

»Es sind die bekannten Bankiers Cornelius Herz und Baron Jacques de Reinach. Sie haben jeweils große Summen eingebracht«, antwortete der Vicomte bedeutungsvoll.

Alphonse Dumas überlegte einen Moment lang, während der Gast mit deutlichem Behagen weiter seine Apfeltarte verzehrte.

»Verzeihen Sie mir die folgende Frage, verehrter Vicomte. Aber beim Suezkanal gab es lange Zeit Probleme mit der Baukonzession, soweit ich unterrichtet bin. Wie sieht es beim Panamakanal damit aus?«

De Lesseps machte eine wegwerfende Handbewegung. »Wir sind mit der kolumbianischen Regierung selbstverständlich bereits im Gespräch. Da sind keine Schwierigkeiten zu erwarten. Schließlich ist jedermann bekannt, wie reich alle Beteiligten am Bau des Suezkanals wurden. Nicht zuletzt die ägyptische Regierung.«

In diesem Augenblick erschien das Dienstmädchen Marie an der Tür zum Speisezimmer. Sie knickste schüchtern. »Die gnädige Frau möge verzeihen. Am Dienstboteneingang hat gerade eine Wäscherin von Madame Claude vorgesprochen. Es geht wohl um das fehlende Stück, das die gnädige Frau bei der letzten Lieferung vermisst hat.«

Amélie stand sofort auf und entschuldigte sich bei ihrem Gast, bevor sie das Speisezimmer verließ. Valérie hatte den Eindruck, ihre Mutter sei froh, diese für sie äußerst langweilige Konversation verlassen zu können. Sie selbst war dagegen sehr gespannt darauf, wie das Gespräch zwischen ihrem Vater und dem Vicomte enden würde.

»An welche Zeichnungssumme haben Sie denn gedacht?«, stellte ihr Vater nun tatsächlich die entscheidende Frage.

Er selbst hatte Valérie in der Kunstgalerie erklärt, dass eine solche Frage nach dem Preis eines Gemäldes ein sicheres Anzeichen für das Kaufinteresse des Kunden sei.

Doch bevor de Lesseps antworten konnte, drangen plötzlich laute Stimmen aus Richtung des Dienstboteneingangs bis ins Speisezimmer.

Alphonse Dumas runzelte die Stirn. »Geh einmal nachsehen, was dort vor sich geht, Valérie!«, gebot er seiner Tochter unwillig.

Valérie unterdrückte ein Seufzen, bevor sie der Anweisung ihres Vaters Folge leistete.

Am Hintereingang zur Wohnung erblickte Valérie zuerst ihre Mutter, die aufgeregt gestikulierte. In einiger Entfernung stand das Dienstmädchen Marie, hielt etwas Weißes in beiden Händen und hob ratlos die Schultern, als sich Valérie näherte und sie forschend anblickte.

Neugierig trat Valérie neben ihre Mutter. »Liebste Maman! Papa schickt mich, um nachzuhören, um was es hier geht. Schließlich ist unser Gast noch im Haus«, ergänzte sie bedeutungsvoll, als ihre Mutter sie wütend anblitzte.

Die sog hörbar die Luft ein, bemühte sich dann jedoch, ihre Stimme zu senken.

»Dieses Mädchen da« – sie wies empört auf eine kleine Gestalt, die sich halb hinter dem Rücken einer großen schlanken Frau verbarg –, »dieses Mädchen da hat sich unbefugterweise dein weißes Seidenkleid ausgeliehen! *Ausgeliehen!*«, betonte sie das Wort noch einmal. »Um damit tanzen zu gehen! Dabei wurde es mit Rotwein befleckt und ist nun wahrscheinlich völlig verdorben.«

»Sei nicht so feige und zeige dich meiner Tochter, deren schönstes Gewand du ruiniert hast!«, schnauzte Amélie das Mädchen an. Die schlanke Frau schubste es unsanft nach vorn, sodass Valérie endlich sehen konnte, um wen es sich handelte.

Valérie kannte das Mädchen nicht. Spontan tat sie ihr leid. Ihre strahlend blauen Augen waren rot geweint, auch jetzt schluchzte sie herzzerreißend. Dabei zupfte sie mit der rechten Hand an den schwarzen Locken, die sich aus einem schweren, seitlich geflochtenen Zopf gelöst hatten.

»Gnädige Dame!« Die noch junge Frau, wahrscheinlich die Mutter, sprach Amélie mit flehender Stimme an. »Gnädige Dame! Ich kann nur noch einmal wiederholen, wie leid mir diese Missetat meiner Tochter tut. Sie ist eigentlich ein braves Kind, hat gerade die Nonnenschule mit einem sehr guten Zeugnis verlassen und arbeitet jetzt den ganzen Tag in der Wäscherei mit. Schon zuvor hat sie nachmittags nach der Schule dort ausgeholfen.«

Amélies Miene blieb ungerührt.

Dessen ungeachtet fuhr die Frau fort: »Ich weiß auch nicht, was in Elise gefahren ist, Ihnen und mir einen solchen Streich zu spielen. Daran ist wohl eine Freundin schuld, mit der ich ihr den Umgang bereits verboten habe. Außerdem versichere ich Ihnen, dass sie ihre Strafe bereits bekommen hat und noch bekommen wird. Ich habe meine beiden Töchter noch nie geschlagen. Aber die Ohrfeige von gestern Abend wird Elise so schnell nicht vergessen.«

»Das ist ja wohl das Mindeste, Madame Lambert!«, wütete Amélie Dumas weiter. »So ein unverschämtes Balg muss gezüchtigt werden!«

Valérie glaubte, ihren Ohren nicht zu trauen. Zwar tadelte ihre Mutter sie immer wieder für ihr undamenhaftes Auftreten, wie sie das nannte. Aber geschlagen hatte sie Valérie noch nie, selbst wenn die Tochter einmal freche Widerworte gab.

Doch Madame Lambert nickte. »Selbstverständlich, gnädige Frau. Elise, mach einen Knicks und sag selbst, wie es zu dem Fleck gekommen ist.«

»Jemand hat Rotwein über den Rock gegossen.« Elise sprach mit erstickter Stimme und hatte die Augen zu Boden gesenkt. »Aber …«

»Das habe ich also richtig verstanden?«, fiel Madame Dumas ihr ins Wort. »Du hast dieses Kleid unbefugt aus der Wäsche genommen, die ich deiner Mutter anvertraut habe, um damit heimlich zum Tanz in die Moulin de la Galette zu gehen?« Das klang so, als sei die bekannte Mühle eine verrufene Spelunke.

Elise brach erneut in Tränen aus.

»So ist es, Madame Dumas«, antwortete ihre Mutter an ihrer Stelle. Jetzt klang sie eine Spur weniger unterwürfig als zuvor, wenn auch nach wie vor sehr gewählt für eine einfache Frau aus dem Volk. »Elises Verhalten ist unentschuldbar.« Sie straffte den Rücken. »Doch es gibt auch etwas zu ihrer Verteidigung zu sagen. Elise hat gut in der Wäscherei aufgepasst und weiß mit Flecken umzugehen. Deshalb hat sie darauf geachtet, dass der Fleck auf dem Weg zu unserer Wohnung nicht eintrocknet, und hat ihn beständig mit reinem Wasser benetzt. Wie man es bei Flecken von Rotwein anrät. Wir konnten ihn dadurch fast vollständig entfernen. Zuerst haben wir ihn mit Salz behandelt, dann mit verdünntem Essig. Erlauben die gnädige Frau, dass ich es Ihnen noch einmal zeige?«

Sie streckte die Hand aus, woraufhin das Dienstmädchen Marie ihr spontan aushändigte, was sie gehalten hatte. Valérie ahnte mittlerweile, worum es ging, und fand ihren Verdacht nun bestätigt. Es war das weiße Seidenkleid mit den lächerlichen rosa Kleinmädchenrüschen, das ihre Mutter ihr zu Beginn der Sommersaison hatte schneidern lassen. Valérie hatte es noch nie leiden können.

Wie schade, dass sie es retten konnten, schoss es ihr durch den Kopf.

»Darf ich es selbst einmal sehen?«, mischte sie sich ein und ignorierte den tadelnden Blick ihrer Mutter.

Madame Lambert hob die Rückseite des Kleids hoch.

»Aber ich sehe gar keinen Fleck, das Kleid ist doch völlig sauber geworden!«, wandte sie sich erstaunt an Amélie.

Zum ersten Mal entspannten sich die Gesichtszüge von Elises Mutter. Auch Elise hörte zu weinen auf.

Dadurch ermutigt und beseelt von dem Wunsch, dem Mädchen zu helfen, überspannte Valérie den Bogen. »Aber selbst, wenn das Kleid ruiniert wäre, täte es mir nicht darum leid. Ich mochte es noch nie, Maman!«

»Schweig still, Valérie!«, fuhr ihre Mutter sie an. »Dieses Kleid stand dir außerordentlich gut zu Gesicht. Du sahst darin aus wie ein Engel. So sagte es sogar der ehrwürdige Père Zacharie! Und nun ist es verdorben.«

»Das verstehe ich nicht, Maman. Ich weiß nicht, was du meinst.« Valérie ließ sich nicht einschüchtern. Im Gegenteil weckte die Erwähnung des salbadernden Priesters, den sie nicht ausstehen konnte, sogar ihren Trotz.

»Diese Wäscherin sagt, es sei noch ein Schatten auf dem Kleid«, echauffierte sich ihre Mutter aufs Neue. »Sie will es sogar wieder mitnehmen, um es in die Sonne zu legen und den Fleck gänzlich auszubleichen. Lächerlich! Damit dieses Balg sich wieder daran vergreift! Doch das wird nicht ohne Folgen bleiben!«

Dann richtete sie ihre Worte erneut an Madame Lambert, die kreidebleich geworden war. »Ich werde diesen Diebstahl und den daraus entstandenen Schaden zur Anzeige bringen«, kündigte sie an. »Und mich bei Madame Claude offiziell über Sie und Ihre Tochter beschweren. Offenbar sind Sie als Vorarbeiterin nicht geeignet.«

Jetzt verstand Valérie, warum die einfache Wäscherin sich so gut ausdrücken konnte. Sie war die Vorgesetzte des übrigen Personals und verhandelte in dieser Funktion mit den Kundinnen. Musste ihre Mutter wegen des dämlichen Kleids wirklich die berufliche Stellung der Frau ruinieren?

Amélie wollte sich schon abwenden, als plötzlich eine ältere Frau aus dem Schatten der Hintertreppe hervortrat. Auch sie hatte Valérie noch nie gesehen. Die Alte trug ein ausgeblichenes, aber sauberes Kleid und eine dazu passende Haube über den grauen Haaren. Ihr Gesicht wies unzählige Fältchen auf, ihre grauen Augen blickten bittend und fordernd zugleich. Valérie schätzte ihr Alter auf mindestens sechzig Jahre.

Nun nahm sie das Mädchen Elise an die Hand, neigte den Kopf und sprach Valéries Mutter an. »Erkennen Sie mich noch, verehrte Madame Dumas?«

Ohne eine Antwort abzuwarten, fuhr sie fort und sah Amélie dabei gerade ins Gesicht. »Ich bin Marianne, die Hebamme von der Butte. Ich habe damals Ihrer Tochter Valérie auf die Welt geholfen. Am gleichen Tag, wie wenige Stunden zuvor Madame Lamberts Tochter Elise.«

Valérie beobachtete, dass ihre Mutter erstarrte.

»Und daher versichere ich Ihnen, gnädige Frau, dass Elise ein ebenso gutes Mädchen ist wie Ihre eigene Tochter. So ein Streich wird nie wieder vorkommen. Dafür verbürge ich mich. Doch um des Tages willen, an dem Sie und Ihre Tochter vielleicht gestorben wären, wenn ich nicht hätte helfen können, bitte ich Sie um Barmherzigkeit für Elise und ihre Mutter Jeanne Lambert. Stürzen Sie sie nicht ins Elend und lassen Sie den Vorfall auf sich beruhen! Verzichten Sie auf die Anzeige und die Beschwerde bei Madame Claude!«

Erstaunt registrierte Valérie, dass die Gesichtszüge ihrer Mutter weich wurden und ihr sogar Tränen in die Augen traten. Sie ging auf die ältere Frau zu und streckte ihr beide Hände entgegen. »Marianne! Wie schön, dich nach all der Zeit wiederzusehen. Ich habe mir oft gewünscht, du würdest mich einmal besuchen, um zu sehen, was aus meiner Tochter geworden ist.«

Mit diesen Worten zog sie Valérie nach vorn.

»Das ist die Frau, der wir beide wahrscheinlich unser Leben verdanken.« Nun klang auch Amélies Stimme weich.

»Ein überaus schönes Kind«, sagte Marianne und musterte Valérie mit einem zärtlichen Blick. »Zu einer solchen Tochter kann ich Sie nur beglückwünschen. Sie ist Ihnen wie aus dem Gesicht geschnitten.«

Valérie spürte, dass sie errötete. Instinktiv machte sie einen Knicks vor der älteren Frau.

»Um deinetwillen lasse ich die ganze Sache auf sich beruhen, Marianne«, kam ihre Mutter endlich zu dem von allen ersehnten Ergebnis. Sie streckte die Hand nach dem Kleid aus. »Geben Sie es mir zurück, Madame Lambert! Und reden Sie Ihrer Tochter noch einmal ins Gewissen. Tanzveranstaltungen, noch dazu in der verrufenen Mühle droben auf dem Hügel, sind wahrlich keine Unterhaltung für ein sittsames Mädchen.«

Madame Lambert neigte den Kopf und lächelte schmal, behielt dabei das Kleid aber in der Hand. »Die gnädige Frau ist zu gütig. Doch ich möchte Ihnen versichern, dass das Gewand vollständig ohne Schaden sein wird, wenn Sie es mir noch ein paar Tage lang lassen, damit ich den Fleck in der Sonne ausbleichen lassen kann. Außerdem möchte ich Sie für den Verdruss entschädigen, den meine Tochter durch ihren Leichtsinn verursacht hat. Ich biete Ihnen an, Ihre Wäsche ein Vierteljahr lang kostenlos zu besorgen. Den Waschlohn dafür ersetze ich aus meinem eigenen Verdienst.«

»Das kommt überhaupt nicht infrage, Madame Lambert«, wehrte Amélie das Angebot jetzt zu Valéries fortgesetztem Erstaunen ab.

Eine Weile diskutierten die Frauen noch hin und her, während Marianne Elise weiterhin an der Hand hielt. Valérie warf ihr einen beschwörenden Blick zu und zwinkerte dabei. Zu ihrer Freude verzogen sich jetzt auch die Lippen des Mädchens zu einem schüchternen Lächeln.

Die Mütter einigten sich schließlich auf den Verzicht für den Waschlohn für die Dauer von zwei Wochen.

Während Valérie ins Speisezimmer zurückkehrte, fiel ihr etwas auf. Warum hatte die Hebamme gesagt, sie sei ihrer Mutter Amélie wie aus dem Gesicht geschnitten? Jedermann sonst sagte doch, Valérie gleiche mit ihren grauen Augen, ihrer etwas zu groß geratenen Nase und den vollen Lippen vor allem dem Vater.

Vielleicht ist es wegen der Haarfarbe, kam sie schließlich zu einem Ergebnis. Es war das gleiche Rotbraun wie bei Amélie.

Aber ganz überzeugt war sie davon nicht. Mutter hat die Alte ja eingeladen, sie einmal zu besuchen. Dabei kann ich sie vielleicht danach fragen.

Zu Valéries Enttäuschung war der Vicomte de Lesseps in der Zwischenzeit gegangen. Vorläufig würde sie also nicht erfahren, wie das Gespräch ihres Vaters mit ihm geendet hatte.

Kapitel 5

IN EINER GARTENWIRTSCHAFT IN MONTMARTRE

SEPTEMBER 1879, ETWA VIER WOCHEN SPÄTER

»Maman, dürfen Elise und ich ein bisschen spazieren gehen?«, fragte Simone ihre Mutter Jeanne.

Die zögerte kurz. Bevor sie die Bitte ihrer jüngeren Tochter ablehnen konnte, meldete sich die alte Marianne zu Wort.

»Jeanne«, bat sie, »lass die Mädchen gehen! Sie sollen doch auch ihre Freude an dem heutigen Ausflug haben.«

Jeanne kämpfte noch einen Moment lang mit sich, bis sie nachgab. »Nun gut. Aber geht nicht zur Moulin de la Galette. Das ist euch beiden bis auf Weiteres streng verboten.«

Simone nickte unbefangen, während Elise betreten aussah. Als die beiden Mädchen außer Hörweite waren, tadelte Marianne ihre Ziehtochter sanft. »Du musst Elise wieder vertrauen, Jeanne«, mahnte sie. »Es war sicherlich dumm, was sie getan hat. Aber Louise Weber hat sie dazu verführt. Glaub ihr doch, dass es nicht wieder vorkommen wird.«

Jeanne wich Mariannes Blick aus und starrte zunächst verbissen auf den Holztisch in der Gartenwirtschaft, der in einer der schattigen Lauben stand. Solche Wirtschaften, von den Parisern *Guinguette* genannt, gab es zahlreich auf dem Hügel von Montmartre. Sie waren wie die Mühle bis heute ein beliebtes Ausflugsziel der Pariser, die sich früher, vor der Eingemeindung des Stadtteils, zahlreich an jedem Sonn- und Feiertag auf den Weg gemacht hatten, um hier billigen Wein zu trinken. Denn vor den Stadttoren von Paris entfielen die staatlichen Steuern auf alkoholische Getränke. Die Beliebtheit dieser Gartenwirtschaften hielt jedoch auch an, nachdem der Wein nach der Eingemeindung teurer geworden war.

Für den höheren Preis entschädigte die Besucher bereits der unvergleichliche Blick auf Paris. Die Butte war der am höchsten gelegene Teil der Stadt. Zudem kosteten die Getränke und das einfache Essen, das in den Wirtschaften serviert wurde, nach wie vor weniger als in den Restaurants der Innenstadt.

»Du hast ja recht, Marianne«, seufzte Jeanne schließlich und legte ihre Hand auf die linke der alten Frau. »Seit der Trennung von diesem Mistkerl und auch schon davor hab ich mir selbst so gut wie nie was gegönnt. Erst als du mir neulich ins Gewissen geredet hast, ist mir klar geworden, dass dies auch für die Mädchen gilt. Ihr Leben besteht nur aus Schule und Mitarbeit in der Büglerei. Würdest du nicht den Haushalt führen, käme auch noch die Hausarbeit dazu.«

Marianne legte ihre rechte Hand auf die Jeannes. »Du hattest es ja auch sehr schwer im Leben, mein liebes Kind.«

Dies stimmte in der Tat. Ihre Mutter hatte Jeanne schon als Kleinkind verloren. Sie war der letzten großen Choleraepidemie zum Opfer gefallen, die 1849, ein Jahr nach Jeannes Geburt, in Paris gewütet hatte.

Die verbesserte Abwassersituation in Paris war Folge der umfassenden Sanierungsmaßnahmen des Barons Georges-Eugène Haussmann und zweifelsohne neben dem Bau von Trinkwasserleitungen sein größter Verdienst. Er hatte zahlreiche Abwasserkanäle und sogar Kläranlagen bauen lassen. Seither waren in Paris keine Epidemien mehr aufgetreten. Denn vorher war das Abwasser, mit Fäkalien und Unrat aller Art verseucht, ungefiltert in die Seine und ihre Nebenflüsse geflossen, aus denen ein großer Teil der Bevölkerung damals sogar das Trinkwasser schöpfte.

Trotzdem hatte Haussmann Jeannes Familie nichts als Unglück gebracht. Als sie zehn Jahre alt war, fiel das Haus in einer dunklen Gasse im Pariser Zentrum, in dem sie bis dahin billig gewohnt hatten, seinen Abrissarbeiten zum Opfer. Jeanne und ihr Vater sowie alle Nachbarn, zu denen auch die damals bereits verwitwete Marianne gehörte, waren gezwungen, sich neue Wohnungen zu suchen. Der bescheidene Lohn ihres Vaters, der als Arbeiter auf einer der zahlreichen Baustellen beschäftigt war, reichte jetzt nur noch für eine schäbige Wohnung in einem Holzhaus in der Rue Caulaincourt auf dem Maquis. Zwei Straßen weiter zog Marianne in eine ähnliche Behausung.

Doch das Unglück suchte Jeanne weiter heim. Nur ein halbes Jahr nach dem Umzug fiel ihr Vater von einem Gerüst und brach sich dabei das Genick. Er war sofort tot.

An die nächsten Jahre ihrer Kindheit und frühen Jugend erinnerte sich Jeanne nur mit Schaudern. Zwar nahm ihre Tante, eine ältere Schwester der Mutter, die ebenfalls auf der Butte wohnte, sie auf. Aber sie tat es widerwillig und zählte ihr jeden Bissen Brot ab, obwohl ihr Jeanne von Anfang an bei ihrer Arbeit am Waschfass helfen musste. Damit verdiente die Tante, wie so viele Frauen in Montmartre, den Lebensunterhalt für ihre drei eigenen Kinder und Jeanne.

Ihr Mann gehörte nämlich zu den Taugenichtsen, die man ebenfalls zahlreich auf der Butte finden konnte. Er arbeitete bestenfalls ab und zu als Tagelöhner und vertrank danach seinen Lohn. Ihre Tante pflegte er häufig im Suff zu verprügeln.

So schlimm Jeanne diese Situation auch empfand, unerträglich wurde sie, als ihr Stiefvater sie im Alter von nur vierzehn Jahren auf den Strich schicken wollte. Damals wusste Jeanne noch nicht, dass es auf dem Montmartre von illegalen Prostituierten nur so wimmelte. Die Frauen in ihren verblichenen, offenherzigen Kleidern waren ihr zwar schon aufgefallen. Aber das Gewerbe, das sie betrieben, hatte sie sich nicht vorstellen können.

Eines Abends befahl ihr Stiefvater Jeanne, ihm zu folgen, und stellte sich mit ihr in einem Winkel der Rue des Martyrs auf. Dies war schon zu dieser Zeit eine Straße, in der sich viele Bordelle befanden und die daher jeden Abend von zahlreichen Freiern aufgesucht wurde.

Als ihr Stiefvater mit einem übel aussehenden Kerl handelseinig geworden war und sie danach aufforderte, mit dem Mann mitzugehen, ahnte Jeanne immer noch nicht, was ihr bevorstehen könnte. Aber als der Freier sie in eine dunkle Nebenstraße drängte und begann, sie zu betatschen, riss sie sich los und flüchtete.

Sofort war ihr klar, dass sie nicht mehr in ihr armseliges Zuhause zurückkehren konnte. Deshalb wandte sie sich an die ehemalige Nachbarin Marianne und bat sie um Hilfe. Die gutherzige Frau zögerte keinen Augenblick lang und nahm das Mädchen bei sich auf.

Zwei Jahre lang war Jeanne dort glücklich gewesen. Zwar musste sie weiterhin hart arbeiten und verdingte sich als Waschgehilfin im nahe gelegenen *Lavoir*. Aber Mariannes Verdienst als Hebamme ermöglichte es ihr, morgens die Schule zu besuchen, an der Louise Michel, später eine der bekanntesten Mitglieder der Pariser *Commune*, als Lehrerin arbeitete. Dort war Jeanne zwar eine der ältesten Schülerinnen, lernte aber endlich richtig Lesen und Schreiben und tat sich im Rechnen sogar hervor. Nicht zuletzt dieser Fähigkeit verdankte sie ihre heutige Stellung als Vorarbeiterin, zu der auch die Abrechnung des Waschlohns mit den Kundinnen zählte.

Eines Sonntagnachmittags wollte Marianne ihr eine Freude bereiten und nahm sie mit in die Moulin de la Galette. Dort begegnete Jeanne Jacques Morin und verfiel seinem stürmischen Werben von Beginn an mit Leib und Seele.

Mariannes Warnungen schlug sie in den Wind und zog bereits wenige Wochen nach ihrer ersten Begegnung zu Jacques in die Bretterbude, die er auf einem besonders hässlichen Teil des Maquis selbst gezimmert hatte. Da Jacques ihr beteuerte, er habe dieses Heim eigens für sie beide geschaffen, sah sie darüber hinweg, dass sie noch nie so primitiv gelebt hatte. Es gab keinen Abtritt, der nächste Brunnen lag zehn Minuten Gehstrecke weit entfernt. Außerdem stank es fürchterlich durch die benachbarte Abdeckerei.

Doch in ihrer Verblendung hielt Jeanne sogar das Waschfass, das ihr Jacques in die Hütte stellte, für ein Zeichen seiner Liebe. Erst als sie sich ihm mit Haut und Haaren ergeben hatte und vorübergehend sogar den Kontakt zu Marianne abbrach, zeigte er sein wahres Gesicht.

Es war ihr Glück, dass Marianne Jacques von Anfang an durchschaut hatte und in dieser schweren Zeit erneut zu ihr hielt. Ihr ganzes Leben lang würde Jeanne ihr dafür dankbar sein, schwor sie sich damals, als die Hebamme sie, grün und blau geprügelt, mit ihren zwei kleinen Töchtern erneut bei sich aufnahm.

Seither schuftete Jeanne buchstäblich Tag und Nacht, um ihrer kleinen Familie ein besseres Leben zu ermöglichen. Doch Vergnügungen aller Art gehörten in der Tat nicht dazu.

Erst nach Elises Streich hatte Marianne dieses Thema zum ersten Mal offen angesprochen. »Elise ist jung und hat durch deinen unermüdlichen Fleiß zum Glück nie kennengelernt, was Hunger bedeutet. Aber sie arbeitet hart, seit sie zupacken kann, und hat sich noch nie beklagt. Warum wunderst du dich also darüber, dass die leichtsinnige Louise ihr einreden konnte, das Leben würde auch noch aus was anderem bestehen als Essen, Schuften und Schlafen? Streng genommen, hat das Mädchen damit sogar recht.«

Es hatte eine Weile gedauert, bis Marianne sich mit diesen Argumenten Gehör bei Jeanne verschafft hatte. Die hatte Elise zunächst unerbittlich mit unbefristetem Hausarrest bestraft und sie nach der Arbeit nicht einmal zum Einkaufen mitgenommen. Erst nach und nach war Marianne zu ihr durchgedrungen. Dabei spielte keine unerhebliche Rolle, dass sie ihr über das sorgenfreie Leben des Mädchens Valérie Dumas berichtete, was sie bei ihren Besuchen im Haus am Boulevard de Clichy erfuhr.

»Dieses Kind musste in seinem ganzen Leben noch nie einen Finger krümmen, um irgendwas anderes zu tun als Schularbeiten und Stickereien. Die Familie beschäftigt mehrere Dienstboten. Valérie muss sich nicht mal selbstständig ankleiden oder die Schuhe binden. Beiden Mädchen habe ich am gleichen Tag auf die Welt geholfen. Die eine lebt im Überfluss, die andere in bescheidenen Verhältnissen. Trotzdem kannst auch du dir inzwischen leisten, deinen Töchtern wenigstens sonntags mal etwas zu gönnen, Jeanine.«

Schließlich hatte Jeanne nachgegeben. Der heutige Besuch dieser Gartenwirtschaft war ihre erste Vergnügung seit fast fünfzehn Jahren. Es gab Zitronenlimonade für die Mädchen, Kaffee für die Frauen und für alle ein Stück der köstlichen Quiche, für die das Lokal berühmt war. Wenn Jeanne ganz ehrlich zu sich selbst war, genoss sie das ebenso sehr wie ihre Töchter.

Daher stimmte sie jetzt auch zu, dass die Mädchen vom Tisch aufstehen und sich ein wenig in der Umgebung umschauen durften. »Aber kommt zurück, wenn die Glocke von Saint-Pierre das übernächste Mal schlägt«, befahl sie ihnen.

Marianne runzelte die Stirn. »Das ist weniger als eine halbe Stunde«, monierte sie.

Doch diesmal blieb Jeanne hart. »Ich will verhindern, dass die beiden was mit dieser Louise Weber anstellen, die sich bestimmt auch wieder hier auf der Butte herumtreibt«, erklärte sie. »Diese Göre ist unverbesserlich. Sie lernt nicht dazu, auch wenn man sie noch so hart bestraft.«

Anfangs hatte Jeanne Louise in ihrer Wut sogar entlassen wollen. Nur die Fürbitte ihrer verzweifelten Mutter Madeleine hatte sie schließlich zum Nachgeben bewogen. »Mir fehlt Louises Verdienst sonst zum Leben«, erklärte Madeleine verzweifelt. »Und ich hab sie überhaupt nicht mehr unter Kontrolle, wenn ich sie nicht mit herbringen darf.«

Das leuchtete Jeanne ein. Doch sie bestand darauf, dass Louise nicht mehr in der Büglerei, sondern fortan im Waschhaus unter der Aufsicht der Waschmeisterin arbeiten musste. Madeleine war damit einverstanden. Doch Louise erfrechte sich, vor den anderen Plätterinnen so lautstark dagegen zu protestieren, dass ihre Mutter ihr vor aller Augen eine Ohrfeige verabreichte.

Selbst das schüchterte Louise nicht ein. »Das nützt dir gar nix«, brüllte sie schluchzend. Auf ihrer Wange zeichneten sich alle fünf Finger der Hand ihrer Mutter ab. »Ich mach trotzdem, was ich will.«

Schon vorher hatte Jeanne sowohl Elise als auch Simone jeden Kontakt zu Louise verboten. Doch seit dieser Szene war sie misstrauischer denn je.

Aber was soll in einer halben Stunde passieren, selbst wenn dieses Luder hier oben ist, beruhigte sie sich schließlich. Dann beschloss sie, sich von ihrer Unruhe abzulenken, indem sie das Thema wechselte.

»Du warst doch gestern Nachmittag wieder zum Tee bei

Madame Dumas. Wie war es denn? Gestern Abend wolltest du gar nichts darüber erzählen.«

Marianne schürzte die Lippen. »Es war wie bei beim letzten Mal«, antwortete sie zunächst kryptisch. »Deshalb hab ich beim Abschied viel Arbeit vorgeschützt, damit ich so schnell nicht wieder hingehen muss.«

Jetzt war Jeannes Neugier geweckt. »Aber warum denn nur? Du hast mir doch selbst erzählt, wie reichlich der Tisch bei den Dumas gedeckt ist. Du konntest dich mit Köstlichkeiten satt essen, die wir uns wahrlich nicht alle Tage leisten können.« Dabei machte sie eine Handbewegung über den Tisch, auf dem noch die Teller mit den Krümeln der Quiche standen. »Und von dem Ballen Stoff, den dir Madame Dumas geschenkt hat, kann ich Kleider für uns alle vier schneidern.«

Unbeeindruckt schüttelte Marianne den Kopf. »Die Stimmung in dieser hochherrschaftlichen Wohnung ist grauenhaft«, gestand sie. »Ich glaube, Amélie Dumas ist inzwischen völlig verbittert. Sie hat mir gesagt, dass ihr Gatte das Ehebett seit Valéries Geburt nicht mehr aufgesucht hat und sich wahrscheinlich mit Mätressen oder in Bordellen vergnügt.«

»Nicht, dass eine so frömmlerische Frau den ehelichen Verkehr vermisst«, fügte sie hinzu. »Im Gegenteil, darum geht es ihr nicht. Aber dieser Priester, dem sie jedes Wort von den Lippen abliest, hält ihr während der Beichte immer wieder vor, dass Amélie mitschuldig daran ist, wenn ihr Gatte fortgesetzt Ehebruch begeht. Das macht Amélie schwer zu schaffen.«

Jeanne musste sich beherrschen, um nicht laut loszulachen. »Solche Probleme würd ich gern gegen meine eigenen eintauschen.«

Doch Marianne schüttelte ernst den Kopf. »Glaub mir, das willst du nicht, Jeanne. In ihrem Leid, das Amélie zerfrisst, ist sie unfreundlich zu jedermann. Sie kommandiert die Dienstboten herum und lässt auch an ihrer braven Tochter Valérie kein gutes Haar. Es muss unerträglich sein, mit dieser Frau unter einem Dach zu leben.«

»Und nur deshalb willst du sie nicht mehr besuchen? Macht sie dir denn auch solche Szenen?«

Marianne verzog die Lippen. »O nein. Zu mir ist sie freundlich. Aber weil sie was von mir will. Sie versucht, mich dazu zu bringen, ihr eine Art Liebestrank zu mixen, um ihren Gatten wieder in ihr Bett zu locken.«

Jeanne war völlig verblüfft. »Wie kommt sie denn darauf? Du hast doch noch nie solche Tränke verwendet.«

Die alte Frau zuckte die Schultern. »Ich habe Amélie mehr als ein Mal versichert, dass ich so was nicht habe. Aber dieser furchtbare Père Zacharie macht ihr sogar Vorwürfe, dass sie den eigentlichen Zweck einer christlichen Ehe nicht erfüllt. Nämlich so viele Kinder wie möglich in die Welt zu setzen.«

»Aha.« Mehr fiel Jeanne zu der absurden Behauptung dieses Priesters nicht ein.

»Dabei wäre Amélie heute schon lange tot, wenn sie das versucht hätte. Ich bin sicher, sie wäre schon bei der nächsten Geburt im Kindbett verblutet. Wahrscheinlich ist das auch der Grund, warum ihr Gatte nach Valéries Geburt nie wieder mit ihr geschlafen hat. Dieser Medicus hat damals zwar nichts getaugt, was Geburtshilfe angeht. Aber dass Amélie kurz davor war, zu sterben, hat er Alphonse Dumas wahrscheinlich gesagt und ihn vor weiterem Verkehr gewarnt. Jedenfalls ist Monsieur Dumas kurz darauf aus dem gemeinsamen Schlafzimmer ausgezogen.«

Jeanne konnte nur den Kopf schütteln über das, womit sich solch vornehme Damen wie Amélie Dumas das Leben schwer machten. Trotzdem fragte sie: »Hast du Madame Dumas nicht gesagt, dass eine weitere Schwangerschaft lebensgefährlich wäre?«

»Doch. Gestern habe ich das getan. Weil sie mir leidtat«, erklärte Marianne mit seltsam harter Stimme. »Aber sie wusste es schon. Deshalb kommst du nie darauf, was sie mir geantwortet hat.«

Jeanne war gespannt. »Dann lass mich nicht raten.«

»Dieser schreckliche Priester sagt, ein Tod im Kindbett wäre ihr gerader Weg ins Himmelreich.«

»Was?«

»Na, wer in Erfüllung seiner Pflichten als katholische Ehefrau stirbt, erspart sich das Fegefeuer, behauptet dieser Père.« Marianne holte tief Luft. »Einen solchen Unsinn hör ich mir nicht länger an. Das ist mir kein noch so leckerer Teekuchen wert. Deshalb hab ich beschlossen, vorerst nicht wieder hinzugehen.«

»Ach, komm, Elise!«, drängte Simone. »Maman wird kein Sterbenswörtchen davon erfahren. Aber ihr habt so viel über die Moulin de la Galette geredet, dass ich unbedingt mal reinschauen will.«

Als Elise zögerte, wies Simone mit dem Zeigefinger nach vorn. »Schau mal! Da ist sie doch schon! Bitte! Nur einen einzigen Blick durch den Zaun.«

In diesem Augenblick schlug die Uhr der Kirche Saint-Pierre zum ersten Mal. Elise wusste, dass sie das im Viertelstundentakt tat. Sie hätten also noch fünfzehn Minuten Zeit.

Jetzt bereute sie, dass sie wider besseres Wissen nach dem Verlassen der Gartenwirtschaft die Richtung eingeschlagen hatte, in der die Mühle lag. Sie hätten auch in die Gegenrichtung gehen können, um sich die Baustelle der neuen Basilika Sacré-Coeur anzuschauen.

Jetzt war es zu spät dafür. Tief in ihrem Innern war sie außerdem selbst begierig darauf, noch einmal einen Blick auf die Tanzfläche der Moulin zu werfen. Die Blasmusikkapelle spielte gerade eine flotte Weise, die bis zu ihnen herüberschallte.

Also gab sie schließlich nach. »Einverstanden. Wir gehen durch das Gebüsch da zum Zaun. So bin ich damals mit Louise reingekommen. Aber verrat Maman wirklich nichts, sonst bekommen wir das ganze Jahr Stubenarrest. Daran kann dann auch Marianne nichts mehr ändern.«

Simone nickte mit vor Aufregung geröteten Wangen. Elise war sich nicht sicher, ob sie ihr Ja gehört hatte.

Mit gemischten Gefühlen ging sie Simone voran und drängte sich durch die dichten Büsche vor dem Zaun. Plötzlich blieb sie wie angewurzelt stehen. Vor ihr auf der nackten Erde lagen zwei Menschen übereinander. Oben ein Mann in Uniform mit entblößtem Hinterteil. Er machte merkwürdige Bewegungen und stöhnte dabei laut. Unter ihm lag eine … Frau? O nein, o Gott, stöhnte sie innerlich. Unter ihm lag Louise mit weit auseinandergespreizten Beinen.

Vier Wochen früher hätte Elise noch nicht gewusst, was diese Szene bedeutete. Aber nachdem sie ihrer Mutter gestanden hatte, dass Louise den Mann, der den Rotwein über ihr Kleid gegossen hatte, »Pimp« nannte, hatte Jeanne sie mit ernster Miene darüber aufgeklärt.

»Wenn es wirklich ein Pimp war, war es ein Zuhälter. Ach Gott, du weißt ja auch nicht, was das ist«, begann sie und wirkte zunächst hilflos.

»So hat Louise den Kerl auch genannt«, bestätigte Elise. »Und Fleischhändler. War das ein Metzger?«

Wider Willen musste Jeanne lachen. Dann wurde ihre Miene wieder ernst. »Nein, Elise. Die Mühle und ihre Umgebung sind dafür bekannt, dass sich solche Männer dort aufhalten. Sie machen sich an junge unschuldige Mädchen heran und verführen sie dazu, zuerst mit ihnen selbst zu schlafen. Später verlangen sie, dass die Mädchen das auch mit anderen Männern tun.«

Erst als Elise verständnislos nachfragte, wurde ihrer Mutter klar, dass sie sich noch immer nicht deutlich genug ausgedrückt hatte. »Nein, der Mann schläft nicht mit den Mädchen in einem Bett. Er macht das, wodurch auch die Kinder entstehen.«

Daraufhin hatte sie der anfangs schockierten, später ob des Vertrauens ihrer Mutter geschmeichelten Elise den Vorgang des Geschlechtsverkehrs und der Zeugung von Kindern erklärt.

Als sie Louise jetzt genau in einer solchen Situation entdeckte, war Elise anfangs zu Tode erschrocken. Einen Moment lang kämpfte sie mit sich, ob sie sich zurückziehen sollten, da das Paar sie noch nicht bemerkt hatte. Dann entschloss sie sich, doch zu handeln.

»Louise!«, rief sie laut. »Was machst du denn da? Weißt du nicht, dass das ein Pimp ist, der dich später nur ausnutzen will?«

Wie von der Natter gebissen, fuhr der Mann hoch und zog sich beim Aufrichten seine Uniformhose wieder an. Louise bedeckte notdürftig ihre entblößte Brust, als sie sich aufsetzte.

»Was habt ihr hier zu suchen?«, schnauzte sie Elise und Simone an. Dann riss sie sich sichtlich zusammen.

»Raymond ist kein Pimp«, sagte sie mit einem gezierten Grinsen. »Du kennst ihn doch schon, Elise. Er war auch beim letzten Mal, als du hier warst, dabei.«

In der Tat erkannte Elise den Mann wieder.

»Geh doch schon mal in die Mühle zurück, *Chéri*!«, forderte Louise ihn auf. »Ich muss noch was mit den zwei hier reden.«

Das ließ sich der Soldat nicht zweimal sagen und drängte sich durchs Gebüsch davon.

»Was fürn verdammtes Pech, dass ihr uns gefunden habt!«, seufzte Louise. »Wir wollten das ganz geheim halten. Raymond ist zwar mein Liebhaber, aber er ist doch kein Zuhälter.«

Während Simone verständnislos dreinblickte, reagierte Elise schockiert. »Auch wenn er kein Zuhälter ist, sagt Maman, so was tun nur erwachsene Leute. Du bist gerade mal dreizehn!«

Louise zuckte mit einem frechen Gesichtsausdruck die Schultern. »Na und? Manche sind eben früher dran. Aber keine Sorge, Raymond tut mir nix Böses. Im Gegenteil, es gefällt mir.«

»Und was sagt deine Mutter dazu?«

Jetzt färbte sich Louises Gesicht rot. »Meine Mutter weiß nix davon.« Ihre Stimme bekam etwas Flehendes. »Bitte, bitte, sagt ihr nix! Ich krieg sonst mächtigen Ärger.«

Während Elise noch zögerte, ob sie ein solches Versprechen geben sollte, kam ihr Simone zuvor. »Wir können unsrer Maman sowieso nichts davon sagen. Sie hat uns streng verboten, in die Nähe der Mühle zu gehen.«

Elise wurde klar, dass Simone recht hatte.

Was geht mich die blöde Louise an?, dachte sie trotzig. Soll ich bis Weihnachten Stubenarrest kriegen, nur weil sie sich schon mit Männern herumtreibt?

Und so blieb die Begegnung im Gebüsch vor der Moulin de la Galette das Geheimnis der drei Mädchen.

Kapitel 6

ZIRKUS FERNANDO

SEPTEMBER 1879, AM GLEICHEN NACHMITTAG

Valérie sah sich aufmerksam um, als sie in Begleitung ihrer Eltern den Zirkus Fernando am Boulevard de Rochechouart betrat. Obwohl der Zirkus schon vor vier Jahren eröffnet hatte, war sie heute zum ersten Mal hier.

Den Besuch verdankte sie einem Missgeschick ihres Vaters. Er hatte in der Kunstgalerie einen wertvollen Manschettenknopf verloren, den Valérie, die sich an der Suche beteiligte, wiederfand. Zum Dank gab ihr Vater ihr einen Wunsch frei.

Anfänglich runzelte er die Stirn, als Valérie ihm gestand, dass sie schon lange einmal in eine Vorstellung des Zirkus Fernando gehen wolle. Er wusste, dass Amélie nichts davon halten würde.

Denn die Künstlerinnen und Künstler im Zirkus traten nur leicht bekleidet auf. Das hatten die Dienstboten, die kein neues Programm versäumten, berichtet. »Unanständig«, hatte ihre Mutter dies kommentiert und sich weidlich über den zunehmenden Sittenverfall echauffiert.

Deshalb hatte Valérie nicht gewagt, sich einen Zirkusbesuch zum Geburtstag oder als Anerkennung für ihr ausgezeichnetes Jahreszeugnis in der Schule für Höhere Töchter zu wünschen. Doch als ihr Vater sie nun fragte, womit er ihr eine Freude machen könne, nannte sie ihm den Zirkusbesuch.

Bei den Spaziergängen mit ihrer Mutter war sie schon oft bis zum Zirkusgebäude gelangt, das exakt an der Stelle lag, an der der Boulevard de Clichy in den Boulevard de Rochechouart überging. Genau dort pflegte ihre Mutter umzukehren.

Valérie hatte das Gebäude mit seiner runden Kuppel, unter dem die Zirkusarena lag, bei diesen Gelegenheiten immer wieder verstohlen betrachtet. Jedes neue Programm war in großen Lettern vor dem Eingangsbereich angeschlagen. Da war von Spaßmachern, die man Clowns nannte, die Rede, von wilden Tieren wie Löwen und Elefanten in der Manege, aber vor allem von artistischen Kunststücken auf dem Rücken von Pferden, am Boden oder am Trapez.

Einmal hatte Valérie ein Gespräch der Dienstboten in der Küche belauscht, bei dem es um die jüngste Vorstellung vom Vortag ging. »Unglaublich, dass man sich zweimal hoch in der Luft überschlagen kann und dann trotzdem nicht zu Boden fällt, sondern genau die Trapezstange greift und sich damit auf die andere Seite der Manege schwingt«, hatte das Dienstmädchen Marie geschwärmt.

»Und ich hätte nie gedacht, was für Kunststücke die junge Frau auf dem Rücken des Schimmels machen konnte«, fiel Simon, der Hausdiener, ein.

»Da war sogar ein Maler, der sich Skizzen gemacht hat«, sagte Marie. »Ich hab gehört, die müssen nicht mal Eintritt zahlen. Madame Fernando lässt sie so rein, weil das eine Reklame für den Zirkus ist.«

Seither war Valérie noch neugieriger, wie es dort zuging. Auch weil sie in der Galerie ihres Vaters noch kein einziges Zirkusbild gesehen hatte.

»Bitte, Papa!«, bettelte sie nun, als Alphonse noch immer zögerte. »In den Zirkus Fernando zu gehen, wünsche ich mir schon so lange.«

Alphonse seufzte. »Deiner Mutter wird es nicht recht sein. Aber wenn du es dir so sehnlichst …«

Er kam nicht mehr dazu, den Satz zu vollenden, weil Valérie ihm stürmisch um den Hals fiel.

Beim Souper stellte Alphonse seine Frau dann vor vollendete Tatsachen. Noch vor der Heimkehr hatte er drei Karten für die Nachmittagsvorstellung am nächsten Sonntag gekauft.

»Ich möchte dich dringend bitten, uns zu begleiten, Amélie«, betonte er. »Es ist schon viel zu lange her, dass wir als Familie etwas zu dritt unternommen haben.«

Das stimmte wirklich und fiel Valérie erst in diesem Augenblick auf.

Erwartungsgemäß war ihre Mutter nicht begeistert gewesen. »Du hättest mit so einem Etablissement wenigstens warten können, bis Valérie vierzehn Jahre alt ist«, hatte sie ihren Mann kritisiert.

Der hatte die Achseln gezuckt und erklärt: »Ich denke nicht, dass Valéries Charakter in neun Monaten gefestigter ist als heute«, dabei war sein sarkastischer Unterton unüberhörbar gewesen. »Es ist außerdem die Nachmittagsvorstellung. Einige Teile des Programms werden nur abends gezeigt. Das sind wahrscheinlich die, an denen du den meisten Anstoß nehmen würdest.«

Tatsächlich strömten viele Familien mit weit jüngeren Kindern in den Zirkus, stellte Valérie sofort nach dem Eintreten fest. Auch das Begrüßungsritual war auf die jungen Zuschauer ausgerichtet. Ein grell geschminkter Clown mit einem spitzen Hut machte seine Späße mit den Kleinen und verteilte Bonbons. Die Kinder durften auch das Äffchen streicheln, das ihm auf der Schulter saß.

Valérie juckte es in den Fingern, sofort ihren Skizzenblock hervorzuziehen, den sie in ihrer Handtasche verborgen hatte. Sie wollte es den Malern nachtun, von denen Marie berichtet hatte, und nach dem Besuch zumindest ein Aquarell, vielleicht sogar ein Ölbild in Angriff nehmen.

Wieder hatte sie die gerade zu Ende gegangenen Sommerferien dazu genutzt, nachmittags in der Kunstgalerie ihres Vaters zu malen. Das Dahlienbild, das sie ihrer Mutter im letzten Jahr zum Geburtstag geschenkt hatte, hatte entgegen ihrer Erwartung sogar Gnade vor Mamans Augen gefunden und hing nun an einem exponierten Platz im kleinen Salon.

Seitdem auch der Maler Henri Gervex anlässlich eines Besuchs bei den Dumas Valéries Werk über den grünen Klee gelobt hatte und dabei betonte, sie habe auch seine eigenen Ideen in diesem Gemälde umgesetzt, duldete Amélie die Leidenschaft ihrer Tochter mit größerer Toleranz als vorher. Schließlich wusste sie, wie viel Geld ihr Gatte mit den Bildern von Gervex verdiente, und hielt ihn allein deswegen schon für einen großen Künstler.

Nachdem die Familie an einigen Erfrischungsständen vorbeigegangen war, die erst in der Pause öffnen würden, betrat Valérie staunend die kreisrunde Manege. Ihr Vater hatte natürlich drei Plätze im besten Rang gebucht. Von ihrem Sitz in der vierten Reihe aus hatte Valérie einen ausgezeichneten Blick. Sie begann bereits zu zeichnen, bevor die Vorstellung einsetzte, und ignorierte die missbilligenden Blicke ihrer Mutter.

Rasch stellte Valérie fest, dass Zeichnen in dieser Umgebung eine große Herausforderung war. Zum einen, weil sie völlig fasziniert vom Geschehen in der Manege und dadurch beständig abgelenkt war, zum anderen, weil die Künstler ihre Darbietungen in großer Schnelligkeit ausführten.

Dennoch schaffte sie es, im ersten Teil der Vorführung zwei Skizzen anzufertigen: eine von dem vierstöckigen Turm, den sechs muskulöse Männer bildeten, indem sie jeweils auf den Schultern der unter ihnen Stehenden Halt fanden. Der Conférencier bezeichnete sie als Brüder. Bis der wohl jüngste und vergleichsweise schmächtigste Artist am bis dahin dreistöckigen Gebilde hochkletterte und sich schließlich auf die Schultern seines zuoberst platzierten Bruders stellte, schaffte es Valérie, eine Zeichnung von diesem Kunststück anzufertigen.

Da sie zwischen ihren Eltern saß, warf ihr Vater einen Blick darauf und nickte ihr anerkennend zu.

Die zweite Skizze entwarf sie während des Auftritts von zwei Clowns. Auch diese gefiel ihrem Vater.

Doch dann kam Valérie an ihre Grenzen. Zu gerne hätte sie auch die Kunststücke einer Artistin gezeichnet, die jetzt auf einem Schimmel im Damensitz in die Manege ritt. Die junge Frau vollführte zuerst Akrobatik aller Art auf dem Tier. Mal waren es Purzelbäume, mal ein Handstand, schließlich schlug sie sogar Räder, während das Ross rund um die Arena lief. Zum Höhepunkt ihrer Vorstellung balancierte sie auf den Zehenspitzen eines Fußes mit hocherhobenen Armen auf dem Rücken des trabenden Tiers.

Valérie gab sich alle Mühe, sich diese Darstellung einzuprägen, um sie später aus dem Gedächtnis zeichnen zu können. Nachdem die Reiterin die Manege unter tosendem Beifall verlassen hatte, verriet sie diesen Plan unbedachterweise ihrer Mutter.

»So gut würde ich gern auch einmal reiten können«, raunte sie ihr zu. »Vorläufig muss ich mich eben damit begnügen, diese Szene zu malen.«

»Untersteh dich«, zischte Amélie. »Das Mädchen war völlig schamlos. Wenn du so etwas Unsittliches malen willst, werde ich es dir verbieten.«

Erst jetzt bemerkte Valérie, dass die Reiterin mit nackten Armen und einem kurzen weiten Rock aufgetreten war, der während der Kunststücke ihre Beine bis zum Gesäß zeigte.

Wieder einmal grübelte sie über die Ungereimtheit nach, dass in der Galerie ihres Vaters splitternackte Frauen auf jedem zweiten Gemälde zu sehen waren. Während die Reiterin eine gelbe Strumpfhose getragen hatte, sodass kein Stück Haut ihrer wohlgeformten Beine entblößt gewesen war. Ist Maman denn noch nie in Vaters Kunsthandlung gewesen? Aber diese Bilder werden doch auch im Salon ausgestellt. Dorthin hatte Amélie ihren Gatten bislang jedes Jahr begleitet.

Die Pause, die die Blaskapelle mit einem Tusch ankündigte, unterbrach diese lästigen Gedanken. Gemeinsam mit ihrer Mutter wartete Valérie an einem Stehtisch auf ihr Getränk, das ihr Vater an einem der Erfrischungsstände besorgen wollte.

Auf einmal fiel ihr Blick auf zwei überaus elegant gekleidete junge Frauen, die an einem Nebentisch standen. Eine der Damen war Valérie bereits in der Arena aufgefallen. Ihr Platz lag auf der anderen Seite genau gegenüber ihrem eigenen.

Jetzt nutzte sie die Gelegenheit, um das Kleid der Frau näher zu betrachten. Es war ein kirschrotes Seidenkleid mit schwarzen Spitzenbesätzen am Kragen des runden Ausschnitts und rund um den Rock. Auch die Manschetten, die vom Ellenbogen bis zum halben Unterarm reichten, waren aus schwarzer Spitze. Während das Kleid vorn recht schlicht geschnitten war, wölbte sich der rote Seidenstoff an der Rückseite üppig über eine Tournüre und fiel dann in eine Schleppe aus, die bis weit über den Boden reichte. Auch die Schleppe war rundum mit schwarzen Spitzen besetzt. Dazu trug die Frau einen schicken schwarzen Hut.

»Schau mal, Maman, die Dame dort. Ist ihr Kleid nicht wunderschön? Es war bestimmt sehr teuer und stammt vielleicht sogar von Worth.«

Der Engländer Charles Frederick Worth war im Moment der angesagteste Modeschneider in Paris.

Ein merkwürdiger Laut aus dem Mund ihrer Mutter ließ

Valérie aufmerken. Amélie musterte die Dame mit starrem Blick und verkniffener Miene.

»Kennst du die Frau?«, entfuhr es Valérie.

Ihre Mutter schüttelte etwas zu heftig den Kopf. »Gott bewahre!« Ihre Stimme klang verächtlich. »Keine ehrbare Frau kennt solch eine *Dame*!«

Was kann sie denn damit meinen?, überlegte Valérie noch, als sie die nächste Überraschung erlebte. Täuschte sie sich, oder lächelte ihr Vater, der sich gerade mit den Getränken näherte, dieser eleganten Frau voller Herzlichkeit zu? Valérie wandte rasch den Kopf, und tatsächlich – auch die Dame lächelte ihren Vater an. Was hatte das zu bedeuten?

Während sie ihre Limonade schlürfte, fiel Valérie auf, dass der Blick ihrer Mutter dem ihres Vaters nun beständig auswich. Auf seine Versuche, Konversation zu machen, reagierte sie einsilbig. Valérie war froh, als ein weiterer Tusch der Blaskapelle das Ende der Pause ankündigte.

Nur wenige Nummern später hatte sie das merkwürdige Gebaren ihrer Eltern ganz und gar vergessen. Gebannt beobachtete sie die Trapezkünstler. Wie schon das Dienstmädchen gesagt hatte, vollbrachten sie Kunststücke in der Luft, die Valérie nie für möglich gehalten hätte. Tollkühn schwangen sie sich hin und her, führten Saltos und Drehungen aller Art aus und landeten doch immer wieder sicher mit beiden Händen am gegenüberliegenden Trapez. Daran schwangen sie sich zurück auf die sichere Insel auf der anderen Seite.

Laut dem Conférencier führten sie diese Kunststücke nur mit einem Seil um die Taille vor, das sie bei einem Fehlgriff vor einem tödlichen Aufprall schützen sollte. Auf ein über die mit Sand bedeckte Arena gespanntes Netz hatten die Artisten verzichtet.

Ein Trommelwirbel kündigte den Höhepunkt der Vorführung an. Valérie beobachtete, wie ein junges Mädchen, das nur wenig älter sein konnte als sie selbst, in einem knappen Trikot die Strickleiter hinauf auf die Insel an der rechten Seite kletterte. Oben angekommen, schwang sie sich geschickt auf den Rücken eines der Artisten und schlang ihm die Beine um den Bauch. Um wenig später mit ihm gemeinsam durch die Lüfte zu fliegen. Die beiden zeigten zunächst einen doppelten Salto, dann eine Drehung, die der Conférencier »Schraube« nannte.

Ein weiterer Trommelwirbel ertönte, heftiger als der erste. Er dauerte an, bis sich das Mädchen für die dritte Übung auf die Schultern des Mannes geschwungen und die bestrumpften Beine über seiner Brust gekreuzt hatte. Die Trommeln steigerten sich zu einem Crescendo, während der Mann zweimal Anlauf nahm, und verstummten, wenn er in letzter Sekunde stehen blieb. Valérie erkannte sofort, dass diese Verzögerung inszeniert war, um die Spannung zu erhöhen.

Jetzt setzten die Trommeln von Neuem ein. Der Mann nahm mit dem Mädchen auf den Schultern wieder Anlauf, sprang ab und vollführte einen Salto. Doch diesmal verfehlte er das Trapez und schwang, ohne die Insel erreicht zu haben, zurück. Während das Publikum aufschrie, stürzten beide in die Tiefe und blieben kopfüber kurz vor dem Boden der Arena hängen.

Sofort stürmten zwei Clowns in die Manege, lachten und spotteten über die Verunglückten und zeigten mit Fingern auf sie, während die Artisten sich aus den Seilen zu befreien versuchten. Der Mann stand kurze Zeit später wieder auf seinen Füßen und drehte sich unter dem Applaus der Zuschauer einmal um die eigene Achse. Das Mädchen blieb dagegen am Seil hängen und schaffte es nicht, sich daran hochzuziehen, um danach wie ihr Partner sanft auf dem Boden zu landen.

Als er ihr zu Hilfe eilte und sie schließlich aus ihrer misslichen Lage befreite, knickte sie mit dem rechten Fuß sofort ein. Offenbar hatte sie sich während des Sturzes verletzt.

Die Clowns reagierten geistesgegenwärtig, fassten das Mädchen rechts und links unter die Arme und schleppten sie aus der Arena.

Nach diesem Unfall war die gute Stimmung des Publikums verflogen. Wie Valérie selbst beobachteten alle eher teilnahmslos die Kunststücke zweier dressierter Rappen, den Löwenbändiger und eine weitere Einlage der Clowns. Selbst die letzte Nummer mit artistischen Bodenübungen von zwei Männern und einer Frau konnte die Zuschauer nicht mehr mitreißen.

Zum Schluss erschienen alle Künstlerinnen und Künstler mit Ausnahme des Mädchens noch einmal in der Arena, um sich von den Zuschauern zu verabschieden. Der Conférencier bedankte sich beim Publikum und betonte, dass sich die junge Suzanne nur leicht verletzt habe. Derweil standen viele Leute schon auf, bevor er seine Rede beendet hatte. Auch Valérie und ihre Eltern reihten sich in die Menschenmenge ein, die nach draußen strebte.

Auf einmal ertönte in Valéries Rücken ein fröhliches Lachen. Irritiert, weil das so gar nicht zur allgemein gedrückten Stimmung passte, drehte sie sich um. Und stellte fest, dass es die elegante junge Dame in dem kirschroten Seidenkleid war, die eben gelacht hatte. Nun hing sie am Arm eines nobel angezogenen Herrn, mit dem sie offenbar schäkerte. Sie zog sein Gesicht mit ihrer spitzenbehandschuhten Rechten zu sich heran und flüsterte ihm etwas ins Ohr, woraufhin der Herr ebenfalls laut auflachte.

Etwas peinlich berührt, wandte Valérie sich ab. Dabei erhaschte sie einen Blick auf das Gesicht ihres Vaters. Das wirkte nun genauso maskenhaft und starr wie das ihrer Mutter in der Pause der Vorstellung.

TEIL 2

Wilde Jugend

Kapitel 7

AUF DER BUTTE VON MONTMARTRE

FEBRUAR 1882

Elise stellte den schweren Wäschekorb, den sie sich über den linken Ellenbogen gehängt hatte, einen Moment lang ab und rieb sich ihren schmerzenden Arm. Es war schon die dritte Lieferung, die sie am heutigen Samstag besorgen musste.

Normalerweise ließ ihre Mutter sie nicht so hart arbeiten. Doch in dieser Woche hatten zwei der Büglerinnen mit einem schweren Brustkatarrh zu Bett gelegen, sodass die Wäscherei sowieso unterbesetzt gewesen war. Da Madame Claude nicht duldete, dass Arbeit liegen blieb, mussten die verbliebenen Büglerinnen umso härter zupacken. Auch Elise und ihre jüngere Schwester Simone, die die Nonnenschule ebenfalls längst abgeschlossen hatte, waren davon nicht verschont geblieben.

Es war ein eiskalter Februartag. Das Kopfsteinpflaster der Gasse, die zur Place du Tertre führte, war spiegelglatt. Vorsichtig setzte Elise einen Fuß vor den anderen, nachdem sie den Wäschekorb wieder aufgenommen hatte.

Plötzlich hörte sie ein lautes Grölen. Als sie um die nächste Ecke bog, erkannte sie den Mann sofort.

Es war derselbe, der vor zweieinhalb Jahren mit ihrer jüngeren Schwester an der Hand unvermittelt vor Jeannes Wohnung in der Rue Tourlaque aufgetaucht war. Auch damals war der Mann betrunken gewesen. Er hatte die verstörte Simone nach oben geschickt, damit sie ihm ein Ein-Franc-Stück besorgen solle. Dabei hatte er behauptet, er sei ihr und Elises Vater.

Ihre Mutter war gar nicht zu Hause. Marianne öffnete das Fenster und rief hinunter, dass sie dem Menschen auch nicht einen Sou geben werde.

Er ließ sich jedoch nicht abweisen und randalierte schließlich so laut, dass die Nachbarn bereits die Köpfe aus den Fenstern streckten.

Auch Elise hatte den Kerl verstohlen betrachtet. Sie kannte ihn schon vom Sehen und hatte ihn des Öfteren betrunken in den Gassen von Montmartre herumtaumeln sehen.

Schließlich gab Marianne nach und warf dem Mann den Franc vom Fenster aus auf die Straße. Dabei drohte sie ihm, beim nächsten Mal die Gendarmen zu rufen, wenn er sie noch einmal belästigen sollte. Danach trollte sich der Kerl und ließ Elise und Simone völlig verwirrt und verstört zurück.

»Ist das wirklich unser Vater?«, fragte Elise. »Maman hat doch immer gesagt, unser Papa ist tot.«

Marianne seufzte. »Lügen haben kurze Beine«, hörten die Mädchen sie murmeln. Dann, nach kurzem Überlegen:

»Leider sagt der Mann die Wahrheit«, klärte sie die Schwestern auf und berichtete von der unglücklichen Beziehung zwischen ihrer Mutter und Jacques. Elise und Simone reagierten schockiert.

Jeanne war alles andere als erfreut, als sie schließlich vom Markt nach Hause kam. Zuerst machte sie Marianne heftige Vorwürfe. Das war bislang noch nie vorgekommen und verstörte die Mädchen noch mehr.

Doch Marianne ließ sich nicht einschüchtern. »Du kannst den Kopf nicht in den Sand stecken, Jeanne«, mahnte sie. »Wo du doch weißt, dass Jacques schon vor Monaten wieder in Montmartre aufgetaucht ist. Anscheinend beobachtet er uns sogar seit einiger Zeit. Sonst hätte er gar nicht gewusst, dass Simone seine Tochter ist.«

Da gab ihre Mutter nach. Mit Tränen in den Augen gestand sie vor den Mädchen ein, in welches Unglück sie sich in ihrer jugendlichen Verblendung mit Jacques gestürzt hatte.

»Ohne Marianne wäre ich womöglich in der Gosse gelandet«, hatte sie ihre Schilderung beendet, die Elise sehr zu Herzen gegangen war.

Die anschließende Mahnung ihrer Mutter beherzigte sie seither: »Lasst euch mit keinem Mann oder Burschen ein, nur weil er euch schöntut. Nicht jedes junge leichtfertige Ding hat so viel Glück, wie ich es hatte.« Elise und Simone versprachen es ihrer Mutter in die Hand.

Gegenüber Elise hatte sie später noch ergänzt, dass ein schlechter Mann nicht einmal ein Zuhälter sein müsse, um eine Frau zutiefst unglücklich zu machen. »Es reicht schon, wenn er säuft. Die *Grüne Fee*, wie man dieses Teufelszeug nennt, verdirbt nicht nur den Charakter, sie macht süchtig. Um an Absinth zu kommen, ist solchen Männern jedes Mittel recht.«

Folgsam ging Elise sogar André aus dem Weg, wenn sie ihn zufällig in der Nachbarschaft sah.

Auch das weitere Geschick von Louise Weber schien die Warnungen ihrer Mutter zu bestätigen. Obwohl Elise und Simone sie damals nicht verpfiffen hatten, war Madeleine rasch hinter das Verhältnis ihrer Tochter mit dem Soldaten Raymond gekommen. Louise selbst hatte das provoziert, als sie eine ganze Nacht lang nicht nach Hause gekommen war.

Als ihre Mutter sie zur Rede stellte, gab sie sogar zu, dass der Soldat ihr Liebhaber sei und dass sie bereits mit dreizehn Jahren ihre Unschuld verloren habe. Wieder stachelte die schallende Ohrfeige ihrer Mutter nur Louises Trotz an, wie Jeanne zu Hause erzählte, nachdem Madeleine Weber ihr das Herz ausgeschüttet hatte.

Schließlich hatte Jeanne Louise doch noch entlassen müssen, da das Mädchen immer häufiger zu spät in die Wäscherei kam und sogar einen ganzen Arbeitstag schwänzte. Madeleine war nichts anderes übrig geblieben, als eine neue Arbeitsstelle für sich und Louise zu suchen.

»Das Mädchen gerät sonst außer Rand und Band«, hatte sie der betrübten, aber verständnisvollen Jeanne erklärt. »Die Liebschaft mit diesem Soldaten ist zwar vorbei, seit er in die Provinz versetzt wurde. Aber stell dir vor, sie hat neulich in Unterwäsche für einen Fotografen posiert. Ich hab's nur zufällig mitbekommen, weil mit der Fotografie eine Postkarte gemacht wurde. Die hab ich am Boulevard de Clichy in einem Kiosk entdeckt. Wenigstens tagsüber muss ich Louise unter meiner Aufsicht haben, sonst kommt sie bald unter die Räder.«

Madeleine und Louise Weber arbeiteten nun in einer Wäscherei in Batignolles. Damit hatte Jeanne ihre beste Kraft in der Büglerei verloren, aber Louise führte ihre Eskapaden ungeniert weiter. Nach wie vor ging sie bei jeder Gelegenheit zum Tanz in die Moulin de la Galette, das hatte sie Elise bei einer zufälligen Begegnung erzählt.

Während sich Elise jetzt in eine Nische drückte, damit ihr Vater sie nicht bemerkte, biss sie wieder einmal das schlechte Gewissen. Denn gegen die Gebote ihrer Mutter, den Kontakt zu Louise einzustellen und vor allem die Moulin de la Galette zu meiden, hatte sie in den letzten Wochen schon zweimal verstoßen. Unter dem Vorwand, eine neue Freundin zu besuchen, war sie heimlich doch wieder mit Louise in der Moulin gewesen. Die Verlockung war einfach zu groß. Was hatte sie schon sonst außer harter Arbeit?

Elise beruhigte sich damit, dass sie nicht getanzt hatte und sich von allen jungen Burschen, selbst von André, demonstrativ fernhielt. Schon das Beobachten der Tanzpaare zur schmissigen Musik der Blaskapelle bereitete ihr großes Vergnügen und war eine willkommene Abwechslung in ihrem eintönigen Alltag.

Gerade wankte ihr Vater nur zwei Meter an ihr vorbei, mit starrem Blick, ohne Elise zu sehen. Angeekelt stellte sie fest, dass seine schwarzen Locken verfilzt und voller Nissen waren. Seine Gesichtszüge waren aufgedunsen, die zerlumpte Kleidung starrte vor Schmutz und stank zum Himmel. Kaum zu glauben, dass ihre Mutter einmal dem Charme eines solchen Widerlings erlegen war.

Erst als er nicht mehr in Sicht war, schlüpfte Elise erleichtert aus ihrer Nische und machte sich, so rasch es das vereiste Pflaster erlaubte, auf den Weg, um ihre letzte Wäschelieferung auszutragen.

Zwanzig Minuten später war Elise auf dem Rückweg. Die abschüssige Straße jetzt hinunterzugehen, ohne auszurutschen, war noch schwieriger, als sie hinaufzusteigen.

Da kam Jacques Morin ihr erneut entgegen. Diesmal war er nicht allein. Eine junge, in Lumpen gekleidete Frau folgte ihm jammernd bergauf. Sie war offenbar gesegneten Leibes kurz vor der Niederkunft. Trotz der eisigen Kälte trug sie nur Holzschuhe an den blanken Füßen und hatte nicht einmal ein Schultertuch, um sich vor der Kälte zu schützen.

Elise drückte sich eng an eine Hauswand, bis ihr Vater sie passiert hatte. Sobald die Frau an ihr vorbeilief, bemerkte Elise, dass zwei kleine Mädchen am fleckigen Rock der Mutter hingen. Mit beiden Händen hielten sie sich daran fest.

Jacques war vielleicht fünfzehn Meter entfernt, als er plötzlich ausrutschte und der Länge nach hinschlug. Die Frau nutzte den Vorteil, um ihn einzuholen.

Sie packte ihn mit beiden Händen an seiner zerschlissenen Jacke. »Jacques! Jacques«, hörte Elise sie weinend schreien. »Gib mir die zwanzig Sous zurück. Ich muss den Hauswirt bezahlen. Sonst setzt er uns auf die Straße, und die Mädchen müssen erfrieren.«

Ihr Vater stemmte sich auf die Knie, drehte sich überraschend schnell um und schlug der schwangeren Frau mitten ins Gesicht.

Doch die schien der Mut der Verzweiflung gepackt zu haben. Sie wich nicht zurück, sondern klammerte sich nun an die Vorderseite der Jacke und versuchte sogar, in Jacques' Hosentasche zu greifen. Dabei schrie sie aus Leibeskräften: »Du Schwein! Du Hurensohn! Gib mir das Geld zurück, das du geklaut hast!«

Die nächsten Momente würden Elise noch viele Jahre lang in ihren Albträumen verfolgen. Denn ihr Vater packte die junge Frau nun so brutal am Oberteil ihres Kleides, dass es aufriss. Elise befürchtete, er wolle die Schwangere rücklings auf die abschüssige Gasse werfen. Aber es kam noch viel schlimmer.

Plötzlich hielt ihr Vater ein blitzendes Messer in der Hand und stach es der armen Frau wie rasend in den gewölbten Leib. Unter spitzen Schreien brach sie zusammen.

Im selben Moment begannen die beiden Mädchen, sie konnten höchstens fünf und drei Jahre alt sein, aus Leibeskräften zu brüllen. Wie gelähmt vor Entsetzen, sah Elise, dass Jacques jetzt auch auf die Kinder einstach, erst auf das größere, dann auf das kleinere Mädchen. Ihr stach er das Messer sogar in den Rücken, als es in seiner Todesangst wegzulaufen versuchte.

Ehe sich Elise aus ihrer Erstarrung lösen konnte, lagen die Körper der Frau und ihrer Töchter leblos am Boden.

Wie in Trance nahm sie wahr, dass drei Männer aus den umliegenden Häusern auf die Straße gestürzt waren und ihren betrunkenen Vater überwältigten und zu Boden drückten. Eine Frau lief, so rasch es die Straße zuließ, davon. Schon bald kam sie mit zwei Gendarmen zurück, die Jacques die Hände hinter dem Rücken fesselten und ihn brutal an den Haaren emporrissen, bis er zum Stehen kam. Dann stießen sie ihn vor sich her den Berg hinauf in Richtung Place du Tertre, wo sich die Polizeiwache von Montmartre befand. Die drei Männer und die Frau schlossen sich ihnen an. Schnell lief eine größere Menschenmenge zusammen, die den Mörder umringte.

Die blutüberströmten Körper blieben mitten auf der Straße liegen. Da niemand mehr außer ihr da war, zwang sich Elise, sich ihnen zu nähern. Ohne sie zu berühren, erkannte sie instinktiv, dass für die drei Menschen jede Hilfe zu spät kam.

Elise spürte, dass sich ihr Magen hob. Würgend erbrach sie sich auf das Pflaster, wankte noch einige Schritte den Hügel hinab, bevor sie ohnmächtig zusammenbrach.

Elise wachte auf, als jemand ihr sanft auf die Wangen klopfte. »Hier, trink das«, hörte sie eine vertraute Stimme, die sie nicht gleich einordnen konnte.

Zuerst zuckte sie zurück. »Trink. Es ist frisches Wasser«, drängte die Stimme. »Das tut dir gut.«

Als sie mühsam die Augen öffnete, fand sie sich in eine Decke gehüllt an einen Mann gelehnt sitzen, der ihr eine lederne Flasche an den Mund hielt.

Es war André. Dankbar nahm Elise einen Schluck. Das Wasser war eiskalt, schmeckte aber köstlich.

Sie blickte auf. Über die drei Leichen hatten mitleidige Anwohner inzwischen Laken gebreitet.

»Kannst du aufstehn?« Andrés Stimme klang besorgt. »Ich

würd dir ja 'ne Droschke besorgen, aber bei dem Mistwetter ist keine unterwegs.«

Elise nahm all ihre Kräfte zusammen. »*Merci beaucoup!* Es geht schon.«

Von André gestützt, wankte sie vorsichtig die Straße hinunter. Am Ende der Gasse fand sie ihren Weidenkorb, der ihr aus den Händen gefallen und den Berg hinabgerollt war. Schritt für Schritt geleitete André sie nach Hause zu Marianne. Die Nachricht von den Morden war ihnen vorausgeeilt und hatte die Rue Tourlaque schon erreicht, ohne dass Marianne gewusst hatte, um wen es sich bei den Opfern und ihrem Mörder handelte.

Die Tasse heißen Kräutertee, die sie André anbot, lehnte er höflich ab. »Packen Sie lieber Elise mit einer Wärmpfanne ins Bett, Madame Marianne«, empfahl er. »Vielleicht kann ich sie ja später am Tag mal besuchen, um zu hören, wie's ihr geht.«

Trotz ihres elenden Zustands spürte Elise, dass sie sich auf das Wiedersehen mit André freute.

Drei Tage später erreichte sie und ihre Familie die Kunde, dass sich Jacques Morin in seiner Zelle mit seinem eigenen Gürtel erhängt hatte.

»Das vierte Todesopfer der *Grünen Fee*«, titulierten die Pariser Sensationsblätter, die ausführlich über die Morde berichtet hatten, am folgenden Tag. Elise wiederum schwor sich, in ihrem ganzen Leben nie auch nur einen Schluck Absinth zu trinken.

Kapitel 8

AUF DER BAUSTELLE VON SACRÉ-COEUR

APRIL 1882

Valérie hatte alle Mühe, sich ihren Unmut nicht anmerken zu lassen, während sich der Einspänner der Dumas den steilen Berg zur Baustelle der Basilika Sacré-Coeur hinaufquälte.

Nachdem Madame Claire, die Leiterin der Schule für Höhere Töchter, heute verkündet hatte, dass die Schülerinnen aufgrund des Ausfalls mehrerer Lehrerinnen ab dem Mittagessen vom Unterricht befreit seien, hatte Valérie den Nachmittag eigentlich zum Zeichnen verwenden wollen. Doch sobald sie zu Hause angekommen war, hatte ihre Mutter ihr befohlen, sie zu Sacré-Coeur zu begleiten.

»Père Zacharie hat mir mitgeteilt, dass die provisorische Kapelle auf dem Gelände seit einigen Tagen fertiggestellt ist. Dort können Pilger und andere Gläubige ab sofort beten. Dem möchte ich heute nachkommen.«

Als Valérie mit den Augen rollte, fügte Amélie schnippisch hinzu: »Dir tut es besonders gut, dich einmal mit unserem Allmächtigen anstatt mit deinen Kritzeleien zu beschäftigen. Manchmal denke ich, ich ziehe ein Heidenkind groß.«

Valérie wusste, dass es keinen Sinn hatte, zu protestieren, wenn ihre Mutter in einer solchen Stimmung war. Nicht zum ersten Mal verwünschte sie innerlich den Bau der Basilika auf der Spitze von Montmartre, der im Jahr 1875 begonnen hatte. Je weiter die Arbeit an diesem Kirchengebäude voranschritt, desto stärker wurde die Frömmelei ihrer Mutter.

Sowenig Amélie Dumas über den Suezkanal wusste, so sehr war sie über die neue Basilika informiert. »Die Kirche wird dem Heiligen Herzen Jesu geweiht«, dozierte sie bei jeder sich bietenden Gelegenheit. Valérie kannte inzwischen jedes Wort, das danach folgte.

»Schon der heilige Orden der Benediktinerinnen hat das Herz des Gottessohnes ganz besonders verehrt. Als die französische Nationalversammlung im Jahr 1872 den Bau der Basilika beschloss, wollte sie an diese Tradition anknüpfen. Auch um ein deutliches Zeichen gegen das Sündenbabel zu setzen, das sich auf dem heiligen Berg der Märtyrer inzwischen ungehindert ausbreitet.«

Was genau ihre Mutter mit »Sündenbabel« meinte, konnte Valérie trotz verschiedener Nachfragen nicht in Erfahrung bringen. Darüber hüllte sich Amélie in Schweigen.

In der Schule hatte die Religionslehrerin, eine verbiesterte ältliche Nonne, dagegen erklärt, mit dem Bau von Sacré-Coeur wolle man vor allem das Unrecht sühnen, das die Pariser *Commune* im Frühjahr 1871 angerichtet hatte. Die Revolutionäre hatten auf dem Höhepunkt der Kämpfe gegen die Truppen der Republik etliche Geistliche und sogar den Pariser Erzbischof getötet, die sie zuvor als Geiseln genommen hatten.

Allerdings war der Blutpreis, den die Rebellen bezahlen mussten, weitaus größer gewesen. Tausende von ihnen waren während des Aufstands ums Leben gekommen oder hinterher als Aufrührer hingerichtet worden. Als Valérie dies der Religionslehrerin entgegenhielt, handelte sie sich einen scharfen Verweis ein.

»Es gibt noch einen anderen Grund für den Bau von Sacré-

Coeur«, erklärte die Nonne dann. »Unser Land wurde im Krieg gegen die preußischen Barbaren aufs Tiefste gedemütigt. Mit der Errichtung der Kirche soll unser heiliges Vaterland Frankreich wieder dem Schutz Gottes anempfohlen werden.« Während der restlichen Unterrichtsstunde hatte sie Valérie keines Blickes mehr gewürdigt.

»Hast du an deinen Rosenkranz gedacht?«, fragte Amélie nun, als die Baustelle in Sicht kam. Valérie schüttelte betreten den Kopf.

Ihre Mutter schnaubte empört und begann, in ihrer Handtasche zu wühlen. Schließlich zog sie einen abgegriffenen Beutel heraus, den sie Valérie reichte.

»Gottlob habe ich immer einen Ersatzrosenkranz dabei, den ich dir leihen kann. Ich hoffe, du bekennst solche Nachlässigkeiten in deiner nächsten Beichte.«

Der Hinweis auf dieses Valérie zutiefst verhasste Ritual war nicht dazu angetan, ihre Laune zu heben.

Nun hatte der Einspänner die Baustelle erreicht. Wenigstens mussten wir nicht noch zu Fuß den steilen Hügel erklimmen, dachte sie mit einem Anflug von Häme. So fromm ist Maman denn doch nicht, dass sie sich bequemen würde, wie eine einfache Pilgerin zur Basilika aufzusteigen.

Nachdem sie sich vorsichtig ihren Weg durch den Matsch gesucht hatten, betraten Amélie und Valérie schließlich die Kapelle. Es war nicht mehr als ein Rohbau mit kahlen Wänden, in den man einfache Holzbänke ohne Lehne hineingestellt hatte. Wollte man knien, musste man dies auf dem nackten Boden aus gestampftem Lehm tun.

Amüsiert registrierte Valérie, dass dieses Fehlen jeglichen Komforts auch ihre Mutter einen Moment lang irritierte. Doch angesichts des hoch aufgerichteten Kreuzes auf dem behelfsmäßigen Altar raffte sie ihre Röcke zu einem Polster zusammen und war kurz darauf andächtig ins Gebet versunken.

Valérie blieb auf der harten Bank sitzen und ließ die Perlen des Rosenkranzes durch ihre Finger gleiten, ohne jedoch die dazugehörigen Paternoster und Ave-Maria zu sprechen. Stattdessen blickte sie sich verstohlen um und versuchte, sich die Physiognomien der übrigen Gläubigen für spätere Skizzen einzuprägen. Zwar trug sie in ihrer Handtasche immer einen kleinen Zeichenblock und einen Bleistift mit sich. Sie wusste jedoch von früheren Versuchen, dass Amélie es nicht dulden würde, wenn sie in der Kapelle ein paar Umrisse zu Papier brächte.

Obwohl sie vorgab zu beten und dabei sogar zum Schein die Lippen bewegte, kam ihr die Zeit schier endlos vor, bis Amélie Anstalten machte, sich aus ihrer unbequemen Haltung wieder zu erheben. Ihr Rock wies an den Stellen, auf denen sie gekniet hatte, deutlich feuchte Flecke auf. Doch ihre Mutter, die sonst ärgerlich auf jedes noch so kleine Malheur an ihrer Kleidung reagierte, beachtete es gar nicht.

Valérie glaubte sich schon erlöst, zumal auf dem Berg ein scharfer Aprilwind wehte, als Amélie sich in ihren feinen ledernen Halbstiefelchen entschlossen durch den Matsch zur Baustelle der Basilika aufmachte. Die meisten Mauern des Gebäudes waren eingerüstet und bislang höchstens zehn Meter hoch. Dieser trotz siebenjähriger Bauzeit geringe Fortschritt lag daran, dass allein die Fundamente der Kirche dreiunddreißig Meter tief in den lehmigen, vom jahrhundertelangen Gipsabbau brüchigen Boden reichten.

»So ein Unfug«, hatte Valéries Vater Alphonse den Neubau angesichts dieser Schwierigkeiten vor einigen Jahren kommentiert. »Es dünkt mich keine gute Idee, genau an dieser Stelle eine mächtige Basilika zu errichten.«

Diese Bemerkung hatte zu einem heftigen Ehestreit zwischen Valéries Eltern geführt. Seither enthielt sich Alphonse jeglichen Kommentars über die Kirche.

Nur eine Stelle der strahlend weißen Mauern war nicht von einem Gerüst bedeckt. Amélie steuerte geradewegs darauf zu.

»Hier sind die Namen der Spender eingraviert«, erklärte sie ihrer verdutzten Tochter. »Das hat mir Père Zacharie gesagt. Denn nur wir Spender haben die Kirche vor den gottlosen Republikanern in der Nationalversammlung gerettet. Sie wollten den Bau einstellen und die bereits errichteten Mauern niederreißen lassen. Doch gläubige Katholiken aus ganz Frankreich haben schon über zwölf Millionen Francs für den Bau gespendet. Das Geld hätte man uns zurückgeben müssen. Und dieser Preis war den Heiden denn doch zu hoch«, schloss Amélie ihre Ausführungen mit einer Mischung aus Genugtuung und Verachtung ab.

Valérie erhob innerlich die Augen zum Himmel. Das Ansinnen der Republikaner unter ihrem Anführer Georges Clemenceau war tagelang Thema bei jeder Mahlzeit gewesen. Es war ihr also keineswegs neu. Im Gegensatz zur Benennung aller Spender an einer Wand des Gebäudes.

Die Mauer war tatsächlich von Namen übersät. Sie waren in den Stein geschnitten worden, sodass sie nur aus unmittelbarer Nähe zu erkennen waren.

Eine weitere Besonderheit der Basilika war nämlich, dass sie aus einem Stein erbaut wurde, dessen Farbe sich immer mehr aufhellte, je schlechter das Wetter war und je mehr es regnete. Das Schicksal von anderen Kirchen wie Notre-Dame, deren Gemäuer im Lauf der Zeit immer dunkler und damit unansehnlicher wurden, blieb Sacré-Coeur also erspart.

Jetzt entzifferte Valérie den Namen ihrer Mutter. »Wie hoch war denn die Summe, die du für den Bau gespendet hast?«

Amélie blickte sie mit einem unergründlichen Gesichtsausdruck an. »Sie war hoch«, erklärte sie mit einem bissigen Unterton. »Doch keineswegs höher als die Summen, die dein Vater für seine zweifelhaften Vergnügungen ausgibt.«

»Was meinst du denn damit?«, fragte Valérie erstaunt.

Amélie verzog mit einem verächtlichen Ausdruck die Lippen, antwortete jedoch nicht. Ihre Miene erinnerte Valérie an die, mit der sie damals im Zirkus Fernando die elegante Dame im roten Kleid gemustert hatte. Einen Reim konnte sie sich jedoch nicht darauf machen.

Ist auch egal, entschied sie schließlich. Hauptsache, wir gehen endlich heim. Die Uhr der nahe gelegenen Kirche Saint-Pierre hatte gerade fünfmal geschlagen.

Doch zu Valéries Schrecken kam ihnen Père Zacharie entgegen, als sie auf dem Rückweg zu ihrem Einspänner waren. Amélie reagierte dagegen entzückt.

»Oh, wie schön, Sie heute an dieser heiligen Stätte zu treffen, ehrwürdiger Vater«, sprach sie ihn freudig an.

Der Priester, den Valérie nicht ausstehen konnte, neigte zur Begrüßung huldvoll sein mächtiges Haupt mit den strähnigen grauen Haaren.

»Ich freue mich ebenfalls sehr, euch zu sehen, meine Töchter. Insbesondere dich, kleine Valérie. Das ist ein ganz ungewohnter Anblick, der mich mit der Hoffnung erfüllt, dass du doch noch den geraden Weg zum Herrn findest«, salbaderte er.

Er wies auf eine hölzerne Bank in der Nähe.

»Lasst uns dort noch ein wenig verweilen, meine Töchter. Das gibt mir die Gelegenheit, euch mehr von dieser hochheiligen Stätte zu erzählen, an der wir uns gerade befinden.«

Valérie stöhnte innerlich auf, musste sich aber fügen. Zögerlich nahm sie auf der äußersten Kante der Bank Platz, möglichst weit von dem dicklichen Priester entfernt, der in seiner speckigen Kutte wie üblich säuerlich nach Schweiß roch.

Was Père Zacharie alsdann zu berichten hatte, war ihr zu ihrem Überdruss ebenfalls schon lange bekannt. Erst recht ihrer Mutter, die mit der religiösen Vergangenheit von Montmartre bestens vertraut war.

»Der Name des Berges zeugt bereits von seiner bewegten Geschichte«, begann der Priester zu dozieren. »Unzählige Märtyrer haben zur Zeit des frühen Christentums mit ihrem Blut an dieser Stelle Zeugnis für ihren Glauben abgelegt und sind danach geradewegs ins Himmelreich aufgestiegen.

Allen voran der heilige Dionysius. Er war der erste Verkünder des christlichen Glaubens in Paris und wurde schon zweihundertfünfzig Jahre nach Christi glorreichem Tode am Kreuz hier auf dem Berg geköpft, weil er seinem Glauben nicht abschwören wollte. Doch der Bischof schlug seinen Peinigern ein Schnippchen. Er klaubte sein abgeschlagenes Haupt vom Boden auf, wusch es in einem Brunnen und nahm es mit in die Ebene. An der Stelle, wo er sein heiliges Leben aushauchte, wurde die Kirche Saint-Denis errichtet, die spätere Grablege der französischen Könige.

Seit diesem Ereignis wurde Montmartre als Wallfahrtsort zum Ziel zahlloser Pilgerscharen. An diese Tradition möchte unser ehrwürdiger Erzbischof Joseph anknüpfen und Montmartre durch die Basilika Sacré-Coeur wieder zu einem Ziel von Pilgern aus aller Welt machen.«

Erwartungsvoll blickte der Priester Valérie und ihre Mutter an. Während Amélie geradezu verzückt lächelte, musste Valérie ihren Ekel vor den feisten Hängebacken, den gelblich verfärbten Zähnen und vor allem dem Mundgeruch des Paters bezwingen, der bis zu ihr herüberdrang.

»Aber es gibt noch einen Heiligen, der ganz in der Nähe ein mächtiges Zeugnis für seinen Glauben ablegte.«

Das war Ignacio von Loyola, lag es Valérie bereits auf der Zunge, um einem weiteren Vortrag des Priesters zuvorzukommen. Doch er fuhr bereits fort.

»Dort drüben, in der uralten Kirche Saint-Pierre, der ehemaligen Ordenskirche der Benediktinerinnenabtei, begründete der ehrwürdige Ignacio von Loyola den Jesuitenorden. Mit zwei Bundesgenossen schwor er am Tag unserer Jungfrau Mariä Himmelfahrt im Jahr 1534 Armut und Keuschheit. Wusstest du das, liebe Valérie?«

Die stach nun der Hafer. Sie setzte ein falsches Lächeln auf und nickte. »Das weiß ich sehr wohl, Ehrwürden. Aber da Sie so bewandert in der Geschichte des Berges sind, würde ich Ihnen gern noch eine Frage zu seiner religiösen Geschichte stellen.«

Wieder nickte der Priester huldvoll und erwiderte Valéries Lächeln. »Nur zu, mein Kind. Was liegt dir denn auf dem Herzen?«

»Es war zur Zeit des Königs Heinrich IV.«, begann sie und stellte triumphierend fest, dass die Züge des Priesters auf der Stelle erstarrten. »Genauer gesagt, war er damals noch nicht König, sondern hieß noch Heinrich von Navarra. Von hier aus belagerte er die Stadt Paris.«

Père Zacharie hob abwehrend eine Hand, doch Valérie ließ sich nicht beirren. »Man sagt dem späteren König nach, er sei eine Liebschaft mit der Äbtissin des Benediktinerklosters eingegangen.«

Amélie schnaufte empört. Trotzdem sprach Valérie weiter. »Die Legende sagt, auch seine Soldaten hätten die Nonnen zu Geliebten genommen und im Kloster ein ausschweifendes Leben mit ihnen geführt.«

Amélie blieb der Mund offen stehen. Auch Père Zacharie brauchte einen Moment lang, um sich wieder zu fassen. Dann wandte er sich zuerst an die entgeisterte Amélie.

»Meine Tochter, nicht oft gibst du mir Grund, dich zu tadeln. Doch heute sehe ich mich dazu gezwungen. Woher kennt dieses Kind solch unkeusche Geschichten?«

Amélie wirkte, als ob sie gleich weinen würde. »Von mir ... von mir ... nicht, ehrwürdiger Vater«, stammelte sie. »Ich habe von dieser unsittlichen Legende ja selbst gerade zum ersten Mal gehört.«

»Dann sei dir verziehen, meine Tochter! Ich muss dich jedoch mahnen, ein besseres Auge auf die Reinheit deines Kindes zu haben.«

Er durchbohrte Valérie mit einem stechenden Blick aus seinen tief zwischen Fettpolstern liegenden Augen. Die bereute ihre Kühnheit nach ihrem kurzen Triumph bereits. Da sie Père Zacharies nächste Frage ahnte, überlegte sie hektisch, wen sie zum Urheber ihrer Information machen solle. Denn das Dienstmädchen Marie, das ihr diese Geschichte erzählt hatte, wollte sie nicht mit hineinziehen.

Tatsächlich stellte der Priester die erwartete Frage: »Wer hat dir dieses unreine Wissen vermittelt, mein Kind?«

Valérie senkte in gespielter Scham die Augen. »Das war ... das war ... das war ...«, setzte sie absichtlich dreimal an, um Verwirrung vorzutäuschen. »Es war ein Mädchen auf dem Pausenhof in meiner Schule.«

»Wie ist ihr Name?«

Valérie hob die Schultern. »Den kenne ich nicht, ehrwürdiger Vater. Sie ist nicht in meiner Klasse.«

»Ich werde bei nächster Gelegenheit ein ernstes Wort mit Madame Claire zu sprechen haben«, kündigte der Pater an.

Das war Valérie allerdings herzlich gleichgültig. Die Leiterin ihrer Schule würde selbstbewusst genug sein, um den Priester, falls nötig, in seine Schranken zu weisen.

Doch damit war die Sache für sie noch nicht vorbei. »Als Buße für deine unkeuschen Gedanken lege ich dir zehn Paternoster und zehn Ave-Maria auf«, erklärte der Priester, als habe sie gerade die Beichte abgelegt.

Ehe sie widersprechen konnte, spürte sie einen heftigen Puff vom Ellenbogen ihrer Mutter in die Seite. Valérie schluckte ihren Ärger hinunter. Wenn sie jetzt aufmüpfig antwortete, würde ihre Mutter sie hart bestrafen. Das war diese Sache nicht wert.

Also senkte sie erneut die Augen. »Jawohl, Ehrwürden«, stimmte sie zu.

Die Gesichtszüge des Priesters entspannten sich. Er schlug das Kreuzzeichen über die Frauen, bevor er sich verabschiedete. »Dann geht nun in Gottesfurcht und in Frieden, meine lieben Töchter.«

Im Innern der Kutsche musste sich Valérie dennoch heftige Vorwürfe ihrer Mutter anhören. Sie ließ sie stumm über sich ergehen.

An der Ecke der Rue Lepic zum Boulevard de Clichy hielt der Kutscher an, da der Verkehr auf der großen Straße zu dicht war, um gleich einzubiegen.

Auf einmal klopfte es an der Scheibe des geschlossenen Coupés. Ohne zu überlegen, öffnete Valérie das kleine Fenster.

Draußen standen zwei Mädchen, ungefähr in ihrem Alter, und hielten ihr Veilchensträuße entgegen. »Mademoiselle, nur fünf Centime«, bot ihr die Größere, die ihre rotblonden Haare zu einem komischen Dutt auf dem Oberkopf zusammengebunden hatte, die Blumen an.

»Wir brauchen nichts. Schließ das Fenster, Valérie!«, fuhr ihre Mutter barsch dazwischen.

Als der Einspänner endlich auf den Boulevard fuhr, überlegte Valérie noch immer, woher sie das zweite Mädchen kannte. Schließlich fiel es ihr wieder ein. Das war die Tochter der Wäscherin, die sich damals ihr Seidenkleid ausgeliehen hatte.

An ihren Namen konnte sich Valérie zuerst nicht mehr erinnern. Aber sie beneidete sie um ihre Freiheit.

Kapitel 9

WÄSCHEREI VON MADAME CLAUDE

16. APRIL 1883, UNGEFÄHR EIN JAHR SPÄTER

Jeanne spürte einen Kloß im Magen, als sie Elise und Louise, die ihre Tochter gerade abgeholt hatte, nachsah. Noch immer bezweifelte sie, ob es gut war, dass Elise heute mit zur Place Pigalle ging, wo jeden Montagmorgen der sogenannte Markt der Malermodelle stattfand.

»Louise sagt, man sucht dort vor allem sehr junge Frauen«, hatte Elise ihr erst gestern mit glänzenden Augen erzählt. »Sie verdient dort schon lange Zeit gutes Geld. Stell dir vor, die Maler zahlen den Frauen einhundert Sous für einen einzigen Tag, den sie ihnen Modell stehen.«

»Einhundert Sous? Also ganze fünf Francs? Das ist ja mehr, als ich je als Vorarbeiterin verdient habe.«

Doch Elise hatte darauf beharrt.

Dass an der Aussage ihrer Tochter etwas dran sein musste, hatte Jeanne gerade mit eigenen Augen gesehen. Denn Louise trug ein hübsches Kleid aus einem glänzenden Stoff, das am Ausschnitt bestickt und am Rock mit Rüschen besetzt war. Diesmal war Jeanne sicher, dass Louise das Kleid nicht unbefugt entwendet hatte. Denn sie wusste, dass Madeleines Tochter schon lange nicht mehr als Wäscherin arbeitete.

Trotzdem war sie sehr froh, wenigstens Louises Mutter wieder als Büglerin gewonnen zu haben. Denn nach einer längeren Zeit bescheidenen Wohlstands hatte sich die Situation für Jeanne und ihre Familie inzwischen arg verschlechtert.

Der Grund war, dass eine große Wäscherei im Herbst des vergangenen Jahres auf dem Boulevard de Clichy eröffnet hatte. Der Besitzer hatte dazu ein eigenes Waschhaus erbaut, zu dem nur seine Angestellten Zutritt hatten. Das Ladenlokal war im Erdgeschoss eines der sechsstöckigen Neubauten untergebracht und viermal so groß wie Madame Claudes Geschäft. Jeanne hatte sich, als Kundin getarnt, schon kurz nach der Eröffnung dort umgesehen.

Der Raum, in dem die schmutzige Wäsche angenommen und sortiert wurde, lag so weit vom Ladenlokal mit der Büglerei entfernt, dass kein unangenehmer Geruch dort hineindrang. Die Wäsche wurde nicht mithilfe der Plättöfen getrocknet, sondern in einem eigenen, im Winter beheizten Raum. Im Sommer sogar an der frischen Luft in einem Hinterhof, wenn das Wetter es zuließ.

Damit konnte Madame Claude mit ihrem Geschäft auf halber Höhe zur Butte kaum mithalten. Sie hatte insbesondere ihre wohlhabenden Kundinnen aus den großen Boulevards am Fuß des Montmartre weitgehend verloren. Denn die mussten ihre Dienstmägde nicht mehr mit der schmutzigen Wäsche den Berg hinaufschicken. Von Anfang an beschäftigte der Wäschereibesitzer zwei Laufburschen, die die Wäsche an festen Tagen abholten und nach der Reinigung zurückbrachten.

Trotz des zurückgehenden Umsatzes hatte Madame Claude ihre Preise senken müssen und infolgedessen Jeanne und ihren Mitarbeiterinnen die Löhne gekürzt. Mit dem fatalen Ergebnis, dass drei von Jeannes vier Büglerinnen inzwischen in die neue Wäscherei gewechselt waren. Guter Ersatz war kaum zu bekommen gewesen.

Deshalb betrachtete Jeanne es noch immer als Glücksfall, dass sie Louises Mutter Madeleine zufällig auf dem Markt begegnet war. Auch Madeleine hatte sich in der neuen Wäscherei beworben, war jedoch abgewiesen worden, weil gerade keine weitere Stelle frei war. Bei ihrem Treffen schüttete sie Jeanne ihr Herz über die gerade erlebte Enttäuschung aus.

Madeleine war einst ihre beste Kraft in der Büglerei gewesen. Deshalb ergriff Jeanne die Gelegenheit beim Schopf und bot Madeleine ihre alte Stelle wieder an.

»Ich werde mich bei Madame Claude dafür einsetzen, dass du besser entlohnt wirst als früher.« Die nächsten Worte kamen ihr nur schwer über die Lippen. »Und auch Louise stelle ich wieder als Wäscherin ein, wenn du es willst.«

Madeleine schüttelte resigniert den Kopf. »Louise ist mir schon lange entglitten«, gestand sie mit feuchten Augen. »Sie verdient längst ihr eigenes Geld.«

»Mit dem Verkauf von Veilchensträußchen?«, fragte Jeanne ungläubig. Davon wusste sie von Elise, die vor einigen Monaten zu Jeannes anfänglichem Ärger zugegeben hatte, wieder mit Louise befreundet zu sein. Doch als ihre Tochter ihr die zwanzig Sous ausgehändigt hatte, die sie mit dem Verkauf der Blumen an einem einzigen Samstagabend verdient hatte, war Jeanne nicht mehr so streng gewesen. Denn schon damals war das Geld immer knapper geworden. Selbst die alte Marianne verdiente trotz ihres Rheumatismus inzwischen wieder als Hebamme mit, wenn sich ihr die Gelegenheit bot.

Also hatte Jeanne Elise nur das Versprechen abgenommen, sich nicht wieder an irgendwelchen Dummheiten zu beteiligen. Darüber war sie besonders froh, als sie nun Madeleines Antwort auf ihre Frage hörte.

»Ach was, Veilchen verkaufen ist nur ein geringer Nebenverdienst. Louise tritt mehrmals pro Woche als Tänzerin im Élysée Montmartre auf und arbeitet außerdem als Malermodell.«

»Und sie lässt sich von ihren diversen Liebhabern aushalten«, fügte Madeleine hinzu.

Jeanne war so schockiert gewesen, dass sie nicht nachgefragt hatte, was es mit dem Malermodell auf sich hatte.

»Trotzdem muss ich dir die Bedingung stellen, dass du Louise nicht die Tür weist, wenn sie mich während der Arbeit überhaupt einmal aufsucht.«

Jeanne war zwar nicht wohl bei dieser Vorstellung gewesen, aber sie hatte Madeleines Bitte wohl oder übel zugestimmt. Tatsächlich hatte sich das Geschäft leicht erholt, seit Louises Mutter wieder mitarbeitete.

Dann hatte ihr Elise am gestrigen Sonntagmorgen nach der anstrengenden langen Arbeitswoche von den Verdienstmöglichkeiten als Malermodell erzählt.

»Was gibt es denn dabei für dich zu tun?«, hatte Jeanne vorsichtshalber gefragt.

»Gar nichts, Maman! Die Arbeit besteht einfach darin, still auf einem Stuhl zu sitzen oder auf einem Sofa zu liegen und sich malen zu lassen. Stell dir nur vor, wenn mich ein berühmter Maler beschäftigt, wird ein Bild mit mir drauf vielleicht sogar im Pariser Salon ausgestellt!«

Darunter hatte Jeanne sich nichts Rechtes vorstellen können. Sie wusste zwar, dass diese Ausstellung jährlich stattfand, war jedoch selbst noch nie dort gewesen. Dennoch hatte sie schließlich widerstrebend ihre Erlaubnis gegeben und sah ihrer Tochter, die fröhlich den Hügel hinablief, nun besorgt nach.

AUF DER PLACE PIGALLE

16. APRIL 1883, AM GLEICHEN TAG, WENIG SPÄTER

»Schau! Da drüben ist es!«

Louise zeigte auf einen lang gestreckten Schuppen, der mitten auf dem Platz zwischen den beiden Straßenseiten des Boulevards de Clichy lag. Davor hatte sich bereits eine große Menge von Frauen und jungen Mädchen versammelt. Es mussten mehr als einhundert sein, schätzte Elise.

»Haben die denn da drin alle Platz?«, fragte sie eingeschüchtert.

»Natürlich nicht! Die Torhüter lassen höchstens fünfzig rein. Aber mach dir mal keine Sorgen, wir zwei sind dabei.«

Mit diesen Worten drängte sich Louise durch die Menge der Frauen bis ganz nach vorn, wobei sie rücksichtslos ihre Ellenbogen benutzte. Denen, die sie beschimpften, streckte sie sogar die Zunge heraus.

Einem der bulligen Kerle, die vor dem Eingang standen, fiel sie dagegen um den Hals und drückte ihm einen Kuss auf die Lippen unter dem ausladenden Schnauzbart.

»Michel, *mon Chéri*! Wie schön, dich zu sehen! Ich hab mich so nach dir gesehnt!« Louise legte sich beide Hände auf die Brust und strahlte den Mann so intensiv an, dass Elise ihr die Worte sogar abgenommen hätte, würde sie ihre Freundin nicht besser kennen.

Doch der Torhüter glaubte ihr offenbar. Als die Uhr einer Kirche neunmal schlug, öffnete er seinen Flügel der Tür und ließ die Mädchen als Erste hinein.

Drinnen standen Stühle an den Holzwänden aufgereiht, auf denen Louise und Elise sowie die weiteren Frauen, die hereinkamen, Platz nahmen. Wenig später erschienen bereits die ersten Maler. Elise kannte keinen der Männer, aber Louise zwinkerte dem einen oder anderen schelmisch zu.

Elise fiel auf, dass die Maler mit den Frauen, die sie sich ausgesucht hatten, in einem durch einen schweren Vorhang abgetrennten Raum verschwanden. Zweimal wurden auch Louise und sie angesprochen. Doch zu Elises Erstaunen lehnte ihre Freundin das Angebot jedes Mal ab.

»Ich wart noch auf die Berühmten«, flüsterte sie Elise zu. »Wenn die einen malen, ist man als Modell auch danach gefragt.«

Schließlich schien einer dieser Maler angekommen zu sein. Louise winkte ihm zu. »Das ist Pierre-Auguste Renoir«, flüsterte sie Elise zu. »Der malt ganz hübsch und zahlt zuverlässig.«

Renoir erwiderte zwar Louises Gruß, schritt die Reihen der wartenden Frauen jedoch erst einmal ab. Schließlich zeigte er auf eine schlanke junge Frau, die Elise nicht persönlich kannte, die sie aber schon ein paarmal auf dem Montmartre gesehen hatte. Wahrscheinlich wohnte sie ebenfalls dort.

»Merde!«, hörte sie Louise neben sich leise schimpfen. »Er will diesmal die olle Suzanne.«

Doch sie hatte sich zu früh geärgert. Jetzt kam der Maler auch auf sie und Elise zu.

»Darf ich die beiden Damen ebenfalls bitten?« Er verneigte sich kurz. »Ich bin noch unentschlossen, wer mir bei meinem nächsten Gemälde Modell sitzen soll.«

Freudig folgte Elise Renoir und den beiden jungen Frauen hinter den Vorhang. Kaum war sie in den Nebenraum eingetreten, erstarrte sie jedoch zu Eis. Vor den in Anzug und Gehrock gekleideten Männern saßen, standen oder lagen die Frauen splitternackt. Sie drehten sich auf Anweisung der Männer um, präsentierten ihr Hinterteil, bückten sich oder streckten sich lang aus, sodass man ihre Schamhaare sah.

Elise spürte, wie ihr Gesicht glühend heiß wurde. »Was … was … hat denn das zu bedeuten?«, stammelte sie.

Louise grinste. »Du dummes Schaf! Die wolln uns doch nicht in Klamotten malen. Die brauchen Aktmodelle! War dir das etwa nicht klar?«

Elise schüttelte ratlos den Kopf. »Was ist denn ein Aktmodell?«

»Na, 'ne Frau, die denen nackig Modell sitzt. Also, zieh dich schon aus! Hier guckt dir keiner was ab!«

Währenddessen hatte sich die dritte junge Frau, die Renoir mitgenommen hatte, schon auszuziehen begonnen. Auch Louise knöpfte ihr Kleid auf.

Elise stand jedoch weiter wie erstarrt und umklammerte ihren Oberkörper mit beiden Armen.

»O Mann! Du bist mir eine. Hilf mir jetzt wenigstens hier raus!«

Louise streckte die Arme in die Höhe und wartete, bis ihr Elise das Kleid über den Kopf gezogen hatte. In Windeseile legte sie danach ihre Unterwäsche ab und behielt nur ihre schwarzen Strümpfe an.

Die dritte junge Frau hatte sich inzwischen auf einen der Hocker platziert und folgte den Anweisungen des Malers. Sie legte die rechte Hand über ihren nackten Brüsten an die Kehle und überkreuzte ihre Füße.

Louise setzte sich gleich neben ihre Konkurrentin. Anstatt auf die Aufforderungen des Malers zu warten, eine bestimmte Position einzunehmen, schlug sie eines ihrer schwarz bestrumpften Beine über das andere und verschränkte ihre Arme demonstrativ hinter dem Kopf. Ihre kleinen festen Brüste kamen dadurch voll zur Geltung.

Renoir blickte nun auch Elise an, die jedoch nur den Kopf schüttelte. Die Kehle war ihr wie zugeschnürt.

Wenigstens wirkte der Mann nicht auch noch lüstern. Er war schlank, hatte schütter gewordenes braunes Haar mit einer ausgeprägten Geheimratsecke an der rechten Seite des Kopfes und einen dünnen Vollbart. Sein Schnauzer hing ihm zu beiden Seiten bis über die Lippen.

Irgendwie hatte sich Elise einen angeblich berühmten Maler beeindruckender vorgestellt. Dieser Mann wäre ihr auf der Straße nicht einmal aufgefallen.

Noch einmal betrachtete Renoir die beiden nackten Frauen. Dann wies er auf Louise. »Diesmal nehme ich dich zuerst.« Jetzt duzte er sie. »Ich will dich genau in der Pose malen, die du gerade eingenommen hast. Du eignest dich besser für ein Aktgemälde.«

Dann wandte er sich zu der anderen Frau. »Aber für dich habe ich auch schon Verwendung, Suzanne. Ich möchte zwei Bilder von Tanzpaaren malen. Eins soll *Tanz in der Stadt*, das andere *Tanz auf dem Land* heißen. Du eignest dich gut als Modell für den *Tanz in der Stadt*. Sobald ich das Aktbild fertig hab, will ich damit anfangen. Komm einfach in zwei Wochen zu mir in mein Atelier. Dann bin ich vielleicht schon so weit.«

»Du kannst jetzt gleich mitkommen«, sagte er dann zu Louise.

Schließlich musterte er Elise. »Schade! Du hättest ebenfalls ein schönes Modell abgegeben. Du erinnerst mich an eine meiner Figuren aus dem Gemälde *Bal au Moulin de la Galette*. Hast du das Bild schon mal gesehen?«

Elise verneinte. »Leider nicht, Monsieur.« Ihre Kehle fühlte sich rau an. »Aber ich kenne die Mühle.«

»Na, vielleicht überlegst du es dir noch mal anders. Vielleicht würde ich dich wie Suzanne auch gar nicht nackt malen wollen. Aber deinen Körper müsste ich vorher schon ansehen können.«

Währenddessen hatten sich die beiden anderen Frauen wieder anzukleiden begonnen. Mit einem triumphierenden Lächeln folgte Louise dem Maler aus dem Nebenraum und hinaus aus dem Schuppen, ohne auf die noch immer verstörte Elise zu achten.

Die Frau namens Suzanne warf ihr einen mitleidigen Blick zu. »Ich kann gut verstehen, wie du dich fühlst. Am Anfang ging's mir genauso. Aber Auguste Renoir ist ein anständiger Mann. Er würde dich nie anrühren, es sei denn, du willst es selbst.«

Damit verließ auch sie den Schuppen, mit der ratlosen und noch immer schockierten Elise im Schlepptau.

Während sie sich die steile Rue Lepic zur Wäscherei hinaufquälte, dachte Elise unwillkürlich daran, wie viel Arbeit sie mit dem Bügeln haben würde, um die eineinhalb Francs pro Tag zu verdienen, die Madame Claude ihr zahlte. Wäre es nicht stattdessen viel leichter verdientes Geld gewesen, einfach ihren Körper zur Schau zu stellen?

Auch als sie die Wäscherei längst erreicht hatte, wusste Elise auf diese Frage noch keine Antwort.

Kapitel 10

WOHNUNG DES KUNSTHÄNDLERS ALPHONSE DUMAS

20. JUNI 1883

Als die Glocke gleichzeitig mit dem Türklopfer ertönte, eilte Valérie erwartungsvoll zur vorderen Wohnungstür, ohne auf den Hausdiener Simon zu warten.

Denn die Gäste, die zur Feier ihres heutigen siebzehnten Geburtstags geladen waren, hatten sich bereits nahezu vollzählig im großen Salon versammelt. Nur ihre Großeltern mütterlicherseits fehlten noch.

Als Valérie die Tür aufriss, standen sie tatsächlich davor. Ihr Großvater Bernard rieb sich die rechte Hand. Ihre Großmutter Cecile hielt noch den Seilzug der Türglocke fest.

»Nicht so stürmisch, mein Kind«, tadelte sie ihre Enkelin sanft. »Du hast deinem Großvater den Klopfer geradezu aus der Hand gerissen.«

»Aber nun lass dich erst einmal umarmen und dir herzlich zu deinem Geburtstag gratulieren«, fuhr die alte Dame fort und setzte ihr Vorhaben noch im Hausflur in die Tat um.

Valérie atmete den vertrauten Duft nach Zitrone und Verbene ein, den sie seit ihrer frühen Kindheit mit ihrer Großmutter verband. Heute mischte sich jedoch ein fremdartiger Geruch darunter, den Valérie nicht gleich erkannte.

Jetzt trat auch Amélie aus dem Salon, um ihre Eltern zu begrüßen. Sie wechselte eine steife Umarmung mit ihrer Mutter Cecile und küsste ihren Vater flüchtig auf die Wangen.

Wie in so vielen Familien war das Verhältnis der Großeltern zur Enkelin weitaus herzlicher als zu deren Eltern. Das lag wahrscheinlich daran, dass Valérie die einzige Tochter war. Schon ihre Mutter war ein Einzelkind gewesen. Amélies ältere Brüder waren beide der Choleraepidemie von 1849 zum Opfer gefallen.

In Begleitung von Tochter und Enkelin betraten die alten Herrschaften den Salon. Alphonse Dumas ging sofort auf sie zu, begrüßte sie ebenfalls mit Wangenküsschen und ging dann dazu über, ihnen die übrigen Gäste vorzustellen.

»Meine Eltern kennen Sie ja bereits, meine Lieben. Meine Mutter Victoria, mein Vater Gérôme Dumas.«

Valéries Großvater Gérôme verbeugte sich steif. »Was für eine Freude, Sie einmal wiederzusehen«, sagte er ohne ein Lächeln, was seine Worte sofort Lügen strafte.

Denn die Ehe seines Sohnes Alphonse mit Amélie Valbert war seinerzeit ohne Gérômes Zustimmung zustande gekommen. Hätte Alphonses Mutter Victoria nicht all ihren Einfluss geltend gemacht, wäre sein Vater nicht einmal zur Hochzeitsfeier erschienen.

Wie jedes Familienmitglied wusste auch Valérie, dass Gérôme Dumas ursprünglich auch mit der Berufswahl seines Sohnes nicht einverstanden gewesen war. Wäre es nach ihm gegangen, hätte Alphonse Jurisprudenz studiert, um danach ins väterliche Geschäft als Eisenwarenfabrikant einzutreten.

Doch Alphonse hatte andere Pläne gehabt, wie Amélies Mutter Cecile Valérie einmal lächelnd erzählt hatte. Er wollte unbedingt Kunsthändler werden. Schon als Student pflegte Alphonse sich lieber an den Ufern der Seine herumzutreiben und dort in den Kisten der Buden nach Zeichnungen und Aquarellen zu wühlen, als seine Vorlesungen an der Sorbonne zu besuchen.

Schließlich hatte er sein Studium nach zwei Jahren sogar abgebrochen, woraufhin sein Vater Gérôme die monatlichen Zuwendungen unmittelbar einstellte. Doch das Glück war Alphonse von Anfang an hold gewesen.

Unter den Zeichnungen und Gemälden, die er in den Buden an der Seine gefunden hatte, waren auch einige von inzwischen recht bekannten Malern, die schon im Pariser Salon ausgestellt hatten. Mit ihnen trat Alphonse in Kontakt, nachdem er ihre frühen Werke mit großem Gewinn an bekannte Sammler verkauft hatte.

Mit diesem Geld eröffnete er sein erstes kleines Geschäft in der Rue Laffitte und wurde bald so erfolgreich, dass er in die Räume seiner jetzigen Galerie umziehen konnte. Dieser Erfolg beeindruckte auch Amélies Eltern, die er im Rahmen eines Theaterbesuchs gemeinsam mit ihrer Tochter kennenlernte. Fortuna blieb Alphonse weiterhin gewogen.

Nach einigen Besuchen im Hause Valbert hielt Alphonse bei den Eltern um Amélies Hand an. Bis heute hielt sich hartnäckig das Gerücht, dass dies vor allem an der stattlichen Mitgift lag, die die Valberts Alphonse gegenüber erwähnt und damit quasi mit dem Zaunpfahl gewinkt hatten. Offenbar versprachen sie sich von der Verbindung ihrer Tochter mit einem solventen Kunsthändler einen eigenen gesellschaftlichen Aufstieg.

Amélie war zu dieser Zeit allerdings in einen mittellosen jungen Mann verliebt, den ihre Eltern als Bewerber nicht einmal in Betracht zogen. Valéries Mutter sprach zwar nie über ihre große Liebe. Aber Cecile hatte gegenüber ihrer Enkelin einmal angedeutet, dass Amélie nur unter dem Druck ihrer Eltern in die Heirat mit dem über zehn Jahre älteren Alphonse eingewilligt hatte.

Cecile und Bernard Valbert waren Inhaber zweier Einzelhandelsgeschäfte für Stoffe und Kurzwaren im Zentrum von Paris. Angeblich hatten sie sich sogar verschuldet, um die beträchtliche Mitgift aufzubringen, die sie Alphonse in Aussicht gestellt hatten.

Mit diesem Geld und durch seine weiterhin guten Geschäfte war es Valéries Vater möglich, schon ein Jahr nach der Hochzeit in die großzügige Wohnung am Boulevard de Clichy einzuziehen und neben seinem Kammerdiener Simon weitere Dienstboten einzustellen.

Trotz der günstigen finanziellen Umstände war es zwischen Alphonse und seinem Vater Gérôme anlässlich der Hochzeit erneut zu einer Auseinandersetzung gekommen. Denn der Fabrikant hielt eine Verbindung seines einzigen Sohnes mit einer einfachen »Kramladentochter«, wie er sich ausdrückte, nicht für standesgemäß.

Angesichts der Tatsache, dass sich Vater und Sohn erst wenige Monate vorher versöhnt hatten, war dies tragisch gewesen. Denn auch Gérôme Dumas konnte sich dem beruflichen Erfolg und dem daraus resultierenden Wohlstand von Alphonse auf Dauer nicht verschließen. So waren seine Eltern als nicht eingeladene Überraschungsgäste zu einer Vernissage mit Gemälden bekannter Pariser Kunstmaler in der Galerie ihres Sohnes erschienen, die in der Presse ausführlich beworben worden war. Bei dieser Gelegenheit hatte man den Zwist vorerst begraben.

Erst die Geburt von Valérie hatte die erneute Versöhnung von Vater und Sohn zur Folge gehabt. Dies war vor allem auf Betreiben von Alphonses Mutter Victoria geschehen, die nicht auf den Kontakt zu ihrer Enkeltochter verzichten wollte.

Von Anfang an war Valéries Beziehung zu ihren beiden Großmüttern weitaus herzlicher als zu ihren Großvätern. Ohne diese

Verbundenheit wäre die Großfamilie aufgrund der schwierigen Vorgeschichte möglicherweise schon längst auseinandergefallen.

Denn je unglücklicher sich Amélie in ihrer Ehe fühlte, desto mehr lastete sie ihren Eltern an, sie seinerzeit zur Heirat genötigt zu haben.

Alphonse wiederum vermisste den Stolz des Vaters auf seinen Erfolg als Kunsthändler. Gérôme äußerte sich so gut wie nie lobend über die Laufbahn seines Sohnes. Er machte es sich stattdessen zur Gewohnheit, sich ausführlich darüber zu beklagen, dass sein einziger Sohn nicht als Nachfolger in seinem Unternehmen infrage kam.

Valérie spürte diese familiären Differenzen mehr, als dass sie genau darüber Bescheid wusste. Einiges hatte sie sich aus Andeutungen zusammengereimt. Aber ihren direkten Fragen wichen sowohl ihre Eltern als auch ihre Großeltern konsequent aus.

Doch heute an ihrem Ehrentag nahmen sich alle zusammen und heuchelten einander zumindest Herzlichkeit vor, auch wenn sie sie nicht wirklich empfanden.

Außer ihren Großeltern nahmen auch drei Mädchen aus Valéries Abschlussklasse in der Schule für Höhere Töchter am Geburtstagsfest teil. Eigentlich hatte Valérie dort keine wirklichen Freundinnen. Aber Amélie hatte darauf bestanden, dass sie einige Klassenkameradinnen einlud.

Die Schule würden alle in wenigen Wochen beenden. Vielleicht erhoffte sich Amélie einen positiven Einfluss der anderen Mädchen auf Valérie. Sie hielt ihre Tochter sowohl aufgrund ihrer Persönlichkeit als auch ihrer Begeisterung für die Malerei für »aus dem Rahmen gefallen«, wie sie in jüngster Zeit immer wieder betonte.

Valérie selbst stellte Dominique, Anne-Marie und Denise ihren gerade erst angekommenen Großeltern vor. Die Mädchen knicksten höflich und wechselten einige nichtssagende Worte mit den Älteren.

Cecile und Bernard stellten ihr mit einer großen rosafarbenen Schleife verziertes Päckchen zu den anderen Geschenken auf den Gabentisch. Erst nach dem Nachmittagskaffee würde Valérie sie auspacken dürfen.

Endlich klatschte Amélie in die Hände und gab damit bekannt, dass man nun zu der von den Dienstboten im Speisezimmer vorbereiteten Kaffeetafel schreiten werde. Tatsächlich hatte sich die Köchin Berthe, die gemeinsam mit dem Dienstmädchen Marie und einer Zugehfrau für den Haushalt zuständig war, selbst übertroffen.

Auf dem mit Amélies bestem Geschirr aus Meißener Porzellan gedeckten Esstisch prangte eine riesige, mit Marzipan überzogene und mit vierblättrigen Marzipankleeblättern geschmückte Torte. Sie war mit siebzehn brennenden Kerzen bestückt, die Valérie unter dem Beifall der Gäste auspustete.

Neben der Torte stand eine Auswahl weiterer Kuchenstücke, appetitlich auf Platten angerichtet. Dazu gehörten zwei Tartes mit Äpfeln und Kirschen, eine Biskuit-Charlotte und ein Sandkuchen. Der Rest des angeschnittenen Gebäcks stand auf dem Büfett, falls Nachschub benötigt würde.

Davon ging Valérie allerdings angesichts der Überfülle an Kuchen nicht aus. Trotzdem freute sie sich über die Mühe, die sich das Dienstpersonal damit gemacht hatte.

Tischkarten wiesen den Gästen ihre Plätze zu. Der Hausdiener Simon, der auch bei Tisch servierte, legte ihr als Geburtstagskind zuerst ein Stück der Marzipantorte vor.

Valérie saß neben ihrer Großmutter Cecile. Dabei nahm sie erneut den merkwürdigen Geruch wahr, der ihrem Kleid entströmte. Jetzt erkannte sie ihn. So rochen Mottenkugeln.

Merkwürdig, dachte sie. Erst als sie das dunkelgrüne Samtkleid näher betrachtete, stellte sie fest, dass es längst aus der Mode gekommen war und nicht zum warmen Sommerwetter passte. Warum trug ihre Großmutter zu diesem festlichen Anlass ein solch altmodisches Kleid?

Oder – Valérie durchfuhr ein Schreck – hatte sie etwa gar kein besseres mehr? Sie erinnerte sich an eine Diskussion ihrer Eltern beim Abendessen, dass vielen Einzelhandelsgeschäften angesichts des großen Erfolgs der Warenhäuser der Bankrott drohen könnte.

Als hätte er ihre Gedanken gelesen, schlug ihr Großvater Gérôme jetzt in diese Kerbe. »Und wie gehen die Geschäfte, Monsieur Valbert?«, wandte er sich mit einem scheinheiligen Lächeln an Amélies Vater.

Der stach ein Stück seiner Torte ab, steckte es in den Mund und kaute bedächtig, bevor er antwortete. »Danke der Nachfrage, Monsieur Dumas. Die Geschäfte gehen den Umständen entsprechend gut. Es ist Ihnen ja bekannt, dass das große Warenhaus Printemps nach dem Brand vor zwei Jahren gerade wieder neu eröffnet hat. Es liegt am Boulevard Haussmann nur zweihundert Schritt von einer unserer Filialen entfernt und …«

»Dort wurde doch das neumodische elektrische Licht installiert«, fiel ihm Gérôme ins Wort.

Bernard Valbert stach noch ein Stück Torte ab und aß scheinbar ungerührt weiter. »So ist es, Monsieur Dumas. Deshalb rennt das sensationsgierige Publikum natürlich dorthin, um sich das anzusehen. Und um die Sonderangebote wahrzunehmen. Das ist leider im Augenblick mit Umsatzverlusten für unser eigenes Geschäft verbunden.«

Er machte eine wegwerfende Handbewegung. »Eine vorübergehende Erscheinung. Insbesondere unsere Stammkundschaft weiß, was sie an uns hat. Unsere Stoffe sind zwar teurer als die im Printemps, aber dafür von sehr viel besserer Qualität. Außerdem kümmern wir uns um jeden einzelnen Kunden und bedienen die Herrschaften persönlich. Wir kennen die meisten seit vielen Jahren. In solch einem anonymen Warenhaus ist der Kunde doch nur eine Nummer und dem Verkaufspersonal völlig gleichgültig.«

Gérôme grinste süffisant. »Nun, dann gibt es ja keinen Grund zur Sorge. Ich wünsche Ihnen weiterhin viel Erfolg.«

Valérie hatte dieser Unterhaltung aufmerksam gelauscht und dabei auch die Mienen der übrigen Familienmitglieder gemustert. Amélie und ihre Schwiegermutter Victoria starrten mit allen Anzeichen von Verlegenheit auf die handgestickte Tischdecke. Ihr Vater Alphonse funkelte seinen eigenen Vater ärgerlich an. Cecile hörte sie neben sich seufzen.

Zum Glück wandte sich die Unterhaltung jetzt anderen Themen zu. Trotzdem blieb die Stimmung der Gäste mit Ausnahme der jungen Mädchen gedämpft.

Schließlich hatte sich jeder genug an Kaffee, Tee und Kuchen gelabt. Nun gab Amélie das Zeichen, dass Valérie ihre Geschenke auspacken dürfe.

Aufgeregt näherte sie sich dem Gabentisch. Sie hatte sich vor allem Zeichen- und Malutensilien gewünscht. Zuerst kamen die Pakete ihres Vaters als Haushaltsvorstand an die Reihe.

Als Valérie das Geschenkpapier aufriss, ohne zu merken, dass Amélie missbilligend die Stirn runzelte, stellte sie glücklich fest, dass ihr Vater diese Wünsche erfüllt hatte. Seine Gaben bestanden zum einen aus einem riesigen Pinselset, das vom dicken Anstreicher- bis hin zu den allerfeinsten Pinseln reichte. Valérie fehlte die Zeit, um alle zu zählen. Später würde sie feststellen, dass es genau dreißig verschiedene Malgeräte waren.

Doch es kam noch besser. Nacheinander wickelte Valérie zuerst einen Kasten mit Wasserfarben aus, dann eine große Schachtel mit zwanzig verschiedenen Ölfarben. Auch eine Palette zum Mischen fehlte nicht, ebenso wenig wie ein großes Stück Leinwand.

Einem kleinen Schild an den Waren entnahm Valérie, dass sie aus dem Laden des Farbenhändlers Père Tanguy stammten, den sie schon einmal mit ihrem Vater besucht hatte. Stürmisch fiel sie ihm um den Hals und küsste ihn auf beide Wangen. »Vielen, vielen lieben Dank, Papa! Damit hast du mir die allergrößte Freude bereitet.«

Danach kam Amélies Geschenk an die Reihe. Als Valérie es aufnahm, ahnte sie bereits, was es war. In der Tat packte sie ein dickes, in grünes Leder gebundenes Gebetbuch aus.

Sie hatte einige Mühe, sich gegenüber ihrer Mutter ebenso dankbar zu zeigen wie gegenüber ihrem Vater.

»Bedanke dich auch bei Père Zacharie, wenn du ihn das nächste Mal siehst!«, forderte ihre Mutter sie auf. »Er hat das Buch gemeinsam mit mir ausgesucht. Die Bilder darin sind handgemalt.«

Valérie nickte mit einem gezwungenen Lächeln. »Ja, Maman. Ich werde daran denken.«

Immerhin ist mir heute erspart geblieben, auch diesen furchtbaren Priester als Gast zu haben, dachte sie. Zu ihrer Erleichterung war der Pater verhindert gewesen, da er eine Pilgergruppe über das Gelände von Sacré-Coeur führen musste.

Ähnlich wie mit den Geschenken ihrer Eltern verhielt es sich mit den Gaben ihrer Großeltern. Cecile und Bernard Valbert trafen Valéries Geschmack. Sie hatten den diesjährigen Katalog der Gemälde im Pariser Salon für sie ausgesucht. Dazu eine Eintrittskarte für einen gemeinsamen Besuch.

»Die Ausstellung endet schon in fünf Tagen«, erklärte Bernard. »Wir müssen uns also sputen. Denn die Gemälde sind noch eindrücklicher für deine eigenen Malereien, wenn du sie einmal persönlich gesehen hast. Der Katalog dient dann nur noch zum Auffrischen deiner Erinnerung.«

Rasch vereinbarten die drei, wann sie die Ausstellung besuchen würden. Alphonse bat darum, sich anschließen zu dürfen, obwohl er schon mehrere Male dort gewesen war. Auch darüber freute sich Valérie.

Das Geschenk ihrer Großeltern väterlicherseits war wiederum nicht dazu angetan, ihre Laune zu heben. Zweifellos war der Nähkasten aus Rosenholz, das mit feinen Ornamenten verziert war, sehr viel teurer als der Katalog und der Ausstellungsbesuch. Zumal er bis zum Rand mit Nähutensilien aller Art gefüllt war.

»Oh, wie entzückend«, kommentierten ihre Mitschülerinnen dieses Geschenk. Auch Amélie strahlte über das ganze Gesicht.

Zuletzt blieben noch die kleinen Aufmerksamkeiten der Klassenkameradinnen übrig. Es war der übliche Tand, den Mädchen in diesem Alter mochten: ein Poesiealbum, ein billiges Parfüm und zu guter Letzt sogar ein Kochbuch.

Dies gab Amélie offenbar ein Stichwort. »Eine wunderbare Gabe, Denise«, lobte sie. »Was willst du denn tun, sobald du die Schule beendet hast?«

Das Mädchen, dem plötzlich die Aufmerksamkeit der ganzen Gesellschaft galt, errötete. »Ich werde in ein weiteres Pensionat eintreten, um dort die Führung eines Haushalts von Grund auf zu erlernen.«

»Sehr löblich«, antwortete Amélie und wandte sich den zwei anderen Mitschülerinnen Valéries zu.

Beide bestätigten, dass sie die gleichen Pläne hatten. »Es ist nur eine einjährige Ausbildung«, erklärte Anne-Marie. »Deshalb kann ich im nächsten Sommer heiraten, wenn ich dort ausgelernt habe.«

Es stellte sich heraus, dass Anne-Marie bereits verlobt war. »Es ist ein entfernter Cousin«, erklärte sie auf die neugierigen Fragen. »Er hat schon an Weihnachten um meine Hand angehalten. Meine Eltern haben gleich zugestimmt.«

Und du wurdest nicht gefragt?, lag es Valérie schon auf der Zunge. Doch sie verkniff sich die Frage, da die Antwort offensichtlich war.

Doch keiner der erwachsenen Gäste schien daran zu zweifeln, dass ein junges Mädchen nicht mitzubestimmen hatte, mit wem es den Rest seines Lebens verbringen sollte. Das wird mir nicht passieren, nahm sich Valérie vor.

»Und was willst du nach dem Abschluss der Schule tun?« Interessiert beugte sich ihre Großmutter Victoria zu ihr.

Die Antwort kam Valérie über die Lippen, bevor sie darüber nachgedacht hatte. »Ich möchte eine Zeichenschule oder eine Malakademie besuchen«, erklärte sie.

Enttäuscht stellte sie fest, dass nicht einmal ihr Vater diesen Plan guthieß. Immerhin beschwichtigte er die entgeisterten Verwandten. »Valérie ist noch jung. Da hat man Flausen im Kopf. Glaubt mir, sie wird Vernunft annehmen, wenn sie älter wird.«

So endete dieser bislang für Valérie schöne Geburtstag mit einem schrillen Missklang. Doch außer ihr nahm dies offenbar niemand zur Kenntnis.

Kapitel 11

AUF EINER WIESE IM MAQUIS

EIN SAMSTAGNACHMITTAG IM SPÄTSOMMER 1883

Louise Weber runzelte unwillig die Stirn, als Elise mit ihrer jüngeren Schwester Simone im Schlepptau auf der Wiese hoch auf dem Maquis erschien, auf der sie sich verabredet hatten.

»Warum hast du die denn mitgeschleppt?«

Simone verzog die Lippen, als wolle sie gleich anfangen zu weinen. Elise hob dagegen entschuldigend die Hände. »Wenn wir morgen Nachmittag mit Maman und Marianne zum Tanz in die Moulin de la Galette gehen, wird sie dabei sein. Warum soll sie also nicht auch den Cancan von dir lernen?«

»Außerdem bezahle ich unseren Eintritt und alles, was wir verzehren, von meinem eigenen Lohn als Modell. Damit möchte ich auch Simone eine Freude machen.«

»Na ja«, brummte Louise. »Valentin sagt immer, ›Geld regiert die Welt‹. Ihr seid grade das beste Beispiel dafür. Damit kriegst du sogar deine oberstrenge Maman rum.«

Elise verzichtete darauf, diese letzte Bemerkung Louises zu kommentieren. Obwohl durchaus etwas dran war.

Denn nachdem Madame Claude ihrer Mutter und den anderen Arbeiterinnen im Frühsommer schon wieder den Lohn gekürzt hatte, wäre für Elise als Lehrmädchen nur noch ein Franc pro Tag für die harte Arbeit als Plätterin übrig geblieben. Auf Dauer hätte sie sogar riskiert, ihre Stelle ganz zu verlieren.

Aber auch in der neuen Wäscherei am Boulevard de Clichy waren die begehrten Stellen längst besetzt. Außerdem kürzte der habgierige Besitzer wegen des Überangebots an arbeitslosen Wäscherinnen und Büglerinnen seinen Arbeiterinnen inzwischen ebenfalls den Lohn.

Deshalb hatte Elise es als einen Fingerzeig des Schicksals angesehen, dass sie dem Modell Suzanne eines Abends auf dem Markt begegnet war. Sie kamen miteinander ins Gespräch. Dabei gestand Suzanne Elise, dass sie seit einigen Monaten schwanger war.

»Es reichte noch für das Bild *Tanz in der Stadt* bei Renoir. Aber sobald man meinen Bauch sieht, kann ich nicht mehr als Aktmodell arbeiten. Und solche Bilder wie bei Renoir, wo man angezogen gemalt wird, sind selten.«

»Dabei hab ich grade so eine tolle Stelle in der Kunstakademie Cormon gefunden«, seufzte sie. »Sechs Tage in der Woche für sechs mal fünf Francs.«

Plötzlich blickte sie auf und musterte Elise aufmerksam. »Du, ich hab da eine Idee. Was hältst du davon, wenn ich dir meine Stelle da überlasse und dich dem Besitzer Fernand Cormon als Modell empfehle? Wenn's klappt, gibst du mir einfach einen Franc pro Tag von deinem Honorar ab.«

»Und was muss ich da tun?« Elises Herz schlug schneller.

»Na, Cormon braucht vor allem Aktmodelle für seine Studenten. Die sollen lernen, den menschlichen Körper richtig darzustellen.«

»Für seine Studenten?«, echote Elise voller Panik. »Also soll ich nackig vor einer ganzen Horde von Männern posieren?«

Suzanne zuckte die Achseln. »Für vier Francs pro Tag ist das die leichteste Arbeit, die du kriegen kannst. Außerdem kannst du dich in der Akademie drauf verlassen, dass niemand dich anmacht. Das gehört dort zu den Regeln. Fernand Cormon hat bisher jeden Studenten rausgeworfen, der mit einem Modell angebandelt hat.«

Als hätte sie Elises Gedanken erraten, fügte sie hinzu: »Der da«, sie zeigte auf ihren Bauch, »ist keiner von 'nem Studenten. Das war einer, dem ich seine dämlichen Liebesschwüre geglaubt hab und der sich sofort aus dem Staub gemacht hat, als ich ihm von dem Malheur erzählt hab.«

Elise bat sich einen Tag Bedenkzeit aus und besprach Suzannes Angebot nach ihrer Heimkehr vom Markt mit ihrer Mutter und der alten Marianne.

»Vier Francs pro Tag an sechs Tagen in der Woche«, seufzte Jeanne. »So viel hab ich zuletzt im vergangenen Herbst verdient.« Jetzt bekam sie nur noch zweieinhalb Francs pro Tag.

»Und es ist eigentlich überhaupt keine Arbeit«, fügte Marianne hinzu, die schon immer pragmatischer als Jeanne gewesen war. »Elise muss nur den ganzen Tag ruhig auf der Stelle stehen oder sitzen. Wenn der Leiter der Akademie seine Hand dafür ins Feuer legt, dass niemand sie belästigt, ist das Ganze doch ungefährlich. Auch wenn sie nackt ist.«

Als Jeanne noch immer zögerte, hob Marianne ihre inzwischen vom Rheuma verkrümmten Finger. »Ich kann auch nicht mehr lange als Hebamme mitverdienen. Und alles wird täglich teurer. Ich denk also, es ist zumindest mal einen Versuch wert.«

Auch Elise war mittlerweile zu dieser Überzeugung gekommen. Schon am nächsten Tag stellte Suzanne sie in der Kunstakademie vor. Elise schämte sich anfangs sehr, als sie sich vor dem Leiter ausziehen musste. Aber der Mann behandelte sie weitaus respektvoller als die Maler die Modelle in dem Schuppen auf der Place Pigalle.

Eine Woche später löste Elise Suzanne ab. Die Gemälde der Studenten, für die sie posiert hatte, waren gerade fertig geworden.

»Als Nächstes malen wir *Leda mit dem Schwan*«, hatte Cormon Elise und den Studenten verkündet. Dann hatte er sie auf dem Podest in eine liegende Stellung gebracht und ihren Unterleib mit einem Seidentuch bedeckt, sodass nur ihre Brüste frei blieben. Außerdem hatte er Elise befohlen, die Augen zu schließen, als würde sie schlafen.

Inzwischen wusste sie, dass die Szene eine alberne Sage nachstellte, in der irgendein Gott, als Schwan getarnt, diese Leda verführte. Ob es Absicht oder Zufall war, dass Cormon ihr den Einstieg als Nacktmodell auf diese Weise leicht gemacht hatte, bekam sie nie heraus.

Aber die glänzenden Augen ihrer Familie, wenn sie abends mit ihren Francstücken heimkam, entlohnten sie rasch für die täglich kleiner werdenden Unannehmlichkeiten, die sie dafür in Kauf nehmen musste. Schon nach wenigen Wochen spürte sie nicht mehr die geringste Scham. Das lag auch daran, dass keiner der jungen Männer sie je begehrlich angeschaut hatte. Stattdessen wirkten sie völlig konzentriert auf ihre Arbeit.

Mit der Zeit wurde Elise auch selbstbewusster gegenüber ihrer Mutter. Sie behielt täglich einen halben Franc von ihrem Lohn für sich ein und hatte schon einige Male durchgesetzt, dass sie sich sonntags in einer der Gartenwirtschaften auf dem Montmartre einfinden durfte. Von Louise wusste sie, dass der Cancan jetzt auch in der Moulin de la Galette zum festen Repertoire gehörte, deshalb drängte sie auf die Erlaubnis zu einem Besuch dort am Sonntagnachmittag.

Jeanne stimmte schließlich zu, nachdem Elise ihr gedroht hatte, es auch ohne ihr Einverständnis zu tun, da sie jetzt schon siebzehn sei. Aber sie selbst, Marianne und Simone würden mitgehen, das war Jeannes Bedingung gewesen.

Dann hatte Louise angeboten, Elise die Schritte des Cancan beizubringen. Deshalb war sie gleich nach der Arbeit in der Kunstakademie, die an Samstagen früher endete, zum Treffpunkt auf dem Maquis geeilt und hatte Simone auf dem Weg dorthin abgeholt.

»Wer ist denn Valentin?«, knüpfte sie jetzt an Louises letzte Bemerkung an. »Etwa dein neuer Liebhaber?«

»O nein!« Louise lachte laut. »Valentin ist der beste Tänzer der Welt. Wirst es morgen schon sehn! Aber als *Chéri* wär er mir viel zu hässlich.«

Ehe Elise noch einmal nachhaken konnte, winkte Louise ungeduldig ab. »Jetzt lass uns endlich mit Üben anfangen!«

Sie musterte Elises Kleid kritisch. »Hast du den Unterrock drunter?«

Die schüttelte den Kopf. »Hab ich ganz vergessen. Bin doch gleich vom Boulevard hier hoch gehetzt.«

»Na, hier, wo uns keiner zusieht, macht das nix. Aber morgen brauchst du den Unterrock. Hast doch hoffentlich einen?«

»Nein«, gab Elise zu. »Aber meine Mutter. Und Marianne auch. Ich werd mir einen davon ausleihen.«

»Und ich den andern!«, rief Simone aufgeregt. »Ich will morgen auch mittanzen!«

Louise betrachtete sie abschätzig. »Bist eigentlich noch ein richtiger Säugling.«

»Stimmt gar nicht«, protestierte Simone. »Ich werd im September schon sechzehn.«

»Na denn«, äußerte Louise abfällig.

In diesem Alter hast du schon etliche Liebhaber gehabt, dachte Elise.

»Also, ihr zwei! Stellt euch vor mich und schaut mir genau zu! Ich summ auch 'ne Melodie dazu, die zum Cancan passt.«

Die Melodie gefiel Elise auf Anhieb sehr gut. Erst später würde sie erfahren, dass es der *Galop infernal* aus einer Operette namens *Orpheus in der Unterwelt* war, zu der man mittlerweile in ganz Paris den Cancan tanzte.

Louise hob ihren weiten Rock mit beiden Händen bis zur Kniehöhe. Darunter lugte ein rüschenbesetzter Unterrock hervor.

Dann zeigte sie die Grundschritte des Tanzes. Sie hob zuerst ihr rechtes Bein in Kniehöhe, tippte danach mit der Fußspitze kurz auf die Erde und hob das Bein dann gestreckt in die Höhe. Dann wiederholte sie die Bewegungen mit dem linken Bein.

»Und jetzt ihr!«, befahl sie. »Gleich ein paarmal hinternander!«

Elise fielen die Bewegungen sehr leicht. Sie wiederholte die Tanzschritte in dem Rhythmus, den Louise vorgab und der immer schneller wurde.

Simone dagegen verhedderte sich entweder in ihrem Rock oder geriet ins Straucheln, wenn sie das Bein gerade in die Höhe zu strecken versuchte.

Louise quittierte dies mit einem verächtlichen Schnauben. »So wird das jedenfalls nix. Aber ewig üben kann ich auch nicht mit euch. Jetzt guckt noch mal her!«

Diesmal hielt sie ihr gestrecktes Bein an der Wade fest und hüpfte auf dem anderen Bein im Kreis. Auch diese Bewegung machte Elise auf Anhieb richtig nach.

Simone dagegen fiel schon nach den ersten Hüpfern auf ihr Hinterteil. »Aua! Das hat wehgetan.«

»Dann lass es bleiben, bist im Tanzen eben 'ne Niete«, kommentierte Louise Simones Missgeschick rüde. »Das hier kannst du dann sowieso nicht.«

Noch einmal hob sie ihr rechtes Bein hoch empor und fasste den Fuß an der Spitze. »Jetzt bleib ich so und zähl bis zehn«, kündigte sie an. »Elise, mach's mir nach! Ich wette, das hältst du nicht durch.«

Doch Louise behielt unrecht. Schließlich machten die beiden sogar einen Wettbewerb daraus. Wer länger, ohne zu wackeln, so stehen bleiben könnte.

Elise holte tief Luft, suchte sich mit dem linken Fuß einen sicheren Stand auf der unebenen Wiese und nahm die schwierige Pose ein. Eine längere Zeit standen sich beide in dieser Haltung gegenüber. Zu Elises Triumph geriet zuerst Louise ins Wanken. Sie versuchte so lange, ihr Gleichgewicht zu halten, bis sie schließlich ebenfalls ins Gras fiel. Simone lachte schadenfroh auf.

Elise blieb weiter in dieser Haltung stehen, bis sie noch mal langsam bis zehn gezählt hatte. Erst dann stellte sie den rechten Fuß wieder auf den Boden und rieb sich die schmerzenden Beinmuskeln.

»Ein schöner Tanz! Er macht mir viel Spaß.«

»Du machst es sogar besser als Louise!« Simone klatschte in die Hände.

Louises Gesicht färbte sich rot. »Gar nicht wahr«, widersprach sie. Ihre Stimme klang ärgerlich. »Wartet nur ab, wie ich morgen mit Valentin tanz. Das hier warn die leichtesten Übungen. Aber auch dafür gilt: Ein blindes Huhn findet auch mal ein Korn.«

Kapitel 12

MOULIN DE LA GALETTE

AM NÄCHSTEN TAG, EINEM SONNTAG IM SPÄTSOMMER 1883

Jeanne hatte Mühe, sich ihre Wehmut nicht anmerken zu lassen, als sie sich nach so vielen Jahren zum ersten Mal wieder in der Moulin de la Galette umsah.

Hier war sie einst so überschäumend glücklich gewesen und hatte nicht geahnt, wie zerbrechlich dieses Glück sein würde.

Dort, genau dort, unter jener Kastanie, hatte sie gestanden, als Jacques sie angesprochen hatte. Er hatte so männlich und attraktiv auf sie gewirkt, mit seinen dunkelblauen strahlenden Augen, den schwarzen, weit über die Ohren fallenden Locken und dem kecken Bärtchen über den sinnlichen Lippen.

Sechzehn Jahre alt war sie damals, kaum älter als ihre jüngere Tochter Simone heute. Jacques war fünf Jahre älter. Einerseits ein gestandener Mann, andererseits ein rechter Lausbub, der dauernd Streiche im Kopf hat, dachte sie, als sie ihn näher kennenlernte. Bis dahin hatte sie ihn nur von ferne gesehen, wusste aber von Marianne, dass er der Schwarm aller jungen Mädchen auf dem Montmartre war.

»Aber er ist ein Filou«, versuchte Marianne, sie damals zu warnen. »Halt dich von ihm fern! Er bricht Herzen so leicht, als wären sie aus Glas. Und mehr als ein Mal hab ich den Folgen seines Tuns auf die Welt geholfen, als er sich als Vater längst über alle Berge gemacht hatte.«

Doch Jeanne hatte nicht auf ihre mütterliche Freundin gehört und sich Hals über Kopf in Jacques verliebt. Jetzt spürte sie ihre Augen feucht werden.

In diesem Moment war sie froh darüber, dass Marianne zu Hause geblieben war, weil der Rheumatismus sie am Morgen ganz besonders gequält hatte. Denn die alte Frau hätte sie hier an diesem Ort sofort durchschaut.

Um sich abzulenken, blickte Jeanne sich weiter um. Die mehrarmigen Kandelaber mit den ballonartigen Lampen aus weißem Glas, die an Balken über der offenen Tanzfläche hingen oder auf Säulen mitten darauf befestigt waren, kannte sie noch von früher. An diesem wunderbaren Spätsommernachmittag wimmelte es auf der Tanzfläche von Paaren. Sie kamen aus allen Gesellschaftsschichten und hatten sich ihre besten Kleider angezogen.

Jeanne erkannte einige ihrer Arbeiterinnen und winkte ihnen zu. Wieder andere Paare waren wohl den weiten Weg von Paris heraufgekommen. Denn die Kleider und Hüte der Frauen waren eleganter und aus edlerem Stoff als die der kleinen Verkäuferinnen und Näherinnen, die von der Butte stammten.

»Du bist die wunderbarste Frau, die mir je begegnet ist«, hörte Jeanne plötzlich Jacques' Stimme, als würde er neben ihr stehen. »Frau« hatte er sie genannt, nicht Mädchen wie jedermann sonst.

Diese Worte hatte er ihr ins Ohr geraunt, während er sich so eng umschlungen mit ihr auf der Tanzfläche gedreht hatte, wie es die Paare auch heute taten. Solch eine Freizügigkeit war im konservativen Zentrum der Hauptstadt nicht denkbar. Auch deshalb kamen die Pariser immer wieder in Scharen hier auf den Hügel.

Am Ende jenes herrlichen Sommerabends hatte Jacques sie Arm in Arm zu Mariannes Haus begleitet, die längst heimgegangen war. Vor der Tür hatte er sie so zärtlich und liebevoll geküsst und so sanft mit seinen großen, von seinem Beruf als Zimmermann rauen Händen gestreichelt, dass es sich angefühlt hatte, als wären es Daunenfedern.

Nie, in ihren schlimmsten Albträumen nicht, hätte Jeanne sich damals vorstellen können, dass diese Hände sie einmal so brutal verprügeln würden, dass sie blaue Flecke am ganzen Körper davontragen würde.

Anfangs verzieh sie ihm immer wieder, da er nach einer solchen Szene sogar vor ihr auf die Knie fiel und sie weinend um Verzeihung für seine Grobheit bat. Bis er sich das nächste Mal betrank und sie übel beschimpfte und schlug.

Schließlich begann er sogar, ihren sauer verdienten Lohn zu stehlen und in die nächstgelegene Kneipe zu tragen. Eine besonders übel beleumundete Wirtschaft hieß Totschläger. Dort hatte Jacques sich immer häufiger herumgetrieben. Letztendlich war der Name der Kneipe zur Prophezeiung für sein eigenes schlimmes Schicksal geworden.

Seit ihrer Flucht zu Marianne war das Leben an Jeanne vorbeigezogen. Nach der Trennung von Jacques hatte sie sich nie wieder mit einem Mann eingelassen, und jetzt war sie alt.

Bin ich wirklich schon alt?, fragte sie sich und erinnerte sich daran, dass sie erst fünfunddreißig war. Andere Frauen in diesem Alter amüsierten sich mit ihren Partnern noch immer auf der Tanzfläche. Doch Jeannes Schicksal schien es zu sein, am Rand des Geschehens zu sitzen und ihm nur noch zuzuschauen, statt an ihm teilzunehmen.

Gerade wirbelte Louise Weber mit diesem schlaksigen, groß gewachsenen Mann an ihr vorbei, mit dem sie schon den ganzen Nachmittag tanzte. Er war mindestens zwanzig Jahre älter als sie. Mit dem Zylinder, den er trotz der Sommerhitze trug, überragte er Louise, die ihm ohnehin nur bis zur Brust reichte, um mehrere Haupteslängen.

Sein knochiges Gesicht mit der großen gebogenen Nase und dem bartlosen, vorstehenden Kinn empfand Jeanne als abgrundtief hässlich. Auf so jemanden wäre sie sicher als Sechzehnjährige nicht hereingefallen.

Doch der Mann tanzte wie ein Gott. Seine Arme und Beine waren so beweglich, als wären sie aus Gummi. Später würde Elise ihr erzählen, dass man Valentin den Beinamen »Der Knochenlose« gegeben hatte, weil er so biegsam war. Und dass er ein grundanständiger Mann war, der Louise außerhalb ihrer Tänze noch nie angefasst, geschweige denn unsittlich bedrängt hatte.

Elise wiederum drehte sich zu den Klängen des Walzers mit André Renard, dem jungen Mann aus der Nachbarschaft. Er hatte Elise damals nach den furchtbaren Morden, die Jacques vor den Augen der Tochter begangen hatte, behutsam nach Hause geleitet. Ab und zu war Jeanne ihm danach auf der Straße begegnet. Jedes Mal hatte er höflich gegrüßt und sich nach Elises Wohlbefinden erkundigt.

Einige Male hatte er ihre Tochter am Sonntagnachmittag auch zu einem Spaziergang abgeholt und in eine der Gartenwirtschaften eingeladen. Doch eine engere Beziehung schien bisher daraus nicht erwachsen zu sein. Elise hielt sich an ihr Versprechen, das sie Jeanne vor Jahren gegeben hatte, und ließ sich nicht leichtfertig mit einem Mann ein. In dieser Hinsicht vertraute Jeanne ihrer ältesten Tochter inzwischen völlig.

Gerade tanzte Elise an ihrem Tisch vorbei, der gleich am Rand der Tanzfläche stand, und winkte ihr zu. Sie wirkte entspannt und gelöst.

Wieder packte Jeanne die Wehmut. Ach, wäre ich doch noch einmal so jung. Ich würde alles anders und besser machen.

Erneut fühlte Elise sich geborgen, als sie sich in Andrés Armen zur Musik über die Tanzfläche bewegte. André war ein guter Tänzer. Er führte sie gleichzeitig sanft und fest und achtete darauf, weder mit anderen Paaren noch mit den Lampensäulen zusammenzustoßen.

Bei schnellen Tänzen wie dem Walzer oder gar dem Cancan war das gar nicht so einfach. Den Cancan tanzte man allerdings gerade anders, als Louise es ihr und Simone gestern auf der Wiese gezeigt hatte. Vor zehn Uhr abends durfte man die schwarz bestrumpften Beine nicht so hoch in die Luft werfen, dass jedermann einen Blick auf die spitzenbesetzten, bis zu den Knien reichenden Unterhosen werfen konnte.

»Neuerdings erlaubt der Wirt das erst, wenn es dunkel wird.« Louise hatte gleichgültig mit den Achseln gezuckt. »Es heißt, da war neulich die Sittenpolizei da. Aber ist ja egal. Dann tanzen wir eben den echten Cancan erst später.«

Nach kurzer Enttäuschung hatte Elise auch die brave Form dieses Tanzes viel Spaß gemacht. Wie sein Vorgänger, der Chahut, war der Cancan ursprünglich aus der Quadrille entstanden, einem altmodischen Tanz aus den Zeiten des ersten Napoleons, bei dem sich die Paare gegenüberstanden und sich nach festgelegten Schritten bewegten. Aus dem lebhaftesten Teil am Ende, dem sogenannten Galopp, hatten sich dann zuerst der Chahut und später der Cancan entwickelt.

Jetzt am frühen Abend durften die Frauen nur sittlich harmlose Figuren ausführen. Sie standen auf einem Bein und drehten das andere mit erhobenem Knie im Kreis. Oder wandten ihrem Tanzpartner den Rücken zu und streckten ihr Hinterteil in die Höhe, ohne dabei den Rock zu heben. Die schmissige Musik der Blaskapelle führte dazu, dass die Tanzpaare selbst immer wieder neue Bewegungen kreierten. Sie wirbelten umeinander oder hielten sich an beiden Händen und sprangen nacheinander mit gespreizten Beinen hoch in die Luft.

Auch Elise und André erfanden neue Figuren und lachten einander zu, wenn ihre Blicke sich trafen. Nach einem besonders wilden Tanz blieb Elise atemlos stehen und hielt sich die schmerzende Seite.

»Ich brauch mal 'ne kleine Pause, André. Und durstig bin ich auch.«

»Möchtest du noch ein Glas Pfirsichbowle?«

Elise nickte strahlend. »Das wär herrlich. Ich hoffe, sie ist schön kühl geblieben.«

André fasste Elise am Ellenbogen und führte sie sorgsam durch die dichte Menge am Rand der Tanzfläche. Elise erhaschte einen flüchtigen Blick auf ihre Schwester Simone, die mit jemandem sprach, den sie nicht sehen konnte. Aus ihrem albernen Lachen schloss sie, dass es wahrscheinlich ein junger Mann war, mit dem Simone schäkerte.

Unwillkürlich warf Elise auch einen Blick zum Tisch ihrer Mutter hinüber. Jeanne saß dort ganz allein, ihre Miene wirkte traurig. Eben noch hatte Elise André vorschlagen wollen, sich mit den Getränken zu ihrer Mutter zu setzen. Doch nun entschied sie, sich die gute Laune durch nichts verderben zu lassen. Denn dass ihre Mutter düstere Gedanken hegte, konnte sie selbst aus dieser Entfernung erkennen.

»Soll ich auch mal mit deiner Maman tanzen?« André war Elises Blick gefolgt »Sie wirkt so einsam auf mich.«

»Lieber nicht«, antwortete Elise spontan. »Sie sagt sicher Nein. Am besten lässt man sie ganz in Ruhe, wenn sie in so 'ner Stimmung ist.«

Einen Augenblick lang zögerte André noch, dann folgte er Elise, die ihn jetzt heftig hinter sich herzog. »Schau! Da drüben ist grade eine der Lauben frei geworden. Lass uns schnell dorthin gehen, sonst ist sie gleich wieder besetzt.«

Die Lauben unter den großen Kastanien rund um die Tanzfläche waren sehr beliebte Sitzplätze für Tanzpaare, die sich einmal ausruhen wollten. Sie bestanden aus mit wildem Wein überwucherten Gittern aus Weidengeflecht und hatten den Charme, dass sie von der Tanzfläche aus kaum einsehbar waren. Denn die schmiedeeisernen Sitzbänke im Innern standen seitlich hinter ein paar Topfpalmen, die sie zusätzlich abschirmten.

In letzter Sekunde kamen Elise und André einem anderen Tanzpaar zuvor, das die Laube ebenfalls angesteuert hatte. Noch immer außer Atem ließ sich Elise auf die Bank fallen. Sie war weiß lackiert und fein ziseliert, aber hart und unbequem, wie sie schnell feststellte. Die Lehne schnitt ihr in den Rücken.

Sie hatte noch nie in einer solchen Laube gesessen. Doch André schien das Problem zu kennen. Er zog seine Jacke aus und stopfte sie ihr in den Rücken.

»Ist sowieso viel zu warm für das Ding«, erklärte er dabei beiläufig. »Hab ich dir eigentlich schon gesagt, wie schön ich dein neues Kleid finde?«

Elise lächelte geschmeichelt. »Nein, hast du nicht. Aber gefällt es dir wirklich, oder machst du mir nur eins dieser leeren Komplimente?«

André schüttelte mit gespielter Empörung den Kopf. »So was würd ich nie tun«, beteuerte er. »Aber ganz im Ernst, das Kleid ist sehr hübsch. Das Blau betont deine schönen Augen.«

Elise spürte, dass sie errötete.

»Auch das hab ich so gemeint.« Jetzt klang Andrés Stimme ernst. »Du bist wunderschön. Weißt du das nicht?«

Elises Gesicht wurde noch heißer. »Nein«, flüsterte sie. »Das hat mir noch keiner gesagt.«

»Dann wird's aber Zeit.« Nun schlich sich ein Unterton in seine Stimme, den Elise vorher noch nie gehört hatte. Er verursachte ihr ein heftiges Kribbeln im Bauch.

André fasste sie sanft unters Kinn und hob ihren Kopf zu seinem Gesicht empor. Einen Moment lang hielt er inne, dann küsste er sie leicht auf die Lippen.

Zuerst zuckte Elise zurück. Doch dann entspannte sie sich, schloss die Augen und genoss die Zärtlichkeit. Schließlich wagte sie, den Kuss zu erwidern. Da drückte André mit seinen eigenen Lippen die ihren sanft auseinander und erforschte ihren Mund liebevoll mit der Zunge. Elise nahm einen leichten Geschmack nach Tabak wahr und nach dem Rotwein, den er sich an der Bude mit den Getränken ausgesucht hatte.

Nach und nach wurde sein Kuss immer leidenschaftlicher. Elise ergriffen Gefühle, die sie noch nie zuvor verspürt hatte. Sie ließ sich in seine Arme sinken und gab sich ganz seinen Zärtlichkeiten hin.

Das muss die Liebe sein, wurde ihr plötzlich klar. So also fühlt sie sich an.

In einer der Lauben schräg gegenüber spielte sich, unbemerkt von André und Elise, eine ähnliche Szene ab.

»Dein Kleid ist ganz fesch, Kleine.« Luc, wie er sich vorgestellt hatte, strich Simone leicht über den Hals. »Könnt ein bisschen tiefer ausgeschnitten sein. Dann säh man besser, wie schön du bist.«

Simone spürte, dass sie rot im Gesicht wurde. Verlegen mied sie Lucs Blick. »Maman würde es nicht erlauben«, flüsterte sie.

Luc machte eine wegwerfende Handbewegung. »Maman«, echote er verächtlich. »Bist doch sicher schon achtzehn und hängst noch an ihrem Schürzenzipfel?«

»Ich werd bald sechzehn.«

Luc schien es nicht gehört zu haben. »Solltest ihr mal zeigen, dass du längst erwachsen bist. Sogar 'ne richtige Schönheit. Siehst aus wie 'n scheues Reh mit deinen braunen Augen und Haaren. Auf das stehn die Männer. Blond ist aus. Trumpf ist grade Brünett.«

Simone verstand nicht genau, was Luc damit sagen wollte. Aber er machte ihr Komplimente. So viel war sicher.

Dabei könnte er jede Menge andere Frauen haben, dachte Simone geschmeichelt. Viele hatten dem jungen Mann mit dem hübschen Gesicht und der schlanken Gestalt zugelächelt, als er mit ihr an ihnen vorbeigetanzt war. Seine Zähne unter dem kecken Schnauzer blitzten schneeweiß, wenn er zurücklächelte.

»Bist wirklich 'ne richtige Schönheit«, wiederholte er nun und musterte sie so intensiv mit seinen fast schwarzen Augen, dass ihr Schauer über den ganzen Körper liefen. »Hat dir noch keiner gesagt, hab ich recht?«

Simone nickte. Die Kehle war ihr wie zugeschnürt. Sie brachte kein Wort heraus.

»Und geküsst hat dich auch noch keiner, was?«

Luc wartete ihre Antwort nicht ab. Er schob seinen Strohhut aus der Stirn, zog Simones Gesicht zu sich herüber und presste seine Lippen auf ihre. Dann drängte er seine Zunge in ihren Mund. Dabei legte er eine Hand auf ihre Brust.

Simone saß anfangs starr vor Schock. Doch Luc zog sie noch näher an sich, während er sie weiter küsste.

»Ist das schön?«, flüsterte er ihr schließlich ins Ohr, als er einen Moment von ihr abließ. »Oder biste doch noch zu jung für so was?«

Simone schüttelte heftig den Kopf.

»Dann zeig mir das! Küss mich auch, meine Sonne, mein

Augenstern! Sonst glaub ich nicht, dass du dir was aus mir machst, und bin traurig.«

Simone wusste kaum, wie ihr geschah. »Was soll ich tun?«

»Komm, ich zeig's dir. Mach die Augen zu!« Wieder drängte Luc seine Zunge in Simones Mund. »Und jetzt du!«

Zögernd begann sie, Lucs Kuss zu erwidern. Seine Zunge umkreiste die ihre, bis auch Simone mitmachte. Angesichts seiner Leidenschaft fühlte sie sich köstlich schwach. Da hielt dieser mindestens fünf Jahre ältere, chic nach der neuesten Mode gekleidete Mann sie, die arme Wäscherinnentochter, fest in den Armen. Er fühlte sich stark und sehr männlich an.

»Du bist die Frau, nach der ich immer gesucht hab«, raunte er nun. Simone konnte es kaum glauben.

»Ich … ich?«, stammelte sie.

»Wer denn sonst? Du bist heut die schönste Frau hier. Die allerschönste! Weißt du das nicht?«

Simone schüttelte unmerklich den Kopf.

»Weil's dir noch keiner gesagt hat, deshalb! Die meisten traun sich an so 'ne Hübsche nicht ran. Das ist mein Glück!« Er umfasste erneut ihre Brust und strich mit seinem Daumen über ihre Brustwarze. Das fühlte sich herrlich an. Simone durchzuckten Gefühle, die sie noch nie erlebt hatte.

»Guck mal, waste mit mir machst!« Jetzt klang seine Stimme heiser. Er presste Simones Hand an eine Stelle auf seiner Hose, die ganz hart war. Dabei stöhnte er leise. »Das hat noch keine so schnell geschafft. Du bist meine ganz große Liebe.«

Liebe!, erkannte Simone plötzlich. Das muss die Liebe sein, von der all diese Lieder handeln. So also fühlt sie sich an.

In diesem Moment rüttelte jemand sie unsanft an der Schulter.

»Du musst mal 'n Auge auf deine Schwester haben«, sagte Louise, als sie mit Elise und André auf den Tisch zusteuerte, an dem Jeanne und Simone saßen. »Die hab ich grade mit 'nem ganz üblen Kerl erwischt. Valentin sagt, das ist ein Pimp.«

Elise erschrak bis ins Mark.

»Weißt du überhaupt, was 'n Pimp ist?«

Elise bejahte. »Meine Mutter hat es mir schon vor Jahren gesagt. Als mir der Bursche den Rotwein über das Kleid gekippt hat.«

»Dann wird's Zeit, dass sie's auch der Kleinen sagt. Oder mach du es! Sonst kommt sie noch unter die Räder.«

»Was hast du denn gesehen?«, mischte André sich ein und zog Louise am Arm, damit sie stehen blieb.

Die machte sich unwillig los. »Geknutscht habn die, dass ihnen die Spucke ausm Mund lief. Betatscht hat der Kerl sie auch. Und ihr gesagt, sie ist seine große Liebe, als ich sie wegzog. So 'n Quatsch! So was hat er schon 'nem Dutzend von den dummen Hühnern gesagt, bevor er sie auf den Strich geschickt hat.«

Elise schlug sich vor Entsetzen beide Hände vor den Mund. »Das müssen wir deiner Mutter sagen!«, sprach André ihre Gedanken aus.

»Aber nicht jetzt. Kommt endlich weiter. Mit deiner Mutter und dem dämlichen Küken kannst du nachher noch reden, Elise. Jeanne will gleich mit euch heimgehn. Und weil's erst acht ist, hab ich den alten Debray bekniet, jetzt schon den echten Cancan zu erlauben. Er hat sich ganz schön geziert, das könnt ihr mir glauben. Danach hab ich dich gesucht, damit du mittanzen kannst, was ich dir gestern beigebracht hab. Und dabei zuerst das dumme Schaf gefunden.«

Louise sprach die Worte über ihre Schulter, während sie auf Jeannes Tisch zusteuerte. »Aber sag deiner Maman jetzt nur ja nix davon. Sonst kannst du den Cancan vergessen.«

Als Louise am Tisch angekommen war, setzte sie eine süße Miene auf. »Madame Lambert! Jetzt hab ich die Mädels alle beide gefunden. Aber dafür will ich eine Belohnung haben.«

Jeanne reagierte irritiert. »Was denn für eine Belohnung? Ich hab dich doch nur um einen Gefallen gebe…«

»Ja, ja, ist schon gut«, unterbrach Louise. »Hörn Sie nicht den Tusch von der Kapelle? Die will gleich den Galopp spielen. Da hab ich für gesorgt. Elise soll wenigstens ein Mal heut Abend den echten Cancan tanzen. Das ist meine Belohnung.«

Ohne Jeannes Antwort abzuwarten, zog sie Elise hinter sich her auf die Tanzfläche. Mit einem Schulterzucken folgte ihnen André.

Jeanne beobachtete, wie sich die Tanzpaare einander gegenüber aufstellten. Louises Tanzpartner war erneut dieser Schlangenmensch, wie Jeanne Valentin inzwischen bei sich nannte.

Auf der gegenüberliegenden Seite drängten sich die Menschen in drei Reihen bis zum Rand der Tanzfläche, die mit Holzbalustraden vom Gastraum abgetrennt war. Sie wollten Valentin und Louise tanzen sehen. Glücklicherweise stand Jeannes Tisch so dicht an der Balustrade, dass ihr niemand die Sicht versperren konnte.

Jetzt spielte die Blaskapelle einen weiteren Tusch. Der alte Debray, dessen Familie die Mühle schon in der dritten oder vierten Generation führte, trat zwischen die Tanzpaare und hob beide Hände. Sofort verstummte die Menge.

»Und nun, meine sehr verehrten Damen und Herren, kündige ich Ihnen früher als üblich die Sensation des heutigen Balls an. Auf Wunsch der entzückenden Mademoiselle Louise Weber« – er machte eine leichte Verbeugung in deren Richtung – »spielen wir den *Galop infernal* schon jetzt. Ich bin sicher, es erwartet uns wieder eine unvergleichliche Darbietung des Cancan.«

Louise sieht aus wie die Katze, die gerade den Sahnetopf ausgeschleckt hat, ging es Jeanne durch den Kopf.

In der Tat strahlte Louise triumphierend über ihr ganzes pausbäckiges Gesicht. Ihre graublauen Augen blickten hochmütig am Rest der Tanzpaare vorbei.

Vereinzelt erhob sich Applaus, der sofort von den ersten Takten der mitreißenden Melodie übertönt wurde. Damit begann der Tanz.

Louise warf die Beine mehrmals hoch in die Luft und hüpfte dann mit einer Hand an der Wade im Kreis, während Valentin sich zum Takt der Musik verrenkte und wendete, als wäre er wirklich knochenlos.

Immer schneller und wilder drehte sich Louise und schwenkte und hob ihre Röcke von vorn und hinten. Dabei zeigte sie immer wieder einen Streifen nacktes Fleisch ihrer Oberschenkel zwischen den schwarzen Strümpfen und ihrer sehr kurzen Unterhose.

Doch auch Elise hielt mit, wie Jeanne mit einer Mischung aus Stolz und Beklommenheit bemerkte. Sie bewegte sich mit André an ihrer Seite elegant und gekonnt über die ganze Tanzfläche. Dabei zeigte sie eine ganze Reihe von Figuren und Schritten, ohne jemals so aufreizend oder sogar ordinär zu wirken wie Louise.

Die tanzte schließlich an den Rand der Barriere und stieß unter dem Gejohle der Menge zwei Männern mit der Spitze ihres Fußes die Hüte vom Kopf. Einem anderen nahm sie sein Glas aus der Hand und kippte die Flüssigkeit in einem Zug hinunter, während sie sich um die eigene Achse drehte. Dann drückte sie dem verblüfften Herrn das leere Glas bei der nächsten Drehung wieder in die Hand.

Ob dieser Frechheiten hingen die Blicke der Zuschauer überwiegend an Louise, die diese Aufmerksamkeit sichtlich genoss. Sie klatschte mehrfach auffordernd in die Hände, bis die Menge begriff und frenetisch mitmachte.

Zum Schluss ihrer Darbietung sprang sie mit beiden Beinen hoch in die Luft und landete genau zum Schlussakkord des *Galop infernal* in einem Spagat auf dem Boden. Diesen Abschluss machte ihr keine der anderen Tänzerinnen nach.

Als die Musik verstummte, begannen die Zuschauer, wie rasend zu applaudieren. Selbst die anderen Tanzpaare klatschten. Louise stand mit einer einzigen fließenden Bewegung auf und verneigte sich mit Valentin an der Hand nach allen Seiten.

Sie tanzt wirklich gut, gestand sich Jeanne widerwillig ein. Sie wird ihren Weg gehen.

Trotzdem hoffte sie, dass Elise sich Louise nicht zu sehr zum Vorbild nehmen würde.

Nur kurze Zeit später befand sich Jeanne mit ihren Töchtern auf dem Heimweg. Andrés Angebot, sie zu begleiten, hatte Elise abgelehnt.

Als sie so weit von der Moulin de la Galette entfernt waren, dass die Musik nur noch leise zu ihnen herüberdrang, packte Elise Simone am Arm.

»Geh nur vor, Maman!«, forderte sie ihre Mutter auf. »Ich möchte noch was von Schwester zu Schwester mit Simone besprechen. Wir kommen gleich nach.«

Jeanne war zwar erstaunt, tat aber, worum Elise sie gebeten hatte.

Die blieb jetzt stehen und zwang dadurch auch Simone dazu. »Was willst du von mir?«, fragte die barsch.

»Was war das für ein Kerl, mit dem du poussiert hast?«, fiel Elise mit der Tür ins Haus.

Simone blickte trotzig auf. »Das war Luc. Ein feiner Mann. Er arbeitet in einer Weinhandlung.«

Elise schnaubte verächtlich. »Das glaub ich nicht. Valentin hat Louise gesagt, das wär ein Pimp.«

»Was soll Luc sein?«

Elise biss sich auf die Lippen. Simone wusste ja noch nichts von Zuhälterei und Prostitution. Auf die Schnelle würde sie ihr das heute Abend auch nicht erklären können.

Sie suchte nach Worten. »Das ist ein Mann, der Frauen ausnutzt, die so dumm sind, seinen Lügen zu glauben.«

»Luc nutzt mich nicht aus!«, fuhr Simone auf.

Elise wechselte die Strategie. »Hat er dich angetatscht und mit dir geknutscht?«

Zuerst stritt Simone das ab.

»Aber Louise hat es gesehen«, beharrte Elise.

»Die soll mal vor ihrer eigenen Tür kehren«, versuchte Simone abzulenken. »Hast du gesehn, wie die sich aufgeführt hat? Zeigt aller Welt ihre Beine und ihren Hintern und stößt den Männern die Hüte vom Kopf.«

Elise ließ sich nicht beirren. »Also, hat dieser Luc dich geküsst?« Sie wählte bewusst eine unverfänglichere Formulierung.

Kurz starrte Simone an ihr vorbei, bis sie nickte. »Das hat er. Er war zärtlich und lieb. Ich bin seine große Liebe, hat er gesagt.«

Elise rutschte das Herz in die Hose. »Und so was glaubst du dem? Wo ihr euch erst heute kennengelernt habt?«

»Warum nicht! Neulich hat die Germaine so 'n Lied in der Wäscherei geträllert. Da gings um Liebe auf den ersten Blick.«

Elise packte Simone an beiden Schultern. »Sieh mich an!«, forderte sie. Erst als sie nicht losließ, befolgte Simone ihren Befehl. Ihre Miene wirkte verstockt.

»Simone! Luc ist ein ganz gefährlicher Mann. So einer bringt jungen Mädchen nur Unglück. Du musst mir versprechen, ihn nie wieder zu treffen. Sonst sag ich alles Maman!«

»Du bist doch nur neidisch!«, fauchte Simone. »Weil du nur so 'n ollen Handwerker an Land gezogen hast. Luc ist ein richtiger Herr. Hast du nicht gesehn, wie fein er gekleidet war? Mit Anzug, gestreifter Weste und Hut. Nicht mit so abgewetzten Hosen und 'ner schäbigen Schirmmütze wie dein André.«

Elise zuckte es in der Hand, Simone eine mächtige Ohrfeige zu verpassen. Aber sie beherrschte sich. Damit käme sie nicht weiter.

»Wir bleiben jetzt hier stehen, bis du mir in die Hand versprichst, den Kerl nie wiederzusehen. Nie und niemals! Hast du das verstanden? Sonst erzähl ich alles, was Louise gesagt hat, noch heute Abend Maman! Der hast du doch auch versprochen, dass du nicht leichtfertig bist, als sie von unsrem Vater erzählt hat.«

Simone rührte sich nicht.

»Aber das tu ich sowieso, wenn wir nicht bald heimgehn. Denn dann wird Maman Fragen stellen, und wegen so 'nem Pimp werd ich sie nicht belügen!«, drohte sie schließlich.

Erst jetzt gab Simone nach. »Gut. Ich versprech es.« Ihre Stimme klang gepresst.

»Dann gib mir die Hand drauf!«

Simone tat, was Elise ihr sagte. Ihre Hand war verschwitzt und fühlte sich schlaff und leblos an. Wie tot!, schauderte Elise zusammen.

Aber mehr war von Simone heute Abend nicht zu erwarten. Elise würde nichts anderes übrig bleiben, als ihre kleine Schwester scharf im Auge zu behalten.

Kapitel 13

IM CAFÉ DE LA NOUVELLE-ATHÈNES

EIN ABEND IM ADVENT 1883

»Nun, ich muss schon sagen, mein lieber Cormon, dass ich über die Wahl unseres heutigen Treffpunkts einigermaßen erstaunt bin«, sagte Alphonse Dumas, nachdem die Männer sich begrüßt hatten.

Er selbst hätte sich diesen Treffpunkt an der Place Pigalle niemals ausgesucht. Es hieß, im Café wimmele es regelmäßig von diesen Impressionisten, deren Malstil er verabscheute.

Fernand Cormon grinste und hob die Schultern. »Das Café ist ganz in der Nähe Ihrer Wohnung und meiner Kunstakademie. Sie wollten mich dringend sprechen, werter Monsieur Dumas. Mir fehlt leider heute Abend die Zeit, um zum Boulevard des Italiens zu kommen.«

»Das ist schade«, entgegnete Alphonse trocken. »Ich hätte Sie gern ins Café Riche eingeladen. Dort war ich kürzlich mit Ihrem Namensvetter Ferdinand de Lesseps, um mich aus erster Hand über die Fortschritte beim Bau des Panamakanals zu informieren.«

»Gehören Sie zu den Anlegern?«, fragte Cormon interessiert.

Alphonse nickte, ohne sich näher darüber auszulassen. Dass er fünfhunderttausend Francs in das Projekt investiert hatte, ging niemanden etwas an. Wieder spürte er das leichte Ziehen in der Magengrube, wenn er an diese riesige Summe dachte. Es war der Großteil seines Vermögens gewesen.

Immerhin hatte de Lesseps in den allerhöchsten Tönen von den Fortschritten beim Bau geschwärmt. Das war ja wohl das Allermindeste, was seine Investoren erwarten durften, dachte Alphonse. Denn auf die Rendite für das eingezahlte Kapital würde man noch jahrelang bis zur Fertigstellung des Kanals warten müssen.

»Aber ich spüre, Sie möchten sich nicht dazu äußern«, unterbrach Fernand Cormon Alphonses unwillkürliche Grübeleien. »Dann lassen Sie uns jetzt dazu kommen, warum Sie mich so unbedingt sprechen wollten!«

Alphonse holte tief Luft. Er winkte einem der vorbeieilenden Kellner. »Lassen Sie uns zuerst etwas zu trinken bestellen. Ich nehme einen Cognac. Was möchten Sie, Cormon? Sie sind natürlich mein Gast.«

»Ich nehme ein Glas Absinth.«

Alphonse runzelte die Stirn. »Haben Sie keine Sorge, dass dieses verrufene Zeug Ihnen schadet?«

»Ach nein. In Maßen genossen, ist es ein köstliches Getränk. Und harmlos. Selbst viele Damen sprechen ihm zu. Man darf es nur nicht damit übertreiben.«

Alphonse nickte flüchtig.

»Doch nun lassen Sie uns über Ihr Anliegen sprechen, Dumas. Ich sagte Ihnen doch schon, dass ich heute Abend noch eine weitere Verabredung habe.«

»Es … es geht um meine einzige Tochter Valérie«, begann Alphonse zögernd. Dann stockte er.

»Ihre Tochter? Nun machen Sie mich aber wirklich neugierig, Monsieur Dumas. Das ist doch das reizende Ding, das Sie mir vor ein paar Wochen in der Galerie vorgestellt haben?«

Alphonse nickte und suchte weiter nach den richtigen Worten. Zum Glück brachte der Kellner genau in diesem Moment die Getränke, was ihm einen weiteren Aufschub verschaffte. Denn Cormon brachte einige Zeit damit zu, den Absinth tropfenweise mit Zuckerwasser zu mischen.

Schließlich hatte sein Getränk eine milchig grüne Farbe angenommen. Cormon nahm den ersten Schluck. »Köstlich!« Er leckte sich über die Lippen. »Aber ...« Er ließ das Wort in der Luft hängen.

»Ich habe mich dazu durchgerungen, meiner Tochter ihren Herzenswunsch zu erfüllen«, begann Alphonse zusammenhanglos und stockte schon wieder.

»Das klingt so, als seien Sie mit diesem Herzenswunsch eigentlich gar nicht einverstanden«, half Cormon nach.

Alphonse seufzte vernehmlich. »Ja und nein. Ich beginne einmal von vorn. Schon als meine Tochter ganz klein war, fiel mir auf, dass sie ein ungewöhnliches Talent zum Zeichnen hat. Diese Begabung entwickelte sich mit jedem Jahr weiter. Zeichnen und vor allem Malen ist Valéries Leidenschaft.«

»Das dünkt mich nicht ungewöhnlich«, sagte Cormon, um die erneute Pause abzukürzen. »Viele junge Mädchen zeichnen gern.«

»Aber wenige mit einer solchen Kunstfertigkeit. Sehen Sie einmal her!« Alphonse zog eine Mappe aus seiner Aktentasche und reichte sie dem Inhaber der Kunstakademie.

Fernand Cormon war selbst ein begabter Maler. Seine Spezialität waren Historiengemälde, wobei er häufig religiöse Themen wählte. Das riesige Bild *Kain*, das die Flucht des biblischen Brudermörders vor dem Zorn Jehovas zeigte, war im Sommer 1880 die Sensation des Pariser Salons gewesen. Sein Malstil entsprach vollkommen dem herrschenden akademischen Realismus. Einige von Cormons Gemälden hatte Dumas auch schon in seiner eigenen Kunstgalerie verkauft.

Jetzt beobachtete er mit einer Mischung aus Stolz und Beklommenheit, dass Cormon zuerst die Lippen spitzte und schließlich sogar leise pfiff, als er Valéries Werke betrachtete.

»Alle Achtung, Dumas! Sie haben recht. Dieses Kind hat wirklich Talent. Doch ich verstehe immer noch nicht, was Sie von mir wollen. Etwa, dass ich Ihr Urteil bestätige?«

Alphonse schüttelte heftig den Kopf. »An meinem Urteil habe ich nie gezweifelt, Cormon. Doch das Kind weiß nichts mehr mit sich anzufangen, seit es im Sommer die Schule für Höhere Töchter abgeschlossen hat. Übrigens mit einem ausgezeichneten Zeugnis. Danach hat sie sich geweigert, dem Wunsch ihrer Mutter nachzukommen und ein hauswirtschaftliches Pensionat zu besuchen, wie es viele ihrer ehemaligen Klassenkameradinnen tun.

Seither hängt bei uns der Haussegen schief. Meine Frau lässt an Valérie manchmal kein gutes Haar. Das Mädchen verkümmert dabei regelrecht. Jetzt hat sie sich seit mehreren Tagen in ihrem Zimmer eingeschlossen, liegt den ganzen Tag im Bett und weigert sich sogar, an den Mahlzeiten teilzunehmen.«

»Ich verstehe nicht.« Cormon sah völlig ratlos aus.

»Ich möchte nicht, dass meine einzige Tochter so leidet.« Alphonse spürte seine Kehle eng werden. Er räusperte sich. »Zuerst habe ich Valérie nachmittags in die Galerie mitgenommen. Dort konnte sie malen und zeichnen, soviel sie wollte. Ich habe ihr auch erlaubt, bei meinen Gesprächen mit Malern und Käufern zuzuhören. In diesen Stunden blühte sie richtig auf.«

»Aha.«

Alphonse spürte, dass Fernand Cormon noch immer nicht begriff, was er von ihm wollte. Er trank sein Glas in einem Zug aus und winkte dem Kellner nach einem neuen.

»Jetzt hat meine Gattin Valérie verboten, mich weiterhin ins

Geschäft zu begleiten. Anlass war eine Diskussion beim Souper. Da machte Valérie den Fehler, nachzufragen, warum so viele Maler des akademischen Realismus Frauen splitternackt darstellen. Amélie empörte sich darüber und hält es seither für gegeben, dass die Sittsamkeit unserer Tochter Schaden nimmt, wenn ich sie in die Kunsthandlung mitnehme.«

Er trank einen tiefen Schluck aus dem neuen Glas.

»Nun naht Weihnachten. Und ich weiß nicht, was ich tun soll.«

»Eine tragische Entwicklung, in der Tat. Doch mir fehlt jede Idee, was ich damit zu tun habe.«

Alphonse holte noch einmal tief Luft. Dann hob er den Kopf und sah seinem Gegenüber gerade in die Augen. »Monsieur Cormon, ich weiß, Sie sind ein viel beschäftigter Mann. Sie leiten Ihre eigene private Kunstakademie und malen nebenbei immer noch selbst. Sie haben keine Art von Zusatzverdienst nötig. Dennoch wollte ich Sie fragen, ob Sie bereit wären, meiner Tochter Zeichenunterricht zu geben.« Jetzt waren die Worte endlich heraus.

»Gerne auch bei Ihnen in der Akademie«, fuhr er rasch fort, als er bemerkte, dass der Maler die Stirn runzelte.

Der nahm jetzt ebenfalls einen Schluck seines Getränks, bevor er antwortete. »Mein lieber Dumas! Es dürfte doch nicht schwierig sein, einen Zeichenlehrer für Ihre Tochter zu finden. Ich kann sehr gern einmal bei meinen Studenten nachfragen, ob jemand …«

Er stockte, als Alphonse wieder heftig den Kopf schüttelte. »Ich habe es bereits mit zwei Zeichenlehrern versucht. Nachmittags heimlich in der Galerie. Doch Valérie hörte jedes Mal schon nach der dritten Unterrichtsstunde auf. ›Die können mir nichts beibringen, was ich nicht schon längst kann‹, sagte sie.«

Er hob abwehrend die Hand, als Cormon zum Reden ansetzte. »Und sie hat recht. Ich habe mir Musterzeichnungen von den Privatlehrern geben lassen und sie mit Valéries Skizzen verglichen. Sie können ihr das Wasser nicht reichen. Ich denke, das kann ich beurteilen. Nicht als Vater natürlich! Aber als erfolgreicher Kunsthändler.«

»Ihre Expertise bezweifle ich nicht.« Cormon griff ein weiteres Mal zu der Mappe und betrachtete Valéries Zeichnungen. »Das Mädchen hat wirklich großes Talent. Das bestätige ich Ihnen gern.«

Er hob entschlossen den Kopf. »Doch ich fürchte, ich kann Ihnen leider nicht helfen. Ich gebe schon seit Jahren keinen Privatunterricht mehr.«

Alphonse spürte, dass dies Cormons letztes Wort war. Er verzichtete klugerweise darauf, es noch mit dem Angebot eines hohen Salärs zu versuchen. Fernand Cormon sprach es zwar nicht aus. Aber Alphonse ahnte, dass er es für weit unter seiner Würde hielt, einem jungen Mädchen Privatunterricht zu erteilen.

Eine Weile schwiegen die beiden Männer. Fast wollte sich Alphonse schon verabschieden, als sich die Tür des Cafés öffnete und eine ihm bekannte Person eintrat.

»Ist das nicht Edgar Degas?«, fragte er Cormon.

Der drehte sich um und musterte den Ankömmling. Es war ein ungefähr fünfzigjähriger untersetzter Herr mit grau melierten Haaren, einem bereits grau gewordenen Vollbart und Koteletten, die bis über die Ohren reichten. Der Blick, mit dem er die übrigen Gäste musterte, war stechend.

»In der Tat. Das ist Degas.« Cormon zwinkerte Alphonse zu. »Trotz Ihrer Ablehnung der Impressionisten verdanken Sie ihm ein schönes Stück Geld, habe ich gehört.«

Alphonse wusste sofort, worauf Cormon hinauswollte. »Sie meinen den Ratschlag, den er Henri Gervex vor Jahren bei dessen Bild *Rolla* gegeben hat?«

Cormon grinste süffisant. »Immerhin hat Ihnen der Skandal aufgrund von Degas' Rat, neben dem Bett auch die zerknüllte Kleidung der nackten Geliebten zu malen, ein sehr gutes Geschäft eingetragen.«

»Das ist wohl wahr. Manchmal führen ungewöhnliche Wege zum Erfolg.«

»Ja, wer nicht wagt, der nicht gewinnt. Dafür ist Gervex das beste Beispiel.«

Das brachte Alphonse auf eine kühne Idee.

»Wenn Sie Valérie keinen Privatunterricht geben wollen, was würden Sie denn davon halten, sie in Ihre nächste Klasse in der Akademie aufzunehmen? Ihr Institut liegt nur ein paar Häuser von unserer Wohnung entfernt. Mein Diener könnte sie morgens hinbringen und nach dem Unterricht wieder abholen.«

Cormon starrte ihn entgeistert an. »Wie stellen Sie sich das denn vor? Keine seriöse Kunstakademie in ganz Paris nimmt Frauen auf.«

»Das weiß ich, aber wie Sie eben schon sagten, mein Lieber: Wer nicht wagt, der nicht gewinnt. Was hätten Sie denn zu verlieren mit solch einer talentierten Schülerin?«

»Sie würde zum Gespött der gesamten Studentenschaft«, protestierte Cormon. »Stellen Sie sich doch nur einmal vor, sie würde einen Akt zeichnen. Denn das müsste sie, es gehört schon zur Grundausbildung im ersten Jahr. Ich kann die Anzüglichkeiten, die dann durch die ganze Klasse schwirren würden, vor meinem inneren Ohr schon hören.«

»Dann müssten wir eben Vorkehrungen treffen, dass solche Anzüglichkeiten erst gar nicht möglich wären.«

»Und wie soll das gehen?«

Die Ideen sprudelten wie von selbst aus Alphonse hervor. Später wunderte er sich darüber, denn er hatte vorher überhaupt nicht darüber nachgedacht. Doch jedes Mal, wenn ihm das zutiefst unglückliche Gesicht Valéries vor Augen trat, spornte ihn das von Neuem an.

Zwei Stunden und etliche Gläser Cognac und Absinth später hatten die zwei tatsächlich einen Plan entwickelt. Cormon vergaß darüber sogar seine Anschlussverabredung.

»Aber was wird Ihre Frau Gemahlin zu alldem sagen?«, war Cormons letzter Zweifel.

Alphonse machte eine wegwerfende Handbewegung. »Sie wird sich fügen müssen. Dafür will ich schon sorgen.«

Auf dem kurzen Heimweg fühlte er sich zum ersten Mal seit Monaten glücklich. Er würde seinem geliebten Kind die Teilnahme an der nächsten Klasse in der Akademie Cormon unter den Christbaum legen können. Das war auch für ihn das schönste Weihnachtsgeschenk.

Kapitel 14

TANZSTUDIO VON GRILLE D'ÉGOUT

MÄRZ 1894

»Ich nehme den da!«

Louise wies auf den Unterrock mit dem breitesten Volumen und demgemäß den meisten Lagen mit Spitzen aus Kunstseide.

Elise verkniff sich eine spöttische Bemerkung. Natürlich wählte Louise das aufwendigste Stück für sich.

Zu ihrem Erstaunen griff die Tanzlehrerin ein. »Davon rate ich dir ab. Die ersten Stunden absolvierst du am besten mit Röcken, in denen du dich nicht so leicht verhedderst. Dieser Unterrock besteht aus zwölf Metern Stoff.«

Louise schürzte trotzig die Lippen und sah aus, als wollte sie widersprechen.

»Aber mach, was du willst«, fügte Grille d'Égout hinzu. »Wenn du nicht mitkommst, hab ich mehr Zeit für deine Freundin.«

Die versteckte Drohung blieb nicht ohne Wirkung. Ohne zu murren, nahm Louise den wesentlich schmaleren Unterrock entgegen, den die Tanzlehrerin vom Ständer nahm. Elise bekam ein ähnliches Stück gereicht.

Darüber zogen die beiden jungen Frauen dann die Röcke, die Grille d'Égout ihnen von einem anderen Ständer brachte.

»Die eignen sich für den Cancan am besten«, erklärte sie. »Für eure Auftritte kann ich euch jedoch keinen davon leihen. Sie gehören zum Inventar meiner Tanzschule.«

Was kostet so ein Kleidungsstück mit dem dazu passenden Unterrock?, lag es Elise schon auf der Zunge zu fragen. Dann beschloss sie, dass sie es lieber noch gar nicht wissen wollte. Es kam sie hart genug an, die Tanzstunden zu bezahlen.

Ob sich diese Investition lohnen würde, konnte sie heute noch nicht absehen. Anders als bei Louise stand für sie kein konkretes Versprechen für einen Auftritt dahinter.

»Du, ich hab in der Mühle am Sonntag jemand kennengelernt«, hatte Louise ihr vor zwei Wochen im Café Tambourin erzählt. »Er schreibt für irgend so 'n Journal und heißt Charles. Er will mir 'nen Auftritt in den Folies Bergère verschaffen, wenn ich *mich professionalisiere.*« Die letzten Worte betonte sie geziert.

»Was heißt das?«

»Nun, der Mann ist ein großer Kenner der Szene.« Louises Rede blieb gestelzt. Elise vermutete, dass sie die Worte dieses Charles wiedergab. »Er sagt, ich hab Riesentalent. Aber keine vernünftige Choreografie. Wenn ich die gelernt hab, will er mich in den Folies empfehlen. Das ist so 'n Tanzsaal in der Stadt.«

»Aha«, machte Elise. Von den Folies Bergère hatte sie flüchtig gehört, das Programm kannte sie jedoch nicht.

»Warum brauchst du denn noch ein neues Engagement? Du tanzt doch schon in der Moulin de la Galette und im Élysée Montmartre.«

Louise schnaubte. »Aber die bezahlen doch nix. Nur mein Eintritt und was ich esse und trinke ist frei.«

Das war Elise neu. Zumindest was das Élysée Montmartre anging.

Aber sie hütete sich, das preiszugeben. Louise pflegte sehr ungnädig zu reagieren, wenn man sie mit ihren Hochstapeleien konfrontierte. Wahrscheinlich wusste nicht mal ihre Mutter

Madeleine, die Jeanne von Louises Auftritten erzählt hatte, dass sie gar nichts damit verdiente.

»Und jetzt willst du mit Tanzen Geld verdienen?«, fragte sie stattdessen.

»Klar! Wird auch Zeit. Willst du nicht mit in die Tanzschule kommen?«, hatte Louise sie unerwartet gefragt. »Du tanzt ja auch nicht schlecht. Vielleicht tut der Charles dann auch was für dich.«

Ein paar Tage hatte Elise mit sich gerungen, ob sie Louise zusagen solle. »Warum nicht?« André ermutigte sie. »Du hast ja nichts dabei zu verlieren.«

»Aber das kostet ganz schön viel Geld«, protestierte Elise. »Fünfzig Centimes pro Lektion.«

»Ich denk, das ist der einzige Grund, warum Louise mich dabeihaben will«, fügte sie hinzu. »Sonst müsste sie den Franc pro Tanzstunde allein blechen.«

»Dann nimmst du das einfach aus der Aussteuerkasse«, schlug André vor. »Wenn es nichts wird, sparen wir eben noch mehr dafür als bisher.«

Elise war sehr gerührt gewesen und hatte André zärtlich umarmt und geküsst.

Seit jenem Spätsommertag in der Moulin de la Galette »gingen sie miteinander«, wie man es auf der Butte nannte. Sie waren so verliebt, dass sie beschlossen hatten, so rasch wie möglich zu heiraten. Dafür hatten sie eine gemeinsame Kasse angelegt, ein Holzkästchen, das André in seinem Zimmer verwahrte und in das sie jeden Centime steckten, den sie entbehren konnten.

In den letzten Monaten war das gar nicht so leicht gewesen. Andrés Onkel, in dessen Tischlerwerkstatt er arbeitete, hatte schon seit einiger Zeit in seiner Arbeitskraft nachgelassen. Immer häufiger wirkte er völlig verwirrt, verwechselte Kunden und Aufträge und wusste manchmal nicht einmal mehr den richtigen Weg zu ihnen.

Schon längere Zeit konnte André nur noch gemeinsam mit ihm arbeiten. Doch nun war er schwer krank geworden und fiel daher gänzlich als Arbeitskraft aus.

Die Arzt- und Spitalkosten waren hoch. Schon waren seine Ersparnisse aufgezehrt, hatte André Elise erzählt. »Wenn es so weitergeht, kann Onkel Georges mir gar nichts mehr vererben. Sondern hinterlässt mir im schlimmsten Fall nur Schulden.«

Da ein Unglück selten allein kommt, war es auch mit Elises Verdienst seit Jahresbeginn bergab gegangen. Nachdem sie allen drei Jahrgangsklassen Modell gestanden hatte, entschied der Leiter der Kunstakademie, Fernand Cormon, dass es vorerst genug sei. »Meine Studenten brauchen verschiedene Modelle, die sie naturgetreu malen müssen, um zu üben und sich immer mehr zu vervollkommnen. Komm im Oktober wieder, wenn die neue Klasse begonnen hat. Dann stell ich dich noch mal ein.«

An ihrer statt diente nun Suzanne Valadon, wie sie mit vollem Namen hieß, als Modell in der Akademie. Sie hatte im Dezember ihren Sohn Maurice geboren und schon wenige Wochen später wieder zu arbeiten begonnen. »Derweil betreut meine Mutter den Kleinen«, erzählte sie Elise bei einem Treffen.

Danach versuchte sie es zunächst erneut an der Place Pigalle. Doch an jedem Montagmorgen schienen sich mehr junge Frauen und Mädchen auf dem Markt für Malermodelle zu bewerben. Da Louise nach wie vor Auguste Renoir Modell stand, war sie nicht länger darauf angewiesen, sich dort um neue Auftraggeber zu bemühen.

»Der malt so 'n Riesenbild«, erklärte sie Elise. »Irgendwas mit Badenden. Auf jeden Fall zahlt er weiterhin gut, und nett ist er auch.«

Elise glaubte, dass Louise inzwischen eine Liaison mit dem Maler verband. Auf ihre direkte Frage hin hatte Louise nur lächelnd gezwinkert und sich ansonsten in Schweigen gehüllt.

Doch ohne Louises Beziehungen war Elise bislang nur viermal an den Türhütern vorbei in den Schuppen gelangt, zweimal davon ohne jeglichen Erfolg. Die beiden anderen Male hatten sich ebenfalls als Fehlschlag erwiesen.

Einer der Maler, der sie als Aktmodell engagierte, forderte die splitternackte Elise für seine Werke zu allen nur denkbaren Posen auf und machte dabei auch vor den intimsten Körperstellen nicht halt. Zwar bezahlte er wenigstens. Aber Elise beendete ihre Beschäftigung bei ihm schon nach wenigen Tagen.

Der andere Kerl versuchte gleich am ersten Tag, sie zu verführen, nachdem sie sich in seinem Atelier, einer schmierigen Bude in einem halb verfallenen Hinterhaus, ausgezogen hatte. Ohne einen Centime hatte sie ihre Kleider ergriffen und sich davongemacht, so rasch sie konnte.

Seither hatte sie sich nicht mehr als Malermodell beworben. Sie war schon kurz davor gewesen, wieder als Büglerin bei Madame Claude anzufangen, als sie einen Aushang im Fenster des Café Tambourin am Boulevard de Clichy entdeckte. Dort suchte man eine Kellnerin. Obwohl Elise das noch nie gemacht hatte, stellte die Besitzerin, eine temperamentvolle Italienerin namens Agostina Segatori, sie sofort ein. In ihrem Bewerbungsgespräch hatte sich herausgestellt, dass Agostina einst selbst als Malermodell tätig gewesen war und die Höhen und Tiefen dieses Berufs daher sehr gut kannte.

Nun bediente Elise dort tagsüber von Montag bis Donnerstag und blieb bei Bedarf auch noch abends da. Mit dem Trinkgeld kam sie so immerhin auf einen Wochenverdienst von zwölf bis fünfzehn Francs.

»Nicht üppig, aber besser als nichts«, hatte André dazu gesagt und gelächelt. Leider waren die Tage von Freitag bis Sonntag, die das beste Trinkgeld versprachen, schon mit genügend Personal zum Bedienen besetzt.

»Willst du denn so lange auf mich warten?«, hatte Elise André schließlich gefragt, bevor sie sein Angebot, ihre Tanzstunden mit Geld aus der Aussteuerkasse zu bezahlen, angenommen hatte. Als Antwort schloss er sie wortlos in die Arme und küsste sie leidenschaftlich.

»Ich wünsche mir von Herzen eine Familie mit vielen Kindern mit dir«, flüsterte er ihr ins Ohr. »Doch sie sollen nicht im Elend aufwachsen müssen.« Aus diesem Grund verzichteten beide sogar auf jeden vorehelichen Verkehr.

Nach Andrés Zustimmung hatte Elise Agostina mit gemischten Gefühlen darum gebeten, wegen der Tanzstunden an drei Vormittagen pro Woche später zum Dienst erscheinen zu dürfen. Erst nachdem die Gastwirtin es erlaubt hatte, war Elise klar geworden, dass sie nun zusätzlich zu den Kosten für den Unterricht auch noch einen Teil ihres Verdiensts einbüßen würde. Deshalb hatte sie Louise eine Bedingung gestellt.

»Wenn ich zu Grille d'Égout mitkomme und sie mir etwas beibringen kann, stellst du mich diesem Charles auf jeden Fall vor. Vielleicht verschafft er mir dann auch ein Engagement.«

Louise zuckte die Achseln. »Hab ich ja schon gesagt. Aber dann musst du auch mal wieder in der Moulin de la Galette auftauchen.«

Elise nickte. Seitdem sie ihre Stelle bei Cormon verloren hatte, waren André und sie nicht mehr dort gewesen, um das Geld einzusparen.

Die letzten Besuche in der Mühle waren ihnen wiederum durch Simones Verhalten verleidet worden. Elise hatte ihr verboten, mit diesem Luc zu tanzen, der allerdings ständig um ihre Schwester herumscharwenzelte. Nachdem André ihn deswegen zur Rede gestellt hatte, mied er zwar Simones Nähe, tanzte aber demonstrativ mit anderen Mädchen im Arm an ihrem Tisch vorbei.

Als er schließlich eines dieser Mädchen auf offener Tanzfläche küsste, erlitt Simone einen hysterischen Weinkrampf und stürzte davon. Seither hatte sie kaum ein Wort mehr mit ihrer Schwester gewechselt und war, soweit Elise wusste, nicht mehr in der Mühle gewesen.

»So, nun stellt euch zuerst in die Startposition.«

Grille d'Égout lächelte und zeigte dabei ihre schlechten Zähne. Bevor Elise Lucienne Beuze, wie sie mit bürgerlichem Namen hieß, kennenlernte, hatte sie sich gefragt, wie eine junge Frau zu einem Spitznamen wie »Kanalgitter« kam. Jetzt wusste sie es.

Lucienne hatte weit auseinanderstehende hässliche Vorderzähne, die dazu noch wie bei einem Nagetier vorstanden. Der überkragende Oberkiefer bildete mit dem fliehenden Kinn ein unattraktives Ensemble.

Dennoch hatte sich Lucienne in Paris bereits den Ruf einer ausgezeichneten Tänzerin erworben und trat regelmäßig in bekannten Etablissements auf. Vor einigen Monaten hatte sie ihre eigene Tanzschule eröffnet.

»Nun zeige ich euch, wie ihr die Beine in die Luft heben könnt, ohne die Schenkel zu zeigen.«

Sie drehte sich ein wenig zur Seite, hob dann ein Bein hoch und fasste den Fuß an der Ferse. Durch die seitliche Stellung verdeckte der üppige Unterrock tatsächlich die Oberschenkel. Unter der blütenweißen Spitze lugte nur der Unterschenkel im schwarzen Seidenstrumpf hervor.

Dann wiederholte sie die Bewegung abwechselnd mit beiden Beinen und wurde dabei immer schneller.

»Phh, das ist ja langweilig«, hörte Elise Louise maulen.

Grille d'Égout tat zwar so, als hätte sie nichts gehört, ging aber dennoch indirekt auf Louises Bemerkung ein.

»Damit vermeidet ihr, dass euch die Sittenpolizei abmahnt, und wirkt dazu auf die Zuschauer viel begehrenswerter, als wenn ihr euch zu freizügig zeigt. Dann verwechseln euch die Herren auch nicht mit Huren. Und nun zeige ich euch, wie man solche Bewegungen zu einem Tanz koordiniert.«

Am Ende der Stunde waren sowohl Louise als auch Elise völlig erschöpft. Aber während Louise auf dem Rückweg nach Montmartre über die keusche Darbietung schimpfte, fühlte Elise sich mit dieser Art des Cancan wohl.

Schließlich hatte bisher nicht einmal André ihre nackten Schenkel gesehen. Wenn schon nicht als Malermodell, konnte sie ihren Körper wenigstens beim Tanz für ihn aufsparen. Bis sie in der Hochzeitsnacht endlich zusammenfinden würden.

Kapitel 15

IN DEN FOLIES BERGÈRE

EIN SAMSTAGABEND ENDE APRIL 1884

Louise warf einen letzten prüfenden Blick in den Spiegel. Was sie sah, stellte sie fast zufrieden.

Charles Desteuque, der Journalist, hatte für sie das passende Kostüm für den Maskenball mit vorheriger Show ausgewählt, der heute Abend in den Folies Bergère stattfinden sollte. Maskenbälle waren in jüngster Zeit auch außerhalb der Karnevalstage in Paris sehr beliebt. Das Haus war seit Tagen ausverkauft.

Louise trug das auf den ersten Blick harmlos wirkende Gewand eines Milchmädchens. Die Farben waren gedeckt: ein grau-braun gestreifter Rock, eine weiße Bluse, schwarze Strümpfe und flache Satinschuhe. Aber der Schnitt hatte es in sich. Louises Bluse war so tief dekolletiert, dass man die Ansätze ihrer festen Brüste sah. Und der weite Rock, unterfüttert mit einem üppigen Spitzenunterrock, reichte ihr nur bis knapp über die Knie.

Nun öffnete sie sogar den ersten Blusenknopf, sodass noch mehr von ihrem Dekolleté zu sehen war. Dann warf sie spielerisch ein Bein bis über den Kopf. Ihr Schlüpfer reichte ihr nur bis knapp zu den Oberschenkeln. Das Publikum würde einen großen Teil ihrer nackten Haut zu sehen bekommen.

Nachdem sie ihre Lippen noch einmal mit einem blutroten Stift nachgezogen hatte, setzte sie das brave Häubchen auf, steckte es mit ein paar Nadeln fest und griff zum Schluss nach dem Milchtopf aus bemalter Pappe.

Dann verließ sie die Garderobe und wartete hinter dem Vorhang der Bühne auf ihren Auftritt.

»Und nun, werte Mesdames et Messieurs, darf ich Ihnen eine Unschuld vom Lande vorstellen. Begrüßen Sie das Milchmädchen Louise mit einem kräftigen Applaus!«

Das war Louises Stichwort. Wie sie es mit dem Leiter des Etablissements abgesprochen hatte, täuschte sie zunächst Schüchternheit vor. Sie schaute auf das polierte Parkett der Bühne und ging mit Trippelschritten von einem Ende zum anderen. Dabei warf sie ab und zu einen scheuen Blick ins Auditorium und drückte den Pappmilchtopf so fest an sich, dass er unter dem Gelächter des Publikums völlig zerknautschte.

Dann ertönte die Anfangsmelodie des *Galop infernal.* Louise warf die zerdrückte Pappe weit in den Zuschauerraum und begann zu tanzen.

Der Galopp dauerte über acht Minuten. In dieser Zeit zeigte Louise dem Publikum all ihre Reize. Sie beugte sich so tief nach vorn, dass jeder einen tiefen Einblick in ihren Ausschnitt nehmen konnte. Wenn sie die Beine hoch in die Luft warf und dabei den ohnehin kurzen Rock bis in Brusthöhe hob, zeigte sie ihren Unterleib bis zur Höhe des Bauchnabels. Von hinten präsentierte sie ihren nur von der dünnen Seidenunterhose bedeckten Popo.

Eine Zeit lang hatten Charles und sie sogar vorgehabt, eine im Schritt gespaltene Unterhose zu verwenden, sodass man bei ihren rasend schnellen Bewegungen einen flüchtigen Blick auf ihre Scham hätte erhaschen können. Doch das hatte der Direktor aus Angst vor der Sittenpolizei verboten.

Während sie tanzte, gab sich Louise ganz der Musik hin. Nur

im Unterbewusstsein vernahm sie die Bravorufe und den donnernden Applaus. Es spornte sie noch mehr an.

Ja, sie hatte ihre Lektion bei dieser Kanalratte, wie sie Grille d'Égout heimlich nannte, hervorragend gelernt. Ihre Bewegungen flossen ineinander über, sie wirbelte in einem atemberaubenden Tempo über die Bühne. All das hatte Lucienne ihr beigebracht. Ohne zu ahnen, dass Louise ihre Choreografie mit der anzüglichen Sinnlichkeit vorführen würde, wie sie es heute Abend tat.

Elise, das dumme Schaf, hatte sich an die brave Version gehalten. Charles hatte ihr deshalb heute Abend nur einen Platz im Corps verschaffen können. Das war die anonyme Gruppe der Tänzerinnen, die zwischen den Hauptnummern der Vorstellung als Pausenfüller über die Bühne tänzelten. Sie traten in wechselnden Kostümen auf, zum Teil sogar mit Perücken, sodass kaum ein Mann sich ihr Aussehen einprägen würde. Noch vor Kurzem hatte Louise im Ély selbst zu einer solchen Truppe gehört.

Doch heute war das ganz anders. Ihr Auftritt würde der Höhepunkt des Abends sein. Das spürte sie deutlich.

Nun setzte das Orchester zum letzten Refrain des Galopps an. Louise sprang mit gespreizten Beinen mehrfach hoch in die Luft. Mit dem Schlussakkord tat sie den letzten Sprung und landete im Spagat. Das war ihre Spezialität, die nicht einmal Grille d'Égout beherrschte.

Erst dann bemerkte sie, dass sie ihr Häubchen verloren hatte und ihre rotblonden Haare sich offen über die Schultern ergossen. Doch selbst diese Panne schien das Auditorium für einen Teil der Choreografie zu halten.

Als Louise sich schließlich erhob und verneigte, wollte der Beifall schier kein Ende nehmen.

»Du warst großartig, Louise! Absolut großartig! Schau her, das Blumenmeer nimmt gar kein Ende.«

Mit den Armen voller Sträuße betrat Charles Desteuque Louises Garderobe. »Darüber schreibe ich einen fantastischen Artikel im *Gil Blas*. Ach was! Sogar zwei. Ich biete ihn auch dem *Figaro* an.« Er legte die Blumen ab und sah sich nach einer Vase um. Doch jedes Gefäß war bereits voll. »Und ich verlange eine Provision, wenn ich dich dem Élysée Montmartre als Solotänzerin vermittle.«

Louise atmete noch immer schwer. Ihre gelösten Haare hatte sie inzwischen zu einem festen Dutt auf dem Oberkopf gebunden.

Charles betrachtete sie kritisch. »Mach den Dutt wieder auf«, befahl er ihr. »Mit offenen Haaren bist du hübscher. Da gibt es ein paar sehr reiche Herren, die dich zum Souper einladen wollen. Also spute dich! Solche Gönner lässt man nicht warten.«

Wenig später führte Charles Louise an einen Tisch, um den acht Herren im Frack saßen. Sie rauchten Zigarren, die Luft war schon ganz verqualmt. Louise musste husten.

Der Herr, der ihr am nächsten saß, erhob und verbeugte sich. »Liebe Mademoiselle Weber! Sie haben uns mit Ihrer märchenhaften Vorführung zutiefst beeindruckt. Was dürfen wir zum Dank für Sie tun?«

»Erst mal diese schrecklichen Glimmstängel ausmachen. Davon erstickt man ja!«

»Aber Louise!« Charles sah erschrocken aus. »Das sind teure Havannas.«

»Mag sein. Aber sie stinken erbärmlich.«

Die Herren rund um den Tisch begannen zu lachen, während sie die Zigarren ausdrückten. Schließlich lachte auch Charles mit.

»Setzen Sie sich zu uns, Mademoiselle! Es gibt als Vorspeise echten russischen Kaviar. Haben Sie diese Delikatesse schon einmal gekostet?«

Louise schüttelte den Kopf. »Da bin ich ja mal gespannt!«

Als der Kellner einen kleinen Teller mit schwarzen Kügelchen vor sie stellte, die merkwürdig rochen, nahm sie skeptisch nur eine Gabelspitze davon in den Mund.

Igitt! Fast hätte sie den Kaviar ausgespuckt. Doch das gehörte sich nicht in feiner Gesellschaft, bremste sie sich in letzter Sekunde. Sie hielt sich stattdessen die Nase zu und schluckte das Zeug mit Todesverachtung herunter.

Dann ergriff sie das Weinglas ihres Sitznachbarn und leerte es in einem Zug.

»Das soll eine Delikatesse sein?«, entfuhr es ihr spontan. »Da ist mir ein Cervelatwurstsalat allemal lieber.«

Wieder erklang dröhnendes Gelächter rund um den Tisch. Charles reichte ihr unauffällig eine Serviette und bedeutete ihr, sich den Mund abzuwischen. Als sie begriff, was er von ihr wollte, erkannte sie Spuren des Rotweins, den sie gerade getrunken hatte.

Zum Glück waren die nächsten Gänge besser. Louise würdigte gar nicht, dass sie geräucherten Lachs, feinstes Rinderfilet, Trüffel und andere teure Speisen verzehrte, die sie noch nie gegessen hatte. »Das schmeckt ganz lecker«, kommentierte sie jeden Gang zum Vergnügen ihrer Gönner.

»Und das Zeug mag ich auch!« Sie zeigte auf den prickelnden Wein, den ihr der Kellner in einem hohen dünnen Glas serviert hatte.

»Das ist Champagner. Ein echter Dom Pérignon!«, erklärte ihr Sitznachbar zur Rechten.

»Jedenfalls besser als der Wein in der Moulin de la Galette«, sagte Louise. Diesmal verstand sie den Grund des Gelächters nicht, scherte sich aber nicht darum.

Schließlich ging das Souper zu Ende. Charles erhob sich und schlug an sein Glas. »Verehrte Messieurs! Bevor Sie sich zum Maskenball begeben, der bereits begonnen hat, bitte ich Sie darum, dieser ›Venus der Unterwelt‹, wie ich sie einmal nennen möchte, Ihren Tribut zu entrichten.«

Er drückte Louise einen Zylinder in die Hand. »Halbe, halbe«, raunte er ihr zu. Erst dann erklärte er, was sie damit tun solle. »Die liebe Louise wird nun herumgehen und Ihre Spenden entgegennehmen.«

Verblüfft, aber auf den zweiten Blick angenehm überrascht, folgte Louise dieser Anweisung. Als die ersten Louisdor in den Zylinder plumpsten, verneigte sie sich instinktiv so tief, dass man diesmal fast ihre Brustspitzen unter der dünnen Bluse erkennen konnte.

In der Folge ließen einige Herren ihre Gaben in ihren Ausschnitt fallen. Das Gold fühlte sich herrlich kühl auf ihrer Haut an.

Das war ein voller Erfolg, dachte sie triumphierend, als sich die Herren schließlich erhoben und ihre lächerlichen Masken aufsetzten, um am Ball teilzunehmen.

Die Ausbeute dieses Abends betrug über dreihundert Franc, von denen Charles die Hälfte einbehielt. Trotzdem konnte Louise sich nicht erinnern, jemals so viel Geld auf einem Haufen gesehen zu haben.

Nachdem Charles' Artikel in vier Pariser Journalen erschienen waren, rannten sie beim Direktor des Élysée Montmartre offene Türen für ihr Engagement ein. Louise würde fünfzig Francs pro Woche verdienen.

In einer Anwandlung von Großmut verlangte sie auch ein Engagement für ihre liebe Freundin Elise. Sie betonte, Elise habe ebenfalls den Kurs bei Grille d'Égout absolviert und sei in den Folies Bergère im Tanzcorps aufgetreten. Nach einigem Zögern stimmte der Direktor zu.

»Ich sehe mir das Mädchen auf jeden Fall an. Aber erst mal bezahle ich ihr nichts. Nur Eintritt und Getränke sind für sie frei. Außerdem stellen wir natürlich die Kostüme.«

»Damit bin ich einverstanden«, antwortete Louise. »Schließlich hab ich selbst auch mal so klein angefangen.«

Kapitel 16

KUNSTAKADEMIE CORMON

MONTAG, 4. AUGUST 1884

Valérie schlug das Herz bis zum Hals, als sie an der Seite ihres Vaters pünktlich um Viertel vor acht Uhr morgens die Kunstakademie Cormon betrat. Heute würde ein neuer Lebensabschnitt für sie beginnen.

Der Preis dafür war höher gewesen, als sie am Weihnachtsabend erwartet hatte. In dem riesigen Paket mit der roten Schleife hatte sich nur ein Umschlag befunden. Er enthielt ihre Anmeldung als Studentin der Akademie ab dem neuen Schuljahr.

Jubelnd war Valérie ihrem Vater um den Hals gefallen. Deshalb hatte sie die versteinerte Miene ihrer Mutter zunächst übersehen.

Entgegen Amélies Art, Streit vor den Ohren ihrer Tochter tunlichst zu vermeiden, war sie trotz des hohen Feiertags sogar laut geworden.

»Das dulde ich nicht, Alphonse! Unter keinen Umständen wirst du mir meine einzige Tochter auch noch verderben. Dein unsittlicher Lebenswandel ist bereits meine tägliche Geißel. Jetzt willst du auch noch das Kind in diesen Sündenstrudel reißen. Ich dulde es nicht, Alphonse!«, wiederholte sie. »Und das ist mein letztes Wort!«

Danach hatte sie trotz des Weihnachtsabends den großen Salon verlassen und sich in ihr Schlafzimmer zurückgezogen, bevor die Bescherung zu Ende gewesen war.

Valérie verstand zwar, dass ihre Mutter gegen ihre Aufnahme in die Kunstakademie war. Doch was ihre Worte sonst bedeuteten, erschloss sich ihr nicht. Während ihr Vater hochrot im Gesicht die kleine Schmuckschachtel hin und her drehte, in der sich sein Geschenk für Amélie befand, wollte er ihre Fragen zunächst nicht beantworten.

Als er es aufgrund von Valéries Hartnäckigkeit schließlich versuchte, verstand sie ihn dennoch nicht.

»Also … also … nach deiner Geburt, Valérie, haben deine Mutter und ich getrennte Schlafzimmer bezogen. Deshalb … deshalb ist es uns seither nicht mehr möglich, unsere ehelichen Pflichten zu erfüllen. Deine … deine Mutter hätte sonst sterben können.«

Valérie schüttelte verständnislos den Kopf. »Ich … ich schicke Marie nach Weihnachten zur alten Marianne«, fiel ihrem Vater schließlich ein. »Sie kann dir das besser erklären als ich.«

Tatsächlich war die alte Frau wenige Tage später erschienen. Amélie hatte ihr Zimmer kaum verlassen. Valéries Vater war angeblich wegen eines wichtigen Geschäfts am ersten Weihnachtstag abgereist. Nur mit seinem Geschenk hatte sich Valérie über das trübsinnigste Christfest hinweggetröstet, das sie je erlebt hatte.

Marianne erklärte ihr dann behutsam, aber verständlich, woraus die ehelichen Pflichten bestanden und wie es zur Zeugung von Kindern kam. Valérie reagierte zunächst schockiert. Erst recht, als Marianne ihr schonend beibrachte, dass ein Mann ohne den Geschlechtsakt, wie sie es nannte, nicht leben könne und sich ihr Vater daher wahrscheinlich eine Kurtisane gesucht habe. Spontan stand Valérie wieder die Dame im roten Kleid aus dem Zirkus Fernando vor Augen.

Bei dieser Gelegenheit erfuhr sie auch, dass viele Frauen ihren Körper verkauften, um an Geld zu kommen.

»Manche werden dabei reich. Andere Frauen tun es aus nackter Not heraus. Denn ihr Lohn als Wäscherin oder Näherin reicht nicht zum Leben.«

Valérie wurde zum ersten Mal bewusst, wie reich und privilegiert sie lebte. Trotz der vielen Verbote ihrer Mutter.

Es dauerte Wochen, bis ihre Eltern wieder miteinander sprachen. Das war sogar Valéries Initiative zu verdanken, die ihrer Mutter den folgenden Vorschlag gemacht hatte: »Wenn du es willst, trete ich jetzt noch zum zweiten Halbjahr in das hauswirtschaftliche Mädchenpensionat ein und mache dort eifrig bis zum Ende des Schuljahres mit.«

Nachdem Alphonse sich bereit erklärt hatte, das Schulgeld für das gesamte Jahr zu entrichten, stimmte das Pensionat Valéries Aufnahme zu. Sie hatte alle Hände voll damit zu tun, den versäumten Lehrstoff theoretisch und praktisch aufzuholen. Da das Pensionat in Paris lag, konnte sie während des Schuljahrs zu Hause wohnen und schaffte den Abschluss mithilfe der Dienstboten, allen voran der Köchin Berthe.

Für Malen und Zeichnen war jedoch kaum Zeit geblieben, da sie sogar die Sonntage durchgearbeitet hatte.

Als Fernand Cormon ihr dann trotz der Zusage eines Studienplatzes eine Aufnahmeprüfung auferlegt hatte, war sie fast schon verzagt gewesen. Doch sie hatte die drei verlangten Zeichnungen sogar mit Bravour erledigt. Es waren Skizzen von drei Gemälden aus der Galerie ihres Vaters gewesen. Cormon hatte bei seinem Besuch in der Galerie auf Anhieb erkannt, um welche Kunstwerke es sich handelte, und Valérie über den grünen Klee gelobt.

Danach waren die letzten Wochen wie im Fluge vergangen, obwohl Amélie ihrer Tochter auch im Ferienmonat Juli zahlreiche Aufgaben aus der Haushaltsführung auferlegt hatte. Doch heute war endlich der ersehnte Tag gekommen, an dem das neue Studienjahr bei Cormon begann.

Als sie den Klassenraum betrat, steigerte sich Valéries Aufregung noch. Sie bemühte sich, die irritierten Blicke der männlichen Mitstudenten zu übersehen, und ließ sich von einem Ateliergehilfen Cormons zu ihrem Platz führen. Es war ein Tisch nur für sie allein, abseits der Kommilitonen. Die übrigen Studenten saßen zu Paaren zusammen.

Valérie wusste, warum dies so war. Cormon hatte es ihr nach der bestandenen Aufnahmeprüfung ausführlich erläutert:

»Sie dürfen natürlich am theoretischen und auch an einem großen Teil des praktischen Unterrichts teilnehmen, Mademoiselle Dumas. Doch wenn es zu Zeichnungen oder gar Malereien von Aktmodellen kommt, gelten für Sie besondere Regeln. Weibliche Akte dürfen Sie hinter einem Wandschirm mit einem Sichtgitter herstellen. Denn dabei soll die männliche Studentenschaft Sie nicht sehen können, um jegliche Anzüglichkeiten zu vermeiden. Bei männlichen Akten müssen Sie den Klassenraum dagegen verlassen. Ich werde Ihnen einen separaten Raum zur Verfügung stellen, in dem Sie männliche Skulpturen als Modell vorfinden werden. Sind Sie mit diesen Bedingungen einverstanden?«

Valérie hatte etwas betreten genickt.

»Und Sie wissen, dass Sie Ihre Abschlussarbeit nicht im Pariser Salon einreichen können. Die Jury würde sie nicht akzeptieren.«

Das war Valérie schon härter angekommen. Sie fand es in höchstem Maß ungerecht. Aber auch hier war sie um ihr Einverständnis nicht herumgekommen, wollte sie in die Akademie eintreten. Sie würde also drei Jahre studieren, ohne die gleichen Chancen zu haben wie ihre männlichen Mitstudenten. Obwohl ihr Vater Cormon die doppelte Studiengebühr bezahlte.

Erst als sie nun nach einer ganzen Weile wagte, den Blick verstohlen umherschweifen zu lassen, erblickte sie einen weiteren Tisch, an dem jemand allein saß.

Der junge Mann kauerte auf einem ähnlichen Stuhl wie sie. Doch seine Beine baumelten weit über dem Boden und wirkten wie die eines Kindes. Der Oberkörper war dagegen der eines erwachsenen Mannes mit breiten Schultern.

Das Gesicht des Studenten war nur hässlich zu nennen. Die Nase war viel zu groß, die Lippen wulstig. Seine Augenbrauen waren buschig, sein dunkler Vollbart zottig. Der Kneifer auf der Nase verriet, dass er außerdem schlecht sah.

Was für ein bedauernswerter Mensch, dachte Valérie bei sich. Zu der Verkrüppelung kommt noch eine solche Verunstaltung hinzu. Wer mag er wohl sein?

Doch zunächst lenkte der Eintritt Cormons sie von diesen Gedanken ab.

»Meine werten Studenten, verehrte Mademoiselle! Heute beginnen Sie gemeinsam Ihre Laufbahn zu einem womöglich eines Tages großen Künstler. Wenn Sie sich anstrengen und alles geben, wird Ihre Abschlussarbeit in drei Jahren im Pariser Salon ausgestellt werden. Danach haben auch Sie die Chance, in die Riege des Olymps aufzusteigen, zu der mein verehrter Lehrer und Mentor Alexandre Cabanel schon seit zwei Jahrzehnten gehört.«

Damit trat er an eine Staffelei und schlug ein großes Stück Tuch zurück. Viele Studenten gaben begeisterte Laute von sich.

Dahinter kam ein Gemälde zum Vorschein, das eine nackte Frau zeigte, die sich auf Wellen räkelte. Über ihr schwebten fünf ebenfalls nackte Putten.

»Dies ist eine Kopie der berühmten *Geburt der Venus*. Von mir selbst angefertigt, wie ich in aller Bescheidenheit erwähnen darf. Natürlich kann dieses Bild dem Original des großen Meisters das

Wasser nicht reichen. Aber ich kann Ihnen die Grundsätze der Malerei, die Sie in meiner Akademie erlernen werden, an diesem außergewöhnlichen Kunstwerk mit Leichtigkeit erläutern.«

Er machte eine Pause und sah in die Runde. Die meisten Studenten hingen gebannt an Cormons Lippen. Nur der bärtige Zwerg wirkte irgendwie … spöttisch? – Valérie glaubte schließlich, sich geirrt zu haben.

»Was also sind diese Grundsätze, meine Herren?« Jetzt schien Cormon Valéries Anwesenheit schon vergessen zu haben. »Das oberste Gebot heißt ›Mimesis‹. So nennt man die naturgetreue Nachahmung der Wirklichkeit. Ein Kunstwerk, gleich ob ein Gemälde oder eine Skulptur, muss ästhetisch ansprechend sein. Nur dann gilt es als schön.

Dazu bedarf es, wie bei Cabanels *Geburt der Venus*, einer Harmonie der Form und der Gesamtkomposition. Das Kunstwerk muss einen stilvollen und ausgeglichenen Eindruck auf den Betrachter machen.

Hinzu kommt in höchstem Maße die technische Kunstfertigkeit. Kein Pinselstrich darf erkennbar sein. Das Gemälde muss wirken, als sähen Sie es als leibhaftige Szene vor sich.

Dazu bedarf es nicht nur eines großen Talents, sondern auch großer Übung. Wir beginnen daher jetzt in der Theorie mit den Grundlagen der Bildkomposition. Nach der Mittagspause werden Sie eine erste Zeichnung der Konturen dieses Meisterwerks anfertigen.«

Die nächsten beiden Stunden bemühte sich Valérie angestrengt, den Worten Cormons zu lauschen, und machte sich dabei viele Notizen in ihr Arbeitsheft. Doch sie hatte Mühe, dem Vortrag zu folgen. Aus irgendwelchen Gründen sprach er sie nicht an. Die Begeisterung, die sie auf den Gesichtern ihrer Mitstudenten erblickte, wollte nicht auf sie überspringen.

Nun sei doch nicht so ungeduldig!, schalt sie sich innerlich. Bei jedem Fach gibt es Themen, die eher langweilig sind. So war es doch auch in der Schule für Höhere Töchter.

Trotzdem war sie froh, als ein Glöckchen die Vormittagspause ankündigte.

Als Valérie, die ihren Kommilitonen den Vortritt gelassen hatte, den Pausensaal betrat, fand sie zu ihrer Enttäuschung jeden der Tische bereits besetzt. Zwei Dienstmägde servierten Kaffee.

Ratlos sah sie sich um. Nur vereinzelt gab es noch freie Stühle an Tischen, wo jedoch schon mindestens drei bis vier junge Männer saßen. Sie überlegte schon, in den Klassenraum zurückzukehren, als sie einen kleinen Tisch in einer Ecke sah, an dem nur ein Mann saß. Es war der Krüppel.

Valérie beobachtete, dass einige Nachzügler achtlos an ihm vorbeigingen und sich auf die wenigen freien Plätze an den anderen Tischen setzten. Er wirkte einsam auf sie.

Schließlich fasste sie sich ein Herz und trat zu ihm. »Darf ich hier Platz nehmen, Monsieur?«

Das strahlende Lächeln, mit dem der zwergenhafte Mann nickte, verschönte sein Gesicht. Plötzlich wirkte es gar nicht mehr hässlich, sondern herzlich.

»Es wäre mir eine Ehre, Mademoiselle – oder darf ich Sie bei Ihrem Vornamen nennen? Unter Studenten duzt man sich in der Regel.«

Valérie stimmte sofort zu. »Sehr gern. Ich heiße Valérie Dumas.« Dann setzte sie sich.

In dem Augenblick kam eines der Dienstmädchen mit einer Kanne vorbei. Der Mann spitzte die Lippen und pfiff so durchdringend, dass die Frau erschrak und ihr die Kanne fast aus den Händen fiel.

»Kaffee für mich und die junge Dame hier!«, befahl er in einem überraschend herrischen Ton.

Das Mädchen knickste eingeschüchtert und füllte die auf dem Tisch bereits eingedeckten Tassen. Erst als sie außer Hörweite war, wandte sich der Verkrüppelte wieder an Valérie.

»Verzeih mir bitte, dass ich mich noch nicht vorgestellt habe und dabei auch nicht aufstehen möchte!« Er wies auf einen Gehstock, den Valérie jetzt erst bemerkte. »Mein Name ist Henri de Toulouse-Lautrec. Genauer gesagt, sogar Henri Marie Raymond de Toulouse-Lautrec-Monfa. Für dich natürlich Henri.«

»Oh!« Valérie war perplex. »Sind Sie von Adel?«, fragte sie töricht und ärgerte sich gleich darauf über sich selbst.

»Ja, leider«, antwortete Henri zu ihrer Überraschung. »Meine Vorfahren waren viele Jahrhunderte lang die Grafen von Toulouse. Unser Geschlecht existiert bereits seit über siebenhundert Jahren.« Er trank einen Schluck Kaffee und wischte sich über den Schnurrbart. »Mit meiner Wenigkeit wird es im Mannesstamm leider aussterben.«

Valérie schwieg betroffen.

»Doch das muss dich nicht kümmern, Valérie!«, fuhr Henri mit gespielter Munterkeit fort. »Für dich bin ich dein Malerkollege Henri.«

»Wie … wie …?« Valérie suchte nach den richtigen Worten.

»Wie ich hierherkomme oder warum ich verkrüppelt bin?«

Valérie wurde rot. Ehe sie antworten konnte, fuhr Henri fort.

»Beides hängt in der Tat zusammen. Meine Vorfahren heirateten zu oft untereinander. Auch meine Eltern sind Cousin und Cousine ersten Grades. Als ich als Junge stürzte und mir die Beine brach, heilten die Knochen zuerst nicht richtig zusammen und wuchsen danach nicht mehr mit dem übrigen Körper mit. Einmal habe ich ein Gespräch eines Arztes mit meiner Mutter belauscht. Der Medicus führte meine Verkrüppelung auf eine ungute vererbte Veranlagung zurück.«

Er trank noch einen Schluck Kaffee und zückte dann eine dünne Zigarre, die er sich anzündete. »Oh, pardon, erlaubst du?«, fragte er, als ihm Valéries Gegenwart als Dame wieder einfiel.

Sie machte eine abwehrende Handbewegung. »Natürlich. Aber wie kommt ein Graf wie Sie – äh, wie du – zur Malerei?«

»Wie ich schon sagte, beides hängt zusammen. Als sich herausstellte, dass ich den adeligen Tugenden der Jagd und des Reitens nie gewachsen sein werde, stimmte mein resignierter Vater schließlich zu, dass ich aus einer Freizeitbeschäftigung einen Beruf mache. Oder besser gesagt, dass ich eine Freizeitbeschäftigung, die ich schon als Junge ausübte, lebenslang fortsetzen darf.« Nach und nach schlich sich ein bitterer Unterton in seine Stimme ein.

»Ich male und zeichne auch schon, seit ich ein kleines Mädchen war«, fiel Valérie ein. »Auch mein Vater hat das immer gefördert. Nur deshalb bin ich heute hier.«

Ihr Ablenkungsmanöver erwies sich als vergeblich. »Dann hast du Glück, Valérie. Mein Vater verachtet meine Liebe zur Kunst.«

Als sie erneut betroffen schwieg, lenkte er das Gespräch auf sie. »Du bist die Tochter des Kunsthändlers Alphonse Dumas. Habe ich recht?«

Während sie ihren Kaffee tranken, erzählte Valérie ihrerseits von ihrem bisherigen Werdegang als angehende Malerin. Plötzlich wirkte Toulouse-Lautrec abgelenkt. Dann pfiff er erneut und winkte heftig.

Unmittelbar danach trat ein junger Mann an den Tisch, den Valérie in der Klasse noch nicht gesehen hatte. Herzlich ergriff er Henris beide Hände.

»Pascal!«, begrüßte ihn Toulouse. »Da bist du ja endlich!«

Dann wandte er sich an Valérie. »Darf ich dir Pascal Didier

vorstellen? Er ist ein Mitstudent und kommt schon am ersten Tag zu spät!«

Pascal verbeugte sich leicht vor Valérie. Er blickte erstaunt drein. »Sie sind auch ein Teil unserer Klasse, Mademoiselle …?« Er stockte.

»Das ist Valérie Dumas, Pascal. Ja, sie gehört auch dazu, und wir duzen uns bereits. Das solltet ihr auch tun.«

»Gerne!«, sagten Pascal und Valérie wie aus einem Mund. Pascal lächelte sie freundlich an. Der Blick aus seinen graublauen Augen war intensiv. Valérie spürte, dass ihr ein wenig flau im Magen wurde. Dieser groß gewachsene Mann mit seinen hellbraunen Haaren und der herzförmigen Oberlippe gefiel ihr auf Anhieb.

Genau in diesem Moment schellte es. Die Vormittagspause war zu Ende.

»Na, ihr zwei. Darf ich euch zum Mittagessen zu Agostina einladen?«, fragte Henri Toulouse-Lautrec, als der Vormittagsunterricht vorbei war. Valérie schüttelte bedauernd den Kopf.

»Ich werde leider von unserem Hausdiener abgeholt. Unsere Wohnung ist nur eine kurze Strecke von hier entfernt. Meine Mutter besteht darauf, dass ich die Mittagsmahlzeit zu Hause einnehme.«

»Sehr schade!«, kommentierte Pascal, was Valérie ein erneutes flaues Gefühl in der Magengrube verursachte. »Dann verbringen wir drei Außenseiter aber wenigstens die Nachmittagspause wieder zusammen.«

Valérie grübelte noch über Pascals letzte Bemerkung nach, als es um vier Uhr wieder zur Pause klingelte.

»Mach dir nichts aus dem Rüffel!«, hörte Valérie Henri zu

Pascal sagen, als sie sich den beiden anschloss, die auf sie warteten. Pascal hatte schon am Vormittag den freien Platz an Henris Tisch im Klassenraum eingenommen.

»Hat Cormon mit dir geschimpft?«, fragte sie.

»Ja, er war sehr empört, weil ich den ersten Theorieblock am Morgen versäumt habe.«

Henri grinste. »Da hast du nicht viel verpasst! Den Stoff erklären wir dir gleich, wenn wir am Tisch sitzen.«

Nachdem der Kaffee serviert worden war, hatte Valérie aber zunächst eine andere Frage. »Warum hast du uns die drei Außenseiter genannt, Pascal?«

Er verzog spöttisch die Lippen. »Nun, wir fallen wohl alle drei aus dem Rahmen. Ein verkrüppelter Graf, eine junge Frau und ein jüdischer Fabrikantensohn aus dem Elsass.«

Valérie sah ihn fragend an.

»Den Franzosen sind alle Elsässer suspekt, die nach Frankreichs Niederlage im letzten Krieg ausgewandert sind, weil sie keine deutschen Reichsbürger werden wollten. Meine Eltern gehören dazu. Wir hatten eine Textilfabrik in Bischwiller, die wir aufgegeben haben. Jetzt leben meine Eltern in Lille, unserer ehemaligen Dependance. Aber deutschstämmig von Mutters Seite her und dazu noch jüdisch! Das ist vielen national gesinnten Kommilitonen ein Dorn im Auge.«

»Woher weißt du das?«

Pascal zuckte die Achseln. »Weil Cormon mich im letzten Jahr deshalb sogar abgelehnt hat«, erklärte er zynisch. »Hätte Henri nicht ein gutes Wort für mich eingelegt, hätte er mich wohl auch diesmal nicht genommen.«

»Doch einem Nachfahren der Grafen von Toulouse schlägt man eben so leicht nichts ab«, ergänzte Henri im gleichen zynischen Tonfall. Dann wurde seine Miene streng.

»Aber reize Cormon nicht noch einmal, Pascal. Sonst kann auch ich womöglich nichts mehr für dich tun.«

»Ich werde es beherzigen. Heute Morgen musste ich meine Mutter zur Bahn bringen. Sie war so lange mit ihrer Morgentoilette beschäftigt, dass wir den ersten Zug nach Lille verpasst haben. Und am Bahnhof wollte ich sie nicht allein lassen. Du weißt doch, dass ich ohne sie nicht hier wäre.«

»Bei dir ist also dein Vater dagegen?«, schloss Valérie aus Pascals Worten.

Er nickte.

»Bei mir ist es die Mutter. Aber darüber möchte ich jetzt nicht sprechen.«

Eine kurze Weile herrschte Schweigen am Tisch, bis Henri sagte: »Dann erkläre ich dir jetzt, worum es heute Morgen ging.« Kurz erläuterte er Pascal die wesentlichen Inhalte von Cormons Vortrag und nahm dabei auch Bezug auf die *Geburt der Venus.*

Pascal runzelte ungläubig die Stirn.

»Das Weib liegt splitternackt auf dem Wasser, ohne nass zu sein oder unterzugehen! Das soll eine naturgetreue Nachahmung der Wirklichkeit sein?«

Einen kurzen Moment lang blickten Henri und Valérie sich verdutzt an. Dann begannen alle drei, herzlich zu lachen.

Kapitel 17

KUNSTAKADEMIE CORMON

EIN MONTAG MITTE OKTOBER 1884

Valérie lächelte Pascal verstohlen zu, bevor sie sich an ihren Tisch setzte. Ihr Herzschlag beschleunigte sich, wie immer, wenn er ihr Lächeln erwiderte. Obwohl sie schon seit fast vier Wochen ein Paar waren, schwebte sie noch immer im siebten Himmel.

Ihre Beziehung hatte so romantisch begonnen, wie sich Valérie das immer vorgestellt hatte. Anfangs waren es kleine Aufmerksamkeiten gewesen, mit denen Pascal sie bedacht hatte. Er sorgte dafür, dass sie in den Pausen warmen Kaffee bekam, wenn sie sich einmal verspätete. Er ließ durch einen der Akademiediener ofenwarme Croissants besorgen und brachte Valéries Lieblingsmarmelade dazu mit. Er besorgte ihr neue Kohlestifte, als ihr Vorrat zur Neige ging.

Eines milden Septembernachmittags war es dann so weit. Ganz unverhofft ergab sich die Gelegenheit, den mütterlichen Fesseln zu entkommen. Cormon hatte sich nach dem Mittagsmahl unwohl gefühlt und der Studentenschaft den Nachmittag frei gegeben.

Nach Hause zurückzukehren, von woher der Diener Simon sie gerade erst in die Akademie zurückgebracht hatte, kam Valérie nicht in den Sinn. Zum ersten Mal begleitete sie Henri und Pascal ins Café Tambourin, das ebenfalls am Boulevard de Clichy nahe der Akademie lag. Die temperamentvolle Wirtin Agostina ließ es sich nicht nehmen, die Männer persönlich zu begrüßen und zu bedienen. Sie waren seit Semesterbeginn Stammgäste dort und nahmen alle Mahlzeiten im Café ein.

Während Valérie ihren Café crème trank, entdeckte sie eine alte Bekannte: Elise Lambert, die Tochter der Wäscherin, arbeitete im Tambourin als Kellnerin.

Aufmerksam sah sie sich im Lokal um. Mit Ausnahme einiger Soupers in teuren Pariser Restaurants zu besonderen Anlässen hatte sie auswärts noch nie etwas zu sich genommen. Der Name des Lokals war Programm. Alle Tische und die lehnenlosen Hocker hatten die Form eines Tamburins.

Agostina Segatori war offenbar wie der Farbenhändler Père Tanguy den modernen Malrichtungen nicht abgeneigt. An den Wänden hingen Bilder in einem Stil, den Valérie nie zuvor gesehen hatte. Sie bestanden bei näherem Hinsehen aus unzähligen Farbpunkten, die sich erst von Weitem zu der dargestellten Szene formten.

Henri folgte ihrem Blick. »Der Künstler heißt Paul Signac«, erklärte er unaufgefordert. »Er nennt seine Stilrichtung Pointillismus.«

»Beeindruckend!« Auch Pascal musterte die Kunstwerke eingehend. »Aber für mich wäre das nichts. Dazu hätte ich keine Geduld.«

»Ich auch nicht«, stimmte Henri ihm zu.

Valérie enthielt sich eines Urteils. Die Bilder Signacs gefielen ihr jedenfalls weitaus besser als die des Akademischen Stils, die Cormon ihnen in der Klasse als Vorlage für ihre Zeichnungen gab. Zu ihrer Enttäuschung würden sie erst im zweiten Studienjahr mit Farben malen dürfen.

Gegen vier Uhr blickte Henri auf seine Taschenuhr an der schweren goldenen Kette. »Ich nutze die Gelegenheit, mich bei

Père Tanguy mit ein paar Materialien einzudecken. Schließlich möchte ich mein Atelier nicht nur für Cormons Hausaufgaben nutzen.«

Er griff nach seinem Gehstock und erhob sich mühsam. Dabei verzerrte sich sein Gesicht. Valérie und Pascal wussten inzwischen, dass Henri beim Gehen beständig von Schmerzen geplagt wurde. Sie wussten aber auch, dass er es hasste, darauf angesprochen zu werden. Deshalb sagten sie nichts.

Bevor er ging, warf Henri noch eine Münze für Agostina auf den Tisch, die für ihre gesamte Zeche reichte, wie sich später herausstellte.

»Wir müssen Henri beim nächsten Mal einladen«, schlug Valérie in der Hoffnung vor, dass es bald ein nächstes Mal geben würde.

»Ach was! Henri würde es gar nicht dulden. Seine Familie ist sagenhaft reich. An Geld mangelt es ihm nicht.«

Nur an Gesundheit, setzte Valérie in Gedanken hinzu. Für all seinen Reichtum kann er sich das nicht kaufen.

»Und was machen wir mit dem restlichen Nachmittag?«, riss Pascal sie aus ihren Gedanken. Sein Blick verursachte ihr Gänsehaut. »Lass uns ein wenig spazieren gehen«, nahm er ihr die Entscheidung ab. »Es ist so herrliches Wetter.«

An einem Blumenstand an der Place Pigalle erstand er eine rote Rose für sie. Valérie würde sie später pressen und hüten wie einen kostbaren Schatz.

Dann führte Pascal sie in einen nahe gelegenen Park. Dort bewunderten sie zunächst die blühenden Dahlien, die inzwischen auch zu Valéries Lieblingsblumen zählten.

Als sie auf einer verwunschenen Bank Platz nahmen, die fast ganz von Hagebuttenbüschen verdeckt war, gestand ihr Pascal seine Gefühle:

»Vom ersten Moment an, in dem ich dich gesehen habe, liebste Valérie, wusste ich, dass ich mein ganzes Leben auf dich gewartet habe. Du bist meine ganz große Liebe, das spüre ich mit jeder Faser meines Herzens.«

Valérie hatte vor Entzücken am ganzen Körper gebebt, Freudentränen waren ihr die Wangen hinabgelaufen. Unfähig, Pascals Liebeserklärung mit Worten zu erwidern, hatte sie ihn nur voller Glück angesehen. Zuerst hatte er ihr mit dem Finger sanft die Tränen abgewischt, dann sie weggeküsst. Schließlich hatten ihre Lippen zueinandergefunden, so innig, als hätte sie das Schicksal wahrhaft füreinander bestimmt.

Noch heute schauerte Valérie wohlig, wenn sie sich an Pascals erste Küsse erinnerte.

Obwohl dies danach noch einige wenige Male in verborgenen Winkeln der Akademie geschehen war, träumte Valérie jeden Abend vor dem Einschlafen von dieser Szene. Und dachte verbissen darüber nach, wie sie sich mehr Freiräume verschaffen könnte. Bisher leider ohne jeden Erfolg.

In der Akademie mussten sie ihre Beziehung genauso geheim halten wie vor Valéries Eltern. Oder zumindest vor ihrer Mutter Amélie. Wie Alphonse dazu stehen würde, dass sich Valérie in einen reichen Fabrikantensohn verliebt hatte, der Maler werden wollte, konnte sie nicht einschätzen. Immerhin war sie jetzt achtzehn Jahre alt und damit im heiratsfähigen Alter.

Anders als Amélie, die Kunststudenten grundsätzlich als moralisch fragwürdig erachtete, war ihr Vater aufgrund seines Berufs mit Malern und Bildhauern bestens vertraut. Die ebenfalls ehemals Schüler einer Pariser Akademie gewesen sein mussten. Sonst könnten ihre Werke kaum in der Galerie verkauft werden.

Jetzt trat Cormon vor die Klasse. Gleichzeitig stellte einer der Atelierhelfer zum ersten Mal den Wandschirm rund um Valéries

Tisch auf. Denn heute würden die Studenten ihren ersten Akt zeichnen.

»Ich drapiere das Modell in der gleichen Lage wie die *Venus* von Cabanel«, kündigte Cormon an. »Damit Sie Ihre bisherigen Skizzen jetzt am lebenden Modell vervollkommnen können.«

Valérie legte ihren Zeichenblock zurecht und spitzte den Kohlestift an. Dann blickte sie durch das Netz vor der Sichtluke und hoffte, durch die Maschen ausreichend sehen zu können.

Zunächst war das Gesicht des Modells von ihr abgewandt. Die junge Frau folgte Cormons Anweisungen, bis er mit ihrer Pose zufrieden war. Obwohl sie, wie Cabanels *Venus,* den linken Arm über die Stirn gelegt hatte, erkannte Valérie sie schließlich sofort: Es war Elise Lambert.

AUF DEM HEIMWEG NACH MONTMARTRE

AM SPÄTEN ABEND DES GLEICHEN TAGES

Elise fühlte sich müde und ausgelaugt, als sie an Andrés Seite den steilen Hügel von Montmartre hinaufstieg. Von acht Uhr früh bis sechs Uhr nachmittags hatte sie als Modell reglos in der Akademie in einer unbequemen Stellung verharren müssen, lediglich von den Pausen unterbrochen.

Diese Zeit hatte Elise genutzt, um sich aufzuwärmen. Denn nackt, wie sie gewesen war, hatte sie während der endlosen Sitzung erbärmlich gefroren. Zum Glück hatte der Akademieleiter Cormon dies noch vor der Nachmittagseinheit bemerkt, weil sie ein Bibbern vor Kälte nicht unterdrücken konnte. Mit einer Kohlepfanne hatte er wenigstens ein bisschen Abhilfe geschaffen.

»Warum stellt er denn keinen Ofen in der Nähe des Podests auf?«, fragte André unwillig, dem sie gerade davon berichtet hatte.

»Wahrscheinlich, weil's an der Stelle im Raum keinen Abzug gibt«, mutmaßte Elise. »Und weil er ohnehin geizig beim Heizen ist. Auch die Studenten saßen mit dicken Jacken da. Und rieben sich dauernd die Hände.«

Sie seufzte. »Wenigstens ist mir danach bei Agostina ordentlich warm geworden. Das Café quoll geradezu über von Gästen.«

André legte den Arm um sie und küsste sie zärtlich auf die Wange. »Es tut mir leid, dass du so hart arbeiten musst.«

Elise erwiderte den Kuss. »Was bleibt uns denn andres übrig? Du schuftest ja auch wie ein Ackergaul.«

André sah unglücklich drein, was Elise selbst im schwachen Schein der wenigen Gaslaternen bemerkte.

»Du kannst nichts dafür, dass dir dein Onkel am Ende doch nur Schulden hinterlassen hat«, versuchte sie, ihn zu trösten.

Das war vor ein paar Wochen ein großer Schock gewesen. Eines Morgens hatte der Onkel tot im Bett gelegen. Er war wahrscheinlich an einem Herzschlag verschieden, wie der herbeigerufene Arzt meinte.

In seiner ersten Trauer hatte André seinem letzten lebenden Verwandten ein aufwendiges Begräbnis auf dem Cimetière Montmartre bestellt. Nun ruhte Georges neben Andrés Eltern und Geschwistern, die schon vor vielen Jahren an Typhus gestorben waren, an der Seite seiner Ehefrau, die ebenfalls längst verschieden war.

Erst nachdem André den Grabstein aus Granit samt den vergoldeten Lettern mit den Namen der Verstorbenen bestellt hatte, nahm er sich Zeit, um die Papiere des Onkels durchzusehen. Dabei machte er eine erschreckende Entdeckung nach der anderen.

Das kleine Haus in der Rue Caulaincourt, mit der Werkstatt im Erdgeschoss und der Wohnung darüber, hatte der Onkel schon vor einiger Zeit einem bekannten Wucherer verpfändet. Für den Kredit hatte er exorbitant hohe Zinsen entrichtet.

»Offenbar hat Onkel Georges gar keine Ersparnisse gehabt, sondern von diesem Darlehen gezehrt«, hatte André Elise wenige Tage nach der Beerdigung sorgenvoll mitgeteilt.

Der ganze Inhalt der Aussteuerkasse von fast zweihundert Francs hatte gerade ausgereicht, um die nächste Zinszahlung und die Kosten der Beerdigung zu decken. Hätte die alte Marianne nicht ihren Sparstrumpf für Notzeiten geplündert und weitere hundert Francs beigesteuert, hätte André sogar sein Werkzeug verpfänden müssen, um die drängendsten Schulden zu begleichen.

Seither arbeitete er als Tischler quasi Tag und Nacht, auch sonntags. Trotzdem war die eigentlich für das nächste Jahr geplante Hochzeit mit Elise in weite Ferne gerückt.

Als sie sich daher im Herbst wieder bei Cormon vorgestellt hatte, war der Zusatzverdienst von fünf Francs pro Tag mehr als willkommen gewesen. Trotzdem arbeitete Elise nach wie vor abends von halb sieben bis halb zehn Uhr bei Agostina. Sonntags dazu den ganzen Tag.

An den vier Abenden pro Woche, an denen das Etablissement geöffnet hatte, eilte sie danach ins Élysée Montmartre, das nur wenige Schritte vom Tambourin entfernt lag. Dort trat sie nach wie vor ohne Gage im Corps der Tänzerinnen auf. Die Vorstellung begann um zehn Uhr und dauerte bis zwei Uhr früh.

Als der chronische Schlafmangel sich bemerkbar zu machen begann, erwog sie kurz, ihr Engagement aufzugeben, das ihr ja keinen Centime Lohn einbrachte.

»Tu das ja nicht!«, hatte Louise sie gewarnt. »Ich will den Direktor im nächsten Jahr bitten, dass du bei meinen Auftritten mitmachen kannst.«

Darunter verstand Louise, dass Elise eine von vier Tänzerinnen sein sollte, die ihren Vorstellungen »als Beiwerk« dienten. So hatte André das verächtlich genannt. Bislang stand Louise allein auf der Bühne.

»Aber immerhin bekäme ich Geld dafür«, hatte Elise argumentiert. »Und es ist besser, als eine von vierzehn zu sein. Weil ich mir keine Tanzstunden mehr leisten kann, muss ich außerdem üben. Sonst komm ich schnell nicht mehr mit.«

Also hieß es für sie beide, noch eine lange Weile durchzuhalten, bis die Durststrecke überwunden war und sie endlich heiraten konnten. Da Elise fast jeden Tag bis weit nach Dunkelwerden arbeitete, holte André sie nach ihrem Dienstschluss ab, entweder wie heute im Café Tambourin oder mitten in der Nacht vor dem Ély. Denn um diese Zeit waren die Straßen hinauf zur Butte für eine junge Frau viel zu gefährlich.

Sie hatten gerade einen Hauseingang in der Rue Lepic passiert, als sie leise Stimmen hörten.

»Nu hab dich nich so, *Chouchou*! Männer hamm nu mal ihre Bedürfnisse!«

Als Elise neugierig näher trat, entdeckte sie einen geckenhaft gekleideten Mann mit Anzug und rundem Hut. Seine Hose hing ihm unter dem nackten Hintern.

Er drückte eine junge Frau an die Hauswand und schob ihre Röcke hoch. Das grüne Kleid mit den weißen Tupfen kam Elise bekannt vor. Sie hatte es einst selbst getragen und später an ihre Schwester Simone weitergegeben.

Ungläubig vor Entsetzen verharrte sie auf der Stelle und versuchte, das Gesicht der jungen Frau zu erkennen. Es blieb zwar im Schatten, doch die Stimme erkannte sie sogleich.

»Ich muss jetzt heim, Luc«, flehte sie. »Wenn meine Mutter mitkriegt, dass ich durchs Fenster abgehauen bin, lässt sie mich nicht mehr raus. Dann können wir uns gar nicht mehr sehen.«

Der Mann, den Elise jetzt eindeutig als den mutmaßlichen Zuhälter Luc identifizierte, ließ sich nicht im Geringsten beeindrucken und bedrängte Simone weiter. Er war gerade dabei, ihr die Unterhose herunterzuziehen, als André, der die beiden jetzt ebenfalls erkannt hatte, ihn hart an der Schulter zurückriss.

Er hielt Luc die geballte Faust vors Gesicht. »Hau bloß ab, du Schweinehund!«, knurrte er. »Sonst schlag ich dich windelweich.«

Die Drohung wirkte, zumal André von der harten täglichen Arbeit gestählt war und leicht mit dem schmalbrüstigen Kerl fertiggeworden wäre.

Ohne ein Widerwort gab der Fersengeld und rannte die Rue Lepic hinunter. Im Laufen zog er sich die Hose hoch.

»Das lass ich dir diesmal nicht durchgehn, Simone«, kündigte Elise an, während André und sie selbst das Mädchen an beiden Armen gepackt hielten und die Widerstrebende zwischen sich den Hügel hinaufzerrten. »Wie kannst du uns alle so hintergehn! Wie lang machst du das schon?«

»Das geht dich nix an!«, trotzte Simone. »Du bist ja auch andauernd mit deinem Schatz unterwegs.«

Elises Empörung steigerte sich noch. »André und ich wollen heiraten! Sobald wir genug Geld beisammenhaben, um uns einen eigenen Hausstand leisten zu können.«

»Aber Luc will mich doch auch heiraten! Das sagt er mir jedes Mal! Ich bin seine große Liebe! Und ich hätt ihn beinah verloren, weil du mir verboten hast, in der Mühle mit ihm zu tanzen.«

»Das hab ich aus gutem Grund getan! Du bist so dämlich! Solche Kerle lügen, wenn sie den Mund auftun.«

André legte Elise über Simone hinweg beruhigend die Hand auf die Schulter.

»Ich glaub, es wär besser gewesen, ihr hättet Simone schon damals reinen Wein eingeschenkt, worauf diese Burschen aus sind. Wenn ich bedenk, wie wir sie heut erwischt haben, weiß sie es jetzt sowieso schon.«

»Schläfst du mit ihm?«, stellte er Simone dann eine direkte Frage.

Doch sie verstand ihn nicht. »Das würd ich ja gern. Aber daheim hab ich ihn noch nie besucht. Dafür reicht die Zeit nicht, wenn ich mich heimlich davonschleichen muss.«

»Das mein ich nicht. Hat er dir sein Ding schon da unten reingesteckt?«, wurde André zwar ordinärer, aber deutlicher.

Jetzt schwieg Simone. Elises schlimmste Befürchtungen schienen sich zu bestätigen.

»Wir wecken daheim Maman und Marianne. Sie müssen endlich Bescheid wissen.«

»Steckt dir der André sein Ding etwa nicht rein?«, begehrte Simone auf. »Der Luc sagt, so was tun zwei, die sich lieben.«

»Nein, der André tut das nicht.« Elise spürte plötzlich großes Bedauern darüber. »Daraus können nämlich Kinder werden, du dummes Ding. Das weißt du wohl nicht! Deshalb verzichten wir drauf, bis wir verheiratet sind und genug Geld haben, für ein Kleines zu sorgen.«

Den Rest des Weges sagte Simone kein Wort mehr.

Wie Elise erwartet hatte, waren Jeanne und Marianne bereits schlafen gegangen, als sie die Wohnung in der Rue Tourlaque erreichten. André begleitete die jungen Frauen noch hinein und verabschiedete sich dann.

»Ich glaub, das ist ein Gespräch unter Frauen. Ich geh jetzt besser mal heim.«

Nachdem Elise Jeanne und Marianne geweckt hatte, wollte sie gleich mit der Tür ins Haus fallen. Doch als Marianne hörte, worum es ging, bestand sie besonnen darauf, für alle erst einmal einen Melissentee aufzubrühen. Das ging schnell, denn auf dem Herd stand immer ein Wasserkessel bereit.

Knapp zehn Minuten später saßen die vier Frauen um den blank gescheuerten Küchentisch. Die Mädchen umklammerten ihre irdenen Becher, um ihre kalten Hände daran zu wärmen.

Während Simone weiter trotzig vor sich hin starrte, erzählte Elise, wie André und sie die Schwester aufgefunden hatten.

Als sie den blanken Hintern Lucs und die hochgeschobenen Röcke erwähnte, sprang Jeanne erregt auf. »Du Luder!« Sie hob die Hand und wollte Simone ohrfeigen, als Marianne ihr in den Arm fiel.

»So kommen wir doch nicht weiter, Jeanne! Wir müssen jetzt Ruhe bewahren.«

Dann richtete die Alte selbst das Wort an Simone. »Hast du mit diesem Mann geschlafen, wenn ihr euch heimlich getroffen habt?«

Da Simone inzwischen wusste, was das Wort bedeutete, nickte sie kurz.

»Wie oft?«

Simone zuckte die Achseln. »Ein paarmal«, blieb sie vage.

»Was heißt ein paarmal?«, mischte sich Jeanne mit erregter Stimme ein.

Marianne hob beschwichtigend die Hand. »Erzähl mal alles von Anfang an, Simone!«

Es stellte sich heraus, dass Luc und Simone sich vor einigen Wochen zufällig begegnet waren, als Simone nach ihrem Dienstschluss in der Plätterei noch ein paar Einkäufe erledigt hatte. »Fast wollt er gar nicht mit mir reden, als ich ihn angesprochen hab«, rechtfertigte sie sich. »Er hat gesagt, noch nie hätt ihn 'ne Frau so schäbig behandelt! Wo er mich doch so sehr geliebt hätt.«

Elise und Jeanne lachten verächtlich auf, was ihnen einen strafenden Blick von Marianne eintrug.

»Und dann?«

»Dann musst ich ihm versprechen, dass ich so was nie wieder mache.«

»Wann war das?«

»Irgendwann im August. So um das Marienfest herum. Da, wo sie in den Himmel fährt.«

Also seit über zwei Monaten, konstatierte Elise, schwieg jedoch, als Marianne ihr einen warnenden Blick zuwarf.

»Und seither hast du ihn regelmäßig gesehen?«

Simone nickte. »Ja, wenn er Zeit für mich hat. Er ist ein viel beschäftigter Mann. Er wirft dann Steinchen ans Fenster. Eigentlich nur an den Tagen, wenn Elise im Ély auftritt. Dann kommt sie ja erst mitten in der Nacht heim.«

»Und dann bist du durchs Fenster abgehauen und zurückgekommen, bevor ich wieder da war?« Elises Stimme zitterte vor Wut.

»Scht!«, machte Marianne. »Lasst mich doch mit ihr reden!«

»Und heut war eine Ausnahme?«, setzte sie die Befragung fort.

Simone nickte. »Luc hatte solche Sehnsucht nach mir. Er hat gesagt, er kann nicht bis morgen Abend warten.«

Heute war Montag, einer von Elises auftrittsfreien Tagen. Erst morgen würde das Ély wieder öffnen.

»Ihr habt euch also jedes Mal getroffen, wenn Elise im Ély war?«, wiederholte Marianne. »Das ist viermal pro Woche seit zwei Monaten.«

»Kann sein«, antwortete Simone ausweichend.

Marianne holte hörbar Luft und straffte den Rücken. »Seit wann tut ihr das miteinander, was man eigentlich erst machen soll, wenn man verheiratet ist?«

Simone wurde rot. »Luc sagt, so was tut man, wenn man sich liebt.«

»Seit wann?«, insistierte Marianne. Elise sah aus dem Augenwinkel, wie Jeanne ihre Hände zu Fäusten ballte. Auch sie hatte Mühe, an sich zu halten.

»Es war gleich beim ersten Mal«, räumte Simone schließlich zögernd ein. »Aber ich mach mir da gar nix draus. Ich tu es nur Luc zuliebe.«

»Wann war deine letzte Blutung?«

Simone zuckte die Schultern. »Ich hab nicht drauf geachtet.«

Marianne seufzte. »Dann bleibt mir leider nichts anderes übrig, als dich sofort zu untersuchen. Denn wenn ihr so oft miteinander verkehrt habt, könntest du schwanger geworden sein.«

Im ersten Moment sah Simone erschrocken aus, dann freute sie sich. »Das wär ja ganz wunderbar! Wenn ich ein Kind bekomm, heiratet der Luc mich auf der Stelle.«

Wieder hatten Elise und Jeanne Mühe, sich zu beherrschen. Wieder blieb nur Marianne ruhig.

»Wenn Luc – wie heißt er eigentlich mit Nachnamen?«, unterbrach sie sich, nur um zu erfahren, dass Simone das nicht wusste.

Noch einmal holte sie hörbar Luft. »Also, wenn dein Luc dich wirklich heiraten möchte, dann soll er sich deiner Mutter und deiner Schwester mal vorstellen. Das gehört sich so!«

Elise und Jeanne keuchten. Dagegen strahlte Simone über das ganze Gesicht. »Das sag ich ihm, wenn ich ihn das nächste Mal treff.«

»Das sagst du ihm, wenn er das nächste Mal Steinchen an dein Fenster wirft. Also wahrscheinlich schon morgen Abend, wenn Elise wieder im Ély auftritt«, stellte Marianne klar. Nun klang auch sie streng.

Dann ging sie mit Simone ins Mädchenzimmer. Als sie zurückkam, berichtete sie: »Sichtbar schwanger ist das Kind nicht, dem Himmel sei Dank. Für den Fall, dass die Frucht erst kürzlich entstanden ist, hab ich dem Mädchen einen Trank gegeben, der verhindert, dass sie sich einnistet. Das wird dann nicht schlimmer als eine heftige Blutung sein. Jetzt schläft sie. Dafür hab ich ihr auch ein leichtes Mittel verabreicht.«

Jeanne öffnete ihre Fäuste und betrachtete die roten Halbmonde, die sich tief in die Handflächen eingegraben hatten. »Wie konnte das Kind uns nur so etwas antun! Das hätte ich mir in meinen schlimmsten Albträumen nicht vorstellen können.«

Marianne fixierte Jeanne mit einem harten Blick. »Meine Liebe, Simone ist die Tochter ihrer Mutter. Also verurteile sie besser nicht.«

Jeanne wurde blutrot im Gesicht, widersprach jedoch nicht. Elise wusste, dass Marianne ihre Mutter vergeblich vor ihrem trunksüchtigen Vater Jacques gewarnt hatte. Damals war Jeanne nicht älter gewesen als Simone heute.

Insgesamt dreimal versuchte Simone, Luc davon zu überzeugen, sich ihrer Mutter und Elise vorzustellen und dabei um ihre Hand anzuhalten, wenn er abends wieder Steinchen ans Fenster ihres

Zimmers warf. Sonst könne sie ihn nicht mehr treffen. Nur sie selbst war überrascht, als Luc sich bei Tag nicht blicken ließ, obwohl er es ihr jedes Mal versprochen hatte.

Um weitere Eskapaden ihrer Ziehenkelin zu verhindern, tauschte Marianne ihr Bett in der Kammer, die sie bislang mit Jeanne geteilt hatte, schließlich mit dem von Elise. Als Luc das nächste Mal nach Dunkelwerden versuchte, Kontakt zu Simone aufzunehmen, stellte sie ihn zur Rede. Daraufhin machte er sich ohne ein Wort davon.

Eine Weile war Simone untröstlich. Das Gebot ihrer Mutter, Luc nie wiederzusehen, schien sie in ihrer Enttäuschung schließlich zu akzeptieren, und sie versprach, sich daran zu halten.

Doch die Ruhe, die daraufhin wieder unter den vier Frauen herrschte, war trügerisch. Davon war zumindest Elise felsenfest überzeugt.

TEIL 3

Stürmische Jahre

Kapitel 18

WOHNUNG DES KUNSTHÄNDLERS ALPHONSE DUMAS

EIN SONNTAGNACHMITTAG IM MÄRZ 1885

»Darf ich Ihnen noch ein Stückchen dieser Zitronentarte anbieten, verehrter Comte de Toulouse-Lautrec?«, flötete Amélie.

Einen Moment lang glaubte Valérie, Henri würde das dritte Stück Kuchen, das ihre Mutter ihm aufzudrängen versuchte, ablehnen. Doch er nickte ein weiteres Mal.

»Nur zu gerne, Madame Dumas. Dieser Kuchen ist gar zu köstlich.«

Valérie hoffte, dass Henri Zitronenkuchen tatsächlich mochte. Denn der Gedanke, dass er ihr zuliebe jetzt sogar aß, was das Zeug hielt, verursachte ihr Unbehagen. Henri hatte schon so viel für Pascal und sie getan.

Eines eiskalten Wintertages hatte er sie beide blau gefroren auf einer Parkbank entdeckt, wohin sie sich in der Mittagspause geflüchtet hatten, um wenigstens einmal ein wenig allein zu sein. Den Hausdiener Simon hatte Valérie zuvor unter dem Vorwand weggeschickt, sie müsse diesmal die Mittagspause durcharbeiten, da sie mit ihrem Pensum im Verzug sei.

»Aber das geht doch nicht!«, hatte Henri protestiert. »Ihr könntet euch den Tod holen. Außerdem treibt sich trotz dieser Kälte manch ein Spaziergänger im Park herum, und sei es nur, um den Hund auszuführen. Wirklich allein seid ihr hier also auch nicht.«

»Wofür du ja der beste Beweis bist«, hatte Pascal mit einem ironischen Augenzwinkern geantwortet. »Was führt dich denn hierher?«

Es stellte sich heraus, dass Henri einen eiligen Brief zum nahe gelegenen Postamt gebracht hatte.

»Ich weiß zwar, dass dein Zimmer oft wüst aussieht, lieber Pascal«, insistierte er dann. »Doch du könntest ja mal ab und zu aufräumen. Warum zieht ihr euch für ein Schäferstündchen nicht dorthin zurück?«

Pascal zog eine Schnute. »Die Zimmerwirtin ist ein Drachen und liegt den ganzen Tag auf der Lauer. *Damenbesuch ist hier streng verboten*«, äffte Pascal ihre Stimme nach. »Es wäre ein Festtag für sie, uns beide in flagranti zu erwischen.«

»Dann kommt doch zu mir!«, schlug Henri spontan vor. »Ich wohne bei einem befreundeten Ehepaar. René ist ebenfalls Student in der Kunstakademie und jetzt im Abschlussjahr. Lili arbeitet als Schauspielerin. Die hätten sicher nichts dagegen einzuwenden.«

Valérie war gerührt. »Das ist überaus lieb von dir. Aber ich wüsste nicht, wie Pascal und ich uns außerhalb der Akademiezeiten treffen sollten. Ab und zu kann ich flunkern, so wie heute. Doch auf Dauer würde meine Mutter misstrauisch, wenn ich häufiger über die erlaubte Zeit hinaus wegbleiben würde.«

»Ach, du meine Güte! Deine Maman scheint ja noch schlimmer zu sein als meine«, sagte Henri mit gespieltem Entsetzen. »Die sorgt sich ununterbrochen um meine Gesundheit. Aber was ich abends nach der Akademie und am freien Sonntag unternehme, will sie lieber gar nicht wissen. Solange ich sie alle zwei Wochen besuche, ist sie zufrieden.«

Vor einiger Zeit hatte Henri seinen Freunden anvertraut, dass seine Eltern seit Jahrzehnten getrennt lebten. Henris Mutter hatte das gräfliche Schloss in Albi schon vor Jahren gegen eine Pariser Stadtwohnung eingetauscht.

»Du bist erstens ein Mann und zweitens ein Graf«, hatte Valérie resigniert geantwortet. »Kein Wunder, dass deine Maman dir mehr Freiheiten lassen muss. Es bliebe ihr doch gar nichts anderes übrig.«

Genau dieser Satz hatte Henri auf eine Idee gebracht. Es galt zunächst, den Kontakt zu Amélie Dumas sorgfältig vorzubereiten. Schon in der nächsten Kaffeepause in der Akademie heckten die drei einen Plan aus.

»Es ist mir eine außerordentliche Ehre, Comte de Toulouse-Lautrec, dass Sie meine Galerie mit Ihrem Besuch beehren.«

Zweifellos hoffte Valéries Vater Alphonse auf ein gutes Geschäft, seit sie ihm Henris Besuch angekündigt hatte.

Bislang hatten sie und ihr Vater bei den gemeinsamen Mahlzeiten Gespräche über ihre Studieninhalte und vor allem über ihre männlichen Kommilitonen tunlichst vermieden, um ihre Mutter nicht aufzubringen. Doch Henris Vorschlag, ihren Vater zu bitten, ihn in ihrer Begleitung einmal in der Kunsthandlung zu empfangen, hatte sie gleich beim nächsten Souper vorgebracht.

»Du studierst gemeinsam mit einem Grafen von uraltem Adel?«, hatte auch ihre Mutter sofort interessiert reagiert. »Was bringt einen so hochwohlgeborenen Herrn denn dazu, sich mit Kunstmalerei zu beschäftigen?«

Mit Henris Erlaubnis hatte Valérie von seiner erblich bedingten Verkrüppelung gesprochen. »Doch seinen Eltern ist es überaus wichtig, dass ihr einziger Sohn glücklich ist«, schönte sie die Wahrheit. »Da er schon nicht reiten und jagen kann, gönnen sie ihm seine Liebe zur Malerei von Herzen.«

Diese Notlüge würde vermutlich nie auffliegen. Denn die

Wahrscheinlichkeit, dass Henris Eltern je in Kontakt zu ihren eigenen kämen, war trotz des Wohlstands ihrer Familie gering.

»Mein Vater ist das, was man einen ausgesprochenen Kunstbanausen nennt«, hatte Henri erzählt, als sie ihre kleine Intrige spannen. »Er hält das alles für weibisches Zeug und könnte einen Rembrandt nicht von einem Manet unterscheiden. Meine Mutter geht dagegen so gut wie nie aus. Beide werdet ihr also kaum im jährlichen Pariser Salon antreffen.«

Erwartungsgemäß hatte Valéries Vater Henri de Toulouse-Lautrec wegen des Unterrichts in der Akademie nach Feierabend empfangen. Die späte Stunde war ihm sogar recht gewesen, um sich ganz auf seinen hohen Gast konzentrieren zu können. Der sagenhafte Reichtum von Henris Familie war ihm schon vorher bekannt gewesen.

Henri hatte sich aufmerksam umgesehen. »Ich sehe, Sie sind ein großer Liebhaber des Akademischen Stils. Haben Sie noch nie daran gedacht, auch einmal Werke von Renoir oder Degas auszustellen?«

Fast wäre der Besuch in der Galerie in diesem Moment als Schuss nach hinten losgegangen. Denn Dumas schüttelte empört den Kopf. »Mit Verlaub, wie kommen Sie denn auf solch eine absurde Idee, verehrter Comte?«

Henri verschwieg klugerweise, dass er bei Paul Durand-Ruel, einem anderen Kunsthändler in der Rue Laffitte, bereits ganze Ausstellungen solcher Impressionisten, wie man deren Kunstrichtung nannte, gesehen hatte.

»Edgar Degas unterhält sein Atelier im gleichen Haus, in dem ich gerade wohne«, reagierte er stattdessen geistesgegenwärtig.

»Aha! Sie kennen ihn also persönlich«, hatte Dumas geantwortet. »Ich hatte dieses Vergnügen noch nicht, lege aber auch keinen Wert darauf.«

Damit war das heikle Thema beendet. Die nächste Stunde lang diskutierten sie über Dumas' aktuelle Ausstellung von Malern, die in Paris gerade hoch im Kurs standen. Schließlich kaufte Henri tatsächlich ein Bild. Es war eine Abbildung der Jungfrau Maria, umgeben von Engeln.

»Was willst du mit so einem frommen Geschmiere?«, hatte Pascal Henri am nächsten Tag aufgezogen. »Ich hätte eher geglaubt, du erstehst ein sinnlicheres Bild. Eins muss man den Malern des Akademischen Stils nämlich lassen: Sie bringen unter dem Deckmantel der ehrbaren Kunst lauter lüsterne Szenen auf die Leinwand.«

»Das Bild werde ich meiner Mutter schenken«, hatte Henri geantwortet. »Sie feiert im nächsten Monat Geburtstag.«

Auch sonst war ihr Besuch in der Galerie ein voller Erfolg gewesen. Nachdem Henri den erklecklichen Preis entrichtet hatte, bat er Alphonse mit gespielter Verlegenheit, auch noch ein anderes Thema ansprechen zu dürfen, das ihm seit einiger Zeit am Herzen liege.

»Es geht um die liebe Valérie. Sie ist eine außergewöhnlich begabte Studentin, das können Sie selbst ja am besten ermessen. Doch sie darf an keiner Form des studentischen Lebens teilhaben. Selbst die Mittagspause muss sie in der häuslichen Wohnung verbringen. Das stellt sich immer mehr als gewaltiger Nachteil für ihre zukünftige Laufbahn in der Akademie heraus.«

»Wieso glauben Sie das?« Alphonse war alarmiert.

»Nun, je weiter wir mit unseren Studien voranschreiten, desto wichtiger ist auch der private Austausch untereinander. Man verrät sich gegenseitig seine Tricks, wie man so manche Hürde der Maltechnik überwinden kann. Man hilft sich bei Schwierigkeiten mit den immer anspruchsvoller werdenden Aufgaben, die Fernand Cormon uns stellt.«

»Doch dazu bleibt während der regulären Unterrichtsstunden nur wenig Raum«, ergänzte Valérie betont schüchtern. »Ich fürchte, ich falle meinen Mitstudenten lästig, wenn ich ihnen meine Fragen stelle, solange sie selbst beschäftigt sind. Deshalb habe ich es bisher nicht gewagt.«

»Aus diesem Grund wäre es gut, wenn Sie die häusliche Strenge ein wenig lockern würden, Monsieur Dumas. Damit Valérie zumindest die Mittagspause und ab und zu auch einen gemeinsamen Abend mit uns verbringen darf. Sonst bleibt sie immer eine Außenseiterin.«

Alphonse wirkte betroffen.

»Ich würde Valérie bei all diesen Gelegenheiten begleiten«, schlug Henri in die Kerbe. »Und versichere Ihnen bei meiner gräflichen Ehre, dass ich persönlich ein Auge darauf haben werde, dass niemand sie belästigt.«

Der Plan war aufgegangen. Alphonse war sofort einverstanden gewesen.

»Nun müssen Sie nur noch meine werte Gemahlin davon überzeugen«, sagte er beim Abschied. »Was halten Sie davon, uns am nächsten Sonntagnachmittag zum Kaffee zu besuchen?«

Damit war der erste Teil des Plans erfolgreich gewesen. Natürlich hatte Henri die Einladung angenommen.

Nun erkannte Valérie mit heimlichem Triumph, dass auch die zweite Rechnung aufging. Ihre Mutter fühlte sich durch Henris Besuch ebenfalls außerordentlich geschmeichelt und erkundigte sich eifrig nach seinen und schließlich sogar nach Valéries Fortschritten in der Akademie.

Aufgrund seiner Verunstaltung hielt sie ihn offenbar auch nicht für eine ernst zu nehmende Gefahr für Valéries Tugend. Bei Pascal wäre das sicher anders gewesen.

»Ich wäre überaus erfreut, wenn Sie uns ein weiteres Mal mit Ihrem Besuch beehren würden«, verabschiedete Amélie Henri schließlich nach fast zwei Stunden. »Ich verspreche Ihnen, dass immer ausreichend Zitronentarte zur Verfügung stehen wird.«

Nachdem Henri gegangen war, überraschte Amélie Valérie und Alphonse sogar mit einem kühnen Vorschlag. »Der junge Mann ist zwar verkrüppelt, aber von außerordentlich noblem Charakter. Dazu von uraltem Adel und großem Reichtum. Vielleicht solltest du einmal in Betracht ziehen, liebe Valérie, ob er nicht ein geeigneter Gatte für dich sein könnte. Er ist nicht viel älter als du, und du bist die einzige Frau in der ganzen Akademie. Da sollte es dir doch nicht schwerfallen, ihn für dich zu gewinnen. Schließlich wärst du dann eine echte Comtesse.«

Valérie war zwar perplex, machte dann aber gute Miene zum bösen Spiel und drehte den Spieß sogar um.

»Dann müsstest du mir allerdings erlauben, ab und zu mit Henri auszugehen«, sagte sie und nutzte die Chance, die sich ihr so unerwartet bot. Amélie war sofort einverstanden.

Seither stand Valéries heimlicher Liebe zu Pascal nichts mehr im Weg.

Kapitel 19

ÉLYSÉE MONTMARTRE

APRIL 1885

Elise blieb einen Augenblick lang vor dem lang gestreckten weißen Gebäude mit seinen großen ovalen Fenstern und den Stuckverzierungen stehen und atmete mehrmals tief ein und aus, um ihre Aufregung zu bezwingen. Heute würde sie sich dem neuen Direktor vorstellen, um endlich eine Gage als Tänzerin zu bekommen, wenn alles gut ging.

Zum Glück lag das Café Tambourin ganz in der Nähe. Agostina war wie üblich großzügig gewesen und hatte sie sofort gehen lassen, als Elise sie trotz des beginnenden Abendgeschäfts darum gebeten hatte.

Nun fasste sie sich ein Herz und drehte den Knauf der kleinen Seitenpforte, wie Louise es ihr gesagt hatte. »Der Haupteingang ist zu, wenn es keine Vorstellung gibt.«

Mit einem leisen Quietschen öffnete sich die Tür. Elise trat ins Halbdunkel und spürte ihr Herz erneut heftig klopfen.

»Geh ganz normal in die Garderobe und zieh das Kleid an, mit dem du abends auftrittst. Dann wartest du auf der Bühne, bis Marcel kommt.«

»Und sei nicht zimperlich, das kann er nicht leiden«, hatte sie noch hinzugefügt. Seither grübelte Elise über diese Bemerkung nach. Nebenbei war ihr aufgefallen, dass Louise den neuen Direktor schon zu duzen schien.

Zeit zum Üben hatte sie nicht gehabt, seit ihr Louise gestern Abend die guten Neuigkeiten verkündet hatte. »Du musst ihm erst was vortanzen. Aber nicht das, was du mit den andern im Corps machst. Das hat er sich am Sonntag schon angesehn und dich und die drei andern ausgesucht.«

Während sie sich umzog, dachte Elise noch einmal über die unverhoffte Gelegenheit nach. Sie hatte sich ergeben, weil das Ély inzwischen auch Lucienne Beuze, genannt Grille d'Égout, als Solotänzerin engagiert hatte. Das hatte Louise überhaupt nicht gepasst, erst recht nicht, als das Ély verlangte, dass sie eine Tanznummer gemeinsam mit Lucienne absolvieren sollte.

Louise hatte das Ansinnen jedoch genutzt, um endlich die Forderung durchzusetzen, die sie schon länger im Sinn gehabt hatte: »Das mach ich nur, wenn meine Auftritte aufgepeppt werden. Ich will endlich ein paar Tänzerinnen im Hintergrund. Das sag ich dem Heini, der hier neu ist und alles aufn Kopf stellt, auch gleich ins Gesicht.«

Offenbar hatte sie dabei Erfolg gehabt und war Monsieur Marcel Hebert, wie der kürzlich eingestellte Direktor hieß, dabei auch gleich persönlich nähergekommen. Schließlich wechselte Louise ihre Liebhaber in jüngster Zeit so häufig wie ihre Unterwäsche. Was Gaston wohl dazu sagen würde?, überlegte Elise, während sie ihr Cancan-Kostüm anzog.

Erst vor ein paar Tagen hatte Louise mit ihrer neuesten Eroberung geprahlt. »Der Mann ist sagenhaft reich. Stell dir vor, er heißt mit Spitznamen Le Goulu, weil er von allem nicht genug kriegen kann. Heißhungrig ist der in der Tat, nicht nur beim Essen und bei seinen Geschäften. Sondern auch, wenn wir allein sind. Du verstehst, was ich meine!« Dabei hatte sie Elise zugezwinkert.

Jetzt warf die einen letzten prüfenden Blick in den Spiegel. Ihr knallrotes Kleid, dessen Rock bis knapp über die Knie reichte und mit einem voluminösen weißen Unterrock gefüttert war, saß ihr wie angegossen. Darunter trug sie die üblichen schwarzen Strümpfe und die spitzenbesetzte Unterhose, die ein kleines Stück ihrer Oberschenkel frei ließ.

Die Bühne war beleuchtet, wenn auch schwächer als bei den Vorstellungen. Elise trat hinaus. Im riesigen dunklen Zuschauerraum, der fast den gesamten ersten Stock des Gebäudes einnahm, konnte sie kaum etwas erkennen.

Schon lange kam das Publikum nicht mehr ins Ély, um selbst zu tanzen, sondern um die Tanzvorführungen, insbesondere den Cancan, zu sehen. Das Etablissement war inzwischen weit und breit das größte seiner Art und hatte die kleineren Bühnen in der Nähe längst zum Aufgeben gezwungen. Der große Saal fasste über tausend Zuschauer.

Nachdem Elise zehn Minuten gewartet hatte, ohne dass der neue Direktor aufgetaucht war, beschloss sie, die Zeit zum Üben ihrer Vorführung zu nutzen. Sie hatte sich bereits vorgenommen, die Choreografie des Cancan zu zeigen, die sie in den Tanzstunden bei Grille d'Égout gelernt hatte. Nun glitt sie geschmeidig über die Bühne. Wie von selbst fügten sich einige Figuren und Tanzschritte zur ursprünglichen Nummer hinzu.

Nachdem sie den ersten Durchgang beendet hatte, setzte sie gleich zu einem weiteren an. Sie war gerade in der Mitte der Vorführung, als ein lautes Klatschen aus dem Zuschauerraum klang. Überrascht hielt Elise inne und erkannte im diffusen Licht erst nach und nach, dass ein Mann in der Mitte der fünften Reihe saß.

Jetzt stand er auf und kam auf sie zu. Aus unerfindlichen Gründen war er Elise von Anfang an unsympathisch. Vielleicht lag es an seinem Blick, mit dem er sie von oben bis unten musterte. Vielleicht auch daran, dass irgendetwas an seinem breiten Grinsen sie störte. Er war wie ein Dandy gekleidet, mit langem Jackett, Weste und einem lose geschlungenen Tuch anstelle einer Krawatte. Das schwache Licht spiegelte sich in seinen blank gewienerten Stiefeln.

»Du bist Elise Lambert, stimmt's?«

Sie nickte. »Ja. Und Sie sind Monsieur Hebert?«

Sein Grinsen wurde noch breiter. »Woher weißt du das?«

»Von Louise Weber. Sie hat mir Ihren Namen genannt und auch, dass Sie mich heute Abend tanzen sehen wollten. Sie sind doch der neue Direktor des Élysée Montmartre?«

»Das ist korrekt. Deine Vorführung hat mir überaus gut gefallen. Komm deshalb gleich mit in mein Kontor, damit wir über deine Gage verhandeln können.«

Mit einem mulmigen Gefühl, das sich Elise angesichts des Lobs des Direktors nicht erklären konnte, folgte sie ihm die Treppe hinunter ins Erdgeschoss des Gebäudes. Dort lagen hinter dem Foyer einige Wirtschaftsräume und Kontore. Monsieur Hebert öffnete gleich die erste Tür und machte eine einladende Handbewegung. Zögernd trat Elise ein.

Offenbar hatte sich der neue Direktor nicht mit dem Kontor seines Vorgängers zufriedengegeben, das Elise bereits kannte. Dieser Raum war größer und aufwendiger möbliert. Außer einem beeindruckenden Schreibtisch, einem hohen Schrank, etlichen gepolsterten Stühlen und zwei Beistelltischchen stand auch eine Chaiselongue an der rechten Längswand. Die Vorhänge vor dem Fenster zum Hinterhof waren zugezogen.

»Setz dich!« Hebert wies nicht auf einen der Stühle, sondern auf die Chaiselongue. Elise kauerte sich instinktiv auf die Kante, zog dabei ihren kurzen Rock über die zusammengepressten Knie und verschränkte die Hände im Schoß.

Viel zu dicht neben ihr nahm der Direktor Platz. Er roch nach Zigarrenrauch und einem herben Parfüm. Als Elise automatisch ein Stück von ihm abrückte, setzte er nach, bis sie am Kopfende des Möbels angelangt war.

Jetzt saßen sie so dicht nebeneinander, dass ihre Beine sich berührten. Nun legte Hebert auch noch den Arm um Elise und drückte sie an sich.

»Du bist ein sehr hübsches Mädchen«, flüsterte er und knabberte an ihrem Ohrläppchen. »Was hältst du davon, wenn ich dir pro Auftritt in Zukunft drei Francs bezahle?«

Einen Moment lang vergaß Elise, wie unwohl sie sich gerade fühlte. Drei Francs pro Auftritt wären zwölf Francs pro Woche mehr. Endlich würde sie wieder etwas in die Aussteuerkasse einzahlen können.

»Das wäre fantastisch, Monsieur Hebert.«

Doch als sie ihm in die Augen blickte, verflog ihre Euphorie auf der Stelle. Er blickte sie mit einem so lüsternen Ausdruck an, dass es sie schauderte.

»Dann sind wir uns ja fast einig, *ma Chère*. Wenn du mir darüber hinaus ein wenig gefällig bist, erhöhe ich deine Gage vielleicht sogar noch.«

Mit diesen Worten presste er ihr seinen Mund auf die Lippen und legte gleichzeitig eine Hand über ihre Brust. Sein Atem roch schlecht, sein ausladender Schnurrbart kratzte sie. Panik stieg in Elise auf. Das also hatte Louise gemeint, die möglicherweise sogar mit dem Kerl geschlafen hatte.

Elise saß so eng am Kopfende der Chaiselongue, dass sie sich kaum bewegen konnte. Wie erstarrt ließ sie über sich ergehen, dass Hebert ihr einen Kuss aufs Dekolleté drückte und dabei seine Hand zwischen ihre Beine zu zwängen versuchte.

Offenbar hielt der Direktor ihre Bewegungslosigkeit für Zustimmung zu seinen Avancen. Unerwartet ließ er sie los und öffnete seine Hose. Entsetzt blickte sie sich im Raum um und suchte nach einem Fluchtweg.

Das Fenster! Es lag im Erdgeschoss! Wenn sie durch das weitläufige Foyer zu fliehen versuchte, könnte er sie leicht einholen. Aber das Fenster führte in den Hinterhof. Auch dorthin konnte er ihr folgen. Und das Tor nach draußen war sicher abgeschlossen.

Die Gedanken rasten durch Elises Kopf. Nein! Nein! So lange hatte sie sich für André aufgespart! Dieser widerwärtige Kerl sollte ihr die Unschuld nicht rauben. Aber was sollte sie tun?

Plötzlich kam ihr eine Idee. »Es ist hier so stickig im Raum, Monsieur. Würde es Ihnen etwas ausmachen, wenn ich das Fenster ein wenig öffne?«

Er nickte. »Geh nur! Ich mach mich inzwischen bereit.«

Elise zog den Vorhang beiseite und öffnete einen der Fensterflügel. Dabei warf sie einen Blick in den Hof. Das Tor zum Boulevard de Rochechouart sah fest verschlossen aus. Doch das wollte sie sich nun sogar zunutze machen.

Als sie sich mit einem aufgesetzten Lächeln umdrehte, hatte es sich Hebert bereits auf der Chaiselongue bequem gemacht. Sein Unterleib war nackt. Sein Penis ragte wie ein Speer nach oben. Elise hatte André ein paarmal schüchtern an dieser Stelle gestreichelt. Doch ein männliches Glied hatte sie noch nie gesehen.

Hebert streckte die Hand nach ihr aus. »Zieh dein Höschen aus und setz dich auf mich! So ist es am schönsten.«

Jetzt fiel auch noch der Rest ihrer Angst von Elise ab. Ich muss ihn nur noch ein wenig hinhalten. »Lassen Sie mich zuerst Ihre Hose aufheben und ordentlich falten. Sie liegt ganz zusammengeknüllt auf der Erde. Dabei könnte sie zerknittern.«

Hebert nickte wohlwollend. »Wohl wahr ... Und sehr aufmerksam von dir, *Chérie*! Doch beeil dich, ich kann es kaum noch erwarten.«

Elise bückte sich, hob das Kleidungsstück auf, machte zwei schnelle Schritte zum offenen Fenster und warf die Hose in hohem Schwung in den Hof.

»Heh! Was soll das bedeuten?«, hörte sie den Direktor rufen, als sie blitzschnell zur Tür hinauseilte und, ohne sich umzudrehen, weiter durchs Foyer und die kleine Pforte nach draußen rannte.

Erst als sie auf der Höhe des Café Tambourin angekommen war, hielt sie inne und fasste sich an die schmerzenden Seiten.

»Das ist ja unerhört!«, empörte sich Agostina Segatori, als ihr Elise, nun unterbrochen von Schluchzern, erzählte, was ihr soeben widerfahren war. »Doch du hast Glück, Elise! Ich kenne den Besitzer des Ély, er gehörte früher zu meinen Stammgästen. Und schau doch!« Sie zeigte zur Eingangstür. »Da kommt gerade Grille d'Égout herein. Lass uns gemeinsam überlegen, wie man diesem lüsternen Kerl das Handwerk legen kann!«

Schon eine Stunde später stand ihr Plan fest.

Kapitel 20

DREI ABENDE SPÄTER

APRIL 1885

»Und der Besitzer hat diesen schmierigen Direktor gleich entlassen?«

Elise lächelte glücklich. »So ist es, André. Nachdem auch Louise mitgemacht hat, blieb ihm nichts anderes übrig.«

Noch am gleichen Abend, an dem Marcel Hebert versucht hatte, mit Elise zu schlafen, hatten Agostina und sie Grille d'Égout darüber informiert und sie gebeten, mit ihnen gemeinsam den Rauswurf Heberts zu verlangen. Die erboste Lucienne war sofort einverstanden gewesen.

Vor der Aufführung am nächsten Abend stellte sich heraus, dass der Direktor auch zwei der anderen jungen Frauen aus dem Corps nach dem Vortanzen bedrängt hatte. Eine hatte nachgegeben und ihn gewähren lassen, wie sie weinend berichtete. Die zweite hatte Hebert geohrfeigt. Der Direktor hatte daraufhin ihre Entlassung angekündigt, sobald er Ersatz gefunden hätte. Nur die vierte Kollegin war vergeblich gekommen. Hebert war zu ihrer Vorführung nicht mehr aufgetaucht.

Am schwierigsten war es gewesen, Louise davon zu überzeugen, sich ihnen anzuschließen. »Was macht ihr für ein Gewese um diese Sache!«, hatte sie ihnen zunächst vorgeworfen. »Immerhin hat der Neue jede Menge gute Ideen. Wer weiß, was ein Nachfolger sich stattdessen einfallen lässt.«

»Hast du mit ihm geschlafen?«, fragte Grille d'Égout sie direkt. Als Louise nur mit den Schultern zuckte, fuhr Lucienne fort: »Weiß dein Gaston von solchen Eskapaden?«

»Natürlich nicht! Und dabei soll's bleiben!«

»Dann schließ dich uns an!«, forderte Grille d'Égout ungerührt. »Sonst rede ich mal ein Wörtchen mit ihm darüber, wie du an deine Auftritte kommst.«

Das ohnehin angespannte Verhältnis zwischen den beiden Solotänzerinnen hatte sich daraufhin nicht verbessert. Aber das war Elise egal.

Denn als Louise gemeinsam mit Lucienne, ihr selbst und den beiden Tänzerinnen aus dem Corps in Begleitung von Agostina Segatori beim Besitzer des Ély vorsprach, fand ihr Anliegen sofort Gehör.

»Das sind ja ungeheuerliche Vorgänge!«, rief er zornig. »Mein Etablissement ist doch kein Bordell! Den Kerl schmeiß ich raus!«

Noch in der gleichen Stunde hatte der Eigner seinen Worten Taten folgen lassen und Marcel Hebert entlassen, ohne ihm auch nur einen Sou von seinem ausstehenden Lohn zu bezahlen.

»Er hat ihm gedroht, ihn anzuzeigen, wenn er sich nicht unauffällig davonmacht«, hatte Agostina ihnen noch vor der heutigen Vorstellung erzählt. »Und hat außerdem schon einen passenden Ersatz gefunden.«

Es stellte sich heraus, dass der überaus fähige und beliebte stellvertretende Direktor Bernard Miller, der bei Heberts Einstellung übergangen worden war, nur zu gern darin eingewilligt hatte, die Leitung des Ély zu übernehmen. Miller hatte auch alle vier Tänzerinnen, die Hebert zum Vortanzen einbestellt hatte, zu den ihnen in Aussicht gestellten drei Francs pro Auftritt ins Corps übernommen.

»Der Neue hat sich zwar noch keinen Namen in Paris gemacht, aber bislang hatte er auch noch keine Gelegenheit dazu. Agostina ist sicher, dass er seinen Weg machen wird«, erzählte Elise André, kurz bevor sie die Wohnung in der Rue Tourlaque erreichten.

Zu Andrés Erstaunen blieb Elise jedoch nicht davor stehen, sondern strebte weiter in Richtung der Rue Caulaincourt, wo Andrés von seinem Onkel ererbtes Häuschen lag. Er folgte ihr verblüfft.

»Was hast du vor, mein Schatz?«

Elise drehte sich zu ihm um, umfasste sein Gesicht mit beiden Händen und küsste ihn zärtlich.

»Wir beide haben jetzt wahrlich lang genug aufeinander gewartet«, flüsterte sie. »Durch die Sache mit diesem Schuft hab ich gemerkt, dass ich endlich wie Mann und Frau mit dir zusammen sein will. Auch wenn wir einander noch nicht heiraten können.«

Eine selige Ewigkeit später lagen Elise und André einander in den Armen. Die erste Liebesnacht – Elise hätte sie sich nicht zärtlicher, nicht leidenschaftlicher vorstellen können.

Da André fünf Jahre älter war als sie, hatte er schon einige Erfahrungen mit Frauen gesammelt, das gestand er ihr verschämt. »Aber nicht mehr, seit wir ein Paar sind«, beteuerte er.

»Was ist aus den Frauen geworden?«

André wurde rot. »Wir sind danach wieder unserer Wege gegangen«, sagte er ausweichend.

Elise brauchte einen Moment, um zu verstehen. »Waren das Frauen, die diesem Gewerbe nachgehen?«

André nickte betreten. »Die ab und zu diesem Gewerbe nachgehen«, stellte er richtig. »Weil ihr Lohn nicht zum Leben ausreicht, verdienen sie sich was auf diese Weise dazu.«

Erst später würde Elise klar werden, dass nicht wenige der Bewohnerinnen von Montmartre auf diesen Nebenverdienst angewiesen waren.

»Aber sie haben mich alles gelehrt, was uns heute zugutegekommen ist.«

Eine Welle von Zärtlichkeit überflutete Elise. »Du meinst, was *mir* zugutegekommen ist. Es hat fast überhaupt nicht wehgetan. Dabei hat Marianne mich genau davor gewarnt. ›Beim ersten Mal ist es für die meisten Frauen nicht schön‹, hat sie gesagt. ›Es blutet sogar. Aber das geht vorüber, wenn du den richtigen Mann gefunden hast. Dann haben beide Freude daran.‹ Was dich angeht, hatte sie unrecht. Es war schon beim ersten Mal wunderschön.«

André streichelte ihr über die Wange. »Ich bin sehr froh, dass es dir gefallen hat.«

»Und ich bin so froh, dass du es bist, mit dem ich diese Art Liebe kennengelernt habe. Nicht dieser Kerl, dem ich in letzter Minute entkommen bin.« Unwillkürlich schauderte sie wieder.

André schloss sie fest in die Arme. Sie spürte seine Härte an ihrem Oberschenkel. Spielerisch ließ sie ihre Zunge um seinen Mund kreisen.

»Sollten wir nicht wenigstens ein bisschen schlafen?«, neckte sie ihn und freute sich über den Moment der Enttäuschung in seinen Augen.

»Aber nein!«, gab sie sich dann selbst die Antwort. »Schlafen können wir noch genug, wenn wir alt sind.« Damit ließ sie ihre Hand hinuntergleiten und umfasste sein Glied. Die Haut fühlte sich seidenweich an.

Ein weiteres Mal versanken sie in einer leidenschaftlichen Umarmung.

Erst als die Liebenden am nächsten Morgen eng umschlungen aufwachten, holten die Alltagssorgen sie wieder ein.

»Was sagst du deiner Mutter, warum du heut Nacht nicht heimgekommen bist?«

Elise schürzte trotzig die Lippen. »Dass ich endlich mit der Liebe meines Lebens zusammen sein wollte. Ich denk, das versteht sie. Immerhin bin ich fast neunzehn.«

»Und wenn du schwanger geworden bist?« André biss sich auf die Lippen.

»Ich werde Marianne um das gleiche Mittel bitten, das sie Simone gegeben hat, nachdem wir sie mit diesem Luc erwischt hatten. Dann passiert nichts.«

Ab diesem Tag verbrachten Elise und André die Nächte zusammen, wann immer es ihnen trotz ihrer harten Arbeit möglich war.

IN DER WOHNUNG VON HENRI DE TOULOUSE-LAUTREC

AM GLEICHEN ABEND IM APRIL 1885

»Bist du sicher, dass es heute Nacht ungefährlich ist?«, fragte Pascal noch einmal.

Valérie nickte. »Meine Unpässlichkeit hat vor sieben Tagen begonnen und vorgestern geendet.« Das Herz klopfte ihr bis zum Hals.

Schon am ersten Abend, als Henri Valérie in der Wohnung am Boulevard de Clichy abgeholt hatte, hatte er ihr und Pascal sein Zimmer zu einem intimen Stelldichein angeboten.

Valéries Eltern wähnten die beiden in der Comédie-Française, wo man gerade Shakespeares *Macbeth* gab. Valérie hatte sich das Stück aus der häuslichen Bibliothek geholt und von vorne bis hinten durchgelesen. Henri, der die berühmte Schauspielerin Sarah Bernhardt bereits in der Rolle der Lady Macbeth gesehen hatte, steuerte sein gedrucktes Theaterprogramm bei. So hatte Valérie alle Fragen ihrer Eltern über den vorgeblichen Verlauf ihres Abends mit Henri de Toulouse-Lautrec beantworten können.

Tatsächlich hatten Valérie und Pascal an diesem Abend zum ersten Mal die körperliche Liebe genossen – wenn auch mit gewissen Grenzen. Trotzdem war Valérie fast zerflossen vor Wonne, als Pascal ihre nackten Brüste liebkost hatte.

Beim nächsten trauten Beisammensein zwei Wochen später waren sie schon kühner gewesen und hatten sich beide vollständig entkleidet. Dabei hatte Valérie zum ersten Mal einen lebendigen nackten Mann gesehen. Sie dachte an die Statuen, die sie statt der männlichen Aktmodelle zeichnen musste, und wünschte sich, dass Pascal ihr irgendwann einmal Modell stehen würde. Wie gern würde sie die Formen seines Körpers mit dem Zeichenstift erkunden.

Pascal dagegen war nicht nur durch seine Kunstausbildung mit weiblichen Körpern vertraut. Denn obwohl nur zwei Jahre älter als Valérie, hatte er, wie viele Männer in diesem Alter, bereits mit Frauen geschlafen. Dabei hatte er gelernt, wie er Valérie berühren und streicheln musste, um auch ihr die größtmögliche Lust zu verschaffen. Es war ihm gelungen. Valérie hätte sich nie träumen lassen, einmal solche Gefühlsstürme zu erleben.

Danach hatte Pascal ihr gezeigt, wie sie auch ihn mit ihren Händen zum Höhepunkt bringen konnte. Seither sehnten sie sich in jedem Augenblick nach dem nächsten Beisammensein in Henris Zimmer.

Trotzdem waren sie vor dem letzten Schritt bislang zurückgeschreckt. Sie fürchteten sich vor einer Schwangerschaft. Obwohl Pascal Valérie dann sofort heiraten würde, das hatte er mehrmals versichert, würde dies für sie beide das Ende ihres Akademiestudiums bedeuten. Pascal müsste stattdessen in die Firma seines Vaters eintreten, Valérie als gutbürgerliche Hausfrau das gleiche Leben wie ihre Mutter Amélie führen. Das wollten sie um jeden Preis vermeiden.

Dann war Valérie vor ein paar Tagen, als sie ihre Mittagspause im Café Tambourin verbrachten, auf eine Idee gekommen.

»Oben auf der Butte lebt doch die alte Hebamme, die mich seinerzeit auf die Welt geholt und später über die sogenannten ehelichen Pflichten aufgeklärt hat. Vielleicht weiß sie mit ihrer langen Erfahrung, wie man eine Schwangerschaft vermeiden kann.«

Valérie wollte es herausfinden. Eines Nachmittags verließ sie die Akademie, angeblich wegen eines Unwohlseins, früher und fuhr in einer Mietdroschke den steilen Hügel hinauf. Wie sie gehofft hatte, traf sie die Alte allein zu Hause an und vertraute Marianne ihre Nöte an.

Marianne betrachtete sie aufmerksam. »Bist du dir sicher, liebe Valérie, dass dieser Mann der richtige für dich ist?« Trotz ihres Standesunterschieds duzte sie Valérie, wie sie es mit allen Kindern tat, bei deren Geburt sie geholfen hatte.

»Ja, ich bin mir sogar sehr sicher. Pascal ist meine ganz große Liebe.« Marianne lächelte über diesen Enthusiasmus.

»Ein absolut sicheres Mittel, wie du eine Schwangerschaft vermeiden kannst, habe ich nicht zu bieten, mein Kind. Ich kann dir nur mitgeben, was ich in den vielen Jahren als Hebamme beobachtet habe. Ich glaube, dass Frauen während der ersten und vierten Woche nach ihrer monatlichen Blutung seltener empfangen als in der zweiten und dritten Woche. Du musst also Buch über deine Regel führen und in den unsicheren Zeiten enthaltsam bleiben.«

Sie öffnete eine Schublade und entnahm ihr ein Fläschchen. »Und wenn dir doch einmal Zweifel kommen, nimm drei Esslöffel von dieser Kräutertinktur. Sie hilft in den meisten Fällen, dass sich die Frucht nicht einnistet. Aber eine Garantie dafür gibt es nicht.«

Während des Besuchs auf der Butte hatte Valérie gerade ihre Menstruation gehabt. Bis vor zwei Tagen.

Wieder hatte sich Henri bereit erklärt, Valérie unter einem Vorwand von zu Hause abzuholen. Und jetzt saßen sie und Pascal sich in seinem Zimmer gegenüber, gleichzeitig zitternd vor Verlangen und Ängstlichkeit.

Schließlich fasste Pascal sich ein Herz. »Lass uns zuerst miteinander schmusen, *ma Amante*, so wie wir es bisher getan haben. Dann werden wir spüren, ob es heute sein soll oder wir lieber noch warten wollen.«

Nachdem er das Feuer im Ofen geschürt hatte, begann er, Valérie behutsam zu entkleiden. Wie immer kämpfte er mit ihrem Korsett, und wie immer mussten sie beide darüber lachen.

Schließlich lagen sie eng aneinandergepresst in Henris Bett und begannen, sich gegenseitig am ganzen Körper zu streicheln. Wie selbstverständlich glitt Pascal schließlich über Valérie, drückte ihre Schenkel vorsichtig auseinander und drang in sie ein.

Der Schmerz war scharf und kurz, das Gefühl nicht so überwältigend wie das, wenn Pascal sie an dieser intimsten Stelle ihres Körpers streichelte.

Aber sie fühlte sich ihm inniger verbunden als je zuvor.

Kapitel 21

IM ATELIER EINES FOTOGRAFEN

MAI 1885

Elise fühlte sich zunehmend unwohl, als sie die Szenerie betrachtete, die der Fotograf aufbaute, in dessen Atelier Louise sie heute mitgenommen hatte.

Zwar wolle er keine Nacktfotografien machen, hatte Louise ihr im Vorfeld versichert. Trotzdem gefiel Elise nicht, was sie sah.

Louise war in der Tat nicht nackt. Dies hing möglicherweise auch damit zusammen, dass sie in jüngster Zeit einiges an Gewicht zugelegt hatte. Sie war im Vergleich zu früher mollig geworden, weil sie unablässig naschte.

Wie es charakteristisch für sie war, kannte Louise auch dabei keine Grenzen. Eines Tages hatte sie in der Garderobe des Ély Grille d'Égouts Tasche geplündert, in der sich diese ein Abendessen mitgebracht hatte. Lucienne erwischte sie in flagranti, als sie gerade das letzte belegte Brötchen verzehrte.

Wütend stellte sie Louise zur Rede, als Elise gerade dazukam. »Was fällt dir ein, mir mein Essen zu stehlen? Jetzt muss ich den ganzen Abend hungrig auf der Bühne stehen!«

Louise zuckte ohne jedes Schuldbewusstsein die Achseln. »Besser du als ich. Hungrig bin ich nämlich auch gewesen.«

»Du bist ein richtig fetter Vielfraß geworden!«, hatte Grille d'Égout sie in ihrer Wut angeschrien. Und weil Louises derzeitiger Liebhaber den passenden Spitznamen »Le Goulu« trug, hatte sie nun ihren eigenen weg, »La Goulue«, die Gefräßige. Doch anstatt sich darüber zu grämen, trug sie ihn wie eine Auszeichnung und stellte sich mittlerweile sogar Fremden so vor.

Auch hier im Atelier machte sie diesem Namen alle Ehre. In der linken Hand hielt sie einen gebratenen Hühnerschenkel, in der rechten eine Champagnerflöte. Die Position, die der Fotograf von ihr gefordert hatte, war nur als vulgär zu bezeichnen.

»Setz dich auf die rechte Kante des Sessels und spreiz die Beine! Gut so! Jetzt häng das linke Bein über die Lehne und zieh die Unterröcke so weit hoch, dass man ein Stück deiner Schenkel sieht.«

Als Louise nicht gleich in seinem Sinn reagierte, half der Mann nach. Er zog ihre dunklen Strümpfe bis knapp über die Knie herunter und drapierte den Unterrock so, dass ein Zipfel zwar zwischen ihren Beinen herabhing, aber auch am rechten Oberschenkel ein gutes Stück Haut frei blieb. Zuletzt entblößte er noch Louises rechte Schulter.

Sie wirkt wie eine Narrenprinzessin auf ihrem Thron, ging es Elise durch den Kopf. Der Eindruck wurde noch dadurch verstärkt, dass La Goulue, wie auch sie Louise inzwischen immer öfter bei sich nannte, ein Diadem auf ihre am Oberkopf zum Dutt zusammengedrehten rotblonden Haare gesetzt hatte.

Schließlich war der Fotograf zufrieden und machte mehrere Aufnahmen. »Perfekt!«, lobte er sich selbst. »Ich werde die Postkarte mit dem Titel *La Reine de Cancan* drucken lassen.«

Es folgten zwei weitere Posen von vorn, bei denen Louise die linke Wade aufs rechte Knie legte, sodass man die Hälfte ihres nackten Oberschenkels sah. Obwohl der Schambereich von den Rüschen des Unterrocks bedeckt war, wirkte es auf Elise so, als ob der Fotograf die Blicke männlicher Betrachter genau dorthin lenken wollte.

Beide Fotografien machten Louises neuem Spitznamen ebenfalls alle Ehre. Einmal prostete sie mit der linken Hand einer imaginären Person zu, das andere Mal biss sie in den Hühnerschenkel.

Sie ließ es sich auch nicht nehmen, das Hühnerbein bis zu den Knochen abzunagen, als die Sitzung vorbei war.

Jetzt wandte der Fotograf sich Elise zu, die sich immer beklommener fühlte. Was werden Maman und André dazu sagen, wenn Postkarten von mir in solchen Posen in ganz Paris verkauft werden?, fragte sie sich ängstlich.

Andererseits brauchte sie das Honorar. »Du bekommst fünf Francs für die Sitzung«, hatte Louise ihr versprochen. »Genauso viel, wie wenn du den ganzen Tag Modell in dieser blöden Akademie stehst. Aber im Atelier des Fotografen dauert es höchstens zwei bis drei Stunden.«

Unseligerweise hatte die »blöde Akademie« Elise schon kurz nach ihrem bezahlten Engagement im Ély wieder einmal als Modell entlassen. Jetzt seien männliche Aktmodelle an der Reihe, hatte Fernand Cormon das begründet. Und dabei völlig offengelassen, wann er sie das nächste Mal brauchen könnte.

Der unverhoffte Geldsegen durch ihre Auftritte im Ély, mit dem Elise und André die Aussteuerkasse auffüllen wollten, war daher schon nach wenigen Wochen wieder zum puren Leben notwendig geworden. Deshalb hatte Elise sich anfangs sehr gefreut, als Louise sie mit ins Fotoatelier nehmen wollte.

Jetzt nahm sie mit einem Kloß im Magen das kurze weiße Kleid entgegen, das der Fotograf ihr reichte. Es war mit einem schwarzen Unterrock gefüttert, dessen Saum zehn Zentimeter hervorlugte. Auch sie hatte sich vorher die Haare aufgebunden, auch ihr setzte der Fotograf ein Diadem auf den Kopf, nachdem sie sich umgezogen hatte.

»Jetzt setz dich genauso hin wie Louise, nur auf die andere Seite des Sessels! Und spreiz genauso die Beine! Du hast ja gesehen, wie Louise es gemacht hat.«

Elise biss die Zähne zusammen und folgte anfangs den Anweisungen des Mannes. Doch sobald sie nur noch den Zipfel Stoff über ihrem Schlüpfer zwischen den Beinen spürte, begann sie, unwillkürlich am ganzen Leib zu zittern. Der Rotwein in dem Glas, das ihr der Fotograf in die Hand gedrückt hatte, schwappte über und befleckte das weiße Oberteil ihres Kleides.

»O nein!«, brüllte der Mann. »Du stellst dich ja völlig dämlich an! Wie soll ich denn jetzt weitermachen? Ich hab nur dieses Kostüm für dich! Blond und schwarzhaarig, die Kleider schwarz und weiß! Den Kontrast wollt ich haben! Jetzt muss ich das irgendwie kaschieren!«

Er schnappte nach Luft. »Deinen Lohn behalt ich auf jeden Fall erst mal ein, falls der Fleck nicht mehr rausgeht.«

Obwohl ihre Zeit in der Wäscherei schon einige Jahre zurücklag, erinnerte sich Elise sofort daran, wie Rotweinflecke zu behandeln waren. Schließlich stand ihr die Episode in der Moulin de la Galette, wo ein Pimp ihr geliehenes Kleid versaut hatte, immer noch deutlich vor Augen.

Gleichzeitig verflog ihre Ängstlichkeit. Sie schloss die Beine und stand auf. »Meinen Lohn einzubehalten, wird nicht nötig sein, Monsieur. Denn ich stehe für Ihre schamlosen Fotos ohnehin nicht zur Verfügung.«

Bei Agostina hatte sie inzwischen gelernt, sich gewählter auszudrücken, wenn es erforderlich war. Sie ahmte dabei die Redewendungen der gebildeten Studenten und Künstler nach.

Ohne Louises entgeisterten Blick zu beachten, fuhr sie fort: »Das Kleid nehme ich mit in die Wäscherei meiner Mutter. Sie kennt sich auch mit Rotweinflecken aus. In einigen Tagen erhalten Sie es gewaschen und gebügelt zurück, als wär es wie neu.«

Louise, die sich inzwischen wieder gefangen hatte, folgte Elise in den kleinen Nebenraum des Ateliers, der als Garderobe diente. »Aus dir werd ich wirklich nicht schlau!«, schimpfte sie. »Da verschaff ich dir diese Chance, damit du mit deinem André nicht am Hungertuch nagen musst, und jetzt versaust du mir auch noch die Hälfte von meiner Gage.«

»Wieso? Das verstehe ich nicht. Du hast doch für diese Schweinereien posiert.«

Louise schnaubte. »Aber er wollt doch auch noch Aufnahmen von uns zwei machen. Deshalb die Kleider in den verschiedenen Farben. Jetzt krieg ich nur die Hälfte von meinem Lohn, weil du mal wieder so zimperlich bist.«

»Ich ersetz dir den Schaden«, versprach Elise, bevor sie darüber nachgedacht hatte, wo sie die zweieinhalb Francs hernehmen sollte.

Aber Louise war es zufrieden. Ihre Miene entspannte sich. »Gut. Wenn du's dir noch mal anders überlegst, sag's mir! Ich krieg den Kerl schon rum, 'ne zweite Sitzung mit uns zu machen.«

Müde kam Elise eine halbe Stunde später in Madame Claudes Wäscherei an. Drinnen war es von der trocknenden Wäsche auf den quer durch den Raum gespannten Leinen und den Plätteisen stickig wie eh und je.

Als Jeanne sie erwartungsvoll anblickte, schüttelte Elise traurig den Kopf. Erst als Louises Mutter Madeleine nicht in der Nähe war, erzählte sie, was sich am Morgen zugetragen hatte.

Trotz ihrer Enttäuschung über den Verdienstausfall lächelte ihr Jeanne ermutigend zu. »Du hast das Richtige getan, Elise. Stell dir nur vor, wie es der armen Madeleine ergehen wird, wenn sie irgendwo Postkarten ihrer Tochter mit gespreizten Beinen sieht. Ich bin sehr froh, dass du mir das erspart hast. Die zweieinhalb Francs treiben wir schon irgendwie auf.«

Da sich Elise an diesem Tag bei Agostina frei genommen hatte, half sie am Nachmittag beim Bügeln und Falten der Wäsche mit. Denn heute war auch noch Simone ausgefallen, die am Morgen mit heftigem Bauchweh zu Hause geblieben war.

Die Uhr der Kirche Saint-Pierre schlug achtmal, als die Frauen endlich ihre Wohnung in der Rue Tourlaque erreichten. Marianne sah ihnen erwartungsvoll entgegen.

»Die Suppe ist gleich fertig«, kündigte sie an. Dann sah sie sich suchend um. »Wo ist denn Simone? Habt ihr sie nicht mitgebracht?«

Elise erschrak.

»Aber sie ist doch heute Morgen im Bett geblieben!«, antwortete Jeanne aufgeregt. »Stattdessen hat Elise am Nachmittag ausgeholfen.«

Mariannes Gesichtszüge verfielen. »Sie hat sich gegen drei Uhr von mir verabschiedet, um bügeln zu gehn, hat sie behauptet.«

Elises Sorge verwandelte sich in Wut. »Wahrscheinlich hat sie sich wieder mit diesem Pimp getroffen.«

Doch als sie das Zimmer betraten, das sich Marianne und Simone teilten, fiel ihnen sofort auf, dass Simones wenige Kleidungsstücke fehlten. Ebenso wie ein Rucksack, der Marianne gehörte.

»Sie ist weg!« Kraftlos sank Jeanne auf Simones ungemachtes Bett. »Sie ist ausgerissen und hat all ihre Sachen mitgenommen.«

Elise schlug das Herz bis zum Hals. »Das elende Miststück! Diesmal hau ich sie windelweich, wenn sie zurückkommt.«

Wieder bewahrte Marianne als Einzige die Fassung. »Im Gegenteil! Wir werden ihr alle sagen, wie froh wir sind, dass sie wieder zu Hause ist.«

»Glaubst du denn, dass sie überhaupt zurückkommt?«, fragte Jeanne mit brüchiger Stimme.

»Davon bin ich fest überzeugt.« Marianne versuchte, Zuversicht auszustrahlen.

Doch diesmal behielt sie nicht recht. Obwohl sie in ganz Montmartre tagelang nach ihr suchten, fanden sie keine einzige Spur von ihr. Simone blieb wie vom Erdboden verschluckt.

Kapitel 22

IM CABARET CHAT NOIR

ANFANG JUNI 1885

Als Henris Droschke nicht vor dem weißen Gebäude mit dem pompösen Eingang hielt, sondern vor einem unscheinbar aussehenden schmalen Haus ganz in der Nähe, war Valérie zunächst erstaunt. Bisher hatte sie sich unter einem Cabaret Artistique eine Art Theater vorgestellt, wie es das weiße Gebäude zu sein schien.

Henri deutete ihren verwirrten Blick richtig. »Nein, ins Ély, oder besser gesagt, ins Élysée Montmartre gehen wir heute nicht. Das ist kein Cabaret, dort finden Revuen und Tanzvorführungen statt. Die Vorstellungen beginnen außerdem erst um zehn Uhr abends und dauern bis weit nach Mitternacht. Wenn ich dich erst so spät zu deiner strengen Maman zurückbrächte, würde sie sicher misstrauisch, was wir bis mitten in der Nacht gemacht hätten.«

»Heute Abend beschäftigen wir uns einmal mit Kleinkunst«, fügte er hinzu.

Zwar konnte sich Valérie darunter zunächst nichts vorstellen. Sie wunderte sich aber wieder einmal darüber, wie viele verschiedene Etablissements dicht nebeneinander in der großen Straße lagen, die am Anfang Boulevard de Clichy hieß und dann in den Boulevard de Rochechouart überging.

Nachdem Pascal, der schon auf sie wartete, Valérie aus der Droschke geholfen hatte, betrachtete sie das kleine Haus etwas näher. Der Name Chat Noir erschloss sich ihr sofort. Denn über dem Eingang hing ein gezackter Halbmond, auf dem sich die Figur einer schwarzen Katze mit gelben Augen und hoch aufgerichtetem Schwanz nach unten beugte.

An der Tür stand ein wie ein Schweizer Gardist ausstaffierter Wächter, der gerade zwei in Militäruniformen gekleideten Männern mit seiner langen Hellebarde den Eintritt verwehrte.

»Geistliche und Armeeangehörige dürfen nicht hinein«, erklärte Henri seinen erstaunten Begleitern. Valérie erfasste ein unbändiger Lachreiz bei der Vorstellung, dass auch Père Zacharie keinen Zutritt bekommen würde, sollte er es jemals versuchen.

Henri zwinkerte dem Türhüter dagegen zu und drückte ihm eine Münze in die Hand. Der Mann verbeugte sich. »Das wäre nicht nötig, Monsieur Toulouse. Sie und Ihre Freunde sind hier jederzeit willkommen.«

»Das weiß ich doch, Jules«, winkte Henri ab, bevor er, auf seinen Gehstock gestützt, ins Innere des Hauses voranging.

Sie betraten einen schlauchartigen, mit Gästen bereits völlig überfüllten Raum, in dem Valérie keinen einzigen freien Sitzplatz entdeckte. In steife schwarze Anzüge gekleidete Kellner eilten mit Tabletts voller Zinnkrügen und Gläsern hin und her. Ihre Aufmachung schien gar nicht zum restlichen Interieur des Lokals zu passen.

Das wirkte auf Valérie recht einfach mit den Tischen und unbequem aussehenden Lehnstühlen aus grobem Holz. Von der Decke hingen Kupferlüster, die mit echten Kerzen bestückt waren und nur ein diffuses Licht verbreiteten. Auf dem ungeheizten Kamin fletschte eine weitere schwarze Katzenfigur gefährlich die Zähne.

Während sie noch überlegte, wo sie hier einen Platz finden sollten, eilte ein Mann in einem legeren schwarzen Anzug auf sie zu, unter dem er eine Brokatweste und eine aufwendig gebundene Schleife anstatt einer Krawatte trug. Er streckte Henri beide Hände entgegen.

»Toulouse, du alter Bastard!«, begrüßte er ihn zu Valéries maßlosem Erstaunen mit einem Schimpfwort. »Hast du wieder genug Bauern ausgebeutet, um dir den Besuch heute Abend leisten zu können?«

Henri grinste und ergriff die Rechte des Mannes, während er sich mit seiner Linken im Gedränge weiter auf seinen Gehstock stützte.

»Natürlich, Salis«, antwortete er. »Bevor du demnächst mit deiner Kneipe umziehst, wollte ich sie meinen Freunden hier zeigen.«

Das war in der Tat Henris Begründung gewesen, als er Pascal und Valérie gestern dazu überredet hatte, diesmal gemeinsam mit ihm auszugehen, anstatt den Abend zu zweit in seiner Wohnung zu verbringen.

»Die Atmosphäre im Chat Noir ist absolut einzigartig. Das müsst ihr sehen, bevor das Cabaret an dieser Stelle schließt.«

Jetzt schalt sich Valérie innerlich eine Närrin, auch nur einen Moment lang geglaubt zu haben, es würde sich bei der *Schwarzen Katze* um das danebengelegene riesige Élysée Montmartre handeln. Aber obwohl sie von Geburt an am Boulevard de Clichy lebte, war ihr das Nachtleben rund um die Wohnung ihrer Eltern bislang nicht vertraut.

»Das ist Rodolphe Salis, der Inhaber«, stellte Henri den Mann mit der Brokatweste vor.

»Wen hast du denn da mitgebracht?«, pöbelte der Mann weiter, anstatt sie zu begrüßen. »Einen deiner Bauerntölpel aus Albi? Wie kommt der zu einer solchen Schönheit mit diesen rotbraunen Haaren und den herrlichen grauen Augen? Eine wahrlich seltene Kombination.«

Valérie kam aus dem Staunen gar nicht mehr heraus. Doch Henri grinste weiter und schien ungerührt. »Das sind Pascal Didier und Mademoiselle Valérie Dumas, Kommilitonen aus der Akademie Cormon.«

Salis verbeugte sich vor Valérie und musterte Pascal mit spöttisch verzogenen Lippen unter seinem dichten, kurz geschnittenen dunklen Vollbart.

»Also bist du noch einer, der die Riege der brotlosen Künstler bereichern will?«

Pascal erwiderte das spöttische Lächeln. »Falls die Akademie mein Abschlussgemälde zurückweist, eröffne ich einfach ein weiteres Café-Concert«, erwiderte er schlagfertig. »Das nenne ich dann *Chat Blanc*.«

Salis nickte anerkennend. »Gut gekontert.«

Valérie blickte verständnislos von einem zum andern.

Der Inhaber winkte und ging ihnen durch das Gedränge voran in einen kleineren, hinteren Raum. Dort wies er mit großer Geste auf den einzigen freien Tisch. Er stand in der Nähe der Tür. »Extra für dich reserviert, Toulouse. Von hier aus könnt ihr den Auftritt von Aristide bestens miterleben.«

Zwar war die Luft in dem kleineren Raum noch stickiger und verrauchter, doch der Lärmpegel war etwas erträglicher. Deshalb verstand Valérie jetzt auch Henris Erklärungen.

»Rodolphe Salis hat sich einst vergebens als Maler zu etablieren versucht. Als der Erfolg ausblieb, hat er vor ungefähr vier Jahren stattdessen dieses Lokal eröffnet. Es ist rasch zum Treffpunkt der gesamten Kunstszene von Montmartre geworden. Da mittlerweile auch die Studenten aus dem Quartier Latin und sogar so manche bourgeoisen Pariser regelmäßig auftauchen, um sich beschimpfen zu lassen – das ist übrigens eins der Markenzeichen des Chat Noir –, ist es hier inzwischen viel zu voll geworden. Deshalb wird Salis in ein paar Tagen in die Rue Victor-Massé umziehen, wo er größere Räumlichkeiten angemietet hat. Dort gibt es mehrere Stockwerke, im ersten sogar einen eigenen Veranstaltungsraum.«

»Aber ob die Atmosphäre dieselbe sein wird wie hier, wage ich zu bezweifeln«, ergänzte er. Trotz der schlechten Luft zündete er sich eine seiner dünnen Zigarren an.

»Warum tragen die Kellner so steife Anzüge?«, fragte Valérie, als einer von ihnen ihre Bestellung aufgenommen hatte. »Das passt doch gar nicht zu der einfachen Einrichtung, die wie in einer Bauernschenke aus dem Mittelalter wirkt.«

»Die Ausstaffierung der Kellner ist eine Persiflage auf die Académie française, aus der auch die Jury des Pariser Salons stammt«, schmunzelte Henri. »Ich habe euch ja gerade erzählt, dass Rodolphe Salis als Maler auf der ganzen Linie Schiffbruch erlitten hat. Die Einrichtung soll dagegen eine ländliche Schenke aus der Zeit von König Louis XIII. darstellen. Das hast du ganz richtig erkannt, Valérie.«

Der in einem Zinnkrug servierte Wein stand kaum vor ihnen, da zückte Henri einen Skizzenblock und einen Kohlestift. »Was willst du denn damit?«, entfuhr es Pascal.

Henri bleckte die Zähne unter seinem dunklen Bart. »Das Leben so zeichnen, wie es ist. Nicht so künstlich und aufgesetzt wie bei Cormon. Schaut her!«

Mit wenigen Strichen fertigte er ein Porträt des Paars am Nebentisch an. Seiner Kleidung nach zu urteilen, gehörte es zu den Pariser Gästen aus der Bourgeoisie und schien sich hier nicht besonders wohlzufühlen. Der Mann wirkte gelangweilt, die Frau sogar angeekelt. Henri verstand es ausgezeichnet, diese Gefühlsregungen auf den Mienen der beiden wiederzugeben.

»So was wäre bei Cormon undenkbar«, kommentierte Pascal

anerkennend. »Lass es ihn ja nicht sehen, sonst bekommt er womöglich einen Tobsuchtsanfall.« Tatsächlich wurde der Ton des Akademieleiters gegenüber seinen Studenten immer schärfer, je länger sie dazugehörten. Pascal hatte es erst kürzlich getroffen, als Cormon mit einer seiner Zeichnungen nicht einverstanden gewesen war. Im Vergleich dazu verstieß Henri gerade gegen alle ästhetischen Prinzipien des Akademischen Stils. Doch dadurch wirkte seine Zeichnung viel lebensechter.

Sie waren noch ganz darin vertieft, sie zu betrachten und mit dem echten Paar am Nebentisch zu vergleichen, als ein Mann zu ihnen an den Tisch trat. Sein Anzug war aus dem gleichen schwarzen Stoff, wie ihn auch der Inhaber des Chat Noir trug. Valérie erinnerte sich jetzt, dass man das Tuch »Manchester« nannte, nach der englischen Stadt, in der es zuerst hergestellt worden war, eine Art gerippter Samt aus Baumwollgarn.

Trotz des warmen Sommerwetters hatte der Mann kniehohe schwarze Stiefel an. Zwei auffällige rote Farbakzente bildeten der Hemdkragen, der über die hochgeschlossene Weste hinausragte, und die Schärpe, die der Mann um die Taille geschlungen hatte. Auf dem Kopf trug er einen breitkrempigen schwarzen Hut.

»Aristide«, begrüßte Henri den Ankömmling begeistert. »Ich habe schon gehört, was du heute Abend singen wirst. Wahrscheinlich die Ballade von der Schwarzen Katze, nicht wahr? Wirst du diesen Chanson auch noch singen, wenn du das Lokal übernimmst?«

Der Mann nickte und verzog die schmalen Lippen zu einem Lächeln. Sein Gesicht war völlig glatt rasiert, was der Mode der Zeit eigentlich nicht entsprach. Doch so kamen seine Gesichtszüge viel besser zur Geltung. Das auffälligste Merkmal waren die schweren breiten Brauen über den dunkelgrauen Augen.

Vielleicht sollte Pascal sich auch besser glatt rasieren, ging es

Valérie durch den Kopf. Denn dessen Versuche, sich einen Bart stehen zu lassen, waren bislang recht kümmerlich ausgefallen.

»Das werde ich selbstverständlich, Henri. Und hoffe sehr, du bleibst auch im Le Mirliton mein Gast.«

»Natürlich«, versicherte Henri. »Das ist Aristide Bruant, einer der besten, wenn nicht der beste Chansonnier in Paris«, wandte er sich dann an Valérie und Pascal. »Er wird sein eigenes Café-Concert in diesen Räumlichkeiten etablieren.«

»Ich bin sehr gespannt, wie sich das Mirliton vom Chat Noir unterscheidet«, sprach er dann wieder den Sänger an. »Du wirst sicher deine eigenen Akzente setzen wollen.«

»Das werde ich. Aber ich will nicht ausschließen, dass ich ab und zu auch noch für Rodolphe singe. Schließlich sind die Nächte in Montmartre lang genug.«

In diesem Moment ertönte aus dem vorderen Raum ein Klavierakkord. »Ich muss los, bis später dann«, verabschiedete sich Bruant.

»Aristide eröffnet das Programm jeden Abend«, erklärte Henri. »Auch wenn es inzwischen viele nachgeahmt haben, bleibt das Konzept die Idee von Rodolphe Salis. Er war der Erste, der nicht nur Getränke servieren, sondern seine Gäste auch mit Kunst unterhalten wollte. Vor allem mit guter Musik.«

»Ach, deshalb nennt man solche Lokale Café-Concert«, wurde Valérie klar.

»Bei Musik allein soll es allerdings gar nicht bleiben. In seinem neuen Etablissement will Rodolphe Salis sogar ein Schattentheater einrichten. Auch kleine Bühnenstücke sollen dort aufgeführt werden. Ich bin neugierig, wie das Publikum das annehmen wird.«

In diesem Augenblick wurde es in beiden Räumen still. Von ihrem Platz aus hatte Valérie einen ausgezeichneten Blick auf ein kleines Podium, wie es der Inhaber versprochen hatte. Darauf saß inzwischen ein ebenfalls schwarz gekleideter Pianist am Klavier.

»Das ist Erik Satie«, flüsterte Henri. »Im Augenblick schlägt er sich noch gerade so durch. Aber ich halte ihn für einen der begabtesten Musiker unserer Zeit. Er lebt ebenfalls hier in Montmartre.«

»Scht!«, zischte es trotz Henris gedämpfter Stimme von allen Seiten, als jetzt Aristide Bruant neben das Klavier trat. Nach einem kurzen Vorspiel begann er zu singen.

Den Text der »Ballade von der Schwarzen Katze« fand Valérie ein wenig einfältig. Aber Bruants Stimme, ein kräftiger Bariton, war sehr beeindruckend.

»Ich suche das Glück, rund um die schwarze Katze, im Licht des Mondes, in Montmartre«, sang er schließlich den Refrain des Chansons zum letzten Mal.

Einen kurzen Moment lang herrschte weiterhin Stille. Dann erhob sich ohrenbetäubender Applaus. Bruant verzog keine Miene, zog aber seinen Hut und verbeugte sich nach allen Seiten.

»Sein Glück als Künstler hat er offenbar bereits gefunden«, raunte Pascal.

Trotz seiner leisen Stimme hörte Valérie, dass er wehmütig klang.

Zwei Stunden später hatte Valérie weitere Darbietungen von Aristide sowie von zwei anderen Sängern und einem Poeten genossen. Obwohl die Vorstellung im Chat Noir noch längst nicht zu Ende war, wurde es Zeit für sie, aufzubrechen. Ihre Eltern wähnten sie in Begleitung Henris in der Oper.

»Halt mir den Platz frei, Pascal! Ich bin in zwanzig Minuten zurück«, versprach Henri.

Valérie spürte heftiges Bedauern darüber, die Vorstellung nicht weiter miterleben zu können. Doch sie ließ sich nichts anmerken. Es war großzügig genug von Henri, ihre Beziehung zu Pascal zu decken. Da wollte sie nicht auch noch undankbar erscheinen, wenn sie ihren Unmut jetzt offen zeigte.

Henri humpelte ihr voraus durch die mittlerweile dicht an dicht stehende Menge der Gäste. Der Qualm der vielen Zigarren und Zigaretten verursachte ihr Hustenreiz. Ihre Kleidung würde Marie ordentlich lüften müssen. Zum Glück war das Rauchen in den Logen der Oper erlaubt, auch wenn sich Amélie darüber wundern würde, dass sich Henri in der Loge seiner Familie trotz Valéries Gegenwart nicht zurückgehalten hatte.

Trotzdem muss ich vorsichtiger sein, wurde ihr traurig klar, während sie Henri folgte. Allzu oft kann ich mir solche Ausflüge wie heute Abend nicht erlauben.

Als sie den Ausgang erreichte, stellte sie fest, dass der Türhüter seine Hellebarde schon wieder quer darübergelegt hatte. Vor der Tür spielte sich ein kleiner Tumult ab. Ein stutzerhaft gekleideter junger Mann versuchte, sich gewaltsam Eintritt zu verschaffen, und riss an der Hellebarde.

»Lass mich rein, du Saukerl«, brüllte er den Türhüter an. »Ich hab Knete wie jeder andre und will den Aristide auch mal hören.«

Der Wächter blieb unnachgiebig. »Leute wie euch lassen wir hier nicht rein. Das ist ein anständiges Haus. Du willst doch nur für die da« – er wies verächtlich auf eine blutjunge Frau, die hinter dem Stutzer stand – »ein paar Freier auftun.«

»Auch das ist einer der Gründe, warum Salis das Chat Noir verlegen muss«, sagte Henri Valérie ins Ohr. »Das hier ist eine berüchtigte Ecke, wo sich viel Gesindel in den Nebenstraßen herumtreibt. Zuhälter und andere Kriminelle.«

Valérie musterte die junge Frau hinter dem Mann mit Bedauern. Sie sah verweint aus und hatte eine Schwellung unter dem linken Auge. Irgendwie kam ihr das Gesicht bekannt vor. Aber sie wusste beim besten Willen nicht, woher.

»Luc!«, flehte die junge Frau ihren Begleiter an. »Luc! Lass uns doch woanders hingehen!«

Blitzschnell fuhr er herum und versetzte der Frau eine schallende Ohrfeige. »Halt die Klappe!«, fuhr er sie an.

Valérie prallte entsetzt zurück. Doch nun hatte der Türhüter genug. »Macht die Fliege, sonst ruf ich die Gendarmerie«, drohte er. »Einer von denen ist da drin heut unser Gast. Wenn dein Flittchen keinen Ausweis hat, bist du es ganz schnell los. Freie Betten gibt's in Saint-Lazare genug.«

Die Drohung wirkte. Der Mann fasste die junge Frau grob am Arm und zerrte sie weg, nicht ohne dem Türhüter zum Abschied die geballte Faust zu zeigen.

»Warum würde die Polizei sie ins Krankenhaus schicken?«, fragte die noch immer schockierte Valérie Henri, als sie auf dem kurzen Rückweg nach Hause in seiner Droschke saßen.

»Dort gibt es auch eine Abteilung für nicht registrierte Prostituierte. Wer in Montmartre anschaffen gehen will, braucht dazu eine öffentliche Erlaubnis. In Form einer roten Karte, wie eine Art Ausweis.«

Valérie wusste zwar von der alten Hebamme Marianne, dass nicht nur begüterte Kurtisanen, sondern auch einfache Frauen ihren Körper gegen ein Honorar verkauften. Inzwischen wusste sie auch, dass Männer, die man Zuhälter nannte, oft davon profitierten. Aber das war es auch schon.

»Ist diese Abteilung eine Art Gefängnis?«

»So könnte man es nennen. Eigentlich ist es eine Krankenstation. Damit möchte man verhindern, dass sich Geschlechtskrankheiten wie die Syphilis ausbreiten.«

»Man kann nämlich krank von der fleischlichen Liebe werden,

wenn man es dauernd mit anderen treibt«, fügte Henri hinzu, der offenbar instinktiv merkte, dass Valérie heute zum ersten Mal davon hörte. »Aber darüber musst du dir bei Pascal keine Sorgen machen. Er ist dir treu.«

Als Valérie wenig später im Bett lag, spürte sie, dass sie heute Nacht wenig Schlaf finden würde. Zu mächtig waren die Eindrücke, die im Lauf des Abends auf sie hereingestürmt waren.

Immer wieder stand ihr das Gesicht der misshandelten jungen Frau vor Augen. Plötzlich wusste sie, wem sie glich.

Sie sieht aus wie diese Wäscherin, die Mutter von Elise Lambert. Sie ist ihr sogar wie aus dem Gesicht geschnitten. Sollte es etwa auch eine ihrer Töchter sein? Auch Elise sieht sie ein wenig ähnlich.

Kurz überlegte sie, ob sie Elise danach fragen sollte, wenn sie sie das nächste Mal als Modell in der Akademie oder als Kellnerin im Café Tambourin sah. Doch dann verwarf sie den Gedanken. Es wäre zu peinlich, wenn sie sich irren sollte.

Kapitel 23

WÄSCHEREI VON MADAME CLAUDE

OKTOBER 1885

Müde streckte Elise den schmerzenden Rücken durch und gönnte sich eine kurze Pause, bevor sie den zweiten Seidenpyjama in Angriff nahm.

Pyjamas waren der letzte Schrei, hatte La Goulue, wie Louise jetzt sogar angesprochen werden wollte, vor einer Woche erklärt, als sie den Sack voll kostbarer Wäsche vorbeigebracht hatte.

»Das Zeug gehört einem Marquis«, hatte sie erklärt. »Ich hab ihn überredet, sie hier rauf zu euch zu bringen, anstatt unten in die große Wäscherei auf dem Boulevard. Das ist alles aus Seide, also passt gut drauf auf. Der Marquis bezahlt gut, dafür sorg ich.«

Anfangs hatte sich Jeanne sehr über das lukrative Geschäft gefreut, das La Goulue ihnen vermittelt hatte. Sie hatte die feine Unterwäsche und die eleganten Oberhemden sogar selbst gereinigt aus Sorge, die Waschfrauen könnten etwas beschädigen oder am Ende gar stehlen. Dann hatte sie Louises Mutter Madeleine gebeten, sie vorsichtig zu plätten. Doch die hatte sich rundweg geweigert.

»Der Kerl ist ein Liebhaber von Louise. Das Zeug rühr ich nicht an«, hatte sie mit versteinerter Miene erklärt.

Elise hatte das schon gewusst, Jeanne zumindest vermutet, als La Goulue die Sachen vorbeigebracht hatte. Sie wunderten sich zwar darüber, dass Madeleine nach wie vor Anstoß am Lebenswandel ihrer Tochter nahm, der Louise längst zur Gewohnheit geworden war, drangen aber nicht weiter in sie.

Also hatte Jeanne Elise gebeten, die Wäsche vorsichtig zu bügeln. Am Nachmittag wollte La Goulue sie abholen.

»Wir können zwanzig Francs dafür verlangen, wenn alles tadellos in Ordnung ist«, tönte Elise noch die Stimme ihrer Mutter in den Ohren, als sie nun zu einem kleinen Plätteisen griff.

Vorsichtig prüfte sie die Temperatur. Denn der Plättofen zum Vorwärmen der Bügeleisen war sehr alt und hätte dringend ersetzt werden müssen. Doch selbst wenn Madame Claude nicht für ihren Geiz in ganz Montmartre bekannt gewesen wäre, hätte ihr aufgrund der schlechten Zeiten für ihr Geschäft das Geld gefehlt.

Deshalb waren die Bügeleisen manchmal zu heiß, um die Wäsche angemessen zu plätten. Dadurch war es schon zu manch einem Schaden durch versengte Teile gekommen, den die Wäschereibesitzerin ersetzen musste. Konsequent zog sie die Summe vom Lohn der verantwortlichen Büglerin ab. Aus diesem Grund hatte Jeanne bis auf Madeleine und Elise all ihre Arbeiterinnen in der Plätterei inzwischen verloren.

Jeanne selbst erhielt längst nicht mehr den Lohn einer Vorarbeiterin. Diese Rolle hatte Madame Claude vor einigen Monaten übernommen, da die Wäscherei im Vergleich zu früher viel weniger Personal beschäftigte. Jetzt bügelte Jeanne wieder den ganzen Tag mit und verdiente dabei so viel wie Madeleine, die bislang aus Solidarität geblieben war.

Weil auch Simones Arbeitskraft in der Plätterei und ihr Lohn im Haushalt der Lamberts fehlte, hatte Elise wieder in der Büglerei zu arbeiten begonnen. Immer noch wusste niemand, was aus Simone geworden war.

Auch die alte Marianne war durch ihr Rheuma als Geburtshelferin inzwischen weitgehend arbeitsunfähig. Sie konnte werdenden Müttern und anderen Frauen, die ihrer Hilfe bedurften, nur noch ihre Tränke und ihren guten Rat anbieten.

Aus diesem Grund waren beide Frauen damit einverstanden gewesen, dass Elise zu André zog. Denn dadurch wurde ein Zimmer in der Wohnung frei, das sie für ein paar Centimes pro Tag untervermieten konnten, zumal Marianne jetzt ständig daheim war.

Trotzdem reichte das Geld hinten und vorn nicht. Deshalb hatte Elise mit André vereinbart, ihre Familie mit zehn Francs pro Woche zu unterstützen, damit sie die Wohnung in der Rue Tourlaque behalten konnten und nicht wieder in eine schäbige Bretterbude auf dem Maquis ziehen mussten.

Elise verdiente inzwischen Geld mit vier verschiedenen Tätigkeiten:

Von acht Uhr morgens bis fünf Uhr nachmittags schuftete sie in der Wäscherei, wofür sie nur eineinhalb Francs pro Tag erhielt. Doch das war Madame Claudes Bedingung dafür gewesen, sie überhaupt wieder als Büglerin einzustellen.

Um halb sechs Uhr begann danach ihr Dienst im Café Tambourin, der um neun Uhr endete. Dafür erhielt sie einen Franc Festgehalt, dazu das Trinkgeld, das sich an guten Tagen auf bis zu einem weiteren Franc belief.

An den vier Abenden, an denen das Ély geöffnet war, trat Elise weiterhin von zehn Uhr abends bis zwei Uhr früh dort auf. Ihre Gage betrug nach wie vor drei Francs pro Abend.

In der Akademie Cormon wurde sie zu ihrem Leidwesen in jüngster Zeit nur noch wochenweise beschäftigt. Fernand Cormon hatte beschlossen, mit mehr Modellen als früher zu arbeiten. »Meine Studenten müssen lernen, die Anatomie verschiedener Körper realistisch abzubilden«, hatte er der enttäuschten

Elise erklärt, die sich zum Beginn des neuen Studienjahrs wieder eine regelmäßige Tätigkeit in der Akademie versprochen hatte. Im Augenblick saß sie nur für die Abschlussklasse Modell, die lernen sollte, binnen einer Woche Skizzen und Malereien mit verschiedenen Motiven herzustellen.

Wenigstens war Madame Claude damit einverstanden gewesen, dass Elise während ihrer Tätigkeit als Modell in der Wäscherei pausieren durfte. Was allerdings dazu führte, dass ihre Mutter und Madeleine ohne zusätzlichen Lohn oft bis tief in die Nacht hinein arbeiten mussten, um die anfallende Wäsche zu bewältigen.

Mit ihrer harten Arbeit kam Elise auf einen Wochenverdienst von mindestens dreißig Francs. Arbeitete sie zusätzlich als Modell, konnten es sogar mehr als fünfzig Francs werden. Zusammen mit Andrés Verdienst hätte dies eigentlich trotz der Abzüge für die Unterstützung ihrer Familie reichen müssen, um wieder etwas in die Aussteuerkasse legen zu können.

Doch André wurde weiterhin vom Pech verfolgt. In einer Sommernacht waren unbekannte Täter in seine Werkstatt eingebrochen und hatten sie geplündert, während er Elise nach einem Auftritt im Ély abgeholt hatte. Die Räuber hatten fast sein gesamtes Werkzeug mitgehen lassen.

In seiner Verzweiflung war André nichts anderes übrig geblieben, als sich Geld von jenem Wucherer zu leihen, dem sein Onkel seinerzeit schon das Häuschen verpfändet und bei dem André immer noch beträchtliche Schulden hatte. Zudem verlor er einen großen Auftrag in einer neuen Gaststätte in Montmartre, weil ihm das Werkzeug fehlte, um das Interieur vor dem Eröffnungstermin fertigzustellen. Daher war ihre Hochzeit wieder in weite Ferne gerückt.

Noch einmal prüfte Elise die Temperatur des Plätteisens und

überzeugte sich davon, dass es keine Stärkeflecken auf der Unterseite hatte.

Dann breitete sie die Pyjamajacke vorsichtig auf dem Bügeltisch aus. Die dunkelgrüne Seide glänzte. Auf der Brusttasche waren Monogramm und Wappen des Besitzers mit Goldfäden eingestickt.

Was so ein Nachtgewand wohl kosten mag?, fragte sich Elise, während sie das Plätteisen behutsam über den Stoff führte. Unwillkürlich erinnerte sie sich an Louises Prahlereien über ihren neuesten Liebhaber.

»Stell dir vor, das ist ein echter Marquis! Er nimmt mich demnächst mit auf sein Schloss in der Normandie. Mit seiner eigenen Kutsche mit dem Wappen drauf. Wie 'ne vornehme Dame. Vorher geht der noch mit mir zu der besten Schneiderei in Paris. Der hat nämlich Geld wie Heu.«

»Und was sagt dein Charlot dazu?«, hatte sich Elise nicht verkneifen können, mit einem Anflug von Häme zu fragen.

Doch von La Goulue prallte das wirkungslos ab. »Was der nich weiß, macht ihn nich heiß«, erklärte sie lapidar. »Dem sag ich einfach, ich wär auf Tournee in der Provinz, wenn ich mit dem Marquis an die Küste fahr.«

»Und der Marquis? Weiß der denn von Charlot?«

Louise sah Elise an, als hätte sie den Verstand verloren. »Bist du närrisch? Der blecht doch nix mehr, wenn er denkt, dass ich noch 'nen andern neben ihm hab.«

Charles Tazzini, einen feurigen Italiener, hatte La Goulue seinerzeit wie den Journalisten, der ihr zum Durchbruch als Cancan-Tänzerin verholfen hatte, in der Moulin de la Galette kennengelernt. »Meine beiden Charlots«, pflegte sie zu sagen. »Der eine ist gut fürn Ruhm, der andre fürs Bett.«

Jetzt hatte Louise also diesen stinkreichen Marquis an Land

gezogen. Während Elise den Ärmel der Pyjamajacke bügelte, verspürte sie zum ersten Mal so etwas wie Neid auf die Freundin. Die geht jedenfalls ihren Weg und kommt überall durch, dachte sie.

Ihre zahlreichen Liebhaber lernte La Goulue in der Regel nach ihren Auftritten im Élysée Montmartre kennen. Hatte sie einen leid, gab sie ihm den Laufpass und fand binnen kürzester Zeit einen geeigneten Nachfolger.

Nur mit Charles Tazzini hatte sie es bisher länger als ein paar Wochen ausgehalten. Sie hatte sich sogar seinen Namen auf den Arm tätowieren lassen. Soweit Elise wusste, war er schon seit fast einem Jahr ihr Geliebter. Oder besser gesagt, ihr Zweit-Geliebter. Wieder verspürte Elise Häme.

Denn La Goulue hätte die Zuwendungen der reichen Geschäftsleute wie Le Goulu oder jetzt sogar eines Adeligen gar nicht nötig gehabt. Im Gegensatz zu Elise, deren Salär im Ély seit dem Frühjahr gleich geblieben war, hatte Louise ihre Gage inzwischen auf einhundert Francs pro Woche hochgetrieben. Das war das Doppelte ihrer Anfangsgage.

Zusätzlich hatte sie in jüngster Zeit einige Tanzwettbewerbe gewonnen, was ihr jedes Mal mindestens hundert Francs zusätzlich eingebracht hatte. Ihre Siege verdankte sie vor allem dem legendären Spagat, mit dem sie jede Vorführung des Cancan beendete.

»Wenn du willst, zeig ich dir mal, wie das geht«, hatte sie Elise angeboten. Doch die hatte bislang abgewinkt. Aus purem Zeitmangel fürs Üben und weil sie sich jede Woche erschöpfter aufgrund ihrer vielen Arbeit fühlte.

Während sie die Pyjamahose auf dem Tisch ausbreitete, biss sie plötzlich das schlechte Gewissen. Eigentlich ist Louise kein so schlechter Kerl, dachte sie. Sie hat nur nicht so viele Skrupel wie ich und traut sich mehr.

In diesem Augenblick klapperten Hufe auf dem Kopfsteinpflaster vor der Tür der Wäscherei. Eine zweispännige Kutsche fuhr vor und hielt direkt davor an. Der livrierte Kutscher öffnete den Schlag und half Louise beim Aussteigen.

»Ist die Wäsche so weit?« Mit einem breiten Grinsen auf dem pausbäckigen Gesicht betrat La Goulue die Wäscherei. Sie trug ein teuer aussehendes dunkelblaues Kleid, dessen Rock sich vorne gerafft an ihren Leib schmiegte. Auf der Rückseite lief der Stoff in eine hohe Tournüre mit angedeuteter Schleppe aus.

Solch eine kostbare Robe hatte Elise zwar schon auf dem Boulevard de Clichy und im Ély gesehen. Auf halber Höhe der Butte von Montmartre, wo Madame Claudes Wäscherei lag, jedoch noch nie.

Dazu trug Louise ein keckes Hütchen, das sie sich schief auf dem rotblonden Haar befestigt hatte. Den Dutt trug sie deshalb nicht am Oberkopf wie während ihrer Aufführungen, sondern elegant geschlungen am Hinterkopf.

Wieder spürte Elise einen Anflug von Neid. Solch ein Gewand kostete sicherlich mehr, als sie und ihre Mutter in einem ganzen Jahr verdienten. Sie versuchte, sich ihre Gefühle nicht anmerken zu lassen, und nickte lächelnd.

»Die Wäsche ist fast fertig. Ich muss nur noch diesen Pyjama falten und dann alles in einen sauberen Leinensack packen.«

Gerade trat Jeanne aus dem Hinterzimmer. Anstatt Louise zu begrüßen, knickste sie. »Monsieur le Marquis. Es ist eine außerordentliche Ehre, dass Sie diese bescheidenen Räume betreten.«

Erst jetzt bemerkte Elise, dass La Goulues Liebhaber hinter ihr aus der Kutsche gestiegen war. Ein fast kahlköpfiger Herr in mittleren Jahren. Auch er war teuer in einen Anzug mit Gehrock gekleidet.

Der Mann deutete eine Verbeugung an. »Marquis de Biron«, stellte er sich kurz vor. »Meine liebe Louise hat mir Ihr Haus empfohlen. Was bin ich Ihnen schuldig?«

»Wir haben uns die allergrößte Mühe mit der Wäsche gegeben«, antwortete Jeanne. Elise bemerkte, dass sie kurz zögerte. »Ich hoffe, zwanzig Francs sind Ihnen nicht zu viel, Monsieur le Marquis.«

»Aber keineswegs«, war die Antwort.

Bevor Jeanne sich strahlend vor Freude bedanken konnte, geschah etwas Unerwartetes. Wie eine Furie schoss Louises Mutter Madeleine hinter der trocknenden Wäsche hervor, von wo aus sie die Ankunft ihrer Tochter unbemerkt beobachtet hatte.

»Schämst du dich gar nicht, du Dirne!«, schrie sie La Goulue an. »Bringst deine Freier jetzt sogar mit hierher!«

Während Elise und Jeanne vor Schreck erstarrten, war Louise wieder einmal nicht auf den Mund gefallen. »Das ist der Marquis de Biron, Maman«, sagte sie eisig. »Du solltest dich geehrt fühlen, dass eine so hochwohlgeborene Persönlichkeit diese miese Bude überhaupt betritt.«

»Pah!«, versetzte Madeleine. »Wäre es wirklich eine hochwohlgeborene Persönlichkeit, würde er sich nicht mit einem liederlichen Luder amüsieren.«

»Du wagst es, Maman?« Jetzt klang La Goulues Stimme gefährlich leise. »Du wagst es, diesen edlen Herrn zu beleidigen? Und mich gleich dazu? Weil ich's aus der Gosse von Montmartre geschafft hab, wo du dein Lebtag geblieben bist? Weil ich keinen dahergelaufenen Säufer geheiratet hab, der mir einen Stall voller Kinder macht, die dann am Hungertuch nagen?«

Ihre stahlblauen Augen funkelten, während ihre Stimme immer lauter geworden war.

»Weil ich nicht so 'ne Frau geworden bin wie du?«

Mit wutverzerrtem Gesicht hob Madeleine die Hand, um Louise ins Gesicht zu schlagen. Doch die wehrte sie mühelos ab und schlug gleichzeitig mit der anderen Hand ihrer Mutter die Haube vom Kopf.

»Du kannst doch von Glück sagen, dass ich euch das bisschen Kohle verschafft hab, das ihr hier mit der Wäsche verdient habt.«

Erst jetzt löste sich Jeanne aus ihrer Erstarrung und trat vor. »Beruhige dich bitte, Louise! Und du auch, Madeleine! Was deine Tochter gesagt hat, ist wahr. Wir können den Lohn für die Wäsche sehr gut gebrauchen. Du weißt doch, wie schlecht die Geschäfte in letzter Zeit gehen.«

In diesem Moment trat auch der Marquis vor. Er war kreidebleich im Gesicht, wahrte jedoch die Fassung. Er ging auf Louises Mutter zu und verneigte sich, diesmal tiefer.

»Ich bedaure außerordentlich, Madame Weber, wenn ich Ihre Gefühle verletzt habe. Ich darf Ihnen versichern, Ihre Tochter liegt mir sehr am Herzen. Um Ihnen meine Dankbarkeit zu zeigen, nehmen Sie dies!« Er hielt Madeleine einen kleinen Beutel entgegen. »Hier drin sind fünf Louisdors.«

Elise stockte der Atem. Das waren einhundert Francs!

Doch Madeleine schüttelte heftig den Kopf. Kurz glaubte Elise, sie wolle dem Marquis vor die Füße spucken. Zum Glück nahm sie sich im letzten Augenblick zusammen.

»Wir haben Ihre Wäsche gewaschen und geplättet, Monsieur le Marquis«, antwortete sie. Ihre Stimme klang fast wie ein Kreischen. »Der Lohn dafür beträgt zwanzig Francs. Von jemand, der meine verdorbene Tochter bespringt wie ein Hengst, nehm ich nicht mehr.«

Wieder stand Elise vor Entsetzen wie erstarrt. Das Gesicht des Marquis wurde womöglich noch bleicher. La Goulue dagegen machte Anstalten, sich knurrend noch einmal auf ihre Mutter zu stürzen. Im letzten Augenblick stellte sich Jeanne zwischen sie und Madeleine. Ein paar Sekunden lang starrten die Frauen sich in die Augen. Dann wich Louise zurück.

Jetzt wandte sich Jeanne an den Marquis und knickste erneut. »Ich danke Ihnen sehr für Ihre Großzügigkeit, Monsieur le Marquis«, sagte sie tonlos. »Doch ich stimme Louises Mutter zu. Zwanzig Francs sind der angemessene Preis für die Wäsche.«

Wortlos griff der Marquis in das verschmähte Beutelchen, nahm eine Goldmünze hervor und gab sie Jeanne mit einem letzten Neigen seines Kopfes.

Dann reichte er La Goulue den Arm und verließ ohne Abschied die Wäscherei.

»Ich bin sehr froh, dass du anders bist als Louise«, versicherte ihr André abends auf dem Heimweg. »Du lässt dich nicht vom schnöden Mammon zur Hurerei verführen, sondern bleibst brav und setzt auf ehrliche Arbeit.«

Eigentlich hätte sich Elise über dieses Lob freuen müssen. Doch zu ihrer eigenen Verwirrung ließ es sie gleichgültig. Stattdessen fragte sie sich, ob Louise im Vergleich zu ihr nicht den klügeren Weg gewählt hatte.

Kapitel 24

KUNSTHANDLUNG VON PAUL DURAND-RUEL

NOVEMBER 1885

Valérie war froh, dass sie mit Henri und Pascal in einer geschlossenen Mietdroschke saß, als sie die Kunstgalerie ihres Vaters in der Rue Laffitte passierten. So würde Alphonse nie auf den Gedanken kommen, sie könnte darin sitzen.

Denn das gräfliche Wappen der Toulouse-Lautrec auf Henris Kutsche hätte er bei einem zufälligen Blick aus den großen Fenstern erkannt und ihm bei ihrer nächsten Begegnung möglicherweise unangenehme Fragen zu seiner Fahrt durch die Rue Laffitte gestellt. Mit diesem Gefährt holte Henri sie ja mittlerweile seit über einem halben Jahr regelmäßig am Boulevard de Clichy ab.

Leider, ohne ihr bislang einen Antrag gemacht zu haben, wie Amélie zunehmend bedauerte. Zum Glück war sie jedoch noch nicht misstrauisch geworden, was Valéries recht häufige Abwesenheiten anging. »Eine Liaison zwischen einem verkrüppelten Grafen und einer Bürgerstochter braucht eben seine Zeit«, hatte Valérie sie neulich zu Alphonses Mutter sagen hören, als die einen ihrer seltenen Besuche abstattete.

Ihr Vater war wiederum zunehmend darüber enttäuscht, dass Henri nach dem Kauf des Marienbildes kein einziges weiteres Gemälde aus seiner Galerie erstanden hatte.

Mit Pascal war Valérie nach wie vor überglücklich. Das linderte ihrer beider zunehmende Enttäuschung über den Fortgang ihrer Kunstausbildung in der Akademie Cormon.

Wie sehr hatten sie sich darauf gefreut, endlich mit Farben malen zu dürfen, als das zweite Studienjahr begann. Und wie sehr waren sie heute frustriert darüber, dass die Farbpalette, die Cormon ihnen zugestand, fast nur Braun- und Schwarztöne enthielt. Ein großer Teil des Unterrichts bestand darin, mit diesen Farben Werke alter Meister zu kopieren.

Pascal hatte als Einziger gewagt, den Akademieleiter eines Tages nach den Gründen für diese Einschränkung zu fragen. So lautete seine Antwort:

»Anfänger sollten helle Farben nur sehr sparsam verwenden. Der große Meister Rembrandt hat überwiegend mit dunklen Farben gemalt und konnte trotzdem Licht in seine Gemälde bringen. Das belegt sein Werk *Die Nachtwache*, das ich Ihnen zu kopieren aufgetragen habe. Erst wenn Sie diese Technik wenigstens rudimentär beherrschen, werden wir uns an hellere und leuchtendere Farben wagen.«

Henri hatte, wie so oft, spöttisch über Cormons Aussagen gelächelt. Aber ihm blieben ja seine Skizzen, die er fast täglich in den verschiedenen Café-Concerts anfertigte, wie dem inzwischen in größere Räumlichkeiten umgezogenen Chat Noir. Mittlerweile war er auch regelmäßiger Gast im Élysée Montmartre.

Bei seinen Zeichnungen setzte sich Henri über alle Regeln hinweg, die in den klassischen Kunstakademien gelehrt wurden. Sie ließen nicht nur jegliche Ästhetik zugunsten einer realistischen Darstellung der skizzierten Personen vermissen, sondern karikierten diese bis hin zur Groteske. Hätte Fernand Cormon diese Werke jemals gesehen, hätte er wahrscheinlich sogar den hochadeligen Grafen seines Institutes verwiesen.

Pascal und sie bemühten sich dagegen verbissen, den Anforderungen des Akademieleiters zu genügen. Sie übten sich täglich mit den langweiligen Farben an geleckten Pinselstrichen, ohne Cormon bislang zufriedenstellen zu können. Insbesondere Pascal rügte dieser in jüngster Zeit immer häufiger vor den Ohren der ganzen Klasse.

»Hätte ich gewusst, wie sehr mich mein Studium einschränken würde, hätte ich mich vielleicht nie dafür entschieden«, klagte Valérie eines Tages ihrem Vater ihr Leid. »Ich erinnere mich noch an meine ersten Bilder und die wunderbar leuchtenden Ölfarben, die du mir zu meinem siebzehnten Geburtstag geschenkt hast.«

Alphonse lächelte nachsichtig. »Trotz deiner Begabung hielt ich deine Malerei damals für eine Marotte deiner Jugend, die vergehen würde, sobald du erwachsen bist. Warum hätte ich dich mit gebrannter Umbra und Lampenschwarz malen lassen sollen? Das hätte dir doch gar keinen Spaß gemacht.«

Als Valéries Augen daraufhin feucht wurden, ergriff er ihre Hand. »Jetzt bist du auf dem Weg zu einer echten Künstlerin, auch ohne den Pariser Salon. Aber wenn du die Akademie erfolgreich beendest, verspreche ich dir, dein Abschlussgemälde in meiner Galerie auszustellen. Doch dazu musst du lernen, wie man korrekt malt.«

Nach ihrem gemeinsamen Besuch in der Galerie ihres Vaters hatte Henri von dem Kunsthändler Paul Durand-Ruel erzählt. Valérie war zunächst sehr verwundert gewesen, dass der seine Galerie in der gleichen Straße unterhielt. Doch Henri warnte sie davor, Alphonse nach ihm zu fragen.

»Du hast doch selbst gehört, dass er die Werke der Impressionisten, die Durand-Ruel anbietet, für blanken Schund hält. Am besten weckst du daher keine schlafenden Hunde. Wahrscheinlich hat dein Vater diese Galerie nur deshalb noch nie erwähnt, weil er sie schlichtweg ignoriert.«

Seit diesem Tag und erst recht angesichts des langweiligen Beginns des zweiten Studienjahrs war Valérie immer neugieriger darauf geworden, welche Werke denn dieser andere Kunsthändler anbot. Doch bislang hatte sich noch keine Gelegenheit für einen Besuch ergeben.

Erst nachdem Cormon vor einigen Tagen an einem heftigen Brustkatarrh erkrankt war, hatte sich das geändert. »Ich gebe Ihnen jetzt Aufgaben für die nächsten Tage, meine Herren, die Sie in Stillarbeit erledigen werden«, hatte er gekrächzt. Und gleichzeitig angedroht: »Wenn ich wieder genesen bin, werde ich sorgfältig prüfen, was Sie während meiner Abwesenheit geleistet haben.«

Selbst seine treuesten Studenten dachten jedoch nicht daran, täglich von acht Uhr morgens bis sechs Uhr abends in der schlecht geheizten Akademie zu sitzen, um ihre stupiden Übungen zu absolvieren. Spätestens nach dem Mittagessen war das Klassenzimmer so gut wie leer.

Als Henri daher den Vorschlag machte, am Nachmittag die Galerie Durand-Ruel aufzusuchen, war Valérie spontan begeistert. »Nur mein Vater darf nie etwas davon erfahren«, wandte sie ein. Daraufhin hatten sie beschlossen, mit einer Mietdroschke zur Galerie zu fahren.

Valérie hatte die hellen und geschmackvoll eingerichteten Räume kaum betreten, als ihr ein erster gravierender Unterschied zur Galerie ihres Vaters auffiel. Dort waren die Wände mit den in üppige Rahmen gesetzten Gemälden geradezu überladen. Sie hingen in drei Reihen übereinander.

Paul Durand-Ruel präsentierte seine Kunstwerke dagegen viel sparsamer. Alle Bilder befanden sich in Augenhöhe des Betrachters mit viel freiem Raum dazwischen. So kamen die einzelnen Gemälde sehr viel besser zur Geltung, fand Valérie. Wie schade, dass ich meinem Vater diese Methode nicht empfehlen kann, bedauerte sie. Aber dann wüsste er wahrscheinlich sofort, wo ich sie gesehen habe.

Hinter einem mächtigen Schreibtisch erhob sich ein Mann, den Valérie ungefähr so alt wie ihren Vater schätzte. Alphonse hatte in diesem Jahr seinen dreiundfünfzigsten Geburtstag gefeiert. Der Mann kam mit ausgestreckten Händen auf Henri zu.

»Verehrter Comte de Toulouse-Lautrec«, strahlte er über das ganze Gesicht. »Wie freue ich mich, dass Sie mir wieder einmal die Ehre Ihres Besuchs zuteilwerden lassen.«

Henri erwiderte das Lächeln, erhob jedoch gleichzeitig abwehrend die linke Hand. »Lieber Monsieur Durand-Ruel! Lassen wir doch die Förmlichkeiten! Ich habe Ihnen heute zwei liebe Freunde mitgebracht. Darf ich vorstellen: Monsieur Pascal Didier und Mademoiselle Valérie …«

»Duchard«, fiel die ihm ins Wort. Natürlich sollte Durand-Ruel ihre wahre Identität nicht kennen.

Henri errötete leicht, woran Valérie erkannte, dass er sie tatsächlich beinahe mit ihrem richtigen Nachnamen vorgestellt hätte. »Pascal ist Mitstudent in der Akademie Cormon«, ergänzte er dann sofort, ohne Valéries Status zu erwähnen. Sie ließ das auf sich beruhen, um neugierige Fragen zu vermeiden.

Henri betrachtete einen Moment lang die ausgestellten Gemälde. »Ich sehe, Sie sind Ihrer Vorliebe für die Impressionisten treu geblieben.«

»Selbstverständlich, Monsieur. Ich halte diese Kunstrichtung für die der Zukunft. Nicht die gelackten Bilder, die der Pariser Salon weiterhin bevorzugt.«

»Oh, pardon!«, schlug er sich dann verlegen auf die Lippen. »Ich vergaß gerade, dass Sie diese Richtung ja …«

»Keine Ursache«, mischte sich Pascal ein. »Das Studium langweilt uns alle dr... – äh – uns beide gerade unsäglich. Henri und ich dürfen fast nur mit dunklen Farben malen. Kein Vergleich zu den leuchtenden Bildern, die Sie hier ausgestellt haben.«

»Einige dieser Bilder kommen mir bereits bekannt vor. Insbesondere dieses da.« Henri wies auf ein Gemälde, das ein junges Mädchen auf einer Schaukel zeigte. »Ich glaube, das habe ich bereits bei meinem letzten Besuch in Ihrem Hause gesehen.«

Paul Durand-Ruel seufzte und fuhr sich mit der Hand über die fliehende Stirn in sein ehemals dunkelbraunes Haar, das nun überwiegend ergraut war.

»Das wird so sein, Monsieur Toulouse, denn es hängt hier schon über ein Jahr. Es ist eines der letzten Bilder von Pierre-Auguste Renoir, in dem er sich noch gänzlich den Grundsätzen des Impressionismus verschrieben hat. Sie sehen das wunderbare Spiel von Licht und Schatten, wie es der Künstler hier ausgezeichnet zur Geltung bringt.«

Er seufzte noch einmal. »Doch leider ist das Bild bislang unverkäuflich.«

»Unglaublich«, mokierte sich Pascal. »Wenn ich dieses wunderbare Werk mit denen vergleiche, die im Salon ausgestellt werden, überstrahlt es sie um Längen. Allein diese Farben! Und die herrlichen Kontraste! Sehen Sie doch nur, wie sich die dunkelblauen Schleifen von der hellen Farbe des Kleides abheben!«

»Die Gesichter sind zwar nur verschwommen zu erkennen«, sagte Valérie. »Der Wirkung des Bildes tut dies jedoch keinen Abbruch. Wenn ich den Namen dieser Stilrichtung zugrunde lege, sollen hier eher Eindrücke wiedergegeben werden anstelle der naturgetreuen Darstellung einer Szene. Cormon würde ...« Sie stoppte abrupt, als sie bemerkte, dass sie sich fast verraten hätte.

Durand-Ruel musterte sie mit einem unergründlichen Gesichtsausdruck. »Das haben Sie richtig erkannt, Mademoiselle.

Die Maler des Impressionismus bevorzugen es, flüchtige Momentaufnahmen wiederzugeben. Ihre Hauptaufgabe sehen sie in der Darstellung des Lichts und der atmosphärischen Bedingungen. Dazu bedienen sie sich vor allem der Farben. Im Gegensatz zum Akademischen Stil sind Farben das primäre Gestaltungsmittel.«

Valérie konnte sich des Eindrucks nicht erwehren, dass der Kunsthändler ihre Identität bereits durchschaut hatte. Dennoch beschloss sie, sich besser vorzusehen. Ihr Vorsatz hielt jedoch nur bis zum nächsten Gemälde, vor das die Vierergruppe nun trat.

»Diesen beiden Werken von Renoir gebe ich bessere Verkaufschancen«, sagte der Kunsthändler. »Sie sehen, dass er die Prinzipien des Impressionismus ein Stück verlässt, ohne dass die Bilder an Wirkung verlieren. Inzwischen habe ich für den *Tanz in der Stadt* sogar schon ein veritables Angebot erhalten. Doch bislang weigert sich der Künstler, die beiden Gemälde einzeln zu verkaufen.«

»Das heißt, dieses hier, also der *Tanz auf dem Land* ist das Gegenstück«, schloss Pascal. »Das hätte *ich* bevorzugt. Denn es wirkt viel lebendiger auf mich als der steife *Tanz in der Stadt*.«

Valérie verglich die beiden Bilder und teilte Pascals Eindruck. In der Tat schien ihr die mollige, in ein geblümtes Kleid gewandete junge Frau mit der Schute auf dem Kopf sehr viel ausgelassener und fröhlicher zu sein als die Dame aus der Stadt in ihrer ungleich kostbareren Robe.

»Ganz hat Renoir aber auch hier nicht auf die Effekte des Lichts verzichtet«, stellte sie fest. »Oh!«, entfuhr es ihr dann spontan. »Die Dame aus der Stadt ist Suzanne Valandon. Sie muss Renoir dafür Modell gestanden haben.«

Pascal und Henri sahen jetzt genauer hin und bestätigten Valéries Eindruck. Durand-Ruel strich sich dagegen nachdenklich über seinen schlichten grauen Schnurrbart. Entgegen der herrschenden Mode war sein Kinn glatt rasiert.

Henri bemerkte ihren Fauxpas als Erster und ging nun forsch zum nächsten Bild weiter. Er fixierte die Signatur und rückte dabei seinen Kneifer zurecht.

»Dachte ich es mir doch schon«, murmelte er. »Das ist ein Bild von Edgar Degas«, fügte er dann lauter hinzu.

Im Gegensatz zu den drei wunderschönen Gemälden von Renoir fühlte sich Valérie von diesem Werk zunächst abgestoßen. Es zeigte zwei Arbeiterinnen beim Bügeln. Eine gähnte ausgiebig mit offenem Mund, die andere bearbeitete verbissen mit gesenktem Kopf ein undefinierbares Kleidungsstück. Auch hier wirkten die Konturen und Farben verwaschen.

»Fernand Cormon würde dieses Bild jedenfalls als Antiwerk zu seiner Stilrichtung ansehen«, äußerte Pascal sarkastisch. »Vergleicht es einmal mit der *Geburt der Venus* von Cabanel.«

»Eine Schande für die Malerei würde er es aufgrund der fehlenden Ästhetik nennen.« Henri wandte sich an den Kunsthändler. »Ich selbst kenne bislang nur Degas' Bilder von Tänzerinnen und Jockeys auf dem Reitplatz. Glauben Sie, auch für solche Darstellungen einfacher Leute werden sich Käufer finden?«

Durand-Ruel grinste breit. »Sie werden es nicht glauben, Monsieur Toulouse, aber sehen Sie her!« Er wies auf ein unauffälliges Schild am unteren Rand des Rahmens mit der Aufschrift »verkauft«. »Edgar Degas hat bereits über Frankreich hinaus einen guten Namen. Dieses Bild hat ein amerikanischer Sammler erstanden, der es demnächst mit nach Übersee nehmen will.«

»Aber auch Auguste Renoir wird seinen Weg gehen«, fügte er hinzu. »Der Pariser Salon, in dem beide einst ausgestellt haben, ist ihnen dabei allerdings keine Hilfe.«

»Also ist die Aufnahme von Gemälden in den Salon keineswegs eine Garantie für eine Laufbahn als Kunstmaler?«, fragte Pascal verblüfft.

Durand-Ruel schüttelte den Kopf. »Ganz im Gegenteil! Denken Sie doch nur an Edouard Manet, der leider bereits verstorben ist. Seine *Olympia* wurde zwar weiland von der Jury angenommen, führte aber im Salon zu einem riesigen Skandal. Die Kritiker überschlugen sich buchstäblich mit ihrer Häme. Dabei hatte die *Olympia* mit einer Venus des Renaissancemalers Tizian sogar ein überaus prominentes Vorbild.«

»Aha!«, kommentierte Pascal nur. Seine Miene zeigte eine seltsame Mischung aus Resignation und Rebellion.

Bevor sie näher darüber nachdenken konnte, fiel Valéries Blick auf ein anderes Gemälde.

Sie klatschte entzückt in die Hände. »Dieses Bild habe ich schon einmal gesehen. Es hing vor Jahren bei Père Tanguy im Fenster. Schon damals fand ich es wunderschön.«

»Das Bild trägt den Titel *Bords de l'Oise à Auvers-sur-Oise*. Der Künstler heißt Camille Pissarro, Mademoiselle – Duchard?« Bei der Nennung ihres vorgeblichen Nachnamens hob der Kunsthändler demonstrativ die Stimme. »Er ist ein Impressionist reinsten Wassers. Père Tanguy ist eigentlich Farbenhändler, kein Galerist. Anfangs führte ich seinen Misserfolg, Pissarros Werke zu verkaufen, darauf zurück. Doch leider habe auch ich noch nie ein einziges Bild von ihm veräußern können. Dabei bin ich ganz Ihrer Meinung. Ich glaube, niemand kann die Stimmung an den Ufern des Flusses Oise an einem Sommertag besser einfangen als Pissarro.«

Er räusperte sich vernehmlich. »Doch darf ich Sie fragen, Mademoiselle, woher Sie Monsieur Tanguy kennen?«

Valérie spürte, dass sie rot wurde. Offenbar hatte sie sich endgültig verraten, sie hielt es daher für angebracht, Farbe zu bekennen.

»Verzeihen Sie bitte, Monsieur Durand-Ruel. Sie ahnen es vielleicht schon, mein eigentlicher Name ist Valérie Dumas. Ich bin die Tochter von Alphonse Dumas.«

Durand-Ruel nickte mit einem feinen Lächeln. »Das habe ich mir in der Tat schon gedacht, Mademoiselle Dumas. Schließlich ist es mittlerweile kein Geheimnis mehr, dass mein werter Kollege Dumas seiner einzigen Tochter erlaubt hat, die Kunstakademie Cormon zu besuchen.«

Sein Lächeln wurde sardonisch. »Dennoch kann ich mir beim besten Willen nicht vorstellen, dass er Ihren heutigen Besuch in meiner Galerie gutheißen würde.«

Valéries Röte vertiefte sich. »Da haben Sie recht, Monsieur. Deshalb bitte ich Sie ganz herzlich, ihm nichts davon zu erzählen.«

»Dieser Bitte komme ich gerne nach, Mademoiselle. Denn sie bereitet mir nicht die geringste Mühe. Ihr verehrter Vater pflegte mich bislang keines einzigen Blickes zu würdigen, geschweige denn, je einen Fuß in meine Galerie zu setzen. Einmal spähte er verstohlen durch die Fenster und entfernte sich sofort, als ich ihn begrüßen wollte.«

Valérie senkte den Blick und fühlte sich zunächst sehr verlegen. »Ich weiß, Monsieur. Mein Vater lehnt alle modernen Stilrichtungen der Malerei ab.«

Dann hob sie entschlossen den Kopf. »Doch das gilt nicht für mich. Wenn Sie den Künstler Pissarro das nächste Mal treffen, richten Sie ihm bitte meine uneingeschränkte Bewunderung für seine herrlichen Werke aus!«

Mit einer Mischung aus Respekt und Spott neigte der Kunsthändler den Kopf. »Das werde ich gerne tun, Mademoiselle Dumas. Darf ich dabei denn auch Ihren Namen nennen?«

In einer plötzlichen Aufwallung von Trotz erwiderte Valérie: »Selbstverständlich, Monsieur Durand-Ruel. Ich bitte sogar ausdrücklich darum.«

Da es noch früh genug dafür war, machten die drei halt im Café Tambourin. Elise Lambert, die gerade im Dienst war, begrüßte sie und servierte Kaffee und den Herren einen Cognac dazu.

Nachdenklich rührte Valérie Zucker und lauwarme Milch in ihre Tasse. »Wenn ich malen könnte, wie ich dürfte, würde ich es mit dem Stil von Pissarro versuchen. Was würdet ihr tun?«

Zu ihrer Überraschung schloss sich keiner der anderen ihrer Meinung an. »Mein großes Vorbild ist Edgar Degas«, sagte Henri. »Er kann alles malen. Seine Balletttänzerinnen sind fragil und sehr hübsch. Die Büglerinnen, die wir heute gesehen haben, hat er dagegen so realistisch dargestellt, dass sie fast schon hässlich wirken. Dabei hat er zum Ausdruck gebracht, wie anstrengend die Arbeit dieser Frauen ist.

So will ich auch malen, und so habe ich es vor meiner Pariser Zeit sogar schon versucht. Ich habe meine Mutter und eine Reihe einfacher Menschen so dargestellt, wie ich sie wahrgenommen habe. Nicht idealisiert, sondern mit dem Ausdruck im Gesicht, wie sie sich gerade gefühlt haben. Ich will die Wirklichkeit nicht schönen, sondern so wiedergeben, wie sie ist.«

»Mich hat keine der Stilrichtungen überzeugt«, meinte Pascal. »Pissarro ist mir zu verschwommen, Degas zu übertrieben realistisch, und Renoirs Motive sind mir zu oberflächlich. Natürlich ist alles besser als das, was wir gerade lernen«, beteuerte er hastig, als er die indignierten Mienen von Valérie und Henri bemerkte.

Dann lachte er und zwinkerte beiden zu. »Aber vielleicht entwickle ich ja meinen ganz eigenen Stil.«

Kapitel 25

ÉLYSÉE MONTMARTRE

ENDE JANUAR 1886

»Was machst du denn da, Louise?«, fragte Elise schockiert. »Du willst dir doch nicht schon wieder den Schlüpfer aufknöpfen?«

La Goulue grinste und machte ungerührt weiter. »Was schert mich der blöde Vater Anstand? Der soll sich um seinen eigenen Kram kümmern.«

Der Mann mit diesem Spitznamen hieß eigentlich Robert Coutelas und war von Beruf Fotograf. Im Nachtleben fungierte er jedoch als selbst ernannter Sittenwächter und arbeitete mittlerweile mit der Pariser Sittenpolizei zusammen, die der zunehmenden Verstöße gegen die Moral kaum mehr Herr wurde.

»Und was ist, wenn er dich anzeigt? Dann musst du vor Gericht und kriegst eine Geldstrafe oder sogar ein Auftrittsverbot.«

Elises Mahnung verhallte fruchtlos. La Goulue zuckte lediglich mit den Achseln und überprüfte noch einmal, ob ihr Dutt auf dem Oberkopf fest genug saß.

In diesem Augenblick erschien die ältliche Garderobiere in der Tür. »Beeilt euch, Mädels! Es geht gleich los!«

Louise warf einen letzten Blick in den mannshohen Spiegel und drehte sich dabei um die eigene Achse. Ihr Kostüm für den Mitternachtstanz bestand aus einer zarten rosa Batistbluse, die fast durchsichtig wirkte, und einem dazu passenden Rock in grellem Pink. Er war mit aufgestickten Kirschen verziert.

Darunter trug La Goulue einen Unterrock aus zwölf Meter Stoff, der am Saum mit Spitzen verbrämt war, schwarze Strümpfe bis knapp über die Knie und hochhackige schwarze Schuhe.

Wie Louise hatte sich auch Elise ein Kleid für den neuen Mitternachtsball nach ihren Wünschen anfertigen lassen dürfen. Sie hatte sich für eine hellblaue Bluse und einen dunkelblauen Rock mit dezenten hellblauen Stickereien entschieden. Unterrock, Strümpfe und Schuhe waren bei allen Tänzerinnen gleich.

Wie Agostina Segatori schon nach der Ablösung des lüsternen Direktors durch seinen damaligen Stellvertreter vorhergesehen hatte, ging Bernard Miller seinen Weg und strotzte inzwischen vor eigenen Ideen. Damit verlieh er dem Ély eine ganz eigene Note.

Das Programm mit den verschiedenen Tanzvorführungen und Auftritten von Sängern und Schauspielern, die kleine Pantomimen und Sketche zum Besten gaben, hatte früher von zehn Uhr abends bis zwei Uhr früh gedauert. Nachdem das Publikum jedoch insbesondere von den Cancan-Nummern so begeistert war, hatte Miller das Programm zum Beginn des neuen Jahres geändert:

Jetzt begann die Show bereits um halb zehn und dauerte nur zwei Stunden bis halb zwölf. Dann gab es eine Pause, in der sich die Tänzerinnen umziehen konnten und ein Teil der Stühle im Zuschauerraum von Saaldienern weggeschafft wurde, um eine große Tanzfläche frei zu machen.

Um Punkt Mitternacht begann nämlich jetzt der öffentliche Ball, an dem nicht nur sämtliche im Ély angestellten Tänzerinnen teilnahmen, sondern auch jedermann aus dem Publikum, der wollte. Da der Cancan ursprünglich aus der Quadrille entstanden war, einem Tanz für Paare, hatte Miller allen Tänzerinnen die Auflage gemacht, ihren eigenen Tanzpartner mitzubringen. Im Gegenzug hatte er den Lohn pro Abend erhöht, für Tänzerinnen ohne Soloauftritt wie Elise von drei auf fünf Francs.

Für La Goulue war diese neue Anforderung kein Problem, sondern sogar eine große Chance gewesen. Denn wie weiland in der Moulin de la Galette konnte sie jetzt wieder gemeinsam mit Valentin, dem Knochenlosen, auftreten. Der hatte sich nicht nur sehr über diese Möglichkeit gefreut, sondern verlangte auch keinen Centime Honorar von ihrer Gage.

Elise hatte selbstverständlich André gefragt, ob er die Auftritte mit ihr gemeinsam bestreiten wolle. Denn davon hing ja auch die Erhöhung ihrer Gage ab. André hatte daher zunächst zugestimmt. Die Sache erwies sich jedoch als zunehmend schwierig. Denn war André in der Moulin de la Galette noch ein ganz passabler Tanzpartner gewesen, konnte er im Ély nicht mehr mit den Partnern der übrigen Tänzerinnen mithalten.

Schon zweimal hatte Bernard Miller Elise darauf angesprochen, ohne dass sie einen Rat gewusst hätte. Doch jetzt war nicht der Zeitpunkt, darüber zu grübeln.

Denn kaum hatte sie die große Tanzfläche betreten, kündigte ein Schlag der Zimbeln, gefolgt von einem heftigen Trommelwirbel, den Beginn des Balls an. Schon hob Monsieur Dufour seinen Taktstock, um das vierzigköpfige Orchester beim ersten Stück zu dirigieren.

Wie üblich eröffnete La Goulue den Tanz. Anfangs schritt sie geziert wie eine Herzogin über die Tanzfläche, an ihrer Seite Valentin, der Knochenlose. Schnell wurden ihre Bewegungen immer lebendiger, und schließlich gab sie sich ganz dem Cancan hin.

Die anderen Tanzpaare folgten dem Rhythmus von La Goulue, solange ihre Ausdauer es erlaubte. Als die Melodie in die Abschlusssequenz, den Galopp, überging, wirbelte Louise wie ein Zyklon über die Fläche. Sie drehte sich immer schneller um sich selbst, ihre Unterröcke flogen bis hinauf zu ihrem Chignon auf dem Oberkopf.

Valentin hielt scheinbar mühelos mit. Auch er zeigte Tanzfiguren, die ihm niemand nachmachen konnte. Bald beugte er rückwärts den Kopf bis hinunter zu seinen Kniekehlen und hielt dabei seinen Zylinder mit einer Hand fest. Bald schlang er die Beine abwechselnd rund um die Hüfte und sprang dabei hoch in die Luft. Es wirkte tatsächlich so, als ob seine Knochen aus Gummi bestehen würden.

Rund um die Tanzfläche hatte sich die Menge der Schaulustigen versammelt, die zum Takt der Musik klatschten und immer lauter johlten, während Louise und Valentin an den übrigen Tanzpaaren vorbeitobten.

Schließlich hob La Goulue die Beine abwechselnd weit gespreizt über die Schulter bis zum Kopf. Die Menge stöhnte lustvoll auf. Wahrscheinlich erhaschte sie gerade einen flüchtigen Blick auf ihre unbedeckte Scham.

Elise tat ihr Bestes, um nicht hinter Louise und auch Lucienne, genannt Grille d'Égout, zurückzustehen. Doch während Luciennes Partner ein professioneller Tänzer war, wurden Andrés Bewegungen immer hölzerner und gleichförmiger. Elise tanzte um ihn herum, schwenkte ebenfalls ihre Röcke und hob die Beine, hielt sie an der Wade fest und drehte sich dabei an Andrés Hand. Doch sie hatte Mühe, unverdrossen zu lächeln. Sogar während ihres wilden Tanzes wurde ihr immer klarer, dass André nicht mit den anderen Männern gleichziehen konnte. Selbst einige Herren aus dem Publikum zeigten lebhaftere und kreativere Figuren.

Plötzlich verstummte die Musik abrupt. Vor das Orchester war ein in einen schwarzen Anzug gekleideter Mann getreten. Der Sittenwächter, den man »Vater Anstand« nannte. Mit ausgestrecktem Zeigefinger wies er auf La Goulue. Und zu Elises Entsetzen auch auf sie selbst.

»Ich habe an Ihnen nichts auszusetzen, Mademoiselle«, erklärte Vater Anstand kurze Zeit später zu Elises Erleichterung, nachdem sie zu dritt die Garderobe betreten hatten. »Ich habe Sie nur als Zeugin dazu gebeten, damit die da« – wieder wies er verächtlich auf La Goulue – »am Ende nicht noch wilde Märchen erzählt.«

Dann wandte er sich mit verkniffenem Gesicht an Louise. »Ich habe Sie bereits gestern verwarnt, Mademoiselle Weber. Doch heute musste ich erneut sehen, dass Sie Ihre intimste Körperstelle öffentlich preisgeben. Das kann ich nicht dulden. Ich sehe mich daher gezwungen, Sie morgen bei der Sitte zu melden. Dort wird man zumindest dafür sorgen, dass Ihre schamlosen Vorführungen nicht mehr stattfinden. Wenn Sie Glück haben. Sonst …« Er ließ das Wort drohend im Raum stehen.

Obwohl sie eigentlich damit hätte rechnen müssen, fiel Louises trotziger Gesichtsausdruck in sich zusammen. Er wich einem Ausdruck großer Angst, wie Elise ihn kaum je zuvor bei ihr gesehen hatte.

»Bitte! Bitte, verehrter Monsieur Coutelas!« Auch ihre Stimme klang jetzt flehend. »Das ist ein erneutes Missgeschick! Ich weiß auch nicht, wie das passieren konnte.«

»Sie wollen mir weismachen, dass sich sämtliche Knöpfe Ihres Schlüpfers wieder von selbst gelöst haben? Alle sechs?«

Louise hob in gespielter Verzweiflung die Hände. »Ja, verehrter Monsieur. Genau so muss es gewesen sein. Bei meinem wilden Tanz sind die Knöpfe aufgegangen. Vielleicht sind die Knopflöcher ausgeleiert! Ich versichere Ihnen, ich werde diese Unterhose nie wieder beim Tanzen tragen.«

Von draußen ertönte immer stärker werdender Lärm. Erst nach und nach erkannte Elise, dass er von heftigem Füßestampfen herrührte. Schon klopfte es laut an die Garderobentür. Mit bleichem Gesicht stand Bernard Miller, der Direktor, im Rahmen.

»Bitte, Monsieur Coutelas, die Menge beginnt bereits zu toben! Die ersten verlangen den Eintritt zurück, wenn La Goulue nicht weitertanzt. Was Sie auch immer an Louise Weber auszusetzen haben, bitte bereinigen Sie es rasch! Sonst gibt es heute Abend einen Skandal!«

»Mit unabsehbaren Folgen für das Ély«, fügte Miller hinzu, als die Miene des Sittenwächters zunächst hart blieb. »Ich zeige mich auch erkenntlich.« Schon glitt seine Hand in die Innentasche seines Jacketts.

»Unterstehen Sie sich!«, schnarrte Coutelas. »Ich bin nicht bestechlich!«

Dann wandte er sich wieder an Louise. »Ein letztes Mal will ich Gnade vor Recht ergehen lassen, Mademoiselle!« Er betrachtete La Goulue mit einem Ausdruck, als wäre sie ein ekliges Insekt. »Doch wenn Sie sich weiter in der Öffentlichkeit schlimmer benehmen als eine Hure, wird das Konsequenzen haben! Jetzt brauche ich Ihre Hilfe, Mademoiselle …?«

»Elise«, beeilte sie sich zu antworten. »Elise Lambert.«

»Nun gut. Ich werde jetzt mit Monsieur Miller die Garderobe verlassen. Ich warte jedoch vor der Tür. Nehmen Sie dies!«

Er reichte Elise die Kette von Sicherheitsnadeln, die er bei seinen nächtlichen Streifzügen um den Hals trug. »Sie werden hiermit den Schlüpfer dieses Dämchens verschließen. Wenn Sie das getan haben, geben Sie mir Bescheid, damit ich mich persönlich vom Ergebnis überzeugen kann.«

Sobald die Männer den Raum verlassen hatten, setzte sich La

Goulue mit gespreizten Beinen auf den Frisiertisch. »So ein elender Wicht!«, knurrte sie.

Elise beugte sich zu Louise hinunter. Sie knöpfte zunächst den Stoff im Schritt zu und bemühte sich, dabei nicht allzu genau hinzusehen. Selbst sie empfand es als ungehörig, die nackte Scham einer anderen Frau zu sehen.

Dann verschloss sie den Stoff zwischen den Knöpfen jeweils zusätzlich mit einer Sicherheitsnadel.

»Autsch!«, maulte La Goulue. »Stech mich nicht!«

»Wie soll ich denn jetzt mit dem ganzen Kram zwischen den Beinen weitertanzen?«, schimpfte sie, als Elise fertig war. »Das tut teuflisch weh.«

»Das hättest du dir früher überlegen müssen. Ich hab sowieso nie verstanden, warum du dir so eine Unterhose zugelegt hast.«

La Goulues Laune besserte sich so rasch, wie sie sich verschlechtert hatte. »Das ist 'ne Spezialanfertigung.« Sie zwinkerte Elise zu. Dann seufzte sie hörbar. »Hat mich 'ne Menge Kohle gekostet. Leider umsonst, wie's jetzt aussieht.«

»Na ja«, tröstete sie sich dann selbst. »Wenn die Knöpfe zu sind, ist sie schon verdammt unbequem.«

Erst als sich Monsieur Coutelas durch einen Blick zwischen La Goulues Beine persönlich davon überzeugt hatte, dass keine Gefahr mehr von ihrer Unterhose ausging, erlaubte er Bernard Miller die Fortsetzung der Veranstaltung.

Aus Dankbarkeit gab der Direktor Elise und André den Rest des Abends frei. »Das werde ich Ihnen nicht vergessen«, versprach er Elise. Und fügte hinzu: »Wenn Sie wie La Goulue und Grille d'Égout den Spagat beherrschen, setze ich Sie als Solotänzerin ein.«

»Aber Sie brauchen einen neuen Tanzpartner«, raunte er ihr

beim Abschied ins Ohr, was Elises Hochgefühl sofort dämpfte. Auch André hatte anscheinend gespürt, dass er nicht länger im Ély bleiben konnte.

»Ich schaff das einfach nicht, *Chérie*«, gestand er ihr müde auf dem Heimweg. »Ich komm heut Nacht ja kaum mehr die Butte hoch, ohne dass mir die Knie zittern. Nach zwölf Stunden Arbeit als Tischler um Mitternacht noch zwei Stunden tanzen, das halt ich nicht länger durch.«

Er warf ihr einen ängstlichen Seitenblick zu. »Bitte, versteh das, mein Lieb! Sag dem Direktor, er soll dir einen anderen Tanzpartner suchen! Du bist inzwischen so gut, dass er dir deine Gage hoffentlich lässt.«

»Hoffentlich!«, wiederholte Elise. »Du weißt doch, wir brauchen das Geld. Die Wäscherei läuft immer schlechter. Meine Mutter hat inzwischen schon Angst, dass Madame Claude sie ganz zumachen will.«

»Dann musst du eben den Spagat lernen! Frag Lucienne, wie sie das gemacht hat. Sie konnte ihn zuerst doch auch nicht. Ich bin sicher, sie wird dir helfen.«

»Aber das schaff ich nicht neben der ganzen Arbeit«, wandte Elise ein. »Woher soll ich die Zeit zum Üben nehmen?«

»Sag Madame Claude, dass du nur noch vormittags bügeln kommst!«, schlug André vor. »Die bezahlt dich am schlechtesten. Was du dadurch an Lohn verlierst, verdien ich eben dazu.«

Auf dem restlichen Heimweg den steilen Hügel hinauf ließ Elise sich Andrés Idee durch den Kopf gehen. Als sie schließlich das Häuschen in der Rue Caulaincourt erreicht hatten, war sie davon überzeugt, dass dies der richtige Weg für sie war.

Kapitel 26

WOHNUNG UND ATELIER VON HENRI TOULOUSE-LAUTREC

MÄRZ 1886

»Ach, was gäbe ich darum, wenn ich die Freiheit hätte, mich ebenfalls auf meine Weise im Malen zu üben«, seufzte Valérie, nachdem sie sich die jüngsten Werke von Henri und Pascal angeschaut hatte.

Zum Jahreswechsel war Henri in ein neu erbautes Haus an der Ecke der Rue Tourlaque zur Rue Caulaincourt gezogen und hatte sich dort eine große Wohnung mit eigenem, hellem Atelier gemietet.

Obwohl Baron Haussmann schon vor über fünfzehn Jahren seines Amtes als Erneuerer von Paris enthoben worden war, wurden seine Prinzipien auch in Montmartre weiterhin umgesetzt. Die Elendsviertel auf dem Maquis mit ihren baufälligen Häusern und Holzhütten mussten Jahr für Jahr ein Stück den neu angelegten Straßen und modernen Wohnhäusern im Stil von Haussmann weichen.

Obwohl das ursprüngliche Flair von Montmartre dadurch immer mehr verloren ging, bedauerten Henri, Pascal und Valérie diese Entwicklung nicht. Keiner von ihnen hätte in einem solchen Elendsquartier wohnen wollen, wie man sie noch immer auf den unbefestigten Ödflächen des Maquis fand.

Pascal gab Valérie einen Kuss auf die Nasenspitze. »Wie gefällt dir denn, was du siehst?«

Valérie betrachtete das begonnene Gemälde aufmerksam. Es zeigte die Rückseite einer Frau, die über einen See blickte. »Etwas in dieser Stilrichtung habe ich noch nie gesehen«, begann sie. »Die Farben gefallen mir gut, du scheinst sie nicht gemischt zu haben. Alles ist deutlich zu erkennen. Mit dem Impressionismus von Pissarro und Renoir hat die Gestaltung nichts gemeinsam.«

»Fällt dir denn gar nichts Besonderes auf?« Pascal klang eine Spur ungeduldig.

Valérie sah noch einmal genauer hin. »Die Konturen!«, rief sie dann. »Du hast jede größere Fläche schwarz umrahmt! Dadurch kommen die Bildelemente viel besser zur Geltung.«

Pascal grinste vor Freude über das ganze Gesicht. »Exakt. Ich hab dir doch schon in der Galerie von Durand-Ruel gesagt, dass ich meine ganz eigene Stilrichtung entwickeln möchte.«

»Du Glücklicher!«, seufzte Valérie erneut. »Ich dagegen muss mich tagein, tagaus mit Cormons geleckter Malerei herumplagen. Denn ich habe keinen anderen Ort zum Malen. Schon gar nicht in modernen Varianten.«

Seit Henri das neue Atelier gemietet hatte, stellte Pascal sich nach dem Unterricht nahezu täglich dort ein, um zu malen. Da Valérie und er sich nach wie vor abends höchstens einmal pro Woche treffen konnten, wollte sie diese kostbare Zeit von der ersten Minute an nutzen, um mit ihm allein zu sein.

Denn dafür hatte es in jüngster Zeit gleich mehrere Hindernisse gegeben. Wie von Valérie schon seit einiger Zeit befürchtet, hatte ihre Mutter Amélie Henri vor zwei Wochen erneut zum Nachmittagskaffee eingeladen. Um das Thema zur Sprache zu bringen, das ihr bereits seit Monaten auf der Seele lag.

»Verehrter Comte de Toulouse-Lautrec«, begann sie, nachdem sie Henri das zweite Stück Zitronentarte aufgedrängt hatte. »Nun gehen Sie schon seit einem ganzen Jahr regelmäßig mit meiner Tochter Valérie aus. Ich gestehe freimütig ein, dass ich gehofft hatte, aus Ihrer studentischen Freundschaft würde vielleicht eine innigere Beziehung erwachsen.«

Sie hielt inne und sah Henri durchdringend an.

Da Valérie ihn darauf vorbereitet hatte, was auf ihn zukommen würde, hatte er sich im Vorfeld seine Antwort gut überlegt.

Scheinbar verlegen strich er sich über den schwarzen Bart.

»Liebe, verehrte Madame Dumas! Lieber Monsieur Dumas«, wandte er sich an den ebenfalls anwesenden Vater Valéries, der unruhig auf seinem Stuhl herumrutschte. Valérie wusste, dass er Amélie vergeblich von ihrem Vorhaben abzubringen versucht hatte.

»Sehen Sie mich doch an, verehrte Madame! Sie sehen einen erbarmungswürdigen Krüppel, der Valérie kaum bis zur Schulter reicht.« Mit diesen Worten stand er auf und stützte sich schwer auf seinen Gehstock.

»Auch mein Gesicht ist nicht gerade das eines Adonis.«

Valérie unterdrückte ein Kichern, als sie das ratlose Gesicht ihrer Mutter sah. Natürlich wusste Amélie nicht, dass Adonis ein Jüngling aus der griechischen Mythologie war, der aufgrund seiner Gesichtszüge und seiner Gestalt als Sinnbild für männliche Schönheit galt.

Alphonse räusperte sich unangenehm berührt, doch Henri fuhr rasch fort.

»Sie allerdings, verehrte Madame und Monsieur Dumas, haben diesem entzückenden Wesen das Leben geschenkt. Wie vermessen wäre ich denn, zu hoffen, dass Valérie jemals so in Liebe zu mir entbrennen würde, dass wir den Bund der Ehe eingehen könnten?«

»Liebe ist die Grundlage einer jeden guten Ehe«, mischte sich Alphonse hastig ein, wohl wissend, dass dies keineswegs die Basis der Ehe mit Amélie gewesen war. Sie hatte seinen Antrag seinerzeit nur widerwillig angenommen.

Doch so leicht ließ sich seine Gattin nicht von ihrem Vorhaben abbringen. »Viele Ehen werden zunächst nicht aus Liebe geschlossen, sondern aus weitaus vernünftigeren Gründen. Mich dünkt, für meine Tochter Valérie wäre es eine außerordentliche Ehre, die zukünftige Comtesse de Toulouse-Lautrec zu werden. Die Liebe würde sich dann sicher im Lauf der Zeit einstellen.«

Valérie spürte ihr Gesicht heiß werden. Nun ging ihre Mutter eindeutig zu weit. Fast kam es ihr so vor, als solle sie als Ehefrau regelrecht verschachert werden.

Doch Henri erwies sich als der heiklen Situation gewachsen. Er machte eine tiefe Verbeugung vor Amélie.

»Verehrte gnädige Frau! Was gäbe ich darum, in eine so wunderbare Familie einheiraten zu dürfen. Doch auch Valérie hat ein Wörtchen dabei mitzureden. Daher frage ich dich, meine Liebe: Schätzt du unsere Freundschaft, oder wünschst du dir mehr?«

Valérie zögerte einen Moment lang mit der Antwort. Henri half ihr über die Klippe. »Sag mir bitte die reine und volle Wahrheit!«

»Lieber Henri«, folgte Valérie ihm auf seinem eingeschlagenen Pfad. »Ich schätze unsere Freundschaft über alle Maßen. Doch deine Ehefrau, bis dass der Tod uns scheidet, könnte ich niemals werden.«

Amélie sog hörbar die Luft ein. »Aber …«, setzte sie bereits zu einer erneuten Gegenrede an, als Alphonse sie rüde unterbrach.

»Ich bitte dich, meine Liebe! Du hast doch die Antworten der beiden gehört. Nun lass es bitte gut sein und erspare uns weitere Peinlichkeiten!«

Valéries Herzschlag begann, sich zu beschleunigen. Denn nun kam der alles entscheidende Teil, den Henri und sie vorbereitet hatten.

Er verbeugte sich erneut tief vor Amélie. »Darf ich dennoch ein Herzensanliegen an Sie herantragen, gnädige Frau?«

Der Hoffnungsschimmer in Amélies Augen erlosch bei Henris nächsten Worten so rasch, wie er aufgeflammt war. »Valérie ist mir eine wunderbare Studienfreundin, deren Gesellschaft etwas Sonne in meine Einsamkeit bringt. Darf ich hoffen, dass Sie mir weitere Treffen mit Ihrer Tochter nicht versagen werden?«

»Selbstverständlich nicht, lieber Comte«, kam Alphonse seiner Frau zuvor. »Es ist nicht nur Valérie, sondern auch uns eine ausgesprochene Ehre, sie in Ihrer hochwohlgeborenen Gesellschaft zu wissen.«

Dagegen hatte Amélie nichts mehr einwenden können und sich seither wohl oder übel in ihr Schicksal gefügt, nicht die Schwiegermutter eines hochadeligen Herrn zu werden.

Valérie hatte dagegen betroffen den traurigen Unterton in Henris Stimme wahrgenommen, als er seine Einsamkeit betonte. Denn sie wusste von ihm selbst, wie sehr er sich nach der aufrichtigen Liebe einer Frau sehnte. Doch dieses Glück blieb ihm sogar bei der Gelegenheitsprostituierten Carmen versagt, die Henri *Red Rosa* nannte. Bei ihrem Kennenlernen hatte er sie aufgrund ihres flammend roten Haars gebeten, ihm in seinem privaten Atelier Modell zu stehen.

Nun ging Valérie weiter zu Henris Staffelei. Carmen war nirgends zu sehen. Trotzdem legte er letzte Hand an ein Gemälde an, das sie als Wäscherin zeigte. Er hatte Red Rosa im Profil gemalt, wie sie, müde von ihrer schweren Arbeit auf einen Tisch gestützt, aus dem Fenster sah. Das rote Haar fiel ihr weit über die Stirn, ihr Blick war in die Ferne gerichtet und wirkte abwesend.

»Das Gemälde ist wunderschön geworden«, lobte Valérie. »Es erinnert mich an die Büglerinnen von Edgar Degas, ist aber viel ausdrucksvoller.«

Wieder verschönte ein freudiges Lächeln Henris Gesicht. Er errötete leicht. »Das ist eines der größten Komplimente, die ich jemals erhalten habe. Du weißt doch, ich halte Degas für den bedeutendsten lebenden Künstler.«

»Du kannst mit ihm mithalten«, antwortete Valérie spontan. »Denk nur daran, wie gut du Pascal mit deinem Porträt getroffen hast.«

Das erste Gemälde, das Henri in seinem neuen Atelier hergestellt hatte, war in der Tat das Bildnis ihres Geliebten gewesen. Valérie wünschte sich nichts sehnlicher, als es in ihrem Zimmer aufhängen zu können. Doch dies war noch unmöglicher als zuvor.

Denn nun, da Amélies hochfliegende Pläne von einer Heirat zwischen ihrer Tochter und Henri geplatzt waren, machte sie in jüngster Zeit eine Andeutung nach der anderen: Valérie sei im besten heiratsfähigen Alter und dürfe keine alte Jungfer werden. Ihre Mutter hatte bereits angekündigt, sich nach geeigneten Ehekandidaten umzusehen und sogar Père Zacharie diesbezüglich einzubinden.

Abends bestand sie jetzt wieder darauf, dass Valérie pünktlich nach der Akademie nach Hause kam. Nur ein Machtwort ihres Vaters hatte verhindert, dass Valérie auch wieder zum Mittagessen heimkommen musste.

Glücklicherweise gab Cormon den Kunstschülern in diesem Studienjahr häufiger die Aufgabe, Bilder alter Meister im Louvre zu kopieren. Da das Museum bis acht Uhr abends geöffnet war, dienten Valérie solche Exkursionen ab und zu als Ausrede, um wie heute länger fortzubleiben. Auf kritische Nachfragen Amélies deckte Henri sie nach wie vor und begleitete sie hinterher nach Hause.

»Ich bin meinerseits sehr froh darüber, Valérie, dass Toulouse-

Lautrec dir nie einen Heiratsantrag gemacht hat und das auch nicht beabsichtigt«, hatte Alphonse kurz nach Henris Eingeständnis zugegeben. »Ich glaube, keine Frau kann mit einem so entstellten Mann glücklich werden, selbst wenn er so reich ist und einen so ehrenwerten Charakter hat wie Henri.«

Valérie war heute noch traurig, wenn sie an diese Bemerkung ihres Vaters dachte. Denn sie war nur allzu wahr. Auch ohne Pascal in ihrem Leben hätte Valérie sich nie in Henri verliebt. Jetzt stellte sich heraus, dass dies nicht einmal eine Prostituierte wie Carmen vermochte. Seither tat Henri ihr aufrichtig leid.

Denn Abend für Abend wartete er auf Red Rosa. An drei von vier Tagen kam sie nicht, obwohl Henri sie gut für ihre Liebesdienste bezahlte. In seiner Enttäuschung griff er in jüngster Zeit immer häufiger zum Alkohol. Roch er am Morgen in der Akademie nach Cognac, konnten Pascal und Valérie daran erkennen, dass Red Rosa ihn wieder einmal versetzt hatte.

Seit dem Beginn seiner Beziehung zu ihr stellte er ihnen beiden in der Hoffnung, sie werde kommen, auch sein Schlafzimmer nicht mehr zur Verfügung. Obwohl er jetzt allein in der Wohnung lebte und sie keine Rücksicht mehr auf seine früheren Mitbewohner nehmen mussten.

Das resultierende Dilemma hatte Henri auf eine Weise gelöst, die charakteristisch für ihn war. Denn er war zwar ein feiner Kerl und guter Freund, aber keineswegs so ehrenwert, wie ihre Eltern ihn einschätzten.

»Ich kenne da ein Stundenhotel, wo niemand danach fragt, ob ihr verheiratet seid«, hatte er der zunächst verblüfften, dann beschämten Valérie vorgeschlagen. »Die Zimmer sind sauber, und die Wirtin ist verschwiegen. Das Haus wird nur sehr selten von der Sittenpolizei heimgesucht.«

Pascal teilte Valéries Skrupel nicht und nahm Henris Angebot sofort an. »Was sollen wir denn sonst tun? Mein Vater hält mich nach wie vor so knapp, dass ich mir kein anderes Zimmer leisten kann als das bei dem Hausdrachen.«

»Aber … man wird mich für eine jener …« – Valérie suchte nach Worten – »… eine jener zweifelhaften Damen halten, du weißt schon, die gegen Geld …«

»Na und? Wen schert das schon? Hauptsache, *ich* weiß, dass du nicht zu dieser Sorte gehörst. Und Bekannte von dir wirst du dort schwerlich treffen.«

»Und wenn doch? Wenn Henri solche Häuser kennt, warum soll nicht auch ein anderer Student aus der Akademie, der einen ähnlichen Hausdrachen wie du als Vermieterin hat, dort einkehren?«

Pascal stutzte, stimmte Valérie dann aber zu. »Dann verschleierst du eben dein Gesicht.« Damit fand er schließlich eine einfache Lösung, die sich mittlerweile sogar schon einmal bewährt hatte.

Denn im Foyer des Hotels hatte Valérie eines Tages jenes Mädchen wiedergesehen, das sie für die Schwester von Elise Lambert hielt. Die war dort allerdings mit einem anderen Mann aufs Zimmer gegangen als dem, der sich im vergangenen Sommer vor der Tür des Chat Noir so schlecht benommen hatte. Auch wenn das Mädchen sie nicht kannte, hätte es sie bei einem zufälligen Zusammentreffen zwischen Elise und Valérie wiedererkennen können.

Diese Umstände führten dazu, dass Valérie trotz ihrer ungebrochenen Liebe für Pascal zunehmend spürte, dass sie all diese Heimlichkeiten satthatte. Sie wünschte sich von ganzem Herzen mehr Freiheit.

Kapitel 27

AUF HALBER HÖHE DER BUTTE VON MONTMARTRE

MAI 1886

Tief in Gedanken stieg Elise das steilste Stück der Rue Lepic hinauf. Ganz oben, kurz nach dem Aufgang zur Moulin de La Galette, hatte sich Lucienne Beuze, auch Grille d'Égout genannt, eine kleine Wohnung gemietet.

Wie die Maler ihr Atelier, unterhielt Lucienne in einem Extraraum ihr kleines Tanzstudio. Dort übte sie selbst, gab aber auch nach wie vor Unterricht im Cancan.

»Wenn du den Spagat bis spätestens Ende Mai beherrschst, gebe ich dir die Stunden umsonst«, hatte sie Elise vor einigen Monaten angeboten. Elise hatte sie nach jenem Abend, als André im Ély aufgehört hatte, darauf angesprochen.

»Und wenn nicht?«

»Dann berechne ich dir nachträglich fünfzig Centimes pro Stunde.«

Elise kannte natürlich den Hintergrund dieser ungewöhnlichen Vereinbarung. Zum Sommer wechselte im Ély das Programm vor dem nach wie vor sehr beliebten Mitternachtsball. Lucienne erhoffte sich Elise als neue Duo-Partnerin für den vorhergehenden Showteil.

»Ich kann La Goulue immer weniger ausstehen«, gestand sie Elise freimütig ein. »Mit ihr gemeinsam zu tanzen, ist eine

Strafe. Die Mundwinkel tun mir hinterher weh vom erzwungenen Lächeln bei unseren Auftritten.«

Dass Lucienne auch noch die beiden jüngsten Tanzwettbewerbe in den Folies Bergère und im Ély gegen La Goulue verloren hatte, machte die Sache nicht besser.

Doch das Publikum, das jeweils zum Schiedsrichter ernannt worden war, schätzte die laut Lucienne »vulgäre Art«, auf die La Goulue tanzte, eben mehr als die elegante Weise, in der Grille d'Égout den Cancan präsentierte.

Aus für Elise unerfindlichen Gründen galt Lucienne auch durchweg als hässlich im Vergleich zu La Goulue. Zwar waren ihre weit auseinanderstehenden Zähne, die ihr den Spitznamen »Kanalgitter« eingetragen hatten, und der vorstehende Oberkiefer tatsächlich ein Manko. Aber Lucienne hatte längst gelernt, diesen Nachteil der Natur durch eine geschickte Mimik weitgehend zu kaschieren.

Wenn allerdings die einschlägige Presse die beiden miteinander verglich, schnitt La Goulue wegen ihrer rotblonden Haare und ihrer üppigen Figur weitaus besser ab als die brünette Lucienne, die viel schlanker war. Lediglich Luciennes Liebhaber, ein Journalist namens Henri Rochefort, betonte in seinen Artikeln den Gegensatz zwischen den beiden Tänzerinnen zugunsten von Grille d'Égout.

»Sie tanzt unbeschwert, lebendig, charmant und beweglich«, charakterisierte er ihren Stil. »Sie wirkt sinnlich, ohne jemals ordinär zu werden.«

La Goulue hatte er dagegen als grimmig, hochmütig, unverschämt und provokativ beschrieben. »Völlig im Gegensatz zum Code der Verführung, den Lucienne Beuze verkörpert.«

Natürlich hatte Louise Weber vor Wut geschäumt. Fast wäre sie Lucienne in der Garderobe des Ély sogar an die Kehle gegangen.

Daraufhin hatte Lucienne den Direktor Bernard Miller darum gebeten, von Duo-Auftritten mit La Goulue im neuen Programm entbunden zu werden.

»Es gäbe eine Tänzerin, die ich Ihnen gern für ein Duo vorschlagen würde«, hatte Miller geantwortet. »Es ist Elise Lambert. Mit dem neuen Tanzpartner, den ich ihr zur Seite gestellt habe, macht sie sich beim Mitternachtsball schon sehr gut. Aber die Bedingung ist, dass sie den Spagat beherrscht.«

Deshalb übte Elise diese schwierigste aller Tanzfiguren des Cancan bereits seit vielen Wochen.

Die Zeit zum Üben hatte sie anfangs, wie André es ihr geraten hatte, von ihrer Arbeitszeit als Büglerin abgezogen. Dies hatte Madame Claude zunächst zähneknirschend akzeptiert, Elise jedoch den Lohn um mehr als die Hälfte auf nur sechzig Centimes pro Tag für fünf Stunden Arbeit gekürzt.

Dann war eine völlig unerwartete Krise eingetreten. Anfangs unmerklich, dann immer deutlicher, hatte sich Madeleine Weber, Louises Mutter, nach dem Streit mit dem Marquis verändert. Obwohl La Goulue dem Adeligen längst den Laufpass gegeben hatte, schien sie unter dem empörenden Lebenswandel ihrer Tochter so sehr zu leiden, dass sie zuerst gemüts-, später sogar körperlich krank geworden war.

Zuerst ließ ihre Fertigkeit als Büglerin nach. Mehrfach versengte sie teure Kleidungsstücke oder verfleckte sie mit getrockneter Stärke, die kaum mehr entfernt werden konnte. Schließlich begann sie, immer schlimmer zu husten. Ende März war sie schließlich so krank geworden, dass sie das Bett nicht mehr verlassen konnte. Sie leide an galoppierender Schwindsucht, war die Auskunft des Arztes, den La Goulue reuevoll engagierte, als sie von der Krankheit ihrer Mutter erfuhr.

Obwohl Louise sich bereit erklärt hatte, jede noch so teure

Behandlung zu bezahlen, besserte sich Madeleines Zustand nicht.

Anfang April stellte Madame Claude daher Elise vor die Wahl, entweder wieder ganztags in der Büglerei mitzuarbeiten oder die Stelle ganz aufzugeben. Hätte Elise nicht gerade die ersten größeren Fortschritte beim Erlernen des Spagats verzeichnen können, hätte sie diesem Ansinnen womöglich nachgegeben.

Ohne zu ahnen, was dies für Konsequenzen haben würde, riet selbst ihre Mutter Jeanne Elise, lieber weiter zu üben, um eine so bekannte Tänzerin wie La Goulue oder Grille d'Égout zu werden, anstatt ihr Lebtag arm zu bleiben.

Zweimal hoffte Jeanne danach, einen Ersatz für Madeleine gefunden zu haben. Zweimal wurde sie enttäuscht. Mehrere Wochen lang bemühte sie sich, die gesamte Arbeit in der Büglerei allein zu bewältigen. Obwohl sie fast täglich von sechs Uhr morgens bis Mitternacht arbeitete, war es letztlich vergebens.

»Ich schließe die Wäscherei Ende Mai«, hatte Madame Claude der entsetzten Jeanne und den beiden verbliebenen Waschfrauen vor einigen Tagen mitgeteilt. »Aber ich habe bei Monsieur Bardot ein gutes Wort für euch eingelegt. Ihr könnt dort alle zum Juni als Wäscherinnen beginnen.«

Monsieur Bardot war der Besitzer der großen Wäscherei am Boulevard de Clichy, auf die der unaufhaltsame Niedergang der Wäscherei Madame Claudes zurückging. Man munkelte, er habe der Madame eine Stange Geld geboten, um die unliebsame Konkurrenz ein für alle Mal loszuwerden.

»Monsieur Bardot will mich aber nicht in der Plätterei beschäftigen«, hatte Jeanne am Abend dieses Tages Marianne und Elise tränenüberströmt berichtet. »Es gibt nur einen Platz für mich als einfache Waschfrau. Mit einem Verdienst von eineinhalb Franc pro Tag.«

Hätte Agostina Segatori mit ihrem großen Herzen nicht zugestimmt, dass Elise ihre Arbeitszeit im Café Tambourin wieder erhöhte, hätten die Lamberts finanziell nicht mehr ein noch aus gewusst. Denn auch André konnte kaum etwas beisteuern, da er einen großen Teil seines Lohns nach wie vor für die Tilgung seiner Schulden bei dem Wucherer benötigte. Marianne ging nun auf die siebzig zu. Sie führte den Haushalt und besorgte die Einkäufe, konnte mit ihren selbst gemachten Arzneien aber nur unwesentlich zum Lebensunterhalt beitragen.

Daher blieb die Lage weiterhin kritisch. Jetzt arbeitete Elise wieder jeden Nachmittag im Café, auch vor ihren Auftritten im Ély. Für ihre Tanzstunden und zum Üben blieb ihr nur die Zeit am Vormittag.

Besonders hart war es sie angekommen, dass sie das Angebot Fernand Cormons ablehnen musste, wieder ganztägig Modell in der Akademie zu stehen. Doch dann hätte sie nie die Chance gehabt, den Spagat in der von Lucienne geforderten Zeit zu beherrschen.

»Alles oder nichts«, murmelte sie jetzt vor sich hin, während sie mit gesenktem Kopf weiter hinaufstieg. »Schaffe ich den Spagat, zahlt mir Bernard Miller in den ersten beiden Monaten fünfzig Francs pro Woche. Komme ich beim Publikum an, will er die Gage auf achtzig Francs erhöhen. Genauso viel, wie er Lucienne bezahlt.«

Nur La Goulue verdiente noch mehr, nämlich einhundert Francs pro Woche.

»Schaffe ich den Spagat nicht, schulde ich Lucienne mindestens zwanzig Francs und weiß nicht, wo ich die hernehmen soll.«

Gerade passierte sie den Aufgang zur Moulin de la Galette und richtete ihren Blick nach oben zur Mühle, als sie mit dem Knie hart gegen ein Hindernis stieß.

»Pass doch auf, du blödes Ding!«, fuhr eine ärgerliche Stimme sie an. Als Elise sich erschrocken umsah, erkannte sie, dass sie gerade gegen den Hocker eines jener Freiluftmaler gestoßen war, die die Straßen von Montmartre seit einiger Zeit bevölkerten.

Der Maler war anscheinend gerade aufgestanden, sodass der leere Hocker umgestürzt und auf eine Palette mit angemischten Farben gefallen war.

»Ich bitte um Verzeihung, Monsieur«, entschuldigte sich Elise.

»Das will ich wohl meinen, Blindschleiche.« Der Mann ließ sich nicht besänftigen. Er war untersetzt, mit einem farbverschmierten Kittel und einer löchrigen Leinenhose bekleidet, hatte auffällig rote Haare und einen ebensolchen Vollbart.

Ein kurzer Blick auf seine am Rand des schmalen Gehsteigs stehende Staffelei zeigte Elise, dass er die Moulin de la Galette malte. Von dieser Perspektive aus auf der Spitze des Hügels, samt der hölzernen Treppe, die hinaufführte. Das Gemälde gefiel Elise an sich ganz gut, aber die hochfahrende Art des Mannes ärgerte sie.

»Allerdings ist dieser Gehweg kein Atelier, Monsieur«, beschied sie ihm unwillig. »Sie versperren den Fußgängern mit Ihrem Zeug den Weg.«

»Und Sie versperren mir die Aussicht auf mein Motiv!«, reagierte der Maler unbeeindruckt barsch. Er sprach Französisch mit einem harten Akzent. Offenbar war er ein Ausländer. »Also gehen Sie mir jetzt aus dem Licht, Mademoiselle!«

Einen Augenblick lang war Elise versucht, auf die unverschämte Anweisung im gleichen Ton zu reagieren. Dann entschied sie, dass es die Sache nicht wert sei. Gerade schlug die Uhr von Saint-Pierre elfmal, sie war also ohnehin bereits zu spät dran.

Deshalb hastete sie wortlos weiter. Ihr Dienst im Café Tambourin begann um zwei Uhr nachmittags. Doch an Tagen nach einer Aufführung im Ély war Lucienne nicht bereit, ihre Übungsstunde früher zu geben.

Schließlich kam Elise außer Atem vor Luciennes Haus an und verharrte kurz, um sich zu sammeln und Luft zu schöpfen. Denn heute würde sie endlich den finalen Sprung in den Spagat wagen.

Vorausgegangen waren teils qualvolle Übungen, denn diese Figur erwies sich als überaus schmerzhaft. Anfangs war Elise sogar der einfache Spagat im Sitzen am Erdboden schwergefallen. Dies hatte sich zwar schnell gebessert. Aber jeder weitere Fortschritt war erneut mühsam gewesen.

Zuerst musste sie aus der Hocke erlernen, in den Spagat zu kommen. Dann aus dem Stand, danach aus langsam höher werdenden Sprüngen. Mehrmals zog sie sich Prellungen und leichte Zerrungen an den Oberschenkeln zu.

Anfangs hatte sie nicht verstanden, warum Lucienne sie anwies, sich ein schmales Kissen zwischen die Beine zu binden. Bis sie ohne diesen Schutz zum ersten Mal den barbarischen Schmerz spürte, als sie aus einem nur kniehohen Sprung mit gespreizten Beinen hart auf ihrer Scham landete.

»Das vergeht mit der Zeit, Elise«, versicherte Lucienne. »Man gewöhnt sich daran, und außerdem werden die Stellen immer unempfindlicher.«

Wenigstens verstand Elise jetzt, warum La Goulue mit den Sicherheitsnadeln und Knöpfen zwischen den Beinen »teuflisches Weh« befürchtet hatte, nachdem Vater Anstand sie dazu verdonnert hatte, damit den Spalt in ihrer Unterhose zu schließen.

Zum Glück hatte Lucienne recht behalten. Mit der Zeit hatte sich Elise an die blauen Flecken genauso gewöhnt wie an die Schmerzen.

Lucienne öffnete ihr sofort, als sie den Türklopfer betätigte. »Du bist spät«, maulte sie, winkte bei Elises Entschuldigung jedoch ab. »Lass uns gleich mit dem Üben beginnen. Schließlich muss ich Bernard Miller schon nächste Woche mitteilen, ob ich als Duo-Partnerin mit dir rechnen kann oder nicht.«

Eine Stunde später fühlte Elise sich völlig erschöpft. Trotz des Kissens, das sie sich zu Beginn der Stunde wieder zwischen die Beine gebunden hatte, waren die Schmerzen von Anfang an nahezu unerträglich gewesen. Denn in diesen finalen Sprung gelangte man während des Galopps, der schnellen Endsequenz einer jeden Cancan-Melodie, nur mit großem Schwung nach dem klassischen abwechselnden Schwingen beider Beine in die Luft. Schneller und schneller mussten diese Bewegungsabläufe durchgeführt werden, bis man schließlich mit dem bevorzugten Sprungbein, bei Elise war es das rechte, absprang, die Beine schon hoch in der Luft spreizte und ohne jede Federung auf dem harten Boden aufprallte.

Doch während sich Elise bemühte, die Tränen zu unterdrücken, zeigte Grille d'Égout sich zufrieden.

»Das übst du jetzt jeden Tag mindestens eine Stunde lang!«, gab sie ihr mit auf den Weg. »Dann bist du für das neue Programm bereit.«

Wieder behielt Lucienne recht. Als Elise ihre Vorführung vor Bernard Miller am letzten Maitag absolvierte, beherrschte sie die Bewegungssequenzen mit dem abschließenden Spagat so gut, dass der Direktor begeistert Beifall klatschte.

»Ich wusste doch, dass Sie Ihren Weg als Tänzerin gehen werden, Mademoiselle Lambert«, lobte er sie. »Willkommen im Spitzenensemble des Élysée Montmartre!«

Kapitel 28

IN DER GALERIE GOUPIL

ANFANG JULI 1886

»Nun, ich bin wirklich gespannt, was uns hier heute erwartet.«

Alphonse Dumas wirkte außerordentlich skeptisch, als er mit Valérie an seiner Seite die Filiale der renommierten Kunsthandlung Goupil am Boulevard Montmartre betrat. Dort fand heute Abend eine Vernissage von Künstlern der sogenannten Schule von Barbizon statt.

Valérie hatte sich im Vorfeld der Ausstellung mit Henri und Pascal im Café Tambourin über die Maler dieser Stilrichtung unterhalten.

»Sie bilden die Brücke zwischen dem Akademischen Stil und dem Impressionismus«, erklärte Henri, der wie üblich am besten informiert war. »Sie haben sich auf Landschaftsgemälde konzentriert, aber nicht idealisiert, wie im Akademischen Stil, sondern die Natur realistisch dargestellt.«

»So viel wieder einmal zur Wirklichkeitsnähe unserer geleckten Malerei«, murrte Pascal. Valérie wusste, dass es ihm inzwischen immer schwerer fiel, die von Cormon gestellten Aufgaben zu dessen Zufriedenheit zu erfüllen.

»Wollen wir zusammen zu Goupil gehen?«, schlug Henri schließlich vor.

Valérie schüttelte mit einer Mischung aus Bedauern und Spott den Kopf. »Leider nein. Ihr werdet es nicht glauben! Aber mein erzkonservativer Vater hat sich entschlossen, die Einladung Theo van Goghs anzunehmen und die Vernissage morgen Abend mit mir zu besuchen.«

»Wie das?« Henri und Pascal waren erstaunt.

Valérie hob die Schultern. Ihr spöttisches Lächeln vertiefte sich. »Nun, anlässlich des gerade beendeten Pariser Salons sind einige bekannte Sammler in die Stadt gekommen. Aus Deutschland, Belgien, Großbritannien und sogar den Vereinigten Staaten und Kanada. Viele von ihnen haben schon häufig etwas in der Galerie meines Vaters gekauft. Also hatte er sich auch diesmal mit etlichen Werken eingedeckt, die im diesjährigen Salon ausgestellt waren.«

Sie machte eine absichtliche Pause und trank einen Schluck ihres Café crème.

»Du willst uns doch jetzt nicht sagen, dass die Sammler diesmal nichts bei deinem Vater erstanden haben«, schoss Pascal ins Blaue.

Valérie nickte wieder. »Er hat tatsächlich nur fünf Gemälde verkauft, und das sogar unter dem Preis, den er ursprünglich verlangen wollte. Denn einige der Kunden haben ihm gesagt, dass sie seine Auswahl inzwischen zu altmodisch finden. Und zum Beispiel explizit nach Werken von Camille Corot und François Daubigny gefragt. Beide sind wichtige Vertreter der Schule von Barbizon. Aber mein Vater hat noch nie eines ihrer Gemälde in seiner Galerie angeboten. Also musste er viele Interessenten unverrichteter Dinge ziehen lassen.«

»Dann hatte Theo van Gogh wohl den richtigen Riecher«, schloss Pascal. »Seine Vernissage wird nahezu ausschließlich mit Werken dieser beiden verstorbenen Künstler bestritten.«

»So ist es«, bestätigte Valérie. »Mein Vater hat mir gesagt, van Gogh habe eine große Anzahl von Gemälden dieser Maler für die Galerie Goupil erworben.«

Henri bestätigte das. »Man munkelt, viele wurden bereits im Vorfeld von Sammlern gekauft oder es wurden zumindest Gebote abgegeben. Da Theo van Gogh die Vernissage jedoch bereits mit viel Tamtam angekündigt hatte, mussten sich die Käufer verpflichten, die Werke vorläufig in der Ausstellung zu belassen.«

»Nun, wir werden auf jeden Fall auch hingehen«, erklärte Pascal. »Dann treffen wir dich ja dort in Begleitung deines Vaters.«

Valéries Herzschlag hatte sich beschleunigt. Dies würde die erste Begegnung ihres Vaters mit ihrem Geliebten sein.

Dass Theo van Goghs Vernissage großen Anklang fand, registrierte Valérie gleich nach ihrer Ankunft. Eine Menschenmenge drängte sich bereits um die ausgestellten Gemälde.

»Ich habe dir doch gesagt, dass wir besser früher aufgebrochen wären«, raunte sie ihrem Vater zu.

Alphonse war mit Absicht erst eine Stunde nach dem angekündigten Beginn eingetroffen. »Allzu viel wird ohnehin nicht los sein«, hatte er in seiner Ignoranz vermutet und wurde jetzt eines Besseren belehrt.

Es war daher ein Zufall, dass Theo van Gogh gerade ihren Weg kreuzte. Ihm folgte ein mürrisch aussehender rothaariger Mann in einem schlecht sitzenden Anzug.

»Monsieur Dumas!« Theo van Gogh begrüßte Alphonse herzlich. »Wie schön, dass Sie meine Einladung doch noch angenommen haben. Ich hatte gar nicht mehr mit Ihnen gerechnet.«

Ein rascher Seitenblick auf ihren Vater zeigte Valérie, dass Alphonse nicht im Geringsten verlegen wirkte. »Nun ja, lieber van Gogh. Man muss mit der Zeit gehen. Ich wollte mich zumindest einmal informieren, was es mit diesen Malern von Barbizon auf sich hat.« Und er fügte hinzu: »Wenn Goupil ihnen eine Ausstellung widmet, muss ja etwas an ihren Werken dran sein.«

In der Tat war Goupil, wie alle Galerien nach ihrem Gründer benannt, die älteste und bekannteste Kunsthandlung in Paris, wenn nicht in ganz Frankreich. Sie unterhielt schon lange Filialen in New York, London und weiteren europäischen Hauptstädten.

Theo van Gogh leitete einen der beiden Pariser Standorte. »Ich zeige Ihnen gleich persönlich einige der schönsten Gemälde«, versprach er. »Doch zunächst möchte ich Sie mit meinem älteren Bruder Vincent bekannt machen.«

Während Valérie mechanisch die Begrüßungsformel erwiderte, ließ sie den Blick verstohlen zwischen diesen beiden ungleichen Brüdern hin und her schweifen.

Theo war ein gut aussehender, elegant in einen Abendanzug gekleideter Herr, den sie auf höchstens Anfang dreißig schätzte. Er musste viel kaufmännisches Talent besitzen, wenn er bereits in so jungen Jahren eine Filiale dieser renommierten Kunsthandlung leitete. Im Gegensatz zu seinem Bruder wirkte er mit den nach hinten gekämmten gewellten Haaren und dem akkurat gestutzten Schnurrbart sehr gepflegt.

Vincent dagegen schien mindestens zehn Jahre älter zu sein. Das grobe Gesicht verlebt, Haare und Vollbart struppig. Valérie war später sehr erstaunt, als sie erfuhr, dass die beiden nur vier Jahre Altersunterschied trennten.

Erst bei näherem Hinsehen erkannte man die einzige Gemeinsamkeit zwischen den Brüdern. Es waren die blauen Augen, wobei Vincents Augen einen dunkleren Farbton hatten.

»Vincent ist Maler«, erklärte Theo sichtlich stolz. »Ich glaube, ein sehr guter Maler. Er ist im Februar nach Paris gekommen und will im Herbst in die Abschlussklasse der Akademie Cormon eintreten.«

»Oh! Dann werden Sie ja einer meiner Mitstudenten!«, entfuhr es Valérie. Vincent musterte sie skeptisch und kratzte sich hinter einem seiner etwas abstehenden Ohren. Dabei bemerkte sie die Farbreste unter seinen Fingernägeln.

»Gleich in die Abschlussklasse?«, echote Alphonse.

»Ja«, bestätigte Theo. »Mein Bruder malt bereits seit vielen Jahren. Davor hat er auch bei Goupil in London und Paris gearbeitet. Unser Onkel Cent ist einer der Gesellschafter der Compagnie und leitet die Filiale in Amsterdam.«

»Aha!« Alphonse war erstaunt. »Dann sind Sie also ebenfalls ausgebildeter Kunsthändler, Monsieur?«, sprach er Vincent direkt an. Er strich sich nachdenklich über den inzwischen von grauen Strähnen durchzogenen Bart. »Ich kann mich leider gar nicht an Sie erinnern.«

Vincent verzog den Mund und wich Alphonses Blick aus. Theo dagegen errötete leicht. »Mein Bruder arbeitete nur kurz in Paris. Der Kunsthandel lag ihm nicht. Sein eigentliches Talent ist die Malerei.«

In diesem Augenblick kam ein Kellner mit einem Tablett gefüllter Champagnerflöten vorbei. »Aber ich habe Ihnen noch gar nichts zu trinken angeboten«, lenkte Theo von der ihm offenbar peinlichen Vergangenheit seines Bruders ab.

»Welche Kunstrichtung bevorzugen Sie?«, fragte Valérie Vincent.

»Nun, natürlich die Akademische Malerei«, antwortete Alphonse, bevor Vincent sich äußern konnte. »Was hätte er wohl ansonsten bei Cormon zu suchen?«

In diesem Moment fiel Theos Blick auf einen weiteren späten Ankömmling. »Entschuldigen Sie mich bitte, Mademoiselle und Monsieur Dumas! Ich muss mich auch um meine anderen Gäste kümmern. Würdest du die Herrschaften an meiner statt herumführen, Vincent?«

Der wirkte zwar alles andere als begeistert, nickte aber.

»Dürfen wir uns anschließen?«, fragte eine bekannte Stimme in Valéries Rücken.

Sie fuhr ein wenig zu schnell herum. Hinter ihr standen Pascal und Henri.

Man stellte sich gegenseitig vor. Valérie glaubte zu erkennen, dass ihr Vater Pascal wohlwollend musterte. Aber vielleicht bildete sie sich das auch nur ein.

»Zeigen Sie uns doch bitte einige Gemälde von Corot und Daubigny, die Sie besonders schätzen«, ergriff Alphonse die Initiative.

Wortlos drehte Vincent sich um und drängte sich an ihnen voran durch die Menge. Schließlich blieb er vor einem Gemälde stehen.

»Das ist der *Wald von Fontainebleau*«, erklärte er mit einem harten Akzent. Auch dadurch unterschied er sich von seinem Bruder Theo, dessen Französisch makellos war. Bei Vincent hörte man den Niederländer deutlich heraus. »Eins von Corots Werken aus seinen späten Jahren. Man ordnet es dem Realismus zu. Mein Bruder hat es bereits verkauft. Es tritt demnächst seine Reise nach Übersee an.«

»Wie schade!«, äußerte Valérie spontan. »Mich sprechen die unterschiedlichen Grüntöne an. Der Maler hat es verstanden, den dichten Wald licht erscheinen zu lassen, ohne ein einziges Stück Himmel abzubilden.«

»Wie Henri es uns schon erklärt hat«, fiel Pascal ein. »Dieser Stil bildet den Übergang zum Impressionismus. Für die Impressionisten steht das Spiel von Licht und Schatten im Mittelpunkt.«

»Die Farben könnten leuchtender sein«, warf Vincent ein. »Und der Kontrast zwischen hell und dunkel ist mir zu schwach.«

»Das sehe ich nicht so«, erwiderte Henri. »Es gehört eine

große Kunstfertigkeit dazu, die Sonnenflecken auf dem dunklen Waldboden so subtil darzustellen.«

Auf ähnliche Weise diskutierte die Gruppe weitere Gemälde von Corot und dem Maler Daubigny. Erst mit der Zeit bemerkte Valérie, die sich rege am Gespräch beteiligte, dass ihr Vater kein einziges Wort dazu beisteuerte.

Das schien unglücklicherweise auch Vincent nicht aufgefallen zu sein. »Sie sprachen mich doch darauf an, welcher Stil der meinige ist«, wandte er sich an Valérie. »Haben Sie Interesse daran, einige meiner jüngsten Werke zu sehen?«

»Sehr gern«, stimmten auch Pascal und Henri freudig zu. Nur Alphonse gab erneut keinen Laut von sich.

Vincent führte die Gruppe in einen kleinen Nebenraum, der kein Teil der Ausstellung war. Als er das Gaslicht anknipste, erblickten sie einige ungerahmte Bilder, die mit dem Rücken an die Wand gelehnt auf dem Boden standen.

Die vier musterten die Werke zunächst schweigend. Valérie äußerte sich zuerst. »Ich erkenne die Motive, die Sie gemalt haben. Sie stammen alle aus Montmartre. Dies hier ist sicherlich die Moulin de la Galette. Und das scheint mir eine Ansicht des ganzen Hügels zu sein. Leider war ich selbst in diesem Teil der Butte noch nie.«

»Warum haben Sie als Motiv ausgerechnet eine Ansicht mit den Elendshütten des Maquis gewählt?«, mischte sich zum ersten Mal Alphonse ein. »Das ist doch die besonders hässliche Seite von Montmartre.«

»Mir hat die Ansicht gefallen«, antwortete Vincent kurz angebunden mit deutlich spürbarem Trotz.

»Diese Gartenwirtschaft erkenne ich«, deutete Pascal auf ein anderes Bild. »Sie heißt Aux Billards en Bois. Waren wir dort nicht im letzten Sommer, Henri?«

»Ja, das ist doch die Guinguette ganz in der Nähe der Kirche Saint-Pierre! Habe ich recht, Monsieur van Gogh?«

»Sie haben ganz recht«, bestätigte Vincent Henris Eindruck.

»Wieder habe ich eine Frage an Sie, Monsieur. Warum haben Sie so düstere Farben für dieses fröhliche Motiv verwendet? Graue Tische, halb entlaubte Bäume. Es sieht aus wie im Herbst. Aber da waren Sie doch noch gar nicht in Paris, oder habe ich etwas missverstanden?«

Bei Alphonses Tonfall schwante Valérie Übles. Ihr Vater war nicht dafür bekannt, bezüglich seines Geschmacks ein Blatt vor den Mund zu nehmen.

»Ich habe das Bild im März gemalt«, erläuterte Vincent, suchte dabei aber den Blick der anderen Betrachter. »Der Himmel war grau an diesem Tag, das Laub vom Vorjahr hing teilweise noch an den Weinlauben, und nur wenige Tische waren besetzt. Ich habe es genau so dargestellt, wie ich es gesehen habe.«

»Wohl eher nicht«, kam Alphonse mit seinem Kommentar den anderen zuvor. »Denn man erkennt die Menschen kaum, die in den Lauben sitzen, so verwaschen, wie Sie sie dargestellt haben.«

Vincents Gesicht verzerrte sich zu einer hässlichen Grimasse. »Mein Bruder Theo überlegt durchaus, einige dieser Werke anzukaufen und in der Filiale auszustellen.«

Alphonse musterte Vincent kühl. »Nichts für ungut, Monsieur van Gogh. Aber damit dürfte Ihr Bruder schlecht beraten sein. Wäre ich der Inhaber von Goupil, würde ich ihm das schlichtweg untersagen.«

»Mir gefallen die Werke sehr gut, Monsieur Dumas«, widersprach zu Valéries Entsetzen ausgerechnet Pascal den Worten ihres Vaters. »Jedenfalls besser als jedes Werk, das ich im diesjährigen Salon gesehen habe.«

Alphonses Miene erstarrte. Er musterte Pascal mit stechendem Blick. »Ich glaube kaum, dass Fernand Cormon Ihre Meinung teilen würde, Monsieur Didier«, antwortete er mit schneidender Stimme. »Also tun Sie gut daran, sie nicht allzu offensichtlich zu äußern, falls Sie Wert darauf legen, Ihr Studium erfolgreich abzuschließen.«

»Und Sie, Monsieur van Gogh«, wandte er sich in versöhnlicherem Ton an Vincent, »haben gut daran getan, in die Akademie einzutreten. Da werden Sie lernen, korrekt zu malen.«

Der Rest des Abends verlief für Valérie bedrückend. Sobald sie den Nebenraum verlassen hatten, verabschiedeten sich die anderen drei von ihnen.

Als sie mit ihrem Vater in der Kutsche auf dem Heimweg saß, fragte Valérie traurig: »Warum warst du so unfreundlich zu Pascal und Vincent, Papa? Man muss doch tolerieren, dass es auch andere Malrichtungen gibt als die, die Fernand Cormon lehrt.«

»Junge Leute haben häufig Flausen im Kopf«, antwortete Alphonse barsch. »Das gilt zumindest für diesen Pascal Didier. Du solltest ihm in der Akademie tunlichst aus dem Weg gehen, sonst übt er am Ende noch einen schlechten Einfluss auf dich aus.«

»Aber Vincent van Gogh ist viel älter«, entgegnete Valérie, während ihr der Mut sank. »Sein eigener Bruder hält ihn für einen begabten Maler.«

Selbst im Dunkeln konnte sie die abschätzige Handbewegung ihres Vaters erkennen. »Ach, der!«, antwortete er verächtlich. »Theo ist offenbar blind vor Bruderliebe. Auch Cormon wird Vincent van Gogh nichts mehr beibringen können. Bei dem ist Hopfen und Malz verloren.«

Kapitel 29

IN EINEM GERICHTSSAAL IN PARIS

OKTOBER 1886

»Nun rufe ich Monsieur Robert Coutelas auf. Was hat Sie bewogen, die Anzeige gegen die drei Demoiselles Weber, Beuze und Lambert einzureichen? Und was sagen Sie zu den Ausführungen von Mademoiselle Beuze?«

Vater Anstand, wie er in den einschlägigen Kreisen genannt wurde, erhob sich, strich sein schwarzes Jackett glatt und trat vor den Richtertisch.

»Euer Ehren, schon lange beobachte ich das unzüchtige Treiben dieser Cancan-Tänzerinnen in den verrufenen Etablissements von Montmartre. Oder auch in den Folies Bergère, wo sie ebenfalls auftreten. Zwar nennen die Damen« – er betonte das Wort verächtlich – »ihre Darbietungen Kunst, wie eine von ihnen soeben ausgeführt hat. Doch haben ihre Vorführungen nichts mit professionellem Tanz, geschweige denn mit Artistik zu tun.«

»Was haben Sie denn daran auszusetzen, Monsieur Coutelas?«, fragte der Richter. Die Verhandlung fand gemäß ihrer geringen Bedeutung vor der untersten Instanz der Gerichtsbarkeit statt. Da es nicht um eine Strafsache ging, sondern lediglich um ein Verbot, gab es weder einen Ankläger noch eine Verteidigung. Im Vorfeld hatten sich die drei Frauen darauf geeinigt, Grille d'Égout das Wort zu überlassen, die vom ältlichen Richter bereits nach der Art ihrer Vorführungen befragt worden war.

Jetzt brach Elise der kalte Schweiß aus. Während der letzten Monate hatte sie unaufhörlich an ihren Auftritten gefeilt. Insbesondere ihre Nummern gemeinsam mit Lucienne machten ihr nicht nur Spaß, sondern fanden auch viel Anklang beim Publikum.

Wohl oder übel nahmen beide in der Show, die sie allabendlich zeigten, auch zwei Nummern zu dritt mit La Goulue in Kauf. Und natürlich war es wieder einmal Louise Weber, der sie die heutige Bredouille zu verdanken hatten.

Elise und Grille d'Égout hatten schon vor den ersten gemeinsamen Proben beschlossen, während ihrer Auftritte keinen Anstoß zu erregen. Sie trugen Hüte, ihre Kleider waren nur mäßig dekolletiert, die Schultern bedeckt. Am wichtigsten war ihnen, unter den Röcken keine nackte Haut mehr zu zeigen. Auch wenn sie ihre Beine hoch über den Kopf schwangen, erblickte das Publikum nur züchtige Schlüpfer, deren Verbrämung aus Spitze bis zu den Knien reichte. Darunter bedeckten raffiniert gemusterte Strümpfe vollständig ihre Unterschenkel.

Zugegebenermaßen sah man dies allerdings erst auf den zweiten Blick. Denn von La Goulue hatten sie den Trick übernommen, das Publikum durch hautfarbene Einsätze zu täuschen. Die vermittelten den Eindruck, ein Teil der Schienbeine bis hin zum Fußrist im hochhackigen Pump sei unbekleidet. Louise hatte auf diesem Accessoire bei ihren gemeinsamen Vorführungen bestanden. Abgesehen davon, dass es nahezu unmöglich gewesen wäre, zwischen den rasch aufeinander folgenden Tanznummern die Strümpfe zu wechseln, hatten Lucienne und Elise schließlich Gefallen daran gefunden.

Nicht nur das war ihnen jetzt zum Verhängnis geworden. Trotz ihrer inständigen Bitten war La Goulue nicht bereit gewesen, bei ihren Auftritten als Trio ähnlich züchtige Unterkleidung zu tragen wie sie. Stattdessen klafften zwischen den Rändern ihrer Beinlinge und den Strümpfen nach wie vor zehn Zentimeter nackte Haut. Die sie bei den gewagten Cancan-Figuren natürlich auch nicht mit den Volants ihrer Unterröcke bedeckte, wie es Elise von Grille d'Égout schon in ihren ersten Tanzstunden gelernt hatte und auch in ihren Soloeinlagen praktizierte.

Leider war das männliche Publikum von Louises provokativem Auftreten nach wie vor begeistert. Auch Elises und Luciennes Tänze, sei es als Duo oder einzeln, kamen gut an. Aber den kräftigsten Applaus heimste La Goulue ein. Manche behaupteten, weil sie immer noch die beste Tänzerin von den dreien sei. Doch Elise und Grille waren davon überzeugt, dass die ungenierte Zurschaustellung ihres Körpers das meiste zu ihrer Beliebtheit beitrug.

Die Show, die die drei jetzt im Ély zeigten, hatte auch dem Direktor der Folies Bergère so gut gefallen, dass er das Trio an den drei freien Abenden des Ély für das eigene Etablissement engagiert hatte. Dies brachte zwar mit sich, dass Elise zunehmend die Nacht zum Tag machte, aber finanziell nicht einmal mehr auf ihre Kellnerei im Café Tambourin angewiesen war.

Als dann auch noch der Direktor des Café-Concerts des Ambassadeurs, das im Zentrum von Paris direkt an den Champs-Élysées lag, Interesse an ihren Vorführungen zeigte, blieben dafür nur noch die frühen Abendstunden an drei Tagen pro Woche übrig.

Dennoch jubelte Elise. Noch vor einem halben Jahr war sie nur eine unbekannte Tänzerin im Corps gewesen. Nun kannte man den Namen Elise Lambert als den eines aufgehenden Sterns am Himmel des Cancan, wie es der Journalist Charles Desteuque in seinem Blatt *Gil Blas* bereits mehrfach betont hatte. Er hatte seinerzeit schon La Goulue zu ihrem Durchbruch verholfen.

Doch kaum hatte das Café des Ambassadeurs mit Plakaten

und großflächigen Anzeigen für ihre Auftritte zu werben begonnen, war Vater Anstand auf den Plan getreten. Und deshalb saßen die drei heute, in braven Kostümen in gedeckten Farben mit nahezu schmucklosen Hüten auf dem Kopf, auf der Arme-Sünder-Bank dieses Gerichts. Sowohl Elise als auch La Goulue hatten sich eigens zu diesem Anlass im Kaufhaus Printemps auf dem Boulevard Haussmann einkleiden müssen.

Nun richtete Vater Anstand sich zu seiner vollen Größe auf, was seinen vorstehenden Bauch betonte. Er räusperte sich, bevor er dem Richter antwortete.

»Was ich an den Vorführungen dieser Dämchen auszusetzen habe, Euer Ehren?«, wiederholte er zunächst dessen Frage. Dann räusperte er sich noch einmal. »Nuuun«, er zog das Wort in die Länge, »ich befürchte Schädigungen der Tugend unserer sittsamen Frauen und unschuldigen Kinder.«

Elise und Grille warfen sich einen verständnislosen Blick zu. Auch der Richter wirkte verwirrt.

Coutelas ließ ihm keine Zeit für eine Nachfrage, sondern schoss plötzlich zu den drei jungen Frauen herum, fixierte sie mit grimmiger Miene und deutete mit ausgestrecktem rechtem Arm und Zeigefinger auf sie.

»Diese drei … diese drei fragwürdigen Demoiselles sind alles andere als Künstlerinnen. Es sind kärglich bekleidete Schlampen, die beabsichtigen, alles zu zeigen, bis hin zur äußersten Grenze des Anstands, die noch erlaubt ist.«

Wieder machte er eine künstliche Pause. »Und sogar darüber hinaus!«

Da er sich nicht näher darüber ausließ, fragte der Richter nach. »Was meinen Sie damit?«

»Das kann ich in der Öffentlichkeit eines Gerichtssaals nicht äußern«, entgegnete Coutelas zunächst zu Elises Erleichterung.

Um gleich darauf anzubieten: »Doch ich sage es Ihnen gerne ins Ohr, Euer Ehren, damit Sie sich ein eigenes Urteil bilden können. Darf ich an den Richtertisch treten?«

Es war eine rhetorische Frage, denn Coutelas wartete die Erlaubnis des Richters erst gar nicht ab. Mit gestelzten Schritten ging er zu ihm und flüsterte ihm etwas zu, das im Rest des Gerichtssaals nicht zu verstehen war.

Die Wangen des ältlichen Richters röteten sich. »Unerhört!« Im Gegensatz zu Coutelas' Ausführungen war sein Kommentar im ganzen Saal deutlich zu verstehen.

Elise sank der Mut. Auch ohne die Worte von Vater Anstand zu kennen, wusste sie, dass er die Episode mit La Goulues aufgeknöpftem Schlüpfer zum Besten gegeben hatte.

»Das Café des Ambassadeurs verfügt über große Schaufenster«, beendete Coutelas seine Argumentation, nachdem er wieder auf seinen Platz zurückgekehrt war. »Nun stellen Sie sich vor, Spaziergänger, tugendhafte Frauen und unverdorbene Kinder, flanieren während einer solch unziemlichen Vorstellung am frühen Abend daran vorbei und werfen einen Blick hinein. Was für einen Eindruck müssten sie gewinnen?«

Er holte tief Luft und streckte seinen Bauch noch weiter vor. »Deshalb plädiere ich eindringlich dafür, den drei Damen eine Aufführung auf den Champs-Élysées zu verbieten. Es ist schlimm genug, was alles in Montmartre passiert. Deshalb meiden anständige Bürger dieses Viertel. Man darf die Schande jetzt nicht noch in die Mitte der Hauptstadt tragen.«

»Eigentlich könnt ihr doch froh sein, dass Vater Anstand nicht auch noch auf einem Auftrittsverbot im Ély und in den Folies Bergère bestanden hat«, kommentierte André das Urteil, als sie mit Jeanne und Marianne gemeinsam zu Abend aßen.

Zu Elises Kränkung über das ihrer Ansicht nach ungerechte Verbot, im Café des Ambassadeurs aufzutreten, gesellte sich nun auch noch Ärger über André. »Ich hab mir und Lucienne nicht das Geringste vorzuwerfen«, verteidigte sie sich. »La Goulue hat uns in diesen Schlamassel hineingezogen.«

André musterte sie mit einem Blick, den Elise von ihm nicht kannte. Auch die Worte, die folgten, hatte André bislang noch nie ausgesprochen.

»Ich bin froh, Elise, wenn wir endlich verheiratet sind und du dieses halbseidene Tun beendest.«

»Um Windeln zu waschen, Kinder zu hüten, auf den Knien Böden zu schrubben und wieder jeden Centime dreimal umzudrehen?«, brauste sie auf, ohne zu überlegen. »Dazu hab ich überhaupt keine Lust!«

André blieb ihr nichts schuldig. »Und ich hab keine Lust, dass in jedem Schmierblatt steht, meine zukünftige Frau führt sich auf wie eine Dirne. Meinethalben kannst du wieder als Büglerin oder Kellnerin arbeiten oder von mir aus deinen nackten Körper in der Akademie Cormon feilbieten. Das wäre mir lieber als dieses tägliche unanständige Gehopse vor Publikum.«

Elise schossen Tränen in die Augen. »Ich … ich dachte, du freust dich über meinen Erfolg! Bisher hast du mich immer unterstützt. Du hast mich sogar ermutigt, den Spagat zu erlernen. Und dadurch konnten wir zum ersten Mal wieder ein paar Sous in die Aussteuerkasse legen.« Sie schluchzte. »Sogar den neuen Hobel habe ich von meiner Gage bezahlt.«

»Damals wusste ich nicht, dass dich das neue Programm wegen unsittlichem Verhalten sogar vor Gericht bringt. Und dass jede Gazette von Paris darüber berichtet«, rechtfertigte sich André.

Elise war empört. »Ich tanze nicht unsittlich. La Goulue tut es, das ist wahr. Aber Lucienne und ich nicht.« Sie fuhr zu Jeanne und Marianne herum. »Sagt ihr doch auch mal was dazu!«

Marianne hob beschwichtigend ihre vom Rheuma verkrümmten Hände. »Nun beruhigt euch doch!«

Jeanne dagegen pflichtete André bei. »Ich kann deinen zukünftigen Mann schon verstehen, Elise. Wer möchte schon eine Verlobte haben, über die man sich derart das Maul zerreißt.«

»Meine Vorstellung ist nicht unzüchtig!«, schrie Elise mit schriller Stimme. »Ich habe hart mit Lucienne dafür geprobt. Kommt doch und seht es euch an, bevor ihr so ungerecht daherredet!«

Jeanne öffnete schon den Mund zu einer Gegenrede in gleicher Tonart. Da schlug Marianne ungewohnt energisch mit der Faust auf den Tisch.

»Sehr gut. Ich selbst bin zu alt für solche Vergnügungen. Aber Jeanne und André, geht euch die Vorführung im Élysée Montmartre morgen Abend ansehen! Um euch euer eigenes Urteil zu bilden. Kannst du Freikarten für die beiden besorgen?«

Elise nickte. »Ich denke, Bernard Miller wird es erlauben.« Sie war über Mariannes Vorschlag genauso verblüfft wie die anderen beiden.

Fast lag ihr schon La Goulues Behauptung auf der Zunge, die das Urteil sogar als Triumph gewertet hatte. »Eine bessere Reklame für unsere Show im Ély und in den Folies gibt es gar nicht«, hatte Louise gesagt, kaum dass sie aus dem Gerichtssaal heraus waren. »Ihr werdet sehn, die Leute rennen uns die Bude ein.« Und süffisant hatte sie hinzugefügt: »Gerade die ach so moralischen Bewohner vom Zentrum von Paris«.

»Also, wollt ihr euch selbst überzeugen?«, fragte Elise stattdessen Jeanne und André. Beiden blieb nichts anderes übrig, als zuzustimmen.

AUF DEM RÜCKWEG NACH MONTMARTRE

OKTOBER 1886, AM NÄCHSTEN ABEND

»Ich gestehe, ich muss Abbitte leisten«, sagte Jeanne zu André, als sie nach der Vorstellung im Élysée Montmartre auf dem Rückweg hinauf auf die Butte waren. »Nur La Goulue macht ihrem Namen tatsächlich alle Ehre. Hast du gesehn, dass sie einem Zuschauer auf dem Weg durch den Saal das Glas aus der Hand gegrabscht und ausgetrunken hat? Zum Dank durfte der Mann ihr den Hintern tätscheln.«

André gab einen Knurrlaut von sich, den Jeanne als Zustimmung deutete.

»Aber Elise und dieses andere Mädchen mit dem komischen Spitznamen haben sich gesittet benommen. Sie verzichten auf Eskapaden, wie die Bühne verlassen und durch den Saal tanzen, halten Abstand zum Publikum, wie sich's gehört, und lassen wirklich kein Stück Haut sehen.«

André erwiderte nichts und starrte mit verbissener Miene vor sich hin.

»Ich werd mich jedenfalls bei Elise entschuldigen, wenn ich sie das nächste Mal seh«, nahm Jeanne sich vor. Sie hatten das Ély vor dem Mitternachtsball verlassen, an dem Elise noch teilnehmen musste.

Obwohl ihr inzwischen schwante, dass André ihre Meinung nicht teilte, fügte sie hinzu: »Und das solltest du auch tun!«

Wieder knurrte er nur.

»Bedenk doch, wie hart Elise jeden Tag übt und wie viel Geld sie inzwischen verdient. Ganz anders als ich! Sieh dir mal meine Hände an!« Jeanne blieb im Gaslicht einer Laterne stehen und streckte die Arme aus. »Guck mal, die Haut ist ganz verschrumpelt und rot vom ewigen Bürsten und Wringen der Wäsche in der scharfen Seifenlauge. Die beißt so schlimm, dass ich die Schmerzen manchmal kaum aushalt.«

André blieb zwar stehen, zeigte sich jedoch unbeeindruckt. »Aber es ist ehrliche Arbeit, Jeanne. Auch wenn du kaum was damit verdienst.«

Jeanne begann, sich zu ärgern. »Und was Elise tut, ist unehrlich?«

»Sie tanzt jede Nacht vor geilen Kerlen und stellt dabei ihren Körper zur Schau. Auch wenn sie ihn verhüllt lässt. Aber das reizt solche Burschen sogar noch mehr als La Goulues fette nackte Schenkel.«

»Wie kommst du darauf?«

»Nach Elises zweiter Solonummer lag die ganze Bühne voller Blumen.«

Jeanne ging ein Licht auf. Er ist eifersüchtig, dachte sie. Vielleicht, weil sie mittlerweile viel mehr verdient als er. Aber vor allem, weil die Zuschauer sie reizend finden.

»Elise ist sehr hübsch und tanzt sehr gut, das ist wahr«, machte sie einen vorsichtigen Vorstoß. »Aber sie hält dir seit Jahren die Treue. Und daran wird sich auch trotz ihres Erfolgs nichts ändern.«

»Das wird sich zeigen«, erwiderte André abweisend.

Jeanne seufzte und gab auf. Heute Abend würde sie nichts mehr erreichen. Sie jedenfalls war stolz auf ihre Älteste.

Schweigend gingen sie eine Weile weiter. Der Gehsteig wurde schmaler. André ging Jeanne jetzt zwei Schritte voraus. Plötzlich spürte sie einen scharfen Schmerz unter der rechten Fußsohle. »Autsch! Ich glaub, ich hab 'nen Stein im Schuh. Wart mal grade!«

André blieb in der Nähe der nächsten Gaslaterne stehen. Jeanne bückte sich und zog sich den ausgetretenen Schuh vom Fuß. Außer den Holzpantinen, die sie im Waschhaus trug, besaß sie nur noch dieses eine Paar Lederschuhe. Bislang war sie zu stolz gewesen, um Elise um Geld für neue Schuhe zu bitten. Es war schon genug, dass ihre Tochter inzwischen den größten Teil des Wirtschaftsgeldes für sie und Marianne beisteuerte.

Jeanne richtete sich gerade wieder auf, als eine stark geschminkte Frau in einem mehr als offenherzigen grellbunten Fetzen auf André zutrat. »Na, Süßer? Wie wär's mit uns zwei, *mon Amour*?«, hörte Jeanne die Frau, offenbar eine Dirne, fragen. Die fuhr sich mit der Zungenspitze über die knallroten Lippen. »Drei Mäuse! Dafür mach ich alles, was du willst.« Als er nicht gleich reagierte, setzte sie nach. »Wirklich alles!«

Jeanne erstarrte zu Eis. Diese Stimme kannte sie. Und trotz der entwürdigenden Maskerade auch die Gestalt, die jetzt genau unter der Laterne stand.

Die Kehle war ihr wie zugeschnürt. Sie brachte vor Entsetzen kein Wort heraus. Wie gelähmt, beobachtete sie, dass nun auch André ins Licht trat. »Simone!«, rief er. Jeannes schlimmster Albtraum wurde wahr. »Schämst du dich gar nicht? Was ist denn aus dir geworden?«

Jeanne bewegte hilflos die Lippen, doch sie brachte weiterhin keinen Laut hervor.

»Oh, du bist ja der André!« Simone erkannte ihn erst jetzt. Dann drehte sie sich blitzschnell um und entfloh in die Dunkelheit.

»Simone!«, rief André ihr hinterher. »So wart doch und rede mit uns! Simone! Auch deine Mutter ist hier!«

Stattdessen öffnete sich quietschend ein Fenster über ihnen. Etwas Übelriechendes platschte auf das Trottoir. Instinktiv war Jeanne ein Stück zurückgesprungen.

»Lichtscheues Gesindel!«, schimpfte eine raue Stimme. »Haut ab, statt anständige Leute im Schlaf zu stören!«

Als das Fenster krachend wieder geschlossen wurde, kam André auf Jeanne zu und fasste sie am Arm. Im schwachen Licht sah sie, dass er kreidebleich war. »Du siehst aus wie ein Gespenst«, sagte er zu ihr.

Unter anderen Umständen hätte Jeanne über die Ähnlichkeit ihrer Eindrücke gelächelt. Jetzt verkrampfte sich ihr ganzer Körper. Verzweifelt schnappte sie nach Luft.

In seinem eigenen Schock nahm André ihren Zustand anscheinend nicht wahr. »Das also ist aus Simone geworden!« Er knirschte vor Wut mit den Zähnen. »Das hat dieser Lude aus ihr gemacht! Eine billige Straßendirne!«

»Da siehst du es«, fuhr er rüde fort. »Eine deiner Töchter ist schon verloren. Kannst du jetzt besser verstehn, warum ich mir Sorgen um die andere mache?«

Eine Stunde später saß Jeanne im Dunkeln am Küchentisch ihrer Wohnung. Sie fühlte sich noch immer wie gelähmt. Einen Moment lang hatte sie überlegt, ob sie Marianne wecken sollte. Doch dann war ihr plötzlich deren Stimme im Ohr geklungen.

»Meine Liebe, Simone ist die Tochter ihrer Mutter«, hatte die Alte gesagt, als Simone nicht von diesem schmierigen Luc lassen wollte.

Seither drehten sich ihre Gedanken im Kreis. Ich … ich bin schuld! Die Verzweiflung drohte sie zu übermannen. Ich hab ihr diesen Charakter vererbt! Die Anfälligkeit für eitles Geschwätz schlechter Männer. Von denen wir dann nicht mehr loskommen!

Egal, was sie mit uns machen! Meine Jüngste verkauft ihren Körper! Und die andre?

Elise! Plötzlich sah sie auch deren Auftritt, der ihr zuerst so gut gefallen hatte, in einem neuen Licht. Die Kusshände ins Publikum, das ihr nach ihrem Soloauftritt stehend applaudierte. Den Rock, den sie bis über die Knie gelupft hatte, als sie zum Dank knickste. Die eng anliegende Bluse, die ihre Brüste betonte.

Auch sie macht sich gemein mit der Gier der Männer. André hat recht. In ihren Adern fließt doch das gleiche Blut wie bei mir und Simone.

Die Uhr der Kirche Saint-Pierre schlug zweimal.

Nur noch vier Stunden, bis ich wieder ins Waschhaus muss. Wie soll ich das nur schaffen! Ich brech gleich zusammen. Monsieur Bardot ist gnadenlos. Dann entlässt er mich sofort. Wie gestern die arme Berthe! Die hat so schlimm gehustet und sich trotzdem zur Arbeit geschleppt. Hat nix genutzt. Was soll ich nur tun? Ich bekomm kein Auge zu.

Ziellos schweifte ihr Blick umher und blieb an einer Flasche Absinth hängen, die auf einem Wandbord stand. Marianne hatte den Alkohol als Gegenleistung für eine Kräutertinktur bekommen und wollte die Flasche eigentlich einem Gastwirt verkaufen.

»Aber nicht dem vom Totschläger«, hatte Jeanne noch halb bitter, halb spöttisch gemahnt. Das war die Kneipe, in der sich Jacques, der Vater ihrer Töchter, um den Verstand gesoffen hatte.

Absinth! Hab ich noch nie probiert. Aber vielleicht hilft mir die *Grüne Fee* durch diese furchtbare Nacht. Feen sind gütig.

Wie in Trance stand Jeanne auf, griff nach der Flasche und füllte sich einen kleinen Becher. Die grüne Flüssigkeit glitzerte im Schein des Mondes, der durchs Fenster fiel. Zucker hatte sie keinen im Haus, also musste es so gehen.

Sie setzte den Becher an die Lippen und nahm den ersten

Schluck. Gar nicht so übel, dachte sie. Würzig und angenehm. Sie nahm noch einen Schluck. Und dann noch einen. Schon spürte sie, wie ihr der starke Alkohol die Glieder erwärmte und ihr schwummrig zumute wurde. Angenehm schwummrig. Viel besser als das kalte Entsetzen davor!

Als der Becher leer war, füllte Jeanne ihn noch einmal und trank ihn in einem Zug aus. Dann sank ihr der Kopf auf den Tisch. Sie fiel in einen traumlosen schweren Schlaf.

Kapitel 30

CAFÉ TAMBOURIN

OKTOBER 1886

Valérie war selten so froh gewesen wie heute, die Akademie Cormon endlich verlassen zu können. Dank Henris Fürsprache musste sie jetzt auch an den Abenden, an denen er – nach Meinung ihrer Eltern – nicht mit ihr ausging, erst zwischen acht und spätestens neun Uhr zu Hause sein. Dadurch war sie an allen Wochentagen von Montag bis Freitag von den gemeinsamen Soupers mit ihren Eltern entbunden, was sie außerordentlich begrüßte. Denn die Spannungen zwischen Amélie und Alphonse waren inzwischen nicht mehr zu übersehen.

»Das müssen Sie verstehen, verehrte Madame Dumas«, hatte Henri ihrer Mutter bei einem erneuten Nachmittagskaffee nach dem zweiten Stück Zitronentarte erklärt. »Wir sind jetzt im letzten Studienjahr und können tagsüber in der Akademie nur in den Pausen ein paar hastige Worte miteinander wechseln. Doch Monsieur Cormon betont immer wieder, wie wichtig der Austausch unter uns angehenden Künstlern sei. Deshalb sollte auch Valérie dabei nicht fehlen.«

Valérie wunderte sich immer wieder darüber, wie gut Henri lügen konnte. Selbstverständlich hatte ihre Mutter ihm geglaubt und nicht einmal Einspruch erhoben, als ihr klar wurde, dass man sich in der Regel in einem der vielen Cafés am Fuß von Montmartre traf. Den Ausschlag gab wahrscheinlich, dass sie wider besseres Wissen noch immer auf eine Beziehung zwischen Henri und Valérie hoffte.

Dies hätte für Henri jedoch weniger zur Debatte gestanden denn je. Er war frisch verliebt. Nachdem Carmen sich im Spätsommer die roten Haare zu einem unnatürlichen Blond gefärbt hatte, war sie für Henri zuerst als Modell, dann auch als Gelegenheitsgeliebte immer uninteressanter geworden. Dennoch hatte er sich erst von ihr getrennt, nachdem Suzanne Valadon mit ihrem jetzt fast dreijährigen Sohn Maurice in eine kleine Wohnung im selben Haus gezogen war, in dem Henri seit Jahresbeginn lebte.

Suzanne kannte Henri aus der Akademie, er hatte sie auch schon früher als privates Modell engagiert. Jetzt ergriff er die Gelegenheit beim Schopf und verewigte sie auf vielen Skizzen, die er für sein Abschlussgemälde entwarf und wieder verwarf. Dabei kamen die beiden sich auch privat näher. Und anders als Red Rosa schien sich Suzanne wirklich etwas aus Henri zu machen.

Obwohl sie schon ein merkwürdiges Paar waren, wie Valérie einmal mehr auffiel, als sie sich nun mit Pascal zu den beiden an den Tisch setzte. Suzanne war eine schöne Frau. Ihre kastanienbraunen Haare bildeten einen interessanten Kontrast zu ihren blauen Augen. Besonders auffällig an ihrem Gesicht war die herzförmige Oberlippe mit dem tiefen Grübchen zwischen Nase und Mund. In seiner Verliebtheit pflegte Henri Suzanne selbst in aller Öffentlichkeit an dieser Stelle zu liebkosen.

Offenbar machte es den beiden auch nicht das Geringste aus, dass Suzanne einen Kopf größer als Henri war. Ihr zuliebe achtete er jetzt allerdings mehr auf sein Äußeres. Er glättete seinen ehemals struppigen Bart mit Pomade, ließ ihn regelmäßig beim Barbier stutzen und gleichzeitig die schwarzen Haare schneiden. Gingen die beiden wie heute Abend miteinander aus, umwehte Henri eine Wolke seines teuren Herrenparfüms. Am bemerkenswertesten war jedoch, dass er kaum mehr trank, seit er mit Suzanne zusammen war.

»Wo habt ihr denn Vincent gelassen?«, fragte er, als sie ein deftiges italienisches Abendessen bei Agostina bestellt hatten. »Diesmal wollte er doch endlich einmal mitkommen.«

Pascal hob die Achseln. »Eigentlich sollte er schon hier sein. Aber ich glaube, er ist noch in der Akademie geblieben, um die Skizze des heutigen Akts nachzubessern. Aber ob ihm das gelingt …?« Er ließ die Worte bedeutungsvoll in der Luft hängen.

»Wenigstens lässt er sich nicht so leicht entmutigen«, erwiderte Henri. »Es gehört schon ein dickes Fell dazu, sich von Cormon vor allen anderen so runterputzen zu lassen, wie der Alte das heute sogar mehrmals getan hat.«

Valérie nickte. Das war der Grund, warum sie es in der letzten Unterrichtsstunde kaum mehr ausgehalten hatte.

»Sie haben zwar ohnehin kein Talent, Monsieur van Gogh«, hatte Cormon Vincent angeschnauzt. »Doch Ihre Kenntnisse der Anatomie sind dermaßen erbärmlich, dass Sie nicht einmal zum Schlachter taugen würden, geschweige denn zum Maler.«

»Was Cormon heute zu Vincent gesagt hat, wird seinem Talent nicht gerecht«, warf sie nun ein. »Ich fand seine Gemälde schön, als ich sie während der Vernissage in der Galerie Goupil gesehen habe. Jetzt hängen sie im Schaufenster von Père Tanguy.«

»Aber verkauft hat er dort noch kein einziges«, sagte Pascal. »Im Gegenteil hat der gute Père sie in Zahlung für Farben und Leinwand genommen. Er wird wahrscheinlich darauf sitzen bleiben.«

Genau in diesem Augenblick öffnete sich die Tür. Vincent trat ein und sah sich suchend um. Er trug noch seinen mit Farben befleckten Malerkittel, dazu schlabberige Leinenhosen, die für die Jahreszeit viel zu leicht waren. Er war heute zum ersten Mal im Tambourin dabei.

Valérie und Pascal warfen sich einen vielsagenden Blick zu. Gerüchteweise war mittlerweile zu ihnen gedrungen, dass Theo van Gogh, der seinen älteren Bruder seit seiner Ankunft in Paris im Februar in seiner Wohnung aufgenommen hatte, über Vincents chronische Unordnung zunehmend verärgert war. Das hatte sich anscheinend auch nicht gebessert, seit die beiden in eine größere Wohnung in der Rue Lepic gezogen waren, in der Theo für Vincent sogar ein kleines Atelier eingerichtet hatte.

Schwer atmend ließ Vincent sich auf einen der Tamburinähnlichen Hocker fallen und winkte der Kellnerin. Zu Valéries Erstaunen war es Elise Lambert. Sie hatte die junge Frau schon längere Zeit nicht mehr im Café gesehen.

»Arbeiten Sie jetzt wieder hier, Mademoiselle Lambert?«, fragte sie neugierig, nachdem Elise Vincent ein Glas Absinth serviert hatte.

»Nur vorübergehend, Mademoiselle Dumas. Agostina hat mich um Hilfe gebeten, da gleich drei ihrer Bediensteten wegen Krankheit ausgefallen sind. Ich verdanke ihr so viel, dass ich gerne eingesprungen bin.«

Vincent sah Elise nach, als sie zurück zur Theke ging. »Die da gäbe ein gutes Modell ab«, sagte er.

Die anderen grinsten. »Wenn schon nicht für Anatomie, hast du zumindest dafür einen guten Blick«, antwortete Pascal ein wenig rüde. »Stell dir vor, jeder von uns hat sie bereits mehrmals gemalt. Übrigens wie Suzanne«, fiel ihm dann ein. »Sie war genauso wie Elise in unseren ersten Studienjahren Modell in der Akademie.«

»Aha«, machte Vincent. »Da hattet ihr Glück. Das Weib heute ist einfach nicht korrekt zu zeichnen, wenn ihr mich fragt. Wie soll man unter dem ganzen Fett ihre Anatomie erkennen?«

Valérie öffnete schon den Mund, um gegen Vincents ungerechtes Urteil zu protestieren, da hob Henri die Hand und warf ihr gleichzeitig einen warnenden Blick zu.

»Weißt du was, Vincent? Ich hab da eine Idee. Wenn du glaubst, dass du Suzanne besser zeichnen kannst, stünde sie dir vielleicht privat Modell. Du könntest dazu in mein Atelier kommen. Du bist doch sicherlich einverstanden, Liebes?«

Suzanne nickte ein wenig gequält, widersprach jedoch nicht. »Wenn du meinst, dass es hilft, mache ich es.«

»Aber ich kann nichts bezahlen«, warf Vincent mit trotziger Miene ein. »Ich kann meinem Bruder nicht noch mehr auf der Tasche liegen.«

Henri winkte ab. »Das lass meine Sache sein, Vincent! Ich sorge schon dafür, dass Suzanne auf ihre Kosten kommt.« Er warf ihr einen liebevollen Blick zu. Natürlich wusste Valérie, dass Suzanne auch materiell von ihrer Beziehung zu dem reichen Grafensohn profitierte. Sie hielt dies jedoch nicht für das ausschlaggebende Moment ihrer Zuneigung.

Was Henri allerdings an Vincent für einen Narren gefressen hatte, erschloss sich ihr immer weniger. Zwar mochte sie Vincents Bilder, aber als Mensch war er ihr herzlich unsympathisch. Er war aufbrausend, besserwisserisch und ließ sich tatsächlich kaum etwas sagen.

»Zwei Sonderlinge und Eigenbrötler, die sich gefunden haben«, so hatte Pascal dies erklärt.

Erst in diesem Moment war Valérie klar geworden, dass auch Henri in der Regel machte, was er wollte. Wenn es sein musste, ohne Rücksicht auf andere. Er war ein treuer und loyaler Freund, aber wen er nicht mochte, dem zeigte er es deutlich. Lange hatte sie darüber hinweggesehen oder es anfangs überhaupt nicht bemerkt, weil Henri zu ihr immer freundlich und herzlich gewesen war und sie und Pascal ihm viel zu verdanken hatten. Doch in jüngster Zeit fiel es ihr immer häufiger auf.

Red Rosa hatte er regelrecht vor die Tür gesetzt, wie Valérie von Pascal wusste. Die fünfzig Francs, die sie noch schnippisch als Lohn für ihre diversen Dienstleistungen verlangt hatte, hatte Henri ihr im Wortsinn vor die Füße geworfen. Die Münzen rollten das ganze Treppenhaus hinab. Während Carmen sie aufklaubte, schmiss Henri auch ihr restliches Zeug die Treppe hinunter. Wäre Pascal nicht Zeuge dieser Szene gewesen, hätte Valérie sie kaum glauben können.

»Aber die da hätte ich auch gern als Modell.« Vincent zeigte nun mit dem Finger auf Elise. »Kannst du mir die auch besorgen?«

Angesichts von Vincents Dreistigkeit schnappte Valérie nach Luft. Doch Henri blieb völlig gelassen. Er winkte Elise zum Tisch. »Verehrte Mademoiselle Lambert«, sprach er sie an. »Ich möchte Ihnen ein großes Malertalent vorstellen. Vincent van Gogh, so sein Name, wird eines Tages sehr berühmt sein. Doch im Augenblick ist er noch Schüler in der Akademie und braucht etwas Nachhilfeunterricht in Anatomie. Nun wünscht er sich Sie als Modell, was ich sehr gut verstehen kann. Immerhin haben wir alle sehr viel lernen können, als Sie noch in der Akademie tätig waren.«

Elise Lambert errötete. »Das ist sehr freundlich von Ihnen, Monsieur de Toulouse-Lautrec. Doch Sie wissen vielleicht nicht, dass ich inzwischen als Tänzerin sowohl im Élysée Montmartre als auch in den Folies Bergère auftrete. Sogar als Solotänzerin. Meine Gage ist hoch genug zum Leben. Deshalb arbeite ich auch nicht mehr bei Cormon.«

»Bei Ihren Auftritten habe ich Sie bereits bewundert«, antwortete Henri. »Mir ist daher klar, dass Sie auf den Lohn als

Modell nicht mehr angewiesen sind. Daher biete ich Ihnen fünf Francs pro Sitzung. Oder sogar acht …? Zehn …?«, erhöhte er den Preis noch einmal.

»Zehn Francs?«, fragte Elise ungläubig nach. Um dann doch sichtlich betrübt den Kopf zu schütteln.

»Ich würde Ihr großzügiges Angebot ja gern annehmen. Doch nach dem Ende des Unterrichts in der Akademie bleiben abends nur wenige Stunden Zeit, bis ich zu meinen Aufführungen muss.«

»Sie arbeiten doch heute auch hier im Tambourin«, blieb Henri hartnäckig.

»Ja, aber ich muss schon in einer knappen Stunde aufbrechen.« Elise warf einen Blick auf die Wanduhr über der Theke. Auch sie hatte die Form eines Tamburins.

»Hmmm«, überlegte Henri. »Zwischen halb sieben, wenn wir nach der Akademie mein Atelier erreichen, und halb neun ist wirklich zu wenig Zeit für eine gute Sitzung. Aber samstags endet der Unterricht ja schon um vier, und sonntags ist frei. Was halten Sie davon, jeweils drei bis vier Stunden an diesen Tagen Modell zu sitzen?« Er wandte sich an Suzanne und fuhr ihr erneut zärtlich mit dem Finger über ihr Grübchen. »Und an den restlichen Tagen übernimmst du, Suzanne. Natürlich zum selben Lohn.«

Einen kurzen Moment lang kämpfte Elise noch mit sich, was Valérie ihr deutlich am Gesicht ablesen konnte. Dann sagte sie zu.

Valérie überschlug kurz, welche Unsumme Henri gerade den beiden Frauen für die wenigen Stunden Modelltätigkeit versprochen hatte. Doch Vincent war dies nicht einmal ein Dankeschön wert. Er nickte Henri lediglich zu.

»Jetzt schaffe ich, was dieser Saumensch Cormon von mir verlangt«, knurrte er.

In diesem Moment rauschte Agostina Segatori auf ihren Tisch zu. In ihrem Schlepptau befanden sich zwei Männer.

»Hier bringe ich euch zwei erfahrene Kollegen, Signori und Signorinas«, sagte sie in ihrer lebhaften Art. Auch nach all den Jahren in Paris war ihr italienischer Akzent unverkennbar. »Ich hab leider keinen einzigen Tisch mehr frei. Deshalb stell ich hier einfach zwei Stühle dazu. Dann seid ihr ganz unter euch.«

»Oh, Madonna!«, schrie sie dann auf, als ihr Blick auf Vincent fiel. »Ich hoffe, du versaust mir meine Hocker nicht mit deinem bekleckstem Kittel, guter Freund. Ist die Farbe wenigstens trocken?« Agostina pflegte jeden Kunststudenten zu duzen, unabhängig von seinem Alter.

Dann fiel ihr Blick auf weitere Gäste, die gerade das Café betraten. Ohne Vincents Antwort abzuwarten, eilte sie so rasch davon, wie sie gekommen war.

Vincent sah ihr bewundernd nach. »Was für ein Vollweib!«

»Sie hat ganzen Generationen von Malern Modell gestanden«, äußerte einer der beiden Ankömmlinge.

Henri hatte sich inzwischen mühsam mithilfe seines Gehstocks erhoben.

»Was für eine große Ehre, Monsieur Degas.« Er verneigte sich so tief, wie es sein verkrüppelter Körper zuließ.

Valérie blickte überrascht auf. Dieser distinguiert wirkende Herr mit dem grau melierten Haar und dem grauen Vollbart war der berühmte Maler, Henris großes Vorbild, wie er ja immer wieder betonte.

»Sie begrüße ich ebenfalls herzlich, Monsieur Pissarro«, wandte sich Henri dann an den zweiten Herrn. Dessen fast weißer Vollbart reichte ihm bis zur Brust.

Und das ist also Camille Pissarro, dachte Valérie, dessen impressionistische Bilder ihr noch immer am besten gefielen. Wie schafft er es wohl, zu malen, ohne Farbe in den Bart zu bekommen?

Man rückte zusammen, sodass die beiden Herren ihre Plätze einnehmen konnten. Kurz darauf erschien Elise, um ihnen Getränke zu bringen.

»Die Wirtin dieses Lokals war also selbst mal Modell?«, knüpfte Vincent an seine vorige Bemerkung an.

Edgar Degas nickte. »Sie hat Camille Corot Modell gestanden und auch dem unvergleichlichen Edouard Manet. Aber sie war immer schon ein wenig speziell. Mein Angebot, sie zu malen, hat sie damals abgelehnt.« Degas klang darüber noch immer gekränkt.

»Hach, diese Haare, schwarz wie die Nacht! Die mandelförmigen Augen, wie die eines Rehs«, schwärmte Vincent. »Der sinnliche Mund, die gewölbten Augenbrauen! Was für eine wunderschöne Frau!«

Pissarro nickte und strich sich über den langen Bart. »Sie muss weit über vierzig sein. Aber ist jung geblieben, als wäre sie zwanzig. Und Sie sind Kunststudenten in der Akademie Cormon?«, lenkte er dann zu jedermanns Erleichterung auf ein anderes Thema über, als habe er gespürt, dass Vincent sich sonst weiterhin in Lobpreisungen Agostinas ergangen wäre. »Wie weit ist Ihr Studium denn mittlerweile gediehen? Welche Motive bevorzugen Sie?«

Die Unterhaltung wandte sich der aktuellen Situation der Studenten in der Akademie zu. Während Pissarro interessiert nachfragte, blieb Degas zunächst schweigsam und musterte die Gruppe mit mürrischem Gesichtsausdruck. Dann mischte Letzterer sich ganz plötzlich ein.

»Es ist Ihnen doch aber bewusst, meine Herren, dass die meisten Kunstmaler in Paris verhungern? Nur wenige verdienen

Geld, in der Regel sind sie schlechter gestellt als kleine Beamte. Ob sie schon mal im Salon ausgestellt haben oder nicht. Die Kunstwelt kennt höchstens sechzig herausragende Maler, dazu gehören Tizian, Michelangelo und Leonardo da Vinci. Allein dieses Jahrhundert hat schon Manet, Corot und etliche andere Größen hervorgebracht. Da ist Ihre Aussicht auf Unsterblichkeit vergleichsweise gering.«

»Nun sei doch nicht immer so sarkastisch, Edgar!«, maßregelte Pissarro Degas in sanftem Ton. »Du nimmst den Studenten doch allen Mut!«

»Das ist auch meine Absicht. Ich will sie davor bewahren, kopf- und hirnlos in ihr Unglück zu rennen. Nicht jeder hat einen begüterten Grafen zum Vater wie Sie, lieber Toulouse-Lautrec. Die anderen werden mit löchrigen Sohlen die Straßen durchstreifen, wenn sie die Miete nicht mehr bezahlen können. Aber« – er zuckte demonstrativ mit den Achseln – »Paris hat zum Glück viele Brücken, unter denen man nächtigen kann.«

Während Henri, Pascal und Vincent betreten dreinsahen, ergriff erstaunlicherweise Suzanne die Initiative. »Warum sprechen Sie eigentlich nur von den Herren, Monsieur Degas? Es gibt doch auch Frauen, die malen. Mademoiselle Dumas hier« – sie zeigte auf Valérie – »studiert ebenfalls an der Akademie. Mit beachtlichem Talent, wie ich meine. Ich verstehe etwas davon, denn ich bin selbst Modell und male ein wenig.«

»Und das so gut wie Valérie«, mischte sich Henri ein. Suzanne warf ihm einen liebevollen Blick zu.

Zu jedermanns Erstaunen reagierte Degas völlig anders, als alle erwartet hatten. »Das ist auf jeden Fall eine gute Nachricht. Malende Frauen sind eine große Bereicherung für die Kunst. Wenn Sie möchten, würde ich mir Ihrer beider Werke gern einmal ansehen.«

Dieser Satz ging Valérie nicht aus dem Kopf, als sie schließlich nach angeregter Unterhaltung das Café Tambourin verließen.

Edgar Degas war nicht nur ein erfahrener, sondern inzwischen auch ein bekannter Künstler. Er machte darüber hinaus nicht den Eindruck, dass er nicht meinte, was er sagte.

Sollte sie am Ende auch als Frau eine Zukunft als Malerin haben? Wenn das möglich ist, werde ich dafür kämpfen, beschloss sie. Und nahm sich vor, Edgar Degas' Angebot anzunehmen und ihm ihre Bilder zu zeigen, sobald sich die Gelegenheit dazu ergab.

TEIL 4

Auf dem Weg zum Erfolg

Kapitel 31

WOHNUNG VON ELISE UND ANDRÉ

JANUAR 1887

Der Trommelwirbel hörte einfach nicht auf. Elise drehte sich schneller und schneller um sich selbst, bis das über ihren Kopf erhobene Bein sie zu schmerzen begann. Aber die Trommler machten weiter. Was war denn heute nur in Monsieur Dufour, den Dirigenten des Ély, gefahren?

Erst als André sie heftig an der Schulter rüttelte, machte Elise schlaftrunken die Augen auf und fand sich in ihrem Bett wieder. Gleichzeitig hörte sie das heftige Pochen an der Haustür, das sie im Traum für den Trommelwirbel gehalten hatte.

»Was ist denn los?« Sie richtete sich im Bett auf.

»Da unten klopft jemand wie verrückt.« André war schon aufgesprungen und zog sich im Licht der Gaslaterne, das schwach durch die Vorhänge drang, seine Hose an. Dann riss er das Fenster auf.

»Wer ist da?«

»Ich bin's«, erklang eine gedämpfte Stimme. »Lasst mich rein. Charlot ist mir dicht auf den Fersen. Er ist völlig besoffen.« Elise erkannte sofort, wer da mitten in der Nacht Einlass begehrte. Es war La Goulue.

André entzündete eine Petroleumlampe und warf sich sein Hemd über. Dann polterte er die Treppe hinunter.

Elise rieb sich den Schlaf aus den Augen und streckte die verkrampften Glieder. Nach den anstrengenden Feiertagen mit etlichen Sondervorstellungen hatten jetzt sowohl das Élysée Montmartre als auch die Folies Bergère einige Tage lang geschlossen.

Doch an Erholung war nicht zu denken. Denn nach langem Leiden war Louises Mutter Madeleine kurz nach Neujahr im Hospital an der Schwindsucht gestorben. Schon kurz vor Weihnachten war sie dort eingeliefert worden. Die Ärzte ließen von vornherein keinen Zweifel daran, dass Madeleine das Krankenhaus nicht mehr lebend verlassen würde.

Bei ihren Aufführungen tanzte sich La Goulue den Schmerz über das Siechtum und schließlich den Tod ihrer Mutter wie besessen von der Seele und feierte dabei einen Publikumstriumph nach dem anderen. Danach war sie jedes Mal völlig erschöpft und musste von Valentin auf dem Weg nach Hause gestützt werden.

Dort erwartete sie jedoch kein liebevoller Bettgenosse, der sie wärmte und tröstete, sondern Charles Tazzini, den La Goulue einst für ihre große Liebe gehalten hatte.

Kennengelernt hatte sie den stattlichen Italiener seinerzeit noch in der Moulin de la Galette. Obwohl sie ihm nie treu gewesen war, wenn sich die Gelegenheit bot, mit reichen Liebhabern anzubändeln, hatte sie in der ersten Zeit ihrer Beziehung im Wolkenkuckucksheim geschwebt. Davon zeugte der eintätowierte Spruch auf ihrem linken Arm *J'aime Charlot pour toujours.*

Schnell hatte sich jedoch herausgestellt, dass die »ewige Liebe« durchaus ihre gewalttätigen Seiten hatte. Insbesondere wenn Charlot, wie sie ihn mit Kosenamen nannte, betrunken war, wurde er aggressiv und brachte Louise so manchen blauen Fleck bei. Anfangs blieb sie ihm nichts schuldig und brach ihm sogar einmal mit einer Literflasche Wein die Nase. Doch je kränker ihre Mutter wurde, desto mehr hatte sie Charlot und seine Misshandlungen satt, der ihr zudem auf der Tasche lag. Bislang hatte sie es jedoch noch nicht übers Herz gebracht, sich endgültig von ihm zu trennen. Leidenschaftliche Liebesnächte wechselten sich mit Prügeleien ab.

Heute nun hatten sie Louises Mutter Madeleine zu Grabe getragen. Sie war zwar ungefähr zehn Jahre älter gewesen als Elises Mutter Jeanne. Doch mit gerade einmal fünfzig Jahren trotzdem viel zu jung zum Sterben, hatte Louise geschluchzt.

Dass es ihr eigener Lebenswandel gewesen sein könnte, der Madeleines Krankheit begünstigt hatte, erwähnte sie dabei mit keiner Silbe. Wenn ihre Reue darüber der Grund war, dass sie die besten Pariser Ärzte an Madeleines Krankenbett geschickt, ihr ein eigenes Zimmer im Hospital bezahlt und den teuersten Eichensarg vom Bestatter für sie gekauft hatte, hüllte sich La Goulue darüber in Schweigen.

Doch Elise, André und Jeanne hielten dies für ihre Motivation, Madeleine auch ein überaus prächtiges Begräbnis auf dem Cimetière de Montmartre auszurichten. Louise hatte eigens eine dreiköpfige Musikkapelle engagiert, die traurige Weisen am offenen Grab spielte. Der Blumenschmuck hatte einen ganzen Karren gefüllt, das Begräbnismahl im Restaurant Le Zut, einem der teuersten in Montmartre, bestand aus sieben Gängen.

Die Begräbnisgesellschaft war dagegen ernüchternd klein geblieben. Von Louises Geschwistern war nur eine Schwester erschienen, außerdem fanden sich zwei Onkel ein und Valentin, der Knochenlose. André hatte es sich ebenso wenig wie Madeleines ehemalige Kolleginnen in der Büglerei leisten können, einen ganzen Arbeitstag zu verlieren. Damit Jeanne in der Wäscherei von Monsieur Bardot fehlen durfte, hatte Elise sie mit einer Zahlung von fünf Francs für diesen Tag auslösen müssen.

Mit Charlot waren sie also nur zu acht gewesen. Der Pauschalpreis für das Menü schloss auch alle Getränke ein. Und so kam es, wie es kommen musste: Noch vor dem Dessert war Charles Tazzini schon schwer betrunken gewesen.

Während Elise sich jetzt einen Morgenmantel überstreifte, um André zu folgen, holte sie eine unangenehme Beobachtung ein, die sie ebenfalls während des Begräbnismahls gemacht hatte. Auch Jeanne hatte dem Alkohol zugesprochen. Nicht nur dem Rotwein zum Essen, sondern auch dem Absinth zum Dessert. Nie zuvor hatte Elise ihre Mutter trinken sehen.

Allein das war beunruhigend genug. Doch die Tatsache, dass Jeanne trotz ihres beträchtlichen Alkoholkonsums recht nüchtern gewirkt hatte, wies darauf hin, dass es sich nicht um eine Ausnahme handelte.

Ich muss dringend mit ihr darüber sprechen, nahm Elise sich vor, während sie die Treppe hinunterhastete.

Im kleinen Flur, der die Werkstatt von den Wohnräumen trennte, stand Louise und schluchzte zum Gotterbarmen. So viel wie an diesem Tag hatte Elise sie noch nie weinen gesehen.

Ihr rechtes Auge war zugeschwollen, ihre Lippe aufgeplatzt. »Das … das Schwein!«, stammelte sie, während ihr die Tränen aus dem linken Auge die Wange hinunterliefen.

»Was ist denn geschehen?«, fragte Elise entsetzt.

»Er … er hat mich verprügelt«, erklärte Louise zuerst das Offensichtliche.

»Warum denn nur? Und ausgerechnet an einem solchen Tag!«

Louise zog die Nase hoch. »Er hat mir eine Affäre mit Valentin vorgeworfen. Mit *Valentin*!«, betonte sie schrill. »Der mir nie mehr als ein lieber Freund gewesen ist. Ich hab ihn einen nutzlosen Taugenichts genannt und wollt ihm den Absinth abnehmen. Dann hat er mich geschlagen. Ich hab mich rausgeschlichen, als er gepisst hat. Doch er ist mir dicht auf den Fersen.«

Tatsächlich hämmerte es jetzt von draußen an die Tür. »Komm raus, du Schlampe!«, ertönte es gleichzeitig.

André lief in die Werkstatt und kam mit einer Axt in der Hand zurück. »Das wolln wir denn doch mal sehn«, knurrte er grimmig.

»Hau ab, du Arsch!«, brüllte er zurück. »Sonst schlag ich dir den Schädel ein.«

Charlot schlug unbeeindruckt weiter gegen die Tür. Sie war aus stabilem Holz gefertigt, begann jedoch, unter den Schlägen bereits merklich zu zittern.

»Was machen wir, wenn er sie einschlägt?«, ängstigte sich Elise. »Wir haben doch so rasch keinen Ersatz.«

»Ich bezahl euch den Schaden«, nuschelte Louise mit ihren geschwollenen Lippen.

Elise machte eine abwehrende Handbewegung. »Das nützt uns nichts, denn so schnell kann André keine andere Tür zimmern. Einer von uns müsste ständig daheimbleiben. Aber nächste Woche gehen die Vorstellungen wieder los. Das können wir uns nicht leisten.«

Während Louise und André sie ratlos anschauten, kam Elise eine Idee. »Ich probiere, ihn zu beruhigen.«

»Wie willst du das denn machen?«, hörte sie André hinter sich rufen, während sie die Treppe wieder hinaufrannte. Droben ergriff sie den glücklicherweise gefüllten Nachttopf und öffnete das Fenster.

Im Licht der Gaslaterne musterte sie Charles Tazzini einen Moment lang. Er war achtundzwanzig Jahre alt, wusste sie von Louise. Seine Größe von über ein Meter achtzig war ebenso beeindruckend wie seine Muskeln. Da er keine Jacke trug, konnte Elise erkennen, dass sie seine Hemdsärmel beinahe sprengten.

Sie nahm all ihren Mut zusammen. »Heda, Charles«, rief sie

zu ihm hinunter. Als er sein Gesicht hob, sah Elise, dass La Goulue ihm offenbar nichts schuldig geblieben war. Seine Wange war bläulich verfärbt, aus dem Mundwinkel rann ein dünner Faden Blut. »Was machst du einen solchen Lärm zu nachtschlafender Zeit! Willst du, dass dich die Gendarmen in die Zelle stecken?«

»Schick das Weib zu mir raus«, knurrte Charles. »Schau her!« Er öffnete den Mund. »Sie hat mir einen Zahn ausgeschlagen.« In der Tat erkannte Elise eine Lücke zwischen seinen weißen, ehemals ebenmäßigen Vorderzähnen.

»Was quälst du sie auch ausgerechnet an dem Tag, an dem sie ihre geliebte Mutter zu Grabe getragen hat!« Elise ließ sich nicht beirren. »Hast du keinen Funken Gottesfurcht und Ehre im Leib? Was würde deine eigene Mutter jetzt von dir denken? Erst recht die Jungfrau Maria, die Mutter aller Mütter?«

Damit zog sie alle Register, an die sie sich auf die Schnelle aus Louises Erzählungen erinnern konnte. »Charlot ist ein echter Italiener«, hatte die ihr einst vorgeschwärmt. »Er ist tief katholisch, obwohl er nie in die Kirche geht. Aber er hat ein Marienbild über unser Lasterbett gehängt und betet jeden Morgen das Ave-Maria«, prustete sie. »Kannst du dir das vorstellen? Und quatscht dauernd von seiner Mannesehre daher!«

»Aber genau das lieb ich an ihm«, hatte Louise verschmitzt hinzugefügt. »Bei ihm fühl ich mich sicher und geborgen. Er ist der perfekte Beschützer, so stark, wie er ist.«

Tatsächlich zeitigten Elises Worte eine erste Wirkung. Charlot ließ den Hammer sinken, den er bis jetzt in der erhobenen Hand gehalten hatte.

»Also, was würde deine Mutter jetzt zu dir sagen?«, schlug Elise in die Kerbe. Als er nicht antwortete, fuhr sie fort: »Sie würde dir raten, nach Hause zu gehen, deinen Rausch auszuschlafen und morgen Abbitte bei deiner Frau zu leisten. Und vor dem Marienbild in Saint-Pierre eine Kerze zu stiften und die Jungfrau um Verzeihung für deine Sünde zu bitten. Ist es nicht so?«

Charlot kratzte sich den Schädel unter seinen tiefschwarzen dichten Haaren und antwortete immer noch nicht.

»Aber wenn du nicht tust, was ich dir rate, hab ich auch noch das da für dich!« Elise hob drohend den Nachttopf. »Dann bist du von unserer Pisse durchweicht und verlierst deine Ehre!«

Instinktiv sprang Charles einen Schritt zurück.

»Auch wenn ich dich nicht damit treffe, wirst du ehrlos, wenn ich das nach dir aus dem Fenster kippe«, schoss Elise in ihrer Verzweiflung ins Blaue.

Über ihren Erfolg war sie selbst verblüfft. Charles wich noch mehr vom Haus zurück. »Louise soll heimkommen!«, forderte er. »Dann können wir uns wieder vertragen.«

Elise atmete erleichtert auf. »Morgen, Charlot, morgen kommt Louise wieder heim. Wenn du wieder nüchtern bist und deine große Liebe zu ihr wieder spürst. Dann könnt ihr euch aussprechen, und du kannst sie um Verzeihung bitten für deine Grobheit an diesem traurigen Tag.«

Eine kurze Weile verharrte Charles noch unschlüssig vor der Tür, dann drehte er sich wortlos um und trottete davon. Erst als er außer Sichtweite war, schloss Elise das Fenster und ging zu den anderen, die noch im Flur standen.

»Schlaf heut Nacht bei uns«, schlug sie Louise vor. »Ich mach dir ein Bett in der Werkstatt zurecht. Das ist nicht bequem, aber wenigstens bist du sicher vor diesem Grobian. Und morgen schmeißt du ihn raus. Diesmal ist er zu weit gegangen!«

»*Was* hast du ihm angeboten?«, fragte Elise ungläubig ein paar Tage später, als sie sich in der Garderobe des Ély für den Cancan umzogen. Sie glaubte zunächst, sich verhört zu haben.

»Hab ich doch grad gesagt«, antwortete Louise ungeduldig. »Charlot arbeitet jetzt als Diener für mich. Ich hab ihm sogar eine Livree bestellt.«

»Was soll er denn als Diener für dich tun?« Elise war noch immer fassungslos.

»Na, die Wohnung sauber halten, meine Gäste bedienen, wenn ich welche hab, und so was halt.«

Seit ihr das finanziell möglich war, hatte Louise eine große Wohnung in einem der Neubauten am Boulevard de Rochechouart gemietet. Dass sie dort Gäste empfing, war Elise jedoch neu.

»Und du glaubst, das geht gut?«

La Goulue hob die Schultern. »Warum denn nicht?« Sie grinste. »Und nachts bleibts so, wie's war.«

»Bezahlst du ihm was dafür?«

»Natürlich nicht!«, entgegnete Louise empört. Bis sie verstand, was Elise meinte. »Fürs Dienersein schon. Für das andre nicht.«

»Na, ob das gut geht?« Elise blieb skeptisch.

Doch wie immer, wenn La Goulue sich etwas in den Kopf gesetzt hatte, war sie unbelehrbar.

Elise behielt recht. Schon wenige Wochen nach diesem denkwürdigen Arrangement verprügelte Charlot Louise erneut. Als diese die Polizei rief, verließ er zwar die Wohnung, kam aber am nächsten Tag in ihrer Abwesenheit zurück. Da er noch einen Schlüssel besaß, drang er ein und verwüstete das gesamte Mobiliar. Außerdem ließ er einige Schmuckstücke mitgehen.

Daraufhin zeigte La Goulue ihn an. Beim nachfolgenden Prozess stritt Charlot alles ab. Louise wurde als Zeugin sogar von einer Zeitung verspottet. Man beschimpfte sie aufgrund der Herkunft ihrer Eltern als »nach Sauerkraut stinkende Elsässerin«, die von ihrem Zuhälter, wie man Tazzini nannte, Prügel bezogen habe. Das sei in solchen Verhältnissen ganz normal.

Dass Charlot überhaupt verurteilt wurde, lag nur daran, dass er bereits eine Vorstrafe wegen Körperverletzung hatte.

Wie es typisch für La Goulue war, grämte sie sich kaum über das Ende ihrer Beziehung. Ihr größtes Problem war die Tätowierung auf ihrem linken Arm, die sich nicht mehr entfernen ließ. Zu ihrem Leidwesen bedeutete das, dass sie in Zukunft bei ihren Auftritten in der Öffentlichkeit Kleidung mit langen Ärmeln tragen musste. Darüber würde sie sich noch jahrelang ärgern.

Kapitel 32

AKADEMIE CORMON

FEBRUAR 1887

Valéries Herz schlug schneller, als Fernand Cormon den Klassenraum betrat. Während er sich um den Nachfolgejahrgang kümmerte, hatte er der Abschlussklasse eine Aufgabe gestellt. Sie sollten binnen der Vormittagsstunden das weibliche Aktmodell so genau wie möglich zeichnen und die Skizze danach schon naturgetreu zu kolorieren beginnen.

Die Frau, die Cormon heute als Modell engagiert hatte, lag halb auf der Seite und hatte den Studenten das Gesicht zugewandt. Den rechten Arm hatte sie hinter ihren Kopf gelegt, sodass ihre kleinen festen Brüste gut sichtbar waren. Die Beine hielt die Frau fest geschlossen, die linke Wade lag über dem rechten Schienbein.

Das Modell hatte sich die schwarze Schambehaarung ebenso wenig rasiert wie die Haare unter den Achseln. Zugunsten der Ästhetik wurde von den Malern jedoch erwartet, dass sie diese Attribute ignorierten und, wie es im Akademischen Stil üblich war, stattdessen die nackte Haut darstellten.

In der Kaffeepause hatte Valérie einen kurzen Blick auf Vincents Skizze geworfen und dabei festgestellt, dass er die Anweisungen des Akademieleiters erneut in großen Teilen missachtete.

Den Leib des Modells hatte er viel üppiger dargestellt, als es der schlanken Figur der Frau entsprach. Demgemäß waren auch die Brüste größer. Zu Valéries Entsetzen hatte Vincent außerdem sowohl die Achsel- als auch die Schambehaarung mitgezeichnet und war vor der Pause schon dabei gewesen, sie mit schwarzer Farbe deutlich von der Haut abzuheben.

»Cormon wird wieder einen seiner Wutanfälle kriegen«, prophezeite auch Pascal, der Vincents Werk ebenfalls begutachtete.

Doch wie üblich blieb Vincent eigensinnig und nutzte die restliche Zeit sogar dazu, Farben zu verwenden, die in der Akademischen Malerei verpönt waren. Die Brustwarzen malte er orange, zudem hoch aufgestellt, was als obszön galt und daher tabu war. Zu allem Überfluss zog er seiner gemalten Frau auch noch kniehohe Strümpfe an, während die Beine und Füße des Modells nackt waren.

Valérie hatte dies mit zunehmender Unruhe beobachtet, da sie in der Abwesenheit des Akademieleiters mehrmals hinter ihrem Paravent hervorgekommen war, um ihr Werk mit dem ihrer Kommilitonen zu vergleichen.

Punkt zwölf Uhr kehrte Cormon in den Klassenraum zurück. Vincent saß in der hintersten Reihe allein an einem Tisch, denn als Student des Abschlussjahrgangs war er erst im Herbsthalbjahr dazugestoßen.

Cormon nahm sich Zeit für die Begutachtung, ging von Tisch zu Tisch, lobte Zeichnungen, die ihm besonders gut gefielen, und kritisierte andere. Beispiele für beide Arten von Werken hob er hoch empor und kommentierte sie vor der ganzen Klasse.

Valérie hatte er schon zu Beginn des Schuljahres erlaubt, für solche Begutachtungen hinter ihrem Sichtschutz hervorzukommen, sodass sie das Geschehen ungehindert mitverfolgen konnte. Sie war regelmäßig die Letzte, zu der er kam. Und ihre Aktstudien pflegte er den männlichen Kommilitonen nach wie vor nicht zu zeigen.

Jetzt trat der Akademieleiter an Henris und Pascals Tisch. Während er mit Henris Abbildung weitgehend einverstanden war, hatte er wie so oft an der Pascals etwas auszusetzen. Diesmal betraf es die Gesichtszüge des Modells.

»Ich gebe ja zu, dass Ihre Zeichnung dem Antlitz unserer geschätzten Florence weitgehend entspricht. Dass die Nase etwas zu groß geraten ist, sollte sich jedoch nicht in Ihrem Gemälde widerspiegeln. Und den Mund hätten Sie sinnlicher darstellen können. Schließlich malen Sie die Frau in einer verführerischen Pose.«

Dann wandte sich Cormon an den Rest der Klasse. »Bedenken Sie, meine Herren, dass Sie die Wirklichkeit idealisiert darstellen müssen, um ein erfolgreicher Kunstmaler zu werden. Ihre Werke sollten ausschließlich positive Gefühle beim Betrachter auslösen.«

Einen Augenblick lang befürchtete Valérie schon, dass Pascal, der diese Maxime des Akademischen Stils von Anfang an für absurd gehalten hatte, dem Akademieleiter widersprechen würde. Doch zu ihrer Erleichterung war Pascal heute klug genug, den Mund zu halten.

Nach der Prüfung einiger weiterer Werke trat Cormon an Vincents Tisch. Da Valérie nicht weit entfernt von ihm saß, hörte sie, dass der Akademieleiter hörbar die Luft einsog. Dann riss er Vincents Blatt vom Tisch.

»Was ist das?«, schnauzte er ihn an. »Das soll die ästhetische Darstellung einer erotischen Pose sein?« Empört hielt er Vincents Werk hoch und drehte sich damit im Kreis, damit jeder Student es sehen konnte. »Widerwärtig! Ekelhaft! So nenne ich diese Abbildung. Schambehaarung, aufgestellte Brustwarzen! Wo haben Sie jemals irgendein Gemälde, das aus meiner Akademie stammt, mit solchen Merkmalen gesehen? Zudem ist unsere Florence rank und schlank, dieses Weib hier ist nur als fett zu bezeichnen. Was fällt Ihnen außerdem ein, derart von der Vorlage abzuweichen? Trägt unsere Florence etwa Strümpfe?«

Mit jedem Vorwurf wurde Cormons Stimme lauter und schriller. Schließlich tat er in seiner Wut etwas Unerhörtes: Er zerriss Vincents Zeichnung vor den Augen der gesamten Klasse in kleine Fetzen und ließ sie verächtlich zu Boden segeln. »Ich müsste mich ja schämen, wenn irgendjemand eine solche Darstellung mit meiner Kunstakademie in Verbindung brächte. Das ist das Einzige, was ich mit einem solchen Machwerk tun kann!«

Damit hatte er den Bogen überspannt. Bislang hatte sich Vincent Cormons hämische Kritik mit zusammengebissenen Zähnen angehört und ihm keine Widerworte gegeben. Doch diesmal sprang er wutentbrannt von seinem Platz auf und fegte mit einer einzigen Bewegung seine Farben und Stifte vom Tisch.

»Was fällt Ihnen ein!«, brüllte er in gleicher Tonart zurück. »Sie sind derjenige, der ignorant ist und keine Ahnung von Malerei hat! Denn Sie wissen ja, verdammt noch mal, gar nicht, wie eine echte Frau aussieht! Sie muss breite Hüften haben und ein Becken, mit dem sie Kinder gebären kann. Wahrscheinlich haben Sie Ihre Gattin bislang nur im Dunkeln aufgesucht. Und dabei übersehen, dass sie Haare zwischen den Beinen und unter den Achseln hat. Wenn Sie überhaupt jemals in der Lage waren, es mit ihr zu treiben.«

Cormons Lippen bewegten sich tonlos. Er sah aus wie ein Fisch, der auf dem Trockenen nach Luft schnappt.

Endlich hob er den Arm und zeigte auf die Tür. »Hinaus!«, krächzte er. »Ich werfe Sie hiermit hinaus! Bei Ihnen ist Hopfen und Malz verloren!« Er benutzt die gleichen Worte wie Vater in der Galerie Goupil, fiel Valérie auf. »Nicht nur als Maler! Sondern auch als Charakter! Ihr armer Bruder kann einem nur leidtun.«

Einen Moment lang blieb Vincent unbeweglich stehen. Dann bückte er sich, raffte seine Malutensilien vom Boden auf und stopfte sie in seine abgewetzte Tasche. Doch bevor er hinausstürmen konnte, überschlugen sich die Ereignisse.

Denn jetzt war auch Pascal von seinem Sitz aufgesprungen. »Es ist gar nicht so falsch, was Vincent van Gogh gerade gesagt hat, Monsieur Cormon. Das, was Sie eine Abbildung der Wirklichkeit nennen, gibt es nirgendwo auf der Welt. Die Wirklichkeit ist nicht ästhetisch geschönt und gekünstelt. Realistisch ist am sogenannten Akademischen Realismus daher rein gar nichts! Die Gemälde nackter Weiber dienen stattdessen frustrierten Ehemännern dazu, sich heimlich als Voyeure zu betätigen. Um sich davon abzulenken, dass ihre Ehefrauen eher der auf Vincents zerrissenem Bild ähneln als Ihren entblößten Venusfiguren!« Auch Pascal redete sich zunehmend in Rage, während Cormon und die restliche Klasse vor Schock erstarrten.

»Lug und Trug nenne ich das, was Sie uns hier lehren! Und daher gehe ich auch, wenn Sie Vincent hinauswerfen!« Seine Augen sprühten vor Zorn.

»Reisende soll man nicht aufhalten!« Schließlich fand Cormon seine Sprache wieder. »Gehen Sie nur und vergeuden Sie nicht länger Ihre und vor allem meine Zeit! Auch aus Ihnen wäre nie ein guter Maler geworden, Didier! Das ist mir schon lange bewusst.«

Wieder zeigte er auf die Tür. Valérie fühlte sich vor Erschütterung wie gelähmt. Doch es kam noch schlimmer.

»Möchte sich noch jemand den beiden Herren anschließen?« Provozierend blickte Cormon in die Runde.

»Ich werde mit ihnen gehen!« Henri stützte sich mit beiden Händen auf den Tisch und stand mühsam auf. »Denn was Sie uns lehren, Monsieur Cormon, ist in der Tat das ewig Gestrige.

Da haben Vincent und Pascal sehr recht. Auch ich habe es satt bis zum Überdruss.«

»Aber … aber Monsieur de Toulouse-Lautrec!« Cormon rang sichtlich um Worte. »Sie … Sie habe ich doch gar nicht gemeint! Sie haben Talent! Werfen Sie es doch nicht achtlos weg!«

Ob Cormon meinte, was er sagte, oder nur seinen wohlhabendsten Schüler nicht verlieren wollte, würde sich nie aufklären lassen. Denn Henri blieb fest.

»Ich würde mein Talent, wie Sie es zu nennen belieben, achtlos wegwerfen, wenn ich hier auch nur eine Minute länger bleiben würde«, entgegnete er. »Gehaben Sie sich wohl, Monsieur Cormon!«

Damit humpelte er seinen Freunden hinterher, die an der geöffneten Tür auf ihn warteten.

Immer noch wie betäubt, starrte Valérie ihnen nach. Was soll denn jetzt aus mir werden?, war der einzige Gedanke, der ihr wie ein Mantra durch den Kopf ging.

KUNSTHANDLUNG VON ALPHONSE DUMAS

FEBRUAR 1887, AM NACHMITTAG DES GLEICHEN TAGES

»Das Ganze war eine Kurzschlusshandlung, Monsieur Dumas, die ich bereits bereue«, beteuerte Henri. »Aber einen Weg zurück gibt es leider nicht für mich. Das wäre weder mit meiner Ehre noch mit der von Monsieur Cormon vereinbar. Doch Valérie sollte so kurz vor dem Abschluss der Ausbildung darunter nicht leiden.«

Alphonse Dumas zog finster die Augenbrauen zusammen. »Das ist in der Tat sehr bedauerlich, Monsieur de Toulouse-Lautrec. Aber was erwarten Sie nun von mir?«

»Maman … Maman darf nichts davon erfahren, Papa!«, flehte Valérie. »Wenn sie Henri weiter für meinen Kommilitonen hält, wird sie mir die Freiheiten lassen, die ich bislang hatte. Ansonsten …« Sie ließ den unvollendeten Satz in der Luft hängen.

Ihr Vater holte tief Luft. »Und wie stellt ihr euch das jetzt vor?«

»Valérie hatte in der Akademie den meisten Kontakt zu mir und Pascal Didier«, erklärte Henri. »Ich fürchte, dafür gibt es unter der restlichen Studentenschaft keinen vergleichbaren Ersatz. Natürlich wird sich Valérie während der Unterrichtszeit auch mit den anderen Kommilitonen austauschen«, fügte er hastig hinzu, als Alphonse Dumas erneut die Stirn runzelte.

Denn bislang war nie die Rede davon gewesen, dass Valérie sich ausschließlich in Henris und Pascals Gesellschaft befand, wenn von den gemeinsamen Pausen und dem gegenseitigen Voneinanderlernen gesprochen worden war.

Doch diesen Fakt offenzulegen, war nun unvermeidlich geworden. Das hatten die drei gemeinsam in der Mittagspause bei Agostina beschlossen.

Nach dem Eklat hatte Cormon den Vormittagsunterricht beendet, ohne auch nur einen Blick auf Valéries Zeichnung zu werfen. In der Hoffnung, Pascal und Henri dort anzutreffen, war sie sofort ins Café Tambourin geeilt, wo die beiden tatsächlich schon warteten. Sie hatten sogar bereits beratschlagt, wie nun mit Valéries schwieriger Situation umzugehen sei.

»Wir müssen deinem Vater reinen Wein einschenken«, schlug Henri vor. »Denn er wird über kurz oder lang erfahren, dass ich im Streit mit Cormon aus der Akademie ausgeschieden bin. Am besten sagen wir es ihm daher selbst, und zwar so rasch wie möglich. Bevor er es von dritter Seite hört und am Ende noch mit deiner Mutter darüber spricht.«

»Das wäre wirklich fatal«, räumte Valérie verzagt ein. »Denn dass ein echter Graf mein Kommilitone ist, hat sie ja bisher milde gestimmt. Es hat auch meine ganze Ausbildung in ihren Augen aufgewertet. Fiele das jetzt alles weg, weiß ich nicht, wie sie reagieren würde.«

»Dann muss ich eben meinen Grafentitel erneut in die Waagschale werfen«, hatte Henri geantwortet.

Und war nun dabei, seinen Plan in die Tat umzusetzen.

»Ich werde auf jeden Fall weiterhin malen«, versicherte er Valéries Vater. »Mir stehen die Mittel zur Verfügung, mir für den Abschluss meiner Ausbildung hochkarätige Privatlehrer zu engagieren. Davon könnte auch Valérie profitieren, wenn Sie ihr abends die Möglichkeit gäben, an diesem Unterricht teilzunehmen. Die Kosten würde ich selbstverständlich allein tragen.«

»Das ist ja alles schön und gut. Aber wenn Sie Fernand Cormon so vor den Kopf gestoßen haben, wird er Ihr Abschlussgemälde wahrscheinlich nicht zum Pariser Salon zulassen. Schließlich ist er Mitglied der Jury.« Diesen Einwand hatten Henri und Valérie befürchtet und waren darauf vorbereitet.

»Das Risiko muss ich natürlich eingehen«, räumte Henri ein. »Aber vielleicht lässt sich mit einer – nun ja – großzügigen Spende noch etwas bewirken. Offiziell aufnehmen kann Cormon mich als Schüler nach diesem Affront natürlich nicht mehr. Aber vielleicht kann ich diskret Abbitte leisten. Ich will es auf jeden Fall zumindest versuchen.«

»Nun, das ist eine Möglichkeit. Andererseits betrifft es Valérie gar nicht«, kam Alphonse nun glücklicherweise selbst auf die gewünschte Spur. »Zu meiner werten Gattin wird auf keinen Fall dringen, dass Sie die Akademie Cormon nicht regulär abschließen werden«, überlegte er laut weiter. »Und wenn Sie Valérie weiterhin unterstützen und sogar an Ihren Privatstunden teilnehmen lassen, will ich Ihnen mein Einverständnis dafür nicht versagen. Zumal sie mir schon öfter erzählt hat, dass Cormon sie nicht so gut betreut wie die Männer.«

Valérie atmete schon erleichtert auf. Doch ihr Vater hatte noch eine letzte Frage. »Wird denn auch jener andere junge Mann, dieser Pascal Didier, oder dieser Vincent van Gogh, der den ganzen Skandal herbeigeführt hat, an diesen Privatstunden teilnehmen?«

»Ich werde es beiden anbieten«, versetzte Henri geistesgegenwärtig, denn darauf hatten die drei keine Antwort vorbereitet. »Monsieur Didier wird mein Angebot wahrscheinlich annehmen, Monsieur van Gogh eher nicht. Denn er steht bedauerlicherweise mit der klassischen Kunstmalerei tatsächlich auf Kriegsfuß. Da hatte Monsieur Cormon nicht ganz unrecht.«

»Das habe ich bereits bei der Vernissage in der Galerie seines Bruders Theo bemerkt.« Alphonse fühlte sich in seiner Meinung bestätigt. Dass Henris Antwort nicht ganz der Wahrheit entsprach, überstieg zum Glück sein konservatives Verständnis von Kunstmalerei. Denn Henri mochte Vincents Gemälde recht gern und diskutierte häufig mit ihm darüber.

Aber da es ohnehin keine Privatstunden geben würde – diese Finte hatten Valérie, Pascal und Henri heute Mittag beschlossen –, spielte es überhaupt keine Rolle.

»Dann habe ich noch eine letzte Frage, Monsieur de Toulouse-Lautrec. Wie häufig soll Valérie an den Privatstunden teilnehmen?«

»Jeden Abend, wenn es Ihnen genehm ist. Wenn Sie es Valérie erlauben, werde ich meine Stunden ausschließlich nach Abschluss des regulären Unterrichts in der Akademie nehmen.«

Bevor Alphonse antworten konnte, fügte Henri hinzu: »Übrigens schätzt meine liebe Maman das Mariengemälde sehr, das ich seinerzeit bei Ihnen erstanden habe. Daher würde ich ihr mit einem ähnlichen Werk gern erneut eine Freude bereiten. Haben Sie denn gerade etwas Vergleichbares im Angebot?«

Dass Henri noch dieses Ass im Ärmel hielt, war Valérie vorher nicht bekannt gewesen. Wieder einmal war sie gerührt über die Großzügigkeit ihres Freundes. Er würde sogar ein weiteres Gemälde erwerben, um ihr die Freiheiten zu ermöglichen, nach denen sie sich so sehnte.

So endete die Begegnung zur allseitigen Zufriedenheit. Alphonse Dumas verkaufte Henri diesmal eine *Auferstehung Jesu*, Henri beruhigte sein schlechtes Gewissen gegenüber Valérie, und sie hatte als Ergebnis des Skandals in der Akademie mehr persönliche Freiheiten als je zuvor.

Kapitel 33

ÉLYSÉE MONTMARTRE

APRIL 1887

Elise nutzte gerade die Pause zwischen der Vorstellung und dem Mitternachtsball, um sich ein wenig die Füße zu vertreten. Sie schlenderte durch den Zuschauerraum, als sie Henri de Toulouse-Lautrec entdeckte. Er saß am Rand der ersten Reihe, während die Stühle in der Mitte des Raums gerade weggeräumt wurden, um Platz für den Tanz zu schaffen. Die meisten anderen Zuschauer nahmen im Foyer eine Erfrischung ein.

Erfreut blieb sie vor ihm stehen und erkannte an seinem Gesichtsausdruck, dass auch er sich über ihre Begegnung freute.

»*Bonsoir*, Monsieur de Toulouse-Lautrec. Wie schön, dass ich Sie heute Abend einmal hier treffe.«

Er musterte sie anerkennend durch seine dicken Augengläser. »*Bonsoir*, Mademoiselle Lambert. Die Freude ist ganz meinerseits. Ihre Auftritte waren fantastisch. Sie werden von Mal zu Mal besser. Daher nutze ich die Gelegenheit, Sie etwas zu fragen, was ich schon lange wissen will. Wo haben Sie so gut tanzen gelernt?«

Elise war geschmeichelt. »Freut mich, dass Ihnen die Vorstellung gefallen hat. Wie oft sind Sie denn hier? Bislang habe ich Sie leider nie gesehen, sonst wäre ich schon längst gekommen, um Sie zu begrüßen.«

»Ich bin sogar recht häufig hier, Mademoiselle. In der Regel sitze ich auf dem gleichen Platz wie jetzt. Immer am Rand, also im Halbschatten, nicht im Rampenlicht. Da kann ich am besten zusehen. Denn ich liebe den Cancan, sowohl den Tanz als auch die Musik. Wie lange treten Sie schon hier auf?«

Elise musste lächeln. Sie dachte kurz nach. »Seit über drei Jahren. Allerdings habe ich im Corps angefangen. Da war ich natürlich im Hintergrund. Als Solotänzerin und im Duett mit Lucienne Beuze tanze ich seit fast einem Jahr.«

»Und werden von Vorstellung zu Vorstellung besser, wie ich schon sagte. Kein Wunder, dass ich Sie als Modell für meinen Freund Vincent nicht lange halten konnte. Das haben Sie beileibe nicht mehr nötig.«

In der Tat hatte Elise diese Tätigkeit trotz des hohen Lohns noch im alten Jahr wieder aufgegeben. Unter dem Vorwand, sie lasse sich doch nicht mit ihren Engagements als Tänzerin vereinbaren. In Wahrheit, weil der ewig mürrische Vincent van Gogh, der sie schon bei ihrer ersten Begegnung vor der Moulin de la Galette angeschnauzt hatte, ihr immer unsympathischer geworden war. Aber das wollte sie Toulouse-Lautrec nicht eingestehen.

Die Entscheidung war ihr außerdem dadurch erleichtert worden, dass Direktor Miller ihre Gage zum neuen Jahr ein weiteres Mal erhöht hatte. Sie verdiente im Ély jetzt einhundert Francs pro Woche. Davon hätte sie noch vor einem Jahr nur träumen können, auch wenn Miller betont hatte, dass dies erst einmal ihre letzte Gehaltserhöhung für die nächsten drei Jahre sein würde.

Es hatte ihr auch ermöglicht, ihr Engagement in den Folies Bergère zu reduzieren, wo sie jetzt nur noch freitags auftrat, dafür aber zwanzig anstatt zehn Francs pro Abend erhielt. Montag- und Mittwochabend hatte sie frei und konnte sich jetzt an zwei Tagen pro Woche endlich einmal ausschlafen. Ein bis dahin undenkbarer Luxus für sie.

Allerdings wurde ihre Freude dadurch geschmälert, dass Miller auch La Goulues Gage im Ély erhöht hatte. Um gleich fünfzig Francs auf jetzt einhundertfünfzig Francs pro Woche. Das hielt Elise im Vergleich zu ihrer und zur Leistung von Lucienne, die ebenfalls einhundert Francs verdiente, nicht für gerechtfertigt. »La Goulue ist noch immer unser größter Star«, hatte Miller Lucienne kurz abgefertigt, als die sich bei ihm über die ungleiche Bezahlung beschwert hatte.

»Ich freue mich sehr über Ihr Lob«, sagte Elise nun zu Henri. »Aber wenn Sie schon so oft hier waren, frage ich mich wirklich, warum ich Sie nie bemerkt habe«, lenkte sie sich nun von den unwillkommenen Gedanken über La Goulue ab. »Auch wenn Sie am Rand des Zuschauerraums sitzen, hätte ich Sie doch einmal sehen müssen.«

Henri schmunzelte. »Vielleicht war ich für Sie bislang nur der Student in der Akademie und der Gast im Tambourin. Mit dem Ély haben Sie mich dagegen gar nicht in Verbindung gebracht. Obwohl ich hier wie dort dasselbe anhabe.« Er zeigte auf seine schwarz-weiß karierte Hose, zu der er ein farblich nicht passendes blaues Jackett und einen lose um den Hals geschlungenen grünen Schal trug, dessen Enden ihm über den Rücken hinabhingen.

Beide mussten lachen, als sie sich ansahen.

»Man sieht eben nicht, was man nicht erwartet«, sagte Elise. »Das behauptet jedenfalls meine alte Tante Marianne. Eigentlich ist sie gar nicht mit mir verwandt, aber sie hat schon meiner Mutter geholfen, als es ihr in jungen Jahren schlecht ging. Seither gehört sie zur Familie.«

Einen Augenblick lang war Elise erneut durch einen düsteren Gedanken abgelenkt. Jeanne litt noch immer sehr darunter, dass sie den Kontakt zu Simone verloren hatte und dass ihre jüngere Tochter eine Prostituierte geworden war. Trotz mehrerer Gespräche mit Marianne und Elise trank sie weiterhin heimlich. Das bereitete beiden große Sorgen.

Erst nach einem Moment bemerkte Elise, dass Henri weitergesprochen hatte. »Pardon, Monsieur. Ich war gerade etwas unaufmerksam. Was sagten Sie eben?«

»Diesen weisen Spruch Ihrer Tante muss ich mir einmal merken und achtgeben, ob er auch auf mich passt«, wiederholte Henri. Dann lenkte er auf ein anderes Thema. »Aber meine erste Frage haben Sie noch gar nicht beantwortet, Mademoiselle Lambert. Wo haben Sie so fantastisch tanzen gelernt? Oder liegt Ihnen das einfach im Blut?«

Elise freute sich erneut über das Lob, schüttelte aber wahrheitsgemäß den Kopf. »Im Blut liegt das eher Louise Weber oder La Goulue, das ist ihr Künstlername. Wir sind seit Kindesbeinen miteinander befreundet. Sie hat die Liebe zum Tanz in mir erweckt. Louise ist in dieser Hinsicht ein Naturtalent. Ich dagegen musste mir vieles sehr hart erarbeiten. Meine Lehrerin war meine Duett-Partnerin, Lucienne Beuze. Oder Grille d'Égout, wie sie auch genannt wird.«

»Was hat eine Tänzerin mit einem Kanalgitter zu tun?« Henri krauste die Stirn.

»Es ist ein Spitzname, wegen ihrer weit auseinanderstehenden Vorderzähne. Mittlerweile trägt sie ihn wie eine Auszeichnung. Auch *La Goulue* hat ja eine durchaus zweifelhafte Bedeutung. Aber Louise schämt sich ihrer Gefräßigkeit ebenfalls nicht.«

»Das ist die Tänzerin mit dem merkwürdigen Chignon?«, versicherte sich Henri. »Die beim Mitternachtsball mit jenem unglaublich dünnen und beweglichen Partner tanzt?«

»Ja, man nennt Valentin sogar den Knochenlosen. Louise und er haben sich vor einigen Jahren in der Moulin de la Galette kennengelernt. Seit der Zeit sind sie als Tanzpaar unzertrennlich.«

»Das ist mir bekannt«, räumte Henri ein. »Dort habe ich die beiden schon früher gesehen. Niemand kann ihnen das Wasser reichen.«

Elise durchfuhr ein leichter Stich, den sie jedoch vor Henri verbarg. Also war er vor allem wegen La Goulue ins Ély gekommen.

Der Gong, der das Ende der Pause zwischen Show und Mitternachtsball ankündigte, schlug zum ersten Mal. »Der Tanz beginnt gleich«, sagte sie überflüssigerweise. »Werden Sie mitmachen?«, entfuhr es ihr dann unbedacht.

Noch bevor sie den schmerzlichen Ausdruck in Henris Gesicht wahrnahm, schlug sie sich vor Scham auf die Lippen. »Entschuldigen ... entschuldigen Sie bitte, Monsieur de Toulouse-Lautrec. Das war sehr dumm von mir.«

Henri winkte mit aufgesetzter Gleichgültigkeit ab. »Keine Ursache. Ich habe mich mit meinem Schicksal als ewiger Zuschauer längst abgefunden. Das hat so manchen Vorteil«, fuhr er dann augenzwinkernd fort. »Direktor Miller hat mir eigens ein kleines Podest eingerichtet, damit ich überhaupt etwas vom Mitternachtsball mitbekomme. Ich pflege hier nämlich regelmäßig zu zeichnen.«

»Dann werden Sie bald ein berühmter Kunstmaler sein, wenn Sie sogar in Ihrer Freizeit üben«, sagte Elise. Wieder überlegte sie kurz. »Sie müssen ja jetzt kurz vor dem Abschluss in der Akademie Cormon stehen.«

Zu ihrem Erstaunen widersprach Henri. »Leider nicht. Wären Sie noch Vincents Modell, wüssten Sie längst, dass ich dort schon vor zwei Monaten ausgeschieden bin.«

»Oh!« Elise war bestürzt. Das war ihr zweiter Fauxpas in ein und demselben Gespräch. Obwohl sie für diesen tatsächlich nichts konnte. Wieder ertönte der Gong.

»Bitte entschuldigen Sie mich jetzt, Monsieur. Ich muss gehen.« Sie sah sich suchend um und erblickte das kleine Podest. Es lag seitlich der Tanzfläche im Halbdunkel und war ihr wahrscheinlich deshalb bisher nicht aufgefallen. »Soll ich Ihnen vorher helfen, auf Ihren Platz zu gelangen?«

Wieder zuckten Henris Mundwinkel verräterisch, und wieder bemerkte Elise, dass dies kein hilfreicher Vorschlag gewesen war. Sie öffnete schon den Mund, um sich ein weiteres Mal zu entschuldigen, als Henri abwehrend die Hand hob.

»Hilfe brauche ich keine, Mademoiselle. Solange ich meine guten Freunde bei mir habe.« Er zeigte auf seinen Gehstock und hob sein Cognacglas. »Aber Sie könnten mir einen Gefallen tun und La Goulue, wie Sie die Tänzerin genannt haben, in der Pause des Balls einmal zu mir an den Tisch bringen. Ich würde sie sehr gerne persönlich kennenlernen.«

»Also, nun gib deinem Herzen einen Stoß, Louise! Der Mann hat ein schweres Schicksal, so verkrüppelt, wie er ist. Jetzt hat er sogar die Akademie vorzeitig verlassen, wo er zum Kunstmaler ausgebildet werden sollte.«

La Goulue hob demonstrativ die Augen zum Himmel. »Was soll ich denn mit 'nem Krüppel anfangen?«

»Gar nichts sollst du mit ihm anfangen«, antwortete Elise unwirsch. »Du kannst doch nicht mit jedem Mann ins Bett gehen, der dir irgendwann zufällig begegnet.«

Erst dann fiel ihr ein schlagendes Argument ein. »Henri de Toulouse-Lautrec ist nicht nur von uraltem Adel, sondern auch sagenhaft reich, wie man sagt.«

Jetzt merkte Louise tatsächlich auf. »Nun gut. Aber wenn er mich anödet, mach ich mich sofort aus dem Staub.«

Wenig später stiegen Elise und La Goulue zu Henri auf das

Podest, auf dem er an einem runden Tisch saß. Vor ihm stand schon wieder ein gefülltes Glas Cognac. Sein Atem roch so stark nach Alkohol, dass Elise es selbst aus der Entfernung wahrnahm.

Dennoch setzte sie eine muntere Miene auf. »Lieber Monsieur de Toulouse-Lautrec. Hiermit löse ich mein Versprechen ein und bringe Ihnen Louise Weber, genannt La Goulue.«

Die machte ihrem Künstlernamen zunächst alle Ehre, griff ohne ein Wort nach Henris Glas und leerte es in einem Zug. »Hmmm«, machte sie dann. »Der Cognac ist gut. War sicher teuer.«

Henri verzog keine Miene. Er erhob sich mühsam mithilfe seines Gehstocks und verneigte sich vor den Damen. »Es ist mir eine große Ehre. Darf ich Sie beide zu einem weiteren Getränk einladen?«

»Natürlich! Wie wär's mit Champagner?«

Elise wäre bei La Goulues Worten am liebsten im Erdboden versunken. Auch im Ély war Champagner das teuerste Getränk. Doch Henri winkte einem gerade vorbeieilenden Kellner. »Eine Flasche Dom Pérignon für die Damen, bitte. Und einen weiteren Cognac für mich.«

»Mann, da hatte Elise recht. Sie sind wohl wirklich stinkreich«, kommentierte La Goulue Henris Bestellung.

»Sie sagten mir vor dem Ball, Sie kommen auch hierher, um zu zeichnen?« Elise versuchte, von La Goulues Unverschämtheit abzulenken. »Haben Sie es auch heute Abend getan?« Als Henri nickte, fügte sie hinzu: »Dürfen wir Ihr Werk sehen?«

Henri zögerte kurz, dann griff er unter den Tisch und zog eine Ledermappe hervor. »Es ist nur eine Skizze. Von Ihnen, Mademoiselle Weber, und Ihrem Tanzpartner.«

Als Reaktion streckte Louise nur wortlos die Hand aus. Als sie das Papier betrachtete, rümpfte sie die Nase. »Ein guter Maler sind Sie aber nicht. Das ist ja total hässlich. So seh ich doch gar nicht aus! Auch Valentin ist noch hässlicher als in echt.«

Sie reichte das Papier an Elise weiter, die in tödlicher Verlegenheit Henris Blick mied. Allerdings konnte sie nicht umhin, sich Louises Meinung anzuschließen, ohne dies kundzutun. Kein Wunder, dass er aus der Akademie ausscheiden musste, dachte sie bei sich, während sie die Kohlezeichnung studierte. Er hat wahrlich überhaupt kein Talent.

Die Skizze zeigte La Goulue von vorn, wie sie gerade in ihrem schwarz-weißen Kleid mit überkreuzten Füßen einen Tanzschritt ausführte. Hätte Toulouse-Lautrec nicht ihren Dutt auf dem Oberkopf mitskizziert, hätte Elise Louise wegen der eher verwaschenen Gesichtszüge nicht mal erkannt. Auch Valentin hatte Henri nicht gut getroffen. Sein Kinn stand überdeutlich vor, er stand mit gespreizten Beinen auf beiden Absätzen und hatte die Arme weit ausgebreitet. Wie eine Karikatur.

Trotz der unattraktiven Figuren strahlte die Zeichnung jedoch eine gewisse Dynamik aus, die Henri hauptsächlich durch den Hintergrund des Bildes zum Ausdruck gebracht hatte. Da wirbelten weitere, nur als Schemen angedeutete Personen umher. Insgesamt wirkte die Szene wie eine Momentaufnahme auf einer überfüllten Tanzfläche.

»Aber wenn Sie das keinem zeigen, macht es nix«, fügte Louise großzügig hinzu.

Gerade servierte der Kellner den Champagner und wollte die mitgebrachten Sektflöten füllen. Doch Louise nahm ihm die Flasche aus der Hand, setzte sie an den Mund und trank in großen Schlucken. Elise war entsetzt, Henri sah amüsiert aus.

Endlich setzte Louise die Flasche ab. »Gleich ist die Pause schon rum«, erklärte sie ihr Verhalten. »Da wär's doch schade um das teure Gesöff.«

Tatsächlich schlug der Gong, der das Ende der kurzen Pause während des Mitternachtsballs anzeigte, genau in diesem Moment. Ohne einen Schluck gekostet zu haben, reichte Elise Henri die Hand und bedankte sich für den Champagner. La Goulue hob dagegen ihren Rock bis zu den Oberschenkeln, deutete einen Knicks an und streifte beim Vorbeigehen Henris Gesicht mit ihren Unterröcken.

»Warum hast du denn so was gemacht?«, fragte Elise entgeistert, als die beiden außer Hörweite waren.

La Goulue grinste und zuckte mit den Achseln. »Du hast doch gesagt, das ist ein ganz armes Schwein. Und ich hab's jetzt selbst gesehn. Ein bisschen *amour* kann da doch nix schaden. Davon hat der Kerl bestimmt noch nicht viel gehabt.«

Kapitel 34

WOHNUNG VON SUZANNE VALADON

APRIL 1887

»Erbarmen, *Chérie*«, flehte Pascal. »Ich kann die Arme nicht länger hochhalten. Lass uns bitte für heute aufhören!«

Valérie seufzte. »Nur noch einen Moment. Ich möchte wenigstens die Muskeln am linken Arm noch zu Ende zeichnen. Sonst finde ich morgen den Rhythmus nicht wieder und muss von vorn beginnen.«

»Aber ich brauche zumindest eine Pause«, forderte Pascal. »Kannst du Suzanne bitten, uns einen starken Kaffee zu kochen? Ich falle sonst um vor Müdigkeit.«

»Natürlich«, versprach Valérie. »Bleib bitte noch ein paar Minuten so stehen, dann bin ich mit den Oberarmmuskeln fertig.«

Pascal stöhnte hörbar, beugte sich aber Valéries Wunsch. Erst nach ungefähr zehn Minuten erlöste sie ihn.

»Hätte ich vorher gewusst, wie anstrengend die Arbeit als Modell ist, hätte ich mich bei den Frauen und Männern, die diese Tortur in der Akademie auf sich nehmen, wenigstens mal bedankt.« Pascal drehte sich um und warf sich einen leichten Morgenmantel über.

Valérie trat auf ihn zu und küsste ihn zärtlich auf die Nasenspitze. »Ich bin dir so dankbar dafür, dass du diese Tortur für mich auf dich nimmst. Endlich kann ich auch einmal am lebenden männlichen Aktmodell üben.«

Seit sich Suzanne Valadon vor einigen Wochen bereit erklärt hatte, Valérie und Pascal dazu ihr Schlafzimmer zur Verfügung zu stellen, versuchte sich Valérie mithilfe von Pascal an verschiedenen Posen. Sie hatte ihn bereits liegend, sitzend und zuletzt kniend gezeichnet und sich dabei an Gemälden aus der Galerie ihres Vaters orientiert.

Vor einigen Tagen hatte sie Pascal gebeten, eine stehende Pose einzunehmen, die einem erst kürzlich von ihrem Vater erworbenen Bild entsprach: Ein nackter junger Mann dreht dem Betrachter mit hocherhobenen Armen den Rücken zu. Stundenlang in dieser Haltung zu verharren, war natürlich sehr unbequem. Das konnte Valérie nachvollziehen. Da war es eine Erleichterung, dass sie zumindest unter sich waren, wenn sie Pascal zeichnete.

Suzannes Wohnung lag im gleichen Haus an der Ecke der Rue Tourlaque zur Rue Caulaincourt, in dem sich auch Henris Atelier befand. Dort hatten sich die beiden Frauen im vergangenen Jahr kennengelernt und waren sich nähergekommen. Dabei hatte Valérie entdeckt, dass sie Suzanne vor Jahren schon einmal gesehen hatte. Und zwar im Zirkus Fernando, wo Suzanne während der Vorstellung, die Valérie mit ihren Eltern besucht hatte, vom Trapez gestürzt war.

»Damals war es mein Traum, eine berühmte Artistin zu werden«, gestand Suzanne. »Doch nach dem Unfall war es damit vorbei. Ich bekam panische Angst vor den Übungen und musste aufhören. Danach hab ich mich als Malermodell durchgeschlagen.«

Seitdem sie Henri kannte, war es mit ihrer finanziellen Misere vorbei, was Valérie Suzanne von Herzen gönnte. Allerdings wunderte sie sich darüber, dass Suzanne nicht längst mit Henri zusammenlebte.

»Ach, weißt du, inzwischen bin ich ganz froh darüber, dass

Henri mir nie den Vorschlag gemacht hat, bei ihm einzuziehen«, erklärte Suzanne Valérie daraufhin. Ihre Gelassenheit wirkte aufgesetzt. »Seine Wohnung wäre zwar groß genug, aber ich glaube, Henri möchte seine Freiheit nicht einschränken. Schließlich herrscht ein ständiges Kommen und Gehen bei ihm. Und abends ist er oft bis spät in die Nacht unterwegs.«

Valérie war verwundert. »Ich dachte, Henri sei überglücklich, dass ihr euch gefunden habt. Er hat sich doch so sehr nach einer festen Beziehung gesehnt.«

Suzanne zuckte die Achseln. »Henri ist eigen, das solltest du doch inzwischen wissen. Aber ich liebe ihn so, wie er ist«, fügte sie etwas gekünstelt hinzu. Valérie wurde klar, dass die Beziehung der beiden nicht ganz spannungsfrei war.

Das lag auch daran, dass Suzanne jetzt regelmäßig malte. Ihre neuen Skizzen hatte sie Edgar Degas gezeigt, der sie sehr für ihr Talent gelobt hatte.

»Ich glaube, Henri ist ein wenig eifersüchtig darauf«, hatte Suzanne zu Valérie gesagt. »Er bewundert Degas über alle Maßen und wünscht sich wahrscheinlich selbst, einmal von ihm eingeladen zu werden.«

Auch aus diesem Grund machte Suzanne schließlich aus der Not eine Tugend und schätzte die getrennten Wohnungen, weil sie in ihren eigenen vier Wänden ungestört malen konnte. »Ich hab es auch eine Zeit lang in Henris Atelier versucht. Aber er hat mir beständig reingeredet. Deshalb bin ich dabei lieber allein.«

Nach diesem Gespräch rang Valérie einige Tage lang mit sich, bis sie Suzanne ihre Bitte vortrug. »Ich würde so gern auch einmal echte männliche Aktmodelle als Vorlage haben. Cormon lässt mich nach wie vor nur Statuen zeichnen. Pascal wäre dazu bereit, mir Modell zu stehen. Aber in Henris Atelier ist immer so viel los, dass ich ihn um so eine intime Sache nicht bitten will.«

Spontan hatte Suzanne ihr angeboten, dazu ihr Schlafzimmer zu benutzen. »Bei Henri geht so was tatsächlich nicht. Wenn Vincent mir nicht so unsympathisch wäre, hätte ich ihm ebenfalls vorgeschlagen, ihm in meiner eigenen Wohnung Modell zu stehen. Aber das ist ja zum Glück jetzt vorbei.«

Seit Vincent die Akademie Cormon verlassen hatte, zeigte er kein Interesse mehr an Aktdarstellungen. Stattdessen malte er wie besessen Ansichten von Montmartre. Auf Anraten seines Bruders Theo wählte er in jüngster Zeit auch üppige Blumensträuße als Motiv, in der Hoffnung, solche Bilder auch verkaufen zu können. Bislang hatte sich diese Hoffnung jedoch nicht erfüllt.

Jetzt betrat Valérie die Küche, in der Suzanne malte. Die Freundin saß vor einem großen Standspiegel und arbeitete an einem Selbstporträt. Valérie pfiff anerkennend, als sie das Gemälde betrachtete. »Du hast dich ganz wunderbar getroffen«, lobte sie. »Und dabei entwickelst du wirklich deinen eigenen Stil. Er erinnert mich ein wenig an Pascals Gemälde, aber gleicht Henris Werken überhaupt nicht. Auch denen von Vincent nicht.«

»Stimmt«, bestätigte Suzanne. »Hast du schon Vincents Bild von Agostina gesehen? Er hat sie im Tambourin gemalt. Ebenfalls ganz gut getroffen, wie ich finde. Wenn auch in seiner eigenen Malweise.«

Valérie nickte. »Agostina hat das Bild im Café aufgehängt. Und neulich erzählt, dass Vincent und Henri dort eine kleine Ausstellung planen. Meinst du, du könntest auch dieses Selbstporträt mit einbringen? Sicher ist es doch bald fertig.«

Ein Schatten huschte über Suzannes Züge. »Gefragt hat mich keiner der beiden. Ich will mich nicht aufdrängen. Am Ende stimmen sie sonst nur aus Mitleid zu.«

»Aber Henri hat dein Talent doch erkannt und dich früher

dafür gelobt«, erinnerte sich Valérie. »Hat er Degas nicht sogar auf dich aufmerksam gemacht?«

Suzannes schmerzlicher Ausdruck vertiefte sich. »Das ist ja wahrscheinlich der Grund, dass er meinen Bildern heute keine große Aufmerksamkeit mehr schenkt.«

Valérie schüttelte unangenehm berührt den Kopf. »Ich habe ebenfalls vor, Edgar Degas' Angebot anzunehmen und ihm etwas von mir zu zeigen, sobald ich diese schreckliche Zeit in der Akademie hinter mir habe. Dann will auch ich meinen eigenen Stil entwickeln und hoffe, dass es mir gelingt.«

»Du glaubst gar nicht, wie sehr ich euch alle darum beneide, dass ihr endlich malen dürft, was ihr wollt«, fügte sie leise hinzu.

»Obwohl Degas damals recht hatte mit seiner Behauptung, der gewöhnliche Kunstmaler würde in Paris auf Dauer verhungern«, erwiderte Suzanne sarkastisch. »Kein einziger von denen, die an dem Tag im Tambourin dabei waren, hat bisher auch nur ein Bild verkauft. Wäre Henri nicht so reich und würde Theo seinen Bruder Vincent nicht finanziell durchschleppen und Pascal nicht als Kellner schuften, kämen die Pariser Brücken durchaus als Nachtquartier für sie alle infrage.«

»Und wäre Agostina nicht so sehr in Vincent verschossen, wobei mir ein Rätsel ist, was sie an ihm findet, wäre sie sicher auch nicht bereit, die Ausstellung in ihrem Café auszurichten«, ergänzte sie.

»Dass Vincent und Agostina ein Liebespaar geworden sind, hat mich auch gewundert«, räumte Valérie ein.

Suzanne nickte. »Man sagt Agostina nach, dass sie seit jeher ein Faible für unbekannte Maler hat. Sie ist jedenfalls die einzige Frau, die ich kenne, die mit Vincent auskommt.«

»Ich mag ihn auch nicht besonders«, gestand Valérie. »Aber die Männer halten seit dem Rausschmiss aus der Akademie zusammen wie Pech und Schwefel. Pascal, Henri und Vincent sind jedenfalls dicke Freunde geworden.«

»Obwohl sich ihre Stile gar nicht gleichen«, wunderte sich Suzanne.

»Vielleicht ist das ja das Geheimnis ihrer Freundschaft«, überlegte Valérie. »So geraten sie nicht miteinander in Konkurrenz wie all die Maler im alten Stil, deren Werke mein Vater in seiner Galerie anbietet.«

In diesem Moment pochte es heftig an der Tür. Pascal streckte seinen Kopf herein. »Ich dachte, es gibt endlich Kaffee!«, maulte er vorwurfsvoll.

»O Gott!«, rief Valérie. »Das hab ich über meinem Schwatz mit Suzanne völlig vergessen. Pardon, *mon Amant*! Ich setze gleich Wasser auf. Das ist dir doch recht, Suzanne?«

»Danach ist es jedenfalls für heute zu spät, um noch weiterzumachen«, erklärte Pascal kategorisch, ohne Suzannes Antwort abzuwarten. »Wenn der Kaffee endlich fertig ist, will ich noch bei Henri reinschauen, bevor ich ins Le Mirliton muss. Vincent will heute Abend mit einem Kollegen vorbeikommen, den ich noch nicht kenne. Sein Name ist Paul Gauguin. Es heißt, er hat sogar eine Künstlerkolonie in der Bretagne mitbegründet. Darüber möchte ich unbedingt mehr erfahren.«

Wenig später betraten die drei Henris Atelier. Zu Valéries Freude saß er auf seinem hohen Hocker vor ihrem Abschlussgemälde und besserte einige Stellen aus. Selbstverständlich glaubte ihr Vater, dass Valérie unter der Anleitung von Henris Privatlehrer ausschließlich selbst daran arbeiten würde. Stattdessen verbrachte sie nur die Hälfte der Zeit damit und ließ Henri danach korrigieren, was sie zustande gebracht hatte.

Nun trat sie hinter ihn und begutachtete den Fortschritt.

»Wenn ich dich nicht hätte, Henri! Ich wüsste wirklich nicht, wie ich dieses Mammutwerk jemals zu Ende bringen könnte, ohne dass Cormon etwas daran auszusetzen hätte.«

Tatsächlich hatte sich Valérie in ihrem Ehrgeiz, ihr Bild doch noch im Pariser Salon einreichen zu dürfen, mit dem *Raub der Sabinerinnen* zu einem überaus komplexen Motiv verleiten lassen. Es gehörte zwar zu Cormons Vorschlägen und entsprach der Konvention, Szenen aus der Mythologie im Akademischen Stil dazustellen. Doch kein einziger anderer Student hatte sich für dieses Thema entschieden. Das wunderte sie inzwischen angesichts des ungeheuren Aufwands bei der Erstellung nicht mehr.

Sie hatte schon aufgeben wollen, zumal ihr Cormon noch immer keine Hoffnung machte, dass die Jury ihr Bild annehmen würde. Denn obwohl sie mittlerweile fast jeden Abend mehrere Stunden in Henris Atelier verbrachte, war sie weniger schnell vorangekommen als geplant. Insbesondere die Technik der geleckten Malerei, bei der kein einziger Pinselstrich zu erkennen sein durfte, beherrschte sie nicht in der Vollkommenheit, wie es das pompöse Gemälde erforderte.

Deshalb hatte sie Henris Angebot, ihr zu helfen, nur zu gern angenommen. Schon in der Akademie war er derjenige gewesen, der mit dieser komplizierten Technik die geringsten Schwierigkeiten gehabt hatte. Jetzt hatte er die Figur der halb nackten Sabinerin, die sich gegen den Griff eines räuberischen Legionärs wehrte, so perfektioniert, wie es ihr selbst kaum gelungen wäre. Noch gestern Abend war sie nahezu daran verzweifelt.

Spontan schloss sie Henri, der sich auf seinem Hocker nach ihr umgedreht hatte, in die Arme und bedankte sich. »Was täten wir alle nur ohne dich!«, lächelte sie.

Das galt trotz ihrer gelegentlichen Differenzen auch für Suzanne, die Henri finanziell so großzügig unterstützte, dass sie nur noch gelegentlich als Privatmodell tätig war. Zum Dank führte sie zwar seinen Haushalt, aber der bereitete ihr wenig Mühe.

Auch Pascal verdankte Henri seine Stelle im Café-Concert Le Mirliton, das nach dem Umzug des Chat Noir von Henris Freund, dem Chansonsänger Aristide Bruant, übernommen worden war. Denn nach dem Abbruch seines Kunststudiums hatte Pascals Vater ihn vor die Alternative gestellt, endlich in die Textilfabrik einzutreten oder auf jegliche finanziellen Zuwendungen verzichten zu müssen. Nur Pascals Mutter ließ ihm gelegentlich etwas Geld zukommen, das im teuren Paris jedoch nicht zum Leben reichte. Denn auch in Montmartre zogen die Preise beständig an.

Also verdiente Pascal an sechs Abenden pro Woche als Kellner den Hauptteil seines jetzigen Einkommens. Da sein Zimmer bei dem Hausdrachen, wie er seine Vermieterin weiterhin nannte, dafür viel zu klein war, malte er tagsüber in Henris Atelier.

Jetzt trat er neben Valérie hinter Henri und begutachtete die Fortschritte an ihrem Abschlussgemälde. »Wärst du ein Mann, würde die Jury des Salons dieses Bild auf keinen Fall zurückweisen«, sagte er. »Auch wenn du es nicht ganz allein hergestellt hast.« Er zwinkerte Valérie zu.

Sie seufzte. »Immerhin wird es mein Vater ausstellen. Das hat er mir jedenfalls fest versprochen.«

In diesem Augenblick betätigte jemand heftig den Türklopfer aus Messing an der Haustür im Erdgeschoss. »Das muss Vincent mit dem neuen Kollegen sein«, vermutete Pascal. »Die Concierge ist wahrscheinlich mal wieder nicht am Platz. Ich laufe rasch runter und mach ihnen auf.« Henris Atelier lag im zweiten Stock.

Kurze Zeit später kehrte Pascal mit Vincent und dem noch Unbekannten im Schlepptau zurück.

Das könnten Zwillinge sein, dachte Valérie unwillkürlich. Zumindest ihrem schlampigen Aussehen nach.

Sowohl Vincents rote als auch die schwarzen Haare seines Begleiters waren fettig und ungekämmt. Beide trugen von Farbe befleckte Malerkittel über ausgefransten Hosen. Ihre Schuhe starrten vom Schmutz der Straße. Valérie erhaschte einen Blick auf Suzannes zusammengezogene Augenbrauen, als sie die Fußtratschen auf dem blank gewienerten Boden betrachtete.

Henri erhob sich mithilfe des Gehstocks von seinem Hocker und reichte erst Vincent, danach dessen Begleiter die Hand. »Willkommen in meinem Atelier, Monsieur Gauguin. Oder sollen wir uns gleich duzen, wie es unter Künstlerkollegen üblich ist?«

»Selbstverständlich. Ich bin Paul.« Gauguin rieb sich über den bis zum spitzen Kinn herabhängenden schwarzen Schnurrbart. Im Lauf des Abends sollten alle feststellen, dass diese Geste eine Marotte von ihm war. Er ließ den Blick aus seinen blaugrauen Augen über die Anwesenden streifen. »Zumal ich hier offensichtlich der Älteste bin«, stellte er fest.

Sein verlebtes Gesicht passte zu dieser Einschätzung. Später würde Valérie erfahren, dass Gauguin fast vierzig Jahre alt war.

Ohne ein weiteres Wort trat er an die Staffelei mit Valéries Bild. »Was malst *du* denn gerade Scheußliches?«, fragte er Henri. »Ich dachte, hier gäbe es nur Anhänger der modernen Malerei.«

Valérie spürte, dass sie heftig errötete. Gleichzeitig weckte die Anmaßung des Ankömmlings ihren Trotz.

»Der größte Teil des Gemäldes stammt von mir, Monsieur Gauguin«, sprach sie ihn demonstrativ mit seinem Nachnamen an. »Es ist mein Abschlussgemälde als Studentin an der Akademie Cormon. Henri ist so lieb, mir bei der Fertigstellung zu helfen.«

»Soso.« Gauguin musterte sie mit einem undefinierbaren Gesichtsausdruck und fuhr sich dabei erneut über Schnurrbart und Kinn. »Eine junge Frau in der Akademie! Das ist immerhin bemerkenswert. Wenn sie auch dort nur das ewig Gestrige lernt!« Jetzt verzog er spöttisch die Lippen.

Henri kam Valérie zu Hilfe. »Du hast doch auch mal im Salon ausgestellt, Paul. Oder hab ich da etwas Falsches gehört?«

»Das war mit einem Landschaftsbild aus der Schule von Barbizon«, antwortete Vincent an Pauls Stelle. »Deshalb kennt mein Bruder Theo Paul, er hat uns einander vorgestellt. Später hat Paul dann an insgesamt fünf Impressionisten-Ausstellungen teilgenommen.«

An fünf Ausstellungen der Impressionisten?, dachte Valérie bei sich. Dann muss Gauguin schon recht lange malen. Besonders erfolgreich kann er nicht sein, sonst hätte ich schon von ihm gehört.

»Du warst einmal Börsenmakler, hat Henri uns erzählt«, ergriff nun Pascal das Wort. »Warum hast du diesen veritablen Beruf gegen die brotlose Kunst der Malerei eingetauscht, um unseren werten Kollegen Edgar Degas zu zitieren?«

Nun schürzte Gauguin die Lippen mit einem offen verächtlichen Ausdruck. »Wenn Degas es mit seinen Schmierereien geschafft hat, sich als Künstler zu etablieren, wird es mir auch bald gelingen«, behauptete er.

Bevor sich ein peinlich berührtes Schweigen unter den Anwesenden ausbreiten konnte, lenkte Pascal auf ein anderes Thema. »Du bist Mitglied einer Künstlerkolonie, hat Vincent erzählt.«

»Das ist wahr. Dort bin ich der am meisten anerkannte Kollege«, brüstete sich Gauguin. »Es ist die Schule von Pont-Aven, benannt nach dem kleinen bretonischen Dorf am Mündungstrichter des Flusses Aven ins Meer. Dort habe ich den ganzen letzten Sommer verbracht.«

»Wie wunderbar!« Pascal war sichtlich beeindruckt und schien

Pauls Angeberei gar nicht zu bemerken. »Mitglied einer Künstlerkolonie zu sein, ist mein Traum.«

»Meiner auch«, bekundete Vincent. »Aber die Bretagne ist mir vom Klima zu rau. Meine Kolonie will ich daher im Süden Frankreichs gründen. So bald wie möglich!«, fügte er angesichts der erstaunten Blicke in der Runde hinzu. »Vorläufig versuche ich, in Paris noch etwas Geld zu verdienen. Und mein Goldstück Agostina davon zu überzeugen, mit mir zu kommen.«

»In welcher Stilrichtung malst du denn?«, fragte Pascal Gauguin.

Der hob die Schultern. »In Pont-Aven sind wir alle Anhänger des Post-Impressionismus. Der Impressionismus ist inzwischen schon wieder überholt. Doch für meine Art der Malerei gibt es derzeit noch keinen Namen.«

»Ich habe meiner Stilrichtung inzwischen einen gegeben«, sagte Pascal. Das war selbst für Valérie eine Überraschung. »Ich nenne sie Cloisonismus.«

»Merkwürdiger Name«, konstatierte Paul. »Das muss ja irgendwas mit Trennen oder Unterteilen zu tun haben. Was meinst du denn damit?«

»Am besten zeige ich es dir.« Pascal sprang auf und ging zu einer mit einem Tuch verhängten Staffelei. »Das war eins meiner ersten Werke, die ich in diesem Stil gemalt habe. Inzwischen habe ich es zum dritten Mal überarbeitet. Jetzt bin ich damit zufrieden.«

Zu Valéries Erstaunen kam darunter das Bild zum Vorschein, das er schon im letzten Jahr hier in Henris Atelier gemalt hatte. Die Darstellung einer Frau, die mit dem Rücken zum Betrachter über einen See blickt.

Ich wusste gar nicht, dass du dieses Gemälde noch mal überarbeitet hast, lag es Valérie schon auf der Zunge. Doch dann hielt sie die Worte zurück. Sie spürte eine leise Enttäuschung darüber, dass sie nach Pascals Weggang aus der Akademie offenbar viel weniger über ihn wusste als vorher.

Das war allerdings auch kein Wunder. Denn tagsüber war sie im Unterricht, und Pascal hielt sich überwiegend bei Henri auf. Miteinander geschlafen hatten sie seither nicht mehr, denn Pascal und Valérie scheuten sich, Henri um Geld für das Stundenhotel zu bitten. Seit seinem Weggang aus der Akademie hatte er es auch von sich aus nicht mehr angeboten.

Vielleicht erlaubt uns Suzanne ja, ihr Schlafzimmer ab und zu auch für ein Schäferstündchen zu benutzen, kam Valérie jetzt eine Idee. Obwohl sie sich sehr genieren würde, die Freundin danach zu fragen. Aber sie spürte zum ersten Mal deutlich, dass Pascal und sie Gefahr liefen, sich einander zu entfremden, da ihr Leben nun in verschiedenen Bahnen verlief.

Pascals nächste Frage an Paul riss sie aus ihren Gedanken. »Was muss man denn tun, um als Maler in diese Künstlerkolonie von Pont-Aven aufgenommen zu werden?«, wollte er zu ihrer Bestürzung wissen.

Paul grinste. »Nun, man braucht natürlich eine Empfehlung. Aber die würde ich dir geben, denn dieses Gemälde gefällt mir sehr. Solche Linien um die Bildelemente hab ich auch schon verwendet. Überhaupt gleichen sich unsere Stilrichtungen sehr. Aber leider hab ich mich für diesen Sommer anders entschieden.«

»Anders entschieden?«, echoten Pascal und Vincent nahezu gleichzeitig.

Paul nickte. »Ja, ich geh nicht in die Bretagne. Denn ich sehne mich nach dem einfachen Leben. Da, wo es noch unkompliziert und ohne Intrigen und Tücken zugeht. Deshalb breche ich schon in einer Woche nach Panama auf. Dort werde ich mich von den

Eingeborenen inspirieren lassen und als Künstler vervollkommnen.« Er grinste wieder. »Sobald mir das gelungen ist, kehre ich nach Paris zurück.«

Valérie bemühte sich, die Enttäuschung in Pascals Gesicht zu ignorieren. Er wäre wirklich in dieses bretonische Dorf gegangen und hätte mich hier den ganzen Sommer allein gelassen, wurde ihr schmerzlich bewusst.

»Ich möchte nach Hause«, sagte sie spontan zu ihm. »Mir ist nicht ganz wohl. Würdest du mir eine Mietdroschke besorgen?« Auf diese Art kehrte Valérie jeden Abend von Henris Wohnung in den Boulevard de Clichy zurück.

Pascal wirkte zwar erstaunt und ein wenig unwirsch wegen der unwillkommenen Störung seines Gesprächs mit Gauguin, stand aber auf, um Valéries Bitte nachzukommen.

Sie selbst stieg mit Suzanne in den dritten Stock, da sie ihre Tasche in deren Wohnung gelassen hatte.

»Was für ein widerwärtiger Zeitgenosse«, sprach Suzanne ihr noch auf dem Treppenabsatz aus der Seele. »Der ist ja noch schlimmer als Vincent van Gogh. Gibt an wie ein Marktschreier. Was die Männer nur an dem finden?«

Valérie nickte betrübt. »Du hast recht.« Wieder stand ihr Pascals enttäuschtes Gesicht vor Augen, als er erfuhr, dass Gauguin in diesem Sommer nicht in Pont-Aven sein würde.

Suzanne musterte sie mitfühlend, als hätte sie ihre Gedanken erraten. Plötzlich spürte Valérie den unwiderstehlichen Drang, Suzanne ihre Bitte vorzutragen. Danach wich sie Suzannes Blick mit heißen Wangen aus.

»Aber natürlich könnt ihr euch ab und zu allein bei mir treffen.« Die Stimme der Freundin klang warm und verständnisvoll. Als Valérie aufsah, lächelte Suzanne verschmitzt. »Immerhin ist einer von euch doch ohnehin schon nackt.«

Kapitel 35

EINE GASSE IN MONTMARTRE

MAI 1887

Die Uhr der Kirche Saint-Pierre schlug zweimal. Simone rang die Hände und fühlte sich zunehmend verzweifelt. Erst zwei Freier hatte sie heute Nacht bedient und damit nicht einmal zehn Francs eingenommen. Luc würde sehr enttäuscht sein und sie im schlimmsten Fall wieder schlagen. Denn er hatte sich gerade einen neuen Anzug bestellt und schuldete dem Schneider noch den größten Teil des Geldes.

Die Nacht war kühl. Simone stampfte mit den Füßen, um sich ein wenig zu wärmen. Einen Mantel erlaubte ihr Luc im Frühjahr nicht. »Damit die Kerle gleich sehn können, wofür sie löhnen.«

Zu allem Unglück begann es auch noch zu nieseln. Simones Kehle wurde eng, Tränen traten ihr in die Augen. Nun war die Wahrscheinlichkeit nahezu gleich null, dass heute Nacht noch irgendein Mann ihre Dienste in Anspruch nehmen würde.

»Mindestens zwanzig Francs musst du in der Nacht schon verdienen, *Chouchou*«, hörte sie Lucs eindringliche Stimme vor ihrem inneren Ohr. Das hatte er erst gestern gesagt, als sie mit fünfzehn Francs heimgekommen war. Wie sollte sie ihm nur erklären, dass sie diesmal noch viel weniger eingenommen hatte?

»Denn ich will dich doch endlich heiraten, Herzblatt«, hatte er hinzugefügt. »Dafür hab ich mir doch den neuen Anzug bestellt. Also sieh zu, dass die Moneten reinkommen.«

Simone wusste nicht, ob Luc es diesmal ernster meinte als bei seinen vorigen Versprechen. Die Heirat hatte er ihr schon in Aussicht gestellt, als sie vor zwei Jahren von zu Hause ausgebüxt war. Doch bisher hatte er immer eine Ausrede parat gehabt. Mal war es seine alte Mutter, die er unterstützen musste, der er Simone aber noch nie vorgestellt hatte. Mal hatte er Spiel- oder Wettschulden, die er dringend bezahlen musste, weil man ihn sonst verprügeln würde.

»Aber lieben tu ich dich und nur dich!«, beteuerte er nach wie vor. Deshalb hatte Simone noch nie ernstlich daran gedacht, Luc zu verlassen. Außerdem, wohin hätte sie gehen sollen? Seitdem ihre Mutter wusste, dass sie als Straßendirne arbeitete, konnte sie ihr doch nicht mehr unter die Augen treten. Genauso wenig wie Elise, der André sicher brühwarm erzählt hatte, was aus ihrer jüngeren Schwester geworden war.

Trotzdem bereute Simone ihre Flucht nur sehr selten. Wenn Luc gut gelaunt war, wie meistens, wenn sie mit gefülltem Portemonnaie zurückkam, war er immer noch der zärtlichste Liebhaber, den sie sich vorstellen konnte. Erst recht, seitdem sie wusste, wie gedankenlos oder sogar brutal manche Freier sie behandelten.

Aber heute Nacht würde er sauer sein. Was sollte sie nur tun? Leise schluchzend, wägte Simone ihre Möglichkeiten ab. Brigitte, die in Wahrheit Ernestine hieß, war sie heute auf dem Strich noch nicht begegnet. Sie konnte sie deshalb auch nicht anpumpen. Wobei Brigitte ihr wahrscheinlich auch nichts mehr leihen würde, denn Simone hatte noch fünf Francs Schulden bei ihr.

Auch zu Madame Pauline, der Wirtin des Stundenhotels in der Rue des Martyrs, konnte sie nicht gehen. Denn der schuldete sie ebenfalls die Miete für das letzte Zimmer. Eigentlich hätte der Freier dafür bezahlen sollen, doch der hatte sich einfach davongemacht, ohne einen Sou zu blechen. Obwohl er ihr die Zimmermiete vom Honorar abgezogen hatte. Natürlich verlangte Madame Pauline das Geld jetzt von ihr.

Die Schritte, die sich langsam näherten, hörte Simone in ihrer Verzweiflung erst, als sie schon ganz nah waren. Vorsichtig lugte sie um die Ecke des Hauseingangs, in dem sie sich untergestellt hatte. Und tatsächlich! Ihr Herz machte einen Satz. Da kam ein Herr in Gehrock und Zylinder die Straße herauf.

Simones Herz begann, vor Aufregung zu rasen. Diesen Kunden musste sie unbedingt an Land ziehen. Manchmal waren solche Herren sehr spendabel. Vielleicht würde sie zehn Francs bekommen, wenn sie alles mit sich machen ließe, was der Freier wollte.

Kurz entschlossen knöpfte Simone ihre Bluse auf und entblößte ihre Brüste. Das tat sie normalerweise nicht, denn Luc hatte es ihr streng verboten. »Wenn die Kerle so was umsonst beglotzen können, zahlen sie schlechter«, hatte er ihr eingeschärft. »Denn was nix kostet, ist auch nix wert.«

Das galt aber nicht für jeden Freier, wusste Simone inzwischen. Manche wurden sogar erst geil, wenn sie ihre festen Titten sahen, die durch ihre Arbeit bislang zum Glück nicht gelitten hatten.

Der Mann kam näher. Als er auf Höhe des Hauseingangs war, rief Simone ihn an und trat ihm in den Weg. »Lust auf ein wenig Spaß, Süßer?« Sie bemühte sich, ihre Stimme sanft und gleichzeitig wollüstig klingen zu lassen. Spaß machte ihr die Sache nie, außer wenn Luc mit ihr schlief. Doch sie hatte inzwischen gelernt, ihre Kunden zu täuschen.

Der Mann blieb stehen und musterte Simone von oben bis unten. Im diffusen Licht der Gaslaterne konnte Simone seinen Gesichtsausdruck nicht deuten. Plötzlich zückte er etwas aus seiner Jackentasche. Zu ihrem Entsetzen war es die Plakette der Sittenpolizei.

»Darf ich mal Ihre Karte sehen, Mademoiselle?«

Simone erstarrte vor Schreck. Hastig raffte sie ihre Bluse über den nackten Brüsten zusammen und tat dann so, als würde sie vergeblich in ihrer Tasche danach suchen. Dann durchwühlte sie auch noch die Taschen ihres Rocks.

»Es tut mir leid, Monsieur«, würgte sie schließlich hervor. »Ich muss die Karte daheim vergessen oder verloren haben.«

Der Sittenpolizist fackelte nicht lange. Er packte sie fest am Arm und pfiff durchdringend durch die Zähne. Sofort ertönte das Rumpeln eines Karrens auf dem Kopfsteinpflaster.

Wenig später befand sich Simone mit zwei Leidensgenossinnen auf dem Weg ins berüchtigte Frauengefängnis Saint-Lazare.

»Also, eine Simone Lambert ist bei uns nicht registriert.«

Der Mann, der sie aufgegriffen hatte, fixierte sie durchdringend. »Sagen Sie uns lieber gleich die Wahrheit, Mademoiselle. Dann bleibt es bei drei Monaten Saint-Lazare. Sonst kommt noch eine Anzeige wegen versuchter Täuschung der Behörden hinzu.«

Simone verlor jede Hoffnung, noch einmal glimpflich davonzukommen. Natürlich wusste sie, dass illegale Prostituierte früher oder später gefasst wurden. Das war nur eine Frage der Zeit. Aber bislang hatte sie das verdrängt.

Schon seit dem Beginn des Jahrhunderts mussten sich alle Prostituierten bei der Sittenpolizei registrieren lassen. Sie erhielten die sogenannte »Rote Karte«, auf der ihre persönlichen Angaben vermerkt waren. Heutzutage musste sich jede registrierte Hure einmal wöchentlich medizinisch untersuchen lassen, ob sie nun im Bordell oder auf der Straße arbeitete.

Nur gerüchteweise hatte Simone gehört, dass man damit eine Krankheit namens Syphilis eindämmen wollte, die man sich beim Geschlechtsverkehr zuziehen und an der man angeblich sogar sterben konnte. Deshalb wurden Illegale nach Saint-Lazare gebracht, das eigentlich ein von Nonnen betriebenes Hospital war, aber mehrere geschlossene Stationen für Freudenmädchen unterhielt.

»Sie haben recht, Monsieur«, räumte Simone nun mit erstickter Stimme ein. »Ich habe keine Karte.«

»Dann sagen Sie mir jetzt, wie alt Sie sind.« – »Aha, also erst neunzehn und noch nicht volljährig. Schwester Thérèse!« Der Sittenpolizist winkte einer grimmig aussehenden älteren Nonne. »Bringen Sie dieses junge Ding erst zum Arzt und dann auf die Station für Minderjährige.«

Ein letztes Mal wandte er sich dann an Simone. »Ich kann nur für Sie hoffen, dass Sie sich bislang keine Geschlechtskrankheit zugezogen haben.« In seinen Augen glaubte Simone zum ersten Mal etwas Mitgefühl zu entdecken. »Wenn Sie noch einmal davongekommen sind oder hier Heilung finden, gebe ich Ihnen einen guten Rat, Mademoiselle Lambert. Nehmen Sie es als Wink des Schicksals und versuchen Sie, in Zukunft ein anständiges Leben zu führen!«

»Komm mit!« Im Gegensatz zum Sittenpolizisten duzte die grimmige Nonne Simone. Als sie einen Moment lang zögerte, fasste die Schwester sie grob am Oberarm und stieß sie vor sich her.

»Was geschieht jetzt mit mir?«, wagte Simone, in ihrer Angst schließlich zu fragen.

Die Nonne würdigte sie keines Blickes. »Das wirst du schon sehen und hoffentlich deinen sündigen Lebenswandel bereuen.«

Am Ende eines langen düsteren Gangs schloss die Schwester

eine Tür auf. Drinnen empfing Simone gleißendes Licht. Geblendet schloss sie die Augen.

Als sie sie wieder öffnete, fuhr ihr der Schock in alle Glieder. In einer langen Reihe standen dort junge und ältere Frauen mit entblößtem Unterkörper vor einem Möbelstück, das Simone wegen der Rücken vor ihr nicht ganz erkennen konnte. Sie trat einen Schritt zur Seite. Es war eine Art Stuhl, auf dem eine Frau mit weit gespreizten Beinen lag. Ihre hoch gelagerten Füße waren zu beiden Seiten mit ledernen Riemen fixiert.

Vor ihr machte sich ein Mann in weißem Kittel mit einem silbrig glänzenden Instrument an der entblößten Scham der Frau zu schaffen. Zu Simones Entsetzen steckte er es ihr tief in die Scheide.

»Ausziehen!« Die grobe Stimme der Nonne riss Simone aus ihrer Erstarrung. Als sie wieder nicht gleich reagierte, hob die Schwester drohend die Hand. »Oder soll ich nachhelfen?«

Zitternd vor Angst und Scham, zog Simone Rock und Schlüpfer aus. Einen Unterrock trug sie schon lange nicht mehr.

Während der über eine Stunde langen Wartezeit fror sie erbärmlich. Trotzdem scheute sie unwillkürlich zurück, als der Arzt, ein Mann in mittleren Jahren mit fettigen grau melierten Haaren und einem ungepflegten Schnurrbart, sie zum Stuhl winkte. Angeekelt sah Simone, dass der lederne Sitz bereits mit undefinierbaren Flecken übersät war. Auch die Hände des Arztes starrten vor Schmutz.

»Irgendwelche Beschwerden?«, knurrte der Mann, während Simone sich zögernd auf den Stuhl setzte.

Einen Augenblick lang erwog sie zu lügen. Dann entschied sie sich anders. »Manchmal juckt es mich an – hier unten, Sie wissen schon, wo.«

»Zurücklehnen und Beine breit!« Der Arzt fackelte nicht lange und tastete Simones Scham zuerst mit groben Fingern ab. Dann fuhr er mit einem Zeigefinger tief hinein.

»Ausschlag ist da, könnte aber auch was anderes sein«, hörte Simone ihn murmeln. Als er zu dem blitzenden, stellenweise blutigen Instrument griff, schloss sie instinktiv die Augen.

Der Arzt führte das Ding in sie ein. Es fühlte sich kalt an und tat sehr weh. Erst nach einer gefühlten Ewigkeit war die Prozedur vorbei.

»Diagnose unklar!« Erst jetzt bemerkte Simone eine Frau in der Tracht einer Krankenschwester, dic an einem kleinen Tisch vor einem aufgeschlagenen Buch saß. »Regelmäßig beobachten! Untersuchung jede Woche! Aufenthalt mindestens drei Monate.«

Simone rutschte das Herz in die Hose. Bis zuletzt hatte sie gehofft, der Sittenpolizist hätte sie mit seiner Aussage, sie müsse drei Monate in Saint-Lazare bleiben, nur einschüchtern wollen.

Mit weichen Knien stieg sie von dem furchtbaren Stuhl und griff nach ihrem Schlüpfer. Als sie den Rock darüber ziehen wollte, fuhr die ältere Nonne sie wieder an. »Lass das!« Sie streckte fordernd die Hand aus. »Das Zeug wird ausgekocht. Du erhältst es zurück, wenn du entlassen wirst. Hier im Haus trägst du die übliche Tracht.«

Ohne Rock folgte Simone der Alten in den Flur und danach in ein enges Treppenhaus. Sie stiegen bis in den vierten Stock des Gebäudes. Dort schloss Schwester Thérèse die Tür auf und schloss sie gleich wieder ab, nachdem sie mit Simone eingetreten war.

Zuerst dirigierte sie Simone in einen Raum mit mehreren Waschzubern. Dort stand eine weitere Nonne bereit. Sie hatte die Ärmel ihrer Kutte bis über die Ellbogen aufgekrempelt.

»Ausziehen. Diesmal ganz!«, schnauzte Schwester Thérèse

Simone an. Wieder drohte sie ihr. »Wird's bald? Wir haben nicht die ganze Nacht Zeit. Um sechs beginnt unsere Andacht.«

Inzwischen dämmerte hinter dem trüben Fenster schon der Morgen herauf.

Jäh schoss es Simone durch den Kopf, wie die Unbarmherzigkeit der Nonnen im Umgang mit ihr und wahrscheinlich auch den anderen Delinquentinnen mit der Liebe zu Christus vereinbar sei. Doch sie hatte keine Zeit, darüber nachzugrübeln.

Sobald sie nackt mit dem Gesicht zur Wand vor den Frauen stand, traf sie ein eiskalter Wasserschwall. Sie zuckte mit einem Wehlaut zusammen.

»Hab dich nicht so!« Auch die zweite Nonne, obwohl deutlich jünger als Schwester Thérèse, klang barsch. Dann ergriff sie eine Wurzelbürste an einem langen Holzstiel und schrubbte damit Simones Haut am ganzen Körper, bis sie ganz rot war und brannte.

Schließlich warf sie ihr einen Lappen zu. »Mach dich hiermit zwischen den Beinen sauber!«

Simone befolgte den Befehl und erhielt danach ein grobes Leintuch, um sich abzutrocknen. Splitternackt wurde sie dann in die Kleiderkammer geführt. Dort wurden ihr eine Leinenunterhose und ein verschlissenes Nachthemd ausgehändigt, außerdem ein Unterhemd aus dem gleichen Stoff wie der Schlüpfer, grobe Wollstrümpfe, ein formloses graues Kleid und ein weißes Häubchen. Dies war anscheinend die Tracht, von der Schwester Thérèse bereits im Untersuchungszimmer gesprochen hatte.

Später würde sie erfahren, dass diese Uniform das Erkennungszeichen der Insassinnen des Frauengefängnisses von Saint-Lazare war, um eine Flucht zu erschweren.

Nachdem Simone zuletzt ein Paar Holzpantinen bekommen hatte, schlurfte sie den beiden Schwestern in einen riesigen Schlafsaal nach. Ihre Leidensgenossinnen konnte sie nicht sehen, denn die einzelnen Betten waren rundum von Abtrennungen aus Stoff umgeben, in die vorne Gucklöcher hineingeschnitten waren.

Die jüngere Schwester schlug den Stoff vor einem Bett zurück, auf dem nur eine harte Strohmatratze lag. Auf einem Holzstuhl daneben erblickte Simone ein graues Leintuch, ein ebenfalls mit Stroh gefülltes Kissen, dessen Halme durch den dünnen Bezug stachen, und eine braune Wolldecke.

»Bett machen und hinlegen!«, befahl Schwester Thérèse. »Bis zum Aufstehen um sechs ist noch eine Stunde Zeit. So lange kannst du schlafen.«

Völlig erschöpft, schlüpfte Simone ins Bett, nachdem sie es notdürftig zurechtgemacht hatte. Das Stroh des Kissens stach ihr in den Nacken, die Decke kratzte entsetzlich.

Ich muss Luc Bescheid sagen, damit er mich hier sofort rausholt, war ihr letzter Gedanke. Dann schlief sie ein, kaum dass sie die Augen geschlossen hatte.

ZWEI WOCHEN SPÄTER

AN EINEM FREITAGMITTAG IM MAI 1887

»Elise! Ich bin ja so froh, dass du da bist. Ich hab nicht geglaubt, dass du wirklich kommst.«

An Simones Gesichtsausdruck und ihrer Stimme konnte Elise erkennen, dass ihre Schwester es ernst meinte. Sie versuchte, sich den Schrecken über ihren Anblick nicht anmerken zu lassen.

Simones Gesicht war schmal geworden, ihre braunen Augen lagen tief in den Höhlen. Das sackartige graue Kleid hing formlos an ihr herab und war ihr offensichtlich viel zu weit.

Spontan trat Elise auf die Jüngere zu, um sie in die Arme zu schließen. Doch ein scharfer Ruf der Nonne, die den Besucherraum überwachte, ließ sie innehalten. »Halt! Ich hatte Ihnen doch gesagt, Berührungen aller Art sind verboten. Setzen Sie sich! Aber nur gegenüber! Hände auf den Tisch! Wenn Sie gegen die Vorschriften verstoßen, muss ich den Besuch sofort beenden.«

Was ist nur aus dir geworden, Simone?, hätte Elise ihrer Schwester am liebsten geantwortet. Doch sie hatte sich vorher gut überlegt, was sie sagen wollte. Es entsprach sogar der Wahrheit. »Ich freu mich, dass du mir geschrieben hast. Deshalb habe ich keinen Moment gezögert herzukommen. Schließlich haben wir uns seit zwei Jahren nicht mehr gesehen. Maman und Marianne lassen dich herzlich grüßen«, log sie. In Wirklichkeit hatte sie keiner der beiden von ihrem heutigen Vorhaben erzählt. »Wie geht's dir denn?«

Simones Mund verzog sich, als wolle sie gleich zu weinen beginnen. Sie schluchzte einmal trocken auf.

»Ganz schlecht geht es mir. Das hier ist ein furchtbarer Ort. Wahrlich ein Knast und kein Hospital. Die Nonnen sind unbarmherziger als jeder Gefängniswärter.«

Das bezweifelte Elise zwar, wollte ihrer Schwester aber nicht widersprechen. Im Gegenteil, je schlechter es Simone hier ging, desto eher gelänge es ihr womöglich, sie für die Familie zurückzugewinnen. Deshalb griff sie in ihre Tasche, die sie auf den Tisch gelegt hatte.

»Dann ist ja gut, dass ich dir was zu essen mitgebracht hab. Du hast mir geschrieben, dass die Besuchszeit genau um die Zeit des Mittagessens liegt. Da wollt ich verhindern, dass du hungrig bleibst.«

Simones Augen weiteten sich gierig, als Elise eine duftende Quiche auspackte. Trotzdem warf sie einen ängstlichen Blick über die Schulter auf die Wachnonne.

»Keine Sorge. Man hat's mir erlaubt, nachdem sie meine Tasche durchsucht haben. Schon nach dem Eingang und auch hier noch mal, bevor man dich hergebracht hat.«

Simone griff mit beiden Händen nach der Quiche und biss ein großes Stück ab. Sie kaute mit vollen Backen. »Hmmm, köstlich! So was Gutes hab ich seit Wochen nicht mehr gegessen.«

»Wie ist denn das Essen hier?«

Simone biss ein weiteres Stück ab. »So schlimm wie alles«, sagte sie dann mit gedämpfter Stimme. Sie warf einen erneuten Blick über die Schulter auf die Wachnonne. Aber die war gerade mit zwei anderen Besucherinnen beschäftigt, die den kahlen Raum betreten hatten. Außer einer großen Standuhr bestand der einzige Schmuck aus einem riesigen Kruzifix mit dem sterbenden Christus.

Die Nonne wies den beiden Frauen, offenbar Mutter und Tochter, einen Tisch am entgegengesetzten Ende des Besucherraums zu. Dann trat sie rückwärts zur Tür, wobei sie die anwesenden Frauen keine Sekunde lang aus den Augen ließ. Sie klopfte zweimal heftig und rief der Schwester, die vor der Tür bereitstand, einen Namen zu.

»Ja, sie nehmen es hier mit der Überwachung der Inhaftierten sehr genau«, kommentierte Elise das Geschehen. »Sie haben mir auch erklärt, warum sie das tun. Sie wollen verhindern, dass die Zuhälter Kontakt zu den Frauen aufnehmen, um sie nach der Entlassung erneut auf den Strich zu schicken.«

Elise war bewusst, dass ihre Worte brutal klangen. Dennoch

hatte sie beschlossen, Simone in dieser Hinsicht nicht zu schonen. Der elende Anblick ihrer Schwester bestärkte sie noch in ihrem Vorhaben.

Bestürzt registrierte sie, wie ein erleichterter Ausdruck über Simones Gesicht huschte. »Ach, das ist wahrscheinlich der Grund, warum Luc mich noch nicht besucht hat. Er hat auch meine Briefe nicht beantwortet.«

Elises Puls beschleunigte sich, obwohl sie das bereits wusste. »Du hast ihm also geschrieben«, tat sie ahnungslos. »Das war umsonst, denn die Post wird genau kontrolliert. Und das finde ich gut. Denn dieser Luc ist doch der Grund, warum du überhaupt hier gelandet bist.«

Simones Miene wurde trotzig. Sie antwortete nicht. Elise versuchte es mit einer anderen Taktik.

»Du hast gesagt, hier ist alles furchtbar. Erzähl mir doch mal, wie es hier zugeht.«

Simone ließ sich tatsächlich darauf ein. »Am schlimmsten ist das Essen. Fraß, den man nicht mal Schweinen vorwerfen würde. 'ne dünne Milchsuppe am frühen Morgen. Wir müssen um sechs Uhr raus. Die Milch ist oft sauer. Dann gibt's zu Mittag 'nen Eintopf mit 'nem Stück hartes Brot. Das letzte Essen schon um vier Uhr nachmittags. Etwas Quark oder Schmalz und auch hartes Brot. Manchmal sogar schimmelig. Zu trinken nur Wasser und dünnen Pfefferminztee. Wenn ich wirklich krank wär, würd ich hier nie gesund. Aber zum Glück scheint's mich nicht erwischt zu haben.«

Elise hoffte, Simone werde sich durch den Bericht ihre elende Situation selbst noch einmal plastisch vor Augen führen. Jetzt hakte sie nach. »Woher weißt du, dass du nicht krank bist?«

»Jede Woche muss ich auf den furchtbaren Stuhl. Du kannst dir gar nicht vorstellen, wie schändlich das ist. Der Arzt fummelt da unten endlos mit seinen dreckigen Händen rum. Medizin bekomm ich aber nicht. Deshalb denk ich, die Syphilis, oder wie diese Krankheit heißt, hat mich nicht erwischt. Ein paar meiner Genossinnen im Schlafsaal werden täglich mit so 'ner Salbe eingeschmiert. Davon fallen ihnen die Haare aus. Einer sind schon die Zähne locker geworden. Mir ist das zum Glück bisher nicht passiert.«

Simone verzehrte das letzte Stück ihrer Quiche und hob erneut verzückt die Augen zum Himmel. »Hast du mir noch was andres zum Essen mitgebracht?«

Elise zog einen rotbackigen Apfel aus ihrer Tasche. »Nur das hier.« Sie verschwieg ihrer Schwester, dass die Nonne den Rest der Lebensmittel für Simone gleich am Empfang konfisziert hatte.

»Das gebe ich Ihnen wieder mit, wenn Sie gehen. Denn hier ist kein Erholungsheim, sondern eine Besserungsanstalt. Außerdem kriegen die wenigsten Mädchen Besuch. Das würde nur Neid und Missgunst wecken, wenn ein paar davon Essen als Vorrat mit in den Schlafsaal nehmen könnten. Deshalb dürfen die Insassinnen nur verzehren, was sie im Besucherraum anstelle des Mittagessens bekommen.«

Elise hatte sich schon darüber gewundert, dass die Besuchszeiten ausschließlich dienstags und freitags von zwölf bis zwei Uhr nachmittags lagen. Zum Glück hatte Simone ihr das geschrieben, sodass sie ihr wenigstens einen Imbiss hatte mitbringen können. So, wie sie Elise auch mitgeteilt hatte, dass sie sich eine Stunde vor dem Besuch an der Pforte melden, sich durchsuchen lassen und ausweisen müsste. Tatsächlich hatte die Prozedur einige Zeit in Anspruch genommen.

»Sie können sich gar nicht vorstellen, was für Tricks diese Pimps sich einfallen lassen, um die Mädchen und Frauen wieder in ihre Gewalt zu bekommen«, hatte die Nonne am Empfang Elise auf ihre diesbezüglichen Fragen erklärt. »Manche von den Kerlen treiben sich hier sogar herum, um neue Pferdchen anzuwerben und für sich laufen zu lassen. Die schrecken wirklich vor nichts zurück.«

Dann hatte die Alte in einer Kartei geblättert und die beiden Briefe, die Simone an Luc geschrieben hatte, herausgezogen. »Ihre Schwester ist leider bislang auch unverbesserlich. Lesen Sie mal, was sie diesem Zuhälter geschrieben hat.«

Darin beteuerte Simone Luc ihre unverbrüchliche Liebe, beklagte sich über die Zustände in Saint-Lazare und bedauerte, dass ihm nun das Geld für den neuen Anzug fehle. Zum Schluss äußerte sie die Hoffnung, er werde sie hier herausholen und danach endlich heiraten.

Im Gespräch mit Elise ließ sich Simone noch eine Zeit lang über die Wanzen in den Betten, die unzureichende Sauberkeit, die Langeweile und weitere Missstände in Saint-Lazare aus. Allerdings ohne anzudeuten, dass ihr klar war, wem sie ihr Schicksal verdankte.

Erst jetzt betrat die zweite Gefangene in Begleitung einer Nonne den Raum und setzte sich zu ihren beiden Besucherinnen an den Tisch. Unwillkürlich fiel Elises Blick auf die Standuhr. Die Besuchszeit betrug eine Dreiviertelstunde. Jetzt waren nur noch fünfzehn Minuten davon übrig.

Ihr Anliegen, das sie noch nicht zur Sprache gebracht hatte, war dringend. Deshalb ergriff sie die Flucht nach vorn.

»Simone, ich weiß, dass du Luc zweimal geschrieben hast und hoffst, dass er dich nach der Entlassung heiratet. Die Nonne am Empfang hat mir die beiden Briefe gezeigt.« Sie legte ihre Hand über die Simones, zog sie aber nach dem durchdringenden Pfiff der Wachnonne sofort zurück. »Ich flehe dich an, komm zurück nach Hause, sobald du entlassen wirst.« Sie holte tief Luft. »Unsere Mutter geht sonst vor die Hunde.«

Simone runzelte die Stirn. »Was heißt das?«

Elise gab sich einen Ruck. »Maman hat zu trinken begonnen. Gleich in der Nacht, wo sie und André dich auf der Straße gesehen haben. Seither hört sie nicht mehr damit auf. Marianne und ich haben ihr schon oft ins Gewissen geredet, und sie hat es uns immer wieder versprochen. Denn schon unser Vater ist dem Absinth verfallen und hat sogar vor meinen Augen im Suff gemordet.« Sie schauderte bei der Erinnerung zusammen.

»Aber Maman hat Alkohol immer verabscheut!« Simone hatte den Sachverhalt noch nicht in voller Tragweite erfasst. »Genau wegen unserem versoffenen Vater, hab ich gedacht.«

Elise seufzte. »Das hab ich auch geglaubt. Selbst als sie ein paarmal betrunken war, hab ich gedacht, sie hört von selbst wieder auf. Aber Absinth ist ein teuflisches Zeug. Sie kann davon nicht mehr lassen und hat inzwischen sogar ihre Stelle verloren. Der Grund dafür bist du!« Sie machte eine kleine Pause und sah Simone fest in die Augen. Die wirkte verwirrt.

»Maman gibt sich die Schuld daran, dass du so tief gesunken bist. Marianne ist darüber tief unglücklich, aber sie kann ihre Worte nicht mehr zurücknehmen.«

Simone blickte Elise verständnislos an.

»Damals, als ich rausgekriegt hab, dass du durchs Fenster gestiegen bist, um dich heimlich mit Luc zu treffen, wollte Maman dich hart dafür bestrafen. Doch Marianne hat sie davon abgehalten. Mit dem Hinweis, du seist eben Jeannes Tochter. Deshalb denkt Maman, sie hat dir ihren Charakter vererbt. Denn auch sie ist auf einen lügnerischen und verderbten Mann reingefallen. Trotz aller Warnungen.«

»Luc lügt nicht und ist nicht verderbt«, erwiderte Simone zu

Elises Entsetzen. Die spürte die gleiche Hilflosigkeit in sich aufsteigen wie während ihrer vergeblichen Gespräche mit Jeanne. Ihre Mutter behauptete stets, sie könnte jederzeit mit dem Trinken aufhören und hätte alles unter Kontrolle. Nur, um schon nach kurzer Zeit das Gegenteil zu beweisen.

»Und warum schickt Luc dich dann auf den Strich?« Jetzt brach sich Elises Erbitterung Bahn. »Warum bist du überhaupt hier?« Sie wies auf den kahlen Besucherraum. »Und musst Angst haben, an einer widerlichen Krankheit zu leiden! Musst ekelhaftes Essen und diese scheußliche Uniform ertragen!«

Die Antwort Simones benahm ihr den Atem. »Weil ich ihn liebe. Und wir demnächst heiraten werden.«

»Und was ist mit Maman? Ich bin sicher, sie würde sofort mit dem Trinken aufhören, wenn du Luc verlässt und wieder anständig wirst. Noch ist es dafür nicht zu spät.«

Kurz überlegte sie hinzuzufügen, dass Jeanne Marianne sogar schon Geld aus dem Sparstrumpf gestohlen hatte, um sich Absinth zu besorgen. Doch sie wollte das Ansehen ihrer Mutter vor Simone nicht noch mehr schädigen.

Deren nächste Worte zeigten jedoch, dass ihre Appelle nichts fruchteten. Simone hob gleichgültig die Schultern. »Maman kann doch auch so mit dem Trinken aufhören.«

Elise verhärtete ihr Herz. »Wenn du mir nicht in die Hand versprichst, wieder nach Hause zu kommen, sobald du hier raus bist, werde ich dich nicht mehr besuchen.«

Als Simone nur trotzig auf den Tisch starrte, fügte sie hinzu: »Du musst noch mindestens bis August hier drinbleiben. Also überleg es dir gut!«

»Ich komm zweimal pro Woche her und bring dir jedes Mal was Gutes zu essen mit«, versuchte sie, Simone dann zu locken. Doch es war zwecklos.

»Luc ist meine ganz große Liebe. So wie André deine ist. Wenn wir erst mal verheiratet sind, muss ich auch nicht mehr anschaffen gehn.«

»Woher weißt du das?«

Simone blickte sie mit großen Augen an. »Dann sorgt Luc für mich. Als verheiratete Frau geht man doch nicht fremd.«

Elise kapitulierte vor so viel Unverstand. Sie stand auf, bevor ihr die Wachnonne das Zeichen gab, dass die Besuchszeit abgelaufen war.

»Wenn du es dir noch mal anders überlegst, schreib mir. Ansonsten leb wohl!«

Damit drehte sie sich um und ging ohne ein weiteres Wort hinaus.

Elises Hoffnung, Simone doch noch erreicht zu haben, erfüllte sich nicht. Sie erhielt keinen einzigen Brief mehr von ihr. Da sie ihren rüden Abschied inzwischen heftig bereute, unternahm sie zwei weitere Versuche, Simone in Saint-Lazare zu besuchen. Doch man ließ sie nicht vor. Ihre Schwester wolle sie nicht sehen, war die lapidare Auskunft.

Als sie im August ein drittes Mal vorsprach, war Simone bereits entlassen worden. Ein junger Mann in einem schicken Anzug habe sie draußen erwartet, berichtete ihr die Ordensschwester am Empfang. In der Hand habe er einen riesigen Rosenstrauß gehalten.

»Keine Ahnung, woher der Kerl wusste, wann sie rauskommt. Aber da kann man leider nichts machen.« Die Nonne zuckte die Achseln. »Beten Sie für das Seelenheil Ihrer Schwester! Und finden Sie sich ansonsten damit ab.«

Kapitel 36

CAFÉ-CONCERT LE MIRLITON

ENDE AUGUST 1887

Valérie winkte Pascal zu, als sie das Cabaret Le Mirliton betrat, das sie unter dem Namen Chat Noir vor über zwei Jahren zum ersten Mal besucht hatte. Fast genauso lange wurde es jetzt von dem Chansonnier Aristide Bruant betrieben, der es seinerzeit vom vorigen Inhaber Rodolphe Salis übernommen hatte.

Bruant hat am Stil des Hauses nicht viel verändert, stellte Valérie fest. Die Möbel waren womöglich noch unbequemer als im Chat Noir. Es waren einfache Holztische und -bänke ohne Lehnen. Von der Decke hing ein vom Vorgänger vergessener Stuhl aus der Periode Louis' XIII. mit der Sitzfläche nach unten.

Den rauen Ton von Salis gegenüber den Gästen hatte Bruant sogar noch verschärft. Das Motto des Hauses lautete: *Hereinspaziert, wer sich gern anschnauzen lässt.* Dass Bruant dieses Motto sehr wörtlich nahm und jeden Besucher entsprechend empfing, tat der Beliebtheit des Cabarets offenbar keinen Abbruch. Es war genauso voll wie das Chat Noir vor zwei Jahren.

Valérie nahm an dem Tisch im Hinterzimmer Platz, den Henri für seine heutige Gesellschaft reserviert hatte, und bestellte bei Pascal ein Glas Weißwein.

Anders als die Kellner unter der Ägide von Salis trug er eine weiße Schürze über einem schwarzen Hemd mit dazu passender Hose. Die steifen Anzüge, mit denen Rodolphe Salis einst die Mitglieder der Académie française verhöhnen wollte, die ihn als Künstler abgelehnt hatten, hatte Bruant als Kellnermontur sofort abgeschafft.

Obwohl Pascal schon kurz nach dem Eklat in der Akademie Cormon im Le Mirliton zu arbeiten begonnen hatte, war Valérie heute zum ersten Mal hier. Bis zum Ende ihres Studiums hatten sie sich nach dem Unterricht in Suzannes Wohnung getroffen. Suzanne stellte ihnen ihr Schlafzimmer für intime Begegnungen zur Verfügung, wie sie es Valérie im April zugesagt hatte.

Auch als ihr pompöses Abschlussgemälde *Raub der Sabinerinnen* längst fertig war, nutzte sie die Teilnahme an Henris vorgeblichen Privatstunden zunächst weiterhin als Vorwand, um der häuslichen Enge an mehreren Tagen pro Woche zu entfliehen. Sie schützte dabei ihre internen Prüfungen vor, obwohl sie die Skizzen und Gemälde, die Cormon von seinen Studenten verlangte, in Wahrheit während der Unterrichtsstunden anfertigen musste.

Deshalb kam ihr zupass, dass ihr Vater den Akademieleiter während des ganzen Studienhalbjahres nicht getroffen hatte. Er war ihm sogar aktiv aus dem Weg gegangen. »Ich möchte nicht den Eindruck erwecken, dass ich Monsieur Cormon zu deinen Gunsten bei den Prüfungen beeinflussen will«, hatte Alphonse dies begründet, was Valérie an sich nur recht gewesen war. Sie bedauerte lediglich, dass ihr Vater sich deshalb bei Cormon nicht für eine Aufnahme ihres Abschlussgemäldes in den diesjährigen Pariser Salon einsetzen konnte.

Wenn Valérie daran dachte, was aus ihrem Mammutwerk letztendlich geworden war, spürte sie noch immer bittere Galle ihre Kehle hinaufsteigen.

Bei der Abschlusspräsentation der Bilder in der Akademie hatte Cormon ihr Gemälde noch sehr gelobt. Wenn auch schon damals mit einem verächtlichen Beigeschmack, der Valérie erst hinterher auffiel. »Meine Herren«, kommentierte er ihr Bild. »Wer von Ihnen hätte gedacht, dass eine Frau ein solches Kunstwerk zustande bringen könnte? Wie schade, dass es der Jury für den diesjährigen Salon nicht vorgelegt werden kann.«

»Warum nicht?«, fragte Valérie später Cormon in seinem Kontor. »Nur weil ich eine Frau bin?« Ihre Stimme zitterte, mühsam hielt sie die Tränen zurück.

»Der Salon nimmt solche Gemälde nicht an«, argumentierte der Akademieleiter.

»Warum nicht?«, hielt Valérie trotzig dagegen. Dann scheute sie nicht einmal davor zurück, sich mit fremden Federn zu schmücken. »Ich habe ein historisches Motiv gewählt, zudem eines mit einer Vielzahl von Figuren. Ich habe den Kampf der Männer und Frauen dynamisch und realistisch dargestellt. So könnte sich der Raub der Sabinerinnen wirklich abgespielt haben«, hielt sie Cormon zunächst ihre eigenen Verdienste vor. Das alles hatte er ausdrücklich lobend erwähnt.

»Und sagten Sie nicht selbst, Monsieur, dass auch die Technik einwandfrei sei?«, kam sie dann auf das Merkmal zu sprechen, das sie Henri Toulouse-Lautrec verdankte. Er hatte in den Tagen vor der Abgabe ganze Nächte damit verbracht, ihre Pinselstriche völlig unsichtbar zu machen. Mit einem Anflug von schlechtem Gewissen fuhr sie fort: »Sie haben die Bilder der Abschlussklasse ja sogar mit der Lupe geprüft, Monsieur. Und meine Sabinerinnen unter die drei mit der besten Maltechnik eingestuft.«

»Deshalb habe ich Ihnen dafür auch die zweitbeste Note der Klasse erteilt«, verteidigte sich Cormon lahm. »Aber Ihr Gemälde wird dennoch keine Gnade vor den Augen der Jury finden. Selbst wenn ich mich mit meiner Stimme enthalte.«

Fernand Cormon war seit vielen Jahren Mitglied des Gremiums, das die Gemälde für die jährliche Ausstellung des Salons im Palais de l'Industrie auswählte. Bei Abschlussgemälden seiner Studenten pflegte er sich zu enthalten, wenn sie ihm gefielen, und dagegen zu stimmen, wenn er nicht damit einverstanden war. Das hatte er der Klasse bereits zu Beginn des dritten Ausbildungsjahres offengelegt. Deshalb reichte praktisch nie jemand ein Werk bei der Jury ein, das Cormon schon in der Akademie kritisiert hatte.

Das wollen wir dann einmal sehen, dachte Valérie trotzig als Reaktion auf Cormons Einwand. »Ich will es dennoch versuchen«, erklärte sie laut.

»Sie sind noch nicht volljährig«, gab er ihr noch zu bedenken. »Ihr Vater müsste Ihre Einreichung also an Ihrer statt vornehmen.«

Wenn Fernand geglaubt hatte, dies wäre ein Hinderungsgrund für Valérie, hatte er sich gründlich geirrt. Sobald Alphonse Dumas das Gemälde seiner Tochter zu Gesicht bekam, war er begeistert.

»Wunderbar! Herrlich! Und was für geleckte Pinselstriche!« Auch er prüfte Henris Beitrag mit der Lupe und würdigte die tadellose Ausführung. »Ich stelle die *Sabinerinnen* auf jeden Fall in meiner Galerie aus, auch wenn die Jury das Gemälde nicht zulässt. Aber sie sollen zumindest zu Gesicht bekommen, was du geleistet hast.«

Enttäuscht nahm Valérie zur Kenntnis, dass auch ihr Vater von einer Ablehnung ausging. Und leider recht behielt. Da die Jury nicht verpflichtet war, eine Ablehnung zu begründen, sandte man Valéries Bild kommentarlos in die Galerie ihres Vaters zurück.

»Es liegt nicht am Werk an sich«, versuchte er, die fassungslos weinende Valérie zu trösten. »Aber die Jury besteht überwiegend aus Professoren der École des Beaux Arts.« Das war die renommierteste Kunstakademie in Paris, die kompromisslos den Akademischen Stil lehrte. »Wahrscheinlich haben die Professoren befürchtet, sie müssten demnächst auch Frauen aufnehmen, wenn sie dein Gemälde zulassen. Das lehnen sie jedoch kategorisch ab.«

Cormon hatte aus dem Misserfolg sogar einen Sieg zu machen versucht. »Außer mir haben sich drei weitere Mitglieder der Jury enthalten«, hatte er Valérie unter dem Siegel der Verschwiegenheit anvertraut. »Nur sechs haben dagegen gestimmt.«

Aber *für* die Aufnahme ist niemand gewesen, dachte sie noch heute verbittert.

Erschwerend für Valéries Gemütslage kam hinzu, dass es sehr schwierig für sie geworden war, Pascal zu treffen, seitdem sie ihr Studium Ende Juni erfolgreich abgeschlossen hatte.

Immerhin hatte die Ausstellung des Bildes in der Galerie ihres Vaters einen Erfolg gezeitigt. Alphonse Dumas stellte Valérie Anfang August als Verkaufsassistentin ein und zeigte den darob erstaunten Kunden ihre *Sabinerinnen*, woraufhin niemand mehr ihre künstlerische Kompetenz infrage stellte. Er zahlte ihr sogar ein kleines Gehalt von zwanzig Francs pro Woche.

»Mehr würde deine Mutter nicht dulden, aus Sorge, du könntest dir gar ein eigenes Zimmer suchen«, hatte er Valérie erklärt.

Doch die war nur zu froh gewesen, dass sie auf diese Weise tagsüber der mütterlichen Obhut entfliehen konnte. Die beiden Wochen, die sie im Juli mit Amélie in der Sommerfrische im Seebad Dieppe verbringen musste, hatten Valérie schon gereicht. Ihre Mutter hatte sich ununterbrochen nach geeigneten Heiratskandidaten für sie umgesehen und war Valérie damit mehr als lästig gefallen.

Es war jedoch nicht leichter geworden, Pascal zu treffen. Denn ihr Vater bot ihr an, sie könne wie schon als Mädchen in der Galerie malen, wenn es gerade keine Kunden gab, die sie beraten sollte. Valérie verspürte jedoch nicht die geringste Lust, weiter im Akademischen Stil zu arbeiten, und machte von diesem Angebot daher keinen Gebrauch. »Ich muss erst mal Abstand von dem anstrengenden Studium und der Enttäuschung mit dem Abschlussgemälde gewinnen«, erklärte sie ihrem erstaunten Vater.

»Aber dein Zeugnis war doch das drittbeste der ganzen Klasse.«

»Eben darum. Ich habe schließlich täglich gelernt, skizziert und gemalt, um all die Prüfungen gut zu bestehen. Davon will ich mich jetzt erholen.«

Damit war allerdings auch ihr Vorwand dahin, weiter an Henris Privatstunden teilzunehmen, um in Übung zu bleiben. Denn ihr Vater ging selbstverständlich davon aus, dass auch Henri im Akademischen Stil malte, und hätte ihre neuen Werke früher oder später sehen wollen.

»Vielleicht solltest du deinen Vater um einen freien Nachmittag pro Woche bitten«, hatte Pascal bei ihrem einzigen Treffen seit Abschluss ihres Studiums vorgeschlagen. Sie trafen sich in der Mittagspause der Galerie wie früher in einem Park, nachdem Valérie sich unter einem Vorwand davongestohlen hatte. »Dann können wir uns wieder in Suzannes Schlafzimmer treffen und unsere Liebe leben.« Er führte zärtlich ihre Hand an seine Lippen.

Obwohl ihr ein Schauer durch den Körper fuhr, kam Valérie sofort ein anderer Gedanke. Unter Suzannes Anleitung könnte ich endlich meinen eigenen Malstil entwickeln. Sie fühlte sich innerlich zwischen beiden Möglichkeiten hin- und hergerissen.

Deshalb hatte sie Suzanne heute Abend im Le Mirliton eigentlich fragen wollen, ob die ihre Wohnung überhaupt wieder zur Verfügung stellen würde, gleich für welchen Zweck. Erst wenn die Freundin zustimmte, wollte sie ihren Vater um den freien Nachmittag bitten und eine Lösung für ihr Dilemma suchen.

Doch vorläufig gab es keine Gelegenheit dazu. Nachdem Henri einen Teil des Sommers mit seiner Mutter auf deren Schloss Malromé verbracht hatte, war er heute begierig darauf gewesen, endlich wieder in Montmartre auszugehen. Um Valérie ein Wiedersehen mit Pascal zu ermöglichen, hatte er sie auch dazu eingeladen. Offiziell in die Oper, wie er Amélie erklärte, in Wirklichkeit ins Le Mirliton, wo Aristide seinen neuesten Chanson präsentieren würde.

Amélie hatte, anders als früher, nur widerwillig zugestimmt, dem hochadeligen Grafen seine Bitte jedoch nicht abschlagen wollen.

Entgegen Valéries Hoffnung war Suzanne heute leider nicht dabei. Sie musste ihr krankes Söhnchen hüten, das an heftigem Brechdurchfall litt, erfuhr Valérie, sobald sie Henris Kutsche bestiegen hatte. Dann hatte er einen Satz hinzugefügt, der Valérie seither im Kopf herumging. »Ich bin ganz froh, dass ich selbst nie Vater werden kann. Denn Kinder engen nur ein und sind oft unerfreulich.«

Valérie grübelte noch immer über Henris Aussage nach, während sie an ihrem Weißwein nippte. Er war nur kurz mit ihr ausgestiegen und hatte ihr gesagt, dass er nach Suzannes Absage noch zwei andere Damen abholen wolle. »Die eine kennst du noch nicht. Es ist Louise Weber, die beste Cancan-Tänzerin von Paris. Die zweite Dame, Elise Lambert, steht ihr jedoch kaum nach. Erinnerst du dich an sie? Sie war einst Aktmodell in der Akademie und Kellnerin im Café Tambourin.«

»Ja, ja, ich erinnere mich«, hatte Valérie geistesabwesend genickt. Und weiter über Henri und Suzanne nachgedacht, da war er schon losgefahren. Die Freundin hatte ihr unter dem Siegel der Verschwiegenheit anvertraut, dass sie hoffe, Henri wolle sie irgendwann heiraten und ihren Sohn Maurice adoptieren. »Denn es gibt ja niemanden, der einmal sein Erbe antreten kann. Henri selbst kann kein Kind zeugen, haben ihm die Ärzte gesagt.«

»Was starrst du denn so grüblerisch vor dich hin?«, riss Pascals Stimme sie aus ihren Gedanken. »Langweilst du dich etwa?« Er zwinkerte ihr zu und deutete einen Kuss an.

Ohne ihre Antwort abzuwarten, drehte er sich um und griff nach einer der Zeitschriften, die stapelweise auf einem Beistelltisch lagen. »Das ist das hauseigene Journal des Mirliton! Guck dir mal das Deckblatt an! Da wartet eine dicke Überraschung auf dich!«

Zehn Minuten später wusste Valérie immer noch nicht, was Pascal gemeint haben könnte. Er selbst war so beschäftigt, dass sie ihn mit einer solchen Lappalie nicht stören wollte. Leider war auch Henri mit seinen Begleiterinnen noch nicht eingetroffen. Ihn konnte sie also auch nicht danach fragen.

Zum wiederholten Mal betrachtete sie das Deckblatt des Journals. Es zeigte die Zeichnung einer jungen Frau im Profil, die einen Brief schrieb. Sie trug ein altmodisches Häubchen auf dem Kopf und wirkte auf Valérie zuerst wie eine Krankenschwester. Dazu schien auch die Überschrift »A SAINT-LAZARE« zu passen, die in großen Lettern über der Skizze prangte. Das war der Name eines Pariser Hospitals.

Zwischenzeitlich hatte Valérie entdeckt, dass die Zeichnung auch an einer der Wände des Cabarets hing. Sie wusste, dass es mit diesem Hospital irgendetwas auf sich hatte, konnte sich aber nicht daran erinnern.

Beim Durchblättern des Journals stieß sie auf den Text eines

Liedes mit gleicher Überschrift. Gleich aus der ersten Zeile ging hervor, dass Saint-Lazare auch ein Gefängnis war. Offenbar für Frauen. Sollte die Zeichnung eine Delinquentin darstellen? Was hatte sie verbrochen?

Plötzlich kehrte die Erinnerung zurück. Es war vor zwei Jahren hier an diesem Ort gewesen. Damals hatte Henri ihr erzählt, dass es in Saint-Lazare eine Abteilung für illegale Prostituierte gab, die die Sittenpolizei festgenommen hatte. Wenige Zeilen später las sie, dass in der ersten Strophe auch von »unsichtbaren Krankheiten« die Rede war.

Weiter kam sie erst einmal nicht. Denn jetzt stand ihr das Bild der misshandelten jungen Frau vor Augen, die sie an diesem Abend für die Schwester von Elise Lambert gehalten hatte. Die ganze Angelegenheit war ihr damals so peinlich gewesen, dass sie sie offenbar völlig aus ihrem Gedächtnis verdrängt hatte. Nun würde sie Elise ausgerechnet heute Abend nach längerer Zeit wiedersehen. Als Gast von Henri, wie sie selbst.

Trotz ihrer Erkenntnisse konnte sich Valérie immer noch keinen Reim darauf machen, warum Pascal das Deckblatt als »dicke Überraschung« bezeichnet hatte. Sie las erneut die Signatur: »Zeichnung von Trécleau« hieß es da. Dieser Name war ihr völlig unbekannt.

Es musste auf jeden Fall jemand mit einem immens schlechten Geschmack sein. Wenn die Frau mit dem hochgeschlossenen Kleid und dem spießigen Häubchen eine der illegalen Prostituierten darstellen sollte, die in Saint-Lazare einsaßen, wer wählte denn solch ein stilloses Motiv? Zumal zu diesem dümmlichen Text.

Valérie schüttelte den Kopf. Und was hatte das alles mit dem Café-Concert Le Mirliton zu tun?

Gerade als sie Pascal ein Zeichen geben wollte, nun doch zu

ihr an den Tisch zu kommen, um sie aufzuklären, hinkte Henri an seinem Gehstock zur Tür herein. In seinem Schlepptau zwei Frauen.

Die eine war Elise Lambert, geschmackvoll in ein dunkelblaues Kleid mit passendem Hütchen gekleidet. Die andere Frau machte auf Valérie sofort einen überaus ordinären Eindruck. Sie trug keinen Hut, wobei ihre Frisur, ein auf dem Oberkopf aufgetürmter Chignon, auch kaum eine Kopfbedeckung zugelassen hätte. Das Dekolleté ihres Kleides war so tief, dass man einen Teil ihrer Brüste sah. Das sollte Louise Weber sein, die beste Cancan-Tänzerin von Paris?

Dass Henri seltsame Freunde hatte, war Valérie ja schon bekannt. Sie dachte an Vincent van Gogh, mit dem allerdings auch Pascal befreundet war, und jenen arroganten Paul Gauguin, der sich vor seiner Abreise nach Panama noch mehrmals in Henris Atelier eingefunden hatte.

Doch diese Louise Weber war bisherig die Krönung. Was fand Henri nur an solchen Leuten?

Elise hatte Mühe, ihre Wut und Beschämung über das Auftreten von La Goulue im Zaum zu halten. Erst hatte Louise Henri und sie fast eine halbe Stunde lang warten lassen, bevor sie endlich ausgehfertig gewesen war.

Nur aus diesem Grund hatte Elise darauf verzichtet, La Goulue zur Seite zu nehmen und inständig zu bitten, ein schicklicheres Kleid anzuziehen. Oder sich zumindest den Dutt am Hinterkopf zu binden und wie jede anständige Frau einen Hut aufzusetzen, sobald sie das Haus verließ.

Schon bereute sie fast, Henri Toulouse-Lautrecs Einladung ins Le Mirliton angenommen zu haben. Sie hatte nur zwei freie Abende pro Woche, die sie eigentlich mit André verbringen sollte. Aber Henri hatte nach seinem gestrigen Besuch im Ély so von Aristide Bruants neuem Chanson geschwärmt, dass sie neugierig geworden war. Außerdem war sie ein wenig eifersüchtig auf Louise, die eindeutig Henris Favoritin war. Nicht nur beim Cancan, sondern auch als Motiv für die zahlreichen Skizzen und Zeichnungen, die er bereits von ihr mit und ohne Valentin angefertigt hatte.

In der Droschke hatte sie dann erfahren, dass auch Valérie Dumas heute Abend Henris Gast war. Während La Goulue in ihrer aufdringlichen Art mit Henri schäkerte, hatte sie sogar kurz überlegt, Übelkeit vorzutäuschen, um eine Begegnung mit Valérie in dieser unmöglichen Begleitung zu vermeiden.

Nun traten sie durch die völlig verqualmte Gaststube ins Hinterzimmer das Café-Concerts, in dem Valérie vor einem halb leeren Glas Weißwein allein an einem Tisch saß. Die stand auf und begrüßte Henri mit zwei Wangenküsschen. »Ich dachte schon, du kämst nie zurück. Dabei will ich dich schon die ganze Zeit unbedingt etwas fragen.«

»Später«, winkte Henri ab. »Ich stelle dir jetzt schnell mal die beiden Damen vor. Dies ist Elise Lambert, die du ja schon kennst. Und das ist Louise Weber, auch genannt La Goulue.«

Elise entging nicht, dass ein verächtlicher Zug über Valéries Miene huschte. Zu allem Übel machte Louise ihrem Spitznamen sofort alle Ehre.

»Wie! Man sitzt hier noch auf dem Trockenen?« Damit ergriff sie das Cognacglas eines Gastes am Nebentisch und leerte es. Der Mann starrte La Goulue verblüfft an, während Henri über das ganze Gesicht grinste.

»Eine Eigenheit meiner lieben Freundin. Ich lasse Ihnen gleich ein neues Glas Cognac bringen, Monsieur.«

Dann winkte er mit seinem hocherhobenen Gehstock einem

jungen Kellner, in dem Elise erst auf den zweiten Blick den ehemaligen Kunststudenten Pascal Didier erkannte.

»Champagner für die Damen und eine Flasche Cognac für mich und diesen Herrn.« Henri wies auf den Gast, dessen Glas La Goulue ausgetrunken hatte. »Und rasch! Gleich singt Aristide!«

La Goulue sah sich derweil mit missbilligender Miene um. »Also, im Café Riche oder im Anglais geht es feiner zu, Henri.«

Toulouse-Lautrec hatte ihr und Elise längst das Du angeboten. Während Elise zunächst gezögert hatte, weil sie dies gegenüber einem hochadeligen Herrn und Gast des Ély als unangemessen empfand, war Louise sofort einverstanden gewesen. Elise war nichts anderes übrig geblieben, als es ihr gleichzutun.

La Goulue zog die Nase hoch. »Außerdem hängt mir der Magen in den Kniekehlen. Aber zwischen die Zähne gibt's hier nix, oder doch?«

In dem Moment brachte Pascal Didier die bestellten Getränke. »Pascal, tu mir einen Gefallen!«, bat Henri. »Such auf dem Boulevard einen Laufburschen! Er soll uns …« Er unterbrach sich und sah La Goulue an. »Was willst du denn haben?«

»Hummer wär gut, mein kleiner Buschiger!«, antwortete sie wie aus der Pistole geschossen und kraulte Henri dabei in seinem dichten Vollbart.

Elise wusste vor Verlegenheit nicht, wo sie hinschauen sollte. Da fiel ihr Blick auf eine Zeichnung, die an einer Wand des Cabarets hing. Die Überschrift verursachte ihr sofort Herzklopfen. »A SAINT-LAZARE«, hieß es da. Was hatte das Mirliton denn mit Saint-Lazare zu schaffen?

Als sie die Zeichnung betrachtete, erkannte sie die Tracht der Delinquentinnen auf den Stationen für Prostituierte. Sie sah zwar nicht so zerlumpt und schäbig aus wie die echten Uniformen. Im Gegenteil wirkte die Frau, die da irgendetwas schrieb, in ihrer Aufmachung sogar ehrbar. Aber es war eindeutig die Gefängniskleidung, die auch Simone getragen hatte.

Wär ich doch nur zu Hause geblieben, bereute sie nun aufs Heftigste, Henris Einladung gefolgt zu sein.

Sie überlegte noch, wie sie dieser peinlichen und für sie durch das Bild an der Wand zusätzlich belastenden Situation entkommen könnte, da betrat der Chansonnier Aristide Bruant die kleine Bühne im vorderen Raum. Er musste es sein, denn Henri hatte ihn in der Droschke beschrieben. Sein Markenzeichen war seine Kleidung, ein schwarzer Samtanzug mit roten Accessoires, ein breitkrempiger Hut und Stiefel zu jeder Jahreszeit, auch wie jetzt im Sommer.

Die Menge im Cabaret hatte anscheinend nur auf ihn gewartet, die Leute sprangen von ihren Sitzen auf und applaudierten heftig. Aristide zog seinen Hut und verbeugte sich theatralisch.

»Mein geliebter Pöbel!«, beschimpfte er das Auditorium, wie Henri es in der Droschke angekündigt hatte. »Ich bin überaus entzückt, dass ihr heute gekommen seid, damit ihr mal was Anständiges hört. Ein Chanson mit Tiefgang! Ausdruck einer unendlichen Liebe! Nicht so ein hirnloses Gesäusel wie in der Oper oder der Comédie-Française.«

Henris dunkelbraune Augen leuchteten. »Endlich! Endlich kann ich Aristides neuestes Lied hören!« Er klopfte frenetisch mit seinem Gehstock auf den Holzboden und hörte erst damit auf, als auch der restliche Applaus verebbte.

Aristide begann zu singen. Wäre Elise nicht bereits bei den ersten Worten so entgeistert gewesen, hätte sie zu würdigen gewusst, dass er über eine außerordentlich schöne Baritonstimme verfügte. So lauschte sie dem Text des Chansons wie gelähmt.

Sobald der letzte Ton verklungen war, spürte sie, dass sie es hier drinnen keine Sekunde länger aushalten konnte. Sie drängte sich nahezu gewaltsam durch das Publikum, das Aristide ohrenbetäubend Beifall klatschte. Kaum hatte sie den Gehsteig erreicht, erbrach sie sich auf das Pflaster.

Elise würgte noch immer bittere Galle empor, als sie eine sanfte Hand auf ihrer Schulter spürte. Sie sah hoch und erblickte Valérie, die ihr nach draußen gefolgt war.

»Sind Sie krank, Elise?« Noch nie hatte Valérie sie mit ihrem Vornamen angesprochen.

Einen Moment lang überlegte Elise, diesen Vorwand zu nutzen, um den wahren Grund ihres Elends zu verschweigen. Doch ihr fehlte die Kraft zum Lügen. »Es war … das Lied.«

Sie richtete sich auf, trat ein paar Schritte von der Lache ihres Erbrochenen weg und lehnte sich an eine Hauswand.

Sie suchte noch nach Worten, um Valérie zu beschreiben, was sie empfand, als die ihr zuvorkam.

»Ich verstehe auch nicht, was in die Menge und sogar in Henri und Pascal gefahren ist, dass sie so begeistert von diesem Chanson sind. Da geht es um ein armes verblendetes Mädchen, das wohl von seinem Zuhälter auf den Strich geschickt wird und als illegale Prostituierte im Gefängnis landet. Aber sie sorgt sich nicht um sich, sondern nur um ihren bedauernswerten Ausbeuter, dem jetzt das Geld aus dem schmutzigen Geschäft fehlt, zu dem er sie zwingt. Dabei geht aus einer Zeile hervor, dass er sie auch noch schlecht behandelt!«

An ihrem Tonfall erkannte Elise, dass Valérie aufrichtig empört war. »Und irgendein Schmierfink hat dazu eine Zeichnung angefertigt. Unglaublich!«

Elises Schmerz brach sich Bahn. Sie begann, haltlos zu weinen. Valérie nahm sie spontan in die Arme.

»Ich bin wütend, Elise. Aber Sie sind zutiefst traurig.« Valéries Stimme klang sanft. »Wollen Sie mir erzählen, warum?«

Die Worte kamen Elise wie von selbst über die Lippen. Ihr ganzes Elend drang mit Macht aus ihr hervor. Luc, der Pimp, der Simone durch falsche Versprechungen schon als blutjunges Mädchen in seine Fänge bekommen hatte. Der sie seit Jahren auf den Strich schickte, ohne dass sie auch nur daran gedacht hätte, ihn zu verlassen. Ihre Mutter Jeanne, die ihren Kummer darüber in Absinth ertränkte. Und schließlich ihre vergeblichen Versuche, Simone aus ihrem selbst gewählten Gefängnis zu befreien.

»Sie ist diesem Luden gleich bei ihrer Entlassung aus Saint-Lazare wieder in die Hände gefallen. Das ist erst zwei Wochen her. Wenigstens weiß man jetzt, warum dieser Schweinehund sie so schnell abfangen konnte. Er hat ein Küchenmädchen bestochen, Simone beim Essenausteilen einen Brief zuzustecken. Darin soll gestanden haben, er hätte schon das Aufgebot bestellt, um sie jetzt endlich zu heiraten.«

»Woher weiß man das?«

»Das bestechliche Küchenmädchen ist bei der Übergabe eines anderen Briefs ertappt worden und hat gestanden, dass es auch Simone und Luc gegenseitig heimliche Nachrichten überbracht hat. Die Nonnen wussten, welche Sorgen ich mir um meine Schwester mache, und haben mir das geschrieben.«

Elise wurde aufs Neue von einem Weinkrampf übermannt. Wieder nahm Valérie sie in die Arme und wiegte sie wie einen Säugling, bis sie sich beruhigt hatte.

»Dass man über so ein Unheil einen Text für einen Chanson schreibt, der auch noch ein begeistertes Publikum findet, ist schlimm genug«, erregte sich Valérie, nachdem sie wieder ins Cabaret zurückgekehrt war. Vorher hatte sie Henri gebeten, Elise in seiner Droschke vorzeitig nach Hause zu schicken, und ihm auf dem Rückweg ins Lokal kurz berichtet, warum es der Tänzerin so schlecht ging.

»Aber auch noch eine Zeichnung als Werbung für diesen Schund anzufertigen, schlägt dem Fass den Boden aus. Ich wüsste gern, wer sich zu so etwas hergibt. Habt ihr schon einmal von einem Menschen namens Trécleau gehört?«

Im Le Mirliton war zwischen den Vorführungen gerade eine Pause, die Valérie nutzte, um ihrem Ärger Luft zu machen. La Goulue verspeiste an einem frei gewordenen Nebentisch ihren Hummer und wirkte gelangweilt.

Sowohl Henri als auch Pascal sahen betreten aus und mieden Valéries Blick. »Aha!«, konstatierte sie. »Ihr wisst tatsächlich, wer das ist.«

Henri holte hörbar Luft. »Um die Wahrheit zu sagen, das bin ich. Trécleau ist mein Pseudonym.«

Valérie glaubte, ihren Ohren nicht zu trauen. »Das bist du?«

Henri nickte. »Es ist nicht meine erste Arbeit für eins der Magazine der Cabarets. Über den Text des Chansons habe ich, ehrlich gesagt, nicht wirklich nachgedacht.«

Er warf La Goulue einen Seitenblick zu und dämpfte die Stimme. »Woher hätte ich auch wissen sollen, dass dieses Schicksal exakt auf Elises Schwester zutrifft?«

Valérie gab ihm in dieser Hinsicht recht. »Trotzdem ist es ungeheuerlich, dass du dich zu so etwas hergegeben hast«, wiederholte sie ihren Vorwurf.

»Ich wollte endlich, dass meine Werke auch mal eine Öffentlichkeit finden. Nach der Pleite in der Akademie Cormon. Ich erhalte für jede Zeichnung sogar ein kleines Honorar.«

»Auf das du wahrlich angewiesen bist.« Valérie konnte ihren Ärger noch immer nicht bezwingen.

»Also gut! Kann ich Elise irgendwie helfen?«

Valérie überlegte. »Du könntest vielleicht herausfinden, ob dieser Luc Simone tatsächlich geheiratet hat. Es ist unglaublich, aber niemand kennt bis jetzt seinen Nachnamen. Denn Simone hat ihn nie preisgegeben. Oder sie weiß ihn bis heute selbst nicht. Aber ihr Nachname war Lambert. Also müsste es ja irgendein Standesamt geben, auf dem eine Simone Lambert einen Luc Sowieso geheiratet hat. Wenn er diesmal zu seinem Wort gestanden hat.«

Henri brauchte zwei Wochen, bis seine Nachforschungen zu einem Ergebnis führten. Tatsächlich hatte eine Simone Lambert einen Lucas Colbert am 16. August 1887 auf einem Standesamt im Faubourg Saint-Marcel geheiratet. Offenbar stammte Colbert aus diesem Stadtviertel.

Nachdem er Simones neuen Namen in Erfahrung gebracht hatte, benutzte Henri seinen Einfluss dazu, bei der Pariser Sittenpolizei nachzufragen. Dort war eine Prostituierte namens Simone Colbert seit Kurzem registriert.

»Sie arbeitet jetzt in einem Bordell«, war die Auskunft des Polizisten, die Henri schließlich an Elise weitergab. »Aber in welchem genau, wollte der Mann mir partout nicht sagen.«

Kapitel 37

RESTAURANT LE CHALET

NOVEMBER 1887

Mit gemischten Gefühlen betrat Valérie in Begleitung von Suzanne Valadon gegen drei Uhr am Nachmittag das Restaurant Le Chalet in der Avenue de Clichy. Dort fand eine weitere Ausstellung von Vincents, Henris und diesmal auch Pascals Gemälden statt. Sie hoffte auf einen größeren Erfolg als bei der letzten Ausstellung und befürchtete gleichzeitig das Gegenteil.

Zuvor hatte sie Suzanne mit ihrer Mietdroschke abgeholt. Denn das Wetter an diesem Novembertag war grausig. Es stürmte, der Wind trieb kleine Graupelkörner vor sich her, die in die Haut stachen.

»Ich wundere mich sehr darüber, dass du bei diesem Wetter ausgehen willst.« Alphonse Dumas hatte seine Tochter mit gerunzelter Stirn betrachtet. »Ich bin zwar sicher, dass sich kein Kunde mehr in die Galerie verirrt. Aber man jagt heute doch keinen Hund auf die Straße.«

»Umso mehr freue ich mich auf meinen Bummel«, hatte Valérie mit klopfendem Herzen geantwortet. »Hier würde ich mich doch nur zu Tode langweilen. Ich fahre ins Printemps am Boulevard Haussmann. Wahrscheinlich habe ich das Kaufhaus mit meiner Freundin ganz allein für mich.«

Diese Ausrede hatte sie sich bereits vorher überlegt, um zu begründen, warum sie auch heute den freien Nachmittag, den ihr der Vater im Sommer sofort bewilligt hatte, nutzen wollte. Trotzdem biss sie das schlechte Gewissen.

Das Gefühl verstärkte sich noch, als sich die Miene ihres Vaters verfinsterte. »Du weißt, dass das Kaufhaus zum Ruin deiner Großeltern beigetragen hat.«

Valérie nickte traurig. Amélies Eltern hatten zuerst ihre Filiale, dann auch ihr Hauptgeschäft im Lauf des letzten Jahres binnen weniger Monate schließen müssen. Gegen die Konkurrenz des mächtigen Warenhauses mit seinen viel günstigeren Preisen für Stoffe und Nähzubehör waren sie einfach nicht mehr angekommen.

Valérie wusste außerdem, dass ihr Vater sich Sorgen machte, wie lange das Geld seiner Schwiegereltern noch für ihren Lebensunterhalt ausreichen würde. »Über kurz oder lang werden sie dich anpumpen«, prophezeite ihm sein eigener Vater Baptiste bei jeder Gelegenheit.

Andererseits hätte Valérie ihre heutige Ausrede ohne den Bankrott der Großeltern gar nicht benutzen können, um sich aus der Galerie zu entfernen. Denn dann hätte ihr Vater nicht verstanden, warum sie dieses Kaufhaus aufsuchen wollte, das den alten Leuten das Leben so schwer machte, statt zu ihnen in den Laden zu gehen. Doch einen Bummel auf den Champs-Élysées oder einen Spaziergang in einem der Parks in der Innenstadt, die Paris Haussmann verdankte, hätte sie bei diesem Wetter kaum vorschützen können.

Missmutig grübelte sie in der Kutsche darüber nach, wie lange es noch dauern würde, bis ihr Vater ihr auf die Schliche kam. Schon mehrmals hatte er Valérie darum gebeten, ihm eine dieser ehemaligen Schulfreundinnen vorzustellen, mit denen sie sich angeblich traf. Doch außer Suzanne käme niemand dafür infrage, und die wollte Valérie nicht auch noch bitten, für sie zu lügen. Nach allem, was die Freundin ohnehin schon für sie tat.

Die Kutsche hielt vor dem Haus Nummer 7 in der Rue Tourlaque, und Valérie lief die Treppen zu Suzannes Wohnung hinauf, ungehindert von der Concierge, die sie ja inzwischen durch ihre häufigen Besuche kannte.

Als Suzanne öffnete, wurde Valérie sofort mit dem nächsten Problem konfrontiert. »Meine Mutter ist noch nicht da, um auf Maurice aufzupassen. Und mit seiner üblen Erkältung kann ich ihn unmöglich allein lassen.«

Valérie verkniff sich einen Seufzer. Dies bedeutete, dass sie nicht mit Pascal und Henri gemeinsam zu Mittag essen könnten. Denn warmes Essen gab es im Restaurant Le Chalet nur bis halb drei. Hoffentlich warten sie wenigstens auf uns und gehen nicht noch woanders hin, dachte sie. Außerdem spürte sie ihren Magen knurren.

Ihr Unmut verflog jedoch schnell, als sie den kleinen Maurice in Suzannes Schlafzimmer erbärmlich husten hörte. »Hast du genug Geld für Medizin?«, fragte sie spontan.

»Geld gibt mir Henri genug.« Suzannes Stimme klang traurig und sarkastisch zugleich. »Daran mangelt es mir nicht.«

Valérie kannte den Grund für Suzannes Verstimmung. Auch diesmal war Henri nicht dazu zu bewegen gewesen, einige ihrer Bilder für die aktuelle Ausstellung vorzusehen.

»Da ist viel zu wenig Platz«, hatte er das im Spätsommer schon einmal begründet, als er mit Vincent van Gogh seine erste Ausstellung im Café Tambourin geplant hatte. »Da Agostina Vincents Geliebte ist, stellt er ohnehin die meisten Bilder. Mir hat er gerade mal angeboten, fünf eigene aufzuhängen.«

Suzanne und Valérie hielten das schon damals für einen Vorwand. Denn obwohl Henri im Tambourin sogar eines seiner Porträts von Suzanne zeigte, pflegte er ihre eigenen Gemälde zu ignorieren. Inzwischen besuchte Suzanne Edgar Degas mit ihrer Skizzenmappe meistens nur noch, wenn Henri es nicht mitbekam. Ihn selbst fragte sie schon lange nicht mehr nach seiner Meinung.

Während Valérie und Pascal sich langsam Sorgen machten, wie lange Henris Beziehung zu Suzanne wohl noch halten würde, war die allerdings optimistisch oder verblendet genug, noch immer auf eine Heirat mit Henri zu hoffen.

»Das wird er nie tun«, hatte Pascal Valérie vor einigen Tagen gesagt, nachdem er mit Henri darüber gesprochen hatte. »Obwohl wir das alle im Alltag nicht merken, ist Henri aufgrund seiner adeligen Herkunft viel hochmütiger, als man denken würde. ›Eine Frau von Stand will mich nicht heiraten‹, hat er mir offen gesagt. ›Aber eine Frau von so geringer Herkunft wie Suzanne will *ich* nicht heiraten. Erst recht nicht mit einem unehelichen Sohn.‹ Selbst seine Mutter, die ihn über alles liebt und für all seine Kapriolen bislang Verständnis aufgebracht hat, würde ihm das nicht verzeihen, behauptet er.«

Seither befanden sich beide im beständigen inneren Konflikt, wie sie gegenüber Suzanne und deren vergeblichen Hoffnungen mit Henris Aussage umgehen sollten.

»Es geht uns nichts an«, hatte Pascal schließlich entschieden. »Das müssen die zwei selbst miteinander klären.«

Suzannes Mutter kam erst gegen Viertel vor drei in die Wohnung, sodass Valérie und Suzanne nun eine Stunde später im Restaurant Le Chalet eintrafen, als sie es mit Pascal und Henri vereinbart hatten. Die beiden Männer hatten bereits gegessen. Doch zu Valéries Freude war Pascal umsichtig genug gewesen, um ein kleines Mittagsmahl in der Küche des Restaurants für sie warm stellen zu lassen.

»Die Verspätung ist meine Schuld«, griff Valérie zu einer Notlüge, während sie auf das Essen warteten. Sie befürchtete, Henri wäre verstimmt, wenn er erführe, dass Maurices Krankheit der wahre Grund dafür gewesen war.

Doch den plagten im Augenblick ganz andere Sorgen. »Es ist gut, dass Vincent noch nicht da ist. Die Gäste spotten schon wieder über seine *Verblühten Sonnenblumen* und den *Grasboden*. Ich hoffe, es gibt nicht einen ähnlichen Skandal wie im Tambourin.«

»O nein«, stöhnten Valérie und Suzanne wie aus einem Mund. Beide waren damals dabei gewesen, als es zum Skandal im Café und in der unmittelbaren Folge zum Bruch zwischen Agostina und Vincent gekommen war.

»Du musst ein paar deiner Bilder wieder abhängen! Meine Gäste finden sie scheußlich und machen sich darüber lustig.« Wie immer hatte Agostina in ihrer temperamentvollen Art kein Blatt vor den Mund genommen. Vorwurfsvoll zeigte sie auf ein Stillleben mit fünf Bücklingen, das auch Valérie abstieß.

Aber auch Vincent reagierte auf die für ihn typische Art. »Das ist eine Studie von Licht und Dunkelheit. Wie bei Rembrandt«, verteidigte er sein Werk.

»Phh, Rembrandt! Du wirst langsam größenwahnsinnig, mein Guter! Ich wüsste nicht, dass Rembrandt jemals schrumpelige Fische gemalt hätte. Auf jeden Fall vergeht meinen Gästen dabei der Appetit. Also, nimm es mit! Und das gleich mit dazu!«

Agostina zeigte auf ein in tristen Farben gehaltenes Gemälde mit dem Titel *Friedhof im Regen*. »Wie kann man nur so was Hässliches malen! In meinem Café sollen die Leute sich wohlfühlen, nicht Trübsal blasen. Kein Wunder, dass du noch kein einziges deiner Bilder verkauft hast.«

Damit traf sie allerdings Vincents wundesten Punkt. »Halt dein dummes Maul!«, schrie er sie vor allen anwesenden Gästen an. »Du bist es, die keine Ahnung von Kunst hat! Du prahlst mit deiner Vergangenheit als Modell. Dabei hast du in den Sitzungen höchstens die Beine breit gemacht!«

Während Valérie der Atem stockte, fühlte sich einer der Gäste zu allem Unglück bemüßigt einzugreifen. Ein bulliger Kerl, der Bärenkräfte zu haben schien.

»Soll ich ihn rausschmeißen?«, bot er der Wirtin an. Die nickte nur. Ihre dunklen Augen glühten vor Zorn.

Erst jetzt erwachte Henri aus seiner Erstarrung und versuchte einzuschreiten. »Ich entschuldige mich für Vincent, Agostina. Du weißt doch am besten, mit welchen Hoffnungen er nach Paris gekommen ist. Und was sich bis jetzt davon erfüllt hat.«

Doch Agostina blieb unversöhnlich. »Das ist doch seine eigene Schuld! Raus!«, fuhr sie Vincent an. »Sofort raus! Komm mir nie wieder unter die Augen!«

Angesichts der drohenden Haltung ihres Verbündeten blieb Vincent nichts anderes übrig, als nachzugeben, um eine Prügelei mit bösem Ausgang zu vermeiden. Henri und die Frauen schlossen sich ihm natürlich an.

»Und hol deinen Kram morgen ab, sobald ich aufmache!«, brüllte Agostina Vincent noch nach. »Sonst werfe ich alles in die Gosse!«

Auch diese Drohung war ernst zu nehmen gewesen. Als Henri und Vincent am nächsten Morgen erschienen, hatte Agostina Vincents Werke lieblos in einem Handkarren übereinandergestapelt. Sein Porträt von ihr, das ehemals einen Ehrenplatz im Café eingenommen hatte, lag ganz obenauf. Wortlos ergriff Vincent den Karren und schaffte ihn im strömenden Regen zu seiner Wohnung in der Rue Lepic. Nur weil Henri seine eigenen fünf Gemälde dazu gepackt und eine von Agostina geliehene Decke darübergebreitet hatte, war kein größerer Schaden an den Bildern entstanden.

Doch das Café Tambourin, der Ort, an dem sich Valérie, Pascal und Henri zu ihren Studienzeiten am liebsten getroffen hatten, war seither für sie tabu. Damit war eine Ära zu Ende gegangen.

Nun sah sich Valérie aufmerksam im Le Chalet um. Das Essen war inzwischen serviert worden. Doch ihr fehlte der Appetit, da sie wie Henri einen ähnlichen Zwischenfall wie im Tambourin befürchtete, sobald Vincent eintreffen würde.

Es war nur Theo van Gogh, der den Restaurantbesitzer kannte, zu verdanken, dass der sein Lokal für diese Ausstellung zur Verfügung gestellt hatte. Da es größer war als das Tambourin, hatten im Speisesaal auch drei Gemälde von Pascal Platz gefunden.

Sie hingen gleich an der Wand gegenüber. Eines davon zeigte den *Nachmittag in Saint-Briac*, eines der ersten Bilder, bei denen sich Pascal an der Methode versucht hatte, die er Cloisonismus nannte. Auch die beiden jüngeren Gemälde, ein Stillleben mit Äpfeln und eine japanische Frau im Kimono, waren in dieser Technik gemalt. Erst in der letzten Woche hatte Pascal die Frauenfigur und andere Bildelemente in Henris Atelier mit den schwarzen Linien umrahmt, die für den Cloisonismus charakteristisch waren.

Keineswegs so einheitlich von der Maltechnik her waren Henris Werke. Er hatte sich ausschließlich auf Porträts beschränkt, darunter eines von Vincent, das er im Sommer im Café Tambourin gemalt hatte. Es zeigte van Gogh vor einem Glas Absinth. Ursprünglich hatte Vincent es für die jetzige Ausstellung abgelehnt. »Ich will nicht an diesen Ort und das schreckliche Weib erinnert werden.«

Doch Henri hatte sich auch deshalb damit durchgesetzt, weil unter Vincents Bildern dessen eigenes Selbstporträt gewesen war.

»So können die Betrachter vergleichen, wie wir dich dargestellt haben.« Das hatte Vincent schließlich eingeleuchtet.

Valérie entdeckte außerdem ein Porträt von Henris Mutter, das von Pascal und gleich zwei Gemälde von Red Rosa, der Prostituierten, mit der Henri einmal liiert gewesen war. Das eine, das Valérie sehr mochte, zeigte sie als Wäscherin. Valérie verdrehte den Hals, doch weitere Porträts entdeckte sie nicht.

Obwohl Suzanne unmerklich den Kopf schüttelte, konnte sie sich ihre Frage nicht verkneifen. »Warum ist diesmal nicht Suzannes Porträt dabei, Henri?«

Der zuckte die Achseln. »Das gefällt mir heute nicht mehr so recht. In dieser Technik male ich nicht mehr.«

Valérie bemerkte den schmerzlichen Zug um Suzannes Mund und hoffte, dass Henri die Wahrheit sagte. Tatsächlich hatte er Suzannes Porträt vor fast drei Jahren gemalt, lange bevor sie ein Paar geworden waren. Die anderen Bilder waren neueren Datums.

Erst jetzt musterte sie Vincents Gemälde. Zunächst war sie erleichtert, dass sie weder die *Bücklinge* noch den *Friedhof im Regen* sah. Stattdessen stellte Vincent einige Bilder aus, die ihr auch schon bei Agostina gut gefallen hatten. Sie zeigten bunte Blumensträuße in Vasen und erinnerten sie an das Bild, das sie einst als Mädchen für Amélie zum Geburtstag gemalt hatte. Vincent hatte einmal erzählt, Theo habe ihm geraten, mehr solcher Bilder herzustellen, weil sie vielleicht eher Käufer finden würden als andere Motive. Doch bislang hatte sich auch diese Hoffnung nicht erfüllt.

Dann fiel ihr Blick auf die beiden Gemälde, auf die tatsächlich schon wieder zwei Betrachter lachend mit dem Finger deuteten. Warum malt Vincent nur so etwas?, ging es ihr durch den Kopf, als sie die vier verwelkten Sonnenblumen betrachtete, die er in der Art eines Stilllebens nebeneinander angeordnet hatte. So sahen verblühte Sonnenblumen tatsächlich aus, er hatte das Motiv detailgetreu wiedergegeben. Doch warum hatte er diese wunderbaren Blumen nicht in ihrer vollen Blüte gemalt? Unwillkürlich schüttelte sie den Kopf.

Auch auf die Darstellung einer Wiese hatte Vincent offenbar viel Zeit verwendet. Aber man sieht den Wald vor lauter Bäumen nicht mehr, dachte Valérie. Oder besser gesagt, vor lauter Grashalmen keine einzige Blüte.

Wenigstens sein Selbstporträt war sehr gut getroffen, es gefiel Valérie sogar besser als Henris Porträt von Vincent. Das Bild des Farbenhändlers Père Tanguy, das Vincent erst kurz vor der Ausstellung fertig gemalt hatte, sprach sie ebenfalls an.

Leider hatte auch Tanguy bislang kein Bild von Vincent verkaufen können. Dennoch nahm er sie weiterhin gutmütig in Zahlung für Farben, Pinsel und Leinwand. Zum Dank hatte Vincent ihn gemalt.

Genau in diesem Augenblick ging die Tür des Restaurants auf. Vincent trat ein, zu Valéries Erstaunen begleitet von Paul Gauguin und Camille Pissarro.

»Wie ist es dir denn in Panama ergangen, Paul? Hast du etwas vom Bau dieses Kanals mitbekommen?«

Bislang hatte Pascal noch kaum Gelegenheit für Fragen gehabt. Denn Paul und Camille hatten darauf bestanden, sich zuerst die Ausstellung anzusehen. Dabei lobte Paul insbesondere Pascals Bilder.

»Du hast meine Technik ja geradezu vervollkommnet!«, äußerte er gönnerhaft.

Meine Technik? Valérie wunderte sich sehr, dass Pascal dagegen keinen Einspruch erhob. Ihres Wissens hatte er den Cloisonismus ganz eigenständig entwickelt. Gauguins Bilder hatte er bis dahin überhaupt nicht gekannt.

Vielleicht lag es daran, dass Gauguin Pascal erneut für den Sommer in die bretonische Künstlerkolonie Pont-Aven einlud. »Dann können wir beide gemeinsam diese Methode weiterentwickeln.«

Pascal blickte zuerst schmerzlich drein. »Ich weiß nicht, ob ich mitkommen kann, Paul. Ich muss meinen Lebensunterhalt als Kellner verdienen.«

Diesmal zeigte sich Henri wieder von seiner besten Seite. »Mach dir darüber mal keine Sorgen, Pascal! Wenn du Geld brauchst, strecke ich es dir vor.«

Seither strahlte Pascal vor Freude und Stolz über Gauguins Urteil und die Einladung.

Jetzt spitzte Valérie neugierig die Ohren. Sie war sehr gespannt darauf, was Paul auf die Frage nach dem Panamakanal sagen würde. Denn ihr Vater hatte ja einen großen Teil seines Vermögens in die Gesellschaft investiert, die den Bau finanzierte.

Pauls Antwort bestürzte sie. Er winkte mit einem verächtlichen Grinsen ab. »Dieser Kanal wird niemals fertig werden, das sage ich euch. Die sind jahrelang hinter dem Zeitplan her. Die Arbeiter sterben ihnen weg wie die Fliegen. An Malaria und anderen Krankheiten. Und das Gelände ist schwierig. Andauernd gibt es Überschwemmungen und Erdrutsche.«

»Waren Sie denn selbst vor Ort, Monsieur Gauguin?« In ihrem Schreck vergaß Valérie, dass sie ebenfalls per Du mit Paul war.

Der fixierte sie nun. »Du bist doch diese Kunststudentin«, wich er zunächst aus. »Hast du die Akademie denn abschließen können?«

Sofort spürte Valérie, dass sich ihr Blut erhitzte. »Natürlich habe ich das«, entgegnete sie, so kühl es ihr möglich war. »Und zwar mit dem drittbesten Zeugnis.«

»Und mit einem wunderbaren Abschlussgemälde«, sprang ihr Pascal bei. »Das der Pariser Salon wahrscheinlich nur deshalb abgelehnt hat, weil sie eine Frau ist.«

Paul reagierte darauf ganz anders, als Valérie erwartet hatte. »Wenn sie so gut malt, bring sie doch einfach nächstes Jahr mit nach Pont-Aven!«, schlug er vor.

Valérie war ob dieses Vorschlags zunächst sprachlos. Meint er das ernst? Das wäre zu schön, um wahr zu sein. Henri würde mir das Geld bestimmt ebenfalls leihen. Aber wie soll ich es bewerkstelligen, ein paar Tage allein zu verreisen?

Während sie noch darüber grübelte, nahm Henri den Gesprächsfaden wieder auf. »Hattest du nicht ebenfalls Malaria, Paul? Irgendwo hab ich das gehört. Ja, ich glaube, Theo van Gogh hat es erzählt.«

Paul nickte. »Das ist der Grund, warum ich zurückgekommen bin. Panama ist ein fieberverseuchtes Land ohne all die Möglichkeiten, die ich mir dort erträumt habe. Dafür bin ich mir als Künstler zu schade! Doch lass uns über was anderes reden.«

Erst viel später würde Valérie erfahren, dass es in Wahrheit Geldmangel gewesen war, der Paul zurück nach Frankreich gezwungen hatte. Denn mit dem von ihm erträumten einfachen und billigen Leben war es dort nicht weit her gewesen. Er hatte sich sogar als Bauarbeiter beim Panamakanal verdingen müssen und wusste deshalb so gut über dessen Fortschritt Bescheid.

Heute spürte Valérie lediglich, dass Paul wie üblich aufschnitt. Vielleicht übertrieb er ja auch, was die stockenden Arbeiten am Panamakanal anging. Ich werde Vater jedenfalls nicht in Aufregung versetzen, weil dieser Angeber Dinge behauptet, die vielleicht gar nicht wahr sind, beschloss sie.

In diesem Moment hörte sie ein Kichern. Wieder standen zwei

Gäste vor Vincents *Verblühten Sonnenblumen* und amüsierten sich über das Bild. Vincent sprang auf.

»Geh ihm nach, Pascal!«, flehte Henri. Doch schon war Camille Pissarro an Vincents Seite. Er hatte bislang noch die Bilder betrachtet. Jetzt raunte er Vincent etwas zu, der ließ sich tatsächlich beruhigen und kehrte mit Camille zum Tisch zurück.

»Du darfst den Mut nicht sinken lassen«, wiederholte Pissarro noch einmal eindringlich, nachdem Vincent das dritte Glas Absinth hinuntergestürzt hatte. Der Malerkollege strich sich über seinen langen weißen Bart.

»Was soll ich denn sagen! Auch ich habe meine Bilder bislang kaum verkaufen können. Obwohl ich mehrfach die Stilrichtung gewechselt habe. Dabei bin ich über zwanzig Jahre älter als du und hab schon gemalt, als du noch gar nicht geboren warst.«

»Bist du nicht bei dem Kunsthändler Durand-Ruel?«, fragte Gauguin.

»Ja, Durand-Ruel tut sein Bestes. Aber bislang ohne durchschlagenden Erfolg.«

»Das ist sehr schade, Monsieur Pissarro«, ergriff Valérie das Wort. »Ich jedenfalls bewundere Ihre Werke sehr. Sie sind eines meiner großen Vorbilder.«

Dabei verschwieg sie, dass sie bereits zwei Gemälde im Stil von Pissarro in Suzannes Wohnung angefertigt hatte. Zu gern hätte sie dem alten Maler diese Werke einmal gezeigt. Doch auch zu Edgar Degas hatte sie sich bislang nicht damit getraut, obwohl er ihr und Suzanne seine Expertise schon vor über einem Jahr im Café Tambourin angeboten hatte. Denn Suzannes Stil war anders als ihr eigener, der noch von den Impressionisten beeinflusst war.

Zu ihrem Ärger mischte sich Paul schon wieder ein. »Mein Vorbild bist du vor über zehn Jahren auch mal gewesen, Camille.

Du hast mich sogar gelehrt, im Freien zu malen. Heute bin ich froh, dass ich meinen eigenen Stil entwickelt habe. Der bleibt hoffentlich keine brotlose Kunst.«

Mitten in das peinliche Schweigen rund um den Tisch drang wieder das Kichern der spottenden Gäste. Diesmal standen sie vor Vincents *Grasboden*.

Ehe ihn jemand daran hindern konnte, sprang er auf, schubste die Betrachter rüde zur Seite und hängte das Gemälde ab. Dann lehnte er es gegen den Nachbartisch und holte auch noch die *Verblühten Sonnenblumen*.

»Die Bilder nehm ich gleich wieder mit. Wer meine Kunst nicht zu würdigen weiß, muss sie auch nicht beglotzen.«

Valérie warf einen Blick auf Camille Pissarro, der sich mit gelassener Miene eine Pfeife stopfte.

»Ich male, weil es mir ein Herzensbedürfnis ist. Nicht, um damit Ruhm und Ehre zu erlangen oder schnöden Mammon zu verdienen. Das wären nur willkommene Nebeneffekte.«

Nach dieser Szene dauerte es nicht mehr lange, bis sich die Gesellschaft zerstreute. Henri nahm Vincent in seiner Kutsche mit, in der aufgrund der Gemälde kein Platz mehr für weitere Fahrgäste war. Da es draußen noch immer stürmte und grieselte, winkte auch Valérie einer Mietdroschke. Paul drängte sich nach Pascal und Suzanne mit hinein, während Pissarro abwinkte. »Ich gehe bei jedem Wetter am liebsten zu Fuß. Wo finde ich bessere Motive für meine nächsten Bilder als im Freien? Selbst wenn es nur die krummen Gassen von Montmartre sind.«

Vielleicht sollte ich ihn wirklich fragen, was er von meinen Bildern hält, überlegte Valérie, während die Kutsche über das Kopfsteinpflaster rumpelte. Selbst wenn sie ihm gar nicht gefallen, wird er mich wenigstens nicht verspotten.

Wenige Wochen später erklärte Vincent, dass er Paris nach dem Winter verlassen wolle. Hier komme er entgegen seinen Hoffnungen einfach auf keinen grünen Zweig.

Stattdessen beabsichtige er, nach Arles zu gehen und dort seine eigene Künstlerkolonie zu gründen.

Kapitel 38

WOHNUNG DER DUMAS AM BOULEVARD DE CLICHY

AN EINEM SONNTAGNACHMITTAG IM MÄRZ 1888

Als Valérie den Klingelton hörte, der das Eintreffen der Besucher ankündigte, unterdrückte sie ein Stöhnen. Trotzdem las ihre Mutter ihr die Gefühle vom Gesicht ab.

»Ich erwarte, dass du unsere Gäste freundlich begrüßt. Ohne den Missmut, den ich dir gerade ansehe.«

»Es sind nicht meine Gäste«, erwiderte Valérie patzig.

»Dennoch erwarte ich, dass du dich von deiner besten Seite zeigst. Père Zacharie wird seinen Neffen mitbringen, das habe ich dir bereits angekündigt. Er gehört trotz seines noch jungen Alters schon zu den Bauleitern der Basilika Sacré-Coeur, ist von Haus aus begütert, stammt aus einer streng katholischen Familie und wäre daher eine ausgezeichnete Partie.«

»Schließlich wirst du im Juni schon zweiundzwanzig Jahre alt und willst hoffentlich keine alte Jungfer werden«, fügte Amélie bissig hinzu.

Während sie zur Tür hinausschritt, um die Ankömmlinge bereits im Hausflur zu begrüßen, reflektierte Valérie trübsinnig, wie sehr sich ihr Leben in den letzten Monaten zum Schlechteren gewendet hatte.

Dabei hatte sie doch gehofft, nach dem Abschluss der Kunstakademie würde es besser werden als vorher. Die Anspannung der Monate rund um die Abschlussprüfungen war weggefallen.

Sie war inzwischen volljährig und hatte sich mehr Freiheiten davon versprochen.

Doch weit gefehlt! »Eine junge Dame von Stand verlässt das Haus nicht ohne Begleitung«, hatte Amélie kategorisch erklärt, als Valérie sie nach dem Jahreswechsel darum gebeten hatte. »Nicht tagsüber und schon gar nicht am Abend.«

»Aber ich möchte mich mit meinen Bekannten und Freunden aus dem Studium treffen.«

»Dazu sehe ich keine Veranlassung«, hatte Amélie barsch erwidert. »Schon gar nicht, wenn du dazu zweifelhafte Etablissements aufsuchen willst, wie sie hier in Montmartre wie Pilze aus dem Boden schießen. Schließlich hast du einen Ruf zu verlieren.«

So war es bislang bei dem einen freien Nachmittag geblieben, den ihr der Vater pro Woche in der Galerie gewährte. Natürlich ohne zu wissen, dass sie sich in dieser Zeit entweder mit Pascal zu einem Schäferstündchen in Suzannes Wohnung traf oder dort malte.

Doch nun würde auch dieser einzige Lichtblick wegfallen. Schon in zwei Wochen wollte Pascal nach Pont-Aven aufbrechen, um den ganzen Sommer dort zu verbringen. Zwar könnte sie dann häufiger malen, aber mit einem Nachmittag pro Woche wäre es immer noch viel zu wenig, um ihren eigenen Stil zu entwickeln. Geschweige denn zu vervollkommnen.

Außerdem würde die Clique um Henri mit Pascals Abreise endgültig zersplittern. Paul Gauguin befand sich bereits in der Bretagne. Vincent van Gogh war tatsächlich im Februar nach Arles in den Süden gereist. Schon vorher hatte er sich nur noch selten in Henris Atelier blicken lassen. Denn er trug schwer daran, dass bei der Ausstellung im Restaurant Le Chalet keines seiner Bilder verkauft worden war. Im Gegensatz zu dem *Nachmittag in Saint-Briac* von Pascal und der *Wäscherin* von Henri, die Abnehmer gefunden hatten, sogar zu einem einigermaßen vertretbaren Preis.

Da die Spannungen zwischen ihnen beständig zunahmen, ging Henri Suzanne inzwischen so oft wie möglich aus dem Weg und verbrachte die meisten Abende der Woche entweder in den Élysées Montmartre oder in einem der Cabarets, vorzugsweise dem Le Mirliton.

Obwohl Valérie sich weitaus lieber in der Galerie ihres Vaters aufhielt als unter Amélies ständiger kritischer Beobachtung in der elterlichen Wohnung, ödete sie auch die Arbeit dort mittlerweile an. Sie hatte es satt, Kunden beim Erwerb von Gemälden im Akademischen Stil zu beraten, dem sie inzwischen nicht mehr das Geringste abgewinnen konnte. Ihr Leben schien in eine Sackgasse geraten zu sein.

Nun kamen die Stimmen aus dem Flur näher. Wenig später betraten Amélie und ihre Gäste den Salon. Auch Alphonse hatte sich dazugesellt.

Père Zacharie eilte sofort auf Valérie zu und ergriff überschwänglich ihre beiden Hände. »Wie freue ich mich, Sie endlich wieder einmal in Ruhe treffen zu können, Mademoiselle Valérie. Nach dem Kirchgang bleibt dafür ja kaum Zeit. Und zur Beichte sind Sie schon lange nicht mehr gekommen«, fügte er mit einem vorwurfsvollen Unterton hinzu.

Valérie bemühte sich um eine undurchdringliche Miene. Zu ihren Geißeln gehörte nach wie vor, dass sie ihre Mutter jeden Sonntagmorgen zum Gottesdienst in die provisorische Kapelle auf dem Gelände der Basilika Sacré-Coeur begleiten musste. Aber da sich dort immer mehr Gläubige zur heiligen Messe einfanden, konnte Père Zacharie hinterher nur wenige Worte mit jedem Besucher wechseln.

Der Beichte verweigerte sie sich allerdings schon seit Jahren.

»Es gibt nichts, was ich diesem Priester zu sagen hätte. Außer dass mir sein Schweißgestank Brechreiz im engen Beichtstuhl verursachen würde.« Amélie hatte nach Luft geschnappt, diesem Einwand aber nichts Überzeugendes entgegensetzen können.

Auch Alphonse hatte schon vor einiger Zeit heftig dagegen protestiert, dass Amélie den Priester weiterhin einlud, solange er sich nicht besser pflegte und reinlicher auftrat. Er drohte ihr sogar, Père Zacharie mit dieser Begründung beim nächsten Besuch die Tür zu weisen. Seither hatte es keine Visiten mehr in der elterlichen Wohnung gegeben.

Möglicherweise hatte ihre Mutter es erst vor dem heutigen Tag gewagt, Père Zacharie dezent auf sein ungepflegtes Äußeres anzusprechen. Wahrscheinlich mit dem Argument, dass Alphonse einer möglichen Verbindung zwischen seinem Neffen und Valérie sonst nicht zustimmen würde. Jedenfalls stellte Valérie fest, dass die Kutte des Priesters heute sauber und frisch gebügelt war. Es ging auch kein unangenehmer Körpergeruch von ihm aus. Sie glaubte sogar, den Duft eines Herrenparfüms zu riechen.

Vielleicht hatte aber auch sein Neffe darauf bestanden. »Darf ich Ihnen den Sohn meiner geliebten Schwester vorstellen? Sein Name ist Pierre Lombard. Er ist trotz seiner Jugend überaus vielversprechend in seinem Beruf«, salbaderte Zacharie.

Lombard trat auf Valérie zu, ergriff ihre Rechte und deutete einen Handkuss an. »Es ist mir eine außerordentliche Ehre, Mademoiselle Dumas. Ich habe schon so viel Gutes über Sie gehört. Mein Onkel schwärmt geradezu von Ihnen.«

So jung ist er offenbar gar nicht mehr, schoss es Valérie durch den Kopf, während sie sich ein gequältes Lächeln abrang. Mindestens fünfunddreißig, seinen schütteren Haaren und der Halbglatze nach zu schließen.

Ob es an ihrer Abneigung gegen Amélies Versuche lag, sie bald unter die Haube zu bringen, oder ob ihr Pierre Lombard ohnehin unsympathisch gewesen wäre, vermochte sie nicht zu unterscheiden. Obwohl er korrekt gekleidet und nicht hässlich war, konnte sie ihm nichts abgewinnen. Im Gegenteil fühlte sie sich fast abgestoßen von seinem dichten Vollbart, mit dem er womöglich die spärlich gewordenen Kopfhaare zu kompensieren versuchte, und seinem durchdringenden Blick aus blassgrauen Augen, mit dem er sie eingehend musterte.

Sie tauschten einige nichtssagende Floskeln aus, bis das Dienstmädchen Marie an die Tür des Salons klopfte. »Die Kaffeetafel ist angerichtet, Madame Dumas.« Dabei knickste sie, ein Ritual, das Valérie seit Langem ablehnte. Doch Amélie bestand darauf.

»Dann bitte ich die werten Herrschaften, mir zu folgen«, setzte diese schon an, als Pierre Lombard die Hand hob. »Ich habe mir erlaubt, noch einen Überraschungsgast einzuladen. Er muss jeden Moment eintreffen.«

»Einen Überraschungsgast?« Amélie war sichtlich verblüfft.

Angesichts ihrer gerunzelten Stirn, lüftete Lombard das Geheimnis. »Es ist mein verehrter ehemaliger Vorgesetzter, Monsieur Gustave Eiffel. Ihm verdanke ich meine ausgezeichnete Ausbildung und damit auch meine augenblickliche Stellung als einer der Bauleiter der hochheiligen Basilika. Natürlich auch deiner Fürsprache, lieber Onkel«, ergänzte er rasch, als er Père Zacharies indignierten Blick bemerkte.

Genau in diesem Augenblick ertönte die Türglocke erneut.

»Ich kann es nur noch einmal wiederholen, Monsieur Eiffel. Es ist uns eine außerordentliche Ehre, Sie heute bei uns begrüßen zu dürfen. Darf ich Ihnen einige Fragen zu Ihren aktuellen Projekten stellen?«

»Nun lass Monsieur Eiffel doch erst noch ein zweites Stück Kuchen essen«, mischte sich Amélie ein. Doch Eiffel winkte begütigend ab.

»Zu viel des Guten, Madame Dumas. Ich habe erst spät zu Mittag gespeist und muss außerdem in Kürze bereits wieder aufbrechen. Aber zuvor beantworte ich Ihre Fragen sehr gerne«, wandte er sich dann an Alphonse.

Natürlich war Gustave Eiffel auch Valérie längst ein Begriff. Denn zu den wenigen Freiheiten, die sie sich erkämpft hatte, gehörte es, täglich die abonnierten Zeitungen zu studieren.

»Wird der von Ihnen erbaute Turm auf dem Champs de Mars tatsächlich dreihundert Meter hoch werden?«, fragte ihr Vater.

Eiffel nickte schmunzelnd. »Selbstverständlich, Monsieur Dumas. Die erste Etage ist inzwischen fertiggestellt, wie Sie der Presse sicherlich entnommen haben. Sie liegt siebenundfünfzig Meter über dem Erdboden und bietet Platz für dreitausend Besucher.«

»Faszinierend! Doch habe ich richtig gelesen, dass der Bau gerade aus Witterungsgründen stockt?«

Eiffel winkte ab. »Probleme sind dazu da, um gelöst zu werden. Ich versichere Ihnen, pünktlich zur Eröffnung der Weltausstellung im nächsten Jahr wird der Turm das spektakulärste Eingangsportal sein, durch das die Besucher je eine solche Ausstellung betreten haben.«

»Rechtzeitig zum einhundertsten Geburtstag der Französischen Revolution.«

Valérie bemerkte erstaunt, dass Pierre Lombard nach dieser Bemerkung ihres Vaters die Augenbrauen zusammenzog. Seine Entgegnung wies darauf hin, dass er dem Bauwerk eine andere Bedeutung beimaß.

»Wichtiger dünkt es mich, dass dieser Turm die Großartigkeit unserer Nation zum Ausdruck bringt. Frankreich ist gerade im

Begriff, sich aus den Niederungen, in die die deutschen Barbaren unser geliebtes Vaterland in jenem erbärmlichen Krieg gezwungen haben, wieder in hehre Höhen zu erheben. Das schätze ich weit mehr als diese Revolution. Im Gegenteil halte ich die Monarchie für die beste Staatsform.«

Jetzt blickte Alphonse finster drein. Eiffel lenkte rasch ab. »Es ist der Traum eines jeden Architekten, an der Errichtung nationaler Symbole beteiligt zu sein. Ich habe mich seinerzeit sehr darüber gefreut, das Innere der Freiheitsstatue vor New York konstruieren zu dürfen.«

»Doch die Statue ist nur zweiundneunzig Meter hoch«, mischte sich Pierre Lombard erneut ein. »Das hat meinen verehrten Mentor dazu bewogen, in Paris noch ein weitaus prächtigeres und höheres nationales Symbol zu erschaffen.«

Offenbar ging er nicht nur Valérie, sondern auch ihrem Vater mit seiner Prahlerei auf die Nerven. Denn der ging nicht auf Lombards Behauptung ein, sondern wandte sich gleich wieder an Eiffel.

»Einen Unterschied scheint es mir doch zwischen den Bauwerken zu geben. Die Freiheitsstatue ist für die Ewigkeit gebaut. Doch der Turm soll schon in zwanzig Jahren wieder abgerissen werden.«

Wieder winkte Eiffel ab. »Auch darüber ist das letzte Wort noch nicht gesprochen, Monsieur Dumas. Ich hoffe, all meine Bauten für die Ewigkeit zu errichten.«

»Dann bezieht sich dies sicherlich auch auf Ihre Mitwirkung am Bau des Panamakanals«, wechselte Alphonse zu Valéries erneutem Erstaunen das Thema. Dass Eiffel am Bau der Freiheitsstatue beteiligt gewesen war, hatte sie bereits gelesen. Doch dass er nun auch zum Bau des Panamakanals herangezogen wurde, war ihr neu.

»Sie sind sehr gut unterrichtet, Monsieur Dumas.« Eiffel warf sich stolz in die Brust und strich sich über seine ehemals dunkelbraunen, nun fast vollständig ergrauten Haare. Seine blauen Augen funkelten unternehmenslustig. »Wie ich bereits sagte, Probleme sind dazu da, um gelöst zu werden«, ergänzte er zunächst kryptisch und machte dann eine kleine Pause.

»Und deshalb wird mein verehrter Herr und Meister die Schleusen konstruieren, die Monsieur Lesseps leider nicht eingeplant hat, die das schwierige Gelände jedoch unbedingt erforderlich macht.«

Eiffel warf Pierre Lombard einen unwilligen Blick zu. Valérie unterdrückte ein Schmunzeln. Offenbar hatte Lombard Gustave mit seiner Bemerkung die Pointe seiner Ausführungen gestohlen.

Doch Alphonse bewegte etwas anderes. »Also schreitet die Fertigstellung des Kanals voran?«

Kam es Valérie nur so vor, oder klang eine Spur Ängstlichkeit in der Stimme ihres Vaters mit? War doch etwas an den Schwierigkeiten dran, die Paul Gauguin im letzten November erwähnt und von denen ihr Vater inzwischen ebenfalls erfahren hatte?

Eiffel nickte. »Darauf können Sie sich verlassen. Der Zeitplan ist zwar leicht überschritten. Doch der Kanal wird bald befahrbar sein.«

Alphonse atmete hörbar auf. Noch ehe Valérie nachfragen konnte, warum die Schleusen jetzt plötzlich notwendig geworden waren, ergriff Père Zacharie das Wort.

»Ich glaube, nun können Sie endgültig ermessen, welch ausgezeichnete Laufbahn auch meinem Neffen bevorstehen wird«, wandte er sich an die ganze Familie Dumas. »Wer könnte ein besserer Lehrmeister sein als Monsieur Eiffel?«

»Deshalb war der Erzbischof von Paris als oberster Bauherr auch sofort damit einverstanden, dass ich die vakant gewordene

Stelle des dritten Bauleiters für die Basilika Sacré-Coeur erhalte«, prahlte Pierre Lombard jetzt in eigener Sache. Valérie war peinlich berührt.

Vielleicht ging es Eiffel ähnlich, denn er stand auf. »Ich muss mich nun leider verabschieden.«

Während Alphonse Eiffel zur Haustür begleitete, konnte Valérie sich eine spöttische Frage nicht verkneifen. »Welche Eisenkonstruktion wird denn für Sacré-Coeur benötigt, Monsieur Lombard? Nach meiner Kenntnis besteht das Gebäude aus Stein.«

Lombards Wangen röteten sich. Er biss sich auf die Lippe, bevor er antwortete.

»Wahrscheinlich sind Ihnen als junger Dame die Gesetze der Statik nicht vertraut, Mademoiselle Dumas. Es besteht kaum ein Unterschied zwischen Konstruktionen aus Metall und aus Stein. Außerdem wird Sacré-Coeur einen prächtigen Glockenturm brauchen. Spätestens dann bedarf es auch einer Metallkonstruktion zu deren Aufhängung.«

»Nun, das dürfte aber noch einige Jahre dauern. Angesichts der geringen Fortschritte beim Bau.« Alphonse Dumas hatte bei seiner Rückkehr ins Speisezimmer offenbar Lombards letzte Worte gehört.

Der errötete noch tiefer. Sein Onkel sprang ihm zu Hilfe.

»Bis dahin gibt es mannigfaltige andere Aufgaben für meinen Neffen. Die Basilika soll die prächtigste Kirche in ganz Paris, sogar in ganz Frankreich werden. Daran mitzuwirken, ist ein weitaus gottesfürchtigeres Werk als der durchaus umstrittene Bau dieses Ausstellungsturms.«

»Beziehen Sie sich dabei auf die Proteste von Pariser Künstlern?«

Père Zacharie nickte. »So ist es. Vom ästhetischen Gesichtspunkt her wird Eiffels Konstruktion von vielen namhaften Kritikern verdammt. Das wird der heiligen Basilika Sacré-Coeur nicht passieren.«

»Wie Sie soeben schon selbst sagten, Monsieur Dumas. Der Turm wird nur zwanzig Jahre lang existieren. Die Basilika dagegen für die Ewigkeit«, hieb Lombard in dieselbe Kerbe.

Valérie kam aus dem Staunen gar nicht mehr heraus. Kaum hatte Eiffel ihnen den Rücken gekehrt, verwandelte sich die Euphorie von Onkel und Neffe in offene Missbilligung.

Valérie stach der Hafer, wie schon früher, wenn sie mit dem Lieblingspriester ihrer Mutter zu tun gehabt hatte. »Kritik gibt es jedoch auch an der Basilika. Soviel ich weiß, wollte sogar die Nationalversammlung den Bau im Jahr 1882 wieder einstellen. Und nannte nicht der namhafte Romancier Emile Zola Sacré-Coeur die ›Basilika der Lächerlichen‹? So habe ich es kürzlich in einer Gazette gelesen.«

»Valérie, schweig still«, zischte Amélie empört. »Wie kannst du es wagen? Ich muss mich aufrichtig für meine Tochter ent…«

»Das ist nicht nötig, meine geliebte Tochter«, fiel ihr Père Zacharie ins Wort. »Valérie ist noch jung und zu unbedarft, um die Gottlosigkeit unserer heutigen Zeit zu erkennen. Auch mein lieber Neffe war einst unglaublich stolz darauf, im Unternehmen von Monsieur Eiffel mitzuwirken. Doch erkläre selbst, lieber Pierre, was deinen Sinneswandel verursacht hat.«

»Ich wollte mich nicht länger geistlosen weltlichen Bauten widmen. Die zudem wie der Ausstellungsturm an die Revolution erinnern sollen. Wir brauchen eine neue Gesellschaftsordnung in unserem geliebten Frankreich. Die von tiefer Gläubigkeit und Respekt vor einer von Gott berufenen Obrigkeit gekennzeichnet ist.«

»Sind Sie etwa ein Anhänger dieses Generals Boulanger?« Die

Skepsis in Alphonses Stimme war unverkennbar. »Er ist meines Wissens gerade vom Dienst suspendiert worden und in Gefahr, sogar unehrenhaft aus der Armee entlassen zu werden.«

Boulanger war eine Zeit lang Kriegsminister gewesen und stand an der Spitze einer Gruppe von erzkonservativen Revisionisten, darunter viele Bonapartisten und politische Katholiken.

»Da sei unser Herrgott davor«, hob Pierre Lombard bereits zu sprechen an, als ihm sein Onkel ein Zeichen gab zu schweigen.

»Was halten Sie davon, verehrte Madame Dumas, wenn mein Neffe Ihre Tochter am nächsten Sonntag nach dem Kirchgang einmal durch die Baustelle der Basilika führt, um ihr die Fortschritte und seinen Anteil daran zu erläutern? Danach könnte er sie zum Mittagessen ins Café Riche einladen.«

»Das ist eine ganz wunderbare Idee«, flötete Amélie und kam damit Valérie zuvor, die schon den Mund zu einer Ablehnung geöffnet hatte. »Auch dir ist doch sicher daran gelegen, Alphonse?« Sie fixierte ihren Gatten durchdringend.

Zu Valéries Enttäuschung machte ihr Vater gute Miene zum bösen Spiel. Offenbar hielt er es nicht für opportun, den Wunsch seiner Frau in Gegenwart der Gäste abzulehnen. Hatte Amélie irgendetwas gegen ihn in der Hand?

»Wenn auch Valérie damit einverstanden ist«, zog er sich aus der Affäre. Angesichts der Übermacht blieb auch ihr nichts anderes übrig, als zuzustimmen, wollte sie ihre Mutter nicht vor den Kopf stoßen und sich damit auf unabsehbare Zeit ihren Zorn zuziehen.

Aber bei diesem einen Mal wird es bleiben, nahm sie sich fest vor.

Kapitel 39

ATELIER VON TOULOUSE-LAUTREC

AN EINEM FREITAGABEND IM JUNI 1888

Elise sah sich aufmerksam um, als sie das Atelier von Toulouse-Lautrec betrat. Hier war sie vor fast zwei Jahren kurze Zeit Aktmodell für Vincent van Gogh gewesen. Seither schien sich nicht viel verändert zu haben.

Mehrmals hatte sie die Einladung Lautrecs zu seinen Treffen abgelehnt, die jeden Freitag in seinem Atelier stattfanden. Sie befürchtete einerseits, kaum jemanden der anderen Gäste persönlich zu kennen. Andererseits wollte sie André nicht auch noch beim Abendessen allein lassen. Aufgrund ihrer nächtlichen Auftritte und der Notwendigkeit, deshalb am nächsten Tag lange zu schlafen, sahen sie sich ohnehin viel zu selten.

Doch heute hatten sie sich am Nachmittag gestritten. Das kam leider in jüngster Zeit öfter vor. André verkraftete es immer weniger, dass er aufgrund seiner Schulden nach wie vor nicht in der Lage war, einen eigenen Hausstand zu finanzieren und Elise endlich zu heiraten. Schließlich nähere er sich bereits der dreißig, klagte er immer häufiger.

»Wieso bist du denn schon zurück?«, hatte Elise, noch im Morgenmantel, gefragt, als sie André in der Werkstatt hantieren hörte. In der Regel war er tagsüber auswärts beschäftigt.

Verbissen hobelte er ein Stück Holz glatt. »Ich wurde entlassen«, antwortete er knapp.

»Entlassen? Warum denn das?« Soweit Elise wusste, hatte André einen großen Auftrag am Boulevard de Clichy, wo er eine Holzvertäfelung an den Wänden eines neuen Cafés anbringen sollte.

André zuckte die Achseln. »Der Wirt ist mir schon eine Woche lang meinen Lohn schuldig geblieben. Heut hab ich ihn energisch verlangt und damit gedroht, sonst mit der Arbeit aufzuhören. Da hat er mich sofort rausgeworfen.«

»Und dein Geld?«

»... ist er mir natürlich schuldig geblieben. Ob ich je einen Centime davon sehen werde ...« André ließ den Satz unvollendet.

Elise seufzte. Leider passierte André so etwas immer wieder. Geld für einen Advokaten, um seinen Lohn einzutreiben, wollte er nicht ausgeben. Aus Angst, das würde ihm nichts nützen und nur weitere Kosten verursachen.

»Zum Glück verdiene ich ja genug«, hatte Elise André eigentlich trösten wollen. Doch damit hatte sie es nur noch schlimmer gemacht.

»Ja, ja. Doch das Geld sollte nun mal der Mann verdienen. Mit ehrlicher Arbeit, nicht mit schlüpfrigen Tänzen.«

Bisher hatte Elise solche Andeutungen geflissentlich überhört, wenn André sie im Ärger äußerte. Doch heute war ihr der Kragen geplatzt.

»Mit meinen ›schlüpfrigen Tänzen‹, wie du das nennst, bezahl ich all das, wofür sonst das Geld fehlt, und zudem den ganzen Haushalt meiner Mutter.«

André warf den Hobel auf den Werktisch. »Du bezahlst damit vor allem den Absinth, mit dem deine Mutter sich langsam um den Verstand säuft!«

»Und alles, was wir beide zum Leben brauchen, damit du

deine Schulden abstottern kannst. Meine Mutter betrinkt sich aus Kummer über Simone. Ja, das ist wahr und sehr schlimm. Aber *dein* Onkel hat *dein* Elend verursacht, André, vergiss das nicht! Er hat seinen Besitz an diesen Wucherer verpfändet, ohne dir irgendwas davon zu sagen.«

So hatte ein Wort das andere ergeben. Als André türenknallend hinausgestürmt war, hatte auch Elise es schließlich nicht mehr zu Hause ausgehalten. Kurz entschlossen kleidete sie sich an und machte sich zu Fuß auf die kurze Strecke zwischen Andrés Häuschen und Toulouse-Lautrecs Atelier. Erst gestern hatte der Maler sie und La Goulue nach ihrem Auftritt im Ély erneut eingeladen.

Zum Glück war Louise schon eingetroffen, denn Elise kannte kaum jemand der übrigen Anwesenden. Nur den Mann, mit dem sich La Goulue gerade unterhielt, hatte sie schon einmal gesehen. Leider war auch Suzanne Valadon, mit der Elise fest gerechnet hatte, nicht da.

Als Henri sich die Mühe machte, sie den übrigen Gästen vorzustellen, fiel auch der Name Theo van Gogh. Das war doch der Bruder des Malers, der Paris bereits im Winter verlassen hatte, erinnerte sie sich.

Auch Auguste Renoir, mit dem sich La Goulue unterhielt, erkannte sie jetzt wieder. Bei ihrem ersten Versuch, ein Engagement auf dem Modellmarkt auf der Place Pigalle zu erhalten, hatte er sie gebeten, sich auszuziehen. Louise und Suzanne Valadon hatten dies damals sofort getan. Elise dagegen hatte sich schockiert geweigert und war geflüchtet. Beim Gedanken daran musste sie innerlich schmunzeln.

Die übrigen Gäste schienen ebenfalls Maler zu sein, von denen Elise jedoch noch nie etwas gehört hatte.

Mit einem Glas Champagner und einem Tellerchen der Leckereien, die auf einem kleinen Büfett standen, gesellte sie sich nun zu Louise Weber. Sie hoffte, man werde vielleicht auf die jüngsten Aufführungen im Ély zu sprechen kommen und sie könne sich an der Unterhaltung beteiligen.

Doch La Goulue sprach über ein ganz anderes Thema, von dem Elise bislang nur vage gehört hatte. »Ich hab jedenfalls fünf dieser Lose gekauft. Für dreihundertsechzig Francs das Stück«, prahlte sie.

Renoir schüttelte den Kopf. »Du hast achtzehnhundert Francs dafür eingesetzt? Dies dünkt mich eine sehr hohe Summe für ein Projekt, dem schon wieder das Geld ausgegangen ist. Dazu für diese Lotterie. Da weißt du doch gar nicht, ob du deinen Einsatz jemals zurückbekommst. Geschweige denn mit Zinsen.«

La Goulue grinste unbeeindruckt. »Ich gewinne bestimmt. Bei so was hab ich immer Glück. Außerdem hat mir Valentin dazu geraten. Der Panamakanal soll jetzt Schleusen bekommen, hat er gesagt. Was das heißt, weiß ich nicht. Aber dafür haben sie extra diesen Gustave Eiffel engagiert, der auch diesen komischen Turm für die Weltausstellung baut. Mit dem wird das Projekt ein Erfolg, meint Valentin.«

»Was ist das denn für eine Anlage?« Elise wusste, dass Valentins Tipps La Goulue schon eine Menge Geld eingebracht hatten.

»Eben eine Lotterie«, entgegnete die ungeduldig.

»Und was gibt es da zu gewinnen?«

Als La Goulue die Augen zum Himmel hob, antwortete Renoir an ihrer statt.

»Die Gesellschaft, die den Panamakanal finanziert, gibt Anteile in Form von Losanleihen aus. Nach einem gewissen Zeitraum, ich glaube, geplant sind zwei oder drei Jahre, wird ausgelost, welche Anteile mit hohen Zinsen zurückgezahlt werden.«

»Und was ist mit den restlichen Losen?«

Renoir zuckte die Achseln. »Das sind dann Nieten. Die Besitzer verlieren ihren Einsatz. Deshalb wundere ich mich, dass die Regierung dieser dubiosen Lotterie diesmal zugestimmt hat. Ursprünglich war die Nationalversammlung nämlich dagegen.«

Elises Hoffnung, mit dieser Methode ebenfalls zu mehr Geld zu kommen, erlosch sofort. Nicht einmal André wusste, dass sie einen Notgroschen von inzwischen fünfhundert Francs angespart hatte. Der war eigentlich dafür gedacht, eine Zeit ohne Engagement zu überbrücken. Denn wenn sich eine Tänzerin bei den waghalsigen Cancan-Figuren verletzte, wie es Grille d'Égout im vergangenen Jahr passiert war, zahlte das Ély nichts. Man konnte im Gegenteil froh sein, wenn man überhaupt wieder eingestellt wurde, nachdem man auskuriert war.

La Goulue mit ihren ständig wechselnden reichen Liebhabern kannte solche Geldsorgen natürlich nicht. Die konnte sich das Risiko leisten, ihren ganzen Einsatz bei dieser Lotterie zu verlieren. Sie dagegen war André immer treu geblieben. Obwohl so mancher Besucher des Ély auch ihr schöne Augen machte.

Elise schüttelte die unwillkommenen Gedanken an solch entgangene Nebenverdienste und an den Streit mit André ab. Sie wandte sich einer anderen Gruppe von Gästen zu, da La Goulue ihr wieder einmal auf die Nerven ging.

In der Absicht, sich nach seinem Bruder Vincent zu erkundigen, stellte sie sich neben Theo van Gogh, der gerade mit Henri sprach. Dabei hörte sie, dass er Henri bereits von Vincent erzählte.

»Es geht ihm in Arles ganz gut. Besser jedenfalls als zuletzt in Paris. Aber mit der Künstlerkolonie geht es nicht richtig voran. Nur Paul Gauguin erwägt, sich Vincent womöglich anzuschließen. Aber im Augenblick ist er ja noch in Pont-Aven und entwickelt seine ganz eigene Stilrichtung, die er Synthetismus nennt.«

»Seine eigene Stilrichtung? Meines Wissens arbeitet er gemeinsam mit Pascal Didier daran. Das hat Pascal mir zumindest so geschrieben.«

»Von Pascal Didier war in dem Brief keine Rede. Ich bin daher davon ausgegangen, dass es Gauguins ureigenste Stilrichtung ist. Paul hat mich gebeten, seine Werke nach seiner Rückkehr zu begutachten und in der Galerie auszustellen, wenn sie mir gefallen.«

Elise kannte zwar Pascal Didier, wusste aber mit dem Thema, über das Henri und Theo redeten, nichts anzufangen. Deshalb freute sie sich, als just in diesem Moment Suzanne Valadon ins Atelier kam. Mit ihr würde sie sicher nett plaudern können.

Doch es kam anders. Als Suzanne auf Henri zutrat, um ihn mit einem Kuss zu begrüßen, drehte er demonstrativ den Kopf zur Seite. »Wo ist Degas? Hast du ihn nicht mitgebracht?« Seine Stimme klang barsch.

Suzanne errötete. »Ich soll dich herzlich von Edgar Degas grüßen, Henri. Aber er hatte heute Abend schon eine andere Einladung.«

»Aha.« Mit diesem einen Wort ließ Henri sowohl Theo van Gogh als auch Suzanne einfach stehen, ging zum Büfett und goss sich ein großes Glas Cognac ein. In einem Zug stürzte er es hinunter.

»Hatte er Edgar Degas ebenfalls eingeladen?« Theos Frage war zwar überflüssig. Aber Elise wertete sie so, dass er damit das peinliche Schweigen überbrücken wollte.

Suzannes Augen füllten sich mit Tränen. »Henri hat Edgar schon ein paarmal eingeladen.« Ihre Stimme zitterte. »Ich weiß auch nicht, warum er noch nie gekommen ist.«

»Haben Sie denn Kontakt zu ihm?«

Suzanne nickte. »Edgar sieht sich regelmäßig meine Skizzen

an. Auch heute Abend war ich bei ihm. Deshalb komme ich erst jetzt.«

Als Henri nicht zu ihnen zurückkehrte, sondern sich mit einem weiteren Glas Cognac demonstrativ zu seinen anderen Gästen gesellte, fasste Suzanne einen Entschluss. »Ich habe heute Abend eigentlich auch keine Zeit zu bleiben. Ich muss nach Maurice sehen. Er kränkelt so oft.«

Weder Elise noch Theo van Gogh nahmen ihr diese Entschuldigung ab. Beide sahen Suzanne ratlos hinterher, als sie wieder aus dem Atelier schlüpfte.

Auch Elise fühlte sich zunehmend unwohl. »Könnten Sie mir die Uhrzeit sagen, Monsieur van Gogh?«

Theo zückte eine goldene Taschenuhr an langer Kette aus seiner Westentasche. »Es ist genau Viertel vor acht.«

Noch fast zwei Stunden bis zur Aufführung im Ély, ging es Elise durch den Kopf. Schon bereute sie, hierhergekommen zu sein, anstatt auf André zu warten und sich wieder mit ihm zu versöhnen.

Eine weitere halbe Stunde lang schlug sie die Zeit tot. Dann beschloss sie, die Gesellschaft zu verlassen und die Zeit bis zum Beginn der Vorstellung im Café Tambourin zu überbrücken.

Zuvor verspürte sie jedoch ein dringendes Bedürfnis. Sie hatte Henris Toilette, die in seiner komfortablen Wohnung auf dem gleichen Flur wie die Zimmer lag, gerade verlassen. Da hörte sie gedämpfte Stimmen aus Henris Schlafzimmer.

Obwohl sie eigentlich nicht lauschen wollte, verharrte sie, als sie Henris heftigen Vorwurf hörte. »Du hast Edgar Degas meine Einladung gar nicht ausgerichtet, Suzanne. Du willst ihn ganz für dich allein haben.«

Elise hörte Suzanne schluchzen. »Das ist nicht wahr, Henri! Ich habe Edgar sogar dringlich gebeten, mich heute Abend hierher zu begleiten. Er wollte partout nicht. Warum, kann ich dir beim besten Willen nicht sagen.«

Henri schnaubte. »Das soll ich dir glauben? *Du* willst nicht, dass er hierherkommt«, wiederholte er seinen Vorwurf.

»Warum sollte ich das nicht wollen? Ich liebe dich, Henri, und wünsche dir nur das Beste. Und ich weiß doch, wie sehr du Edgar Degas verehrst.«

»Pah!« Henri schnaubte erneut. »Im Vergleich zu mir ist Degas die viel bessere Partie. Er ist schon berühmt und außerdem kein Krüppel.«

»Ich gehe doch nur zu Edgar, damit er meine Entwürfe anschaut. Zu nichts anderem«, flehte Suzanne. »Das musst du mir glauben!«

Henris Erwiderung konnte Elise nicht verstehen.

»Ich würde dich auf der Stelle heiraten, Henri, wenn du das willst. Ich warte schon so lange darauf, dass du mir endlich einen Antrag machst.«

Henris herzlose Antwort erschütterte Elise bis ins Mark. »Einen Antrag? Dir? Einem Aktmodell und Mutter eines Bastards? Was glaubst du denn, wer ich bin? Mein Name ist Henri Raymond de Toulouse-Lautrec-Monfa. Ich bin von uraltem Adel und suche mein Glück nicht in der Gosse.«

Als Reaktion hörte Elise Suzannes erstickten Schrei. Sie entfernte sich auf Zehenspitzen von der Tür, um den Flur so rasch wie möglich zu verlassen und nicht länger Zeugin dieses unwürdigen Streits zu werden. Doch es war zu spät. Sie hatte den Knauf zum Atelier schon in der Hand, als die Tür zu Henris Schlafzimmer so heftig aufgestoßen wurde, dass sie an die Wand knallte. Tränenüberströmt stürzte Suzanne heraus.

Was sie vorher zu Henri gesagt hatte, wusste Elise nicht. Aber sie hörte seine Antwort darauf.

»Dann sind wir zwei uns einig«, brüllte er Suzanne nach. »Du verlässt mich, ich verlasse dich. Mach, dass du hier rauskommst und lass dich nie wieder blicken!«

Er griff an die Schlafzimmertür und schlug sie krachend zu. Beide waren so erregt, dass keiner von ihnen Elise beachtete. Die beeilte sich, ihre Handtasche zu holen und nach kurzem Abschied von den übrigen Gästen so rasch wie möglich zu gehen.

La Goulues Worte »Was war denn da draußen los?« dröhnten ihr noch in den Ohren, als sie auf die Straße stürzte. Erst als sie im Café Tambourin saß, begann sie, sich zu beruhigen.

Sobald ich heute Nacht nach Hause komme, werde ich mich mit André versöhnen, nahm sie sich vor. Und wenn ich ihn eigens dafür aufwecken muss. André ist ein guter Kerl. Er ist nur wütend, weil er nicht für mich sorgen kann. Niemals wäre er so gemein zu mir wie Toulouse-Lautrec heute Abend zu Suzanne.

Kapitel 40

KÜNSTLERKOLONIE IN PONT-AVEN

JULI 1888

Valéries Nacken begann zu schmerzen. Nun lag sie schon fast eine Stunde lang auf dem Rücken, die Beine ausgestreckt und den Kopf seitlich auf die linke Hand gestützt.

So und genau so wollte Pascal sie malen. Mit einem versonnenen Gesichtsausdruck, träumerisch und ganz den göttlichen Stimmen der Natur hingegeben.

Die Zeichnung ihrer Gestalt hatte Pascal bereits am zweiten Tag nach ihrer Ankunft in der bretonischen Künstlerkolonie im Dorf Pont-Aven in seinem Studio angefertigt. »Als Vorlage für mein Gemälde, das eine bleibende Erinnerung an diese wunderbaren Tage sein soll.«

Das Studio war Teil des entzückenden einstöckigen Häuschens, das sie und Pascal für die vier Wochen ihres Aufenthalts dank Henris Großzügigkeit ganz für sich allein hatten. Nach ihrer Abreise würde Paul Gauguin wieder einziehen und sich Schlafzimmer und Atelier mit Pascal teilen.

Trotzdem hatte sich Valérie nach einigen Tagen, in denen sie Pascal als Modell gedient hatte, nach der freien Natur gesehnt. Denn die neue Stilrichtung, die Pascal und Gauguin »Synthetismus« nannten, hatte sich in Abgrenzung zu den Impressionisten weitgehend von der Freilandmalerei verabschiedet. Die Natur wurde stattdessen aus dem Gedächtnis gemalt.

So würde es auch Pascal mit dem Wäldchen halten und dem Fluss Aven, der im Hintergrund des Bildes dem Atlantik zufloss. Die Landschaft gab es so gar nicht, wie Pascal sie malen wollte. Er komponierte stattdessen die einzelnen Bestandteile so, wie es ihm am besten gefiel.

Auch das war ein Stilmittel der neuen Kunstrichtung. Man malte nicht mehr das, was man sah, sondern das, was man darstellen wollte. Auf Genauigkeit und Wirklichkeitsnähe kam es dabei nicht an. Vielmehr sollten die Bilder Gefühle und Stimmungen zum Ausdruck bringen.

Dazu dienten auch die leuchtenden, oft großflächig aufgetragenen Farben. Um die Konturen der zentralen Bildelemente zu betonen, wurden sie mit schwarzen Linien umrahmt, was Pascal bereits vor einigen Jahren als »Cloisonismus« bezeichnet hatte. »Das Stilmittel des Synthetismus, das ganz allein von mir stammt«, pflegte er stolz zu betonen. »Die übrigen Elemente haben Paul und ich gemeinsam entwickelt.«

»Lass uns doch heute an den Waldrand gehen und dort weiterarbeiten«, hatte Valérie ihn am Morgen gebeten, zumal es ein herrlicher Sommertag zu werden versprach. Pascal hatte ihrem Wunsch zwar entsprochen, doch nun begann Valérie, ihre Bitte zu bereuen. Denn obwohl sie im weichen Moos lag, war die Chaiselongue, auf der Pascal sie im Studio gemalt hatte, doch weitaus bequemer als der Waldboden.

»*Chérie!*«, mahnte Pascal sie nun. »Ich versuche gerade, deinen Gesichtsausdruck wie den einer Träumenden nachzustellen. Im Augenblick wirkst du jedoch eher verkrampft. Denk doch einfach an was Schönes!«

Etwas Schönes. Was würde sie jetzt am besten von ihrer unbequemen Stellung ablenken? Unwillkürlich stieg die Szene, die sich vor ungefähr zwei Monaten im Le Mirliton abgespielt hatte, vor ihrem inneren Auge auf. Während sie die einzelnen Bilder an sich vorbeiziehen ließ, spürte Valérie sofort, wie sie sich entspannte. Fortuna, die Göttin des Glücks, war ihr an jenem Abend nur allzu hold gewesen.

IM CAFÉ-CONCERT LE MIRLITON

APRIL 1888, ÜBER ZWEI MONATE FRÜHER

»Nun schau doch nicht so traurig!« Pascal küsste Valérie auf die Nasenspitze und legte den Arm um sie. Hier im Reich des Chansonniers Aristide Bruant konnten Liebespaare Zärtlichkeiten austauschen, was überall sonst in der Öffentlichkeit verpönt war. »Ich gehe ja nicht für immer fort. Sobald der Winter einbricht, komm ich zurück.«

Anstatt Valérie zu trösten, wurde ihre Kehle nach diesen Worten noch enger. »Das ist länger als ein halbes Jahr«, flüsterte sie. »Wie soll ich es so lange nur ohne dich aushalten?«

Pascal sah zwar ebenfalls bekümmert aus. Doch Valérie wusste, dass er um keinen Preis auf die Gelegenheit verzichten wollte, sich endlich einmal ganz der Malerei zu widmen. Henri würde ihm das Geld für den Aufenthalt leihen.

»Wenn ich danach Bilder verkaufe, zahle ich dir jeden Sou zurück«, versprach Pascal. Dann war ihm ein Geistesblitz gekommen. »Warum schließt du dich nicht einfach an, Henri?«

Zu Valéries Erleichterung hatte Henri lächelnd den Kopf geschüttelt.

»Ich bleibe lieber in Paris. Auf dem platten Land habe ich meine ganze Jugend verbracht. Das reicht mir für den Rest meines Lebens. Meine Motive finde ich hier in Montmartre.«

Nach Pascals Abreise war er ihre einzige Hoffnung, der bürgerlichen Enge ihres Lebens wenigstens ab und zu für ein paar Stunden zu entkommen.

Tatsächlich zeichnete Henri mittlerweile regelmäßig für die verschiedensten Journale. Jedes Cabaret, das etwas auf sich hielt, gab ein Monatsblatt heraus. Inzwischen arbeitete Henri auch für Zeitschriften außerhalb von Montmartre.

Daneben fertigte er gerade sein erstes monumentales Ölgemälde an. Es war die Darstellung einer Kunstreiterin im Zirkus Fernando.

Pascal dagegen hoffte in der ländlichen Idylle von Pont-Aven auf neue Inspirationen für seine Kunst, gemeinsam mit Paul Gauguin. Wenigstens hatte Aristide ihm heute als Kellner freigegeben, nachdem Henri ihm erzählt hatte, dies sei Valéries und Pascals letzter gemeinsamer Abend in Montmartre.

Gerade kam Henri zurück, im Schlepptau die Tänzerin La Goulue, die er mit seiner Kutsche abgeholt hatte. Wie üblich war sie aufreizend gekleidet, zwar in teure Stoffe, sie wirkte aufgrund ihres tiefen Dekolletés jedoch eher vulgär als elegant.

Ganz anders als die Dame, deren dunkelgrünes Seidenkleid Valérie schon seit einiger Zeit bewunderte. Es war mit seiner ausladenden Tournüre für die harten Bänke des Cabarets allerdings eher unpassend. Wahrscheinlich stand die Dame deshalb immer wieder auf, besonders während der Darbietungen von Aristide Bruant.

Doch die Seidenrosenapplikationen entlang der Hüften und die gesamte Machart der Robe wiesen es als ein aktuelles Werk des teuersten Pariser Modemachers Charles Worth aus. Valérie hatte es erst kürzlich in einem Katalog gesehen, den ihre Großmutter Victoria Amélie mitgebracht hatte. Preise standen bei den einzelnen Modellen zwar nicht dabei. Doch dem Gespräch am Kaffeetisch hatte Valérie entnommen, dass ein solches Kleid mehrere Tausend Francs kostete.

Den Herrn, der die teuer gekleidete Dame begleitete, hatte Valérie bislang nicht gesehen, da andere Gäste ihn verdeckten. Doch nun geschah etwas völlig Unerwartetes.

Als Henri mit La Goulue an dem Paar vorbeiging, frönte die Tänzerin ihrer bekannten Unart. Sie schnappte sich das Getränk des Herrn und stürzte es hinunter. Ob dieser Unverschämtheit sprang er auf und drehte sich wütend um. Dabei trafen sich seine und Valéries Blicke.

Vater und Tochter erstarrten zu Eis.

IN DER KUNSTHANDLUNG DUMAS

APRIL 1888, AM NÄCHSTEN TAG

»Also hast du deine Mutter und mich die ganze Zeit belogen, Valérie! Anstatt mit Henri ins Theater oder in die Oper zu gehen, hast du dich mit diesem jungen Burschen getroffen! Das ist unglaublich!«

Alphonse Dumas versuchte angestrengt, väterliche Autorität auszustrahlen. Doch Valérie, die gestern noch bis spät am Abend mit Henri und Pascal beratschlagt hatte, was nun zu tun sei, war gerüstet.

»Belügst du Maman denn nicht, wenn du dich mit« – sie machte eine kleine Pause und betonte die nächsten Worte verächtlich – »*dieser Dame* triffst? Ihr Name ist Viviane Boucher, nicht wahr? Sie nennt sich Vivi und tritt äußerst leicht bekleidet als griechische Göttin im Théâtre des Variétés am Boulevard Montmartre auf. So sagt es zumindest Henri. Er hat sie dort schon in einigen Vorstellungen gesehen.«

Sie hob die Hand, als ihr Vater sie unterbrechen wollte. »Hör mich bitte zu Ende an! Henri sagt, Viviane sei eine der teuersten Kurtisanen in Paris. Das Kleid, das sie gestern trug, stammt aus dem Salon von Charles Worth. Roben wie diese kosten dort mindestens fünftausend Francs. Selbst Henris Mutter, der reichen Gräfin Toulouse-Lautrec, ist Worth zu teuer.«

Mit Genugtuung sah sie, dass ihr Vater errötete.

»Ich erinnere mich daran, dass du die alte Marianne einst gebeten hast, mich darüber aufzuklären, dass du keinen ehelichen Verkehr mehr mit meiner Mutter pflegen kannst. Stattdessen suchst du diese Art von Vergnügen. Gegen Honorar für die Damen, versteht sich. Dass es so hoch ist, dass du dir Viviane Boucher leistest, hätte ich allerdings nicht gedacht. Aber vielleicht hat dies einen speziellen Grund. Sie ist nur fünf Jahre älter als ich und könnte deine Tochter sein …«

»Was geht es dich an?«, fiel ihr Vater ihr rüde ins Wort.

Obwohl Valéries Puls sich beschleunigte, bemühte sie sich, ruhig zu bleiben.

Sie zuckte die Achseln. »Mich muss das gar nichts angehen, wenn du dich nicht daran störst, dass ich mich regelmäßig mit Pascal treffe. Denn er ist meine große Liebe, schon seit einigen Jahren. Ohne Honorar und nicht nur der fleischlichen Gelüste halber.«

Alphonse riss die Augen auf. »Der … der fleischlichen …«,

stammelte er. »Willst du damit etwa sagen, dass …« Er brachte den Satz nicht zu Ende.

Jetzt errötete auch Valérie.

»Um Himmels willen!« Alphonse schlug sich an die Stirn. »Deine Mutter würde es umbringen, wenn sie es wüsste.«

Valérie riss sich gewaltsam zusammen, um sich ihre aufsteigende Angst nicht anmerken zu lassen. Bleib souverän und gelassen!, erinnerte sie sich an Pascals Rat. Er hat mindestens genauso viel zu verbergen wie du.

Sie holte tief Luft. »Und was würde Maman dazu sagen, dass du eine der kostspieligsten Kurtisanen in ganz Paris aushältst? Vielleicht ahnt sie schon etwas in dieser Art. Henri sagt, die Klatschblätter stehen voll von Vivis Eskapaden. Sie ist dafür bekannt, nie etwas umsonst zu tun. Was also kostet dich ein solcher Abend im Le Mirliton? Selbst ohne anschließende Liebesnacht?«

Valéries Vater war unmittelbar nach ihrer Begegnung im Cabaret mit der protestierenden Dame verschwunden und schon zu Hause gewesen, als Valérie gegen Mitternacht eingetroffen war. Sie hatte das Licht unter seiner Schlafzimmertür bemerkt. Er hatte sich aber nicht blicken lassen.

Ob ihrer dreisten Rede schnappte Alphonse jetzt nach Luft. Valérie fuhr rasch fort:

»Hast du nicht noch am vergangenen Sonntag mit Maman darüber gestritten, weil sie ohne dein Wissen fünfhundert Francs für Sacré-Coeur gespendet hat? Und sagst du nicht auch, dass du kein Geld für ihre bankrotten Eltern aufbringen willst? Weil es im Moment nicht so gut um deine Geschäfte stünde? Obwohl Maman dir bedeutet hat, dass ihre Eltern langsam am Hungertuch nagen, aber zu stolz sind, dich selbst um Hilfe zu bitten.«

Alphonse ballte die Hände zu Fäusten und presste die Lippen zusammen. Schließlich rang er sich zu der Frage durch: »Also, was willst du von mir?«

Auf diesen Moment hatte Valérie gewartet. Jetzt bemühte sie sich, ihr Triumphgefühl nicht zu zeigen. Sie hob die rechte Hand.

»Wenig. Vor allen Dingen kostet es dich keinen Sou.«

Sie streckte den Zeigefinger hoch. »Erstens! Du findest einen Weg, mich von diesem furchtbaren Pierre Lombard zu befreien. Maman hat mich bereits dreimal gezwungen, mit ihm auszugehen. Sie hofft sogar, dass er mir demnächst einen Heiratsantrag macht. Das habe zumindest sein Onkel, dieser schreckliche Père Zacharie, angedeutet. Doch eher laufe ich von zu Hause fort, als ihn als zukünftigen Ehemann zu akzeptieren. Lass mich ausreden!«, forderte sie noch einmal.

»Der Kerl ist bigott, frömmlerisch und hält sich für einen guten Katholiken, weil er Menschen anderen Glaubens, insbesondere Juden, alles Schlechte wünscht, sogar den Tod. Er verabscheut die Errungenschaften der Französischen Revolution und wünscht sich das Kaiserreich zurück.«

»Ja, daraus hat er schon bei seinem ersten Besuch keinen Hehl gemacht«, stimmte ihr Vater zu.

»Also wäre er dir als Schwiegersohn nicht willkommen?«

Über diesen Punkt wurden sie sich schnell einig. Alphonse versprach, Erkundigungen über Pierre Lombard einzuziehen. Selbst wenn diese positiv ausfallen würden, versprach er Valérie, einen Heiratsantrag von Pierre abzulehnen.

Wieder hob sie die Hand und streckte diesmal den Mittelfinger neben den Zeigefinger. »Zweitens! Du forderst von Maman, dass sie mir mehr Freiheiten gewährt. Schließlich werde ich bald zweiundzwanzig Jahre alt. Ich möchte tagsüber ausgehen, wann und so oft ich will. Und wenn sich die Gelegenheit ergibt, auch abends bis Mitternacht, um mich mit Pascal und anderen Freunden zu treffen. Größere Wegstrecken werde ich ausschließlich in einer Droschke zurücklegen«, kam sie seinem Einwand zuvor. »Abends lasse ich mich von Pascal oder Henri abholen und zurückbringen.«

Nach einigem Zögern stimmte Alphonse auch dieser Forderung zu. Er werde Amélie entsprechende Anweisungen geben.

Valérie straffte den Rücken. Nun kam ihr sehnlichster Wunsch zur Sprache.

»Drittens!« Sie hob den Ringfinger. »Ich möchte im Sommer vier Wochen mit Pascal Didier in der Künstlerkolonie Pont-Aven in der Bretagne verbringen. Dort möchte ich mit ihm zusammen sein und meine Malkunst vervollkommnen.«

Jetzt konnte Alphonse sich nicht mehr beherrschen. »Bist du von Sinnen? Wie stellst du dir das denn vor?«

Valérie zwang sich zu einem Lächeln. »Du weißt ja jetzt, dass Henri meine Treffen mit Pascal gedeckt hat, indem er vorgab, selbst mit mir auszugehen. Diese Methode wollen wir wieder anwenden. In seiner Großzügigkeit hat Henri mir vorgeschlagen, Maman weiszumachen, er nähme mich mit auf das Schloss Malromé. Dort verbringt er jeden Sommer Zeit mit seiner eigenen Mutter. Wenn du das befürwortest, wird Maman dem nichts entgegensetzen.«

Alphonse schwieg verdattert.

»Und im Gegenzug sage ich ihr kein Sterbenswörtchen von unserer Begegnung im Le Mirliton«, setzte Valérie nach.

»Das ist Erpressung«, begehrte Alphonse auf.

Valérie blieb kühl. »Eher ein Geschäft auf Gegenseitigkeit. Apropos: Was hattest du überhaupt dort zu schaffen?«, lenkte sie rasch auf ein anderes Thema.

Alphonses Lippen verzogen sich schmerzlich. »Vivi hatte so

viel von diesem Cabaret gehört und wollte unbedingt selbst einmal dorthin, um den berühmten Aristide singen zu hören. Sie hat mir keine Ruhe gelassen, bis ich nachgegeben habe.«

Valérie verkniff sich ein Grinsen. Du stehst also ganz schön unter ihrer Fuchtel, dachte sie bei sich. Laut äußerte sie sich nicht zum Eingeständnis ihres Vaters.

Stattdessen bedankte sie sich für seinen Großmut, als er sich auch mit ihrer letzten Forderung einverstanden erklärte.

Das i-Tüpfelchen auf ihrer Abmachung war das Ergebnis von Alphonses Nachforschungen über Pierre Lombard.

»Gustave Eiffel hätte ihn wegen erwiesener Unfähigkeit entlassen müssen, wenn es nicht zu einer Übereinkunft mit Père Zacharie gekommen wäre. So hat er ihn sozusagen weggelobt. Auf die Bitte seines Onkels hin hat er ihm ein gutes Zeugnis ausgestellt, als Pierre selbst kündigte. Damit konnte Zacharie ihn dann beim Bau von Sacré-Coeur unterbringen. Doch man munkelt, inzwischen sei man auch dort bereits mit Lombard unzufrieden«, hatte er der entsetzten Amélie mitgeteilt.

»Deshalb ist Lombard alles andere als eine gute Partie für Valérie. Also hör sofort damit auf, sie mit ihm verkuppeln zu wollen. Andernfalls müsste ich Pierre Lombard mit den Ergebnissen meiner Nachforschungen konfrontieren. Und das willst du dir und deiner Beziehung zu Père Zacharie doch sicher ersparen.«

Dem hatte ihre Mutter nichts entgegenzusetzen gewusst. Gegenüber dem enttäuschten Père hatte sie Valéries fehlende Neigung zu Pierre als Grund für die Trennung genannt und es ansonsten dabei belassen. Mit Valérie selbst hatte sie nie darüber gesprochen.

ZURÜCK IN DER KÜNSTLERKOLONIE IN PONT-AVEN

JULI 1888, WENIG SPÄTER

Trotzdem lässt Maman mich jeden Tag spüren, wie sehr sie meinen Lebenswandel missbilligt, dachte Valérie nun. Hoffentlich amüsiert sie sich wenigstens in ihrer Sommerfrische in Dieppe.

Das bezweifelte sie allerdings. Ihre Mutter entwickelte sich immer mehr zu einer verbitterten, vor den Jahren gealterten Frau.

»Valérie! Jetzt machst du schon wieder so ein verkniffenes Gesicht!«, tadelte sie Pascal.

Valérie reckte ihre verkrampften Glieder. »Lass es doch gut sein für heute, *mon Amant*! Ich würde viel lieber bei diesem wunderbaren Wetter an den Strand gehen.«

»Nur noch eine halbe Stunde, ich bitte dich! Dann bin ich fertig mit deinem Gesicht, und wir können den Rest des Tages tun, was du möchtest. Stell dir das doch jetzt einfach vor, dann siehst du wieder viel gelöster aus …«

Erneut befolgte Valérie Pascals Rat und ließ die beiden Wochen, die sie bereits in der Bretagne verbracht hatten, an sich vorbeiziehen. Wunderbare Abendspaziergänge bei Sonnenuntergang am Meer! Die leckere Küche! Insbesondere die Miesmuscheln mit Weißweinsoße hatten es ihr angetan. Und die herrlichen Liebesnächte! Neben Pascal einzuschlafen und am Morgen aufzuwachen. Wie sehr hatte sie sich all diese Jahre danach gesehnt!

Plötzlich drängte sich doch wieder ein unwillkommener Gedanke in ihre Fantasien. Hoffentlich wirkt Mariannes Mittel, damit ich kein Kind empfange. Bei ihren selten gewordenen Begegnungen in Paris hatten sie schon lange bis zum Höhepunkt miteinander geschlafen und auf Mariannes Kräutertinktur vertraut. Würde sie eine Schwangerschaft auch verhindern, wenn sie sich so oft wie hier liebten?

Und habe ich genug von den Tropfen dabei? Oder hätte ich ein zweites Fläschchen kaufen sollen? Bei all diesen Fragen kam ihr noch eine unangenehme Erinnerung.

Als sie die alte Hebamme wegen des Mittels aufgesucht hatte, war Jeanne Lambert in die Küche getorkelt. Offenbar betrunken. Valérie war entsetzt gewesen, wie sehr sich die ehemals hübsche Frau verändert hatte. Ihr braunes Haar war verfilzt, ihre Haut wirkte grünlich. Tiefe Ringe lagen um ihre braunen Augen. Ihr Blick war leer. Sie war abgemagert bis auf die Knochen und trug ein schmutziges Kleid, das unangenehm roch.

Marianne hatte Jeanne rasch hinausgescheucht und behauptet, sie litte an einer Magenkrankheit. Doch Valérie hatte den Alkoholdunst deutlich gerochen. Was war nur geschehen, dass diese ehemals energische, fleißige Frau sich jetzt so gehen ließ?

»Valérie! Was ist denn jetzt wieder los? So kommen wir nie an den Strand!«

Valérie atmete tief durch und verdrängte die hässlichen Bilder. Jeanne Lambert ging sie nichts an.

Wieder konzentrierte sie sich auf die herrliche Zeit in Pont-Aven. Hier malte sie ihr erstes Gemälde in einem ganz eigenen Stil. Mit ihrem Gesichtsausdruck, als sie sich die nächsten Schritte vorstellte, war Pascal offenbar zufrieden, denn sie hörte keinen weiteren Tadel.

Noch vor ihrer Abreise hatte Valérie etliche Spaziergänge in den Straßen von Montmartre gemacht, um sich Motive einzuprägen. Nun brachte sie sie aus dem Gedächtnis auf die Leinwand und verwendete dabei Elemente der Werke anderer Maler. Von Vincent van Goghs Pariser Blumenstillleben hatte sie sich die leuchtenden Farben abgeschaut. Von Pissarros impressionistischen Gemälden die verwaschenen Konturen der Bildelemente. Und nicht zuletzt vom Synthetismus, dass ihre Szene auf der Place du Tertre nahe Sacré-Coeur nicht jede Einzelheit naturgetreu wiedergeben musste, sondern so aussehen konnte, wie es Valérie gefiel.

Aber am besten ging es ihr mit ihrem ganz eigenen Stilelement. Sie achtete darauf, dass man ihre Pinselstriche nicht nur erkennen konnte, sondern sie war sogar darauf bedacht, sie deutlich sichtbar zu machen. Der Technik der geleckten Akademischen Malerei zum Trotz, die sie während ihres Kunststudiums so oft zur Verzweiflung gebracht hatte.

Valérie war so versunken in ihre Vorstellung, wie sie heute weiterarbeiten wollte, dass Pascal sie zweimal anrufen musste, als er damit fertig war, ihr Gesicht zu malen.

Er trat auf sie zu und half ihr auf. Dann massierte er ihr den verspannten Nacken. »So wie du zuletzt ausgesehen hast, hätte ich am liebsten das nächste Gemälde von dir begonnen.« Er küsste sie zärtlich auf den Hals. »Wollen wir wirklich an den Strand gehen oder nicht zuerst eine vorgezogene Mittagsruhe einlegen?« Das Begehren in seiner Stimme jagte Valérie einen Schauer über den Rücken. Sie erwiderte seine Küsse.

»Haben wir dafür nicht noch die ganze Nacht Zeit? Am Meer ist es um diese Zeit so wunderbar!«

»Vielleicht finden wir ja eine verwunschene Höhle oder eine einsame Bucht.«

Mit der Fantasie, sich zum ersten Mal im Freien zu lieben, schlenderten beide Arm in Arm zurück ins Dorf. Als sie ihr Häuschen betraten, entdeckten sie Briefe von Freunden aus Paris. Pascal riss Henris Post sofort auf, während Valérie nach einem Brieföffner suchte, um den Umschlag von Suzannes Schreiben nicht zu beschädigen.

»Das darf doch nicht wahr sein!«, polterte Pascal plötzlich in ihrem Rücken. »Jetzt werde ich diesen Kerl einmal ernsthaft zur Rede stellen!«

Mit Suzannes Brief in der Hand verharrte Valérie erschrocken. »Was ist denn geschehen?«

Pascal warf Henris Schreiben wütend auf den Tisch. »Gauguin hat Theo van Gogh seine Bilder angeboten, die er hier in Pont-Aven anfertigt. Er hat sich dabei als alleinigen Urheber des Synthetismus bezeichnet und mich mit keiner Silbe erwähnt, wie Henri von Theo erfahren hat. Der war natürlich ahnungslos und hat Gauguin das so abgenommen.«

»Mon Dieu!« Valérie fühlte sich hilflos. Schon mehrfach hatte sie bei den gemeinsamen Mahlzeiten mitbekommen, dass Paul nur von seinen eigenen Ideen und Fortschritten bei der Entwicklung des Synthetismus sprach. Insbesondere wenn neue Künstler zur Kolonie hinzustießen.

Zweimal hatten Pascal und Paul sich danach ausgesprochen. Paul hatte sich jedes Mal bei Pascal entschuldigt und Besserung gelobt. Aber sein Brief an Theo van Gogh schlug dem Fass den Boden aus.

Nachdem Pascal hinausgestürzt war, um Paul zur Rede zu stellen, sank Valérie zunächst ratlos auf die Chaiselongue. Bisher war die Zeit in Pont-Aven so voll ungetrübten Glücks gewesen. Sollten die verbliebenen Tage nun von diesen Streitigkeiten überschattet werden?

Ihre Beklommenheit verstärkte sich noch, als laute Stimmen von draußen zu hören waren. Sie konnte nur einzelne Worte verstehen, die alles andere als freundlich klangen. Von »dreist« war da die Rede, von »Anmaßung« und »Undankbarkeit«. Paul und Pascal blieben sich offenbar nichts schuldig.

Schließlich stand sie auf und schloss die kleinen Fenster. Um sich abzulenken, öffnete sie Suzannes Brief. Darin würde hoffentlich etwas Erfreuliches stehen.

Als Pascal eine Viertelstunde später zurückkehrte, saß Valérie noch immer wie erstarrt auf der Chaiselongue.

»Was ist denn geschehen? Hast du schlechte Nachrichten erhalten?« Pascal trat auf sie zu und fasste sie an den Schultern.

Sie nickte. »Suzanne hat versucht, sich die Pulsadern aufzuschneiden.« Sie spürte, dass ihr die Tränen kamen.

Pascal sog scharf die Luft ein. »Haben sich die zwei jetzt getrennt, wie Henri es schon seit einiger Zeit geplant hat?«

Valérie stutzte. »Ich wusste bislang nur von dir, dass Henri Suzanne nicht heiraten wollte. Dass er sogar vorhatte, sich von ihr zu trennen, hast du mir nicht gesagt.«

»Ich wollte dich nicht beunruhigen. Außerdem hat Henri es mir vor meiner Abreise unter dem Siegel der Verschwiegenheit anvertraut. Bis heute habe ich gehofft, dass er es sich noch einmal anders überlegen würde.«

»Das hat Suzanne wohl nach ihrem letzten Streit auch noch gehofft. Als ihr dann klar geworden ist, dass Henri es bitter ernst gemeint hat, wollte sie sich umbringen. Doch zum Glück hat man sie rechtzeitig gefunden und gerettet.«

Valérie schluchzte auf. »Jetzt schreibt sie, es gebe keinen Menschen auf dieser Erde, den sie mehr hassen würde als Henri. Sie will es ihm außerdem heimzahlen.«

»Was hat sie vor?«

»Darüber schreibt sie nichts. Aber ich befürchte das Schlimmste.«

Kapitel 41

ÉLYSÉE MONTMARTRE

NOVEMBER 1888

Valérie klatschte Elise Lambert begeistert Beifall, als sie sich nach ihrem Soloauftritt vor dem Publikum verneigte.

»Sie tanzt fantastisch, nicht wahr, Henri?«, wandte sie sich an ihren Begleiter. »Sie ist vielleicht nicht so waghalsig und sportlich wie La Goulue. Aber viel graziöser und von ihrer Persönlichkeit her auch viel sympathischer.«

Henri nickte unbestimmt, äußerte sich aber nicht zu Valéries Aussage. Die wusste, dass er Louise Weber noch immer den Vorzug vor Elise gab.

»Oh!« Als Elise schließlich die Bühne verließ, humpelte sie leicht. »Hoffentlich hat sie sich nicht verletzt.«

Erst jetzt merkte Henri auf. »Das wünsche ich ihr beim besten Willen nicht. Das Showgeschäft wird immer härter.«

Valéries Besorgnis verflog zunächst, als Elise mit La Goulue und der Tänzerin mit dem merkwürdigen Spitznamen Grille d'Égout die Abschlussvorführung vor der halbstündigen Pause bestritt, die dem anschließenden Mitternachtsball voranging. Doch als die drei Tänzerinnen die Bühne verließen, schien es ihr so, als ob Elise stärker hinkte als zuvor.

»Soll ich dich jetzt nach Hause fahren?«, bot Henri Valérie an. Die schüttelte heftig den Kopf. »Nein! Es reicht, wenn wir in einer Viertelstunde aufbrechen. Ich muss erst um zwölf Uhr zurück sein.« Sie würde ihren Ausgang ohnehin zu büßen haben, ob sie nun früher heimkam oder zur festgesetzten Zeit.

Zwar hatte ihr Vater sein Versprechen gehalten und Amélie Anweisung gegeben, Valérie auch abends bis Mitternacht ausgehen zu lassen. Doch ihre Mutter ließ sie ihre Missbilligung mit tagelangem eisernem Schweigen nach jedem dieser Ausflüge spüren. Dagegen war auch Alphonse machtlos. Vor Pascals Rückkehr hatte Valérie daher weitgehend auf abendliche Vergnügungen verzichtet.

Pascal war seit Oktober zurück in Paris. Er hatte seine Arbeit im Le Mirliton wieder aufgenommen und nur einen einzigen Abend pro Woche frei. Den verbrachten die beiden in der Regel in einem Stundenhotel, das sie, anders als zu ihren Studentenzeiten, selbst bezahlten.

Die herrlichen Liebesnächte in Pont-Aven erschienen Valérie inzwischen wie ein Traum. Das Zusammensein im Stundenhotel war davon überschattet, dass es ihr heute wie damals ausgesprochen peinlich war, ein solches Etablissement zu betreten. Doch es gab kaum eine Alternative.

In Suzannes Wohnung konnten sie sich für ein Schäferstündchen schon längst nicht mehr treffen. Die Freundin war kurz nach Valéries Rückkehr aus der Bretagne in eine Mansarde im Nachbarhaus ihrer ehemaligen Wohnung umgezogen. Der kleine Raum diente ihr als Küche, Wohn- und Schlafzimmer für sich und ihr Söhnchen Maurice wie auch als Atelier. Selbst für Valéries Staffelei war dort kein Platz.

»Henri hat mir zwar Geld angeboten, nachdem er mich verlassen hat. Aber ich nehme keinen einzigen Sou von so einem widerwärtigen Kerl.«

Schon bei ihrem ersten Treffen nach ihrem Aufenthalt in Pont-Aven war Valérie klar geworden, dass Suzannes Drohung, sich an Henri zu rächen, sehr ernst gemeint war. Sie ließ weder an ihm noch an seiner Malkunst ein gutes Haar.

Das war umso fataler, als Suzanne sich ihren Unterhalt nun wieder als Modell verdiente und daher natürlich mit vielen Malerkollegen Henris in Berührung kam.

»Er säuft wie ein Loch und ist ein ausgemachter Hurenbock«, waren die üblichen Schmähungen, die mittlerweile nicht nur Valérie, sondern auch Henri zu Ohren gekommen waren. Valérie hatte versucht, auf beide einzuwirken, zumindest keine üble Nachrede übereinander zu führen. Doch vergeblich.

»Wir müssen uns aus diesem Konflikt heraushalten«, hatte Pascal nach seiner Rückkehr zu Valérie gesagt. »Wenngleich Henri sich nicht besonders anständig gegenüber Suzanne verhalten hat, verdanken wir beide ihm viel.«

Das war nur allzu wahr. Sowohl Valérie als auch Pascal durften weiter in Henris Atelier malen. Für die einwöchige Dauer seines Aufenthalts in Brüssel hatte er ihnen sogar seine ganze Wohnung zur Verfügung gestellt, in der sie sich endlich wieder unbefangen treffen und lieben konnten.

Heute Abend hatte Henri Valérie zunächst ins Le Mirliton begleitet, damit sie wenigstens ein paar Worte mit Pascal wechseln konnte, und sie danach auf ihren Wunsch hin noch ins Ély mitgenommen. Dort war sie heute zum ersten Mal und hatte bislang jede Minute genossen.

Nachdem die Vorführungen, insbesondere die der Cancan-Tänzerinnen, Valérie vorübergehend von ihren Sorgen abgelenkt hatten, holten diese sie nun mit Macht wieder ein. Je mehr sie über die Zukunft ihrer Beziehung zu Pascal nachdachte, desto aussichtsloser erschien sie ihr. Denn Pascals Vater hatte ihn inzwischen enterbt und einen Neffen an seine Stelle als Nachfolger in der elterlichen Textilfabrik gesetzt. Trotz seiner wohlhabenden

Herkunft war Pascal vor diesem Hintergrund kein ernst zu nehmender Heiratskandidat für ihre Eltern. Weder für ihre Mutter noch für ihren Vater. Da machte sich Valérie keine Illusionen.

Henri winkte einem Kellner und bestellte ein neues Glas Cognac. Es war während ihres gerade einmal zweistündigen Aufenthalts das vierte oder fünfte Glas. Suzanne hat recht, kam Valérie ein unwillkommener Gedanke. Henri trinkt viel zu viel. Aber das anzusprechen, steht mir nicht zu.

»Erzähl mir doch etwas über die Ausstellung in Brüssel!«, lenkte sie sich selbst mit einem anderen Thema ab.

Henri strahlte. Sein Gesicht wirkte in solchen Momenten beinahe attraktiv.

»Es war herrlich! Zum allerersten Mal wurden meine Werke bewundert. Das Publikum war fantastisch. Insbesondere mein Gemälde aus dem Zirkus Fernando fand überaus großen Anklang.«

Valérie wusste, dass eine Gesellschaft aus unabhängigen Brüsseler Künstlern, die sich nach der Anzahl ihrer Mitglieder Les Vingt nannten, diese Ausstellung jährlich veranstaltete. Dabei lud man bewusst ausländische Maler der Avantgarde ein, um deren, in ihrer Heimat noch oft verachteten Stilrichtungen eine Plattform zu bieten.

»Wie schön! Das ist dir von Herzen zu gönnen!« Valérie hoffte, dass ihr Henri den kleinen Stich des Neids, der sie gerade durchfuhr, nicht ansah. Würde sie ihre Gemälde jemals ausstellen können? Bislang hatte sie vier in ihrem eigenen Stil fertiggestellt, alles Ansichten aus Montmartre.

»Wie viele Bilder von dir wurden denn gezeigt?«

»Es waren elf«, antwortete Henri mit sichtlichem Stolz.

Valérie entspannte sich. Bis dahin ist es für mich noch ein weiter Weg, dachte sie. Henri hat bisher mindestens dreißig Gemälde angefertigt, von seinen Zeichnungen und Skizzen gar nicht zu reden.

Trotzdem fühlte sie sich auch mit ihrer Malerei immer wieder in einer Sackgasse. Ihr Vater lehnte alle neuen Stilrichtungen nach wie vor ab. Deshalb hatte Valérie sich bislang geweigert, ihm ihre Werke zu zeigen, obwohl er nach Pont-Aven ein paarmal danach gefragt hatte. »Ich bin noch nicht so weit«, hatte sie das begründet. Und das war nur allzu wahr. Wie sollte sie sich ohne eigenes Atelier und ausreichend Zeit jemals vervollkommnen?

»Was hältst du denn von Pascal und Gauguin?«, wechselte Henri nun auf ein Valérie unangenehmes Thema. »Gibst du ihrer Beziehung noch eine Chance?«

Sie verneinte. »Kaum. Dazu haben sie sich zu oft versöhnt und hinterher wieder zerstritten. Pascal glaubt, dass Paul seine Verdienste an der Entwicklung des Synthetismus unter den Teppich kehren will. Meiner Ansicht nach ist Gauguin ein ganz selbstsüchtiger Mensch, der nur auf den eigenen Vorteil bedacht ist. Jedenfalls war Pascal heilfroh, dass Paul schon im September die Bretagne verlassen hat. Angeblich wollte er sich Vincent van Gogh in Arles anschließen.«

Henri nickte bedächtig. »Selbstsüchtig ist dieser Mensch auf jeden Fall. Er ist wirklich nach Arles gereist, hat sich dafür aber von Vincents Bruder Theo bezahlen lassen. Außerdem scheinen sich auch Vincent und Paul dort unten ständig zu streiten. Theo ist inzwischen ganz unglücklich darüber. Beide sind zwar angeblich produktiv, aber absolut von ihrer eigenen Kunst überzeugt und lassen sich vom anderen nicht das Geringste sagen. Deshalb macht sich Theo große Sorgen um Vincent. Der scheint ihm psychisch labil zu sein, wie Theo das ausdrückt.«

»Psychisch labil? Was meinst du damit?«

»Laut Theo wechseln sich Wutanfälle mit Phasen tiefer Niedergeschlagenheit bei Vincent ab. Seine Streitigkeiten mit Paul verschlimmern das noch. Doch andere Freunde hat Vincent in Arles offenbar nicht gefunden. Stattdessen verkehrt er in allen Bordellen der Stadt. Oh, pardon«, fügte Henri hinzu, als Valérie errötete. »Das ist natürlich kein Thema für eine junge Dame.«

Wobei Suzanne behauptet, auch du frequentierst mehrmals pro Woche ein Bordell, dachte Valérie, ohne es laut auszusprechen. Auch das geht uns nichts an, hatte Pascal erst kürzlich auf ihre besorgte Frage hin geantwortet.

Ein Gong ertönte und kündigte den baldigen Beginn des Mitternachtsballs an. »Jetzt muss ich leider gehen«, seufzte Valérie.

Henri nickte und winkte dem Kellner. »Reservieren Sie mir diesen Platz! Ich bin in fünfzehn Minuten zurück.«

Gegen ein Uhr morgens spürte Elise, dass sie mit dem rechten Fuß kaum noch auftreten konnte. Der Knöchel war inzwischen deutlich angeschwollen. Zum Glück war es Sonntagabend, am nächsten Tag würde es keine Vorstellung geben. Sie sagte zunächst ihrem Tanzpartner, dann Direktor Miller Bescheid und erhielt für den Rest des Mitternachtsballs frei.

Gerade hinkte sie an Henri Toulouse-Lautrecs Tisch vorbei und warf ihm dabei ein gequältes Lächeln zu, als er sie herbeiwinkte. »Mir kam es schon während deiner Soloaufführung so vor, als hättest du dir den Fuß vertreten.«

Elise seufzte. »Das hast du leider richtig beobachtet. Ein Absatz hat sich gelockert. Deshalb bin ich falsch aufgekommen und umgeknickt. Ich fahre jetzt heim und hoffe, übermorgen ist alles wieder gut.«

»Holt dich jemand ab?«

Elise lächelte. »Nein, ich nehme schon seit einiger Zeit eine Mietdroschke. Mein Mann André arbeitet den ganzen Tag über hart und braucht seinen Nachtschlaf.«

»Dann biete ich an, dich nach Hause zu fahren. Nein, widersprich mir nicht! Du musst dich auskurieren, denn übermorgen möchte ich dich wieder im Ély bewundern dürfen.«

Zwanzig Minuten später hielt Henris Kutsche mit dem Wappen der Toulouse-Lautrec vor dem Häuschen in der Rue Caulaincourt, das ihm Elise als Adresse genannt hatte.

Der Kutscher half ihr gerade beim Aussteigen, als André aufgeregt auf sie zutrat. »Wie gut, dass du schon da bist, Elise!«, kam er ohne Begrüßung sofort zur Sache. »Deine Mutter sitzt sturzbetrunken im Totschläger. Man hat einen Burschen geschickt, weil die Kneipe schließen will. Wir müssen sie dort abholen. Sonst setzen sie sie einfach in die Gosse.«

»Mon Dieu!«, fiel ihm erst jetzt auf. »Das ist ja gar keine Mietdroschke, sondern ein vornehmes Gefährt!«

Henri beugte sich aus der Tür. »Ich stehe zu Diensten, mein Herr.«

Elise rutschte das Herz in die Hose. »Meine … Mutter … sie … sie … ist schon seit einiger Zeit dem Absinth verfallen«, stammelte sie und spürte ihr Gesicht glühend heiß werden. »Ich kann keine Gewähr dafür übernehmen, dass sie deine kostbaren Polster nicht …« Ihr fehlten die Worte.

Henri winkte ab. »Das lass meine Sorge sein, Elise! Wenn ein Malheur passiert, wird mein Kutscher es rasch beseitigen.«

Kurze Zeit später hielten sie vor dem schäbigen Gebäude, das die berüchtigte Kneipe mit dem Namen Totschläger beherbergte. Wie tief ist Maman nur gesunken! Elise bemühte sich krampfhaft, die Tränen zurückzuhalten. In dieser Kneipe hatte sich auch ihr Vater Jacques immer wieder betrunken. Nie hätte ihre Mutter früher hier einen Fuß hineingesetzt.

Doch nun schien kein Kraut gegen Jeannes Sucht nach der *Grünen Fee* gewachsen zu sein. Wahrscheinlich hat sie wieder die Haushaltsbörse geplündert, vermutete Elise. Wie ihre Mutter es fertigbrachte, Mariannes wechselnde Verstecke für das Wirtschaftsgeld ausfindig zu machen, war ihnen allen ein Rätsel. Dass Jeanne immer wieder in nüchternem Zustand inbrünstig Besserung gelobte und dann doch binnen weniger Tage einen Rückfall erlitt, brachte sie zur Verzweiflung.

Doch darüber nachzudenken, war jetzt keine Zeit. Elise stieg als Erste aus Henris Kutsche und humpelte ins Innere der Kneipe. Sie war noch nie dort gewesen und ekelte sich auf Anhieb vor dem, was sie wahrnahm.

Die abgewetzten Holztische und -bänke starrten vor Schmutz. Es roch abscheulich nach ranzigem Fett und menschlichen Ausdünstungen. Wenigstens hat sie sich nicht schon wieder erbrochen, stellte Elise nach einem Blick auf ihre Mutter fest. Jeanne saß zusammengesunken vor einem halb leeren Glas mit dem milchig grünen »Teufelszeug«, wie Elise und Marianne den Absinth nur noch nannten.

Jeanne blickte abwesend in die Ferne. Sie hatte ihr Kinn auf die linke Hand gestützt. Der rechte Ellenbogen lag in einer Lache auf dem schmierigen Tisch und gab ihr zusätzlich Halt. Sonst wäre ihr der Kopf wohl in die Pfütze gesunken. Ein Speichelfaden floss aus ihrem Mundwinkel und tropfte auf ihre fleckige Jacke.

Elise schämte sich fast zu Tode vor Henri Toulouse-Lautrec, der ihr und André gefolgt war. Was mochte er nun von ihr halten? Dass ihre Schwester eine Hure war, wusste er schon. Und nun ihre Mutter – eine Säuferin!

Doch während sie und André die widerstrebende Jeanne hochzogen und auf dem Weg nach draußen unter die Arme fassten, bemerkte Elise einen seltsamen Ausdruck auf Henris Gesicht. Es war keineswegs Ekel und Abscheu, sondern eher …? Sie konnte es nicht einordnen. Er warf dem Wirt achtlos ein paar Münzen auf die schmuddelige Theke und hinkte ihnen dann, auf seinen Gehstock gestützt, hinterher.

Sie waren gerade dabei, Jeanne in die Kutsche zu hieven, als Elise ihn in ihrem Rücken etwas murmeln hörte. »Genau so zahle ich es ihr heim!« Das klang, als ob ihm plötzlich eine Art Geistesblitz gekommen wäre.

Sie drehte sich um. »Wie bitte? Was hast du gerade gesagt?«

Doch Henri winkte mit der freien Hand ab. Seine dunklen Augen funkelten im Licht der Laternen an der Kutsche. »Ach, nichts, Elise. Ich habe nur laut gedacht. Ich habe gerade eine Idee für eine neue Zeichnung.«

Das kam Elise äußerst merkwürdig vor. Eine Zeichnung von dieser abscheulichen Kneipe? Das konnte doch wohl kaum sein. Doch sie war müde und besorgt, dass sich Jeanne auf der kurzen Heimfahrt doch noch auf die wertvollen Polster erbrechen könnte. Außerdem schmerzte ihr Fuß erbärmlich. Deshalb fragte sie nicht noch einmal nach.

TEIL 5

Licht und Schatten

Kapitel 42

KUNSTHANDLUNG VON ALPHONSE DUMAS

ANFANG FEBRUAR 1889

Valérie unterdrückte ein Stöhnen, als sie Baptiste Germain durch die Glastür der Galerie aus seinem Einspänner steigen sah. Schon hatte sie die Klinke zum Nebenraum in der Hand, als ihr Vater sie zurückrief.

»Valérie! Gerade ist Monsieur Germain angekommen. Komm zu mir, damit wir ihn gemeinsam begrüßen können.«

Valérie blieb nichts anderes übrig, als der Anweisung ihres Vaters Folge zu leisten. Zwar kannte sie den berühmten Maler – wie Fernand Cormon ein Schüler von Alexandre Cabanel und daher dem Akademischen Stil treu ergeben – vom Hörensagen schon lange. Denn er verkaufte einen Großteil seiner Gemälde über die Galerie ihres Vaters.

Doch erst im vergangenen Dezember hatte sie ihn kurz vor Weihnachten zum ersten Mal persönlich kennengelernt. Bis dahin hatte er ihre Anwesenheit in der Galerie kaum zur Kenntnis genommen. Er hatte sie wohl für das Schreibfräulein ihres Vaters gehalten.

Da Alphonse wusste, dass Valérie einen Teil der Motive, die Germain für seine Gemälde wählte, verabscheute, hatte er anfangs sogar vermieden, ihm Valérie vorzustellen. Er fürchtete nicht zu Unrecht ihre scharfe Zunge und wollte einen seiner lukrativsten Lieferanten nicht verprellen. Valérie war das nur recht gewesen. Denn die folgende Episode war beiden noch lebhaft in Erinnerung:

Vor einigen Monaten hatte Alphonse die Galerie kurz verlassen, um ein Bankgeschäft zu erledigen. Bei seiner Rückkehr fand er Valérie in ein Gespräch mit einem solventen Kunden über ein gerade erst hereingekommenes Gemälde Germains vertieft.

Doch ihr Vater merkte rasch, dass Valérie dem Interessenten nicht zum Kauf riet, sondern das Bild sogar schlechtmachte, wie er ihr später vorhielt. »Was gefällt Ihnen ausgerechnet an diesem Werk so gut, dass Sie den Kauf in Erwägung ziehen?«, hatte sie in schnippischem Tonfall gefragt.

»Nun, es ist ein Werk von Baptiste Germain«, hatte der Mann, ein beleibter Weinhändler in den Fünfzigern, geantwortet, offenbar verlegen. »Der Orientalismus ist außerdem gerade in Mode.«

»Und daher eine gute Wertanlage«, mischte Alphonse sich hastig ein, ohne dass Valérie sich davon zunächst bremsen ließ. Solche Motive stießen sie einfach ab.

»Aber wo wollen Sie ein solches Bild aufhängen?«, insistierte sie. »Eine entblößte Frau, die sich offenbar zu Tode schämt, auf einem römischen Sklavenmarkt! Angepriesen vor einer lüsternen Männerhorde wie ein Stück Vieh. Was sagt Ihre werte Gattin denn …«

»Valérie!«, unterbrach Alphonse sie schroff und wandte sich dann an den Kunden. »Verzeihen Sie meiner Tochter ihr Ungestüm, Monsieur Garnier. Eine junge Frau … ihr zartes Gemüt … Das Bild verletzt womöglich ihr Schamgefühl …« Selbst Alphonse geriet ins Stottern.

Er konnte die Situation außerdem nicht retten. »Dann sollten Sie Mademoiselle nicht mit dem Verkauf solcher Werke betrauen«, antwortete Garnier barsch und verließ die Galerie, ohne noch einen Blick auf andere, von Germain vorrätige Bilder zu werfen.

Dies war Anlass für die erste ernstliche Auseinandersetzung zwischen Valérie und Alphonse gewesen. Sie hatte zunächst damit geendet, dass Valérie sich weigerte, solch »demütigende Malereien«, wie sie sich ausdrückte, überhaupt zu verkaufen. Gleich von welchem Künstler.

Alphonse stellte dies vor ein nicht geringes Problem. Denn der überaus populäre Orientalismus zeitigte eine Fülle von Motiven, in denen nackte Frauen im Harem oder beim Baden, als Gespielin ihres muslimischen Gebieters oder eben in den beliebten Sklavenmarktszenen dargestellt wurden. Kurze Zeit stand sogar im Raum, dass er Valérie aus der Galerie entlassen wolle. Bis diese ihm erschrocken versprach, sich vor Kunden nie wieder diffamierend über solche Werke zu äußern. Im Gegenzug bestimmte Alphonse, dass sie von der Assistenz beim Verkauf derartiger Gemälde völlig entbunden wurde. Dementsprechend hielt er sie auch aus den Kontakten mit den Malern solcher Kunstwerke heraus. Valérie begrüßte Alphonses Vorgaben ausdrücklich.

Sie bewährten sich auch, bis Baptiste Germain eines Tages auf Valéries *Raub der Sabinerinnen* zu sprechen kam, das Alphonse noch immer an prominenter Stelle in der Galerie präsentierte. »Ich wundere mich durchaus, verehrter Dumas, dass Sie dieses Gemälde noch nicht verkauft haben.« Er trat näher und inspizierte es genauer. »Ist es den Kunden eventuell zu teuer? Wer hat es denn gemalt?« Er sah noch einmal genauer hin. »VDumas«, entzifferte er schließlich ihre Signatur und stutzte. »Dumas! Ist der Maler etwa mit Ihnen verwandt?«

Alphonse strahlte vor Stolz, wie Valérie, die auf den Wortwechsel aufmerksam geworden war, bemerkte. »Das kann man wohl sagen, werter Monsieur Germain.« Er drehte sich suchend nach Valérie um und winkte sie herbei. »Es ist das Abschlussgemälde meiner Tochter in der Akademie Cormon.«

»Oha! Das hätte ich nun nicht gedacht. Ich hatte gehört, dass Sie Ihre Tochter studieren ließen, aber auch, dass ihr Bild von der Jury des Salons abgewiesen wurde. Und ...« Erst jetzt ging ihm ein Licht auf. »Ist diese Dame etwa Ihr Fräulein Tochter?« Er musterte Valérie und verneigte sich leicht. »Ich wäre nie darauf gekommen, dass Sie hier mitarbeiten.«

»Warum nicht?«, antwortete Valérie bissig. Später ärgerte sie sich darüber, dass sie ihm die Antwort fast in den Mund gelegt hatte. »Weil Frauen weder malen können noch einen Beruf ausüben sollten?«

Baptiste Germain ließ sich nicht aus der Ruhe bringen. »Es ist fürwahr ungewöhnlich für unsere Kreise. Aber dass Sie malen können, haben Sie hiermit bewiesen.« Er deutete auf ihr Bild. »Und mit welcher Kunstfertigkeit! Man erkennt keinen einzigen Pinselstrich.«

Dann wandte er sich an Alphonse. »Ich würde das Werk gern erwerben! Was soll es denn kosten?«

Einen furchtbaren Moment lang glaubte Valérie, ihr Vater werde Germain einen Preis nennen. Doch zu ihrer Erleichterung winkte er ab. »Es ist unverkäuflich, Monsieur.«

»Wie schade!«, bedauerte der Maler. Dann ergriff er zum Abschied Valéries Rechte und drückte ihr einen Kuss auf den Handrücken. »Wenn ich Ihr Bild schon nicht kaufen darf, hoffe ich zumindest gelegentlich auf Ihre werte Gesellschaft.«

Valérie zuckte innerlich zusammen. Doch Alphonse war sichtlich erfreut. Hinterher erklärte er ihr: »Baptiste Germain wäre wirklich eine gute Partie. Er stammt aus einer Bankiersfamilie und ist schon von Haus aus reich. Er hätte seinen großen Erfolg als Maler gar nicht nötig, um sorgenfrei leben zu können.«

»Das mag sein«, antwortete Valérie spitz. »Doch mein Herz ist bereits vergeben. Das weißt du doch!«

»Dann wäre es an der Zeit, dass dein Textilfabrikantensohn sich auch offiziell zu dir bekennt.«

Valérie hatte ihrem Vater natürlich Informationen über Pascals Herkunft geben müssen, dabei aber geflissentlich verschwiegen, dass ihn sein Vater enterbt hatte.

Demonstrativ zuckte sie die Achseln und versuchte, gelassen zu wirken. »Das wird er schon zu gegebener Zeit tun. Und bis dahin denke an unsere Abmachung!«

Das war nun schon eine Weile her. Zu Valéries Ärger war Baptiste Germain anscheinend tatsächlich an einer engeren Beziehung zu ihr gelegen.

Nach seinem letzten Besuch vor einer Woche hatte ihr Vater sie darauf angesprochen. »Monsieur Germain würde gern einmal mit dir ausgehen. Es ... wäre auch gut für unsere Geschäftsbeziehung.«

Valérie fixierte ihn. »Hast du das wirklich nötig?« Alphonse wich ihrem Blick aus und antwortete nicht. Valérie verdrängte ihre aufkeimende Unruhe. Über seine finanziellen Verhältnisse äußerte sich ihr Vater nie. Doch ihr war aufgefallen, dass er in jüngster Zeit weniger Kunstwerke verkauft hatte als zu Beginn ihrer Tätigkeit in der Galerie.

Sie holte tief Luft. »Baptiste Germain ist mir ebenso unangenehm wie Pierre Lombard. Das solltest du wissen, Papa.«

»Die beiden sind überhaupt nicht miteinander vergleichbar«, brauste Alphonse auf. »Lombard ist ein Hochstapler und außerdem Boulangist. Damit gehört er zu den Verrätern, denen man nachsagt, jüngst sogar einen Staatsstreich geplant zu haben. Baptiste Germain ist dagegen ein aufrechter Franzose. Ein überzeugter Anhänger der Republik! Ein wahrer Könner in seinem Fach! Und zudem viel wohlhabender als Lombard.«

Seit dieser Auseinandersetzung war Valéries Verhältnis zu ihrem Vater getrübt. Den weiteren Besuchen ihres Verehrers in der Galerie sah sie beklommen entgegen.

Heute war es nun offenbar wieder so weit. Baptiste Germains blassblaue Augen funkelten freudig, als er Valéries ansichtig wurde. Er zog seinen Zylinder und verbeugte sich, bevor er erneut versuchte, ihre Hand zu ergreifen. Spontan versteckte sie sie hinter ihrem Rücken.

»Verzeihen Sie mir meine altmodische Art der Begrüßung!« Germain ließ sich wieder nicht aus der Ruhe bringen. »Das ist wohl dem Altersunterschied zwischen uns beiden geschuldet.«

In der Tat, hätte Valérie am liebsten geantwortet. Inzwischen wusste sie, dass er fast zwanzig Jahre älter war als sie. Deshalb lassen Sie mich am besten in Frieden. Schließlich könnte ich Ihre Tochter sein.

Er hat sich die Haare gefärbt, konstatierte sie dann, während sie eine belanglose Antwort murmelte. Sie waren nun rabenschwarz, ebenso wie der ehemals grau melierte Vollbart. Jünger wirkte Germain mit seinem bereits faltigen Gesicht und dem Kneifer, den er beständig auf seiner leicht gebogenen großen Nase trug, dadurch allerdings nicht. Eher grotesk.

Sie straffte den Rücken und beschloss, dieser Posse heute frühzeitig ein Ende zu bereiten. »Sie entschuldigen mich bitte, Monsieur. Ich habe im Nebenraum noch zu tun. Mein Vater plant einen Katalog für das Frühjahr. Ich möchte die Angebote der Druckereien prüfen, die wir eingeholt haben.«

Damit drehte sie sich auf dem Absatz um und verschwand.

»Ich kann mich für das Verhalten meiner Tochter nur bei Ihnen entschuldigen, Monsieur Germain«, sagte Alphonse hilflos, nachdem Valérie die Tür geschlossen hatte. »Ich weiß auch nicht, was heute in sie gefahren ist.«

Germain lächelte maliziös. »Vielleicht sind es die Umstände, die Frauen monatlich heimsuchen«, antwortete er unverblümt. Alphonse war schockiert. Doch ehe er die richtigen Worte fand, fuhr der andere auch schon fort.

»Es ist mir bei allem Bedauern über die Abwesenheit Ihrer Tochter sogar recht, ungestört ein paar Worte mit Ihnen wechseln zu können.« Er wies auf die Sitzgruppe in der Ecke der Galerie. »Können wir uns dort unterhalten?«

Alphonse folgte ihm verwirrt. »Darf ich Ihnen ein Getränk anbieten? Ich hätte Portwein und Cognac zur Hand.«

»Das ist nicht nötig. Zumindest nicht für mich«, lehnte Germain kryptisch ab. Dann seufzte er theatralisch. »Leider führt mich heute ein recht unangenehmes Thema hierher.«

Alphonse durchfuhr es heiß und kalt. Wollte der Mann ihm etwa die Geschäftsbeziehung aufkündigen und die Galerie wechseln? Doch es kam weitaus schlimmer.

»Sie wissen, dass mein Vater einem bedeutenden Bankhaus vorsteht. Deshalb verfügt er häufig früher über Informationen als der durchschnittliche Bürger.«

Er machte eine Pause. Alphonses Puls begann zu rasen. Dennoch war er von Germains nächsten Worten völlig überrascht.

»Es geht um den Panamakanal. Besser gesagt, um die Panamakanalbaugesellschaft. Sie wird noch in diesem Monat Insolvenz anmelden.«

Alphonse stockte der Atem. »Insolvenz?«, krächzte er mühsam. Um den Gedanken dann sogleich als absurd zu verwerfen. »Aber das kann gar nicht sein! Gustave Eiffel ist mit an Bord.

Sein Pariser Turm wird in wenigen Wochen fertiggestellt sein. Eiffel ist für die neuen Schleusen verantwortlich, die man jetzt plant.«

Germain sah ihn unverwandt an und schüttelte nur den Kopf.

»Und da war doch die Lotterie! Erst im vergangenen Sommer! Sie hat viel Geld eingebracht. Ich habe selbst noch mal Lose gezeichnet.« Seine Stimme erstarb, als Germain mitleidig lächelte.

»Auch die Lotterie war ein Misserfolg. Der letzte in einer ganzen Serie. Anstatt der erhofften zwei Millionen wurden nur achthunderttausend Lose verkauft. Doch die Lotterie hätte die Gesellschaft in keinem Fall retten können. Der Zeitplan für den Bau wurde um Jahre überschritten, erst ein Bruchteil des Kanals ist fertig. Nun kommen die Bauarbeiten ganz zum Erliegen.«

»Woher ...?« Alphonse ahnte die Antwort, auch ohne die Frage zu Ende zu formulieren.

»Mein Vater gehört zu den Bankiers, die man um weitere Darlehen anging. Er hat abgelehnt, ebenso wie jedes andere seriöse Geldinstitut. Hinter den Kulissen ist seit Jahren bekannt, in welchen Schwierigkeiten der Kanalbau steckt. Da konnte auch Eiffel nichts mehr retten. Bislang wird das allerdings unter den Teppich gekehrt. Geht es nach dem Willen der Regierung, wird man auch die Insolvenz zunächst nicht publik machen.«

Alphonse vergrub das Gesicht in den Händen. »Mein Vermögen«, stöhnte er. »Fast mein ganzes Vermögen. Über fünfhunderttausend Francs«, stammelte er.

Germain zog ihm sanft die Hände vom Gesicht. »Das weiß ich, Alphonse – lassen Sie uns einander künftig beim Vornamen nennen –, deshalb bin ich ja gleich zu Ihnen gekommen. Mein Vater ließ mich die Liste der Großanleger einsehen. Sie lag ihm wegen der neuen Kreditanfrage vor. Ich fürchte, Ihr Geld ist verloren.«

Alphonse schluchzte trocken auf und schämte sich sogleich dafür. Männer weinten nicht. Selbst nicht bei solchen Katastrophen. Verachtete Baptiste ihn jetzt? Gewaltsam nahm er sich zusammen und blickte ihm ins Gesicht.

Verachtung entdeckte er nicht. Eher – kühle Berechnung? Oder irrte er sich? Das konnte doch wohl kaum sein.

Doch Baptistes nächste Worte bestätigten seinen Verdacht. »Ich habe aber auch noch zwei gute Nachrichten mitgebracht. Wie ich schon sagte, weder die Regierung noch die Panamagesellschaft haben ein Interesse daran, diese Misere zu veröffentlichen. Schon gar nicht im Jahr der großen Weltausstellung. Es würde Frankreichs Ansehen empfindlichen Schaden zufügen. Vorläufig wird also niemand davon erfahren. Auch Ihr guter Ruf bleibt unangetastet!«

»Aber was nutzt mir das auf Dauer!«, begehrte Alphonse auf.

Baptiste legte einen Finger an die Lippen und deutete auf die Tür zum Nebenraum.

»Sie muss heute noch nichts davon erfahren.« Diesmal war sein Seufzer echt. »Es wird Ihnen nicht entgangen sein, dass ich ganz vernarrt in Ihre Tochter Valérie bin. Ich hoffe, dass sie meine Gefühle bald erwidert. Denn« – er machte eine Pause und suchte Alphonses Blick – »als mein Schwiegervater hätten Sie beim Bankhaus Germain nahezu unbegrenzt Kredit.«

Kapitel 43

TAVERNE DU BAGNE

MÄRZ 1889

Elise sah sich staunend um, als sie an Andrés Seite die Taverne du Bagne an der Place des Martyrs betrat. Dass etliche Cabarets in Montmartre skurril eingerichtet waren und man ruppig mit den Gästen umging, hatte sie bereits gehört, wenn auch bislang nicht selbst erfahren, mit Ausnahme des Le Mirliton. Nach Aristide Bruants Chanson über Saint-Lazare war sie auch dort nicht wieder gewesen. Für Besuche in anderen Cabarets fehlten ihr sowohl die Zeit als auch die Lust.

Deshalb hatte sie zunächst gezögert, als André sie gebeten hatte, ihn heute an ihrem vorstellungsfreien Mittwoch einmal in die Taverne du Bagne zu begleiten. Er selbst war schon häufiger dort gewesen.

»Maxime Lisbonne, der Betreiber, ist überhaupt nicht mit diesem Bruant zu vergleichen«, hatte er beteuert. »Er ist ein Anarchist reinsten Wassers und stellt sein Hinterzimmer jede Woche für Treffen seiner Gesinnungsgenossen zur Verfügung.«

»Was ist ein Anarchist?«

»Jemand, der jede Herrschaftsform ablehnt.« Auf Elises verständnislosen Blick hin hatte er hinzugefügt: »Komm einfach mit! Heute Abend spricht Louise Michel zu uns. Sie wird dir unsere Ideen viel besser erklären können als ich.«

Von Louise Michel hatte Elise in der Tat schon gehört. Jeanne, ihre Mutter, hatte ihr von Michel erzählt. Diese war die bekannteste Pariser Kommunardin und hatte vor dem Aufstand der Kommune als Lehrerin gearbeitet. Jeanne war einige Jahre lang ihre Schülerin gewesen.

Ihr Engagement während der kurzen Herrschaft der Kommune im Frühjahr 1871 hatte Michel mit fast zwei Jahren Gefängnis und der anschließenden Verbannung nach Neukaledonien gebüßt, einer französischen Kolonie am anderen Ende der Welt. Insbesondere die Gleichberechtigung von Frauen, eine geradezu revolutionäre Idee auch für die Aufständischen, war ihr ein Herzensanliegen gewesen.

Deshalb hatte Elise schließlich zugestimmt, André zu begleiten. Eigentlich interessierte sie sich überhaupt nicht für Politik. Doch auf Louise Michel und das, was sie zu sagen hatte, war sie neugierig.

Nun musterte sie halb amüsiert, halb fassungslos die Einrichtung der Taverne und vor allem die Aufmachung der Kellner. Es entsprach zwar dem Namen, Gasthaus zur Strafkolonie, über den sich Elise bereits gewundert hatte. Dennoch hatte sie einen seriösen Ort erwartet.

Stattdessen wirkte das Lokal wie eine Spelunke. Tische und Stühle waren mit Ketten am Boden befestigt. Die Kellner trugen die Kleidung von Galeerensklaven und zogen die Attrappe einer Eisenkugel hinter sich her, die ebenfalls mithilfe einer Kette an ihrem rechten Fuß befestigt war.

Trotz ihrer Sträflingskluft behandelten sie die Gäste unverschämt. Je mehr deren Kleidung sie als Mitglieder der Bourgeoisie auswies, desto frecher wurden sie.

»Woran wollt ihr denn heute krepieren?«, hörte sie einen der Kellner ein gut gekleidetes Pärchen anschnauzen, das bei Elises Ankunft gerade einem Einspänner entstiegen war.

André hatte den Kellner auch gehört und grinste. »Unverschämter als hier wird kein Gast in ganz Paris behandelt«, raunte er ihr ins Ohr. »Trotzdem ist der Laden jeden Abend rappelvoll.«

Wie schon damals im Le Mirliton wunderte sich Elise über den seltsamen Geschmack der Pariser Bürger, die es Tag für Tag in Scharen nach Montmartre zog. Denn nicht einmal die ehemals günstigen Preise konnten das erklären. Sie erhaschte einen Blick auf eine Schiefertafel, auf der die Getränke aufgezeichnet waren, und erschrak. In der Taverne kosteten sie doppelt so viel wie im Ély.

André war ihrem Blick gefolgt. »Keine Sorge. Im Hinterzimmer wirft jeder was in den Hut, den Maxime herumgehen lässt. Jeder Teilnehmer entscheidet selbst, ob und was er bezahlt. Allerdings gibt es nur ein paar Sorten Wein.«

Nachdem sie den vorderen Gastraum durchquert hatten, stellte Elise fest, dass auch der Nebenraum brechend voll war. Sie fanden nur noch zwei freie Stühle nebeneinander am Rand der vorletzten Reihe.

Elise ließ sich ein Glas Weißwein geben und stellte erfreut fest, dass er von guter Qualität war. Wenig später betrat ein stämmiger Mann den Raum und bestieg das kleine Rednerpodest an der Stirnseite. Er war korrekt in einen Anzug mit Weste und einem farblich passenden Binder zum weißen Hemd gekleidet. Auch sein Schnurrbart wirkte gepflegt. Lediglich die bis zum Nacken reichenden strähnigen braunen Haare passten nicht zu seiner sonstigen konservativen Erscheinung.

»Liebe Kameraden und Kameradinnen«, begrüßte er die Gäste mit sonorer Stimme. »Ich freue mich sehr, dass ihr heute so zahlreich erschienen seid. Aber es ist andererseits auch kein Wunder. Heute wird die bemerkenswerteste Frau zu euch sprechen, die mir jemals begegnet ist. Louise Michel hat wie ich selbst auf den

Barrikaden der Pariser Kommune gekämpft. Wie ich wurde sie zu Haft und Verbannung nach Neukaledonien verurteilt. Nach der Amnestie kehrten wir beide im Jahr 1880 nach Paris zurück. Ich betätige mich seither – nicht ganz erfolglos – als Unternehmer. Louise ist ihrer ursprünglichen Passion treuer geblieben als ich.

Drei Jahre nach ihrer Rückkehr hat sie wie die tapferen Marktfrauen während der großen Revolution die Armen und Hungernden aufgefordert, die Bäckerläden zu stürmen, wenn ihnen das Geld fürs tägliche Brot fehlt. Diesen Mut hat sie mit drei weiteren Jahren Haft bezahlt, aber nach ihrer Entlassung ihr Engagement für die Armen und Entrechteten unvermindert fortgesetzt.«

Lisbonne machte eine Pause und ließ den Blick über die Menge schweifen. Als Elise sich ebenfalls unwillkürlich umsah, entdeckte sie am entgegengesetzten Ende der Reihe ein bekanntes Gesicht. Es war der Kunstmaler Camille Pissarro, den Elise als Gast aus dem Café Tambourin kannte. Sein Bart war womöglich noch länger und weißer geworden als bei ihrer letzten Begegnung.

Nun war sie wirklich gespannt, was sich hinter dem Begriff Anarchismus verbarg. Denn jeder Maler, den Elise je kennengelernt hatte, verkaufte seine Werke nicht an die Armen und Entrechteten, sondern an genau jene Reichen und Wohlhabenden, die das vordere Gastzimmer bevölkerten.

Maxime Lisbonnes nächste Worte rissen sie aus ihren Überlegungen. »Nun wende ich mich an unsere werten Herren Spitzel, die sich im Auftrag der Regierung sicher – wie bei all unseren Treffen – unter die Zuhörer gemischt haben.«

Ein Raunen durchlief die Menge, während Elise ein mulmiges Gefühl überkam. War ihr Besuch heute Abend etwa gefährlich für sie und André? Der drückte beruhigend ihre Hand. Schon fuhr Lisbonne fort:

»Bedenken Sie bitte, wo der wahre Feind unserer Republik zu suchen ist. Es sind die Anhänger des Generals Boulanger, die unserer Regierung gefährlich zu werden drohen. Einer dieser verblendeten Fanatiker hat im vergangenen Jahr ein Attentat auf Louise Michel verübt. Und ist straflos davongekommen, weil sie auf jedwede Anzeige verzichtet hat, obwohl der Schuft sie mit seiner Pistole zweimal am Kopf getroffen hat. Nehmen Sie sich ein Beispiel an der Großmütigkeit dieser fantastischen Frau!«

»Kameraden und Kameradinnen«, erhob seine Stimme sich nun zu voller Lautstärke. »Begrüßt gemeinsam mit mir unsere heutige Rednerin – Madame Louise Michel!«

Unter dem donnernden Applaus der Menge trat eine schmächtige, schlanke Frau in einem schlichten grauen Kleid auf die Rednertribüne. Ein Seitenblick auf André zeigte Elise, dass er offenbar nicht, wie sie, überrascht von den jüngsten Ereignissen im Leben von Louise war. Wieder fand sie kaum Zeit, um über Michels Verhalten nach dem Anschlag nachzudenken, da die mit lauter klarer Stimme zu sprechen begann. Zusätzlich zogen ihr entschlossener Blick und ihre ausdrucksvolle Mimik die Zuhörerschaft vom ersten Wort an in ihren Bann.

»Was bedeutet Anarchie, meine Lieben?«, begann die Rednerin mit dem, was Elise am meisten interessierte. »Es bedeutet nicht mehr und nicht weniger als das friedvolle Zusammenleben aller Menschen ohne Herrschaft, Hierarchie oder sogar Gewalt.

Alle Bürger bestimmen selbst ohne jeden äußeren Zwang, wie sie ihr Leben gestalten möchten. Sie schließen sich freiwillig zu Kommunen und Genossenschaften zusammen.

Denn jede Form von Herrschaft endet unweigerlich mit der Unterdrückung der Schwächeren, die sich nicht wehren können.

Selbst die hehren Ideen der Pariser Kommune, deren begeisterte Anhängerin ich einst war, mündeten letztlich in autoritäre Tendenzen und wären zur Diktatur ausgeartet, wenn die Genossen nicht vorher brutal ermordet worden wären. Daher lehne ich jedwede Form von Herrschaft ab.

Sie ist nicht nötig, denn wir Menschen sind vernunftbegabte Wesen und brauchen keine von oben diktierten Regeln. Wir sind in der Lage, unser Leben selbst zu unserem eigenen Wohl zu gestalten …«

An dieser Stelle glitten Elises Gedanken erneut ab, da sie das Gesagte erst einmal verarbeiten musste.

Ordnung ohne jede Herrschaft? Selbstbestimmte Regeln zum eigenen Wohl? Wie sollte das gehen?

Bitterkeit stieg ihr die Kehle empor. Es war nur dem strengen Diktat ihrer Regeln zu verdanken, dass Jeanne mit dem Trinken aufgehört hatte. Besser gesagt, aufhören musste.

Denn Elise und Marianne hatten nach der Episode im Totschläger beschlossen, keinen Centime mehr in der Wohnung in der Rue Tourlaque aufzubewahren, den Jeanne stehlen und für Absinth verwenden könnte. Marianne holte das nötige Geld zum Wirtschaften seither täglich bei Elise ab und brachte ihr alles zurück, was sie nicht ausgegeben hatte.

Die ersten Tage nach Einführung dieser Regeln waren schlimm gewesen. Jeanne hatte gezittert und über furchtbare Schmerzen geklagt, bis die erzwungene Abstinenz und Mariannes Kräuter das Gift aus ihrem Körper gespült hatten. Erst danach war sie ruhiger geworden. Trotzdem musste Marianne sie anfangs jedes Mal in ihrem Zimmer einsperren, bevor sie selbst das Haus verließ.

Erst nach einigen Wochen hatte Jeanne sich so weit gefangen, dass sie Reue zeigte und aufrichtig Besserung gelobte. Doch Elise und Marianne trauten dem Frieden nicht.

André hatte ein Waschfass gezimmert, Marianne Kundinnen in der Nachbarschaft eingeworben. Seither trug Jeanne zumindest ein paar Francs pro Monat zu ihrem Lebensunterhalt bei. Aber den Waschlohn kassierte Marianne und lieferte ihn sofort bei Elise ab, die das Geld verwaltete.

Als Jeanne eines Tages dabei ertappt worden war, wie sie Lebensmittelvorräte gegen Schnaps eintauschen wollte, hatten Elise und Marianne ihr gedroht, sie zwangsweise nach Saint-Lazare zu schaffen, wo es auch eine Abteilung für Irre gab.

Dennoch rechnete Elise jeden Tag mit einem Rückfall ihrer Mutter. Würde man es Jeanne selbst überlassen, was sie ohne diese harten Regeln für ihr Wohl tun wollte, würde sie sich binnen kurzer Zeit zugrunde richten.

So viel zu Louise Michels Behauptungen, dachte Elise sarkastisch.

Doch auch anderswo bedurfte es der Autorität von oben. Selbst Bernard Miller, der sanftmütige Direktor des Ély, hatte kürzlich Regeln aufgestellt, die für alle Mitglieder des Ensembles galten. Wer zu spät kam, musste eine Strafe bezahlen. Wer sich unkollegial verhielt, sogar damit rechnen, von der nächsten Vorstellung ausgeschlossen zu werden.

»Das verdanken wir wieder mal La Goulue«, hatte Grille d'Égout die Meinung der übrigen Tänzerinnen ausgesprochen. »Sie kommt jeden zweiten Tag zu spät und schikaniert vor allem die Neuankömmlinge.«

Doch selbst mit den neuen Vorgaben hatte Miller bisher nicht viel gegen Louise Webers Allüren ausrichten können. Über die Geldstrafen hatte sie nur gespottet. Und als er das erste Mal hart durchgegriffen und ihr einen Abend lang jeden Auftritt inklusive der damit verbundenen Gage gestrichen hatte, war das Publikum so empört gewesen, dass es sogar sein Geld zurückverlangt hatte.

Also pfiff La Goulue weiterhin auf die Regeln und die Autorität des Direktors. Wenn das System schon im kleinen Umfeld des Ély kaum funktionierte, welch ein Chaos würde dann im Land ausbrechen, wenn jeder machen dürfte, was er wollte?

Wie viele Lucs würden unbedarfte junge Mädchen wie Simone dann auf den Strich zwingen? Wer würde überhaupt noch sein Geld mit ehrlicher Arbeit verdienen wollen? Was versprach sich André, nach wie vor Opfer des Wucherers, dem sein Onkel seinen Besitz verpfändet hatte, von diesen Fantastereien? Dass dieser Schuft reumütig bekennen würde, ihn und vorher den Onkel jahrelang ausgeplündert zu haben?

Elise merkte gar nicht, wie heftig sie bei diesen Gedanken den Kopf schüttelte. Bis André sie grob in die Seite stieß, da sie vorwurfsvolle Blicke auf sich zu ziehen begann.

Den Rest des Abends ließ sie daher still über sich ergehen. Warum André diesen Anarchismus befürwortete, würde sie ihn in den nächsten Tagen fragen.

Doch solange die Welt von Menschen wie ihrer absinthsüchtigen Mutter, La Goulue, dem Zuhälter Luc und dem Wucherer bevölkert wurde, war die berühmte und von ihren Ideen überzeugte Louise Michel für sie nicht mehr als eine eindrucksvolle Spinnerin.

Kapitel 44

IN EINEM STUNDENHOTEL IN MONTMARTRE

ANFANG APRIL 1889

Als es laut an die Tür pochte, schreckten Valérie und Pascal aus dem leichten Schlummer auf, in den sie nach ihrem leidenschaftlichen Liebesakt gefallen waren.

»He, ihr da!« Das war die schrille Stimme der Wirtin des Stundenhotels. »Die Zeit ist längst um. Andere Gäste warten!«

»Ja, ja!«, rief Pascal. »Ich zahl die doppelte Zeit.«

»Das kann jeder sagen!«

Mürrisch stand Pascal auf, fischte eine Münze aus seiner Tasche, öffnete die Tür einen Spaltbreit und warf sie hinaus.

Einen Augenblick lang herrschte verdutztes Schweigen. »Unverschämter Kerl!«, keifte die Wirtin dann.

Valérie befürchtete schon, sie werde das Geld nicht annehmen und sie sofort hinauswerfen. Dann hörte sie zu ihrer Erleichterung, dass sich schlurfende Schritte entfernten.

Dennoch war die romantische Stimmung in dem schäbigen Zimmer dahin. Ernüchtert setzte sich Valérie auf. In ihrer Freude, Pascal endlich wieder so nah sein zu können, hatte sie anfangs sowohl die trostlose Umgebung als auch das, was sie noch ansprechen musste, verdrängt. Doch Pascal lag anscheinend ebenfalls etwas auf der Seele. Das beunruhigte Valérie zusätzlich.

»Komm wieder ins Bett«, bat sie. Dann suchte sie zunächst nach einem unverfänglichen Thema, um nichts zu überstürzen.

»Hast du wieder etwas von Vincent gehört?«

Van Gogh hatte sich in einem Anfall von Wahn kurz vor Weihnachten des vergangenen Jahres das linke Ohr abgeschnitten. Noch in der Nacht zu Heiligabend brachte er es einer Prostituierten ins Bordell, die die Polizei informierte. Dem war ein heftiger Streit mit Paul Gauguin vorausgegangen.

Theo van Gogh war sofort nach Arles gereist, um seinem Bruder beizustehen. Der behauptete, sich an nichts erinnern zu können. Theo kümmerte sich zunächst um einen Krankenhausaufenthalt, nach dem Vincent wieder in seine Wohnung zurückkehrte. Doch er blieb psychisch angeschlagen, hatte Theo Pascal erzählt. Außerdem lebte Vincent nun wieder allein.

Gauguin hatte sich unmittelbar nach dem Vorfall nach Paris abgesetzt. Da Pascal ihm in einer heftigen Auseinandersetzung die Hauptschuld an dem Vorfall gegeben hatte, war ihre Beziehung nun endgültig zerrüttet.

»Theo macht sich nach wie vor große Sorgen«, beantwortete Pascal Valéries Frage. »Er hat Vincent vorgeschlagen, wieder nach Paris zu kommen. Doch der hat das abgelehnt. Theo glaubt, dass sein Bruder eifersüchtig auf Johanna Bonger ist. Theo und sie wollen noch in diesem Monat heiraten.«

»Wie schön«, murmelte Valérie mechanisch. Das ist mein Stichwort, dachte sie.

Sie holte tief Luft und richtete sich halb im Bett auf. Dann umfasste sie Pascals Gesicht mit beiden Händen und sah ihm in die Augen.

»Pascal, auch wir sollten heiraten«, kam sie entgegen ihrer ursprünglichen Absicht gleich zur Sache. »Lass es mich erklären!«, unterbrach sie Pascal sofort, als der zu einer Antwort ansetzte. Dann sprudelten die Worte, über die sie nächtelang nachgedacht hatte, nur so aus ihr heraus.

»Ich hab dir doch von diesem Maler Baptiste Germain erzählt. Ich finde den Menschen unerträglich. Aber nun hat mein Vater ihn für kommenden Sonntag zu uns eingeladen, um ihn Maman vorzustellen. Warum Papa so sehr daran gelegen ist, dass ich mit Germain ausgehe und ihn sogar als Heiratskandidaten in Betracht ziehe, kann ich nur vermuten. Es muss mit finanziellen Schwierigkeiten zu tun haben, in die er geraten ist. Die Gründe dafür kenne ich nicht. Aber Germain ist der Sohn eines Bankiers. Vielleicht erwartet mein Vater sich Unterstützung von ihm.«

Wieder setzte Pascal zum Reden an, wieder unterbrach ihn Valérie. »Hör mich erst zu Ende an«, flehte sie. »Nun will Papa Maman als Verbündete gewinnen. Dann werden sie mir zu zweit keine Ruhe mehr lassen. Mein Vater hat mir außerdem erzählt, dass diese Kurtisane ihm den Laufpass gegeben hat. Sie hat wohl reichere Verehrer. Ich glaube, dass er sehr unter der Trennung von dieser Frau leidet. Aber offenbar fehlt ihm das Geld, um sie sich weiterhin leisten zu können. Auf jeden Fall ist unser Handel des gegenseitigen Stillschweigens dadurch geplatzt.«

»Nein, hör mir weiter zu!« Wieder hinderte Valérie Pascal am Sprechen. »Jetzt hat mir mein Vater ein Ultimatum gestellt.« Sie zog die Hände von Pascals Wangen zurück und ballte sie zu Fäusten. »Entweder du stellst dich ihm vor und gibst deine ehrlichen Absichten zu erkennen, oder er verbietet mir, dich weiter zu treffen.«

Jetzt richtete sich auch Pascal auf, um etwas zu erwidern, doch Valérie sprach hastig weiter. »Ich darf sonst überhaupt nicht mehr allein ausgehen. Er hat sogar gedroht, mich in der Galerie zu entlassen.«

Pascal legte ihr die Hand auf den Mund, um endlich selbst zu Wort zu kommen. »Das hört sich alles sehr dramatisch an. Aber was erwartest du jetzt von mir?«

Darüber hatte Valérie lange nachgedacht. »Komm in die Galerie und stell dich als Erbe der Textilfabrik deiner Eltern vor! Bitte meinen Vater um meine Hand! Dann fahr zu deinem Vater und flehe ihn an, dir zu vergeben und dich wieder in die Familie aufzunehmen. Von mir aus tritt auch in die Firma ein!«

»Ja, ja«, fuhr sie hastig fort, als Pascals Gesichtsausdruck sich von Ungläubigkeit über Ablehnung bis hin zu Resignation wandelte. »Wir müssten beide die Malerei aufgeben. Erst mal zumindest. Das weiß ich und habe es wohl bedacht! Aber« – wieder umfasste sie sein Gesicht mit beiden Händen – »wir hätten uns! Bitte!«, beschwor sie ihn, als Pascal den Kopf schüttelte. »Bitte! Es ist der einzige Ausweg!«

Pascal legte ihr wieder energisch die Hand auf den Mund. »Jetzt lass mich einmal reden, Valérie! Selbst wenn ich das wollte und könnte – du kennst meinen Vater schlecht! So einfach würde er mir nie verzeihen! Wenn er überhaupt bereit wäre, mich wieder aufzunehmen, würde er mir vorher eine jahrelange Probezeit auferlegen. Und mir diktieren, wen ich zu heiraten hätte! Ganz sicher nicht eine Frau aus meiner Zeit im verlotterten Montmartre! Außerdem – woher würde dein Vater die Mitgift nehmen, die mein Vater erwarten würde, wenn er jetzt schon kein Geld mehr hat?«

Mit jedem Wort sank Valéries ohnehin geringe Zuversicht auf die von ihr erdachte Lösung ins bodenlose Nichts. Deshalb hörte sie Pascals nächste Sätze zuerst gar nicht.

Er ergriff ihre beiden Hände. »Hast du mich verstanden?«, insistierte er. »Selbst wenn deine Pläne nicht völlig utopisch wären, gäbe es keinen Ausweg für uns. Ich muss Frankreich verlassen.«

Die Worte drangen nur langsam in Valéries Bewusstsein. »Frankreich verlassen? Warum denn?«

Pascal stöhnte laut auf. »Das habe ich dir doch gerade gesagt.

Auf mich ist das Los gefallen, zum Wehrdienst eingezogen zu werden. Da mein Vater mich nicht freikaufen wird, muss ich außer Landes gehen. Ich kann frühestens zurückkommen, wenn ich dreißig bin und damit zu alt für einen Rekruten.«

»Dreißig?« Valérie überschlug die Zahlen im Kopf. »Aber … aber das ist erst in fünf Jahren!«

Pascal nickte schmerzlich. »Frühestens in fünf Jahren. Und nur dann, wenn die Behörden Wehrdienstflüchtige nicht verfolgen. Jede Regierung hält dies anders.«

Die Gedanken rasten durch Valéries Kopf. Sie zitterte am ganzen Körper.

»Wohin … wohin willst du denn gehen?«

»Nach Brüssel. Henri leiht mir das Geld für die Reise und hat mir den Kontakt zu der Künstlergruppe Les Vingt vermittelt, mit der er im letzten Jahr ausgestellt hat.«

Valérie wurde entsetzlich klar, dass Pascal dies alles schon seit einiger Zeit wusste und plante.

»Warum?«, krächzte sie mit trockener Kehle. »Warum hast du mir nichts gesagt?«

Pascal seufzte. »Mein Einberufungsbescheid ist auf den 1. Mai terminiert. Doch so lange will ich nicht warten. Ich breche schon in drei Tagen auf. Aber ich wollte dich nicht beunruhigen und unsere letzten Wochen damit trüben. Mein Schatz! Du wirst ja ganz bleich! Was ist dir?«

Pascals letzte Worte vernahm Valérie nur wie durch Watte. Ihr wurde schwarz vor Augen. Ohnmächtig sank sie auf die harte Matratze.

Kapitel 45

IN EINEM BORDELL IN MONTMARTRE

APRIL 1889

Henri de Toulouse-Lautrec bemühte sich, den mitleidigen Blick des Kutschers zu ignorieren, als er mühsam mithilfe seines Gehstocks aus der Mietdroschke stieg. Die angebotene Hand des Mannes ignorierte er.

Wieder einmal wurde ihm nur zu bewusst, wie lächerlich er wirken musste. Ein humpelnder Krüppel mit hässlichem Gesicht von der Größe eines Zwergs. Kein Wunder, dass der Kutscher davon ausging, dass so einer wie er seine Bedürfnisse nur bei Prostituierten für teures Geld befriedigen könnte.

Wenigstens wusste der Mietdroschkenfahrer nicht, dass Henri aus uraltem Adel stammte. Das machte die Situation etwas erträglicher.

Schon seit einiger Zeit legte Henri großen Wert darauf, dass seine Herkunft für Fremde nicht offensichtlich wurde. So benutzte er den Einspänner seiner Mutter mit dem gräflichen Wappen nur noch, wenn es sich überhaupt nicht vermeiden ließ. Zum Beispiel, um Valérie Dumas damit abzuholen.

Aber auch das würde er in nächster Zeit nur noch selten tun. Gestern hatte Pascal Didier Paris in Richtung Brüssel verlassen.

Prüfend schaute Henri an dem unauffälligen zweistöckigen Haus im Nordosten von Montmartre empor. Anders als die Bordelle in der Rue des Martyrs, die sich aufgrund ihrer großen

Zahl mit Werbung nur so überschlugen, um Kunden anzulocken, wirkte das Schild *Chez Edmonde* geradezu bescheiden.

Keine roten Lampen im Eingang, nicht einmal durch die dicken zugezogenen Vorhänge drang rötliches Licht. Schon gar nicht stand eine leicht bekleidete Dirne vor der Tür und spitzte lüstern die Lippen oder machte obszöne Gesten.

»Chez Edmonde ist ein Geheimtipp«, hatte ihm ein anderer Freier bei seinem letzten Bordellbesuch in der Rue des Martyrs verraten. »Dort arbeiten nur acht Mädchen, alle vom Feinsten.« Dabei hatte er zuerst gepfiffen, danach geseufzt. »Aber die Madame verlangt fünfzehn Francs für einen einzigen Stich. Das kann ich mir nur selten leisten.«

Für Henri war dieser Preis kein Problem, und die Schwärmerei des anderen hatte ihn neugierig gemacht. Schon vor der Trennung von Suzanne Valadon hatte er Freudenhäuser recht häufig aufgesucht. Allein schon, um Suzannes moralischen Erpressungsversuchen nach jedem Liebesakt zu entgehen, bei denen sie Henri schwören ließ, dass sie die Frau seines Lebens sei.

Eine Zeit lang hatte er diesen Zirkus mitgemacht, obwohl er immer gewusst hatte, dass er Suzanne nie heiraten würde. Dann war er ihrer zunehmend überdrüssig geworden.

Dass sie sich nach der Trennung die Pulsadern aufgeschnitten hatte und erst in letzter Minute gerettet worden war, hatte er allerdings genauso wenig erwartet wie die Schmutzkampagne, mit der sie ihn bis heute überzog. Aber – er verzog seine Lippen spöttisch – bald würde er sich öffentlich dafür rächen.

Er entlohnte den Kutscher und zog dann am Klingelzug vor der schlichten Haustür. Ein Diener in Livree öffnete ihm und bat ihn mit einer Verbeugung hinein.

Staunend sah Henri sich um. So unscheinbar das Haus von außen wirkte, so prächtig war es eingerichtet. Henri fühlte sich an ein Märchen erinnert, das seine Mutter ihm während der langen Monate seines Siechtums als kleiner Junge oft vorgelesen hatte.

Am Ende eines kurzen Flurs mit roter Seidentapete und einem dicken Orientteppich empfing ihn Madame Edmonde persönlich. Hätte Henri nicht gewusst, dass sie ein Bordell leitete, hätte er sie in ihrem hochgeschlossenen schwarzen Kleid mit der Elfenbeingemme als einzigem Schmuck für die Leiterin eines Mädchenpensionats gehalten.

»Ah, Monsieur de Toulouse-Lautrec, was für eine Ehre in meinem Haus!«

»Sie kennen mich?« Henri war verblüfft.

»Aber natürlich! Wer kennt Sie nicht in Montmartre?«

Ja, wer nicht?, ging es Henri durch den Kopf. Wer hätte noch nicht von dem hochadeligen Krüppel gehört, der seine Zeit mit skurrilen Malereien verschwendete? Auch in diesen, von den Cabarets und Cafés an den Boulevards de Clichy und de Rochechouart weit entfernten Winkel war ihm sein Ruf offenbar vorausgeeilt.

Da ihm nichts anderes übrig blieb, machte Henri gute Miene zum bösen Spiel. Er deutete eine Verneigung an und überließ seinen Gehrock und seinen Hut bereitwillig dem Diener. Dann führte Madame ihn in den Salon.

Der Raum war groß und ganz in Rot und Gold gehalten. Madame geleitete Henri zu einem mit Samt bezogenen Sessel, in den er fast völlig einsank. Der Sessel stand vor einer Art Bühne mit einem geschlossenen Vorhang. Madame hatte die goldene Kordel schon in der Hand, um ihn aufzuziehen, als es erneut an der Tür läutete.

»Ah, ein weiterer Gast. Ich bitte Monsieur noch um einen Moment Geduld.«

Damit eilte Madame hinaus und kehrte zu Henris grenzenloser Verblüffung mit Edgar Degas im Schlepptau zurück. Henri spürte sein Gesicht glühend heiß werden, während er überlegte, ob er ihre Bekanntschaft offen zu erkennen geben sollte. Doch auch hier zeigte sich Madame Edmonde bestens informiert.

»Wie schön, dass ich heute gleich zwei große Künstler in meinem bescheidenen Etablissement begrüßen darf«, flötete sie. »Darf ich den Herren vielleicht zunächst eine Flasche Champagner kredenzen lassen? Sicher haben Sie einiges miteinander zu bereden.«

Während Degas unschlüssig dreinblickte, lehnte Henri ab, bevor er richtig darüber nachgedacht hatte. Wie oft hatte er sich gewünscht, ein Gespräch mit dem Maler führen zu dürfen, den er noch immer zu seinen großen Vorbildern zählte! Wie eifersüchtig war er auf Suzanne gewesen, die von Degas gefördert wurde, während dieser über Henris Werke noch nie ein Wort verloren hatte. Doch ausgerechnet hier, in einem Freudenhaus, verspürte er nicht das geringste Bedürfnis, mit dem ehemals so ersehnten Austausch zu beginnen.

Während Madame etwas indigniert und Degas erleichtert dreinsah, schritt die Bordellbesitzerin zum Vorhang zurück und zog ihn mithilfe der goldfarbenen Kordel auf. Dahinter kamen vier junge Frauen zum Vorschein, alle splitternackt ohne einen einzigen Faden am Leib.

Henri war verblüfft. Diese Sitte, sich den Kunden zu präsentieren, kannte er aus den anderen Puffs nicht. Dort warteten die Frauen zwar ebenfalls im Salon auf ihre nächsten Freier, waren aber zumindest leicht bekleidet.

»Voilà, meine Herren! Diese Damen sind im Augenblick frei!«, pries Madame ihre Ware an. »Wenn Sie Ihre Wahl treffen möchten, lassen Sie es mich wissen! Sollte die Dame Ihres Geschmacks noch nicht dabei sein, müssten sich die Herren ein wenig gedulden, bis die anderen Mädchen frei sind.«

»Ich warte dann«, antwortete Edgar Degas spontan. »Wann wird Lilli zur Verfügung stehen?«

Madame warf einen Blick auf die vergoldete Wanduhr, die auch zum Interieur von Versailles gepasst hätte. Dann hob sie bedauernd die Schultern. »Ich fürchte, es könnte noch eine oder zwei Stunden dauern. Vielleicht sogar die ganze Nacht«, säuselte sie.

Degas sprang abrupt auf. »Dann komme ich morgen Abend wieder. Sorgen Sie dafür, dass sich Lilli um Punkt zehn Uhr für mich bereithält!« Damit stürmte er mit großen Schritten hinaus.

Madame betrachtete Henri lächelnd, dem vor Staunen der Mund offen stand. »Monsieur Degas bevorzugt Lilli nicht allein wegen ihrer ausgezeichneten Qualitäten als Dienerin der Venus. Nein, er pflegt sie auch oft zu zeichnen.«

Henri traute seinen Ohren nicht. Der große Meister, den er trotz dessen Unnahbarkeit so verehrte, zeichnete Szenen aus einem *Maison Close*? Was fing er damit an? Sicherlich waren solche Werke absolut unverkäuflich. Wenn die Sittenpolizei sie nicht sogar beschlagnahmte und den Künstler bestrafte.

Doch Madame ließ ihm keine Zeit, weiter darüber zu sinnieren. »Möchte Monsieur denn nun seine Wahl treffen?«

Dann klatschte sie herrisch in die Hände, was so gar nicht zu ihrem bisherigen konzilianten Auftreten passte. »Rührt euch und zeigt, was ihr habt!«

Die jungen Frauen auf der Bühne – Henri schätzte keine davon älter als Anfang zwanzig – begannen, sich nun nach allen Seiten zu drehen. Zunächst erinnerte Henri das an die Aktmodelle, die sich jeden Montagmorgen an der Place Pigalle präsentierten, um an neue Aufträge zu kommen. Doch je länger er die

Frauen betrachtete, desto lasziver und schließlich obszöner wurden ihre Bewegungen. Sie umfassten ihre Brüste und streichelten die Brustwarzen, bis sie steif emporragten. Sie spreizten die nackten Beine und zeigten ihre rasierte Scham. Schließlich begann eines der Mädchen sogar, unter wahrscheinlich vorgetäuschtem Stöhnen zu masturbieren.

»Silvie!«, erklang jetzt die scharfe Stimme Madames. »Mach wie die anderen mit!«

Erst jetzt fiel Henri auf, dass die Zweite von rechts, ein sehr schlankes, fast schon dünnes Mädchen mit dunkelbraunen Haaren, ihre Reize zurückhaltender zeigte als die anderen drei. In ihren rehbraunen, mandelförmigen Augen und dem gekünstelt wirkenden Lächeln glaubte Henri so etwas wie Verzweiflung zu erkennen. Ihr Gesicht kam ihm außerdem bekannt vor, ohne dass er einordnen konnte, woher.

»Dreh dich um und zeig deinen Hintern! Bück dich dabei, damit Monsieur weiß, was ihn erwartet.«

»Sie ist noch nicht lange hier und muss noch viel lernen!«, wandte sich Madame dann wieder in sanftem Tonfall an Henri.

»*Alors*, wird's bald?«, herrschte sie das Mädchen erneut an, bis es zögernd Anstalten machte, Madames Befehl zu befolgen.

»Halt!«, rief Henri. »Das wird nicht nötig sein. Ich habe mich gerade für Silvie entschieden.«

Nicht nur Madame blickte verwundert drein, auch die anderen Prostituierten zischten verächtlich.

Madame fing sich rasch. »Also, Silvie! Dann zeig diesem Herrn, dass du die fünfzehn Francs wert bist, die er mir für dich zahlen wird. Ich vertraue dir!«

Täuschte sich Henri, oder schwang da sogar ein drohender Unterton mit? »Ich bin sicher, dass ich zufrieden sein werde«, betonte er.

»Dann wünsche ich Ihnen eine angenehme Stunde«, gab die Bordellwirtin Henri noch mit auf den Weg, als er Silvie folgte.

Eine Dreiviertelstunde später reckte Henri sich wohlig in den seidenen Kissen. Silvie hatte ihre Sache gut gemacht. Sie hatte ihn zärtlich verwöhnt, ihm jeden Wunsch von den Augen abgelesen und sich nicht an seinem verkrüppelten Körper gestört. Er hatte sogar den Eindruck gehabt, dass sie gern mit ihm zusammen gewesen war.

»Was darf ich noch für Sie tun?«, lockte sie ihn ein weiteres Mal.

Er strich ihr eine Haarsträhne aus dem Gesicht und betrachtete sie prüfend. Er fand zwar immer noch einen Anflug von Angst und Verzweiflung in ihrem Gesicht, aber keine Spur von Berechnung. Das war ungewöhnlich für eine professionelle Prostituierte, die Tag für Tag in einem Bordell arbeitete.

»Nichts mehr. Ich bin völlig zufrieden.«

Ein kurzes Lächeln huschte über ihr Gesicht. »Würden Sie das auch Madame sagen?«

»Das werde ich tun.« Henri ergriff ihre schmale Hand. »Aber sag mir, Silvie, warum ist sie so streng zu dir?«

Plötzlich fiel sein Blick auf ihren Arm. Im Licht des Kronleuchters, der auf seinen Wunsch hin den Raum während des Liebesakts hell erleuchtet hatte, zeichnete sich ein Schatten auf ihrer Haut ab. Als er darüberstrich, zuckte Silvie zusammen. Außerdem blieb hautfarbene Schminke an seiner Hand hängen.

Kurz entschlossen ergriff er einen Zipfel des Lakens, spuckte darauf und rieb das Tuch vorsichtig über die Stelle. Ein hässlicher blauvioletter Fleck kam zum Vorschein.

»Schlägt man dich hier?«, fragte er zornig. »Ist das der Grund deiner Angst?«

Silvie wirkte erschrocken. Ihre braunen Augen füllten sich mit Tränen. »Bitte … bitte, Monsieur, sagen Sie Madame nicht, dass Sie die Blessur entdeckt haben!«

Henri wurde noch zorniger. »Weil du sonst noch mehr Schläge zu erwarten hast? Ich werde dieser Frau deutlich sagen, was ich …«

Er stoppte, als Silvie ihm eine Hand auf den Mund legte. »Bitte nicht, Monsieur! Ich weiß, Sie meinen es gut. Aber es ist nicht Madame«, fuhr sie hastig fort, als Henri widersprechen wollte. »Auf Madame bin ich angewiesen. Sie hat mich erst vor ein paar Wochen in dieses teure Haus aufgenommen, weil sie Luc schon als Nachbarsjungen gekannt hat.«

»Wer ist Luc?«

Silvie wich seinem Blick aus. »Luc ist mein Mann.« Sie sagte es so leise, dass Henri sie kaum verstand.

»Du bist verheiratet? Und dein Mann vermietet dich, obwohl du seine Ehefrau …« Ihm fehlten die Worte, zumal ihm ein schlimmer Verdacht kam.

»Wie heißt du mit Nachnamen?«

»Colbert.«

Henri fiel es wie Schuppen von den Augen. »Du bist Simone. Die Schwester von Elise Lambert!« Deshalb war ihm Silvies Gesicht bekannt vorgekommen. »Und Luc ist dein Zuhälter, der dich erst verführt und dann auf den Strich geschickt hat.«

Nur zu deutlich erinnerte sich Henri jetzt an die Szene im Le Mirliton, als Aristide Bruant den Chanson über Saint-Lazare gesungen hatte, zu dem er selbst für das Journal des Café-Concerts die Zeichnung geliefert hatte.

Simone starrte ihn entsetzt an. »Woher wissen Sie das, Monsieur?«

Henri überlegte kurz und entschied dann, die unrühmliche

Vorgeschichte wegzulassen. »Ich kannte Elise schon als Modell in der Kunstakademie, in der ich studiert habe. Heute ist sie eine der besten Tänzerinnen im Élysée Montmartre. Ich bewundere sie dort an mehreren Abenden pro Woche. Sie vertraute mir einst dein Schicksal an und bat mich, nach dir zu forschen, als du vor ungefähr zwei Jahren aus Saint-Lazare entlassen wurdest und dann spurlos verschwunden bist.«

»Warum … warum hat Elise das getan?«, schluchzte Simone. Die Tränen liefen ihr nun wie ein Sturzbach über die Wangen.

Henri griff nach seiner Hose und nestelte ein Taschentuch hervor. »Sie sorgt sich um dich. Ebenso wie deine Mutter. Sie heißt Jeanne, nicht wahr?«

Wohlweislich verschwieg er Simone, welche Folgen ihr Absturz in die Prostitution für Jeanne gehabt hatte.

Simone weinte jetzt noch stärker. Er drückte ihr das Taschentuch in die Hand. »Was wird Madame sagen, wenn du ganz rot geweint zurückkommst? Hör besser auf damit!« Ein taktvolleres Mittel, Simones Gefühlsausbruch zu unterbrechen, fiel ihm auf die Schnelle nicht ein.

Es wirkte allerdings sofort. Simone schluchzte ein letztes Mal auf und tunkte das Tuch dann in die Waschschüssel. »Sie haben recht, Monsieur.« Sie presste sich das feuchte Tuch auf die Augen.

»Nun erzähl der Reihe nach, was geschehen ist, seit du Saint-Lazare verlassen hast. Und mach dir keine Sorgen«, deutete er Simones ängstlichen Blick richtig. »Ich zahle natürlich für die Überzeit.«

Simone begann zögernd, aber schließlich brachen sich die aufgestauten Emotionen Bahn. Henri erfuhr, dass Luc sein Heiratsversprechen zwar eingehalten hatte. Aber Simones Hoffnung, danach als ehrbare Ehefrau leben zu können, war schon am Tag der Hochzeit wie eine Seifenblase zerplatzt.

Luc hatte sie zwar nicht mehr auf die Straße geschickt, aber von ihr erwartet, weiterhin als Freudenmädchen zu arbeiten. Nach ihrer offiziellen Registrierung als Prostituierte hatte sie zuerst in verschiedenen Puffs im Zentrum von Paris gearbeitet. Dann hatte Madame Edmonde ihr Haus eröffnet, und Luc hatte sie vor zwei Monaten gebeten, Simone in ihr Bordell aufzunehmen.

Den ersten Teil ihrer Erzählung kannte Henri schon, auch wenn der Sittenpolizist ihm den Namen des *Maison Close* nicht verraten hatte, in dem Simone nach ihrer Heirat zunächst tätig gewesen war.

»Doch Madame ist sehr unzufrieden mit mir«, erfuhr er dann. »Sie führt ein sehr teures Haus. Ich war nicht gewohnt, mich völlig nackt zu zeigen, und bin zu schüchtern, um auf der Bühne viele Freier für mich zu gewinnen. Dadurch verdiene ich viel weniger als die anderen Mädchen. Darüber hat sich Madame schon ein paarmal bei Luc beschwert und gedroht, mich wegzuschicken, wenn ich mich nicht bessere. Danach schlägt er mich, obwohl Madame das nicht mag, weil man die Spuren sehen kann. Doch Luc erhält nur ein Drittel von dem, was ich verdiene. Habe ich kaum Freier, ist ihm das viel zu wenig. Auch deshalb ist er oft wütend auf mich.«

Henri lauschte zunehmend erschüttert. Dann griff er kurz entschlossen nach seiner Börse und zog drei Louisdor hervor. »Hier, das ist für dich. Behalte es als Notgroschen.« Er drückte Simone das Geld in die Hand.

Doch die ließ die Münzen aufs Bett fallen, als hätte sie sich daran verbrannt, und schüttelte heftig den Kopf.

»Vielen Dank, Monsieur, wieder meinen Sie es gut. Aber auch die Hälfte der Trinkgelder müssen wir Madame abliefern, und die andere Hälfte bekommt Luc. Wenn ich das Geld verstecke, aber man es zufällig bei mir findet ...« Sie ließ den Satz unvollendet.

»Was kann ich denn sonst für dich tun?« Henri fühlte sich zunehmend hilflos.

Darauf hatte Simone eine überraschende Antwort. »Loben Sie mich bei Madame! Und kommen Sie wieder, werden Sie mein erster Stammkunde. Das würde Madame und Luc sicher erst mal zufriedenstellen.«

»Das ist eine gute Idee«, log Henri. Er spürte sofort, dass er ihren Wunsch nicht erfüllen konnte. Sie war Elises Schwester, die er natürlich über das Schicksal Simones in Kenntnis setzen musste. Auf keinen Fall könnte er auch nur noch ein einziges Mal mit Simone schlafen. »Schon nächste Woche komme ich wieder!«

Das schlechte Gewissen über sein falsches Versprechen plagte Henri nicht nur auf der Heimfahrt, sondern während seiner ganzen schlaflosen Nacht.

IN HENRIS ATELIER

APRIL 1889, ZWEI TAGE SPÄTER

»Es tut mir sehr leid, dass ich keine bessere Kunde für dich habe«, schloss Henri seinen Bericht ab. Er hatte Elise gestern im Ély gebeten, ihn heute vor der Vorstellung in seinem Atelier aufzusuchen.

Elise lag das Herz wie ein Stein in der Brust. Schon in einer Stunde würde sie ihre heutigen Auftritte mit einem lächelnden Gesicht absolvieren müssen. Wie soll ich das nur durchstehen?, dachte sie zunehmend verzweifelt.

Außerdem fehlte ihr noch die wichtigste Information. »Warum willst du mir partout nicht sagen, in welchem Bordell Simone arbeitet?«

»Das habe ich dir doch schon erklärt. Ich befürchte, du wirst versuchen, Kontakt zu ihr aufzunehmen. Aber sie ist nun mal mit diesem Zuhälter Luc Colbert verheiratet. Als Ehemann kann er völlig über ihr Schicksal bestimmen. Selbst wenn Simone ihn jetzt endlich verlassen wollte, was ja keineswegs sicher ist, kann er sie mit allen Mitteln daran hindern.«

Elises Brust wurde so eng, dass sie kaum noch Luft bekam. Henri legte ihr die Hand auf den Arm.

»Elise«, beschwor er sie eindringlich. »Glaub mir! Simone ist zumindest in einem gehobenen Haus tätig. Mit der Zeit wird sie sich dort einleben. Die Puffmutter würde sie aber nicht wieder nehmen, wenn Simone einmal entflohen ist. Wer weiß, in welcher Kaschemme ihr sauberer Ehemann sie dann verdingen würde.«

»Es gibt weitaus schlimmere Häuser«, fügte er hinzu.

Elise versuchte angestrengt, die Tränen zurückzuhalten.

»Aber … unsere Mutter!«, krächzte sie, während sich nun doch die erste Träne aus ihren Augen stahl. »Sie … sie ertränkt ihr Elend wieder im Absinth, wenn sie von Simones schrecklichem Schicksal erfährt, ohne ihr helfen zu können.«

Henri überlegte. »Dann sag ihr am besten gar nichts darüber. Oder« – er machte eine kurze Pause – »erzähle ihr nur, dass Simone jetzt ehrbar verheiratet ist. Aus Scham über ihre Vergangenheit als Prostituierte wolle sie jedoch den Kontakt zu ihrer Familie nicht wieder aufnehmen.«

»Sag Jeanne, Simone sei glücklich in ihrer Ehe!«, insistierte er, als Elise nicht reagierte. »Oder … besser noch, dass du Jeanne nicht mit Simone zusammenbringen kannst, solange sie dem Absinth nicht endgültig abgeschworen hat. Was hältst du davon?« Er klang nun begeistert über seine eigene Idee. »Dann schlägst du zwei Fliegen mit einer Klappe!«

Jetzt endlich merkte Elise auf. Es wäre einen Versuch wert, überlegte sie. Sie schluchzte auf.

»Vergelt's Gott, Henri! Ich werde darüber nachdenken. Du bist mir ein wahrer Freund!«, bedankte sie sich. Sie warf einen Blick auf die Wanduhr. »Doch nun muss ich gehen. Die Vorstellung beginnt bald. Zuvor will ich mich noch ein wenig sammeln.«

»Und ich muss mich noch umkleiden, denn ich will auch ins Ély.«

»Kann ich mir bei dir noch die Nase pudern?«, bat Elise. »Danach finde ich allein hinaus.«

Er nickte und hinkte aus dem Zimmer in den Flur. Die Tür ließ er einen Spalt offen stehen.

Elise prüfte ihr Gesicht in dem mannshohen Spiegel, den Henri wie jeder Maler für Selbstporträts in seinem Atelier stehen hatte, und überschminkte die Spuren der letzten bewegten Stunde. Dann wandte auch sie sich zur Tür.

Auf dem Weg dahin fiel ihr ein Blatt Papier auf, das wohl durch den Luftzug auf den Fußboden gesegelt war. Elise hob es auf, drehte es automatisch um und erkannte, dass es sich um eine Zeichnung handelte. Der Schock fuhr ihr durch alle Glieder.

Die Trinkerin hatte Henri seine Zeichnung genannt. Eine Frau saß in genau der gleichen Haltung, in der sie Jeanne im vergangenen Jahr sinnlos betrunken im Totschläger aufgefunden hatten, an einem Tisch vor einer Flasche und einem Glas. Die Skizze war offenbar das Deckblatt für eines der Journale, für die Henri regelmäßig zeichnete. Würde die Trunksucht ihrer Mutter bald auf diese Weise in ganz Montmartre bekannt werden?

Erst bei näherem Hinsehen stellte Elise fest, dass Henri zwar die Haltung ihrer Mutter, nicht aber Jeannes Gesicht wiedergegeben hatte. Ein Stein fiel ihr vom Herzen.

Dennoch kam ihr das Gesicht der abgebildeten Frau bekannt vor. Erst auf dem Weg ins Ély fiel ihr ein, wer es war.

»*Mon Dieu*«, murmelte sie entgeistert. »Was hat sich Henri denn nur dabei gedacht?«

Kapitel 46

WOHNUNG VON ALPHONSE DUMAS

SONNTAG, 5. MAI 1889

In düsterer Stimmung saß Valérie vor ihrem Frisiertisch und betrachtete sich im Spiegel. Nach den letzten ganz oder teilweise schlaflosen Nächten lagen ihre Augen tief in den Höhlen. Darunter hatten sich dunkle Schatten gebildet.

Da sie in jüngster Zeit auch kaum Appetit hatte, war sie außerdem schmal geworden. Die Wangenknochen zeichneten sich spitz in ihrem Gesicht ab. Gestern hatte das Dienstmädchen Marie das neue Kleid, das sie auf Wunsch ihrer Mutter heute trug, um die Taille herum enger machen müssen.

Wenn das so weitergeht, findet er mich vielleicht auf Dauer nicht mehr attraktiv, dachte sie. Dabei spürte sie sofort, dass dies eine vergebliche Hoffnung war.

Ganz im Gegenteil legte Baptiste Germain es mehr denn je darauf an, sich bei ihren Eltern ins beste Licht zu setzen. Der vorläufige Höhepunkt war seine Einladung, am heutigen Sonntag, einen Tag vor dem Beginn der großen Weltausstellung, den Turm zu besichtigen, den Gustave Eiffel als Eingangsportal für das Messegelände konstruiert hatte. Das Bauwerk versprach bereits jetzt, die Sensation der Ausstellung zu werden.

»Mein Vater und ich kennen Monsieur Eiffel gut«, hatte Baptiste bei seinem letzten Besuch geschwärmt. »Er hat meiner Bitte daher sofort entsprochen, mir den Turm höchstpersönlich zu zeigen, bevor der Trubel der vielen Besucher einsetzen wird. Als ich darum bat, Sie, verehrte Familie Dumas, mitbringen zu dürfen, hat er freudig zugestimmt. Offenbar kennt er auch Sie bereits persönlich.«

»Dieser Mann bringt mir wahrlich kein Glück«, sagte Valérie nun zu ihrem Spiegelbild. »Nach Pierre Lombard hat er mit Baptiste Germain schon mit dem zweiten unwillkommenen Freier zu tun.«

Noch während sie die Worte vor sich hin murmelte, wurde ihr klar, dass sich die heutige Situation mit der unliebsamen Werbung des Neffen von Père Zacharie überhaupt nicht vergleichen ließ. Nicht nur Eiffels Rolle war eine vollkommen andere. Nein, gegen Pierre hatte auch ihr Vater bereits bei dessen erstem Besuch eine Abneigung entwickelt. Das war bei Baptiste Germain ganz anders. Die Gründe dafür konnte sich Valérie nur teilweise erklären.

Als sie ihrem Vater schweren Herzens mitgeteilt hatte, dass Pascal Didier nicht mehr in Paris weilte, wobei sie vorgab, er sei zu seinen Eltern nach Lille gereist, hatte Alphonse seine Freude darüber nur schwer verbergen können. »Offenbar steht eure Verbindung unter keinem guten Stern«, kommentierte er Valéries Eingeständnis. »Sonst hätte der Mann sich doch sicherlich wenigstens bei mir vorgestellt, um sein ernsthaftes Interesse an dir zu bekunden. Bei dieser Gelegenheit hätte ich mir auch gern ein paar seiner Gemälde angesehen, um seine Kunstfertigkeit als Maler mit der von Baptiste Germain vergleichen zu können. Immerhin hat er sein Studium bei Cormon abgebrochen.«

In diesem Augenblick war Valérie sogar erleichtert gewesen, dass Pascal und ihr Vater sich mit Ausnahme des Treffens bei der Vernissage von Theo van Gogh bislang nicht begegnet waren. Schon damals hatte Alphonse Valérie von einem Kontakt zu Pascal abgeraten, da er dessen Ansichten als Maler nicht teilte. Hätte

Pascal ihm heute seine jüngsten Werke in der Stilrichtung des Synthetismus gezeigt, wäre der Konflikt zwischen ihnen von Anfang an unvermeidlich gewesen.

Dass auch ihre Mutter völlig entzückt von Baptiste war, hatte Valérie nicht überrascht. Amélies Träume von einer Verbindung mit dem hochadeligen Grafen Henri de Toulouse-Lautrec waren endgültig geplatzt, nachdem er Valérie auch nach dem vorgeblichen Besuch bei seiner Mutter in Malromé keinen Antrag gemacht hatte. Daher konnte sie sich für ihre Tochter jetzt keine bessere Partie vorstellen als diesen wohlhabenden Kunstmaler aus einer Bankiersfamilie. Dies betonte sie gegenüber Valérie bei jeder Gelegenheit.

Selbst dass sich Baptiste Haare und Bart färbte wie ein eitler Geck, störte ihre Eltern nicht im Geringsten. »Er hat eine Wette verloren«, behauptete ihr Vater, um diese für einen Mann in mittleren Jahren höchst ungewöhnliche Handlungsweise zu erklären. »Monsieur Germain achtet eben sehr auf sein Äußeres«, erklärte es sich ihre Mutter. »Mit Erfolg, wie ich betonen möchte. Denn die schwarzen Haare stehen ihm außerordentlich gut zu Gesicht.«

Und so wartete Valérie nun in ihrem neuesten hellgrünen Frühjahrskleid auf die unvermeidliche nächste Begegnung mit Baptiste.

Unwillkürlich glitten ihre Augen zu einem Neujahrsgeschenk, das ihr die Dienerschaft am Silvesterabend überreicht hatte. Es war ein Hufeisen mit der eingravierten Inschrift »Viel Glück«. In ihrer Rührung über das Präsent hatte sie es neben dem Frisiertisch aufhängen lassen.

Doch so gut das treue Gesinde es gemeint hatte, so wenig hatte sich der Wunsch bislang erfüllt. Er schien sich nach und nach sogar in sein Gegenteil zu verkehren. Dieses Jahr brachte ihr bislang nur Unglück. Denn nun hatte sich Valérie auch noch mit Henri entzweit.

In der vorletzten Woche hatte sie an ihrem freien Nachmittag, auf dem Valérie nach wie vor bestand, in seinem Atelier gemalt. Nach zwei Ansichten der Moulin de la Galette und je einer von der Place du Tertre und der alten Kirche Saint-Pierre hatte sie diesmal die verbliebenen Elendshütten auf dem Maquis in Angriff genommen. Henri hatte ihr eine Fotografie davon besorgt, die ihr als Vorlage diente. Denn ohne Begleitung konnte sie sich nicht in das verrufene Viertel wagen, um es selbst als Motiv in Augenschein zu nehmen.

Als Henri das Atelier kurz verließ, um eine Besorgung zu machen, nutzte Valérie die Zeit, um Suzanne Valadon im Nebenhaus zu besuchen. Da sich Suzanne und Henri im Streit getrennt hatten, wollte sie vermeiden, dass Henri etwas von diesem Treffen mitbekam.

Schon vor der Tür der Mansarde hörte sie Suzanne drinnen laut schluchzen und dazwischen derbe Beschimpfungen ausstoßen. Erst nach mehrmaligem Klopfen öffnete sie. Ihr Gesicht war vom Weinen gerötet, die Augen geschwollen.

Valérie war erschrocken. »Aber Suzanne, was ist denn geschehen? Ist Maurice etwas passiert? Ist er wieder krank?«

Suzanne schüttelte wild den Kopf. Da sie vor Schluchzen kaum atmen konnte, zeigte sie nur auf ein Zeitungsblatt, das auf dem Fußboden lag. Es stammte aus dem Satiremagazin *Le Courrier français*.

Zunächst verständnislos, hob Valérie es auf. Dann erstarrte sie vor Entsetzen, gefolgt von heftigem Zorn. Die obere Hälfte des Blatts nahm eine Zeichnung ein, die laut Signatur von Henri stammte. Sie zeigte eine Frau, die mit stierem Blick vor einem halb gefüllten Glas und einer halb leeren Flasche saß.

»*Gueule de bois*« – Brummschädel –, las Valérie den Titel. »Oder *La Buveuse*«, die Trinkerin.

Dass Henri ein solch scheußliches Motiv gewählt hatte, war schlimm genug. Aber die Säuferin, die im Profil abgebildet war, hatte zweifellos Suzannes Gesicht.

»Wie kommt der Kerl denn auf solch eine Schweinerei?« Valérie fasste sich nur mühsam. »Damit warst du doch sicher nicht einverstanden!«, fügte sie überflüssigerweise hinzu.

»Natürlich nicht«, schrie Suzanne. »Dieses Magazin erscheint jede Woche über einhunderttausend Mal in Paris. In ganz Montmartre wird man jetzt über mich spotten. Vielleicht verliere ich sogar meine Engagements als Modell. Denn wer möchte seine Werke schon mit dem Antlitz einer verkommenen Säuferin schmücken?«

Sofort fiel Valérie ein, dass sie schon einmal über eine Zeichnung Henris empört gewesen war. Die verharmlosende Abbildung einer Prostituierten im Frauengefängnis Saint-Lazare. Henri hatte sie als Werbung für den Chanson von Aristide Bruant angefertigt, in dem der Sänger das Schicksal dieser armen Frauen verklärte.

Natürlich wusste Valérie, dass Suzanne nach der Trennung kein gutes Haar an Henri gelassen hatte. Doch dass er sich auf diese haarsträubende Weise an ihr rächen würde, hatte sie ihm nicht zugetraut. Zumal Suzanne die weitaus Schwächere war. Henri verfügte nicht nur über sein ansehnliches Vermögen, sondern entwickelte sich mehr und mehr zu einem geachteten Maler. Suzanne dagegen musste nach wie vor jeden Centime dreimal umdrehen, um sich und ihr Söhnchen über die Runden zu bringen.

»Ich rede jetzt mal ein ernstes Wort mit ihm!« Valérie griff sich die Zeitung und stürmte wütend in Henris Atelier zurück.

Sie traf ihn jedoch noch nicht an. Zitternd vor Anspannung, ging sie wie ein Tier im Käfig in dem großen Raum auf und ab. Einen Versuch, an ihrem eigenen Bild weiterzuarbeiten, unternahm sie erst gar nicht. Da Henri auf sich warten ließ, vertrieb sie sich die Zeit schließlich damit, seine jüngsten Werke zu betrachten. Dabei stieß sie auf ein kleines Gemälde, das mit der Vorderseite zur Wand stand. Sie drehte es um und glaubte, ihren Augen nicht zu trauen.

Es zeigte dasselbe Motiv, Suzanne Valadon als Säuferin, diesmal farbig in Öl auf Leinwand abgebildet. Auch nach seinem letztjährigen Erfolg auf seiner ersten offiziellen Ausstellung in Brüssel zeigte Henri neue Gemälde weiterhin in verschiedenen Lokalen in Montmartre. Wollte er Suzanne jetzt endgültig ruinieren und mit diesem Bild vor aller Augen der Lächerlichkeit preisgeben?

In ihrem inneren Aufruhr merkte Valérie zunächst gar nicht, dass Henri inzwischen in der offenen Tür stand und sie beobachtete. Erst als sie seinen Gehstock auf dem Holzboden hörte, fuhr sie herum.

»Wie ... wie kannst du nur! Hast du denn gar keinen Funken Ehrgefühl mehr im Leib? Suzanne hat dich einmal geliebt! Warum tust du ihr so etwas an?« Sie schnappte nach Luft.

Henri antwortete zunächst nichts. Mit finsterer Miene humpelte er auf Valérie zu, stieß sie rüde zur Seite, was er zuvor noch nie getan hatte, und drehte das unfertige Werk wieder zur Wand.

»Und was fällt dir ein, mein Vertrauen derart zu missbrauchen und hinter meinem Rücken hinter mir her zu schnüffeln?«, konterte er.

Valérie holte tief Luft und versuchte, sich zu beruhigen. Dann hielt sie Henri anklagend das inzwischen zerknitterte Zeitungsblatt entgegen.

»Du hast doch schon diese unsägliche Zeichnung angefertigt und in dem weitverbreiteten Magazin veröffentlicht! Hast du damit den Bogen nicht schon weit genug überspannt? Was willst du jetzt noch mit diesem abscheulichen Gemälde?«

»Das geht dich überhaupt nichts an. Was ich male oder nicht male, ist ganz allein meine Sache.«

Valérie sah rot.

»So wie es auch Pascals und deine Sache war, dass ihr mir monatelang verschwiegen habt, dass er aus Paris und ganz Frankreich verschwinden muss! Du wirfst mir vor, dass ich dein Vertrauen missbraucht hätte. Wie ist das mit dir? Auch Suzanne hat dir einmal vertraut, genau wie ich es getan habe. Doch du hast uns beide auf schändliche Weise hintergangen.«

Henris Gesicht färbte sich puterrot. Seine Stimme zitterte. »Über Suzanne will ich nicht mit dir reden. Aber dir war ich viele Jahre lang ein überaus treuer Freund! Zählt das alles nicht mehr, was ich für dich getan habe?«

Noch immer bereute Valérie heftig, dass sie an dieser Stelle nicht eingelenkt hatte. Denn natürlich hatte Henri mit seinem Vorwurf recht.

Stattdessen hatte sie zynisch geantwortet: »Ich habe dich einmal für einen begabten Maler gehalten. Aber nun entwickelst du dich mehr und mehr zu einem Schmierfinken. Wann muss ich denn damit rechnen, mein Konterfei auf einem Schundblatt im Le Mirliton oder im *Courrier français* wiederzufinden? Vielleicht als Gesicht einer der Huren, die du regelmäßig aufsuchst?«

Kaum waren die Worte heraus, merkte Valérie, dass sie zu weit gegangen war. Dennoch unternahm sie keinen Versuch der Entschuldigung, als Henri nur wortlos auf die Tür wies.

Erst als sie wieder an Suzannes Küchentisch saß, wurde ihr bewusst, dass sie nun keinen Platz mehr zum Malen hatte. Suzannes

Wohnung war dafür viel zu klein. Außerdem befanden sich ihre Gemälde noch in Henris Atelier.

»Wie komme ich denn jetzt an meine Bilder? Es wird mir gar nichts anderes übrig bleiben, als noch einmal zu Henri zu gehen und ihn zu bitten, sie herauszugeben.«

Mit klopfendem Herzen machte sie sich auf den Weg zu seinem Atelier. Ein persönlicher Kontakt war jedoch nicht nötig. Sie fand die Bilder auf dem Treppenabsatz vor, das gerade erst begonnene ebenso wie die fertigen.

Mit einem Schlag ernüchtert, wurde ihr klar, was sie getan hatte. Sie war zwar nach wie vor wütend über Henris Verhalten gegenüber Suzanne. Doch ihr selbst gegenüber war er immer überaus großzügig gewesen und hatte es daher nicht verdient, dass sie ihn derart harsch angegangen war.

Henri hatte ihr jahrelang die Beziehung zu Pascal ermöglicht und sogar ihren Aufenthalt in Pont-Aven gedeckt und finanziert. Er hatte ihr großzügig erlaubt, nicht nur sein Atelier, sondern auch seine eigenen Farben und Werkzeuge zu benutzen. Er hatte sogar nächtelang an ihrem Abschlussgemälde für Cormon mitgearbeitet. Außerdem war er der Adressat für Pascals Briefe aus Brüssel, die sie dort regelmäßig abholen sollte.

Doch all ihre Versuche, sich zu entschuldigen, waren vergeblich geblieben. Schon auf ihr heftiges Klopfen am Tag des Streits hatte Henri nicht reagiert. Ein Entschuldigungsbrief kam ungeöffnet zurück, gemeinsam in einem Umschlag mit Pascals erstem Brief.

Schließlich hatte Valérie sich eingestehen müssen, dass ihre Beziehung zu Henri unwiderruflich zerbrochen war.

Es gab nur einen einzigen schwachen Trost. Suzanne hatte ihr geholfen, ihre Gemälde erst einmal in ihre Wohnung zu schaffen, wo sie aber auf Dauer nicht bleiben konnten. Deshalb hatte sie Valérie einen überraschenden Vorschlag gemacht.

»Geh doch zu Père Tanguy und frag ihn, ob er die Bilder in deinem neuen Malstil in seinem Schaufenster ausstellen würde!«

Valérie war ihrem Rat gefolgt. Der gutmütige Farbenhändler hatte tatsächlich zugestimmt, nur den Zeitpunkt der Präsentation hatte er offen gelassen. »Derzeit haben die Werke von Vincent van Gogh, die mir sein Bruder Theo gebracht hat, noch Vorrang. Denn bei Goupil darf Theo sie nicht zeigen. Doch sobald ich eins davon verkauft habe, werde ich den freien Platz mit einem Ihrer Werke besetzen. Solange bewahre ich sie in meinem Lagerraum auf.«

Er hatte ihre Bilder intensiv betrachtet. »Ihr Stil ist recht interessant, und Sie haben wahrlich Talent.«

An diesen Worten des guten Père hielt sich Valérie fest, wenn die Verzweiflung sie, wie heute, wieder einmal zu übermannen drohte. Denn sie waren ihr einziger Lichtblick.

Gerade hörte sie die Türglocke. Wenig später kam ihre Mutter in ihr Zimmer.

»Valérie!« Sie betrachtete sie prüfend. »Monsieur Germain ist da. Pudere dir bitte noch einmal das Gesicht und dann komm! Schließlich wollen wir den Herrn doch nicht warten lassen. Er hat eigens den Landauer seines Vaters genommen, um uns pünktlich zum Eiffelturm zu bringen.«

Kapitel 47

AUF DEM EIFFELTURM

SONNTAG, 5. MAI 1889, ZWEI STUNDEN SPÄTER

»Also, die Aussicht über Paris ist von hier oben fantastisch! Da ist Ihnen wahrlich ein Wunderwerk der Baukunst gelungen, Monsieur Eiffel. Nicht wahr, Valérie? Ganz sicher stimmen Sie mir zu.«

Valérie nickte und rang sich mühsam ein Lächeln ab. Innerlich fühlte sie sich hin- und hergerissen. Einerseits bewunderte sie den Eiffelturm, wie er jetzt schon nach seinem Erbauer in der Presse und im Volksmund genannt wurde, von ganzem Herzen. Andererseits war dies heute der wohl einhundertste Versuch von Baptiste Germain, sie ins Gespräch zu ziehen und damit ihre Einsilbigkeit ihm gegenüber zu durchbrechen.

Das hatte schon auf der Fahrt mit dem vierspännigen Landauer begonnen, der aufgrund des herrlichen Wetters mit offenem Verdeck gefahren war.

»Dieses Kleid steht Ihnen ganz wunderbar zu Gesicht, Mademoiselle Dumas«, machte Baptiste ihr das erste Kompliment, kaum dass er ihr in die Kutsche geholfen hatte. »Die hellgrüne Farbe bildet einen wunderbaren Kontrast zu Ihren rotbraunen Haaren und den grauen Augen.«

Bevor Valérie auf das Lob reagieren konnte, wandte sich Baptiste an Amélie: »Sicher verdankt Ihre Tochter die Auswahl des Stoffs und des Schnitts Ihrem ausgezeichneten Geschmack, Madame!«

Amélie errötete, ob aus Stolz oder Verlegenheit, konnte Valérie nicht ermessen. Denn Amélie hatte ihr keineswegs zu der Farbe des Stoffs geraten. Sie wusste wie Valérie, dass Hellgrün ihre Tochter eher blass erscheinen ließ, und hatte daher nachdrücklich eine kräftigere Farbe empfohlen. Doch Valérie hatte sich mit der Drohung durchgesetzt, andernfalls an keiner Anprobe teilzunehmen. Sie wollte partout verhindern, Germain noch mehr zu gefallen, als sie es leidvollerweise ohnehin tat.

Der Schnitt des Kleids entsprach dagegen der Mode der Saison und war daher keineswegs außergewöhnlich.

»Wir haben das Kleid gemeinsam ausgesucht«, zog Amélie sich mit einer Notlüge aus der Affäre. Doch Baptiste gab nicht auf.

»Ich gehe davon aus, Einsatz und Manschetten sowie der Besatz des Rocks bestehen aus echten Brüsseler Spitzen?« Ohne diesmal Amélies Antwort abzuwarten, fuhr er fort: »Sicherlich wie bei jedem Modell von Charles Worth.«

Amélies Gesicht verfärbte sich nun tiefrot. Denn natürlich war beides nicht der Fall. Die Spitzen waren zwar handgeklöppelt, stammten jedoch aus der Pariser Werkstatt, die einst das Textilgeschäft ihrer Eltern beliefert hatte. Diesen Teil der Annahmen Baptistes überging sie daher mit ihrer Antwort. Auf den zweiten Teil musste sie jedoch wahrheitsgemäß reagieren. Sie tat es recht geschickt, wie Valérie, die Germains Manöver sofort durchschaut hatte, widerwillig eingestehen musste.

»Ich freue mich sehr, dass Ihnen das Kleid meiner Tochter so gut gefällt. Ich werde außerdem unserer Hausschneiderin, die ihren Salon am Boulevard de Clichy betreibt, Ihr Kompliment weitergeben. Dass Sie ein Kleid aus ihrer Werkstatt Charles Worth zuschreiben, wird sie außerordentlich freuen.«

Der Ruf des Modeschneiders ging weit über Paris hinaus.

Worth hatte sogar das Kleid für die österreichische Kaiserin Sisi entworfen, das sie auf dem berühmten Gemälde mit den Diamantsternen im Haar trug.

»Das hätte ich nun wahrlich nicht gedacht, Madame Dumas«, setzte Baptiste nach und kam damit sehr geschickt zum eigentlichen Kern seines Anliegens. »Vielleicht ist es die Schönheit Ihrer Tochter, die jedes Kleid so veredelt, als stamme es von Worth. Das Atelier stellt übrigens auch überaus elegante Hochzeitsroben her. Für solch einen einmaligen Anlass würde ich allerdings kein Risiko eingehen und dort bestellen. Was meinen Sie, Mademoiselle Dumas – oder darf ich Sie Valérie nennen?«

»Selbstverständlich dürfen Sie das«, kam Amélie Valéries Antwort zuvor.

»Dann nennen Sie mich fortan Baptiste, liebe Valérie«, erreichte Germain schließlich seine Ziele. Er hatte eine weitere Stufe der Vertraulichkeit zwischen ihnen beiden erklommen und sowohl Amélie als auch Alphonse, der dem Gespräch schweigend gelauscht hatte, seine Heiratsabsichten in ihrem Beisein angedeutet.

Valérie wusste nicht, dass er dies ihrem Vater gegenüber schon früher getan hatte. Kurz überlegte sie, Baptiste in Gegenwart ihrer Eltern vor den Kopf zu stoßen und seine Avancen offen zurückzuweisen. Doch das hätte eine Fortsetzung des heutigen Treffens, insbesondere die Besichtigung des Eiffelturms, unmöglich gemacht und ihre Eltern zudem gewaltig gegen sie aufgebracht. Zähneknirschend nahm sie Abstand von dieser Idee.

Da sie nahezu auf die Minute pünktlich ankamen, empfing Gustave Eiffel sie bereits am Fuß des Turms und führte sie nach der Begrüßung zum Aufzug in die erste Etage. Valérie beobachtete mit heimlicher Schadenfreude, dass ihre Mutter totenblass wurde, als Eiffel sie zum Einsteigen aufforderte. Auch sie selbst war noch nie mit einem jener neumodischen *Ascenseurs* gefahren, war im Gegensatz zu ihrer Mutter jedoch überaus neugierig darauf.

»Ich … ich würde lieber zu Fuß gehen«, äußerte Amélie schließlich mit zitternder Stimme.

»Meine liebe Madame Dumas«, wandte Gustave Eiffel ein. »Dann müssten Sie bis zur ersten Etage fast dreihundertfünfzig Stufen erklimmen. Zwar wartet im französischen Restaurant, das ist eines von vieren auf der ersten Plattform, eine Erfrischung auf Sie. Trotzdem dürfte das Ihrem Wohlbefinden nicht zuträglich sein.«

Obwohl Eiffels Einwand eigentlich als Mahnung für Amélie gedacht war, hörte Valérie bei jeder Erwähnung einer Eigenschaft seines Turms den Stolz des Erbauers in seiner Stimme heraus.

»Und ich versichere Ihnen, werte Madame, die Aufzüge sind absolut sicher für unsere Fahrgäste. Monsieur Germain wird dies bestätigen, denn er ist bereits bis zur Spitze mit mir gefahren.«

»Das ist wahr. Allerdings hätte ich die dritte Plattform nie erreicht, wenn ich wie Sie, verehrter Monsieur Eiffel, die über eintausendsiebenhundert Stufen hätte hinaufsteigen müssen, die Sie bis zur Spitze erklommen haben, um im März dort oben die französische Flagge zu hissen.«

»Damals waren die Fahrstühle noch nicht fertig installiert«, erklärte Eiffel. »Doch heute funktionieren sie einwandfrei.«

Amélie fügte sich notgedrungen. Während der kurzen Fahrt hielt sie die Augen geschlossen und bebte am ganzen Körper. Valérie dagegen genoss das Erlebnis.

Als der Fahrstuhlführer in seiner mit goldenen Knöpfen und Tressen besetzten Uniform das verschnörkelte Gitter öffnete, trat sie als Erste hinaus. Staunend sah sie sich um. »Diese Plattform ist ja riesig.«

Eiffel, der hinter ihr herausgekommen war, derweil Baptiste und Alphonse ihre totenbleiche Mutter an beiden Armen stützten, lächelte breit. »Es sind wahrlich mehr als viertausendvierhundert Quadratmeter Fläche. Die Plattform bietet Platz für dreitausend Besucher. Doch heute sind wir, abgesehen von den Bediensteten, noch ganz allein. Für die Öffentlichkeit wird der Turm erst am 15. Mai geöffnet.«

Er wies auf die Galerie, die dem Fahrstuhl am nächsten lag. »Möchten die Herrschaften mir folgen, um von hier aus einen Blick auf Paris zu werfen? Sie werden jedes unserer prächtigen Bauwerke unschwer erkennen. Von Notre-Dame über die Tuilerien und den Louvre bis hin zum Rohbau der Basilika Sacré-Coeur in Montmartre.«

Doch nicht einmal die Aussicht, einen Blick auf dieses von ihr so verehrte Bauwerk zu werfen, konnte Amélie dazu bewegen, auch nur einen Schritt auf den Rand der Plattform zuzugehen. Stattdessen musste man sie in das Restaurant führen, in dem bereits ein Tisch mit appetitlich aussehendem Kuchen für den Nachmittagstee gedeckt war.

»Geht nur alle hinaus«, bat sie mit schwacher Stimme. »Ich kann gern ein paar Minuten hier allein bleiben.«

»Das kommt überhaupt nicht infrage«, protestierte Baptiste. Um dann wieder sehr geschickt hinzuzufügen: »Sicherlich wird Ihr Gatte Ihnen Gesellschaft leisten, derweil ich Valérie zur Galerie begleite.«

»Sehr gern«, stimmte Alphonse zu Valéries Verdruss zu. »Sobald ihr zurückkommt, kann ich den Gang ja nachholen.«

Also reichte Baptiste der widerstrebenden Valérie den Arm und führte sie hinter Gustave Eiffel an den Rand der Plattform.

Der fantastische Blick lenkte sie sogar von der unwillkommenen Nähe Baptistes ab.

Außerdem hatte sie viele Fragen an Eiffel, die dieser bereitwillig und mit weiterhin sichtbarem Stolz beantwortete.

»Ja, der Turm ist mit insgesamt dreihundertzwölf Metern Höhe das höchste Bauwerk der Welt.« – »Die Bauzeit betrug nur etwas mehr als sechsundzwanzig Monate. Dies war deshalb möglich, weil die vorgefertigten Metallteile nur vernietet werden mussten.« – »Ja, auch die beiden anderen Etagen sind mit Fahrstühlen erreichbar. Der, den wir gerade benutzt haben, endet auf der zweiten Plattform. Von da aus müssten Sie in einen weiteren Fahrstuhl umsteigen, um an die Spitze zu kommen.« – »Natürlich ist der Turm während der gesamten Weltausstellung für die Besucher geöffnet. Ich erwarte einen Ansturm von mehreren Tausend Menschen pro Tag.«

»Damit wird sich Ihre Investition sicher amortisieren«, warf Baptiste ein.

Eiffel nickte. »Sie wissen ja nur zu gut, dass ich achtzig Prozent des Kapitals selbst aufbringen musste, um das Bauwerk zu errichten. In dieser Hinsicht bin ich auch dem Bankhaus Germain zu großem Dank verpflichtet. Seien Sie gewiss, dass allein das Eintrittsgeld, das von Etage zu Etage höher wird und mit fünf Francs bis zur dritten Etage den Eintrittspreis zur Weltausstellung um mehr als das Zehnfache übersteigt, einen Großteil des eingesetzten Kapitals einbringen wird.«

Baptistes nächster Satz ließ Valérie aufhorchen. Später wurde ihr klar, dass er ihn nicht zufällig in ihrer Gegenwart geäußert hatte.

»Wäre das doch auch den Anlegern der Panamakanalbaugesellschaft beschieden gewesen«, sagte er mit aufgesetztem Bedauern.

Eiffel seufzte. »Ja, da konnte auch ich nichts mehr ausrichten. Ich bin sicher, hätte ich die Zeit und die Mittel gehabt, um die geplanten zehn Schleusen zu bauen, wäre das Projekt noch ein Erfolg geworden. Doch leider war mir dies nicht vergönnt, da der Gesellschaft das Geld ausging.«

Angesichts von Valéries entsetzter Miene beendete er das verfängliche Thema sofort. »Doch dies ist nichts, was man in Gegenwart einer jungen Dame erörtern sollte.«

Also ist es wahr. Am ganzen Körper wurde ihr abwechselnd heiß und kalt. Paul Gauguin hat schon damals angedeutet, dass dieses Projekt zum Scheitern verurteilt ist. Und Vater hat viel Geld in die Gesellschaft investiert. Ist das der Grund, warum er so auf eine Verbindung mit Germain drängt?

»Möchten Sie nicht einmal ein kleines Stück dieser köstlichen Erdbeertorte probieren?«, drängte Baptiste Valérie zum wiederholten Mal. »Frische Erdbeeren sind zu dieser Jahreszeit eine außerordentliche Seltenheit.«

Obwohl Erdbeeren zu Valéries Lieblingsobst gehörten, schüttelte sie den Kopf. Der Magen war ihr seit den Bemerkungen über den Panamakanal wie zugeschnürt.

»Dann nehmen Sie doch wenigstens noch eine Tasse Tee!«

Um den Plagegeist vorübergehend loszuwerden, ließ Valérie sich noch einmal nachschenken. Dies war bereits ihre dritte Tasse. Deshalb wunderte es sie nicht, dass sie ein dringendes Bedürfnis verspürte.

»Ich muss mich für einen Augenblick entschuldigen und den Erfrischungsraum aufsuchen.« Sie hob die Hand. »Ich benötige keine Begleitung. Hier ist ja niemand außer den Bediensteten. Also kann mich auch niemand belästigen.«

Damit kam sie Amélies Einwand zuvor. Die hätte sie sonst gemäß ihren Vorstellungen über das Gebaren wohlerzogener junger Damen an einem öffentlichen Ort nicht allein gehen lassen. Baptiste dagegen konnte sie als Mann zu einem solch delikaten Ort nicht bringen. Valérie unterdrückte ein spöttisches Lächeln.

Ihr Vater und Eiffel hatten inzwischen die erste Plattform besichtigt und nach einem kurzen Aufenthalt für Kuchen und Tee die Absicht bekundet, nun auch noch die beiden anderen Etagen aufzusuchen. Baptiste und Valérie sollten dies ebenfalls tun, sobald Alphonse zurückgekehrt wäre.

Während sich Valérie die Hände in dem marmornen Becken wusch, das trotz der großen Höhe über fließendes Wasser verfügte, kam ihr plötzlich eine Idee. Gedacht – getan.

Der Flur vor dem Erfrischungsraum war aus Gründen der Diskretion von den Tischen des Restaurants aus nicht einsehbar. So gelang es Valérie mühelos, den Aufzug durch eine Seitentür unbemerkt zu erreichen. Da der livrierte Fahrstuhlführer sie wiedererkannte, beförderte er sie ohne Einspruch zunächst bis zur zweiten Etage.

»Wenn Sie die beiden Herren suchen, die sind bereits zur dritten Plattform weitergefahren«, erklärte er ihr dankenswerterweise, nachdem er die Gittertür des Aufzugs geöffnet hatte. »Falls Sie ihnen folgen möchten, begeben Sie sich bitte zum Fahrstuhl dort drüben.«

Der Bedienstete, der diesen Aufzug betreute, wirkte zunächst erstaunt, als Valérie die Bitte äußerte, allein zur dritten Plattform hinaufzufahren. »Dort oben befindet sich mein Vater in Gesellschaft von Monsieur Eiffel.« Mit einer Verbeugung bediente der Fahrstuhlführer den Aufzug. Angesichts der schwindelnden Höhe, auf der die dritte Etage lag, fühlte sich Valérie einen Moment lang etwas flau im Magen und war froh, außer Tee nichts zu sich genommen zu haben.

»Die Herren sind dort drüben im Kontor von Monsieur Eiffel«, wies der Mann ihr den Weg. Valérie dankte mit einem Kopfnicken, ohne genau zu wissen, was sie eigentlich erwartete. Sollte Eiffel ihrem Vater lediglich weitere Informationen über den Turm geben, würde sie einfach behaupten, zu neugierig gewesen zu sein, um länger auf der ersten Plattform zu warten. Aber zuerst hoffte sie herauszufinden, ob die beiden Herren nicht etwas ganz anderes zu besprechen hatten.

Der Wind, der in dieser Höhe kräftiger blies als weiter unten, verschluckte ihre leichten Schritte auf dem Weg zum Kontor. Sie entdeckte an dem Häuschen, das offenbar Eiffels Büro enthielt, ein geklapptes Fenster, hinter dem sie die Konturen der beiden Männer erkannte.

Vorsichtig schlich sie näher und lauschte. Was sie hörte, bestätigte ihre schlimmsten Befürchtungen und ließ ihr das Blut in den Adern stocken.

»Monsieur Eiffel«, Alphonse Dumas fühlte sich zunehmend verzweifelt, »bitte sagen Sie mir die ganze Wahrheit und verbergen Sie nichts vor mir. Baptiste Germain hat angedeutet, die Panamabaugesellschaft sei bankrott und der Kanalbau vollständig zum Erliegen gekommen.«

Eiffel räusperte sich. Dann schnäuzte er sich umständlich in ein seidenes Taschentuch. Erst dann blickte er Alphonse in die Augen.

»So leid es mir tut, Monsieur Dumas, es ist genau so, wie Sie es sagen. Bereits im Februar hat die Panamakanalbaugesellschaft Insolvenz angemeldet.«

Obwohl Alphonse dies bereits vor Monaten von Germain erfahren hatte, fühlte er sich zuerst wie gelähmt.

»Und was … bedeutet das jetzt?«

Eiffel hob bedauernd die Schultern. »Ich fürchte, alle Anleger haben ihr Geld verloren. Sie wissen es größtenteils nur noch nicht, weil die Regierung den Skandal bislang geheim hält. Das mag auch damit zusammenhängen, dass es bei der Lotterie im vergangenen Sommer nicht mit rechten Dingen zugegangen sein soll.«

»Was ist nicht mit rechten Dingen zugegangen?«

»Nun, Eingeweihte munkeln, dass etliche Parlamentarier mit hohen Bestechungsgeldern dazu gebracht wurden, für die Lotterie zu stimmen. Obwohl die finanzielle Schieflage der Gesellschaft bereits damals bekannt war.«

»Mon Dieu«, stöhnte Alphonse. Dann schlug er die Hände vors Gesicht. »Wenn das stimmt, was Sie sagen, und ich habe ja keinen Grund, daran zu zweifeln, bin auch ich bankrott. Denn ich habe in letzter Zeit Kredite aufgenommen, da ich den größten Teil meines Vermögens in den Bau des Kanals investiert habe. Schon im Jahr 1879, als Ferdinand Lesseps mich persönlich aufgesucht hat. Natürlich habe ich auf eine ähnlich hohe Rendite gehofft, wie sie die Anleger mit dem Bau des Suezkanals erwirtschaftet haben.«

Eiffel strich über seinen grau melierten Bart. »So erfolgreich Lesseps beim Suezkanal war, so sehr hat er beim Panamakanal versagt. Es tut mir leid, dies so offen sagen zu müssen, aber es bleibt ja unter uns. Wie Lesseps angesichts der völlig unterschiedlichen landschaftlichen Verhältnisse auf die Idee kommen konnte, der Suezkanal ließe sich mit dem Panamakanal vergleichen, ist mir ein Rätsel. Das Gelände ist ja nicht flach und sandig, sondern von Felsen, Hügeln und Sumpfgebieten durchzogen. Die Hitze vor Ort ist nicht trocken wie in Ägypten, sondern feucht und hat daher Krankheiten aller Art begünstigt, an denen Zigtausende von Arbeitern gestorben sind.«

Alphonse stöhnte auf. »Warum hat dies denn niemand frühzeitig erkannt?«

»Nun, jedermann hielt Lesseps für einen absoluten Kanalbauexperten. Außerdem gab es auch beim Bau des Suezkanals etliche Schwierigkeiten zu überwinden. Diese waren jedoch von ganz anderer Art als die beim Panamakanal. Doch Lesseps hat die Probleme wohl dramatisch unterschätzt. Meines Wissens war er, und das schon vor Jahren, nur ein Mal vor Ort, um sich selbst über die Lage und den Fortschritt der Bauarbeiten zu informieren. Außerdem …«

Alphonse presste sich die Hände auf die Ohren. »Lassen Sie es gut sein, Monsieur! Ich verkrafte keine weiteren schrecklichen Einzelheiten. Wahrscheinlich werde ich nicht nur meine Galerie, sondern sogar meine Wohnung am Boulevard de Clichy verlieren. Beides ist mit Hypotheken belastet, deren Zinsen ich schon jetzt nur mühsam bedienen kann.«

Eiffel näherte sich Alphonse und legte ihm die Hand auf den Arm. »Aber es gibt doch noch Hoffnung für Sie, Monsieur. Wenn mich meine Sinne nicht täuschen, ist Monsieur Germain völlig hingerissen von Ihrem Fräulein Tochter. Baptiste stammt aus der Bankiersfamilie Germain, einer der wohlhabendsten in ganz Paris. Dabei hätte er das Vermögen seines Vaters nicht einmal nötig, denn er ist selbst mit seinen Gemälden überaus erfolgreich, aber wem sage ich das. Er hat mir neulich erzählt, dass sogar der russische Zar einige Werke für sein Winterpalais in Sankt Petersburg erworben hat. Ganz sicher wird er Sie und Ihre Familie nicht im Stich lassen, wenn er erst mit Ihrem Fräulein Tochter verheiratet ist.«

Alphonse lag es auf der Zunge, zu sagen, dass Valérie bislang eine derartige Verbindung mit Baptiste ablehnte. Doch er hatte Eiffel schon genug von seiner Misere anvertraut.

»Ich danke Ihnen für den guten Rat.« Er stand auf und ging mit raschen Schritten zur Tür. »Doch jetzt sollten wir den Rest der Gesellschaft nicht länger allein lassen.«

Obwohl Valérie hörte, dass ihr Vater im Begriff war, das Kontor zu verlassen, war sie unfähig zu jeder Bewegung. Als Alphonse die Tür öffnete, sahen sie einander in die vor Schreck geweiteten Augen.

Kapitel 48

ÉLYSÉE MONTMARTRE

JUNI 1889

Die Kapelle spielte einen Tusch, als Bernard Miller, der Direktor des Élysée Montmartre, die Bühne betrat. Ihm folgte ein livrierter Diener, der auf einem roten Samtkissen drei Rosetten in verschiedenen Farben trug. Damit sollten die Gewinnerinnen des heutigen Tanzwettbewerbs ausgezeichnet werden. Natürlich winkten auch erkleckliche Geldpreise, die jedoch nicht auf der Bühne überreicht werden würden.

Am jährlichen Sommer-Tanzwettbewerb des Ély hatten sich insgesamt fünfundzwanzig Tänzerinnen beteiligt, die aus verschiedenen Etablissements stammten, in denen der Cancan inzwischen ebenfalls zum Standardrepertoire gehörte. Da auch zehn Künstlerinnen aus dem Ély dabei waren, bestand die Jury nicht aus Mitgliedern des Hauses. Allein das anwesende Publikum stimmte über die Siegerinnen ab.

Der Tanzwettbewerb hatte anstelle des üblichen Showprogramms vor dem Mitternachtsball stattgefunden. Jeder Tänzerin standen nur drei Minuten zur Verfügung, um ihr Können zu zeigen. Den Besuchern war bereits beim Eintritt eine nummerierte Namensliste der Wettbewerberinnen ausgehändigt worden, auf der sie nach dem Abschluss des Wettkampfs die Dame kennzeichnen sollten, deren Vorführung ihnen am besten gefallen hatte.

Das Einsammeln und Auszählen der über achthundert Zuschauervoten hatte fast die gesamte Zeit bis zum Abschluss des Mitternachtsballs in Anspruch genommen. Doch nun, um Viertel vor zwei Uhr morgens, stand das Ergebnis fest.

Im Saal wurde es mucksmäuschenstill, als Bernard Miller an den Rand der Bühne trat und beide Arme schwenkte zum Zeichen, dass er nun das Ergebnis des Wettbewerbs verkünden wolle.

»Mesdames et Messieurs! Ich habe die große Ehre, Ihnen nun die Gewinnerinnen des diesjährigen Sommer-Tanzwettkampfs vorzustellen.«

Er machte eine künstliche Pause. Elises Puls beschleunigte sich. Sie stand zusammen mit ihren Mitbewerberinnen im Hintergrund der Bühne. Miller entfaltete umständlich ein Papier, auf dem die Ergebnisse verzeichnet waren. In Wirklichkeit wusste er natürlich bereits, wer gewonnen hatte.

»Ich darf Ihnen zuerst die Drittplatzierte dieses anspruchsvollen Wettbewerbs präsentieren. Es ist« – wieder machte er eine kleine Pause – »unsere verehrte Mademoiselle Lucienne Beuze.«

Elise warf einen raschen Blick zu Grille d'Égout, die neben ihr stand. Deren Miene spiegelte ihre zwiespältige Gefühlslage wider. Auf der einen Seite freute sie sich über ihre Platzierung, die immerhin mit einem Gewinn von einhundert Francs verbunden war. Auf der anderen Seite ahnte sie bereits, wer die beiden vorderen Plätze einnehmen würde.

»Ich hoffe, dass du diesmal die Erste bist«, raunte sie Elise noch zu, bevor sie vortrat. Bernard Miller heftete ihr die weiße Rosette an ihr Kleid, beglückwünschte sie und teilte dem Publikum dann die Höhe ihres Preisgelds mit. Wieder spielte die Kapelle einen Tusch.

»Und nun kommen wir zur Zweitplatzierten dieses unvergesslichen Abends.«

Elise schlug das Herz inzwischen bis zum Hals. Ihre eigene Vorführung war absolut perfekt gewesen und hätte eigentlich mit der von La Goulue mithalten können. Wenn die nicht am Ende ihres Auftritts eine völlig neue Cancan-Figur präsentiert hätte. Anstatt des üblichen abschließenden Spagats hatte sie das linke Bein hinter ihren Schultern bis weit über den Kopf erhoben. Schon der Applaus nach ihrem Auftritt war euphorisch gewesen. Obwohl Louise mit der zuvor ausgelosten, eigentlich undankbaren Startnummer 5 aufgetreten war, hatte Elise den Eindruck, dass keiner Tänzerin danach noch mehr Beifall gespendet worden war.

Aber hatte sie wenigstens den zweiten Platz erreicht? Ihre Aufregung schlug unmittelbar in Freude um, als Bernard Miller als Nächstes ihren Namen verkündete. Mit einem stolzen Lächeln trat sie nach vorn und ließ sich die rot-weiße Rosette anheften. Auch ihr spendete das Publikum riesigen Beifall. Und den Gewinn von zweihundertfünfzig Francs konnte sie gut gebrauchen.

Damit kann ich Maman und Marianne einen neuen Herd kaufen, überlegte sie stolz, während sie dem Publikum strahlend zuwinkte. Denn der alte Herd qualmte inzwischen, obwohl André das Ofenrohr schon mehrere Male abzudichten versucht hatte. Außerdem war er viel zu klein.

Denn Henris Taktik war aufgegangen. Obwohl die Geschichte, die Elise ihrer Mutter über das Schicksal von Simone erzählt hatte, nahezu frei erfunden war, hatte sie die gewünschte Wirkung gezeitigt. Jeanne hatte seither um jeden Tropfen Absinth einen weiten Bogen gemacht und stattdessen beschlossen, die Wäsche ihrer Kundinnen nicht nur zu schrubben, sondern danach selbst zu trocknen und zu bügeln. Auch für das Erwärmen der Plätteisen würde der neue Herd mehr als willkommen sein.

»Ich will alles dafür tun, dass Simone uns bald besucht«, erklärte Jeanne immer wieder.

Marianne würde mit ihren Kräutertinkturen ebenfalls von einem neuen Herd profitieren. Schon lange versteckte sie den zur Konservierung notwendigen Alkohol nicht mehr vor Jeanne.

Trotz ihrer Freude spürte Elise einen kleinen Stich, als Louise Weber schließlich erwartungsgemäß zur Siegerin gekürt wurde und die Rosette in allen drei Farben der Trikolore empfing.

Sie hatte bisher jeden Tanzwettbewerb, sei es im Ély oder an einem anderen Auftrittsort, wie den Folies Bergère, gewonnen. Inzwischen war sie in der ganzen Hauptstadt bekannt und galt jetzt, wo die große Weltausstellung begonnen hatte, sogar als Inbegriff der *Parisienne*. Dies führte dazu, dass immer mehr fremde Besucher Abend für Abend ins Ély strömten, um sie tanzen zu sehen.

La Goulue selbst hatte sich an diesen Erfolg inzwischen so sehr gewöhnt, dass sie sich nicht einmal mehr die Mühe machte, ihre gelangweilte Miene zu verbergen oder sich herzlich bei den Zuschauern, die ja mehrheitlich für sie gestimmt hatten, zu bedanken. Sie tauschte lediglich zwei Wangenküsschen mit Miller aus und verließ dann nach einer kurzen Verneigung die Bühne. Nicht einmal Kusshändchen hatte sie ins Publikum geworfen, wie es Lucienne und Elise selbstverständlich getan hatten.

Wenigstens gab es ein paar Buhrufe, mit denen einzelne Zuschauer diese Missachtung quittierten. Doch sie wurden sofort vom letzten Stück der Kapelle, der Miller ein Zeichen gegeben hatte, übertönt.

So war La Goulue nicht einmal mehr auf der Bühne, als Miller zum Abschluss des Tanzwettbewerbs seine große Freude darüber zum Ausdruck brachte, dass alle drei Gewinnerinnen aus dem Élysée Montmartre stammten. »Aus diesem Grund stocke ich die Preise noch einmal um die Hälfte auf«, verkündete er zu Elises Überraschung.

Nun würde sie also anstatt der zweihundertfünfzig sogar dreihundertfünfundsiebzig Francs am nächsten Tag ausbezahlt bekommen. Dies war einerseits ganz wunderbar, andererseits verursachte es Elise auch ein Ziehen im Magen. Denn nun würde André erwarten, dass sie einen Teil davon in die Hochzeitskasse einzahlte. Da Elise jedoch inzwischen mit Leib und Seele an ihrer Beschäftigung als Cancan-Tänzerin hing, die sie nach der Hochzeit aufgeben müsste, stand sie der Heirat immer mehr mit gemischten Gefühlen gegenüber.

Auf dem Weg in die Garderobe hielt die Garderobiere sie und Lucienne an. »Ich habe hier etwas für Sie.« Mit diesen Worten überreichte sie beiden eine goldbeschriftete Visitenkarte.

»Joseph Oller«, las Elise. Dann überlegte sie. »Irgendwo habe ich den Namen schon mal gehört. Kannst du was damit anfangen, Lucienne?«

Luciennes dunkle Augen strahlten. »Weißt du wirklich nicht, wer das ist? Joseph Oller ist der Besitzer des Nouveau Cirque und neuerdings auch einer großen Musikhalle.«

»Ach ja!« Elise schlug sich an die Stirn. Der Nouveau Cirque galt als eine der Attraktionen von Paris. Im Winter trat dort ein Zirkus mit vielen bekannten Künstlern auf. Im Sommer dagegen konnte man die Manege in eine Wasserbahn verwandeln, die einerseits als Schwimmbad für die Öffentlichkeit diente, andererseits auch zu Sportwettkämpfen, zum Beispiel im Rudern, genutzt werden konnte.

Wieder einmal bedauerte Elise, dass ihr zu wenig Freizeit blieb, um solche Vergnügungsstätten auch einmal selbst mit André oder ihrer Familie aufzusuchen. Ratlos betrachtete sie die Visitenkarte.

»Was kann Monsieur Oller denn von uns wollen? Möchte er etwa ebenfalls einen Tanzwettbewerb in seiner Musikhalle ausrichten?«

»Das werden wir morgen in Erfahrung bringen«, freute sich Lucienne. »Dreh die Karte doch einmal um!«

»Sehr verehrte Mademoiselle Lambert«, las Elise. »Bitte suchen Sie mich morgen Vormittag gegen elf Uhr in meinem Kontor im Nouveau Cirque auf«, stand es dort in gestochener Schrift.

»Was kann er nur von uns wollen?«, wiederholte Elise ratlos.

Auch hierauf wusste Lucienne zu ihrem Erstaunen eine Antwort. »In Montmartre läuft seit längerer Zeit das Gerücht um, dass Oller die alte Tanzhalle La Reine Blanche am Boulevard de Clichy aufgekauft hat und zu einem Tempel des Cancan umbauen lässt. Angeblich möchte er ihn *Moulin Rouge* nennen.«

Jetzt dämmerte es auch Elise. Hatte André ihr nicht erzählt, er habe einen neuen großen Auftrag am Boulevard de Clichy, an dem eine neue Tanzhalle errichtet werden sollte?

Bei ihrer Heimkehr spät in der Nacht schlief André schon. Aber als sie am nächsten Morgen ungewohnt zeitig mit ihm aufstand und sie zusammen frühstückten, bestätigte sich ihre Vermutung. Das Moulin Rouge war die Baustelle, auf der André gerade arbeitete.

KONTOR VON JOSEPH OLLER IM NOUVEAU CIRQUE

JUNI 1889, AM NÄCHSTEN TAG

Am Vormittag traf Elise fast eine halbe Stunde vor dem von Joseph Oller genannten Termin im Nouveau Cirque ein. Sie fragte sich in dem weitläufigen Gebäude bis zum Kontor des Besitzers durch und traf in dessen Vorzimmer schon auf Lucienne, die ebenfalls nicht riskiert hatte, zu einer solch wichtigen Einladung zu spät zu kommen.

Das Schreibfräulein teilte ihnen allerdings mit, dass ihr Vorgesetzter noch gar nicht im Hause sei und wahrscheinlich erst kurz vor elf Uhr eintreffen werde.

Die beiden Frauen beschlossen, sich bis dahin noch ein wenig die Füße zu vertreten. Auf dem Rückweg trafen sie La Goulue. Es war fünf vor elf, immerhin war auch sie heute, entgegen ihrer sonstigen Gewohnheit, um Pünktlichkeit bemüht. Louise machte ein langes Gesicht, als sie ihrer ansichtig wurde. »Was wollt ihr denn hier?« Ihre Stimme klang schroff.

Wie üblich war Lucienne gegenüber La Goulue nicht auf den Mund gefallen. »Ich nehme an, dasselbe wie du«, antwortete sie kühl. »Offenbar hat Monsieur Oller uns alle drei zur selben Zeit zum Gespräch eingeladen.«

Louise schnaubte, sprach die bissige Bemerkung, die ihr wahrscheinlich auf der Zunge lag, jedoch nicht aus. Gemeinsam kehrten die Frauen ins Vorzimmer zurück.

Pünktlich auf die Minute betrat ein schlanker Herr, trotz der

Sommerhitze korrekt in Gehrock und Zylinder gekleidet, den Raum.

»Ah, Mesdemoiselles, Sie sind ja bereits alle da. Das ist ganz wunderbar, denn ich hatte ohnehin vor, mit Ihnen gemeinsam zu sprechen. Bitte folgen Sie mir!«

Die drei betraten ein üppig mit schweren Mahagonimöbeln und samtgepolsterten Lehnstühlen ausgestattetes Büro. Von den angebotenen Erfrischungen nahm nur La Goulue das Glas Champagner an. Elise und Lucienne begnügten sich mit gekühltem Zitronenwasser.

»Also, meine Damen«, begann Oller ohne Umschweife. »Ich beobachte Sie alle drei bereits seit einiger Zeit im Élysée Montmartre. Denn ich bin auf der Suche nach den besten Cancan-Tänzerinnen in Paris. Nachdem Sie nun gestern Abend den anspruchsvollen Tanzwettbewerb gewonnen haben, bin ich der Überzeugung, dass Sie die Besten sind. Deshalb habe ich beschlossen, Sie für mein neues Etablissement zu engagieren.«

Seine Formulierung klang so, als hätten die drei bereits zugestimmt.

»Ich biete Ihnen einen außergewöhnlich hohen Lohn, erwarte dafür aber, dass Sie an sechs Abenden pro Woche zwischen acht Uhr abends und zwei Uhr morgens zur Verfügung stehen. Jeweils mindestens zwei von Ihnen, wenn die dritte ihren freien Tag nimmt. Was halten Sie davon?«

»Wie hoch ist denn der Lohn, den Sie bieten?« – »Um was für ein Etablissement wird es sich handeln?« La Goulue und Lucienne sprachen gleichzeitig.

Joseph Oller lächelte breit. Obwohl er erst fünfzig Jahre alt war, wie Lucienne in Erfahrung gebracht und Elise auf ihrem Spaziergang erzählt hatte, war sein Kopfhaar bereits einer ausgeprägten Halbglatze gewichen. Umso üppiger war sein weißer

Bartwuchs. Die Koteletten reichten von den Schläfen bis zu seinem dichten Vollbart. Die buschigen dunklen Augenbrauen bildeten einen merkwürdigen Kontrast dazu und waren das markanteste Merkmal in seinem Gesicht.

»Möchten auch Sie etwas Besonderes wissen, Mademoiselle Lambert?«, wandte er sich demonstrativ zuerst an Elise.

Die schüttelte den Kopf. »Die Antworten auf die beiden Fragen würden mich auch interessieren.«

»Nun, ich komme gleich darauf zurück. Zunächst möchte ich betonen, dass ich Sie als Trio engagieren will. Ist eine von Ihnen nicht interessiert, muss ich leider auch von einem Engagement der beiden anderen Damen Abstand nehmen.«

Louise Weber sog scharf die Luft ein. Sie öffnete bereits den Mund, überlegte es sich dann aber offenbar anders.

»Denn Sie alle sind zwar als Solotänzerinnen sehr gut und sollen auch weiterhin eine oder zwei Nummern pro Abend allein bestreiten. Doch als Gruppe sind Sie absolut unübertrefflich.«

»Was ist mit Valentin, meinem Partner?«, platzte La Goulue heraus.

»Auch er ist mir herzlich willkommen, denn im Moulin Rouge wird es nach der Show wie im Ély einen Tanz für das Publikum geben, der von den Mitgliedern des Cancan-Ensembles angeführt werden soll.«

Lucienne hob die Hand wie ein Schulmädchen. Als Oller ihr zunickte, fragte sie: »Um welche Mühle soll es sich denn handeln? Ich habe gerüchteweise gehört, das neue Etablissement soll an der Stelle der ehemaligen Tanzhalle La Reine Blanche errichtet werden. Dort gab es meines Wissens jedoch nie eine Mühle wie oben auf dem Hügel von Montmartre.«

Wieder lächelte Oller über das ganze Gesicht. »Sie sind gut unterrichtet, Mademoiselle Beuze. Tatsächlich hat der Bau nach dem Abriss der alten Tanzhalle bereits begonnen. Er wird noch vor dem Ende der Weltausstellung fertiggestellt sein. Den Eingang wird eine neu erbaute rote Mühle bilden. Damit knüpfe ich bewusst an die Mühlentradition von Montmartre an. Die Idee für einen aufsehenerregenden Eingang habe ich mir von Gustave Eiffel abgeschaut, der mit seinem Turm ja ebenfalls ein spektakuläres Portal zur riesigen Weltausstellung errichtet hat.«

»Und ich beantworte gern auch Ihre erste Frage, Mademoiselle Beuze«, unterbrach er La Goulues Versuch, sich zu Wort zu melden. »Ich möchte mit dem Moulin Rouge eine Vergnügungsstätte schaffen, die alles übertrifft, was Paris je gesehen hat. Ein bombastisches Varieté. Natürlich wird der Cancan eine zentrale Rolle spielen, aber es soll eine Vielzahl anderer Künstler auftreten. Nicht nur Sänger und Pantomimen, auch Spaßmacher, Zauberkünstler, Bauchredner und Akrobaten. Ein buntes, häufig wechselndes Programm. Die Vorführung wird jeweils von acht Uhr bis Mitternacht gehen, danach folgt der Publikumstanz. Selbstverständlich, und das haben die Damen ja bereits meinen Konditionen entnommen, wird das Moulin Rouge an jedem Abend geöffnet sein.«

Wieder hob er die Hand. »Da dies einen größeren Aufwand für Sie bedeutet, möchte ich das finanziell entsprechend honorieren. Den Damen Lambert und Beuze biete ich einen Verdienst von zweihundert Francs pro Woche an. Ihnen, Mademoiselle Weber, von zweihundertfünfzig Francs.«

Zweihundert Francs pro Woche! Elise war versucht, sich zu kneifen, ob sie nicht träumte. Denn im Ély verdiente sie nur die Hälfte davon. Seit über zwei Jahren war ihre Gage nicht mehr erhöht worden. Erst zu Beginn des nächsten Jahres könnte sie mit Miller erneut darüber verhandeln. Mit ungewissem Ergebnis, aber das Doppelte würde er bestimmt nicht bieten.

Hinzu kamen die zwanzig Francs für ihre Freitagsauftritte in den Folies Bergère. Der Weg dorthin war viel weiter als der zum Ély und würde ihr in Zukunft also erspart bleiben. Zusätzlich achtzig Francs für einen Abend pro Woche mehr erschien ihr überaus lukrativ.

Da sie mit diesen Überlegungen abgelenkt war, bekam sie zunächst gar nicht mit, dass Grille d'Égout etwas ganz anderes bewegte. »Warum dieser Unterschied in den Honoraren, Monsieur Oller?«

»Weil ich eben die Beste bin!«, platzte La Goulue heraus.

»Aber Sie haben darauf bestanden, uns nur als Trio zu engagieren«, insistierte Lucienne, ohne Louises Einwand zu beachten.

»Das ist richtig, Mademoiselle«, antwortete Oller nun bedächtig. »Doch ganz so kunstfertig wie Mademoiselle Weber tanzen Sie noch nicht. Die Entscheidung habe ich erst gestern Abend getroffen, nachdem Mademoiselle Weber jene spektakuläre Figur mit dem erhobenen Bein hinter der Schulter gezeigt hat.«

»Übrigens soll es dabei bleiben!«, fügte er hinzu. »Nur La Goulue darf diese Cancan-Figur vorführen und soll dadurch zur Startänzerin des Moulin Rouge werden. Ohne dabei Ihre Leistung schmälern zu wollen.« Er neigte den Kopf leicht in Richtung der beiden anderen. »Aber allein nutzt sie mir nichts, denn auf dem Markt sind Sie und Mademoiselle Lambert zweifelsohne nach ihr die kunstfertigsten Tänzerinnen. Ich möchte jedoch auf jeden Fall auch Auftritte als Trio oder wenigstens als Duo von Ihnen im Programm haben, wenn eine von Ihnen frei hat.«

Seine Stimme klang so bestimmt, dass Elise den Eindruck hatte, jeglicher Einspruch wäre vergeblich. Zum Glück versuchte Lucienne es nicht mehr.

»Das bringt mich übrigens zu einem weiteren Punkt, Mesdemoiselles. Ihre freien Abende dürfen ausschließlich zwischen

Montag und Freitag liegen. An den am besten besuchten Wochenenden müssen Sie vollzählig sein.«

Dies erwies sich jedoch für keine der drei als Problem. Denn aus dem Ély waren sie es gewohnt, an jedem Wochenende aufzutreten.

Trotzdem machte ihnen Oller im Gegenzug noch ein unerwartetes Angebot. »Sollte ich mit dem Varieté Moulin Rouge den Erfolg erzielen, den ich erwarte, werde ich allen Mitgliedern des Ensembles, die besonders dazu beigetragen haben, von Zeit zu Zeit eine freiwillige Prämie auszahlen. Über den Zeitpunkt und die Höhe werde ich allerdings selbst entscheiden. Dennoch habe ich den Passus in Ihre Verträge aufgenommen.«

Jetzt wirkte selbst La Goulue verblüfft. »Sie haben unsere Verträge bereits aufgesetzt?«

Oller nickte. »Selbstverständlich, meine Damen. Ich war mir sicher, dass wir handelseinig werden. Die Verträge gelten allerdings zunächst nur für die Wintersaison von Oktober bis März. Danach sehen wir weiter.«

Er zog an einer Klingelschnur, woraufhin das Schreibfräulein aus dem Vorzimmer mit einer Ledermappe eintrat. Oller händigte jeder der drei Frauen ihren Vertrag aus.

»Lesen Sie ihn noch einmal gut durch, dann unterschreiben Sie. Eine zweite Ausfertigung erhalten Sie unmittelbar danach.«

Elise wähnte sich noch immer wie in einem schönen Traum, als sie das Dokument durchlas. Noch an keiner einzigen ihrer Arbeitsstellen hatte sie jemals einen schriftlichen Vertrag erhalten.

Doch es war kein Traum. Wort für Wort stand all das, was Joseph Oller ihnen mündlich vorgestellt hatte, in dem zweiseitigen Papier. Dann griff sie zu dem Federhalter, den das Schreibfräulein ihr reichte, und unterschrieb. Oller hatte den Vertrag bereits zuvor gegengezeichnet, ebenso die Ausfertigung für sie selbst. Allerdings wirkte seine Unterschrift weitaus kühner und gestochener als Elises, die sie mit zittriger Hand daruntersetzte.

IN DER WERKSTATT VON ANDRÉ RENARD

JUNI 1889, ZUR GLEICHEN ZEIT

André unterdrückte einen Fluch, als er in der heißen Junisonne den steilen Weg über die Rue Lepic zu seiner Werkstatt in der Rue Caulaincourt hinaufstapfte. Wo hatte er heute Morgen nur seine Gedanken gehabt, als er ohne Hammer zu seiner aktuellen Arbeitsstätte aufgebrochen war?

Ironischerweise hatte er heute früh erfahren, dass er genau am Bau jenes neuen Etablissements beteiligt war, bei dessen Besitzer sich Elise im Augenblick vorstellte. Joseph Oller hatte jeden Handwerker in Montmartre engagiert, den er kriegen konnte, um das neue Gebäude so rasch wie möglich fertigzustellen. Er zahlte einen so guten Lohn, dass André seine anderen Aufträge nur zu gern geopfert hatte.

Heute sollte er eigentlich mit mehreren anderen Tischlern einen der Flügel für die rote Mühle zusammenbauen, die den Eingang zu der Vergnügungsstätte bilden und der Tanzhalle ihren Namen geben würde. Die Zeit drängte, denn das Moulin Rouge sollte noch während der Weltausstellung eröffnet werden, die bis Ende Oktober dauerte.

Der Meister, der die Tischlerarbeiten beaufsichtigte, war nicht erfreut gewesen, als André ohne Hammer erschienen war. Anfangs hatte er ihn noch mit Hilfsarbeiten beschäftigt. Gegen Lohnminderung, wie er betont hatte. Doch dann gingen diese Tätigkeiten aus. Und als hätte der Teufel seine Hand im Spiel, war auf der ganzen Baustelle kein Hammer aufzutreiben, der gerade nicht benötigt wurde. Also war André nichts anderes übrig geblieben, als zurück zu seiner Werkstatt zu gehen und das fehlende Werkzeug zu holen.

Unterwegs plagten ihn düstere Gedanken. Es war kein Wunder, dass er heute Morgen so unkonzentriert gewesen war. Denn Elise, die ungewohnt früh nach ihrem gestrigen Auftritt aufgestanden war, hatte ihm mitgeteilt, dass Monsieur Oller sie und die beiden anderen Gewinnerinnen des gestrigen Tanzwettbewerbs zu sich eingeladen hatte. Da auf der Baustelle über Oller das Gerücht umging, dass er niemals auch nur eine Minute seiner Zeit verschwendete, musste André davon ausgehen, dass er Elise ein Angebot machen würde. Was ihre Heiratspläne natürlich erneut in weite Ferne rücken würde. Denn noch immer verdiente André nicht genug, um Elise allein mit seinem Lohn ein Leben in dem bescheidenen Wohlstand bieten zu können, den sie im Augenblick weitgehend selbst finanzierte.

Da gereichte es ihm sogar letzten Endes zum Nachteil, dass Jeanne und Marianne sich ihren Lebensunterhalt inzwischen wieder selbst verdienten. Denn nun war Elises Anteil am gemeinsamen Haushaltseinkommen noch größer geworden. Er hätte sie zwar bitten können, seine Schulden mit abzutragen, dazu war er aber immer zu stolz gewesen.

Die Situation war einfach verzwickt. Es war völlig unmöglich, dass Elise weiter als Tänzerin arbeitete, wenn sie erst einmal verheiratet waren. In Erwartung einer baldigen Schwangerschaft wurden Tänzerinnen nach der Hochzeit sofort entlassen.

Fast wäre André jetzt, tief in diese trüben Gedanken versunken, an seinem Häuschen vorbeimarschiert. Mit einem weiteren Fluch kehrte er um und ging die wenigen Schritte in die Werkstatt zurück.

Den vergessenen Hammer, den er gestern Abend aus seiner Werkzeugkiste genommen hatte, um einen Nagel einzuschlagen, fand er sofort. Er war schon auf dem Weg nach draußen, als sein Blick auf eine der hölzernen Treppenstufen ins Obergeschoss fiel, die schief stand. Heute Morgen war ihm das noch nicht aufgefallen. War das Holz etwa morsch?

Erneut fluchend, bückte er sich, um den Schaden zu begutachten. Er riss an der Trittplanke, um zu prüfen, wie stabil sie noch war. Das Holz fühlte sich feucht an und ließ sich an der rechten Seite mühelos anheben. Darunter kam ein Loch zum Vorschein. Was hatte das zu bedeuten? Er selbst hatte Onkel Georges zu Beginn seiner Lehre geholfen, den festgestampften Lehm, aus dem der Aufgang ehemals bestanden hatte, mit Holz zu verkleiden. Woher kam nun auf einmal ein Loch? Hatte sich Nässe darin angesammelt und das Holz beschädigt? Prüfend fuhr er mit der Hand hinein und stutzte. Da lag etwas drin.

Er zerrte daran und zog einen Beutel hervor. Das verrottete Leder riss auf. Eine Flut von Goldmünzen ergoss sich klirrend über den ganzen Flur.

»Du glaubst es nicht, Elise! Aber ich hab dreimal nachgezählt. Wenn ich alle Münzen gefunden habe, sind es zweihundertachtundvierzig Louisdor, also fast fünftausend Francs.«

Fassungslos starrte Elise auf den goldenen Haufen auf dem Küchentisch. So viel Geld hatte sie noch nie auf einmal gesehen.

»Damit kann ich alle Schulden bei diesem elenden Wucherer begleichen und behalte noch genug übrig, um das Häuschen auszubessern und dich endlich zu heiraten.«

»Wie… wieso hatte dein Onkel denn so viel Geld im Haus? Und hat dir nie was davon gesagt?« Erst langsam konnte Elise einen klaren Gedanken fassen. »Und warum hat er Haus und Werkstatt bei diesem Halsabschneider verpfändet, wenn er es doch gar nicht nötig gehabt hätte?«

»Darüber hab ich auch schon nachgedacht. Onkel Georges hat früher immer behauptet, dass er was auf der hohen Kante hat, wofür er jahrelang gespart hat. Als ich ein Kind war, ging sein Geschäft noch richtig gut. Er hat zwei Gesellen gehabt. Das Vermögen hat er wohl über Jahrzehnte hinweg zusammengetragen. Denn es sind Louisdor mit ganz verschiedener Prägung dabei. Schau her!« André hielt eine Münze zwischen Daumen und Zeigefinger hoch. »Das ist eine mit dem Kopf von Louis Philippe. Der wurde als König 1848 abgesetzt. Die Münze hier ist also über vierzig Jahre alt.«

Elise ging ein Licht auf. »Onkel Georges war ja nicht mehr ganz bei Verstand in den Jahren vor seinem Tod. Meinst du, er hat einfach vergessen, dass er diesen Schatz besaß, so wie er manchmal sogar deinen Namen vergessen hat?«

André nickte. »Kann sein. Die Stufe, wo ich den Beutel gefunden hab, ließ sich mal mit so 'nem Schnappmechanismus aufklappen. War ein Geheimfach, sozusagen. Jetzt ist das Ding verrostet, deshalb gings von allein auf. Am Ende hat der Onkel wohl nicht mehr gewusst, wo das Fach war oder wie es aufging. Oder er hat den Schatz ganz vergessen. Und dann hat er das Haus verpfändet, um an Geld zu kommen. Anders kann ich's mir nicht erklären.«

Angesichts von Andrés Begeisterung wurde Elise das Herz schwer. »Wie viel Geld ist denn übrig, wenn du den Wucherer ausbezahlt hast?«

»Fast zweitausend Francs. Genug für eine schöne Hochzeit

und den Grundstock für unsern Hausstand. Wir können noch im Sommer heiraten.« Andrés dunkelbraune Augen funkelten.

Elise holte tief Luft. »Das geht leider nicht.« Sie zog den Vertrag aus ihrer Tasche und gab ihn André zu lesen. Seine Miene verdunkelte sich zusehends.

»Du hättest mich fragen sollen, bevor du das hier unterzeichnet hast.« Verächtlich warf er das Papier auf den Tisch.

Elise wurde zornig. »Warum hätte ich das tun sollen, André? Monsieur Oller bietet mir mit zweihundert Francs pro Woche mehr, als du in einem ganzen Monat übrig behältst, wenn du den Wucherer bezahlt hast. Woher sollte ich wissen, dass dein verrückter Onkel sein Geld unter der Treppe versteckt hat und du es ausgerechnet heute findest?«

»Eine zukünftige Ehefrau bespricht solche Dinge vorher mit ihrem Mann«, beharrte André gestelzt auf seinem Standpunkt und machte Elise damit noch wütender. »Wenn wir erst mal verheiratet sind, kannst du so was gar nicht mehr ohne meine Erlaubnis unterschreiben!«

Schlagartig wurde Elise klar, wie recht André hatte. Als seine Ehefrau würde sie über keine der Freiheiten mehr verfügen, die heute selbstverständlich für sie waren. Er könnte ihr verbieten, was immer er wollte. Und sie wäre machtlos dagegen. So sah es der *Code civil* vor, der noch aus den Zeiten Napoleon Bonapartes stammte.

Innerlich tobte ein Kampf in ihr. Einerseits war André ihr in all den Jahren ein treuer Gefährte gewesen und hatte ihr immer in schweren Zeiten beigestanden. Andererseits missbilligte er seit Jahren ihren Erfolg als Tänzerin. Oder war er inzwischen deshalb sogar neidisch?

Außerdem waren zweitausend Francs, auf den zweiten Blick gesehen, gar nicht so viel Geld. Im Moulin Rouge würde sie die gleiche Summe in zweieinhalb Monaten verdienen, selbst ohne die in Aussicht gestellte Prämie.

In ihrem Gefühlschaos flüchtete sich Elise ins Naheliegende. »Meinen Vertrag für die Wintersaison muss ich einhalten, André. Das hast du ja grade selbst gelesen. Wenn ich ohne einen triftigen Grund vorzeitig kündige, muss ich alles zurückzahlen, was ich bis dahin verdient hab. Lucienne Beuze hat extra nachgefragt. Nur gesundheitliche Gründe erachtet Monsieur Oller als triftig für eine vorzeitige Auflösung des Vertrags. Also einen Unfall oder eine Krankheit.«

»Und wenn du gleich davon zurücktrittst?«

»Dann werden auch die Verträge von Louise und Lucienne ungültig. Denn Oller will uns nur zu dritt engagieren. Das steht doch ausdrücklich hier!« Sie zeigte auf den entsprechenden Passus.

André starrte eine Zeit lang finster vor sich hin. Elise befürchtete schon, er würde ihr den Laufpass geben. Verwundert spürte sie bei diesem Gedanken gleichzeitig eine winzige Spur Erleichterung.

Doch schließlich nickte er grimmig. »Also sei es, Elise! Erfüll deinen Vertrag mit Joseph Oller bis zum Ende der Wintersaison. Aber lass dir gesagt sein, länger warte ich nicht mehr auf dich.«

Kapitel 49

KUNSTHANDLUNG VON ALPHONSE DUMAS

SEPTEMBER 1889

»Ich gehe kurz aus, um etwas Wichtiges zu besorgen. Ich bin spätestens in einer Stunde zurück. Sollte sich bis dahin ein Kunde einfinden, berate ihn und serviere ihm einen Kaffee. Aber verhandle nicht über Preise! Das tue ich selbst bei meiner Rückkehr.«

Valérie nickte mit verschlossener Miene. Obwohl die Anweisungen ihres Vaters für einen Außenstehenden unverfänglich gewirkt hätten, hielt sie sie erneut für einen Wink mit dem Zaunpfahl. Zu dieser frühen Stunde am Tag war es sowieso unwahrscheinlich, dass ein Kaufinteressierter die Galerie aufsuchen würde. Doch auch im Lauf eines gesamten Tages waren in jüngster Zeit immer weniger Kunden in die Galerie Dumas gekommen.

Erst viel später würde Valérie erfahren, dass dies vor allem auf den Einfluss von Baptiste Germain zurückging. Er hielt nicht nur seine neuesten Werke für den Verkauf in der Galerie zurück, sondern hatte auf dem letzten Pariser Salon negative Mundpropaganda für das Geschäft ihres Vaters gemacht.

»Die Preise dort sind sehr überhöht«, hatte er unter anderem behauptet und konkurrierende Kunsthandlungen empfohlen. Zweifelsohne wollte er damit den Druck auf Alphonse und damit auch auf sie selbst erhöhen, seinem Werben endlich nachzugeben.

Zum jetzigen Zeitpunkt wusste Valérie dies noch nicht. Dass ihr Vater in seiner zunehmenden finanziellen Bedrängnis in letzter Zeit tatsächlich überhöhte Preise für seine Gemälde verlangte, war ihr jedoch nicht entgangen. Auch nicht, dass dadurch nur wenige Verkäufe zustande kamen. Es war ein Teufelskreis, der Alphonse immer mehr in Verzweiflung stürzte.

Trotzdem hatte er noch immer nicht über die Höhe seiner Verluste durch die Insolvenz der Panamakanalbaugesellschaft mit ihr gesprochen. Obwohl er wusste, dass sie sein Gespräch mit Monsieur Eiffel auf dem Eiffelturm zum Teil belauscht hatte. Dazu war er bislang wohl zu stolz gewesen. Lieber beließ er sie über die investierte Summe im Ungewissen.

Auch das erleichterte es Valérie, sich bislang seinem Drängen, Baptiste Germain zu heiraten, zu widersetzen. Obwohl Alphonse inzwischen die gesamte Familie als Verbündete gewonnen hatte.

»Dass du dich einer Verbindung mit dem Bankhaus Germain verweigerst, Valérie, halte ich für einen ausgemachten Skandal! Es zeugt von deinem jugendlichen Unverstand, obwohl du offiziell seit Langem volljährig bist. Es wäre eine Ehre für uns alle, in verwandtschaftliche Beziehungen zu dieser hoch angesehenen und überaus reichen Bankiersfamilie zu treten.«

Dies hatte Alphonses Vater Gérôme ihr vor den Ohren aller Anwesenden beim Nachmittagskaffee am vergangenen Sonntag vorgehalten.

Natürlich hatten sich sowohl Amélie als auch Alphonse daran beteiligt, weiter Druck auf sie auszuüben. Valérie hatte das Speisezimmer schließlich weinend verlassen und sich in ihrem Zimmer eingeschlossen.

Doch auch dort fand sie keine Ruhe. »Eine junge Frau sollte sich dem guten Rat ihrer Eltern beugen, was die Ehe angeht«, hatte ihr Victoria, ihre Großmutter väterlicherseits, unter vier

Augen nahegelegt. Sie war Valérie unter dem Vorwand, sie trösten zu wollen, gefolgt. Nur um sie diesbezüglich zwar sanfter, aber ebenso unnachgiebig zu ermahnen.

Alphonses Eltern wussten natürlich nicht, dass seine eigenen finanziellen Schwierigkeiten der Grund dafür waren, Valérie zu dieser Ehe zu drängen. Deshalb hatte sie Gérôme und Victoria gegenüber zumindest kein schlechtes Gewissen.

Anders bei Amélies Eltern. »Ich weiß, was deine Eltern für ein Opfer von dir verlangen, mein Kind«, hatte ihre Großmutter Cecile offen eingestanden. Sie hatte Valérie zuvor in ihre Wohnung eingeladen, die über dem bankrottgegangenen Textilgeschäft am Boulevard Haussmann lag. Jetzt war der Laden an eine Modistin vermietet. Statt der Stoffe gab es verschiedene Hutmodelle in der Auslage.

»Wir haben dieses Opfer einst selbst von deiner Mutter Amélie verlangt, was ich bis heute bereue. Denn die Ehe deiner Eltern ist nie glücklich geworden, wie du ja weißt. Deshalb tut es mir in der Seele weh, dass deine Verbindung mit Baptiste Germain für uns der letzte Ausweg ist, nicht in Armut und Elend abzurutschen.«

»Armut und Elend?« Valérie war entsetzt.

»Zumindest dein Großvater und ich werden bald auch diese Wohnung verlieren.« Ihre Großmutter machte eine ausholende Handbewegung. Schon seit einiger Zeit war Valérie aufgefallen, dass sie weiterhin ihre längst aus der Mode gekommenen Kleider trug. »Denn wir haben das Haus, das uns offiziell bis heute gehört, mit hohen Hypotheken belastet. Die Zinsen dafür können wir kaum mehr aufbringen. Die Miete für unser ehemaliges Ladengeschäft ist unsere einzige Einnahmequelle. Deshalb haben wir deinen Vater wiederholt um Hilfe gebeten. Er hat sie uns versprochen, ist aber nur dazu in der Lage, wenn du Baptiste heiratest.«

»Was hat meine Heirat denn mit euren Schulden zu tun?«

Die Großmutter wiegte ihr Haupt. Valérie bemerkte, dass sie in jüngster Zeit sehr gealtert war. »Wahrscheinlich würde das Bankhaus Germain ihm Kredit gewähren. Zinslosen Kredit, vermute ich. Denn man verlangt von Alphonse nicht einmal eine Mitgift, hat er erzählt.«

Valérie war zu schockiert gewesen, um darauf zu antworten. Ihre Großmutter hatte daraufhin zu einem weiteren Argument gegriffen. »Ich weiß, dass Baptiste viele Jahre älter ist als du. Und dass du ihn nicht liebst, sondern ihr euch erst aneinander gewöhnen müsstet. Aber er ist dir doch offenbar mit Leib und Seele verfallen, wenn er solche finanziellen Zugeständnisse macht wie den Verzicht auf die Mitgift. Außerdem ist er Kunstmaler, so wie du eine Kunstmalerin bist. In dieser Hinsicht könnte dir doch kein besserer Ehemann zuteilwerden! Verlange von ihm, dass er dir nach der Hochzeit ein eigenes Atelier einrichtet, bevor du der Verlobung zustimmst. Ich bin sicher, er wird dir jeden Wunsch von den Augen ablesen.«

Nach diesem Besuch war Valérie zutiefst erschüttert gewesen. Natürlich konnte Cecile nicht wissen, dass ihr Malstil überhaupt nichts mit dem von Baptiste gemeinsam hatte. Dennoch dachte Valérie, anfangs selten, mit der Zeit immer öfter, über den Vorschlag nach.

Am Tag nach dem Gespräch mit Cecile war sie ein weiteres Mal mit dem Mut der Verzweiflung zum Laden des Farbenhändlers Père Tanguy gegangen. Ihre vier Gemälde hingen noch immer in seinem Schaufenster, wie schon seit mehreren Monaten. Niemand hatte nach ihnen verlangt oder sich auch nur nach dem Maler erkundigt.

Diesbezüglich hätte Tanguy auf ihren Wunsch hin auch keine wahrheitsgemäße Auskunft geben dürfen. Denn Valérie hatte ihre Signatur verändert, um anonym zu bleiben, bevor sie die Bilder seinerzeit hingebracht hatte. Das unfertige Gemälde vom Maquis und die zwei frühen im impressionistischen Stil hatte sie mit blutendem Herzen vernichtet, da sie nicht wusste, wo sie sie aufbewahren sollte.

Am Tag, als Suzanne ihr freudestrahlend mitgeteilt hatte, dass Tanguy jetzt eine Präsentationsfläche für ihre Werke habe, hatte Valérie zunächst neue Hoffnung geschöpft. »Theo hat Vincents Bilder abgeholt. Er wird sie für ihn im diesjährigen *Salon des Indépendants* ausstellen.«

Anfangs war Valérie Woche für Woche an ihrem freien Nachmittag bei dem guten Alten vorbeigegangen, um in Erfahrung zu bringen, ob er einen Käufer für eines ihrer Bilder gefunden habe. Eine Weile trug sie sich sogar mit dem Gedanken, ihr Elternhaus zu verlassen, um auf eigenen Füßen zu stehen, falls sie auch nur ein einziges Bild verkaufen würde. Im Nachhinein musste sie jedoch erkennen, dass sie sich nur etwas vorgemacht hatte.

Selbst Suzanne hatte sie von ihren utopischen Plänen abzubringen versucht. »So viel, dass du deinen Lebensunterhalt als unverheiratete Frau von der Malerei bestreiten könntest, würdest du nicht einmal verdienen, wenn du ab und zu Käufer hättest. Und was willst du stattdessen tun? Dich als Kellnerin oder gar als Aktmodell verdingen?«

»Du schaffst es doch auch, dich allein durchzubringen!«, hatte Valérie in ihrem verzweifelten Trotz ausgerufen.

Suzanne hatte traurig gelächelt. »Ja, aber dieses Leben ist hart. Glaub mir, in Wahrheit möchtest du nicht mit mir tauschen.«

Taktvoll hatte Suzanne darauf verzichtet, sie außerdem daran zu erinnern, dass sie weder einen Ort noch das Geld für Materialien hätte, um weitere Gemälde herzustellen. Denn Valéries Zerwürfnis mit Henri bestand unvermindert fort.

Pascals wenige Briefe ließ er ihr nach wie vor in einem verschlossenen Umschlag zukommen. Wenn sie ihn zufällig auf der Straße traf, blickte er demonstrativ an ihr vorbei.

Auch Pascals Schreiben machten ihr alles andere als Mut. Obwohl ihn die Brüsseler Künstlergemeinschaft Les Vingt bereitwillig aufgenommen hatte und nach Kräften unterstützte, konnte auch er nicht von seiner Malerei leben. Stattdessen verdingte er sich erneut als Kellner.

Zunehmend deprimiert, merkte Valérie, dass ihr Widerstand gegen die Ehe mit Baptiste nach und nach erlahmte. Schließlich überlegte sie häufiger, welche Bedingungen sie ihm stellen sollte, als wie sie dieser verabscheuten Verbindung doch noch entgehen könnte.

Gerade klingelte die Türglocke. Jemand betrat die Galerie. Zu Valéries Überraschung war es ihr Vater. Sie hatte gar nicht gemerkt, wie rasch die Stunde seiner Abwesenheit verstrichen war.

IN DER UMGEBUNG DER GALERIE DUMAS

SEPTEMBER 1889, EINE STUNDE ZUVOR

»Und das ist wirklich Ihr letztes Wort?« Alphonse Dumas merkte, dass seine Stimme zitterte, und schämte sich für seine Gefühle.

Der Bankbeamte lächelte bedauernd. »Es tut mir außerordentlich leid, Monsieur Dumas. Aber da Sie inzwischen sogar die Zinsen für Ihre laufenden Kredite in unserem Hause nicht mehr regelmäßig bedienen können, geschweige denn die vereinbarten Tilgungsraten leisten, kann ich Ihnen keine andere Auskunft erteilen. Eine Erhöhung Ihres Kreditrahmens ist zumindest so lange völlig ausgeschlossen, solange Sie uns keine veritable Sicherheit dafür bieten können.«

Obwohl Alphonse eigentlich nichts anderes erwartet hatte, fühlte er sich vollständig vernichtet. Der Erlös aus den wenigen Verkäufen der letzten Wochen reichte gerade noch aus, um seinen Haushalt zu finanzieren und die Dienerschaft zu bezahlen. Sollten die Verkäufe noch weiter zurückgehen, stünde auch das infrage.

Ziellos lief er durch die Straßen und überdachte seine traurige Lage. Meinen Vater um ein Darlehen zu bitten, würde mir seine lebenslange Verachtung eintragen, selbst wenn er sich darauf einlassen würde, verwarf Alphonse diese Möglichkeit. Amélies Eltern kommen selbst kaum über die Runden und stehen demnächst auf der Straße, wenn ihnen niemand unter die Arme greift. Was wirft das für ein Licht auf mich und die Kunsthandlung? Mein Ruf wäre vollständig ruiniert, wenn ich meine Schwiegereltern nicht vor einem solchen Schicksal bewahren könnte.

Schließlich fasste er schweren Herzens einen Entschluss. Ich muss Valérie meine gesamte Misere offenlegen. Die Zeit läuft uns sonst davon. Sie weiß, dass es schlimm aussieht, aber nicht, wie schlimm es ist. Sie ist volljährig, deshalb kann ich eine Heirat nicht erzwingen. Aber ich halte sie nicht für so kaltherzig, dass sie weder ihren Eltern noch ihren Großeltern in der Not beistehen würde. Doch zuvor muss ich ihr reinen Wein einschenken.

Nach dieser Entscheidung ging es ihm etwas besser. Er straffte den Rücken und schaute sich um, wo er sich überhaupt befand. Es war die Rue Clauzel, in der der Farbenhändler Tanguy sein Geschäft unterhielt.

Um einen Vorwand gegenüber Valérie für seinen Ausgang zu haben, beschloss er zunächst, etwas in diesem Geschäft zu erstehen. Dann fiel ihm ein, dass zu den Informationen, die er ihr heute geben musste, natürlich auch der vergebliche Versuch gehörte, bei seiner Hausbank einen weiteren Kredit zu erhalten.

Um dieses unangenehme Gespräch noch etwas hinauszuzögern, blieb er vor dem Schaufenster stehen, in dem der Farbenhändler wie üblich einige sogenannte »avantgardistische« Werke ausstellte. Er betrachtete die schreiend bunten Gemälde und verzog spöttisch die Lippen. Dieser Künstler hatte sich nicht einmal die Mühe gemacht, seine Pinselstriche zu kaschieren. Erst auf den zweiten Blick erkannte Alphonse in den unförmigen Konturen, dass es sich offenbar um Ansichten aus Montmartre handelte, unter anderem von der Moulin de la Galette. Die Signatur des Malers kannte er nicht. DVa entzifferte er mühsam die Buchstaben in der linken unteren Ecke.

Kurz entschlossen betrat er das Geschäft und setzte eine joviale Miene auf. »Ich würde Sie gern noch etwas fragen, Monsieur Tanguy«, erklärte er, nachdem er einige Pinsel erstanden hatte. »Von welchen *Künstlern* beziehen Sie eigentlich die Bilder, die Sie regelmäßig in Ihrem Schaufenster ausstellen? Die letzten habe ich ja noch erkannt, sie stammten von diesem Schmierfinken Vincent van Gogh – oh, entschuldigen Sie bitte, ich wollte nicht unhöflich sein.« Er bedauerte aufrichtig seinen Fauxpas, da er den Alten mochte und ihn nicht kränken wollte.

»Aber von dem Maler, den Sie heute ausstellen, habe ich noch nie etwas gesehen. Wie ist denn sein Name?«

Père Tanguy musterte ihn mit einem unergründlichen Gesichtsausdruck. Dann gab er Alphonse einen merkwürdigen Ratschlag: »Wenn Sie das in Erfahrung bringen möchten, empfehle ich Ihnen, Ihr Fräulein Tochter danach zu fragen.«

KUNSTHANDLUNG VON ALPHONSE DUMAS

SEPTEMBER 1889, EINE HALBE STUNDE NACH ALPHONSES RÜCKKEHR

»Also hast du damals fünfhunderttausend Francs als Anlage in den Bau des Panamakanals gesteckt?« Valérie musste sich angesichts dieser unglaublich hohen Summe, die ihr Vater gerade genannt hatte, rückversichern, dass sie sich nicht verhört hatte.

»So ist es, Valérie. Übrig behielt ich damals nur einhunderttausend Francs, mit denen ich über die Runden zu kommen glaubte. Denn der Bau des Kanals war von Ferdinand Lesseps ja binnen acht Jahren geplant und sollte daher in diesem Jahr, also zehn Jahre nach meiner Investition, fertiggestellt werden. Die Anleger des Suezkanalprojekts erhielten damals eine Rendite von fast fünfzig Prozent auf ihre Einlagen. Lesseps erwartete zumindest den gleichen Gewinn, wenn nicht sogar einen höheren.«

»Und was geschah mit den einhunderttausend Francs?«

Alphonse errötete. »In den ersten Jahren musste ich diese Rücklagen gar nicht angreifen. Ich verdiente genug mit der Galerie. Doch dann« – er stockte und wirkte tödlich verlegen –, »dann bin ich einigen teuren« – er atmete schwer –, »sehr teuren Damen begegnet. Auch dein Studiengeld für die Akademie Cormon war doppelt so hoch wie für männliche Studenten und verschlang eine hohe Summe«, fügte er hastig hinzu.

Valérie durchfuhr ein Stich.

»Hinzu kamen die erklecklichen Spenden, die deine Mutter für den Bau der Basilika Sacré-Coeur gab. Irgendwann waren die hunderttausend Francs aufgebraucht. Die Einnahmen aus der Galerie reichen seit einiger Zeit nicht mehr aus, um alle Unkosten zu bestreiten. Dies liegt auch daran, dass ich frühere Stammkunden verloren habe, die auf diese neumodischen Kunstrichtungen setzen.« Selbst noch in dieser fatalen Situation klang seine Stimme verächtlich. Offenbar hat Papa nie daran gedacht, sein Sortiment zu modernisieren, erkannte Valérie resigniert.

Ihr Vater holte tief Luft. »Deshalb nahm ich bei meiner Hausbank einige Kredite auf. Als Sicherheit bot ich meine Anlage bei der Panamakanalbaugesellschaft.

Dies hat anfangs sehr gut funktioniert. Erst heute durchschaue ich, warum die letzten Kredite zu immer höheren Zinsen gegeben wurden. Nicht nur das Bankhaus Germain, sondern wahrscheinlich auch andere Banken waren in die finanziellen Probleme der Panamakanalgesellschaft frühzeitig eingeweiht. Ich selbst ahnte jedoch nichts. Als ich versuchte, einige der Anleihen vorzeitig zu verkaufen, winkte man im letzten Jahr ab. Jeder Investor müsse abwarten, bis der Bau vollendet sei und die Rendite ausgezahlt würde, hieß es. Ich schöpfte dennoch keinen Verdacht, denn da gab es noch die Lotterie im vergangenen Sommer. Ich habe sogar selbst für einige Tausend Francs Lose gekauft.«

Valérie stöhnte auf. »Also hat dich erst Baptiste über das ganze Ausmaß dieser Pleite informiert?«

Alphonse nickte. »Und ich kann heilfroh sein, dass er es tat. Denn die Insolvenz wird von höchster Seite noch geheim gehalten. Sonst hätte ich doch gar keine Erklärung dafür, warum ich nicht mehr kreditwürdig bin.«

»Doch er tat es nicht uneigennützig«, erwiderte Valérie sarkastisch.

Alphonse ergriff ihre beiden Hände. »So mag es für dich aussehen, *ma Chère*. Aber ohne dich und die Tatsache, dass sich dieser Mann bis über beide Ohren in dich verliebt hat, wären wir alle verloren. Ist dir das noch immer nicht klar?«

»Was hat er dir denn versprochen, wenn ich der Ehe zustimme?«

»Er wird mir über das Bankhaus Germain weitere zinslose Kredite gewähren und sogar die alten Kredite bei meiner Hausbank ablösen. Mit jedem Jahr eurer Ehe sinken meine Schulden um fünf Prozent. Gebärst du ihm einen Sohn, kommen weitere fünf Prozent hinzu. Zweieinhalb Prozent bei einer Tochter.«

In Valéries Magen bildete sich ein Klumpen. »Also hast du mich und deine zukünftigen Enkel verschachert wie Vieh?«

Dass ihrem Vater nun Tränen in die Augen traten, hätte sie trotz ihres harschen Vorwurfs nicht erwartet. Doch er schluchzte auf.

»Ich habe in meinem Leben viele Fehler gemacht, Valérie. Das ist wahr. Doch auf dich war ich vom Moment deiner Geburt an immer unglaublich stolz. Und ich wollte dich glücklich sehen. Aus welchem Grund hätte ich mich sonst deiner Mutter widersetzt und dir sogar das Studium an der Akademie Cormon ermöglicht? Du hast großes Talent, mein Kind.« Er wies auf das immer noch an prominenter Stelle präsentierte Gemälde *Raub der Sabinerinnen*. »Das wollte ich fördern.«

Eine Träne stahl sich aus seinem Auge und lief seine Wange hinunter bis in den Bart. Valérie war wider Willen gerührt.

»Ich werde in dieser Ehe nicht glücklich werden, Vater«, sagte sie leise. »Weißt du das nicht, oder nimmst du es billigend in Kauf?«

»Das liegt doch allein an dir«, begehrte ihr Vater auf. Zornig wischte er sich mit seinem Taschentuch über die Augen. »Du kannst diesen Mann am Gängelband führen, so vernarrt, wie er in dich ist. Glaub mir« – sein Mund verzog sich verächtlich –,

»ich weiß nur zu gut, welche Macht eine junge Frau über einen alternden Mann ausüben kann.«

Valérie schwieg. Sie fühlte sich bis ins Mark erschüttert.

»Was ist außerdem die Alternative? Zuerst verlieren Amélies Eltern auch noch ihr Zuhause, dann muss ich diese Galerie und zuletzt unsere Wohnung aufgeben. Ich habe nie etwas anderes gelernt als den Kunsthandel. Das Einzige, was mir übrig bliebe, wäre, auf Knien zu meinem Vater zu kriechen und ihn um seinen Beistand zu bitten. Aber sag selbst, Valérie, möchtest du von Gérôme Dumas abhängig sein?«

Valérie schauderte zusammen.

»Nein, ganz sicher nicht.« Sie unterdrückte ihre eigenen Tränen und griff nach dem letzten Strohhalm, um das vor ihr liegende Schicksal erträglicher zu machen. »Aber etwas liegt mir noch auf dem Herzen. Wird Baptiste mich weiterhin malen lassen? Wird er mir ein eigenes Atelier einrichten?«

Ihr Vater lächelte breit, was in seltsamem Gegensatz zu seinen geröteten Augen stand. Wieder wies er auf ihr Gemälde.

»Da kannst du sicher sein, mein Augenstern. Über dieses Bild ist Baptiste doch erst auf dich aufmerksam geworden. Er wird dich nicht nur aus ganzem Herzen lieben, sondern überaus stolz auf dich sein.«

Dann fiel ihm noch etwas ein. »Schließlich gehörst du ja nicht zu diesen Scharlatanen, die sich Maler schimpfen. Stell dir vor, im Schaufenster von Père Tanguy habe ich heute gleich vier dieser unsäglichen Bilder entdeckt. Offenbar von jemand Neuem. Dieses Geschmeiß schießt wie Pilze aus dem Boden. Aus irgendeinem Grund wollte der Alte mir aber nicht sagen, wer die Machwerke verbrochen hat. Merkwürdigerweise hat er mir geraten, dich danach zu fragen. Kennst du den Kerl? Womöglich aus deiner Studienzeit?«

Valérie erstarrte zu Eis. Eine Weile war sie zu keiner Reaktion fähig. Das fiel ihrem Vater schließlich auf.

»Was ist dir, Valérie? Du bist ja weiß wie die Wand. Ist dir etwa schlecht? Hat dich das alles zu sehr mitgenommen, was ich dir heute eingestanden habe?«

Valérie schnappte nach Luft. Mit letzter Kraft schüttelte sie den Kopf.

»Nein, Papa. Mir ist gerade nur ein wenig schwindlig geworden. Aber das geht gleich vorüber.«

Alphonse nahm ihre beiden Hände. »Wirst du denn meiner flehentlichen Bitte nachkommen und einer Verlobung mit Baptiste zustimmen?«

Sie nickte mühsam. »Das werde ich, Papa. Aber den Zeitpunkt möchte ich selbst bestimmen.«

»Baptiste gibt dir bis zum Jahresende Zeit«, ließ ihr Vater die Katze nun endgültig aus dem Sack. »Bis dahin erwartet er einen positiven Bescheid.«

Kapitel 50

WELTAUSSTELLUNG IN PARIS

ENDE SEPTEMBER 1889

»Großartig, wirklich großartig!« La Goulue klatschte vor Begeisterung in die Hände. »Hätt ich gewusst, was es hier alles zu sehn gibt, wär ich schon viel früher gekommen.«

Sie warf eine schmatzende Kusshand in Richtung von Henri Toulouse-Lautrec. »Du bist einfach der Beste, mein kleiner Buschiger! Gut, dass du mich so lange geplagt hast, bis ich Ja gesagt hab.«

Henri verzog seine dicken Lippen zu einem so breiten Lächeln, dass seine Zähne unter dem zottigen Bart hervorblitzten. Er zwinkerte Elise unter seinem Kneifer zu. »Wie gut, dass du mitgekommen bist! Sonst hätte Louise nie erfahren, was ihr entgangen wäre.«

In der Annahme, auf der Weltausstellung gebe es nur »langweiliges Zeug«, hatte La Goulue Henris Drängen erst nachgegeben, als auch Elise bereit zu diesem Ausflug gewesen war. Nicht einmal der Eiffelturm hatte sie gereizt.

»Ich kenn doch Paris. Was soll von da oben anders aussehn als unten?«

Ihre Meinung hatte La Goulue sofort geändert, nachdem sie auf der Plattform der dritten Etage angekommen waren. Henri hatte aus seiner Behinderung zuvor einen Vorteil herausgeschlagen. Er war, schwer auf seinen Gehstock gestützt, mit einer gemurmelten Entschuldigung an der schier endlosen Schlange von Besuchern vorbei zur Kasse gehinkt. Dort hatte er die drei Eintrittskarten zum exorbitant hohen Preis von fünf Francs pro Person ohne Wimpernzucken erworben und auch gleich die Billetts für die gesamte Weltausstellung, die im Gegensatz dazu lächerliche vierzig Centimes kosteten.

Auch Elise genoss den weiten Blick über Paris, der sie eine Weile sogar von ihren Befürchtungen ablenkte. In knapp zwei Wochen würde das Moulin Rouge mit einem prächtigen Galaabend eröffnen. Seit Monaten übten sie, Grille d'Égout und La Goulue für ihre Auftritte, neben den abendlichen Vorführungen im Ély.

Bernard Miller hatte sein Star-Trio nur sehr ungern ziehen lassen und darauf bestanden, dass sie noch bis Ende September zur Verfügung standen. Das bedeutete, dass Elise seit ihrem Engagement im Juni nur sehr wenig Freizeit hatte und ebenfalls von selbst nicht auf die Idee gekommen war, die Weltausstellung zu besuchen. Wenn auch aus ganz anderen Gründen als La Goulue.

Nun stellte Henris Einladung eine wunderbare Unterbrechung ihres anstrengenden Alltags dar. Doch schon auf dem Weg nach unten zum Fuß des Eiffelturms holten ihre Sorgen sie ein.

Ach was, beruhigte sie sich zum wohl eintausendsten Mal. Auch schon früher ist meine Regel ausgeblieben, wenn ich zu sehr unter Druck stand. Ich bin erst sechs Wochen überfällig. Einmal waren es sogar fast drei Monate.

Da sie seit der Unterzeichnung des Vertrags und Andrés Geldfund aus Erschöpfung, aber auch wegen immer wieder auftretender Spannungen nur noch selten mit ihm schlief, wäre es darüber hinaus ausgesprochenes Pech, wenn sie ausgerechnet jetzt schwanger geworden wäre. Mit diesen Gedanken hatte sie versucht, sich wieder zu beruhigen.

Jetzt saßen sie in dem kleinen, von einer Miniaturdampflok angetriebenen Zug, der die Besucher durch das Ausstellungsgelände brachte. Sie waren dabei, sich eine der weiteren Sensationen der Weltausstellung anzusehen, nämlich die Kolonialdörfer entlang der Esplanade des Invalides. Dort lebten und arbeiteten fast vierhundert Eingeborene wie in ihren Heimatländern, hatte ihnen Henri erklärt.

Zum Glück hielt der Zug an jedem der sechs Dörfer an, denn Henri hätte die weite Strecke unmöglich zu Fuß gehen können. Bislang hatten sie bei zwei afrikanischen Dörfern Station gemacht.

Während Elise der Anblick der barbusigen Frauen und der nur mit einem Lendenschurz bekleideten Männer eher peinlich war, hatte La Goulue die Bewohner unverhohlen beglotzt. Dabei machte sie immer wieder anzügliche Bemerkungen.

»Na, von denen würd ich keinen von der Bettkante stoßen«, deutete sie auf die muskulösen Männer im Kongodorf, die mit Speeren und Keulen bewaffnet ein Kampfspiel vorführten.

»Praktisch«, kommentierte sie im senegalesischen Dorf das Treiben der eingeborenen Frauen, die gerade über offenen Feuerstellen kochten. »Da wissen die Kerle gleich, was sie kriegen. Sie können kosten, wie gut die Weiber kochen, und gleichzeitig ihre Titten begutachten.«

Selbst Henri blickte angesichts dieser Taktlosigkeiten La Goulues gequält drein, äußerte jedoch keine Kritik. Er kannte ihr aufbrausendes Wesen zu gut, um nicht zu befürchten, dass sie trotz ihrer Begeisterung den Besuch sofort abbrechen könnte.

»Kanakendorf in Neukaledonien«, las Elise, als der Zug auf der Esplanade des Invalides zum dritten Mal hielt. Neukaledonien, wo hatte sie diesen Begriff schon einmal gehört?

Ach ja, das war auf jener Veranstaltung der Anarchisten gewesen, auf der Louise Michel gesprochen hatte. Die und der Besitzer der Taverne du Bagne waren nach dem Aufstand der Kommune dorthin verbannt worden, erinnerte sie sich.

Aus diesem Grund widersprach sie La Goulue, die am liebsten gleich zu einem der arabischen Dörfer weitergefahren wäre. »Ich hab jetzt genug nacktes Volk gesehen.«

»Das sind keine Afrikaner, sondern Melanesier«, belehrte sie Henri, nachdem sie widerwillig mit ausgestiegen war. »Diese Völker leben in der Südsee, in der Gegend von Australien.«

La Goulue merkte auf. »Sind das Menschenfresser?« Nun klang ihr Tonfall wieder sensationsgierig.

Henri grinste. »Das weiß ich nicht so genau. Aber wenn es stimmt, werden sie diese Gebräuche auf der Weltausstellung wohl nicht ausüben können.«

Elise bemerkte, dass La Goulue tatsächlich ein wenig enttäuscht dreinblickte. Was für eine Nervensäge, ging es ihr durch den Kopf. Je mehr Erfolg sie hat, desto unausstehlicher wird sie.

Über mangelnden Erfolg konnte La Goulue sich wahrlich nicht beklagen. Seitdem die Weltausstellung mit einem Plakat beworben wurde, das eine Cancan-Tänzerin vor der Kulisse des Eiffelturms zeigte, war sie populärer denn je. Mittlerweile war ihr Ruf anscheinend sogar bis ins Ausland gedrungen. Denn obwohl die europäischen Herrscherhäuser die Weltausstellung wegen der Widmung zum Geburtstag der Französischen Revolution boykottierten, zählten zahlreiche Magnaten zu den Besuchern. Von ihnen erhielt La Goulue eine Offerte nach der anderen für Privataufführungen, die sie sich sehr teuer bezahlen ließ.

»Komm doch mal mit!«, hatte sie Elise mehr als ein Mal angeboten. Doch die hatte bisher abgelehnt, da sie sich zum einen zu erschöpft fühlte, um noch weitere Vorführungen zu bestreiten. Zum anderen wollte sie André nicht noch mehr gegen sich aufbringen. Die Atmosphäre in der Rue Caulaincourt war schon aufgeladen genug.

Grille d'Égout hatte La Goulue dagegen noch nie eingeladen. Die Abneigung zwischen den beiden Frauen wuchs von Tag zu Tag.

Während sie auf das Kanakendorf zugingen, passten sie sich Henris langsamem Tempo an, der bereits weidlich erschöpft wirkte.

»Oh, schaut her!«, rief Louise aufs Neue. »Da haben sie schon die Köpfe ihrer Opfer auf Pfähle gespießt!«

Elise blickte erschrocken hoch. Dann erkannte sie zu ihrer Erleichterung, dass es sich um Holzschnitzereien handelte. Henri zeigte sich informiert. »Diese Köpfe nennen die Eingeborenen ›Tabous‹. Sie stellen sie in ihren Dörfern auf, wie wir Statuen in Paris.«

»Sind es Götzenbilder?«, fragte Elise.

Henri zuckte die Achseln. »Angeblich nicht, stand es im *Courrier français*. Aber was die Köpfe bedeuten sollen, wurde nicht erklärt.«

»Ist doch auch wurscht«, warf La Goulue ein. »Sie sehn jedenfalls aufregend aus mit ihren Grimassen und Fratzen.«

»Außerdem erkennt man gleich den Unterschied zwischen den Primitiven und uns«, fügte sie hochtrabend hinzu. »In Paris wissen wir jedenfalls, ob 'ne Statue den ollen Napoleon darstellen soll oder den Sonnenkönig. Das steht außerdem dran. Aber diese Wilden können sicher nicht mal lesen.«

Henri lächelte maliziös. »Sie sollen sogar jeden Tag die Zeitung lesen, stand im *Courrier*.«

»Was? Wo haben sie so was denn her?« La Goulue machte eine ausholende Handbewegung rund um den Dorfplatz. »Guck dir doch die Hütten an, sind nur mit Stroh gedeckt. Viel elender kann man nicht hausen.«

Elise verspürte zunehmendes Unbehagen. Auch das sind Menschen wie wir! *Liberté, Égalité, Fraternité!* Gilt das für diese Leute etwa nicht?

Immerhin war die Weltausstellung das große Geburtstagsfest zum hundertjährigen Jubiläum der Französischen Revolution. Doch sie sprach ihre Gedanken nicht aus, um die Stimmung nicht zu verderben.

Henri hielt allerdings dagegen. »Die Neukaledonier sind französische Bürger wie wir. Also erhalten sie auch eine Schulbildung.«

»Phh, was soll denen das bringen!«, machte La Goulue, deren eigene Rechtschreibung stark zu wünschen übrig ließ. Weiter äußerte sie sich nicht zu Henris Anmerkung.

Allerdings verlor sie schnell das Interesse an den Bewohnern des Kanakendorfs, als sich herausstellte, dass diese vollständig bekleidet auftraten. »Na ja. Sind ohnehin schmächtige Kerlchen im Vergleich zu den prächtigen Afrikanern. Das kann man auch durch die Klamotten sehen.«

»Aber jetzt krieg ich langsam Hunger und Durst«, ergänzte sie dann. »Gibt's hier nicht irgendwo so 'ne Art Café?«

Henri studierte den Plan, den er am Eingang zur Weltausstellung erhalten hatte. »Sogar ein sehr schönes, wie es scheint. Das Café Maure. Eingerichtet wie ein prächtiges Nomadenzelt.«

»Dann gehn wir jetzt dahin«, entschied La Goulue resolut. »Allemal besser, als noch durch so 'n Dorf zu stiefeln, wo's gar nix Neues mehr gibt.«

Kurze Zeit später saßen sie im Café Maure, das im sogenannten Arabischen Palast eingerichtet war. Es wirkte tatsächlich wie ein Zelt. Die Decke bestand aus über Säulen gespanntem seidigem

Tuch. Es gab köstlichen arabischen Kaffee, tiefschwarz wie Tinte, und landestypische zuckersüße Leckereien.

Das europäische Publikum saß zwar konservativ an normalen Cafétischen. Aber auf prächtig ausgestatteten Diwanen räkelten sich Tänzerinnen, in Pumphosen und bestickte Blusen gekleidet. Ein bis zu den Hüften herabwallender Schleier bedeckte ihr Haar, brachte ihre zarten Gesichter aber umso besser zur Geltung.

Zur Vorführung einer einzelnen Tänzerin spielte eine Kapelle auf typisch arabischen Instrumenten. Die Männer trugen wie die Bediensteten einen Fez oder Turban, dazu Pumphosen und aufwendig bestickte Westen in leuchtenden Farben.

»Ach, wie gut«, seufzte La Goulue und biss herzhaft in ein Gebäckstück aus Honig, Pistazien und Mandeln, das sich Baklava nannte. »Hier sitzen ist jedenfalls viel besser, als draußen durch das Nomadendorf stapfen. Die Eingeborenen haben außerdem mal was Hübsches an.«

Sie warf einen Blick auf die kleine Bühne. »Auch wenn die da tanzt wie 'ne lahme Ente. Damit könnste im Ély keinen Hund hinterm Ofen hervorlocken.«

Elise verkniff sich ein Kichern und kostete ebenfalls von dem süßen Gebäck. Sie mochte zwar den Geschmack, spürte aber schon nach den ersten Bissen eine leichte Übelkeit in sich aufsteigen. Hoffentlich habe ich mir nicht den Magen verdorben, befürchtete sie. Das würde mir gerade noch fehlen.

Um sich abzulenken, fragte sie Henri: »Hast du eigentlich dein Zirkusgemälde an Monsieur Oller verkaufen können?«

Henri nickte und strahlte dabei über das ganze Gesicht. »Er fand es sehr schön und hat mir sogar einen ordentlichen Preis dafür bezahlt.« Das Bild zeigte eine leicht bekleidete Reiterin, die ihre Kunststücke nach dem Takt des Manegendirektors vor gefüllten Rängen machte. Elise wusste, dass es Henris bisher größtes Ölgemälde war und er lange daran gearbeitet hatte.

»Es wird im Foyer des Moulin Rouge hängen.« Der Stolz in seiner Stimme rührte Elise. »Wenn das Varieté tatsächlich ein solcher Erfolg wird, wie Oller glaubt, könnte das mein Durchbruch als Kunstmaler werden. Denn die Besucher werden es Abend für Abend dort zu Gesicht bekommen.«

»Das Moulin Rouge wird sogar ein gigantischer Erfolg!«, mischte sich La Goulue ein. »Dein Bild spielt dabei gar keine große Rolle.« Wieder einmal schien sie nicht zu merken, wie taktlos sie war. »Das sind wir Tänzerinnen mit dem Cancan, die es erfolgreich machen. Aber ich gönn dir, wenn du auch was davon hast. Nicht wahr, Elise?«

Noch bevor die die passenden Worte gefunden hatte, trat ein gut gekleideter Herr an ihren Tisch. Er verneigte sich vor Louise.

»Sie sind doch Mademoiselle La Goulue?« Er sprach mit starkem ausländischem Akzent. »Mein edler Herr stammt aus Rumänien und hat Sie an Ihrer Haartracht erkannt.«

Wie immer hatte Louise ihre rötlich blonden Haare zu einem hohen Dutt auf dem Oberkopf aufgetürmt. Das winzige Hütchen, das sie der Form halber schief daneben trug, hatte sie entgegen der Konvention hier im Café sogar abgelegt. Es war während der Fahrt mit der kleinen Dampflok immer wieder verrutscht.

Dass sie sich mit bloßem Kopf in der Öffentlichkeit keineswegs wie eine Dame präsentierte, hatte ihren neuesten Bewunderer jedoch offenbar eher beeindruckt als abgeschreckt. Der Ankömmling verbeugte sich noch tiefer und überreichte La Goulue eine Visitenkarte auf einem Silbertablett. »Der Herr Graf würde Sie gern für eine Privatvorstellung engagieren. Sie können ihm jederzeit im Grand-Hôtel de la Paix eine Nachricht hinterlassen, wann Sie verfügbar wären.«

Mit spitzen Fingern griff La Goulue nach der Karte und stopfte sie achtlos in ihre Handtasche. Als hätte ihr dieses Angebot nicht gerade ein rumänischer Adeliger gemacht, der im teuersten Hotel von Paris logierte.

»Ich bin sehr beschäftigt«, antwortete sie geziert. »Sagen Sie Ihrem Herrn, ich muss erst sehen, was sich tun lässt.«

Der Mann verbeugte sich ein drittes Mal, ohne eine Miene zu verziehen, und entfernte sich eine Weile sogar rückwärts, als wäre er einer dieser orientalischen Diener. Elise und Henri warfen sich einen amüsierten Blick zu.

La Goulues Vergnügungssucht war für heute jedoch noch nicht gestillt. »Wann beginnt denn endlich diese Wildwestshow, von der du so geschwärmt hast, Henri? Von diesem Ami, wie heißt der noch gleich? Irgendwas mit Kühen?«

»Buffalo Bill«, antwortete Henri, ebenso ungerührt von La Goulues Allüren wie von ihrer mangelnden Bildung. Er zückte seine goldene Taschenuhr. »Die Vorstellung beginnt leider erst in zwei Stunden.«

Louise stöhnte. »Da hab ich mal endlich ’nen Abend frei«, maulte sie – es war Mittwoch –, »und häng jetzt hier rum und langweile mich.«

»Dann lass uns vorher noch den neuen Phonographen bewundern. Der gehört auch zu den Weltsensationen der Ausstellung«, schlug Henri vor.

WELTAUSSTELLUNG IN PARIS

SEPTEMBER 1889, AM GLEICHEN TAG

»Niemals, aber auch wirklich niemals hätte ich mir träumen lassen, dass so etwas möglich ist!« Mit verzücktem Gesicht lauschte Valérie in den großen Hörtrichter, den sie an ihr Ohr presste.

In ihrer Begeisterung über den Phonographen vergaß sie sogar, wie ungern sie mit Baptiste zusammen war. Doch seitdem ihr Vater ihr vor zwei Wochen die Pistole auf die Brust gesetzt hatte, war sie heute bereits zum dritten Mal allein mit dem Kunstmaler unterwegs. Diesmal hatte er die Weltausstellung als Ausflugsziel vorgeschlagen.

Auf eine Besteigung des Eiffelturms hatten sie verzichtet, da sie ja bereits im Mai oben gewesen waren. Sie gingen stattdessen gleich in die großen Ausstellungshallen und sahen sich allerlei neuartige Geräte und Maschinen an.

Erst nach einer ausgiebigen Kaffeepause am späten Nachmittag, als der Andrang langsam nachließ, war es ihnen möglich, zum Phonographen des Amerikaners Thomas Edison vorzudringen. Trotzdem hatte Valérie eine halbe Stunde warten müssen, bis sie an die Reihe gekommen war, das Gerät ihre Stimme aufgezeichnet und nach kurzer Zeit naturgetreu wiedergegeben hatte.

Baptiste lächelte mit einer Spur Geringschätzung über ihre Euphorie. So kam es Valérie jedenfalls vor.

»Dann lassen Sie uns jetzt zur Ausstellung der zeitgenössischen Gemälde ins nächste Gebäude gehen«, schlug er vor. »Ich verspreche Ihnen, da erwartet Sie eine Überraschung. Sogar eine große.«

Valérie ahnte bereits, worum es gehen würde, tat jedoch, als wüsste sie nichts. Wenn er sie für naiv halten wollte, bitte sehr. »Da bin ich gespannt. Aber ob die Überraschung den Phonographen überbieten kann, möchte ich bezweifeln.«

Heimlich freute sie sich über die Säuerlichkeit, die sich in Baptistes Lächeln einschlich.

Beim Hinaustreten trafen sie ausgerechnet auf Henri Toulouse-Lautrec, der mit den Tänzerinnen Elise Lambert und La Goulue unterwegs war. Elise grüßte sie herzlich, was Valérie erwiderte. Doch Henri sah erneut demonstrativ an ihr vorbei und fasste sich nur kurz an den Hut, um Baptistes Gruß zu erwidern. Valérie bemerkte, dass Elise verwirrt dreinsah. Es versetzte ihr einen Stich.

»Merkwürdig!«, schlug nun auch Baptiste ungewollt in die Kerbe. »Der verkrüppelte Bursche, der uns da gerade begegnet ist, ist Graf Henri de Toulouse-Lautrec. Ich dachte, Sie kennen ihn, da er ein Studienkamerad von Ihnen war.«

Valérie erwiderte nichts, woraufhin Baptiste zu ihrer Erleichterung auch nicht nachfragte. »Na ja. Diese Art Maler, wie sie sich zur Schande unserer ganzen Gilde schimpfen, muss niemand kennen.«

Sie betraten die Ausstellungshalle, in deren vorderem Teil, *Décennale* genannt, zeitgenössische Werke präsentiert wurden, die ausschließlich dem Akademischen Stil zuzurechnen waren und nicht älter als zehn Jahre sein durften. Valérie täuschte höfliches Interesse vor, als sie an der nicht enden wollenden Reihe von Gemälden mit nichtssagenden Motiven vorbeidefilierten. Erneut waren nackte Frauenkörper in verschiedenen Posen und Situationen ein Element vieler Bilder.

Schon von Weitem erblickte sie Baptistes Beitrag und errötete vor Scham. Obwohl sie in der Zeitung lediglich gelesen hatte, dass auch zwei seiner Werke, die dort nicht näher bezeichnet waren, zu dieser *Décennale* gehörten, identifizierte sie das eine von beiden sofort. Es war das Pendant jenes Bilds, über das sie im letzten Jahr eine Auseinandersetzung mit ihrem Vater gehabt hatte: die Szene aus dem Sklavenmarkt von Rom.

Diesmal war die nackte Frau von hinten abgebildet, hielt sich vor Scham aber, wie auf dem anderen Gemälde, ihren Arm vor die Augen. Die anpreisende Art des Sklavenhändlers war ebenfalls ähnlich, ebenso wie die lüsternen Blicke einiger Bieter aus dem Publikum.

Baptiste musterte Valérie von der Seite, während sie sich auf seine Werke zubewegten. Sein Blick wurde immer intensiver, je näher sie kamen. Doch Valérie tat so, als würde sie weiterhin suchen.

Schließlich ergriff Baptiste notgedrungen die Initiative. »Eigentlich müssten Sie dieses Kunstwerk wiedererkennen, teuerste Valérie. Das Gegenstück dazu, aus dem gleichen Jahr 1884, hat Ihr Vater nämlich vor einigen Monaten verkauft. Ist es Ihnen damals nie aufgefallen?«

»Doch! Jetzt erinnere ich mich. Ich habe es allerdings wenig beachtet. Mein Vater hielt es für unangebracht, dass eine junge Frau, noch dazu seine Tochter, ein solches Bild Käufern anbietet.«

Baptiste betrachtete sie mit einem ehrlichen Ausdruck der Überraschung. »Warum denn das, meine Teuerste? Der Orientalismus ist als Motiv überaus populär und beliebt. Ich habe der Jury, die diese Ausstellung zusammengestellt hat, einige meiner Werke aus den letzten zehn Jahren angeboten. Dass der *Sklavenmarkt* dabei sein würde, hielt ich von vornherein für ausgemacht.«

»Und was hat Sie bewogen, so viele Kunstwerke mit solchen, aufs Tiefste gedemütigten Frauen zu malen?«

»Aufs Tiefste gedemütigten Frauen? Aber ich bitte Sie! Dies ist nicht nur ein Werk des Orientalismus, sondern zugleich auch des Historismus. Dass es Sklavenmärkte im alten Rom gab, auf denen erbeutete Frauen europäischer Herkunft verkauft wurden, dürfte Ihnen doch nicht unbekannt sein.«

Valérie sah ein, dass es keinen Sinn hatte, mit Baptiste über dieses Thema zu diskutieren. Schon gar nicht in der Öffentlichkeit. »Gibt es denn noch ein anderes Werk von Ihrer Hand, das hier ausgestellt ist?«, tat sie weiterhin ahnungslos.

Einen Augenblick lang wirkte Baptiste empört, bis sein Gesichtsausdruck wieder gewollt gelassen wurde. Er wies auf das neben dem Sklavenmarkt hängende großflächige Gemälde. Es zeigte eine Reihe von Raubtieren, Löwen, Leoparden und einen auf dem Rücken liegenden Tiger. Mitten unter ihnen stand ein kleiner, rot gelockter Knabe, dessen nackte Haut unnatürlich weiß war. Da das Wesen Flügel hatte und einen Bogen in der Hand hielt, identifizierte Valérie es als Abbildung des römischen Liebesgotts Amor. Der Sinn des Gemäldes erschloss sich ihr aber nicht. Was hatte Amor mit diesen Raubtieren zu tun?

»*Siegreicher Amor*«, klärte Baptiste sie auf, ohne dass sie eine diesbezügliche Frage gestellt hätte. »*Wer auch immer du bist, hier ist dein Meister*, lautet der Untertitel. Wahre Liebe überwindet alle Hindernisse und besiegt alle Gefahren«, fügte er bedeutungsschwanger hinzu.

Mon Dieu, durchfuhr es Valérie. Was für ein Unsinn! Sie unterdrückte ein spöttisches Lächeln.

Ob Baptiste nun ihre Belustigung spürte oder seine nächste Bemerkung zufällig war, sie brachte Valérie jedenfalls sogleich auf den Boden der Tatsachen zurück. »Der *Amor* war eine der Sensationen im diesjährigen Pariser Salon. Ich werde beide Werke aus dieser Ausstellung Ihrem Vater sofort nach deren Ende zum

Verkauf in seiner Galerie zur Verfügung stellen. Ich bin sicher, sie werden außergewöhnlich hohe Preise erzielen.« Er machte eine Pause. »Es sei denn, wir werden nicht handelseinig. Dann muss ich sie bei Goupil anbieten.«

Valérie verstand den Wink mit dem Zaunpfahl nur zu gut, ging aber nicht darauf ein. »Es ist sicher eine große Ehre für Sie, in dieser Ausstellung gleich zweifach vertreten zu sein. Dazu sind Sie nur zu beglückwünschen«, versuchte sie, sich aus der Affäre zu ziehen.

Dann sah sie sich suchend um. »Aber im *Figaro* habe ich gelesen, dass es auch noch eine kleine Halle mit einer Reise durch einhundert Jahre französischer Kunstgeschichte seit der Revolution gibt. Sind Sie dort ebenfalls vertreten?«, fragte sie scheinheilig.

Ihr Schuss auf Baptistes Eitelkeit ging fast nach hinten los. Er schüttelte heftig den Kopf. »Dieser Teil der Ausstellung lohnt sich nicht, Valérie. Da sind auch Werke dieser unsäglichen Impressionisten dabei. Die braucht niemand zu sehen.«

Valérie reagierte geistesgegenwärtig. »Ich habe irgendwo gehört, auch Alexandre Cabanels *Geburt der Venus* sei dabei. Waren Sie nicht auch einer seiner Schüler?«

»Das war ich. Und Cabanel war zweifellos einer der größten Künstler dieses Jahrhunderts. Sein Tod im Januar ist ein unersetzlicher Verlust. Sie haben soeben seine *Cleopatra* betrachtet. Eines seiner letzten Werke.«

»Aber die *Geburt der Venus* habe ich noch nie im Original gesehen«, insistierte Valérie. »In der Akademie gab es nur eine Kopie, die Fernand Cormon davon angefertigt hat.«

»Nun gut«, gab Baptiste nach. Er zog seine Taschenuhr. »Aber nur eine halbe Stunde. Ich habe einen Tisch im Café Riche für uns reserviert. Wie es sich für einen solch gewichtigen Anlass ziemt.«

Valérie fuhr der Schreck in alle Glieder. Heute Abend, sie bemühte sich krampfhaft, ein Zittern zu unterdrücken, heute Abend will er mir seinen Antrag machen. Sie fühlte sich plötzlich ganz elend. Aber … ich bin noch nicht so weit.

Sie fasste sich mühsam. »Sehr gerne«, versuchte sie sich an einem Lächeln, von dem ihr die Mundwinkel schmerzten. »Doch zunächst möchte ich nach der *Décennale* auch die *Centennale* besuchen.«

Gleich neben dem Eingang hingen zwei Werke ihres Lieblingsmalers Pissarro. Obwohl sie selbst seinen Stil inzwischen nicht mehr imitierte, gefielen sie ihr noch immer außerordentlich gut.

»Camille Pissarro habe ich einmal im Café Tambourin kennengelernt«, erklärte sie, als sie vor dessen Gemälden haltmachte.

Baptiste reagierte verblüfft. »Was hatten Sie denn im Café Tambourin zu schaffen?«

Valérie schalt sich innerlich eine Närrin. »Dort habe ich mit meinen Mitstudenten bei Cormon einige Male die Mittagspause verbracht«, suchte sie nach einer möglichst unverfänglichen Antwort angesichts ihrer unzähligen Aufenthalte in diesem Café.

»Aha«, machte Baptiste, unterließ jedoch eine weitere missbilligende Äußerung.

»Was halten Sie denn von diesen Bildern?«, trat Valérie die Flucht nach vorn an.

Baptiste ließ sich Zeit mit der Antwort. »Nun, diese Ansicht der *Eremitage von Pontoise* mag ja noch angehen.« Er setzte zum ersten Mal an diesem Tag seinen Kneifer auf. Dadurch sah er gleich zehn Jahre älter aus. Dann beugte er sich vor. »Es stammt aus dem Jahr 1867. Was es darstellen soll, ist noch einigermaßen gut zu erkennen. Nicht selbstverständlich bei diesen Impressionisten.«

Er trat an das danebenhängende Bild. »Schauen Sie sich dagegen dieses Geschmiere an! *Wiesen von Eragny*«, las er mithilfe des Kneifers. »Von 1886. Alles verwaschen und unscharf! Das Machwerk ist fast zwanzig Jahre später entstanden! Man sollte doch meinen, ein Künstler würde sich weiterentwickeln, anstatt Rückschritte zu machen.«

Valérie hätte Baptiste darüber aufklären können, dass Pissarro sich bei diesem Bild an einer der schwierigsten Stilrichtungen, dem Pointillismus, versucht hatte. Aus den Diskussionen während ihrer Studienzeit wusste sie, wie mühsam es war, auf diese Art zu malen. Doch wieder sah sie keinen Sinn darin, mit Baptiste zu diskutieren.

Plötzlich hörte sie, wie er scharf die Luft einsog. »Unerhört! Das ist Blasphemie«, zischte er wütend. »Wie kann man diese zwei Werke nebeneinander platzieren!«

Valérie folgte seinem Blick. Diesmal musste sie einen Hustenanfall vortäuschen, um ihren Lachreiz zu bezwingen. Gleich neben Cabanels *Geburt der Venus* hing das ehemalige Skandalbild *Olympia* von Edouard Manet.

Beide Gemälde zeigten liegende weibliche Akte. Cabanels Venus räkelte sich auf den Wellen. Valérie musste an Pascals spöttische Bemerkung denken, wie diese Darstellung mit der im Akademischen Stil viel beschworenen naturgetreuen Darstellung der Wirklichkeit vereinbar wäre. Das Weib hätte untergehen müssen, hatte er bei ihrer ersten Begegnung gesagt. Sie hustete noch einmal, weil ihre Lachlust immer stärker wurde.

Manets Gemälde war zwar sogar im Pariser Salon von 1865 ausgestellt worden, hatte damals jedoch einen großen Skandal ausgelöst. Er betraf Manets Malweise ebenso wie das Motiv an sich. Seine Darstellung der Frauengestalt wurde als flach, das ganze Bild als grob komponiert kritisiert. Dass man dieses Werk jetzt in die *Centennale* aufgenommen hatte, war eine späte Rehabilitation des längst verstorbenen Künstlers. Valérie freute es.

»Nun, beide Werke sind 1863 entstanden, also im gleichen Jahr. In ganz unterschiedlichen Stilen. Ich finde sie beide auf ihre Art großartig«, äußerte sie, als sie sich wieder gefasst hatte. Sie legte Baptiste die Hand auf den Arm. »Aber lassen Sie uns nicht darüber streiten und uns diesen wunderbaren Tag damit verderben.«

Baptistes Gesichtszüge entspannten sich. »Sie haben recht, Valérie! Zumal diesem Tag noch ein viel wunderbarerer Abend folgen soll.«

Valéries Kehle verengte sich. So ein Mist, fluchte sie innerlich. Jetzt habe ich dem Kerl auch noch das Stichwort gegeben. Fieberhaft überlegte sie, was zu tun sei. Dann hatte sie einen Geistesblitz.

Zuerst suchte sie einen der Erfrischungsräume für Damen auf. Dann kehrte sie mit betrübter Miene zu Baptiste zurück. »Es tut mir unendlich leid, mein Lieber. Doch ich fürchte, mich hat eine plötzliche Unpässlichkeit überfallen. Unerwartet, da viel zu früh. Sie verstehen doch, was ich meine?«

Baptiste wurde blass. Er nickte ohne ein Wort.

»Daher muss ich Sie bitten, mich jetzt nach Hause zu bringen. Ich hoffe, das macht Ihnen nicht allzu viele Ungelegenheiten.«

»Wann darf ich denn hoffen, Sie das nächste Mal ausführen zu können?« Baptistes Stimme klang belegt, als er ihr den Arm reichte, um die Ausstellungshalle zu verlassen.

»Eine solche Unpässlichkeit hindert mich häufig fast eine Woche lang daran, das Haus zu verlassen«, log Valérie. »Aber ich verspreche Ihnen, ich lasse Sie wissen, wann wir uns das nächste Mal treffen können.«

Baptistes Miene verfinsterte sich. Doch Valérie hatte eines

der wenigen Themen gewählt, über die ein Mann nicht reden konnte. Schweigend schritten sie über das Gelände in Richtung Ausgang.

Plötzlich fiel Valéries Blick erneut auf die Tänzerin La Goulue, die sie an ihrem Dutt erkannte. Sie strebte mit Elise Lambert und Henri dem großen Zelt zu, in dem die Wildwestshow von Buffalo Bill gezeigt wurde.

Valérie selbst verspürte nicht das geringste Bedürfnis, diesem Ereignis beizuwohnen, aber es brachte sie auf eine Idee. Nicht nur auf dem Ausstellungsgelände, sondern überall in Montmartre und darüber hinaus warben riesige Plakate für den Galaabend anlässlich der Eröffnung eines neuen Etablissements mit Namen Moulin Rouge. Es lag nur eine kurze Wegstrecke von der Wohnung der Dumas entfernt. Ihre Mutter Amélie hatte sich bereits weidlich über das neue Varieté und den damit fortschreitenden Sittenverfall am Boulevard de Clichy echauffiert.

Valérie packte der Trotz. Wenn ich schon in diese unselige Verlobung einwilligen muss, möchte ich meinen Eltern und Baptiste zumindest ein Schnippchen schlagen.

»Jetzt weiß ich, bei welcher Gelegenheit Sie mich das nächste Mal ausführen dürfen. Am 6. Oktober eröffnet das Varieté Moulin Rouge. Sicher haben Sie schon davon gehört. Ich wünsche mir nichts sehnlicher, als an diesem Galaabend teilzunehmen.«

Epilog

MOULIN ROUGE

SONNTAG, 6. OKTOBER 1889

An Baptistes Arm näherte sich Valérie dem Varieté Moulin Rouge, um am Galaabend anlässlich der Eröffnung teilzunehmen. Sie hatte darauf bestanden, die wenigen Schritte zwischen ihrer Wohnung und dem Etablissement zu Fuß zurückzulegen.

Baptiste war zwar offenbar ärgerlich über diesen Vorschlag gewesen. Denn obwohl er nur etwa zweihundert Meter von ihrer eigenen Wohnung entfernt in einem luxuriösen Stadtpalais aus der Haussmann'schen Ära lebte, war er wie üblich mit seinem Einspänner vorgefahren, um sie abzuholen. Ihre Mutter Amélie hatte sich über Valéries Forderung empört gezeigt.

Aber Valérie hatte nicht nachgegeben. Sie rechnete damit, dass Baptiste ihr an diesem Abend den ungebetenen Heiratsantrag machen würde. Daher wollte sie von vornherein klarstellen, dass sie auch in ihrer zukünftigen Ehe ihren Kopf durchsetzen würde. Schließlich hatte Baptiste den Einspänner mit dem Auftrag zurückgeschickt, der Kutscher solle um Punkt ein Uhr zur Stelle sein, um sie beide am Moulin Rouge abzuholen.

Es war ein warmer sonniger Oktobersonntag gewesen. Das Licht reichte daher auch jetzt noch aus, um die rote Mühle, den Eingang ins Varieté, von außen betrachten zu können. In den letzten beiden Wochen seit dem Besuch der Weltausstellung hatte Valérie dazu noch keine Gelegenheit gehabt. Weder ihr Vater noch ihre Mutter hatten es geduldet, dass sie allein ausging. Selbst die beiden freien Nachmittage in der Galerie hatte Alphonse ihr verwehrt.

»Wir haben damit gerechnet, dass Baptiste Germain dir im Café Riche seinen Heiratsantrag macht«, hielten beide Eltern ihr vor. »Das hast du verhindert und bestehst für euer nächstes Treffen auf dem Eröffnungsabend dieser zweifelhaften Tanzhalle«, fügte ihre Mutter vorwurfsvoll hinzu.

Valérie hatte resigniert begriffen, dass es für sie nun endgültig keinen Ausweg mehr gab und sie heute Abend der Verlobung zustimmen musste.

Schon von Weitem erkannte sie, dass sich die Flügel der Mühle drehten. Beim Näherkommen erblickte sie zwei Fenster, die sich regelmäßig öffneten und schlossen. Dahinter tauchte an der linken Seite eine Müllerin auf, an der rechten Seite ein Müller. Beide Figuren warfen sich Kusshändchen zu, bevor sie bis zur nächsten Runde wieder verschwanden.

Baptistes bislang verkniffene Miene entspannte sich. »Nun, das nehme ich einmal als gutes Omen.« Valérie reagierte innerlich betreten.

Als sie das weitläufige Foyer betraten, fiel ihr sofort das überdimensionale Gemälde von Henri Toulouse-Lautrec ins Auge, das einen großen Teil der rechten Wand einnahm. Sie blieb davor stehen, um es noch einmal zu betrachten. Dabei erinnerte sie sich wehmütig an die gemeinsamen Malstunden in Henris Atelier, während derer sie auch die Fortschritte an diesem Werk begutachtet hatte.

Wie nicht anders zu erwarten, schnaubte Baptiste abfällig. »Was der Eigner des Moulin Rouge an diesem Machwerk findet, bleibt mir ein Rätsel. Von allen Figuren ist das Pferd noch am besten getroffen. Die Reiterin ist ausgesprochen hässlich. Den

Clownsfiguren und sogar dem Publikum sind die Köpfe oder Teile des Körpers abgeschnitten. Warum gibt jemand gutes Geld für so einen Schund aus?«

»Mir gefällt es«, antwortete Valérie trotzig.

»Das ist mir sogar noch unverständlicher als das Gemälde an sich. Wenn ich nicht wüsste, wie kunstfertig Sie den *Raub der Sabinerinnen* gemalt haben, würde ich an Ihrem Geschmack zu zweifeln beginnen.«

Valérie biss sich auf die Lippen, verkniff sich jedoch eine weitere Widerrede. Denn sie wollte Baptiste die Bedingung stellen, ihr nach der Hochzeit ein eigenes Atelier in seinem Stadtpalais zur Verfügung zu stellen, damit sie dort endlich wieder malen könnte. Dass sie dies nicht im Akademischen Stil zu tun gedachte, würde er noch früh genug erfahren.

Als sie aufblickte, sah sie erschrocken, dass Henri an der gegenüberliegenden Wand stand. Sein Gesicht war puterrot. Das sprach dafür, dass er ihren Wortwechsel mit angehört hatte.

Doch wieder gab er ihr kein Zeichen des Erkennens, sondern wandte ihr und Baptiste grußlos den Rücken zu und hinkte, auf seinen Gehstock gestützt, in den großen Ballsaal.

»Hmmm«, machte Baptiste. Er war zu Valéries leiser Genugtuung leicht errötet. »Womöglich hat Toulouse-Lautrec meine Kritik gehört. Das wäre mir allerdings peinlich.«

Valérie erwiderte erneut nichts. Schmerzlich wurde ihr bewusst, dass Henri auch ihr Lob über das Bild gehört haben musste, wenn er ihrem kurzen Wortwechsel gelauscht hatte. Doch auch das schien nichts an seiner Unversöhnlichkeit zu ändern.

Nun betraten sie die riesige Tanzhalle. Valérie schloss einen Moment lang geblendet die Augen. Eine Vielzahl von ballonförmigen Gaslampen an den Seiten und über die ganze Decke gespannte Lichterketten verbreiteten ein gleißendes Licht.

Als sie die Augen wieder öffnete, sah sie Henri zielstrebig linker Hand auf die Bar zuhumpeln. Baptiste winkte einem der in steife schwarze Abendanzüge gekleideten Kellner. Wie sich herausstellte, hatte er einen Tisch bestellt, wohl um an diesem Abend nichts dem Zufall zu überlassen.

»Logen gibt es hier leider nicht«, bemerkte er, als der Kellner sie zu einem Tisch führte, der in einer Nische neben der großen Tanzfläche platziert war. Er war durch schulterhohe Zwischenwände von den Nebentischen abgeschirmt, bot jedoch freie Sicht auf die Bühne und den Ballsaal.

Als Valérie Platz genommen hatte, erkannte sie, dass es auf jeder Seite der jetzt noch leeren Tanzfläche nur drei solcher Tische gab. Alle anderen, auch die hohen Hocker vor der Bar, standen frei. Henri hatte sich auf einen dieser Hocker gesetzt und führte gerade ein Cognacglas an die Lippen.

Je mehr es auf acht Uhr zuging, desto voller wurde das Varieté. Es ist sicher ausverkauft, dachte Valérie. Was für ein Erfolg für den Betreiber. Denn Vergnügungsstätten aller Art eröffneten in Montmartre alle Tage. Manche bestanden nur wenige Monate oder gar Wochen.

Auf die Minute pünktlich um acht setzte die schmissige Musik der Kapelle ein, die auf einer Empore am Kopfende des Saals platziert war. Eine Schar von Tänzerinnen strömte auf die Bühne. Alle waren in jeweils andersfarbige typische Cancan-Gewänder mit kurzen Röcken und ausladenden Petticoats gekleidet. Dazu trugen sie Halbärmel in der Farbe des Kleiderstoffs, die von den Handgelenken bis zu den Ellenbogen reichten. In der Mitte der drei Frauen in der ersten Reihe erkannte Valérie La Goulue neben Elise Lambert und der Tänzerin mit dem merkwürdigen Spitznamen »Kanalgitter«, die Valérie bereits aus dem Élysée Montmartre kannte.

Elise versuchte, sich zu konzentrieren, während sie als zweitletzte Tänzerin zur Eröffnungsnummer auf die Bühne trippelte. Unwillkürlich suchte sie nach André, ihrer Mutter und Marianne, während La Goulue sich zwischen sie und Grille d'Égout platzierte.

Eigentlich hatte Elise wenig Hoffnung gehabt, dass André das Freiticket annehmen würde, das Joseph Oller allen Verwandten der heute auftretenden Künstlerinnen und Künstler spendiert hatte. Doch zu ihrer Freude hatte er sich sofort bereit erklärt, Jeanne und Marianne zur Eröffnungsshow zu begleiten. Gegenüber Oller hatte Elise ihn allerdings als alleinstehenden Cousin ausgegeben. Denn hätte Oller erfahren, dass es in Wirklichkeit ihr Verlobter war, hätte das ihrer Karriere im Varieté von Beginn an geschadet.

So hoffte Elise, zumindest ihren halbjährigen Vertrag bis zum Ende der Wintersaison einhalten zu können. Doch sicher war das leider keineswegs.

Während sie ihre hundertfach eingeübten Figuren der Eröffnungsnummer tanzte, versuchte sie, ihre gespannten Brüste und das zunehmende Ziehen im Unterleib zu ignorieren. Nun war ihre Regel schon acht Wochen lang ausgeblieben. Eigentlich deutete alles darauf hin, dass sie schwanger war.

In der letzten Woche hatte sie ununterbrochen überlegt, ob sie Marianne zurate ziehen sollte, die ihren Verdacht sofort bestätigt oder widerlegt hätte. Doch falls sie wirklich schwanger war, hätte Marianne Himmel und Hölle in Bewegung gesetzt, um sie heute Abend am Auftreten zu hindern. Denn die waghalsigen Figuren des Cancan könnten dem Ungeborenen schaden. Deshalb hatte Elise sich schließlich dagegen entschieden.

Denn zu lange und zu intensiv hatte sie für den heutigen Abend geprobt. Und obwohl Joseph Oller den dreien versichert hatte, dass sie die Startänzerinnen im Moulin Rouge seien und bleiben würden, hatte er dennoch eine Reihe ebenfalls recht bekannter Konkurrentinnen engagiert.

La Sauterelle, der »Grashüpfer«, gehörte dazu, ebenso wie Nini Patte-en-l'air, die ihren Spitznamen »Pfote in der Luft« einer Figur verdankte, die sie selbst kreiert hatte. Sie wirbelte ihren Fuß mit über dem Kopf gestrecktem Bein im Kreis.

»Pah«, hatte La Goulue verächtlich geäußert, als sie von Ninis Engagement erfuhr. »Was die kann, kann ich schon lange.«

In der Tat hatte sie kaum zwei Tage gebraucht, um diese Figur ebenfalls perfekt zu beherrschen. Kurze Zeit hatte Oller sogar vorgehabt, La Goulue und Nini deshalb als Duo gemeinsam auftreten zu lassen. Zum Glück und zur Erleichterung von Elise und Lucienne hatte sich Louise rundweg geweigert.

Doch Elise war sehr bewusst geworden, dass Nini nur darauf wartete, eine bessere Position im Ensemble einzunehmen. Rücksicht war dabei nicht von ihr zu erwarten. Denn Nini pflegte sich so vulgär aufzuführen wie La Goulue und hatte nur ihre eigenen Interessen im Sinn. Deshalb war sie Elise und Lucienne auf Anhieb unsympathisch gewesen. Beide waren froh, dass La Goulue in ihrem eigenen Egoismus diese Konkurrentin erst gar nicht hochkommen lassen wollte.

Gefahr drohte auch von zunächst harmlos erscheinender Seite. Das jüngste Mitglied im Corps war erst neunzehn Jahre alt und hatte daher sofort den Spitznamen Môme Fromage – »Käsefratz« – erhalten, mit dem man üblicherweise Lehrlinge bezeichnete. Trotz ihrer üppigen Figur tanzte Claire, wie sie mit richtigem Namen hieß, wie eine junge Göttin. Auch sie würde sich keine Gelegenheit entgehen lassen, aus dem Corps zur Solotänzerin aufzusteigen.

Als die Tanznummer endete und das Publikum ohrenbetäubend applaudierte, entdeckte Elise Henri Toulouse-Lautrec auf einem hohen Hocker an der Bar. Er winkte ihr zu oder vielleicht auch La Goulue, jedenfalls winkten beide zurück.

An einem Tisch in der zweiten Reihe erhoben sich jetzt auch André, Jeanne und Marianne und klatschten mit erhobenen Händen. Elise war erleichtert. Die Einstiegsnummer war geglückt, die Zuschauer waren von Anfang an begeistert. Die Wahrscheinlichkeit war hoch, dass dies den ganzen Abend so bleiben würde.

Hinter der Bühne freuten sich auch Louise und Lucienne. Selbst die beiden klatschten sich ab, nachdem der Vorhang gefallen war. »So kann's weitergehn«, jubelte La Goulue. »Ihr werdet sehn, weder die Spaßmacher noch die Sängerin werden uns übertrumpfen. Wir sind die Stars und werden's auch bleiben.«

Im Vorfeld hatten sich alle drei Sorgen gemacht, ob ihre Tanznummern gegenüber den anderen Vorführungen bestehen würden. Nun schienen sich diese Befürchtungen in Luft aufzulösen. Einen Moment lang fühlte Elise sich unbeschwert und vollkommen glücklich.

Wenn ich schwanger bin, werde ich André heiraten und hatte dann wenigstens diesen tollen Abend. Aber ich bin nicht schwanger. Das kann mir das Schicksal nicht antun.

Fast vier Stunden nach der Eröffnungsnummer fühlte Elise sich diesbezüglich nicht mehr sicher. Mit jedem Auftritt war das Ziehen im Unterleib stärker geworden. Jetzt trat sie für die Schlussnummer wieder mit La Goulue und Lucienne auf die Bühne.

Hätte sie sich nicht so unwohl gefühlt, hätte sie sich sehr über den Beifall gefreut, mit dem das Publikum sie begrüßte. Alle waren von ihren Stühlen aufgesprungen und klatschten im Stehen.

Elise zog sich den rechten Halbärmel wieder über den Ellenbogen. Dieses unbequeme Accessoire hatten sie La Goulue zu verdanken, die damit einmal mehr bewiesen hatte, was ihr Votum zählte. Denn die kurzärmeligen Cancan-Kleider waren bereits fertig geschneidert gewesen, als Louise Einspruch dagegen erhoben hatte. In dieser Tracht hätte sie nämlich ihre Tätowierung anlässlich ihrer längst beendeten Beziehung zu Charles Tazzini, ihrer ehemals »großen Liebe«, nicht verbergen können.

Also setzte sie durch, dass alle Tänzerinnen in Kleidern auftraten, deren Ärmel nur noch angedeutet bis knapp über die Schultern reichten. Stattdessen wurden die Halbärmel, von den Handgelenken bis über den Ellenbogen, angefertigt, die aber dazu neigten, bei den temperamentvollen Bewegungen zu verrutschen.

Jetzt setzte die Kapelle mit der Schlussmusik ein, dem *Galop infernal* aus Jacques Offenbachs Operette *Orpheus in der Unterwelt*. Elises Lieblingsstück.

Wie von selbst drehte sich ihr Körper im Kreis, warf sie die Beine, synchron mit Lucienne und Louise, hoch in die Luft, vollführte Sprünge, Drehungen und Pirouetten. Vergessen das Ziehen im Unterleib, vergessen ihre Ängste, schwanger zu sein, sie dachte an gar nichts und gab sich ganz der geliebten Musik hin.

Jetzt setzte die Kapelle zu den Schlussakkorden an. Da würde es den einzigen Unterschied in der Vorführung der drei Startänzerinnen geben. Sie und Lucienne würden die Nummer mit dem Spagat, La Goulue mit dem gestreckten Bein hinter der Schulter beenden.

Jetzt war es so weit. Aus der letzten Drehung heraus sprang Elise hoch in die Luft und kam mit gestreckten Beinen im perfekten Spagat auf dem harten Holzboden der Bühne auf.

Gleichzeitig durchfuhr sie ein stechender Schmerz.

Schon als sie den Abschlussapplaus entgegennahm, spürte sie eine warme Flüssigkeit ihre Beine hinabrinnen. Mit letzter Kraft hielt sie sich aufrecht und hoffte, dass die schwarzen Strümpfe das Flüssige auffingen und die Zuschauer nichts merkten.

»Du blutest ja«, rief Lucienne entsetzt, als der Vorhang endlich fiel. Jetzt erst griff sich Elise zwischen die Beine. Das Letzte, an das sie sich erinnerte, war ihre rote Hand. Dann wurde ihr schwarz vor Augen.

»Ich hoffe, die Show hat Ihnen gefallen, Valérie. Oder darf ich nun endlich du zu dir sagen?«

Valérie nickte, obwohl Baptiste in der ihm eigenen Art die Fakten mit seinen letzten Worten bereits geschaffen hatte. Er winkte dem Kellner.

»Ich hoffe, der Champagner ist den hohen Preis wert. Zumindest ist er anständig gekühlt«, äußerte er, als der Kellner, der die Bestellung längst gekannt haben musste, mit dem silbernen Sektkübel an den Tisch trat. Nachdem er zwei Champagnerflöten gefüllt und sich mit einer Verbeugung wieder entfernt hatte, griff Baptiste in die Innentasche seines Abendjacketts und zog eine kleine rote Samtschachtel hervor.

Dann sank er vor Valérie auf ein Knie, öffnete die Schachtel und reichte sie ihr. »Dies ist mein Verlobungsring mit einem Diamanten von über einem Karat. Damit bitte ich dich, meine Ehefrau zu werden. Denn ich liebe dich schon sehr lange und möchte nicht länger warten.«

Mit äußerst gemischten Gefühlen ließ Valérie es geschehen, dass Baptiste den Ring aus der Schachtel nahm und ihn über ihren linken Ringfinger streifte. Erst dann fragte er: »Darf ich hoffen, dass du meine Bitte erfüllst?«

Valérie holte tief Luft. Wie sehr hatte sie sich gewünscht, dass

Pascal einmal so vor ihr knien und sie bitten würde, ihn zu heiraten. So sehr, dass sie ihm noch immer nicht geschrieben hatte, dass es nun endgültig keine gemeinsame Zukunft mehr für sie beide gab.

Der Ring fühlte sich fremd und klobig an ihrem Finger an. »Ich werde deine Ehefrau werden«, antwortete sie und hoffte, dass ihre Stimme nicht allzu sehr zitterte. »Doch es gibt eine Bedingung, die ich dir dafür stellen möchte.«

Baptiste nickte wissend, erhob sich von seinem Knie und nahm zuerst wieder Platz, bevor er antwortete. »Dein Vater hat mir schon mitgeteilt, was du begehrst. Ich verspreche dir hiermit hoch und heilig, dass ich dir ein eigenes Atelier in meiner Wohnung einrichten werde. Dort sollst du malen können, was immer du möchtest. Wenn du willst, erteile ich dir sogar weiteren Unterricht.«

Valéries Herz schlug schneller. »Ich danke dir für dein Angebot. Versprichst du mir, dass ich wirklich malen darf, was immer ich möchte?«

Baptiste legte die Hand aufs Herz. »Ich verspreche es. Doch nun sag endlich Ja.«

»Ja, ich möchte deine Ehefrau werden.« Valéries Stimme klang belegt. Sie unterdrückte ein Räuspern.

Baptiste hob seine Champagnerflöte. »Lass uns darauf anstoßen, und dann, mein Liebling, besiegeln wir unser Versprechen mit dem ersten Kuss.«

»Das war zweifellos eine Fehlgeburt.« Mariannes Stimme klang vorwurfsvoll. Man hatte sie hinter die Bühne gerufen, da La Goulue wusste, dass sie Hebamme war. »Du hättest doch merken müssen, dass du schwanger bist und nicht mehr auftreten darfst.«

Sie wusch sich die Hände in dem bereitgestellten Becken.

»Was wird André dazu sagen, wenn er es erfährt!«, fuhr sie fort, als Elise nicht antwortete. »Er wird dich für bodenlos leichtsinnig halten.«

Und mir bittere Vorhaltungen machen, dachte Elise. Außerdem fordern, dass ich sofort mit dem Tanzen aufhöre, obwohl ich jetzt gar nicht mehr schwanger bin.

Ihre Fehlgeburt tat ihr zwar einerseits leid. Andererseits überwog die Erleichterung, wie sie sich mit schlechtem Gewissen eingestand. Ein vager Entschluss, der schon lange in ihr reifte, begann, Gestalt anzunehmen.

Ich will keine einfache Arbeiterfrau mit einem Stall voller Kinder auf dem Montmartre werden. Ich möchte Tänzerin bleiben.

Wahrheit und Fiktion

Als ich mit den Recherchen für meine *Montmartre*-Bände begann, befürchtete ich vor allem, dass ich viele Quellen nur auf Französisch finden würde, einer Sprache, die ich leider kaum beherrsche.

Dies erwies sich jedoch als das kleinste Problem. Es gab genug Material auf Deutsch oder Englisch.

Stattdessen wurde ich im Lauf meiner Literaturstudien über die Entwicklung von Montmartre, vor allem aber über Leben und Laufbahn zentraler historischer Protagonisten, zum Beispiel La Goulue, Henri Toulouse-Lautrec oder Vincent van Gogh, vor ganz andere Herausforderungen gestellt. Denn einerseits werden viele Episoden, die ich in den Roman aufgenommen habe, in meinen Quellen entweder völlig widersprüchlich geschildert oder tauchen nur vereinzelt auf. Andererseits klaffen große Lücken in der Beschreibung des Werdegangs dieser historischen Persönlichkeiten, wie ich sie nie für möglich gehalten hätte.

Lassen Sie mich zunächst zu einigen Episoden kommen, die sich angeblich so abgespielt haben, die ich jedoch wieder einmal als Fiktion gar nicht darzustellen gewagt hätte. Diese betreffen insbesondere das unglaubliche Leben von Louise Weber, die sich später La Goulue nannte.

Ihre Biografin gibt an, dass La Goulue bereits ab dem Alter von dreizehn Jahren Affären mit diversen Liebhabern bis hin zum Geschlechtsverkehr hatte. Obwohl ihre Mutter Madeleine sehr darunter litt, konnte sie diesbezüglich keinen Einfluss auf ihre Tochter ausüben.

Der historischen Wahrheit entspricht, dass La Goulue ihre berufliche Laufbahn als jugendliche Wäscherin begann und sich für ihre heimlichen Ausflüge in die Moulin de la Galette Kleidung aus Wäschelieferungen »auslieh«. Schon mit sechzehn Jahren war sie ihrer Mutter vollständig entglitten, posierte sowohl als Aktmodell für verschiedene Maler, unter anderem Auguste Renoir, als auch für Fotografen, die daraus Postkartenmotive machten. Es existieren bis heute Nacktfotos der jugendlichen La Goulue, die jedem *Playboy*-Heft Ehre machen würden.

Ihre Laufbahn als Tänzerin habe ich historisch korrekt nach den mir bekannten Quellen nachgestellt. Ebenso wie ihre Schwierigkeiten mit dem Sittenwächter Robert Coutelas aufgrund des unzüchtigen Auftretens bei ihren Aufführungen oder die Affäre mit ihrer »großen Liebe« Charles Tazzini.

Über ihre Tanzpartnerin Lucienne Beuze, genannt Grille d'Égout, ist wenig bekannt, außer dass sie in beständiger Konkurrenz zu La Goulue stand und einen ganz anderen Tanzstil beim Cancan verkörperte. Beide traten unter anderem zusammen im Moulin Rouge auf.

Daher lag es dramaturgisch für mich nahe, meine fiktive Elise Lambert zuerst als Freundin von Louise Weber und später als Dritte im Bunde der Tänzerinnen in den Etablissements Élysée Montmartre und (mit Schwerpunkt im nächsten Band) Moulin Rouge einzuführen und ihren Lebensweg entsprechend zu schildern.

Größerer Fantasie bedurfte es, um meine zweite fiktive weibliche Hauptfigur Valérie Dumas zu konstruieren. Zwar nahm die Akademie Julian schon vor den 1880er-Jahren weibliche Kunststudenten auf, galt aber wegen der Freizügigkeit beim Umgang mit Aktmodellen beiderlei Geschlechts als unseriös. So wie ich Valéries Eltern konstruiert habe, hätten beide ihr ein Kunststudium dort nicht erlaubt. Dagegen verschloss sich die berühmteste Pariser Kunstakademie, die École des Beaux Arts, der Aufnahme von Frauen noch bis 1897. Aber sowohl die Maler Henri Toulouse-Lautrec als auch Vincent van Gogh besuchten eine Zeit lang die Akademie Cormon, die zudem praktischerweise am Fuß von Montmartre lag.

Da ich Valérie mit diesen herausragenden Persönlichkeiten der damaligen Kunstszene in Verbindung bringen wollte, erlaubte ich mir kurzerhand, sie als einzige Studentin bei Cormon unterzubringen.

Auf diese Weise konnte sie auch das Malermodell Suzanne Valadon kennenlernen, ihre Freundin und zukünftige Wegbegleiterin als später berühmte Kunstmalerin. Suzanne Valadons Leben habe ich gemäß den mir vorliegenden Quellen überwiegend historisch korrekt nachstellen können.

Als ich überlegte, auf welche Weise ich Valéries eigene Entwicklung zur Malerin darstellen könnte, kam ich auf die Idee, einige Kunstgriffe zu verwenden. Valéries fiktiver Partner Pascal Didier ist dem real existierenden Maler Émile Bernard nachempfunden. Dabei habe ich wesentliche, aber nicht alle biografischen Daten der echten Vorlage für Pascal Didier übernommen und ihm auch einige der in den Quellen gefundenen Persönlichkeitszüge Bernards verliehen.

Dies betrifft insbesondere die Malrichtung, die Émile Bernard gemeinsam mit Paul Gauguin begründete, den sogenannten »Synthetismus«. Didiers im Roman erwähnte Werke entsprechen daher Gemälden von Émile Bernard.

Auch Valéries ungeliebten Bewerber und späteren Ehemann Baptiste Germain habe ich einem realen Maler nachempfunden. Er heißt Jean-Léon Gérome und war ein glühender Vertreter des sogenannten Akademischen Realismus.

Baptiste Germains Persönlichkeit ist jedoch rein fiktiv, sein reales Vorbild war auch sehr viel älter. Hauptsächlich spielen die Gemälde von Jean-Léon Gérome bei dieser Mischung aus Wahrheit und Fiktion eine Rolle, da sie im krassen Gegensatz zu den Werken der sogenannten avantgardistischen Maler standen.

Kopfzerbrechen bereitete es mir eine Weile auch, wie ich Valéries Malstil, den sie mit der Zeit entwickeln wird, charakterisieren sollte. Auch hier habe ich mir schließlich mit einem Kunstgriff beholfen:

Ihr Gemälde, über das ihr Vater Alphonse so sehr spottet, ist einem Werk von Valadons Sohn Maurice Utrillo aus dem Jahr 1933 nachgestellt, der später ebenfalls ein berühmter Maler wurde. So wollte ich vermeiden, Werke von zeitgenössischen Malerkollegen oder sogar von Suzanne Valadon selbst als Vorlage für Valéries Gemälde zu verwenden, um keine Verwirrung zu erzeugen.

Wie ich bereits oben erwähnt habe, bereiteten mir auch die unvollständigen oder sich zum Teil sogar widersprechenden Angaben in den Quellen über berühmte Maler wie Henri Toulouse-Lautrec oder Vincent van Gogh manches Kopfzerbrechen. Nicht einmal der Entstehungszeitpunkt verschiedener Kunstwerke wird übereinstimmend genannt.

Also machte ich schließlich aus der Not eine Tugend und wählte mir dramaturgisch die Episoden aus den einzelnen Quellen aus, die mir besonders spannend erschienen. Auch hier gibt es jedoch eine Mischung von Wahrheit und Fiktion.

Bei Henri Toulouse-Lautrec betrifft dies vor allem seine Beziehung zu Suzanne Valadon. Hier berichten die Quellen übereinstimmend, dass es in den Jahren 1886 bis 1888 ein Liebesverhältnis zwischen beiden gab. Entgegen der weitverbreiteten Ansicht, dass sich Toulouse-Lautrec sein Leben lang vergeblich nach wahrer Liebe sehnte, wird ebenfalls übereinstimmend berichtet, dass er sich weigerte, Suzanne Valadon zu heiraten. Daraufhin unternahm sie sogar einen Selbstmordversuch. Ob ihre unschöne Trennung allerdings wirklich der Anlass dafür war, dass Henri Suzannes Gesicht für seine entlarvende Zeichnung *Die Trinkerin* verwendete, bleibt Spekulation.

Fakt ist, dass die Zeichnung im französischen Satiremagazin *Le Courrier français* am 21. April 1889 veröffentlicht wurde, also nach der Trennung der beiden. Es ist meiner Ansicht nach daher nicht davon auszugehen, dass Suzanne Valadon Henri hierfür Modell stand, wie sie das in früheren Jahren, auch schon vor dem Beginn ihrer Beziehung, getan hatte. Bisher ist mir auch kein späteres Werk Toulouse-Lautrecs bekannt, in dem er ein weiteres Mal Suzanne Valadon als Modell verwendete.

Seine mir insbesondere aus dem Roman *Moulin Rouge* von Pierre La Mure bekannte vorgebliche Geliebte, die Gelegenheitsprostituierte Marie Chalet, wird jedoch nur in einer einzigen meiner Quellen über Toulouse-Lautrec am Rande erwähnt. Stattdessen ist häufiger von der Gelegenheitsprostituierten Carmen Gaudin die Rede, die Toulouse-Lautrec angeblich Red Rosa nannte und tatsächlich in einer ganzen Reihe von Gemälden porträtierte. Das bekannteste davon heißt *Die Wäscherin* und wird auch in der im Anhang beigefügten Liste der erwähnten Bilder aufgeführt.

Ob Carmen und Henri ein Verhältnis miteinander hatten, wird in den Quellen widersprüchlich beurteilt. Ich habe diese Beziehung im Buch zwar nur am Rande erwähnt, sie in den wenigen Zügen, die ich beschreibe, jedoch der angeblichen Affäre mit Marie Chalet nachgestellt.

Wo genau Toulouse-Lautrec La Goulue persönlich kennenlernte, erschloss sich mir aus den Quellen nicht. Fakt ist, dass er sie und ihren Tanzpartner Valentin den Knochenlosen bereits in der Moulin de la Galette zeichnete. Laut La Goulues Biografin kannten sich die beiden auch schon persönlich vor der Eröffnung des Moulin Rouge. Die im Roman geschilderte Episode des Besuchs der Kolonialdörfer im Rahmen der Weltausstellung hat angeblich tatsächlich stattgefunden.

Kongruent werden die wenigen Jahre Vincent van Goghs in Montmartre in den Quellen geschildert. Es entspricht den historischen Fakten, dass van Gogh auch in Paris mit seinen Gemälden zunächst auf keinen grünen Zweig kam und kein einziges Werk verkaufen konnte. Er trat auch tatsächlich in die Akademie Cormon ein und verließ sie nach kurzer Zeit wieder.

Sowohl seinen Charakter als auch die Beziehung zu seinem jüngeren Bruder Theo van Gogh habe ich den in dieser Hinsicht übereinstimmenden Quellen nachgestellt, ebenso wie seinen Umzug nach Arles und sein schwieriges Verhältnis zu Paul Gauguin. Es eskalierte in jenem Streit, nach dem sich Vincent sein linkes Ohr abschnitt.

Nur in einer, mir allerdings recht seriös erscheinenden Biografie wird seine heftige und schließlich im Streit endende Affäre mit der Cafébesitzerin Agostina Segatori erwähnt. Aufgrund ihrer Dramatik habe ich sie in den Roman aufgenommen.

In dieser Form fiktiv ist dagegen der Grund seines Ausscheidens aus der Akademie Cormon. Die Episode, die ich als Anlass geschildert habe, hat sich tatsächlich ein paar Monate früher in einer Kunstakademie in Antwerpen abgespielt.

Auch warum Henri Toulouse-Lautrec die Akademie Cormon vorzeitig verließ, ist nicht bekannt. Nur dass Émile Bernard, die Vorlage des fiktiven Pascal Didier, im Streit ausschied, ist historisch belegt. Dass alle drei gleichzeitig gingen, ist meiner Fiktion und der Dramaturgie geschuldet.

Fernand Cormon wird als wesentlich nachsichtiger geschildert, als ich ihn im Buch dargestellt habe. Sein Charakter ist Toulouse-Lautrecs erstem Pariser Lehrer Léon Bonnat nachempfunden, auf dessen Erwähnung ich gänzlich verzichtet habe.

Denn das Personenverzeichnis zu Beginn des Buchs ist schon so umfangreich, dass ich jede nicht für die Handlung bedeutsame historische Figur weggelassen habe. Dies gilt sogar für einige sehr bekannte zeitgenössische Malerkollegen von Toulouse-Lautrec und van Gogh, zum Beispiel den Pointillisten Georges Seurat oder Paul Cézanne.

Auch berühmte Maler wie Auguste Renoir oder Edgar Degas spielen nur am Rande eine Rolle. Historisch belegt ist allerdings, dass Degas tatsächlich Toulouse-Lautrecs großes Vorbild war und dass er Suzanne Valadon als Malerin förderte. In einigen Quellen wird vermutet, dass Henris Eifersucht auf Suzannes künstlerische Beziehung zu Degas der wesentliche Grund der Trennung gewesen sein könnte. In der Tat fand ich bislang keinen Beleg dafür, dass Toulouse-Lautrec und Degas in engere Beziehung getreten sind.

Insofern ist auch ihre Begegnung in einem Bordell in Montmartre fiktiv. Nicht allerdings, dass sich sowohl Toulouse-Lautrec als auch Degas häufig in Freudenhäusern aufhielten und dort viele Zeichnungen und Gemälde anfertigten. Allerdings dauerte es bis weit ins 20. Jahrhundert, bis Degas' Zeichnungen aus den sogenannten *Maisons Closes* einer breiteren Öffentlichkeit bekannt wurden.

Dies führt mich zu einem besonders traurigen Teil des Romans, der überbordenden Bedeutung der Prostitution im Paris der Belle Époque. Meine bedeutsamste Quelle trägt nicht umsonst den Titel *Das goldene Zeitalter des Bordells*. Es ist Fakt, dass viele Frauen in Montmartre auf den Nebenverdienst als Gelegenheitsprostituierte angewiesen waren, um ihren Lebensunterhalt bestreiten zu können. Es ist ebenfalls Fakt, dass es eine große Gruppe von Zuhältern in Montmartre gab, die beständig auf der Suche nach jungen unbedarften Frauen waren, die sie mit der Strategie des Lovebombings in ihre Fänge brachten und schließlich auf den Strich schickten. Das Schicksal von Elises Schwester Simone ist realen Schicksalen von jungen Prostituierten nachgestellt.

Ebenso real sind die Zustände in Saint-Lazare und der Chanson darüber von Aristide Bruant samt der zugehörigen Zeichnung von Toulouse-Lautrec. Über beides war ich genauso empört wie Valérie und lasse sie meine diesbezüglichen Emotionen darüber zum Ausdruck bringen.

Nur beispielhaft möchte ich einige Episoden nennen, die zwar historisch belegt sind, sich jedoch nicht in Montmartre abgespielt haben, die ich aufgrund ihrer Bedeutsamkeit für die Zeit des Romans trotzdem aufgenommen und nach Montmartre verlegt habe.

Die Morde, die Elises fiktiver Vater Jacques Morin unter dem Einfluss von Absinth begeht, haben sich tatsächlich einige Jahrzehnte später in der Schweiz abgespielt. Die Morde erregten europaweit Aufsehen. Absinth, das Modegetränk dieser Zeit und Ursache für viele zerrüttete Existenzen, so auch die meiner fiktiven Jeanne Lambert, wurde nach diesem Verbrechen von offizieller Seite verfemt.

Auch die Episode, die Elise mit dem fiktiven Direktor des Élysée Montmartre erlebt, der als Gegenleistung für ihre Beschäftigung als Solotänzerin Liebesdienste verlangt, habe ich einer realen zeitgenössischen Begebenheit in Paris nachgestellt.

Am meisten Übereinstimmung weisen meine Quellen bezüglich der Geschichte von Montmartre und der historischen Skandale in der Belle Époque in Paris auf. Dies betrifft in diesem Roman bereits die Affäre rund um die ersten Bauphasen des Panamakanals. Im nächsten Buch werde ich die weitere Entwicklung ebenfalls historisch korrekt darstellen können. Auch weitere Skandale, die ich an dieser Stelle noch nicht erwähnen möchte, sind historisch ausgezeichnet dokumentiert.

Dass ich manche realen Daten, allerdings nicht die bedeutsamer historischer Ereignisse, aus dramaturgischen Gründen leicht verändert habe, möge mir die geneigte Leserschaft nachsehen. So trat Henri Toulouse-Lautrec zum Beispiel schon 1883 in die Akademie Cormon ein, ein Jahr früher, als Valérie ihr Studium im Roman aufnahm.

Die Taverne du Bagne war 1887 bereits geschlossen und durch Nachfolge-Etablissements des Besitzers Maxime Lisbonne ersetzt, in denen sich ebenfalls Anarchisten trafen. Ich wollte aber die unvergleichliche Atmosphäre in der Taverne du Bagne unbedingt beschreiben.

Vincent van Gogh hielt sich dagegen genau zu den Zeiten in Paris auf, die ich im Roman genannt habe.

Ein besonderes Anliegen war es mir, die erwähnten Gemälde im Anhang aufzuführen, damit meine Leserinnen und Leser sie im Internet finden können, falls sie sie betrachten möchten. Mit wenigen Ausnahmen, etwa den in der *Centennale* der Weltausstellung gezeigten Gemälden der Impressionisten, kommen die Kunstwerke in fiktiven Zusammenhängen vor. Es gibt zum Beispiel keine Auskunft in den Quellen darüber, welche Bilder Lautrec und van Gogh in den verschiedenen Cafés und Restaurants von Montmartre ausgestellt haben. In jedem Fall haben die Gemälde zum Zeitpunkt der entsprechenden Szenen bereits existiert.

Wie bei jedem meiner Bücher könnte ich dieses Nachwort über viele Seiten hinweg fortsetzen. Ich bitte jedoch um Nachsicht, dass ich es bei den genannten Informationen bewenden lassen möchte.

Nur Folgendes sei noch erwähnt: Bei der Beschreibung der Weltausstellung in Paris von 1889 kommen auch die Kolonialdörfer vor. Eines davon war das sogenannte Kanakendorf. Der heute diskriminierend verwendete Begriff »Kanake« geht auf die Eigenbezeichnung der indigenen Bewohner Neukaledoniens zurück und bedeutet ursprünglich »Mensch«.

Zum Abschluss möchte ich wie immer meinen Dank aussprechen:
Die Idee zu diesem großartigen Projekt habe ich gemeinsam mit Frau Dr. Barbara Heinzius, Senior Editor beim Goldmann Verlag, der ich bereits sehr viel verdanke, und meinem wunderbaren Literaturagenten Thomas Montasser in einer einzigen Brainstormingsitzung entwickelt. Danach standen die Grundzüge der Romanreihe fest, die ich dann mit großer Freude ausgearbeitet habe.

Den fertigen Roman hat erneut Frau Marion Voigt mit ihrer hohen Fachkompetenz lektoriert und ihm den letzten Schliff verliehen. Auch diesmal gestaltete sich unsere Zusammenarbeit überaus herzlich und konstruktiv.

Ohne diese drei Personen wäre der Roman nicht das, was er geworden ist. Allen ganz herzlichen Dank dafür.

Jetzt werden sich bald viele weitere Mitarbeiterinnen und Mitarbeiter von Goldmann aus der Presseabteilung, dem Veranstaltungsmanagement, der Herstellung, aus Marketing und Vertrieb um das Buch kümmern, denen ich schon im Voraus ebenfalls herzlich dafür danken will.

Ebenso wie meinem Ehemann Jürgen Fitzek, der mich auf meiner Recherchereise nach Paris begleitet hat und all meine

Lesungen wieder unterstützen wird, außerdem Kater Mirko, der mich oft entbehren musste, wenn ich am Schreibtisch saß, es mir aber nie verübelte, und der mich danach mit Kuscheleinheiten entspannte.

Auch weitere Mitglieder meiner Familie nahmen und nehmen Anteil an meiner Schriftstellerei, sodass ich ihnen allen gemeinsam diesmal das Buch widmen möchte. Ohne euch wäre es am Schreibtisch viel einsamer!

IM ROMAN ERWÄHNTE STILRICHTUNGEN DER DAMALS AKTUELLEN MALEREI

AKADEMISCHER STIL, AUCH AKADEMISCHER REALISMUS GENANNT

War im 19. Jahrhundert der vorherrschende Stil in Paris und wurde auch von der bekanntesten Kunstakademie, der École des Beaux Arts, ausschließlich gelehrt und bei Ausstellungen im jährlichen Pariser Salon bevorzugt.
Vorherrschendes Kennzeichen ist eine vorgeblich realistische Darstellung der Wirklichkeit, die allerdings den Betrachter ästhetisch ansprechen soll und daher in Wahrheit eine idealisierte Wiedergabe ist.
Formal wird größter Wert darauf gelegt, dass die Gemälde durch eine bestimmte Maltechnik nahezu fotorealistisch wirken.
Bevorzugte Motive sind Szenen aus der Historie und der Mythologie.
Bekannte Vertreter: Alexandre Cabanel, Jean-Léon Gérome.

SCHULE VON BARBIZON

Entstand im ersten Drittel des 19. Jahrhunderts im französischen Dorf Barbizon als erste Gegenbewegung zum Akademischen Stil. In Abwendung von der Akademischen Lehre steht die realistische Darstellung der Natur im Mittelpunkt. Bevorzugtes Motiv sind daher Abbildungen von Landschaften. Die Schule von Barbizon hatte maßgeblichen Einfluss auf den Impressionismus.
Bekannte Vertreter: Camille Corot, Charles-François Daubigny

IMPRESSIONISMUS

Entstand ab der Mitte des 19. Jahrhunderts. Im Mittelpunkt steht die stimmungsvolle Darstellung von flüchtigen Momentaufnahmen einer Szenerie.
Die Darstellung des Lichts und der atmosphärischen Bedingungen einer Szene wird zur malerischen Hauptaufgabe. Dabei werden Farben explizit zur Darstellung der Lichtverhältnisse eingesetzt. Im Gegensatz zum Akademischen Stil wird deshalb teilweise völlig auf Schwarz und erdige Farbtöne zugunsten von hellen Farben, oft in Pastell, verzichtet.
Konturen werden absichtlich verschwommen dargestellt.
Die Motive stammen häufig aus der Freilandmalerei.
Bekannte Vertreter: Pierre-Auguste Renoir, Camille Pissarro

POST-IMPRESSIONISMUS

Bezeichnet eine ganze Reihe von Malstilen, die auf den Impressionismus folgen. Schwerpunkt der Entwicklung in Frankreich.

Dazu gehören unter anderem:

Pointillismus
Die Farbe wird in Form unzähliger Tupfen und Pünktchen aufgetragen, die sich schließlich zu einer Szene zusammensetzen.
Bekannte Vertreter: Paul Signac, Georges Seurat

Cloisonismus
Der Begriff bezeichnet eine Kunstform, bei der die Bildmotive von einer schwarzen oder farbigen Linie umrandet sind.

Der Cloisonismus ist auch ein Stilmittel des:

Synthetismus
Hier tritt der Gebrauch reiner, leuchtender Farben hinzu.
Diese Stilrichtung, vor allem entstanden in der Schule von Pont-Aven, wendet sich explizit von der Freilichtmalerei ab. Das Gesehene wird auf Wesentliches reduziert, sodass Form und Farbe die Gefühlsstimmungen der Maler unabhängig von der Wirklichkeit wiedergeben.
Bekannte Vertreter: Émile Bernard, Paul Gauguin

Weitere Vertreter des Post-Impressionismus lassen sich nicht auf einen bestimmten Malstil festlegen.
Hierzu zählen vor allem Henri Toulouse-Lautrec und Vincent van Gogh.

LISTE DER ERWÄHNTEN KUNSTWERKE

VORBEMERKUNG

Die im Roman dem fiktiven **Pascal Didier** zugeschriebenen Gemälde stammen in Wirklichkeit von **Émile Bernard**.
Das Gleiche gilt für Gemälde des fiktiven **Baptiste Germain**, diese stammen von **Jean-Léon Gérome**.
Das einzige Gemälde, das ich in Band 1 **Valérie Dumas** zugeschrieben habe, wurde tatsächlich erst 1933 von dem Maler **Maurice Utrillo** angefertigt. Ihr zweites Gemälde *Raub der Sabinerinnen* ist fiktiv.

Diese Gemälde werden in der Liste zuerst aufgeführt. Die Reihenfolge der weiteren Gemälde richtet sich nach der alphabetischen Reihenfolge der Namen der Maler.

PASCAL DIDIER (ÉMILE BERNARD)

- 1887. *Nachmittag in Saint-Briac.* Aargauer Kunsthaus (fiktiv: erstes Gemälde Didiers im Stil des Cloisonismus; Kap. 26, 34 und 37)
- 1887. *Frau im Kimono beim Lesen (Femme au Kimono à la Lecture).* Pont-Aven: l'exposition permanente remue (fiktiv: Bild von Pascal Didier in der Ausstellung im Le Chalet, Kap. 37)
- 1888. *Madeleine im Wald der Liebe (Madeleine au Bois d'Amour).* Musée d'Orsay, Paris (Vorlage für ein fiktives Bild Pascals von Valérie in Pont-Aven, Kap. 40)

BAPTISTE GERMAIN (JEAN-LÉON GÉROME)

- 1872. *Daumen nach unten.* Phoenix Art Museum (fiktiv: Gemälde in der Galerie Dumas, Kap. 2)
- 1884. *Sklavenmarkt im antiken Rom.* Eremitage, St. Petersburg (fiktiv: Gemälde in der Galerie Dumas, Kap. 42)
- 1884. *Der Sklavenmarkt in Rom.* The Walters Art Museum, Baltimore (fiktiv: Gemälde in der *Décennale* der Pariser Weltausstellung, Kap. 50)
- 1889. *Siegreicher Amor. Wer auch immer du bist, hier ist dein Meister.* Privatsammlung (fiktiv: Gemälde in der *Décennale* der Pariser Weltausstellung, Kap. 50)

VALÉRIE DUMAS (MAURICE UTRILLO)

- 1933. *Au Montmartre.* Privatsammlung (Vorlage für Valéries Malstil in Pont-Aven, Kap. 40)
- Fiktiv ohne Vorlage: *Raub der Sabinerinnen.* (Kap. 34, 36, 42, 49, Epilog)

Weitere Gemälde, genannt in größtenteils fiktiven Zusammenhängen:

ALEXANDRE CABANEL

- 1863. *Die Geburt der Venus.* Musée d'Orsay, Paris (Kap. 16, 17, 24, 50)
- 1887. *Cleopatra testet Gifte an verurteilten Gefangenen.* Royal Museum of Fine Arts, Antwerpen (Kap. 50)

JEAN-BAPTISTE CAMILLE COROT

- 1830–1835. *Wald von Fontainebleau.* Sammlung Renand, Paris (Kap. 28)

FERNAND CORMON

- 1880. *Cain.* Musée d'Orsay, Paris (Kap. 13)

EDGAR DEGAS

- 1884. *Die Büglerinnen.* Musée d'Orsay, Paris (Kap. 24)

HENRI GERVEX

- 1878. *Rolla.* Musée d'Orsay, Paris (Kap. 2)

VINCENT VAN GOGH

- 1886. *Gartenlokal auf dem Montmartre (La Guinguette aux Billards en Bois).* Musée d'Orsay, Paris (Kap. 28)
- 1886. *Le Moulin Blute-Fin* (anderer Name für die Moulin de la Galette). Museum de Fundatie, Zwolle / Niederlande (Kap. 27)
- 1887. *Nackte Frau.* Kröller-Müller Museum, Otterlo, Niederlande (Kap. 32)
- 1887. *Frau im Café Le Tambourin.* Van-Gogh-Museum, Amsterdam (Kap. 34, 37)
- 1886. *Friedhof im Regen.* Kröller-Müller Museum, Otterlo, Niederlande (Kap. 37)
- 1886. *Bücklinge.* Kröller-Müller Museum, Otterlo, Niederlande (Kap. 37)
- 1887. *Selbstbildnis.* Kröller-Müller Museum, Otterlo, Niederlande (Kap. 37)
- 1887. *Blumen in blauer Vase.* Kröller-Müller Museum, Otterlo, Niederlande (als Beispiel für ähnliche Bilder in der Ausstellung im Le Chalet; Kap. 37)
- 1887. *Vier verblühte Sonnenblumen.* Kröller-Müller Museum, Otterlo, Niederlande (Kap. 37)

- 1887. *Grasboden.* Kröller-Müller Museum, Otterlo, Niederlande (Kap. 37)
- 1887. *Portrait des Père Tanguy.* Musée Rodin, Paris (Kap. 37)

ÉDOUARD MANET

- 1863. *Frühstück im Grünen.* Musée d'Orsay, Paris (Kap. 2)
- 1863. *Olympia.* Musée d'Orsay, Paris (Kap. 24, 50)

CAMILLE PISSARRO

- 1878. *An den Ufern der Oise bei Auvers-sur-Oise (Bords de l'Oise à Auvers-sur-Oise).* Privatsammlung (Kap. 24)
- 1867. *Die Eremitage von Pontoise.* Guggenheim-Museum, New York (Kap. 50)
- 1886. *Die Wiesen von Eragny.* Art Gallery of South Australia, Adelaide (Kap. 50)

REMBRANDT VAN RIJN

- 1642. *Die Nachtwache.* Rijksmuseum, Amsterdam (Kap. 24)

PIERRE-AUGUSTE RENOIR

- 1882 oder 1883. *Tanz in der Stadt.* Musée d'Orsay, Paris (Kap. 9, 11, 24)
- 1882 oder 1883. *Tanz auf dem Land.* Musée d'Orsay, Paris (Kap. 9, 24)
- 1876. *Bal au Moulin de la Galette.* Musée d'Orsay, Paris (Kap. 9)
- 1876. *Die Schaukel.* Musée d'Orsay, Paris (Kap. 24)

HENRI DE TOULOUSE-LAUTREC

- 1885. *Portrait Émile Bernard.* National Gallery, London (fiktiv: Porträt von Pascal Didier; Kap. 26, 37)

- 1886 oder 1887. *Die Wäscherin.* Privatsammlung (Kap. 26, 37)
- 1887. *Au Moulin de la Galette, La Goulue et Valentin le Désossé.* Musée Toulouse-Lautrec, Albi (fiktiv als Vorlage für eine angeblich im Ély entstandene Zeichnung, Kap. 33)
- 1887. *A Saint-Lazare*; Zeichnung auf dem Deckblatt von Nr. 39 des Journals von Le Mirliton. Collection Dixmier (Kap. 36)
- 1885. *Portrait Suzanne Valadon.* Clyptotek, Kopenhagen (Kap. 37)
- 1887. *Portrait Vincent van Gogh.* Van-Gogh-Museum, Amsterdam (Kap. 37)
- 1888*: Im Zirkus Fernando.* Art Institute, Chicago (Kap. 41, 50)
- 1889 (gesichert): *Die Trinkerin (Gueule de bois ou la buveuse)* als Karikatur in *Le Courrier français* vom 21.4. 1889. Collection J. P. Gimberges (Kap. 46)
- 1889 (Datum nicht gesichert). Das gleiche Motiv als Ölgemälde. Fogg Art Museum der Harvard University, Cambridge, Massachusetts (Kap. 46)

SUZANNE VALADON

- 1883. *Selbstporträt.* Musée national d'art moderne, Paris (fiktiv: im Buch malt sie es 1887; Kap. 34)

DIE WICHTIGSTEN QUELLEN

Aufgrund der Fülle des verwendeten Materials können nur die wichtigsten Quellen genannt werden. Der Umfang recherchierter Literatur ist weitaus größer.

Über die Entwicklung von Montmartre und seiner Künstlerszene

Buisson, S. & Parisot, C.: *Paris Montmartre. Die Maler und ihre Welt 1860–1920.* Editions Pierre Terrail, Paris, 1996

Pfeiffer, I. & Hollein, M. (Hrsg.): *Esprit Montmartre. Die Bohème in Paris um 1900.* Ausstellungskatalog der Schirn Kunsthalle Frankfurt. Hirmer Verlag, München, 2014

Über den Akademischen Realismus

Morel, G.: *L'Art pompier. Les feux de l'académisme.* Editions Palce des Victoires, Paris, 2016

Künstlerbiografien

Clemenz, M.: *Van Gogh: Manie und Melancholie. Ein Porträt.* Böhlau, Köln, 2020

Cooper, D.: *Henri de Toulouse-Lautrec.* Büchergilde Gutenberg, Frankfurt a.M., 1964

Henze, A.: *Toulouse-Lautrec. Leben und Werk.* Belser Verlag, Stuttgart, 1989

Kröller-Müller Museum, Otterlo (Hrsg.): *Vincent van Gogh. Sämtliche Werke im Kröller-Müller Museum.* Graphius, Gent, 2020

Über den Cancan und La Goulue

Martin, M.: *La Goulue. The Queen of the Moulin Rouge. Her Story.* mosaic-press, Oakville, Ontario, 2021

Pessis, J. & Crépineau, J.: *The Moulin Rouge.* St. Martins Press, New York, 1990

Über die Prostitution in Paris

Boudard, A.: *Das Goldene Zeitalter des Bordells.* Heyne, München, 1992

Corbin, A.: *Women for Hire. Prostitution and Sexuality in France after 1850.* Harvard University Press, 1990

Über die Stadtentwicklung von Paris

Dauss, M.: *Identitäts-Architekturen: Öffentliche Bauten des Historismus in Paris und Berlin (1871–1918).* Thelem Verlag Dresden, 2007

Jordan. D. P.: *Die Neuerschaffung von Paris.* S. Fischer, Frankfurt, 1996

Über den Panamakanal

Schubert, A.: *Panama. Geschichte eines Landes und eines Kanals.* Wagenbachs Taschenbücherei, Berlin, 1978

Über die Weltausstellung 1889 in Paris

Wyss, B.: *Bilder von der Globalisierung. Die Weltausstellung von Paris 1889.* Insel Verlag, Berlin, 2010

Über die Belle Époque in Paris

Schreiber, H.: *Die Belle Époque. Paris 1871–1900.* List Verlag, München, 1990

Waldegg, R.: *Paris. Sittengeschichte einer Weltstadt.* Heyne, München, 1966

In einer Luxuskarosse des Grand-Hôtel de la Paix

Mittwoch, 30. Oktober 1889

»Nu mach doch nicht so 'n sauertöpfisches Gesicht!«, fuhr Louise Weber, genannt La Goulue, Elise an. »Du siehst ja aus, als ging's zu deiner eigenen Beerdigung.«

Sie lehnte sich genüsslich in die mit rotem Samt bezogenen Polster der Luxuskarosse zurück. Die stammte aus dem Grand-Hôtel de la Paix und hatte sie pünktlich um vier Uhr am Nachmittag vor dem Haus am Boulevard de Rochechouart, in dem La Goulue wohnte, abgeholt. »*Meine* erste Privatvorführung ist das ja nicht«, betonte sie. »Doch mit so 'nem prächtigen Gefährt hat mich noch nie einer kutschiert.«

Elise unterdrückte ein Seufzen. Erst nach einigem Zögern hatte sie La Goulues Drängen nachgegeben, sie zu einer privaten Vorstellung beim Kaiser von Persien zu begleiten. Er residierte anlässlich der noch bis zum 31. Oktober dauernden Weltausstellung in diesem vornehmsten Hotel von Paris. Das Haus war seinerzeit von Kaiserin Eugénie, der Gattin Napoleons III., persönlich eröffnet worden, ebenso wie das dazugehörige Café de la Paix.

»Der Kaiser heißt in Persien Schah«, hatte Louise Elise nach ihrer Genesung und der Rückkehr ins Moulin Rouge belehrt, als sie ihr die Offerte unterbreitete. »Er ist extra zur Weltausstellung nach Paris gekommen, und wegen dir bleibt er sogar länger. Aber nur, bis die Ausstellung zumacht!«

Als Elise nicht gleich zustimmte, bedrängte Louise sie weiter: »Denk dir nur, dieser Schah hat uns schon am Eröffnungsabend tanzen gesehn und wollt uns beide gleich engagieren. Da hab ich sogar für dich gelogen und behauptet, du hättst dir den Knöchel verstaucht. Seither ist er jeden Abend im Moulin Rouge aufgetaucht, und als du wieder aufgetreten bist, hat sein Abgesandter mich gleich noch mal angesprochen. So 'ne Chance kriegst du nicht alle Tage!«

»Was will er denn zahlen?«, fragte Elise schließlich.

»'ne Menge. Der Kerl ist stinkreich. Deshalb reist er sogar mit 'nem eigenen Zug und haust in diesem sauteuren Schuppen. Da war ich zwar auch schon mal, aber nicht in der Königssuite. Die soll tausend Francs für 'ne einzige Nacht kosten«, plapperte Louise. »Kein Wunder, dass der Kerl zwanzig Louis springen lässt. Das sind immerhin zweihundert Francs für jede von uns.«

»So viel, wie *du* im Moulin Rouge für 'ne ganze Woche kriegst. Und das Geld kannste doch sicher gut brauchen«, fügte sie bedeutungsvoll hinzu.

Elise fühlte sich aufgrund der Ereignisse in der letzten Zeit zu schwach, um dem etwas entgegensetzen zu können. Denn mit dem Geld hatte Louise recht. Deren unverhohlene Anspielung darauf, dass sie fünfzig Francs mehr pro Woche im Moulin Rouge verdiente als ihre Tanzpartnerin, berührte Elise diesmal nicht. Ihre Probleme waren ganz anderer Art.

Seit jenem unglückseligen Spagat bei der Eröffnungsvorstellung, der vor mehr als drei Wochen eine Fehlgeburt ausgelöst hatte, war ihr Leben von Anfang an nicht mehr das gleiche gewesen.

Die ersten fünf Tage nach dem Unfall hatte sie in der Wohnung ihrer Mutter Jeanne und deren langjähriger Freundin, der Hebamme Marianne, verbracht, wo die Alte sie gepflegt hatte.

Als Marianne befand, dass die Patientin weitgehend genesen war, kehrte Elise zunächst in die gemeinsame Wohnung mit ihrem Verlobten André Renard zurück. Doch die Beziehung zu ihrer »ehemals großen Liebe«, wie Elise heute traurig an die Anfangsjahre zurückdachte, war schon vor der Fehlgeburt immer spannungsgeladener gewesen. Während ihrer Genesung hatte André sie nicht ein einziges Mal besucht. Er hatte sie nicht einmal grüßen lassen.

Am Tag ihrer Rückkehr machte er ihr zunächst bittere Vorwürfe. »Wie konntest du nur so leichtsinnig sein! Das Kind war doch auch meins. Und erzähl mir nicht, du hast nicht gewusst, dass du schwanger bist«, kam er ihrem Einwand zuvor. »Du wolltest unbedingt bei diesem Galaabend auftreten! Dabei hast du das Leben des Kleinen und unser gemeinsames Glück auf's Spiel gesetzt!«

Da André recht hatte, versuchte Elise erst gar nicht, ihm in dieser Hinsicht zu widersprechen. Anders verhielt es sich mit seiner Forderung, ihr Engagement im Moulin Rouge auf der Stelle zu kündigen.

»Warum soll ich das tun? Nur um hier untätig rumzusitzen und drauf zu warten, dass ich bald wieder trächtig bin? Dafür hab ich all die Jahre zu hart gearbeitet und geübt.«

Das wütende Funkeln in Andrés braunen Augen verfolgte Elise nach dieser Auseinandersetzung noch tagelang. »Also willst du lieber Tänzerin bleiben als meine Ehefrau werden?« Seine Stimme klang gefährlich ruhig.

»Erst mal ja!« Die Worte waren heraus, bevor Elise darüber nachgedacht hatte.

»Dann scher dich zum Teufel!«, brüllte André und wies auf die Tür. Im ersten Moment war Elise zu Tode erschrocken. Doch schnell begriff sie, dass André trotz seiner Grobheit im Grunde recht hatte. Ihre Beziehung hatte keine Chance mehr. Sie wollte Tänzerin bleiben, das war ihr bereits am Abend des verunglückten Spagats klar geworden.

Also hatte sie ohne ein weiteres Wort ihre Sachen gepackt und war wieder in die Wohnung ihrer Mutter eingezogen. Seither hatte sie André nicht mehr wiedergesehen.

Schließlich hatten andere Sorgen die Erinnerung an das traurige Ende ihrer jahrelangen Beziehung sogar zeitweise verdrängt. Denn als sie knapp zwei Wochen nach dem Unfall bei Joseph Oller vorsprach, dem Besitzer des Moulin Rouge, stellte der ihr ein Ultimatum. »Ich gebe Ihnen noch eine Woche Zeit zur Rekonvaleszenz, Mademoiselle Lambert. So lange vertritt Nini Patte-en-l'air Sie noch in den Duos und dem Trio mit La Goulue und Grille d'Égout. Wenn Sie am nächsten Samstag, dem 26. Oktober, nicht gesund genug sind, um wieder aufzutreten, muss ich Sie leider entlassen. Also beginnen Sie lieber noch heute mit dem Üben. Denn ich erwarte außerdem, dass Sie Ninis Cancan-Figur bis dahin erlernen. Zumal Sie mir gerade gesagt haben, dass Sie vorerst keinen Spagat zeigen können.«

Elise schluckte schwer. Ihrer Figur verdankte Nini den Spitznamen »Pfote in der Luft«, weil sie den Fuß hoch über dem Kopf im Kreis herumwirbelte. Bislang beherrschte das außer ihr nur La Goulue. Für Elise stellte Ollers Ultimatum eine neue unerwartete Herausforderung dar. Erst recht in ihrem noch geschwächten Zustand.

Nur Elises Ausfall hatte dazu geführt, dass Nini die Tanzfigur jetzt während der Aufführungen zeigen durfte. Zuvor hatte La Goulue dies verhindert. Aber wenn Nini Elise in ihrer Abwesenheit auch im Trio vertreten hatte, musste Grille d'Égout, die Dritte im Bunde, diese Figur inzwischen ebenfalls erlernt haben.

Noch ganz in Gedanken über diese neue Situation, empfand Elise Ollers letzten Satz, den er ihr hinterherrief, als weit weniger bedrohlich als den an ihr mögliches Scheitern: »Und sollten Sie noch einmal schwanger werden, muss ich Sie gleichermaßen auf der Stelle entlassen.«

Nun, da bestand im Augenblick keine Gefahr mehr. Viel wichtiger war es Elise, Ninis Figur so rasch wie möglich zu beherrschen. Es war ihr Glück, dass sowohl Lucienne, wie Grille d'Égout wirklich hieß, als auch Louise Nini auf den Tod nicht ausstehen konnten.

»Das Weibsstück hat es drauf angelegt, dich rauszuekeln«, kommentierte La Goulue Elises Bericht über ihr Gespräch mit Oller. »Aber das werden wir verhindern«, fügte Grille d'Égout entschlossen hinzu.

Und so hatten es die beiden in seltener Einigkeit geschafft, die komplizierten Bewegungsabläufe mit Elise so gründlich zu trainieren, dass sie bereits am ersten Aufführungstag ohne ein Stolpern oder sogar Hinfallen damit aufgetreten war.

Einen Preis mussten die drei jedoch zahlen. Nini bestand darauf, dass die Figur ihr geistiges Eigentum sei, da sie sie selbst kreiert habe. Sie verstieg sich sogar dazu, dem Eigner mit ihrer Kündigung zu drohen, verbunden mit dem Verbot, diese Figur jemals wieder im Moulin Rouge zu zeigen, falls sie selbst nicht mehr damit auftreten dürfe.

Überraschenderweise lenkte Joseph Oller ein. Wahrscheinlich vor allem, weil die Nummer sehr gut beim Publikum angekommen war. Also gab es seit dem vergangenen Samstag neben den Soli von Louise, Lucienne und Elise, den Duos in wechselnder Besetzung und ihrem Auftritt als Trio auch eine Nummer zu viert, an der Nini mitwirkte.

Elise und Lucienne machten sich über Ninis Absichten keine Illusionen. Sobald sich die Gelegenheit ergäbe, stünde Nini bereit, die Stelle einer der beiden im Moulin Rouge einzunehmen. Nur La Goulue musste nicht um ihre Position als Startänzerin fürchten.

Auch deshalb hatte Elise Louise schließlich nachgegeben. Ihr fehlte der Lohn von fast drei Wochen, außerdem wollte sie so rasch wie möglich weg aus der Butte von Montmartre und wie La Goulue am Fuß des Hügels eine Wohnung an einem der großen Boulevards beziehen.

Noch war ihr Verbleib im Moulin Rouge aber nicht gesichert. Nicht auszudenken, wenn Oller sie entlassen würde …

»Was grübelst du denn jetzt schon wieder vor dich hin?«, riss Louise Elise aus ihren Gedanken. Sie wies mit großer Geste zum Fenster der Kutsche. »Wir sind da! Sieh zu, dass du mir heut ja keine Schande machst!«

Grand-Hôtel de la Paix

Mittwoch, 30. Oktober 1889, wenig später

Als Elise hinter dem livrierten Portier die Eingangshalle des Grand-Hôtels de la Paix betrat, blieb ihr vor Erstaunen der Mund offen stehen. Zwar hatte sie schon häufig von prächtigen Schlössern gehört, sich aber nie recht vorstellen können, wie es darin aussah.

Auf jeden Fall konnte kein Schloss prunkvoller sein als dieses Hotel. Überall glitzerte und funkelte es im Licht der zahlreichen Kronleuchter. Der Boden sowie die Säulen zu beiden Seiten der Halle bestanden aus einem mehrfarbigen polierten Stein. Elise widerstand der Versuchung, mit der Hand über eine der Säulen zu streichen.

»Das ist echter Marmor«, raunte Louise ihr zu, die Elises Blick gefolgt war. »Irgend so ’n kostbares Zeug aus Italien.«

In der Mitte der Halle lag ein runder Teppich mit einem aufwendigen bunten Muster, auf dem ein Tisch mit einem riesigen Blumenstrauß stand. Der Teppich war so fein gewebt, wie Elise noch keinen gesehen hatte. Weder in der Akademie Cormon noch in der Wohnung von Henri Toulouse-Lautrec oder im Moulin Rouge.

Fast geblendet von all dem Glanz, folgte Elise einem ebenfalls livrierten Diener, dem der Portier ihre Tasche mit den Kostümen übergeben hatte. Sie betraten eine mit Teppich belegte Treppe mit vergoldetem Geländer. Der Mann drehte sich kurz zu den Tänzerinnen um. »Ich bitte um Entschuldigung, Desmoiselles. Aber der *Ascenseur* kann leider erst nächste Woche wieder in Betrieb genommen werden. Ein bedauerlicher technischer Defekt, der noch nicht behoben wurde.«

»*C'est absurde*«, hörte Elise La Goulue neben sich murren. »Der Mensch meint den Dienstbotenaufzug. Der war letztes Mal auch kaputt. Für den Aufzug mit den feinen Herrschaften sind wir dem Kerl nicht vornehm genug.«

Da Elise den Eindruck hatte, dass der Diener Louises Bemerkung gehört hatte, verzichtete sie auf eine Entgegnung. Sie stiegen die gewundene Treppe ohnehin nur bis ins erste Stockwerk empor. Dann bogen sie in einen ebenfalls mit Teppich belegten Gang ein. Mit wertvollen Stoffen bezogene Sitzmöbel luden vor den hohen Fenstern zum Verweilen ein. Ihre dunkelblauen und cremefarbenen Polster passten zu den Mustern und Farben des Teppichs. Wie das Treppengeländer waren auch die Ständer und Halter der zahlreichen Steh- und Wandlampen vergoldet.

Dabei wohnt doch hier gar keiner, ging es Elise durch den Kopf. Wie prachtvoll mag es wohl in der Königssuite aussehen?

Sie musste nicht lange auf die Antwort warten. Der Diener hielt vor einer zweiflügeligen geschnitzten Tür an und klopfte. Sofort öffnete ein Mann, der ein langes orientalisches Gewand und einen Turban trug.

Er verneigte sich vor den Damen. »Ich begrüße Sie herzlich im Namen seiner Kaiserlichen Hoheit von Persien, Nāser ad-Din Schāh.« Das Französisch des Mannes war einwandfrei, wenn auch mit deutlichem Akzent. »Der Erlauchte erwartet Sie bereits ungeduldig, daher mögen Sie mir unverzüglich folgen.«

»Der da hat uns im Moulin Rouge engagiert«, flüsterte Louise.

Wie Elise erwartet hatte, erwies sich die Suite als noch luxuriöser eingerichtet als die öffentlichen Räume des Hotels. Bevor sie Zeit genug hatte, um die zahlreichen Türen zu beiden Seiten des Flurs zu zählen, öffnete der persische Bedienstete bereits eine zu ihrer Rechten. Es war ein kleiner Raum, an dessen Seiten mit rotgrundigem Brokatstoff bezogene Sessel mit geschwungenen, vergoldeten Beinen standen. Die Wände waren mit aufwendigen Gemälden bedeckt, die verschiedene Landschaften zeigten.

»Das Wartezimmer für Audienzen«, kam der Mann möglichen Fragen zuvor. »Zuerst möchte ich Sie über die Art und Weise aufklären, wie Sie sich gegenüber Seiner Majestät zu verhalten haben.«

Verblüfft erfuhr Elise, dass man den persischen Herrscher niemals von sich aus ansprechen durfte. Ergriff er selbst das Wort, dürfe man ihm nur mit gesenkten Augen antworten, ohne seinen Namen Nāser ad-Din Schāh zu nennen. Jeden Satz müsse man dagegen mit ehrerbietigen Begriffen wie »Erhabener«, »Erlauchter« oder zumindest »Eure Kaiserliche Hoheit« oder »Eure Majestät« beenden.

Er selbst werde im Auftrag des Schahs das Zeichen für den Beginn der einzelnen Nummern der Vorführung geben, denen der Erhabene nur wortlos zuzusehen geruhe.

Wie erschlagen von all diesen fremden Eindrücken, folgte Elise dem Perser und La Goulue schließlich in ein weiteres Zimmer. Der Mann wies auf eine Tür. »Dort geht es ins Bad. Hier mögen die Damen sich frisch machen und umziehen. Ich hole Sie dann in einer halben Stunde ab.«

»Zwanzig Minuten reichen auch«, rief La Goulue dem Mann hinterher. Dann wandte sie sich achselzuckend zu Elise um. »Wie gut, dass wir schon um vier losgefahren sind. Sonst kämen wir ganz schön in die Bredouille mit dem Beginn der Abendveranstaltung im Moulin Rouge um acht.«

»Wie kommst du denn darauf? Selbst für alle unsere Solo- und Duo-Nummern bräuchten wir nur ungefähr eine Stunde.«

La Goulue grinste. »Na ja, dafür schon. Aber für das, was danach kommt …« Sie ließ den Satz unvollendet.

»Wie meinst du das?« Elises Herz begann, schneller zu schlagen.

»Nun stell dich nicht blöder an, als du bist.« La Goulues Grinsen wurde anzüglich. »Ich frag mich allerdings, ob dieser *Schah*« – sie betonte das Wort spöttisch – »im Bett genauso etepetete ist, wie während wir tanzen.« Mit diesen Worten ging sie ins Badezimmer.

Elise wurde es heiß und kalt. Also stimmten ihre Vermutungen, dass viele dieser Privatvorführungen mit einem Schäferstündchen endeten. Mit mir nicht, wollte sie gerade einwenden, als ein entzückter Schrei von Louise sie innehalten ließ.

»Komm mal her! So was hast du noch nie gesehn!«

Als Elise den ganz in cremefarbenem Marmor gehaltenen Raum betrat, erkannte sie sofort, was La Goulue meinte. Anstatt eines Wasserhahns beugte ein goldener Schwan seinen Hals über das Waschbecken. »Guck mal, wenn ich hier dran drehe, kommt da Wasser raus.« Louise betätigte einen ebenfalls goldenen Hebel auf dem Rücken des Schwans, um zu demonstrieren, was sie meinte.

Dann ließ sie ihren Blick durch den Raum schweifen. »Vielleicht reicht's ja noch für ein Bad hier in der Wanne. So was gibt's auch nicht alle Tage. Und da ist auch so 'n Schwan dran. Aber da muss man das Wasser erst aufheizen.« Sie zeigte auf einen runden, weiß lackierten Metallbehälter, der am Kopfende der Wanne stand. »Das braucht 'ne Weile.«

»Woher weißt du denn so was?«, wunderte sich Elise. Sie selbst hatte bisher nur in der Wohnung von Toulouse-Lautrec ein Badezimmer gesehen, das jedoch weit bescheidener ausgestattet war. Zu Hause wusch sie sich in einer irdenen Waschschüssel und nahm nur alle paar Wochen ein Bad in der Zinkwanne. Das warme Wasser dazu musste sie vorher mühsam in einem großen Topf auf dem Herd erwärmen.

Wieder grinste La Goulue anzüglich. »Ich war schon mal hier in dem Hotel. Nicht in der Suite, aber in so 'nem Badezimmer. Erinnerst du dich an den Rumänen, der mich in dem maurischen Café auf der Weltausstellung angequatscht hat? Den hab ich besucht, als ich am Abend frei hatte. Der hat auch hier gewohnt und hatte so 'n ähnliches Bad. Aber ohne die goldenen Schwäne.«

»Aber jetzt sollten wir uns sputen!« Hektisch riss sich La Goulue ihr wollenes Kostüm samt Bluse und Unterröcken vom Leib. Darunter trug sie bereits die schwarzen Strümpfe und – Elise stockte der Atem – eine Unterhose aus Batist, die ihr zwar bis zu den Knien reichte, aber völlig durchsichtig war. Während Elise noch nach Worten suchte, drehte sich Louise um und präsentierte ihr Hinterteil. Auf den Stoff war ein rosafarbenes Herz gestickt.

»Na, was sagst du? Die ist viel besser wie die mit den Knöpfen zwischen den Beinen.«

Erst jetzt fand Elise ihre Sprache wieder. »Wegen diesem Schlüpfer hat uns Vater Anstand damals vor Gericht gebracht, weil du die Knöpfe aufgemacht hast. Weißt du das nicht mehr?«

»Pah«, machte Louise. »Die Unterhose hier trag ich nur zu Privatvorführungen. Dem Rumänen hat sie jedenfalls gefallen.«

»Also willst du wirklich mit dem Schah schlafen?«

La Goulue zuckte die Achseln. »Na klar! Dafür lässt er wahrscheinlich mindestens zehn Louis extra springen.«

In der Suite des Schahs von Persien

30. Oktober 1889, gegen 17 Uhr

Pünktlich zur vereinbarten Zeit holte der herrschaftliche Diener Elise und La Goulue ab. Elise folgte dem Mann mit einem mulmigen Gefühl.

Noch während des Anziehens ihrer Cancan-Kostüme hatte Louise Elise erzählt, der Schah habe angeblich fünfundzwanzig Ehefrauen und darüber hinaus einen Harem mit achtzig Frauen. »Das stand so im *Courrier français*. Also denk ich, er will es mit uns zwei treiben. Er ist ja das Liebemachen mit paar Frauen auf einmal gewohnt.«

Hätte ich mich nur nicht hierauf eingelassen, bedauerte Elise nun ihre Zusage zu dieser Privatvorführung. Sosehr sie das Geld auch brauchte, befürchtete sie nun, gar keine Bezahlung zu erhalten, wenn sie sich den speziellen Wünschen des persischen Herrschers verweigerte.

Der Bedienstete führte sie in den Salon der Suite, der tatsächlich die Größe eines kleinen Tanzsaals hatte. Die prunkvollen Möbel hatte man zur Seite geräumt, den Teppich aufgerollt. Der Parkettboden darunter wirkte glatt und schlüpfrig. Hoffentlich rutsche ich nicht aus, dachte Elise. Eine weitere Befürchtung neben dem, was ihr bereits zu schaffen machte.

Entgegen den Anweisungen des Dieners betrachtete sie ihren Auftraggeber zumindest von fern. Der Schah saß auf einem bequemen Lehnsessel an der Stirnseite des Raums. Anders als sein Lakai war er nicht in ein orientalisches Gewand, sondern in eine über und über mit edelsteinbesetzten Orden geschmückte schwarze Uniform gekleidet. Auf dem Haupt trug er einen Fez. Elise erinnerte sich an diese Kopfbedeckung aus ihrem Besuch im Café Maure der Weltausstellung vor wenigen Wochen.

Auch der Fez des Schahs war mit Edelsteinen geschmückt: eine große Diamantbrosche über der Stirn des Herrschers hielt eine perlenbesetzte Feder.

Der Schah winkte Elise und La Goulue zu sich heran. Unwillkürlich versanken beide in einen tiefen Knicks.

»Schauen Sie mich an!«, befahl der Herrscher zu Elises Erstaunen mit sonorer Stimme in ebenfalls gutem Französisch. Ganz im Gegensatz zu der Anweisung, die sein Bediensteter den Frauen nach der Ankunft gegeben hatte.

Während der Schah Elise eindringlich musterte, nutzte auch sie die Gelegenheit, sich einen Eindruck von ihm zu verschaffen. Von Louise wusste sie, dass er Ende fünfzig war und zum dritten Mal Europa bereiste. Sein Gesicht mit der vorspringenden Nase, den dicht über den braunen Augen liegenden buschigen Brauen und dem gezwirbelten Schnurrbart, der ihm zu beiden Seiten bis weit über die Wangen stand, gefiel Elise nicht. Um seinen Mund glaubte sie außerdem einen grausamen Zug wahrzunehmen. Hatte La Goulue ihr nicht auch erzählt, dass er bereits mehrere hohe Würdenträger in seinem Heimatland Persien »um die Ecke gebracht hatte«, wie sie das ausdrückte?

Hoffentlich lässt er mich überhaupt wieder ungehindert gehen, wenn ich ihm nicht zu Willen bin. Elise begann, sich nun wirklich zu fürchten.

Bevor dieses Gefühl jedoch größeren Raum einnehmen konnte, machte der Schah eine auffordernde Handbewegung. Daraufhin gab der Diener einer dreiköpfigen Kapelle ein Zeichen, die neben der Tanzfläche auf einem kleinen Podest saß. Es waren offenbar Franzosen, denn sie trugen westliche Abendkleidung.

Schon stimmten sie die bekannteste Cancan-Melodie an, den *Galop infernal* aus Jacques Offenbachs Operette *Orpheus in der Unterwelt.*

Wie Elise es von früheren Auftritten kannte, löschte die mitreißende Musik all ihre trüben Gedanken aus. Die Schritte und Figuren, die sie bereits unzählige Male darauf getanzt hatte, kamen ihr wie von selbst. Entgegen ihrer Sorge rutschte sie auch kein einziges Mal aus.

Und so ging es weiter. Elise vergaß sogar, dass Louise diesen durchsichtigen Schlüpfer mit dem aufgestickten Herz auf dem Hintern trug, den sie bei den entsprechenden Figuren freizügig zeigte.

Die Vorstellung kam sehr gut an. Der Schah richtete zwar nicht mehr das Wort an sie, klatschte aber nach jeder Nummer ausgiebig und forderte offenbar auch seinen Bediensteten dazu auf. Vage hatte Elise den Eindruck, dass der Applaus des Herrschers nach ihren beiden Solonummern besonders laut und anhaltend war. Aber da konnte sie sich auch irren.

Nach über einer Stunde und einer Wiederholung der Einstiegsnummer zur Melodie des *Galop infernal* als Zugabe sank sie neben La Goulue erschöpft, aber zufrieden in einen abschließenden Knicks.

Nachdem er zu klatschen aufgehört hatte, sprach der Schah Elise an. »Mademoiselle Lambert möge sich nähern!« Seine Stimme duldete keinen Einwand.

Plötzlich wieder ängstlich, trat Elise mit gesenktem Blick vor, wie es der persische Diener nach ihrer Ankunft in der Königssuite befohlen hatte. Diesmal forderte der Schah sie nicht auf, ihn anzusehen. Stattdessen nannte er sich selbst bei seinem Namen.

»Nāser ad-Din Schāh ist sehr über Ihre Vorstellung erfreut. Er bereut es nicht, seinen Besuch der Weltausstellung deswegen verlängert zu haben. Er würde sich glücklich schätzen, Mademoiselle Lambert auch noch in seinen privaten Gemächern empfangen zu dürfen.«

Also waren ihre Befürchtungen richtig gewesen. Elise fühlte sich wie gelähmt. Noch ehe sie sich von ihrer Schockstarre erholt hatte, mischte sich La Goulue ein. »Uns zwei gibt's nur im Doppelpack, Majestät – äh – Erlauchter.«

Was … was redet sie da? Elise glaubte ihren Ohren nicht zu trauen. Sie riss sich gewaltsam zusammen.

»Nein … nein … Kaiserliche Hoheit … Erhabener«, stammelte sie. »Das möchte ich nicht.«

»Es ist auch nicht der Wunsch von Nāser ad-Din Schāh.« Elises kurze Erleichterung schlug unmittelbar in neue Bestürzung um.

»Mademoiselle Lambert möge Nāser ad-Din Schāh ohne Begleitung mit ihrem Besuch beehren. Sie wird reich dafür belohnt werden.«

»Das möchte ich auch nicht«, entfuhr es Elise instinktiv. Dann holte sie tief Luft. Plötzlich kehrte ihr Mut zurück. Sie richtete trotz des Verbots wieder den Blick auf das Gesicht des Monarchen. »Eure erhabene Majestät waren so freundlich, mich zum Tanzen einzuladen. Dabei möchte ich es bewenden lassen.«

Noch bevor sie den Gesichtsausdruck des Herrschers – war es Bedauern, war es Respekt – deuten konnte, ertönte erneut La Goulues Stimme an ihrer Seite.

»Ich würd's machen, Erlauchter. Ich komm auch allein.«

Die Reaktion des Schahs überraschte Elise zutiefst. Energisch schüttelte er den Kopf.

»Ich habe Mademoiselle La Goulue nur eingeladen, da sie erklärte, Mademoiselle Lambert habe dies zur Bedingung für ihren Auftritt gemacht. Doch selbst wenn ich an einem anschließenden Tête-à-Tête mit beiden Damen interessiert gewesen wäre, ist mir die Lust dazu jetzt vergangen. Mademoiselle La Goulue möge sich zuerst einmal pflegen lassen, wie es sich für eine Frau geziemt, die des Schahs von Persien würdig ist.«

AUF DEM RÜCKWEG INS MOULIN ROUGE

30. OKTOBER 1889, GEGEN 18 UHR

»Na, dieser Schuss ist gründlich nach hinten losgegangen.« Elise wusste noch immer nicht, ob sie eher dankbar für den glimpflichen Ausgang dieser Privatvorführung sein sollte oder ausgesprochen zornig über Louise. Sie saßen wieder in der Luxuskarosse des Grand-Hôtels, die sie zurück zum Moulin Rouge brachte.

»Wie kann ich denn wissen, dass der Kerl sich an meinen Schamhaaren stört«, knurrte Louise. »Dann hätt ich den Schlüpfer erst gar nicht angezogen.«

»Aber vor dir hätt er sich dann ja auch geekelt«, kam ihr ein Geistesblitz. »Oder hast du dich etwa da unten rasiert?«

»Daran hab ich schon deshalb nicht mal gedacht, weil ich nie mit dem Schah ins Bett gehen wollte. Aber woher sollte ich wissen, dass eine Frau sich alle Körperhaare entfernen muss, wenn sie zum Harem des Herrschers gehört?«, entgegnete Elise.

Das hatte der Bedienstete, der sie zunächst ins Ankleidezimmer und später hinausbegleitet hatte, La Goulue auf ihre empörten Fragen hin erklärt. Und dabei betont, dass sich der Schah schon im Moulin Rouge nur für Elise interessiert habe.

Zur Erleichterung beider jungen Frauen hatte er ihnen zum

Abschied jedoch den für die Vorstellung vereinbarten Lohn überreicht.

Trotzdem übermannte Elise nun erneut der Zorn. »Dir war die ganze Zeit klar, dass der Schah nur mich engagieren wollte«, warf sie Louise vor. »Du hast seinen Abgesandten belogen, dass ich nur komme, wenn du dabei bist.«

Louise hob ungerührt die Schultern. »Aber das hat doch gestimmt, oder nicht?«

Widerwillig musste Elise es zugestehen.

»*Mich* allein wollte der komische *Filou* nicht.« La Goulue konnte offenbar noch immer nicht fassen, dass ihr dies passiert war. »Also musst ich mir was einfallen lassen. Und davon hast du doch auch was gehabt. Sogar doppelt!«

»Wieso doppelt?«

»Ich hab dem Oller unter die Nase gerieben, dass der Schah auf dich steht. Das hat ihn sicher gnädig mit dir gestimmt. Sonst hätt er dich womöglich gleich rausgeschmissen.«

Elise durchfuhr ein Stich. Ihr Zorn auf Louise wich tiefer Bestürzung. Hatte die Freundin seit Kinderzeiten damit tatsächlich die Katastrophe verhindert?

Die schwenkte jetzt ihr Beutelchen mit den klimpernden zehn Louisdors vor Elises Nase. »Und was ist mit deinem Anteil?«

»Ich danke dir für alles, was du für mich getan hast, Louise«, sagte Elise leise. Dann wallte ein letztes Mal Zorn in ihr auf. »Aber lüg mich in Zukunft nicht noch mal an! Sonst war's das mit der Freundschaft.«

»Und merk dir noch eins«, fügte sie hinzu. »Ich werde nie eine Kurtisane von reichen Männern.«

In diesem Moment ahnte Elise noch nicht, dass dieser Vorsatz vor der Wirklichkeit keinen Bestand haben würde.